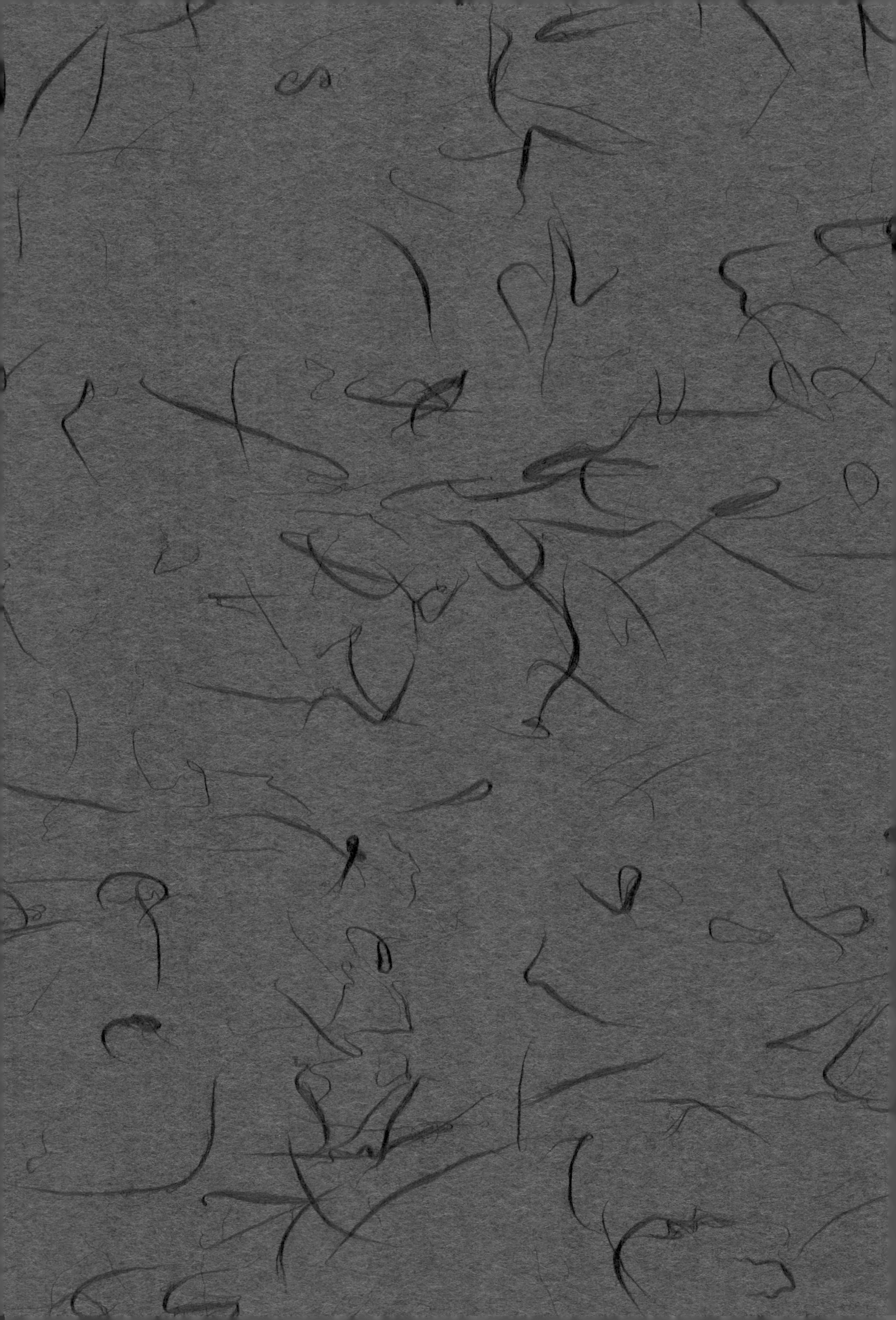

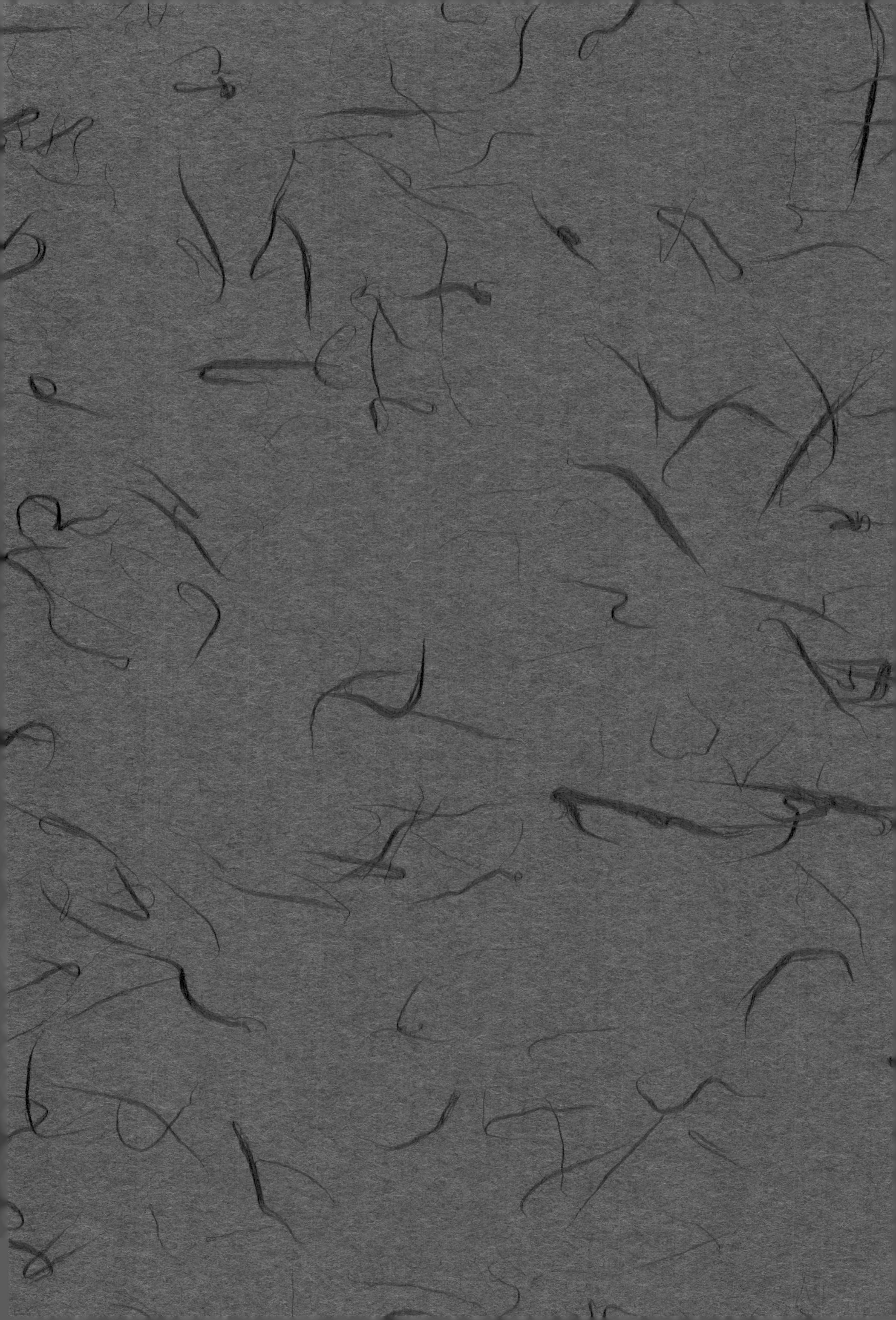

中國科技典籍選刊

叢書主編：張柏春 孫顯斌

日本國立公文書館藏明崇禎刻本

毛詩草木鳥獸蟲魚疏廣要

MAOSHICAOMUNIAOSHOU
CHONGYUSHUGUANGYAO

[明]毛 晉◇廣要 王孫涵之◇整理

湖南科學技術出版社

國家重點出版物中長期規劃項目
國家古籍整理出版專項經費資助項目
二〇一一—二〇二〇年國家古籍整理出版規劃項目

中國科技典籍選刊

中國科學院自然科學史研究所組織整理

叢書主編　張柏春　孫顯斌

編輯辦公室　孫顯斌　高　峰　程占京

學術委員會（按中文姓名拼音爲序）

陳紅彦（國家圖書館）

馮立昇（清華大學圖書館）

郭書春（中國科學院自然科學史研究所）

韓健平（中國科學院大學）

韓　琦（中國科學院自然科學史研究所）

黄顯功（上海圖書館）

雷　恩（Jürgen Renn 德國馬克斯普朗克學會科學史研究所）

李　雲（北京大學圖書館）

林力娜（Karine Chemla 法國國家科研中心）

劉　薔（清華大學圖書館）

羅桂環（中國科學院自然科學史研究所）

羅　琳（中國科學院文獻情報中心）

潘吉星（中國科學院自然科學史研究所）

田　淼（中國科學院自然科學史研究所）

徐鳳先（中國科學院自然科學史研究所）

曾雄生（中國科學院自然科學史研究所）

鄒大海（中國科學院自然科學史研究所）

《中國科技典籍選刊》總序

我國有浩繁的科學技術文獻，整理這些文獻是科技史研究不可或缺的基礎工作。竺可楨、李儼、錢寶琮、劉仙洲、錢臨照等我國科技史事業開拓者就是從解讀和整理科技文獻開始的。二十世紀五十年代，科技史研究在我國開始建制化，相關文獻整理工作有了突破性進展，涌現出許多作品，如胡道静的力作《夢溪筆談校證》。

改革開放以來，科技文獻的整理再次受到學術界和出版界的重視，這方面的出版物呈現系列化趨勢。巴蜀書社出版《中華文化要籍導讀叢書》（簡稱《導讀叢書》），如聞人軍的《考工記導讀》、傅維康的《黄帝内經導讀》、繆啓愉的《齊民要術導讀》、胡道静的《夢溪筆談導讀》及潘吉星的《天工開物導讀》。上海古籍出版社與科技史專家合作，爲一些科技文獻作注釋并譯成白話文，刊出《中國古代科技名著譯注叢書》（簡稱《譯注叢書》），包括程貞一和聞人軍的《周髀算經譯注》、聞人軍的《考工記譯注》、郭書春的《九章算術譯注》、繆啓愉的《東魯王氏農書譯注》、陸敬嚴和錢學英的《新儀象法要譯注》、潘吉星的《天工開物譯注》、李迪的《康熙幾暇格物編譯注》等。

二十世紀九十年代，中國科學院自然科學史研究所組織上百位專家選擇并整理中國古代主要科技文獻，編成共約四千萬字的《中國科學技術典籍通彙》（簡稱《通彙》）。它共影印五百四十一種書，分爲綜合、數學、天文、物理、化學、地學、生物、農學、醫學、技術、索引等共十一卷（五十册），分别由林文照、郭書春、薄樹人、戴念祖、郭正誼、唐錫仁、苟翠華、范楚玉、余瀛鰲、華覺明等科技史專家主編。編者爲每種古文獻都撰寫了『提要』，概述文獻的作者、主要内容與版本等方面。自一九九三年起，《通彙》由河南教育出版社（今大象出版社）陸續出版，受到國内外中國科技史研究者的歡迎。近些年來，國家立項支持《中華大典》數學典、天文典、理化典、生物典、農業典等類書性質的系列科技文獻整理工作。類書體例容易割裂原著的語境，這對史學研究來説多少有些遺憾。

總的來看，我國學者的工作以校勘、注釋、白話翻譯爲主，也研究文獻的作者、版本和科技内容。例如，潘吉星將《天工開物校注及研究》分爲上篇（研究）和下篇（校注），其中上篇包括時代背景，作者事跡，書的内容、刊行、版本、歷史地位和國際影響等方面。

《導讀叢書》、《譯注叢書》和《通彙》等爲讀者提供了便于利用的經典文獻校注本和研究成果，也爲科技史知識的傳播做出了重要貢獻。不過，可能由於整理目標與出版成本等方面的限制，這些整理成果不同程度地留下了文獻版本方面的缺憾。《導讀叢書》、《譯注叢書》和其他校注本基本上不提供保持原著全貌的高清影印本，并且録文時將繁體字改爲簡體字，改變版式，還存在截圖、拼圖、換圖中漢字等現象。《通彙》的編者們儘量選用文獻的善本，但《通彙》的影印質量尚需提高。

歐美學者在整理和研究科技文獻方面起步早於我國。他們整理的經典文獻爲科技史的各種專題與綜合研究奠定了堅實的基礎。有些科技文獻整理工作被列爲國家工程。例如，萊布尼茲（G. W. Leibniz）的手稿與論著的整理工作於一九〇七年在普魯士科學院與法國科學院聯合支持下展開，文獻内容包括數學、自然科學、技術、醫學、人文與社會科學，萊布尼茲所用語言有拉丁語、法語和其他語種。該項目因第一次世界大戰而失去法國科學院的支持，但在普魯士科學院支持下繼續實施。第二次世界大戰後，項目得到東德政府和西德政府的資助。迄今，這個跨世紀工程已經完成了五十五卷文獻的整理和出版，預計到二〇五五年全部結束。

二十世紀八十年代以來，國際合作促進了中文科技文獻的整理與研究。我國科技史專家與國外同行發揮各自的優勢，合作整理與研究《九章算術》、《黄帝内經素問》等文獻，并嘗試了新的方法。郭書春分别與法國科研中心林力娜（Karine Chemla）、美國紐約市立大學道本周（Joseph W. Dauben）和徐義保合作，先後校注成中法對照本《九章算術》（*Les Neuf Chapters*，二〇〇四）和中英對照本《九章算術》（*Nine Chapters on the Art of Mathematics*，二〇一四）。中科院自然科學史研究所與馬普學會科學史研究所的學者合作校注《遠西奇器圖説録最》，在提供高清影印本的同時，還刊出了相關研究專著《傳播與會通》。

按照傳統的説法，誰占有資料，誰就有學問，我國許多圖書館和檔案館都重『收藏』輕『服務』。在全球化與信息化的時代，國際科技史學者們越來越重視建設文獻平臺，整理、研究、出版與共享寶貴的科技文獻資源。德國馬普學會（Max Planck Gesellschaft）的科技史專家們提出『開放獲取』經典科技文獻整理計劃，以『文獻研究+原始文獻』的模式整理出版重要典籍。編者盡力選擇稀見的手稿和經典文獻的善本，向讀者提供展現原著面貌的複製本和帶有校注的印刷體轉録本，甚至還有與原著對應編排的英語譯文。同時，編者爲每種典籍撰寫導言或獨立的學術專著，包含原著的内容分析、作者生平、成書與境及參考文獻等。

任何文獻校注都有不足，甚至引起對某些内容解讀的争議。真正的史學研究者不會全盤輕信已有的校注本，而是要親自解讀原始文獻，希望看到完整的文獻原貌，并試圖發掘任何細節的學術價值。與國際同行的精品工作相比，我國的科技文獻整理與出版工作還可以精益求精，比如從所選版本截取局部圖文，甚至對所截取的内容加以『改善』，這種做法使文獻整理與研究的質量打了折扣。

實際上，科技文獻的整理和研究是一項難度較大的基礎工作，對整理者的學術功底要求較高。他們須在文字解讀方面下足够的功夫，并且準確地辨析文本的科學技術内涵，瞭解文獻形成的歷史與境。顯然，文獻整理與學術研究相互支撐，研究決定着整理的質量。隨着研究的深入，整理的質量自然不斷完善。整理跨文化的文獻，最好藉助國際合作的優勢。如果翻譯成英文，還須解決語言轉換的難題，找到合適的以英語爲母語的合作者。

在我國，科技文獻整理、研究與出版明顯滯後於其他歷史文獻，這與我國古代悠久燦爛的科技文明傳統不相稱。相對龐大的傳統科技遺産而言，已經系統整理的科技文獻不過是冰山一角。比如《通彙》中的絶大部分文獻尚無校勘與注釋的整理成果，以往的校注工作集中在幾十種文獻，并且没有配套影印高清晰的原著善本，有些整理工作存在重複或雷同的現象。近年來，國家新聞出版廣电總局加大支持古籍整理和出版的力度，鼓勵科技文獻的整理工作。學者和出版家應該通力合作，借鑒國際上的經驗，高質量地推進科技文獻的整理與出版工作。

鑒於學術研究與文化傳承的需要，中科院自然科學史研究所策劃整理中國古代的經典科技文獻，并與湖南科學技術出版社合作出版，向學界奉獻《中國科技典籍選刊》。非常榮幸這一工作得到圖書館界同仁的支持和肯定，他們的慷慨支持使我們倍受鼓舞。國家圖書館、上海圖書館、清華大學圖書館、北京大學圖書館、日本國立公文書館、早稻田大學圖書館、韓國首爾大學奎章閣圖書館等都對『選刊』工作給予了鼎力支持，尤其是國家圖書館陳紅彦主任、上海圖書館黄顯功主任、清華大學圖書館馮立昇先生和劉薔女士以及北京大學圖書館李雲主任還慨允擔任本叢書學術委員會委員。我們有理由相信有科技史、古典文獻與圖書館學界的通力合作，《中國科技典籍選刊》一定能結出碩果。這項工作以科技史學術研究爲基礎，選擇存世善本進行高清影印和録文，加以標點、校勘和注釋，排版採用圖像與録文、校釋文字對照的方式，便於閱讀與研究。另外，在書前撰寫學術性導言，供研究者和讀者參考。受我們學識與客觀條件所限，《中國科技典籍選刊》還有諸多缺憾，甚至存在謬誤，敬請方家不吝賜教。

我們相信，隨着學術研究和文獻出版工作的不斷進步，一定會有更多高水平的科技文獻整理成果問世。

張柏春　孫顯斌

於中關村中國科學院基礎園區

二〇一四年十一月二十八日

目録

導言……〇〇一
《毛詩草木鳥獸蟲魚疏廣要》校點……〇〇九
序略……〇一一
毛詩草木鳥獸蟲魚疏廣要目録……〇二一
毛詩草木鳥獸蟲魚疏廣要卷上之上……〇三一
毛詩草木鳥獸蟲魚疏廣要卷上之下……一九九
毛詩草木鳥獸蟲魚疏廣要卷下之上……二九九
毛詩草木鳥獸蟲魚疏廣要卷下之下……四一一
附録一　《毛詩草木鳥獸蟲魚疏》《毛詩草木鳥獸蟲魚疏廣要》相關版本書影……五九一
附録二　前人序跋提要輯録……五九七
附録三　毛晉生平資料……六〇三
附録四　《欽定四庫全書考證·陸氏詩疏廣要》……六〇九
附録五　『詩義疏』『毛詩義疏』輯佚表……六一三
後記……六二九

導言

《毛詩草木鳥獸蟲魚疏廣要》四卷，明毛晉廣要。陸元恪《毛詩草木鳥獸蟲魚疏》（以下簡稱《陸疏》）作爲早期的《詩經》動植物注釋書，開《詩經》名物研究之風，在《詩經》學、科技史等領域具有重要的學術價值。本書乃明末著名藏书家毛晉所編，其在整理《陸疏》原文的基礎之上，蒐羅古今衆説，附之己見，以廣其要，故名《毛詩草木鳥獸蟲魚疏廣要》（以下簡稱《陸疏廣要》）。

一、《陸疏》的成書年代及其版本流傳

據《經典釋文序録》《隋書經籍志》等文獻記載，《毛詩草木鳥獸蟲魚疏》二卷，三國吴陸機撰。陸機字元恪，吴郡（今江蘇蘇州）人，曾任吴太子中庶子、烏程令，其餘生平不詳。因其人與西晉文學家陸機（字士衡）同名，自晚唐李濟翁《資暇集》以來，或謂陸元恪之『機』當作『璣』，其説流傳甚廣，然實無確證，今所不取〔一〕。而南宋陳振孫《直齋書録解題》云：『其書引郭璞注《爾雅》，則當在郭之後，亦未必爲吴時人。』蓋《陸疏》内容依傍《爾雅》之處頗多，古人多將郭注附注其旁，以備參考。在寫本時代，傳抄者或將附注闌入正文，故有此誤〔二〕，則陳振孫説未必可信。而明人附會陳氏之説，後述晚明《陸疏》叢書諸本，或徑題『唐陸璣』，毛晉《陸疏廣要》亦襲焉而不察。其實如《四庫全書總目》所言，《隋書經籍志》不應著録唐人之書〔三〕，加之梁劉昭注司馬彪《續漢書·百官志》，已見《陸疏》引用〔四〕，則其書至少在梁時業已存在。因而，『唐陸璣』云云，顯爲明人謬論，《陸疏》作者仍應以三

〔一〕參見余嘉錫《四庫提要辨證》卷二『毛詩草木鳥獸蟲魚疏二卷』條，中華書局，一九八〇年，第三三—三四頁。
〔二〕參見俞樾《古書疑義舉例》卷五『以旁記字入正文例』條，中華書局，一九五六年，第九五—九八頁。
〔三〕詳見本書《附録二》。
〔四〕《續漢書·百官志》『并樹桐梓之類列于道側』下，劉昭注云：『《毛詩傳》曰：「椅，梓屬也。」陸璣《草木疏》曰：「梓實桐皮曰椅，今人云梧桐是也。梓，今人所谓梓楸者是也。」』《後漢書》志第二十七《百官四》，中華書局，一九六五年，第三六一〇頁。

國吳人爲確。

《毛詩草木鳥獸蟲魚疏》之名，蓋本於《論語·陽貨》：『子曰：小子何莫學夫詩？……多識於鳥獸草木之名。』而『疏』爲記識之義，即就《詩經》中的草木鳥獸蟲魚，記識其義，以作注釋。唐孔穎達《尚書正義》《春秋正義》引《陸疏》，稱『陸機《毛詩義疏》』，可知時人將其歸爲義疏類中，故又有『義疏』之名。至於《陸疏》原本體例，考《齊民要術》《五經正義》《太平御覽》等書徵引，疏文多以《詩經》一句或句中名物作爲標首，其後爲注釋內容。除《詩經》原文之外，《陸疏》亦時有涉及《毛傳》之處，則《陸疏》不獨釋《詩》亦兼解《傳》。三國時三家詩仍有流傳，《陸疏》題名首標『毛詩』，加之《呂氏家塾讀詩記》的《陸疏》引文，有關於自子夏以來《毛詩》傳授的內容〔一〕，由此可見《陸疏》宗主《毛詩》的傾向。但由於《陸疏》古本不傳，今日僅能通過他書轉引來窺見一斑，原書體例及其分卷的詳細，尚有待進一步的研究。

考目録著録及諸書徵引，南宋時《陸疏》古本尚存，然而宋元之際傳本漸稀，至少明萬曆（一五七三—一六二〇）之前業已亡佚，旋有輯佚之書出現。如萬曆三十四年（一六〇六），吳雨有感於《陸疏》失傳，在輯佚的基礎上，增補陸氏之説，作《毛詩鳥獸草木考》〔二〕。而同時又有萬曆三十三年馮復京《六家詩名物疏》及三十四年林兆珂《毛詩多識編》，二書雖非輯佚《陸疏》的專書，但對散佚的陸氏之説多有輯補。

萬曆之後的泰昌、天啟年間，一種來歷不明的《陸疏》版本，被先後收刻於《寶顔堂秘笈普集》（寶顔堂本）《續百川學海》（續學海本）《鹽邑志林》（志林本）等叢書之中，其中以泰昌元年（一六二〇）所刻寶顔堂本爲最早。三本雖在文字上略有出入，但內容完全一致，同出一源。全書詩句條目共一百三十二條，以草、木、鳥、獸、魚、蟲的次序排列（草、木爲卷上，鳥、獸、魚、蟲爲卷下），並於書後附有『魯詩』『齊詩』『韓詩』『毛詩』的傳授源流。

其後如重編《説郛》、《唐宋叢書》、《碎錦彙編》、王謨《增訂漢魏叢書》等本，溯其源流乃出於續學海本。而毛晉《陸疏廣要》，則以寶顔堂本爲底本，加以補輯修訂（詳後）。至於趙佑《草木疏校正》、丁晏《毛詩草木鳥獸蟲魚疏校正》、羅振玉《毛詩草木鳥獸蟲魚疏新校正》，雖有增輯改訂，然而趙佑所據底本爲重編《説郛》及《陸疏廣要》，丁晏、羅振玉所據底本爲《陸疏廣要》及《增訂漢魏叢書》，亦可視作晚明叢書本之旁出。爲了與古本《陸疏》相區別，在此將源出於晚明叢書本的《陸疏》諸本，概稱爲今本《陸

〔一〕『吳陸璣《草木疏》云：子夏傳魯人申公，申公傳魏人李尅，李尅傳魯人孟仲子，孟仲子傳趙人孫卿，孫卿傳魯人大毛公，大毛公傳小毛公。』『陸璣《草木疏》云：陳俠傳謝曼卿。』見呂祖謙《呂氏家塾讀詩記》卷一，《四部叢刊》影印宋刊本，第二五頁。

〔二〕曹學佺《毛詩鳥獸草木考序》云：『友人吳君，悼其失傳，收諸散見，引而伸之，推而廣之。』見吳雨《毛詩鳥獸草木考》，《四庫全書存目叢書》經部第六七册，齊魯書社，一九九七年，第一—二頁。

疏》〔一〕。

關於今本《陸疏》的由來，或以爲源自古本，或以爲出於輯佚，清代以來學者意見不一。其實清人焦循在其《陸氏草木鳥獸蟲魚疏疏》中，已經指出今本不但出於輯佚，並且還有作僞之處。筆者在焦循的基礎之上，對今本《陸疏》的祖本寶顔堂本，進行了進一步的辨僞。經過對比，發現寶顔堂本的部分條目，雖然疏文内容較古書引用《陸疏》爲詳，但這些多出的文字，一些原是《陸疏》爲其他詩句所作的疏文，卻被作僞者拆散後併入一條之中，一些則是從古書中截取的與《陸疏》無關的文字〔二〕。而今本所附的四家詩傳授，亦非宋人所見古本，乃作僞者雜糅《漢書》《後漢書》《太平御覽》的記載編排而成。由於寶顔堂本中輯自《太平御覽》的内容，其譌字與明萬曆元年倪炳刻本、萬曆二年周堂活字本相同，而宋本《御覽》不誤〔三〕，因此不難推知今本《陸疏》的編纂當在萬曆元年（一五七三）至寶顔堂本刊刻的泰昌元年（一六二〇）之間。結合上述考證以及相關綫索，筆者最終推測，今本《陸疏》的作僞者，應即參與寶顔堂本校訂，以作僞聞名的姚士粦（一五六一—一六四五·一六四六）〔四〕。

因此，今本《陸疏》雖然有輯自古書的部分，但經過作僞者的刻意編排，其内容及體例顯然並非古本原貌，而是明人臆造。然而，如前所述，源出於寶顔堂本的今本《陸疏》，被收刻於明清時的諸種叢書之中，廣爲流佈。而學者所作的《陸疏》輯本，除焦循之外，趙佑、丁晏、羅振玉均以今本《陸疏》爲底本，未能全面地辨析其中的疑僞之處。而學者討論《陸疏》時，除部分學者能核實古書徵引之外，亦大多徑據今本《陸疏》。可以説自晚明已降，今本《陸疏》對學界産生了極大影響，前人對《陸疏》的認識，不少即建立在這一僞本之上。

作爲早期的《詩經》專門注釋，《陸疏》於諸多領域均有重要的影響，在學術史上可謂牽一髮而動全身。今日欲討論《陸疏》，顯然應以南宋及其之前的古書引用爲準。而晚明以來的《陸疏》諸本，固然有其參考價值，並且是瞭解明清時期《陸疏》研究的重要資料，但必須注意其中的作僞之處，不可徑將之視爲《陸疏》的古本原貌。

〔一〕關於今本《陸疏》的源流，矢島明希子《陸氏毛詩草木鳥獸蟲魚疏の基礎的研究：篇目から見る各本の相違》（《斯道文庫論集》總第五〇期，二〇一五年）一文已有所梳理。但對於寶顔堂本、續學海本的先後關係，筆者對矢島氏的結論有所補正，參見拙文《今本〈毛詩草木鳥獸蟲魚疏〉辨僞》（《文史》第一三一期，二〇二〇年五月）。

〔二〕如寶顔堂本卷上『北山有枸』（即《小雅·南山有臺》『南山有枸』之誤，《陸疏廣要》改此條爲『南山有枸』）條，『山木，其狀如櫨，一名枸骨』及『理白可爲函板』二句，實爲《小雅·南山有臺》『南山有杞』疏文，並非《小雅·南山有臺》『南山有枸』之疏；而『古語云「枳枸來巢」，言其味甘，故飛鳥慕而巢之』一句，則是截取自羅願《爾雅翼》卷九『椇』條的文字，原與《陸疏》無涉。

〔三〕如寶顔堂本卷上『贈之以芍藥』條（即《陸疏廣要》『贈之以勺藥』條），『揚雄賦曰：「甘甜之和，芍藥之美。」七十食也』，『七十食也』意指不明。考宋本《御覽》此句原作『然芍藥又入食也』，至倪炳刻本、周堂活字本方譌作『藥七十食也』。可知寶顔堂本『七十』爲『又入』之誤，因輯佚者未見宋本，故襲用倪、周二本譌字而不知。

〔四〕具體考證，詳見前引拙文《今本〈毛詩草木鳥獸蟲魚疏〉辨僞》。

二、毛晉《陸疏廣要》對《陸疏》的整理與廣要

毛晉（一五九九—一六五九），字子晉，虞山（今江蘇常熟）人。原名鳳苞，字子九，後改名晉。毛晉以汲古閣藏書、刻書聞名於世。其藏書最多時達八萬四千册，富有宋刻元槧、善本舊鈔，以此名噪一時。汲古閣刻書亦達六百餘種，其中以《十三經注疏》《十七史》的刊刻最爲知名。

《陸疏廣要》的出版，當在崇禎十二年（一六三九）孟秋，作爲《津逮秘書》第一集《毛詩津逮》的一種，流傳於世〔一〕。據書首毛晉《序略》，其在校刻《十三經注疏》之時，於《詩經》用心尤多，遂根據《陸疏》的各條題目，將《陸疏》本文由《毛詩注疏》中摘出，並附之《爾雅》郭璞注、鄭樵注等『有補經學之書』，以爲《廣要》〔二〕。由於汲古閣《十三經注疏》的校刻始於崇禎元年，其中《毛詩注疏》刻成於崇禎三年〔三〕，則《陸疏廣要》的編纂亦當始於崇禎元年至三年之間，至崇禎十二年出版，《陸疏廣要》的編纂，約略耗費了十年時間。

《毛詩》之學，因漢代毛亨、毛萇而得名。毛晉作爲毛氏後人，編纂《陸疏廣要》，有其繼承家學，顯揚宗族的考量〔四〕。而且，如前所述，明萬曆後期湧現出了馮復京《六家詩名物疏》、吴雨《毛詩鳥獸草木考》、林兆珂《毛詩多識編》等著作，《詩經》名物之學，正一時風氣之所趨。毛晉編纂《陸疏廣要》，顯然是受到了這一風氣的影響，特别是書中依本同鄉馮復京《六家詩名物疏》尤多，由之不難窺見其中的傳承。除《陸疏廣要》之外，毛晉還著有《毛詩名物考》一書〔五〕，惜已不傳，只得藉《陸疏廣要》以窺毛晉名物學之一斑。

《陸疏廣要》的内容，可以分爲以下兩部分：

（一）對《陸疏》的整理

毛晉雖藏有不少稀見的宋元版及舊鈔本，然而卻未見古本《陸疏》，除個别條目有所修訂外，《陸疏廣要》全書體例與明萬曆以降

〔一〕陳函煇《〈毛詩津逮〉序》署於崇禎十一年戊寅冬日小寒，略早於毛晉《序略》所署崇禎十二年孟秋。據此可以推測，在崇禎十一年冬《陸疏廣要》業已成稿，而全書刊刻，則至崇禎十二年秋方始竣工。參考書首毛晉《序略》及《附録二》所收陳函煇《序》。另外，《陸疏廣要》雖爲《津逮秘書》之一種，但十五集《津逮秘書》的目録編訂及其集印，當在清初，此前應以單本、單集印賣。參見孔毅《汲古閣刻本〈津逮秘書〉雜考》（《四川圖書館學報》，一九八九年第二期）。

〔二〕毛晉《〈陸疏廣要〉序略》：『時余方訂正《十三經註疏》，於《詩經》尤不敢釋手，遂因陸氏所編若干題目，繕寫本文，旁通《爾雅》郭、鄭諸子，衆有補經學之書。』

〔三〕錢大成《毛子晉年譜稿》，《國立中央圖書館館刊》第一卷第四號，一九五八年。

〔四〕毛晉《〈陸疏廣要〉序略》云：『自大毛公、小毛公連鑣並轡，俾齊、魯、韓三傑亦退避三舍，一時學者尚崇毛氏，系之曰《毛詩》，迄今不易。……余小子妄率井見，欣然爲陸氏執鞭，亦僅效王景文十聞之一耳。倘令吾宗兩公見之，得毋詫耳孫之不肖，其猶正墻面而立也歟？』

〔五〕《（乾隆）江南通志》卷一九〇《藝文志》：『《毛詩名物考》三卷，常熟毛晉。』（四庫全書本，葉四十裏）

的僞本《陸疏》相同，即以草、木、鳥、獸、魚、蟲的次序排列，並於書後附有『魯詩』『齊詩』『韓詩』『毛詩』的傳授源流。僞本《陸疏》原爲上下兩卷，因《陸疏》文本之外，尚附有《廣要》的内容，故毛晉每卷又分上下子卷，合共四卷。

考毛晉所據僞本《陸疏》，應爲泰昌元年所刻寶顔堂本。如第六四『無折我樹杞』條，標題下注云：『舊刻「集于苞杞」，非。』寶顔堂本、續學海正作『集于苞杞』，而志林本則『苞』誤作『枹』。又如『毛詩』條『以授魯人，魯身授魏人李克』句，與寶顔堂本正同，續學海本『李』誤作『季』，而志林本則將之改爲『以授魯人申公，申公授魏人李尅』。由此不難推測，書中所謂『舊刻』(或稱『向刻』『坊刻』)當指其底本寶顔堂本。

值得注意的是，書中《陸疏》正文之下，有注稱『一本』(或稱『舊本』)之處。如第二八『言采其莔』條，《陸疏》正文『其草有兩種，葉細而花赤，有臭氣也』下注云：『一本作「花葉有兩種，一種葉細而花赤，一種葉大而花白，復香」。』此『一本』所云，不見於《陸疏》晚明諸本，然覈其文字，則與《詩緝》所引完全相同。可知毛氏所謂『一本』，指的是見於古書徵引的《陸疏》古本，並非當時實際存在的《陸疏》版本。

毛晉對寶顔堂本《陸疏》的增輯補訂，主要有以下幾點。其一、在寶顔堂本的基礎上，據《毛詩正義》增補了『食野之芩』一條，全書條目增加到了一百三十三條。其二、是對寶顔堂本詩句標目的明顯譌誤有所修訂。如前述《陸疏廣要》改寶顔堂本『集于苞杞』標目爲『無折我樹杞』即是。其三、是對寶顔堂本《陸疏》文字的增補與删削。如第一一九『喓喓草蟲』條，寶顔堂本原有『今人謂蝗子爲螽子，兖州人謂之螣』一句。然而此句又見於『趯趯阜螽』條，且《毛詩正義》引用此句，乃釋『阜螽』而非『草蟲』[一]，故《陸疏廣要》據之以删[二]。又如第八九『宛彼鳴鳩』條，『鶻鳩，一名斑鳩，似鶉鳩而大。鶉鳩，灰色，無繡項，陰則屏逐其匹，晴則呼之。語曰「天將雨，鳩逐婦」，是也。斑鳩，項有繡文斑然』一段，不見於寶顔堂本，蓋毛晉據陸佃《埤雅》所補。

然而，毛晉未能察覺寶顔堂本的作僞之處，全書體例及其内容，大體依據僞本。而且，毛晉對寶顔堂本所作的增訂，亦有考證未周之處。如前述第八九『宛彼鳴鳩』條，細審陸佃《埤雅》文意，《陸疏》引文實僅『鶻鳩，一名斑鳩』一句，『似鶉鳩而大』以下乃陸佃駁斥《陸疏》之語，並非《陸疏》[三]。毛晉不察《埤雅》文意，誤將『似鶉鳩而大』以下的内容闌入《陸疏》。

[一]《毛詩·召南·草蟲》正義云：『《釋蟲》又云：「阜螽，蠜。」……陸機云：今人謂蝗子爲螽子，兖州人謂之螣。』(《毛詩注疏》卷一之四，阮刻《十三經注疏》本，第一葉裏）

[二]《陸疏廣要》第一一九『喓喓草蟲』條，《疏》文下注云：『坊刻多「今人謂蝗子爲螽子，兖州人謂之螣」，誤，今依舊本删去。』毛氏所謂『舊本』，即指《毛詩正義》所引《陸疏》。

[三]陸佃《埤雅》卷七『鶻鳩』條云：『陸璣云：「鶻鳩，一名斑鳩。」蓋斑鳩似鶉鳩而大，鶉鳩灰色，無繡項，陰則屏逐其匹，晴則呼之，語曰「天將雨，鳩逐婦」者，是也；斑鳩項有繡文斑然，故曰「斑鳩」，則與此鶻鳩全異，璣之言非。』(王敏紅校點，浙江大學出版社，二〇〇八年，第六六頁）

因此，毛晉整理的《陸疏》文本，有一定的參考價值，但其整體上依本於實顏堂本這一僞本，且毛晉在補訂中有疏於考辨之處，今日讀者利用《陸疏廣要》的《陸疏》文本時，須對這些問題加以注意。

（二）對《陸疏》的廣要

在整理《陸疏》文本之外，毛晉的主要工作在於《廣要》部分的編纂。《廣要》並不是對《陸疏》逐句逐字的注釋，而是就《詩經》中所述名物，蒐羅古今衆説，以廣見聞。遇諸説抵牾之時，毛晉亦時加按斷，附以己見。

如《序略》所言『旁通《爾雅》郭、鄭諸子暨有補經學之書』，《廣要》所引主要以《雅》學書爲主。除《序略》所言《爾雅》郭璞注、鄭樵注之外，邢昺《爾雅疏》、陸佃《埤雅》、羅願《爾雅翼》亦爲常用之書。其餘如嚴粲《詩緝》、朱熹《詩集傳》、吕祖謙《吕氏家塾讀詩記》（《陸疏廣要》稱《詩紀》）亦多有引用，在此不一一詳述。值得一提的是，毛晉對於馮復京《六家詩名物疏》頗爲推崇。如第一四『菉竹猗猗』條下，毛晉按語引馮氏説六百餘字，末謂『上文皆馮嗣宗辨證，可謂詳明博雅矣』，可見其對馮氏之推許。而明引之外，《廣要》引書，亦有不少是轉引自《六家詩名物疏》。如第六七『揚之水不流束蒲』條，《廣要》『毛傳云蒲草』至『又可爲屋材』中所引毛傳、《本草圖經》、《本草》注、《古今注》等内容，引用的節略及起止，與《六家詩名物疏》完全相同，知其爲轉引無疑。毛晉對《六家詩名物疏》的沿襲，於此可窺一斑。

毛晉《廣要》旁徵博引，基本囊括了古代重要的名物學書籍，一書在手，即能迅速瞭解古來關於《詩經》名物的衆説。當然，書中部分條目的毛晉《廣要》，也不免有冗雜之處。如第八二『鶴鳴于九皋』條下，用千餘字記《瘞鶴銘》事，然實與《詩經》名物無關，有背全書體例〔一〕。另外，《廣要》的引書方法，亦有失當之處。一書引用之中，時有横插他書引文之處，致使引用起止不明，而引文漏標書名、人名之處亦不少。而且，如前述《六家詩名物疏》之例，《廣要》不少引書乃出自轉引，然而毛晉未能覈查原書，轉引文獻中的誤字也一併因襲了下來。由於毛晉所引諸書，今日大多尚存，因此讀者在使用《廣要》時，須注意覈對原書，不可徑以爲據。

儘管有不少缺憾，但就總體而言，毛晉《廣要》，徵引廣博，考證翔實，在被認爲學風空疏的晚明，實屬難得。《四庫全書總目》謂其『雖傷冗碎，究勝空疎』，『明季説《詩》之家，往往簸弄聰明，變聖經爲小品，晉獨言言徵實，固宜過而存之』，可謂的論。特別是汲古閣校刻《十三經注疏》乃學術史上的一件大事，但由於其書未附校記，毛晉在經書校勘上的見解，尚有不少未明之處。《陸疏廣要》作爲毛晉唯一的經學著述，爲我們提供了瞭解其人經學的第一手材料。

需要注意的是，毛晉對於《陸疏》未嘗言及的《詩經》名物，似作有補遺。如《序略》云：『更有陸氏所未載，如葛、桃、燕、鵲之類，循本經之章次而補遺焉。』第三四『莫莫葛藟』條《廣要》亦云：『但《葛覃》《采葛》《葛生》詠葛者甚多，陸氏疏不載，因附

〔一〕《四庫全書總目》：『至於嗜異貪多，每傷支蔓。如「鶴鳴于九皋」一條，後附《焦山瘞鶴銘考》一篇，蔓延及於石刻，於經義渺無所關。核以詁經之古法，殊乖體例。』

補遺于卷末。』然而，今日所見《陸疏廣要》諸本，均未見上述補遺。筆者推測，因補遺内容已與《陸疏》無關，故毛晉最終未將其收入《陸疏廣要》，而是另外獨立成書，《毛詩名物考》或許即是爲此而作。由於毛晉《毛詩名物考》今已不存，在此謹識闕疑。

以上從《陸疏》的整理與廣要這兩方面，對毛晉《陸疏廣要》的内容進行了介紹。《陸疏廣要》自明末出版以來，頗受學者重視，前述趙佑、丁晏、羅振玉的諸家輯佚，參據底本中即有《陸疏廣要》。不僅如此，《陸疏廣要》還遠傳東瀛，對日本學界産生了不小的影響。日本安永七年（一七七七）淵在寬編《陸氏草木鳥獸蟲魚疏圖解》，《陸疏》後附的日文解釋，大多即依本《陸疏廣要》。

鑒於《陸疏廣要》對於《詩經》名物研究的參考價值，以及該書在學術史上的重要地位，故將《陸疏廣要》列爲《中國科技典籍選刊》（第三輯）之一種，對該書進行影印、校點，力求爲讀者提供一個徵實可靠的整理本。

三、整理説明

關於《陸疏廣要》的版本，以明崇禎十二年（一六三九）毛晉汲古閣原本爲最早，收入《津逮秘書》第一集。該本由毛晉親自主持刊刻，後來諸本均由此出，可以説是《陸疏廣要》的最佳版本。但由於校覈稍疏，書中不乏手民誤植。

清乾隆間修《四庫全書》，《陸疏廣要》被收入其中，並被選爲《四庫全書薈要》之一種。今存摛藻堂《四庫全書薈要》本及文淵閣、文津閣等《四庫全書》本。館臣對《廣要》引文，有所覈查，並對原書的刊刻之誤多有校正，有較高的參考價值。但是館臣所見諸書版本，時與毛晉所據有異，校改未必得當，而且館臣頗以一己之是非擅改，致使原書面貌全非。最爲甚者，即更易《陸疏廣要》各類的條目順序，改從《詩經》原書次第[一]。盡管《陸疏廣要》的條目次序出於明人僞本，原不足爲據，然而既以毛晉之書爲本，則應當尊重其書的歷史面貌，不應擅改。館臣對《陸疏廣要》的改易，部分已超出了古書校勘的範圍，而近於改編。

乾隆之後，嘉慶十一年（一八〇六）張海鵬輯《學津討原》（第二集）及道光十五年（一八三五）李元春輯《青照堂叢書》（次編）均收録《陸疏廣要》，其中《青照堂叢書》本於欄上還附有李氏評語。二本均爲《津逮秘書》本的重刻本。

除上述古版本外，民國時期商務印書館《叢書集成初編》曾據《津逮秘書》本影印，而最近則有朱新林、劉心明校點的《儒藏》本[二]。

此次整理以日本國立公文書館藏明崇禎汲古閣刻《津逮秘書》本爲底本，加以影印、校點[三]，並參校文淵閣《四庫全書》本（簡

〔一〕《四庫全書薈要總目》『今據内府所藏晉汲古閣刊本繕録，其編目次第改依經文』，即謂此。詳見本書《附録二》。
〔二〕收入《儒藏》精華編第二六册，北京大學出版社，二〇一二年。
〔三〕《津逮秘書》（索書號：子〇八五—〇〇〇一）册二至册五。由於該本《陸疏廣要》卷上之上原闕第五葉、第六葉，影印時以同館所藏同版本（索書號：二七三—〇二四八）補齊。

稱『四庫本』）。

整理凡例具體如左：

一、底本不誤而四庫本誤，不出校；底本誤而四庫本誤，則據四庫本改。對底本的删改以（）標識，補充的文字以［］標識。校勘力求存真復原，即以校改刊刻之誤，恢復毛晉編纂之原貌爲目的，而内容之是非，則不在校勘範圍之内。如底本卷首云『唐吴郡陸璣元恪撰』，四庫本改作『吴陸璣撰』。《陸疏》作者當爲三國吴人陸機，底本題署顯然不符歷史事實。然而毛晉既以《陸疏》作者爲唐人，則應尊重原作者意見。故對於内容之是非，校點時一因底本之舊，未作校改。

二、書中引文均覈查原書，以引號標起止。由於毛晉所用版本時與今日所見不同，又或間接引自他書，故與原書相校，多有異文。疑誤之處，除明確出於刊刻之誤者外，一般不作校改，僅在校記中注出異文。另外，毛晉引書不甚規範，或有漏注引書出處之處，或有一書引文之中横插他書引文之處，或有不辨原書引用起止誤爲闌入之處，爲免讀者疑惑，權在校記中加以説明。

三、保留底本的異體字，但對於今日不常用的異體字，則統一爲通行字體，逕改不出校。如『撰』改『撰』，『叅』改『參』。至於明顯的誤刻，如『己』『已』『巳』混用之處，亦逕改不出校。

四、底本避明諱，『由』字闕末筆，『校』字作『挍』。校點時均作回改，不出校。

五、爲方便尋覽，全書一百三十三條《陸疏》條目皆施以阿拉伯數字編號。另外，底本原以頂格排列《陸疏》，空一格排列《廣要》。因本書采用圖文混編方式排版，换頁時頂格、空格不易區分，故於《陸疏》前加［疏］，《廣要》前加［廣要］以清眉目。

六、書末設有《附録》，收入《陸疏》《陸疏廣要》相關版本書影、前人序跋提要，及毛晉的生平資料。《欽定四庫全書考證》中的《陸氏詩疏廣要》部分，對於瞭解四庫本的校改依據頗有幫助，亦收入《附録》之中。最後，中古文獻中名爲『詩義疏』『毛詩義疏』的一類文獻，與《陸疏》關係密切，整理者將《齊民要術》《藝文類聚》《初學記》《太平御覽》中與『詩義疏』『毛詩義疏』相關的條目輯出，作爲《附録》，以供讀者參考。

限於整理者的水平，本次校點應該仍有不少疏漏與錯誤，敬請讀者批評指正。

王孫涵之

二〇二〇年十二月

《毛詩草木鳥獸蟲魚疏廣要》校點

毛詩草木鳥獸蟲魚疏廣要卷上之上

唐　吳郡陸璣元恪　撰

明　西海隅毛晉子晉　參

方秉蕑兮

蕑卽蘭香草也春秋傳曰刈蘭而卒楚辭云紉秋蘭以爲佩孔子曰蘭當爲王者香草皆是也其莖葉似藥草澤蘭但廣而長節節中赤高四五尺漢諸池苑及許昌宮中皆種之可著粉中故天子賜諸侯茝蘭藏衣著書中辟白魚

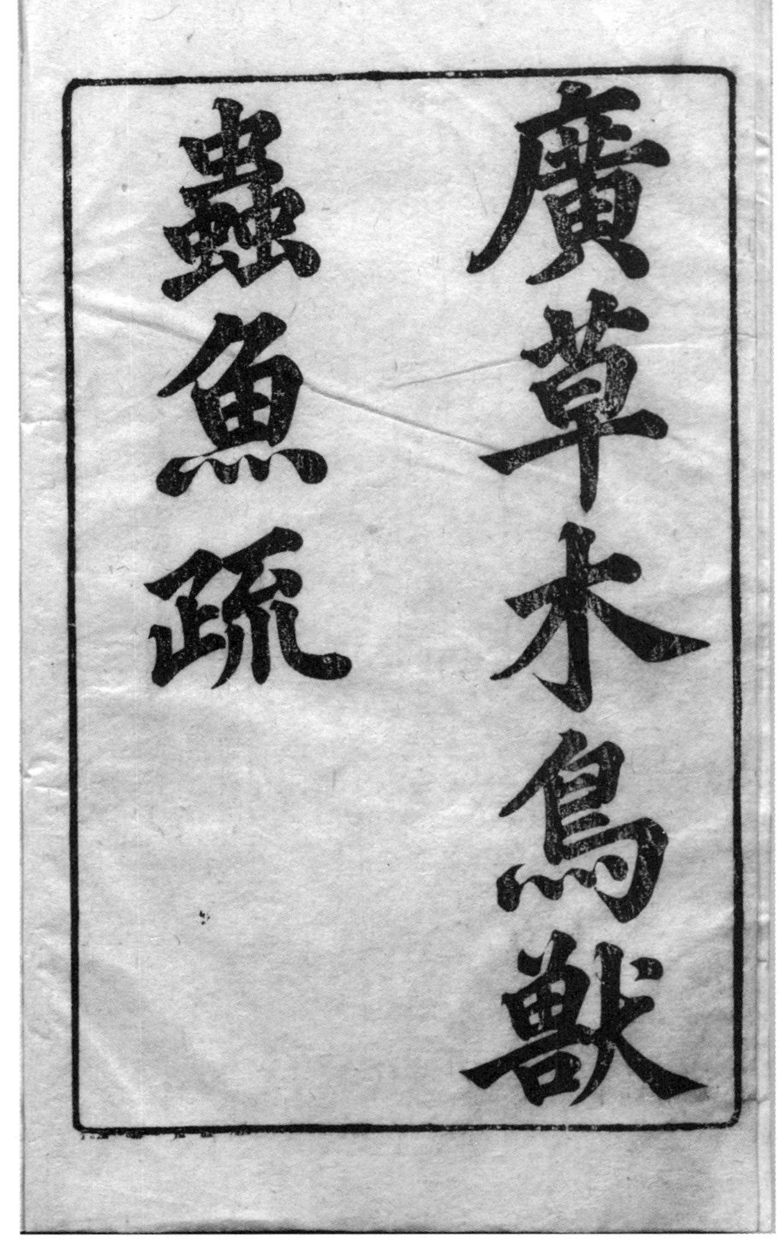

廣草木鳥獸
蟲魚疏

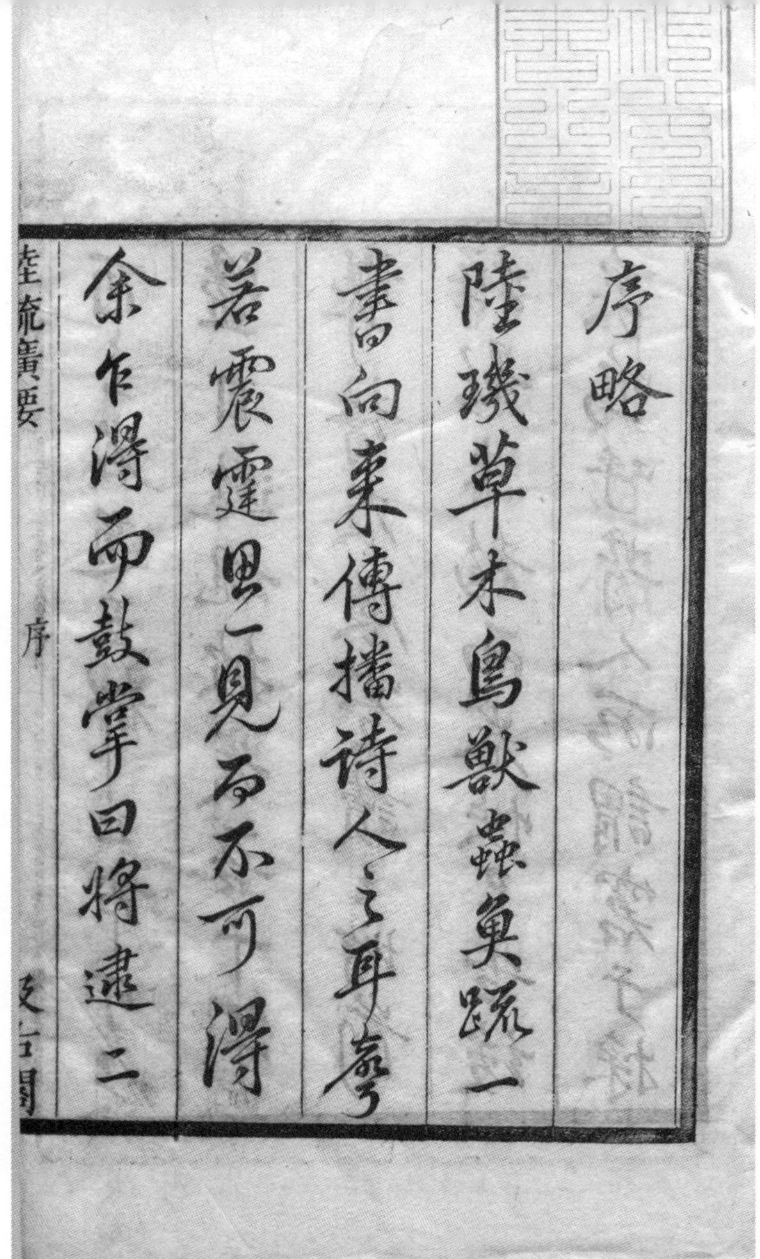

序略

陸璣草木鳥獸蟲魚疏一
書向來傳播詩人之耳聲
若震霆思一見而不可得
余乍得而鼓掌曰將逮二

陸疏廣要　序

序略

陸璣《草木鳥獸蟲魚疏》一書，向來傳播詩人之耳，聲若震霆，思一見而不可得。余乍得而鼓掌曰：將逮二

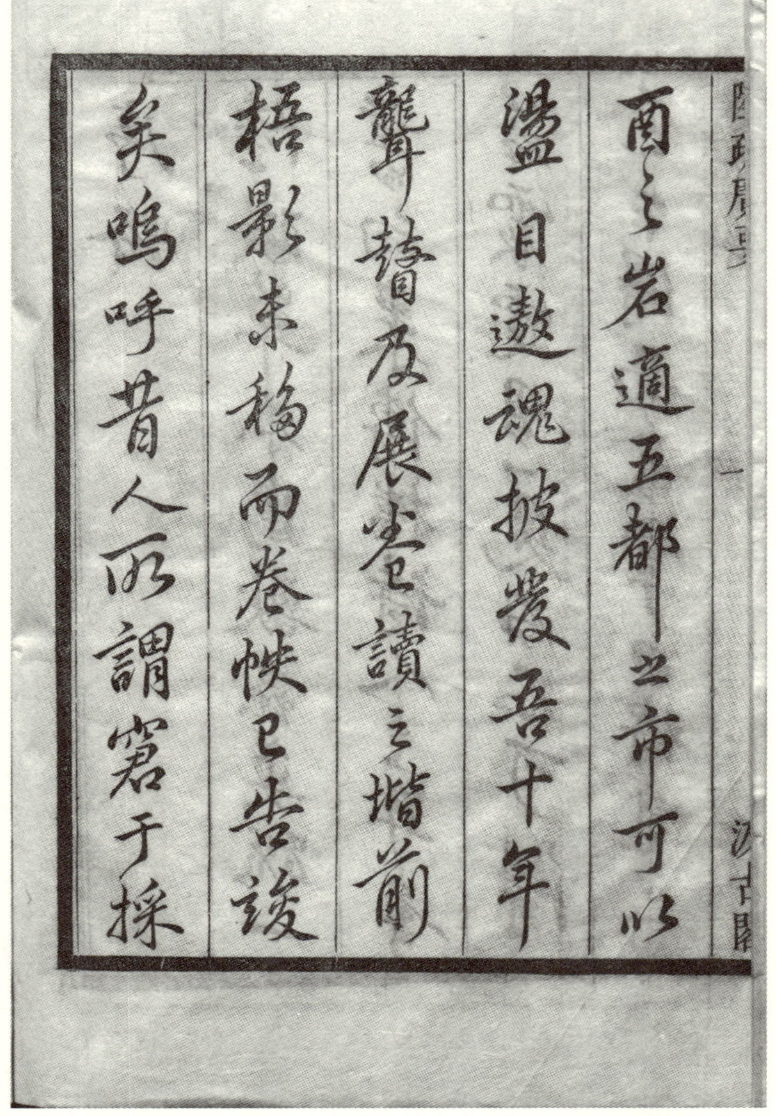

西之岩，適五都之市，可以盪目遨魂，披發吾十年聾瞽。及展卷讀之，堦前梧影未移，而卷帙已告竣矣。嗚呼！昔人所謂窘于採

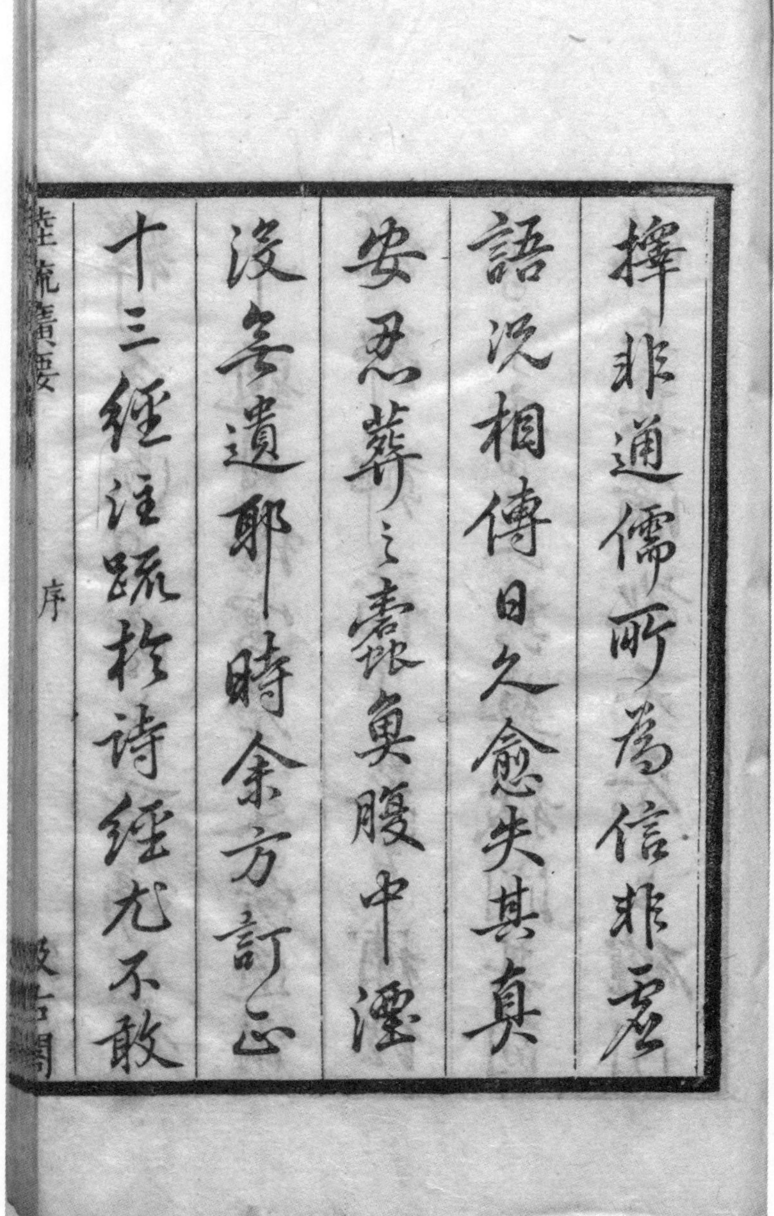
擇非通儒所爲信非虚
語況相傳日久愈失其真
安忍葬之蠧魚腹中湮
沒無遺耶時余方訂正
十三經注疏於詩經尤不敢

擇，非通儒所爲，信非虚語。況相傳日久，愈失其真，安忍葬之蠧魚腹中，湮没無遺耶？時余方訂正《十三經注疏》，於《詩經》尤不敢

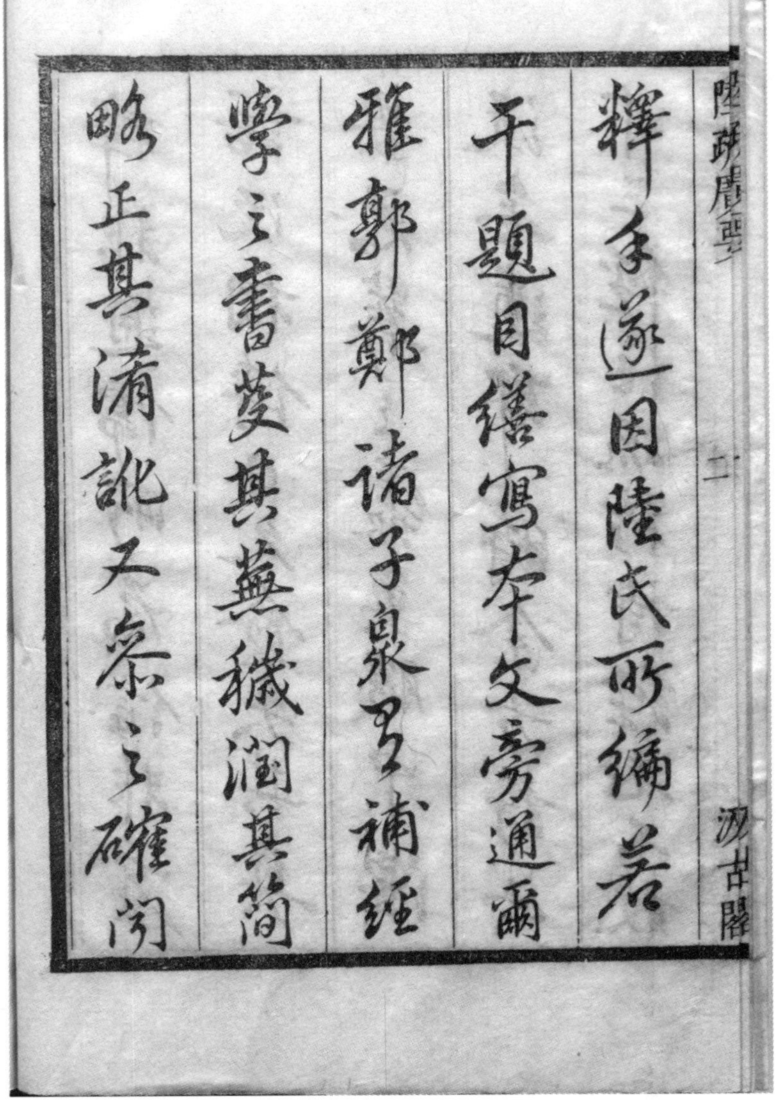

陸疏廣要 二 汲古閣

釋手遂因陸氏所編若
干題目繕寫本文旁通爾
雅郭鄭諸子暨有補經
學之書芟其蕪穢潤其簡
略正其淆訛又參之確聞

釋手。遂因陸氏所編若干題目，繕寫本文，旁通《爾雅》郭、鄭諸子暨有補經學之書，芟其蕪穢，潤其簡略，正其淆訛，又參之確聞

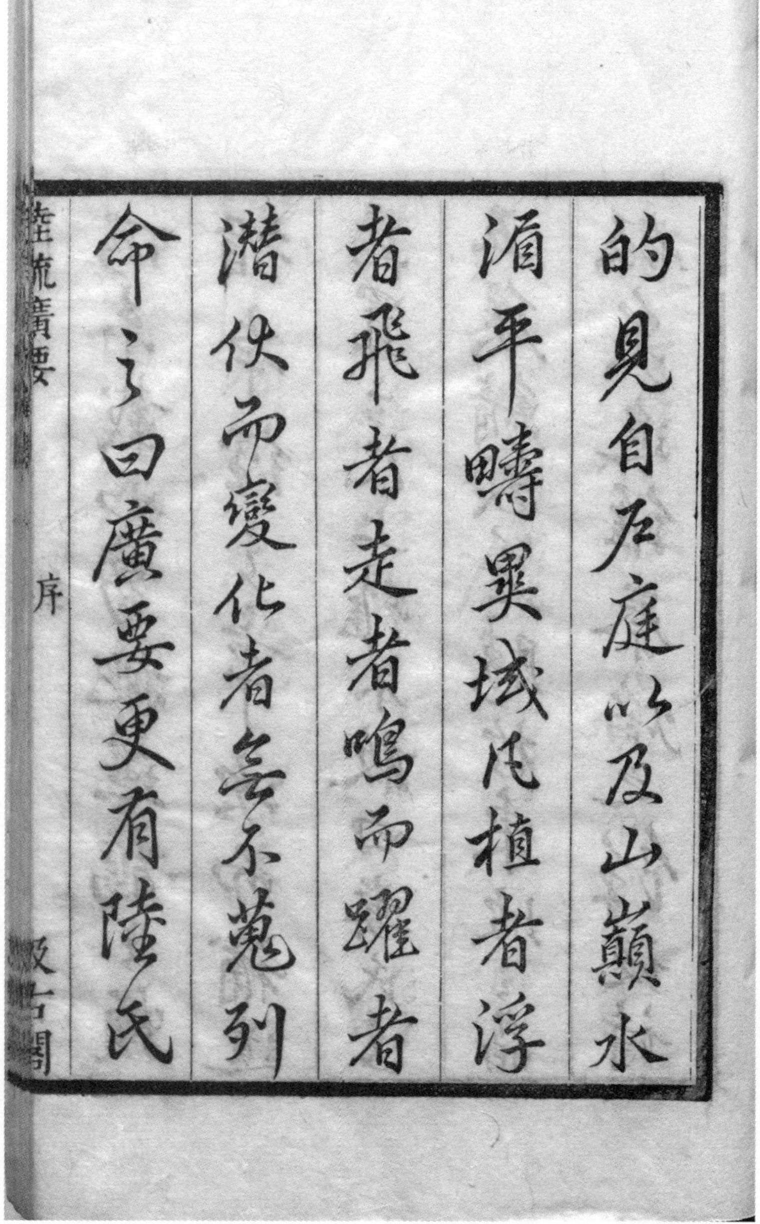
的見自户庭以及山巔水
湄平疇異域凡植者浮
者飛者走者鳴而躍者
潛伏而變化者無不蒐列
命之曰廣要更有陸氏
序
汲古閣

的見，自户庭以及山巔水湄、平疇異域，凡植者、浮者、飛者、走者、鳴而躍者、潛伏而變化者，無不蒐列，命之曰《廣要》。更有陸氏

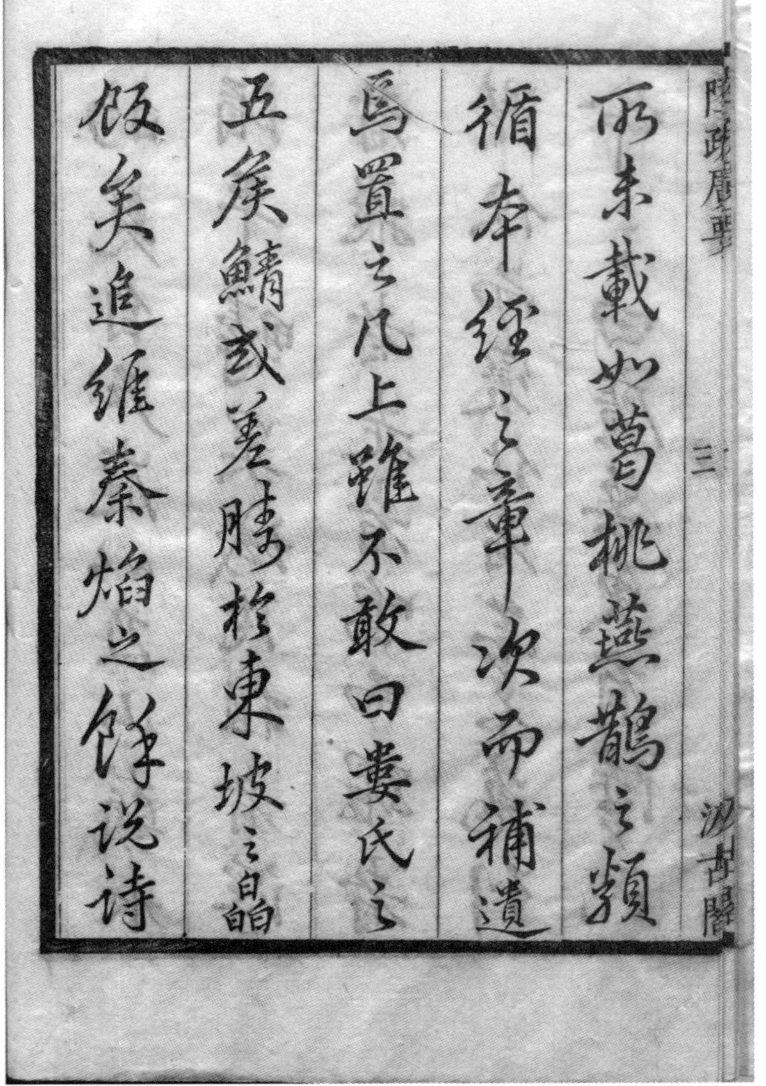
陸疏廣要　三　汲古閣

所未載如葛桃燕鶺之類
循本經之章次而補遺
焉置之几上雖不敢曰婁氏之
五侯鯖或差勝東坡之皛
飯矣追維秦焰之餘説詩

所未載，如葛、桃、燕、鶺之類，循本經之章次而補遺焉。置之几上，雖不敢曰婁氏之五侯鯖，或差勝東坡之皛飯矣。追維秦焰之餘，説《詩》

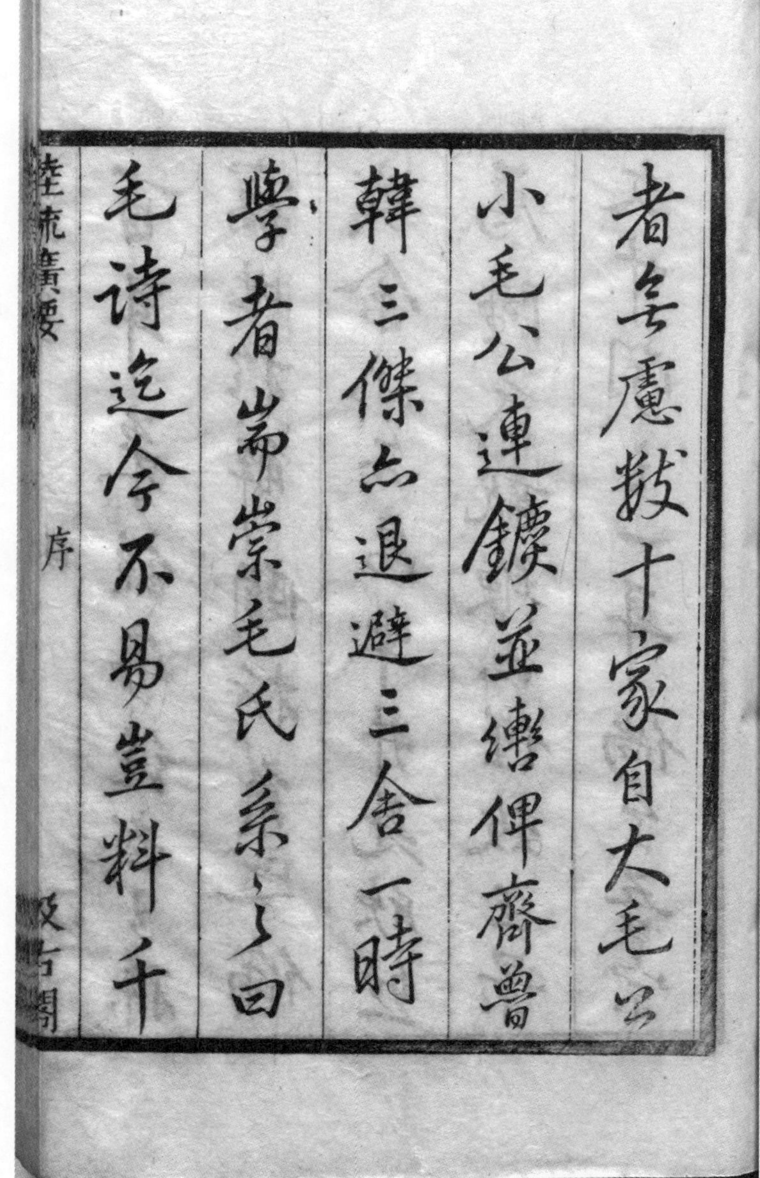
者無慮數十家自大毛公
小毛公連鑣並轡俾齊魯
韓三傑亦退避三舍一時
學者喁崇毛氏系之曰
毛詩迄今不易豈料千
陸疏廣要　序　汲古閣

者無慮數十家。自大毛公、小毛公連鑣並轡，俾齊、魯、韓三傑亦退避三舍，一時學者喁崇毛氏，系之曰《毛詩》，迄今不易。豈料千

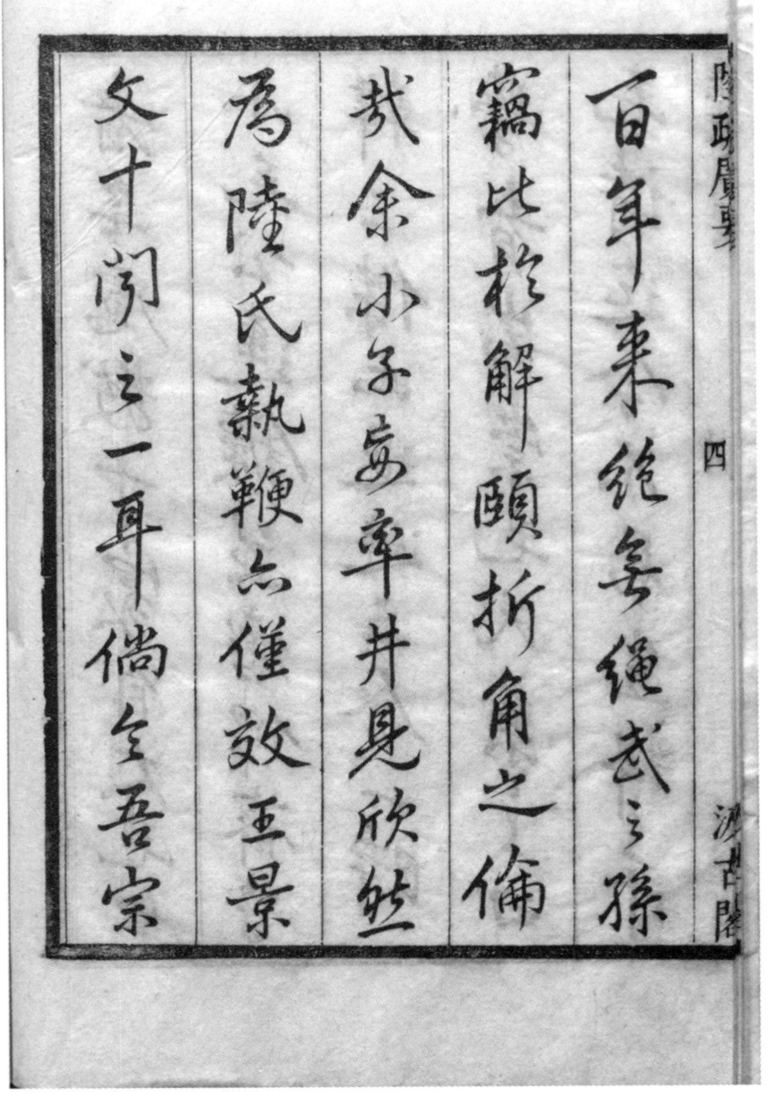
陸疏廣要　四　汲古閣

百年来絶無繩武之孫
竊比於解頤折角之倫
哉余小子妄率井見欣然
爲陸氏執鞭亦僅效王景
文十聞之一耳倘令吾宗

百年來，絶無繩武之孫，竊比於解頤、折角之倫哉！余小子妄率井見，欣然爲陸氏執鞭，亦僅效王景文十聞之一耳。倘令吾宗

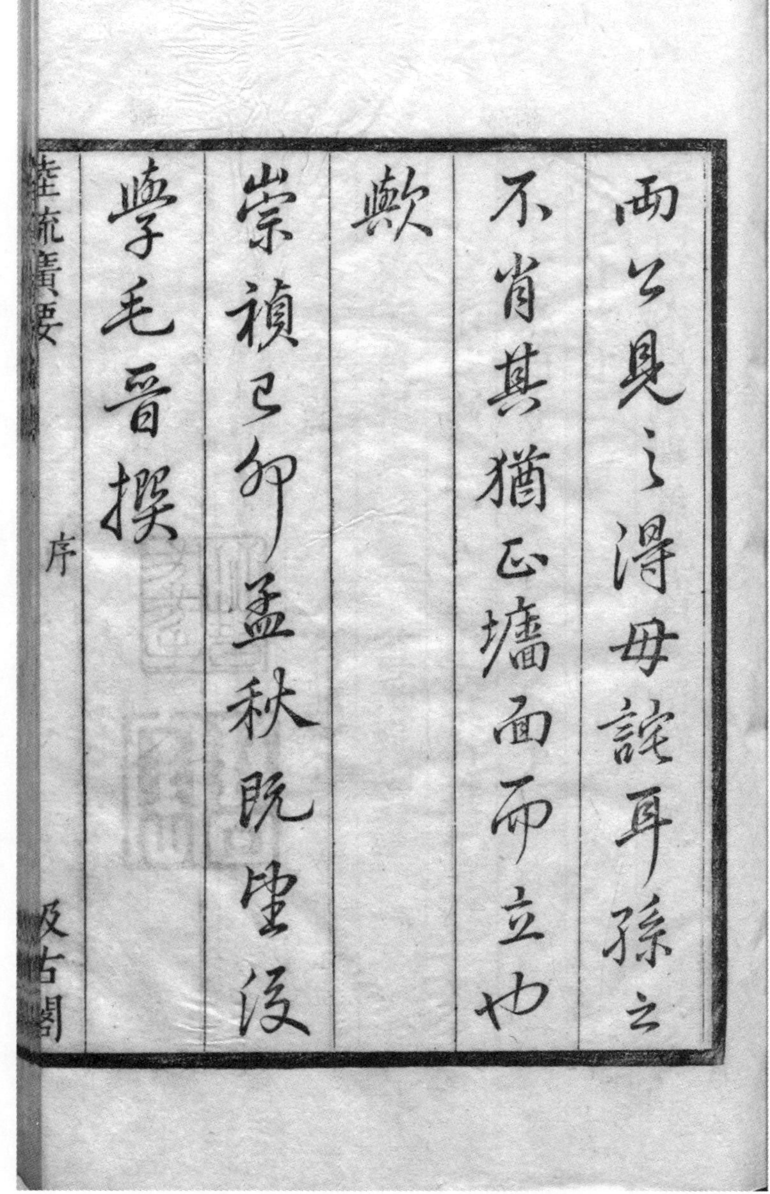
兩公見之得毋詫耳孫之
不肖其猶正墻面而立也
歟
崇禎己卯孟秋既望後
學毛晉撰
序
汲古閣

兩公見之，得毋詫耳孫之不肖，其猶正墻面而立也歟？

崇禎己卯孟秋既望後學毛晉撰

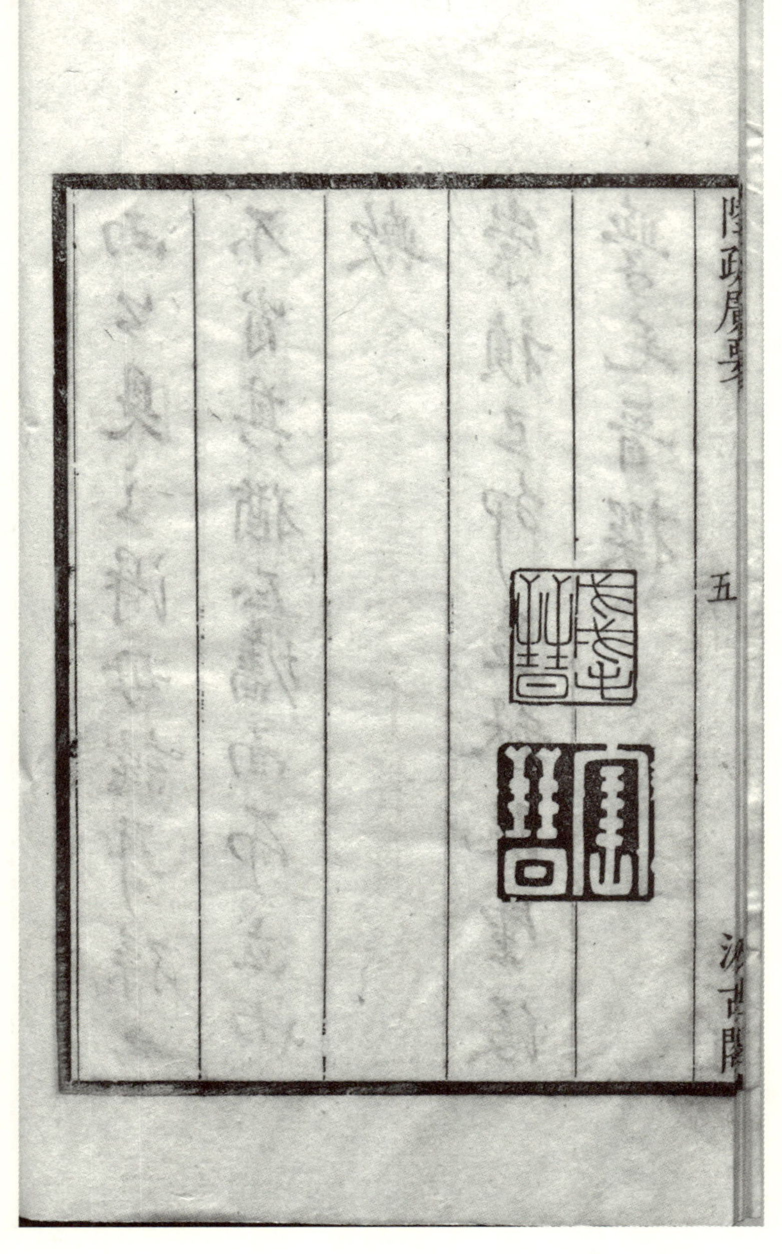

毛詩草木鳥獸蟲魚疏廣要目錄

卷上之上

方秉蕑兮　采采芣苢

言采其蝱　中谷有蓷

集于苞杞　言采其藚

蔦與女蘿　有蒲與荷

參差荇菜　于以采蘋

于以采藻　言采其茆

蒹葭蒼蒼　菉竹猗猗

毛詩陸疏廣要　目錄　汲古閣

毛詩草木鳥獸蟲魚疏廣要目録

卷上之上

1. 方秉蕑兮	2. 采采芣苢
3. 言采其蝱	4. 中谷有蓷
5. 集于苞杞	6. 言采其藚
7. 蔦與女蘿	8. 有蒲與荷
9. 參差荇菜	10. 于以采蘋
11. 于以采藻	12. 言采其茆
13. 蒹葭蒼蒼	14. 菉竹猗猗

毛詩陸疏廣要　一　汲古閣

苕之華　隰有游龍
食野之苹　于以采蘩
菁菁者莪　言刈其蔞
食野之蒿　食野之芩
采采卷耳　贈之以芍藥
采葑采菲　言采其蕨
言采其薇　言采其藚
薄言采芑　誰謂荼苦
匏有苦葉　卬有旨苕

15. 苕之華	16. 隰有游龍
17. 食野之苹	18. 于以采蘩
19. 菁菁者莪	20. 言刈其蔞
21. 食野之蒿	22. 食野之芩
23. 采采卷耳	24. 贈之以勺藥
25. 采葑采菲	26. 言采其蕨
27. 言采其薇	28. 言采其藚
29. 薄言采芑	30. 誰謂荼苦
31. 匏有苦葉	32. 卬有旨苕

言采其莫　莫莫葛藟

視爾如荍　北山有萊

取蕭祭脂　白茅包之

可以漚紵　卭有旨鷊

南山有臺　茹藘在阪

白華菅兮　蘞蔓于野

匪莪伊蔚　隰有萇楚

芄蘭之支　浸彼苞稂

言采其蓫

33. 言采其莫　34. 莫莫葛藟
35. 視爾如荍　36. 北山有萊
37. 取蕭祭脂　38. 白茅包之
39. 可以漚紵　40. 卭有旨鷊
41. 南山有臺　42. 茹藘在阪
43. 白華菅兮　44. 蘞蔓于野
45. 匪莪伊蔚　46. 隰有萇楚
47. 芄蘭之支　48. 浸彼苞稂
49. 言采其蓫

毛詩陸疏廣要　二　汲古閣

卷上之下

梓椅梧桐　有條有梅

北山有楰　常棣

爰有樹檀　柞棫拔矣

隰有杞桋　隰有杻

其灌其栵　其檉其椐

山有樞　山有栲

集于苞栩　無浸穫薪

無折我樹杞　其下維穀

卷上之下

50. 梓椅梧桐　51. 有條有梅

52. 北山有楰　53. 常棣

54. 爰有樹檀　55. 柞棫拔矣

56. 隰有杞桋　57. 隰有杻

58. 其灌其栵　59. 其檉其椐

60. 山有樞　61. 山有栲

62. 集于苞栩　63. 無浸穫薪

64. 無折我樹杞　65. 其下維穀

榛楛濟濟　揚之水不流束蒲
蔽芾其樗　椒聊之實
山有苞櫟　食鬱及薁
樹之榛栗　摽有梅
蔽芾甘棠　唐棣之華
隰有樹檖　南山有枸
顏如舜華　采荼薪樗
唯筍及蒲

66. 榛楛濟濟
67. 揚之水不流束蒲
68. 蔽芾其樗
69. 椒聊之實
70. 山有苞櫟
71. 食鬱及薁[1]
72. 樹之榛栗
73. 摽有梅
74. 蔽芾甘棠
75. 唐棣之華
76. 隰有樹檖
77. 南山有枸
78. 顏如舜華
79. 采荼薪樗
80. 唯筍及蒲

1 按：正文作“六月食鬱及薁”，下注云：“舊刻缺‘六月’二字。”

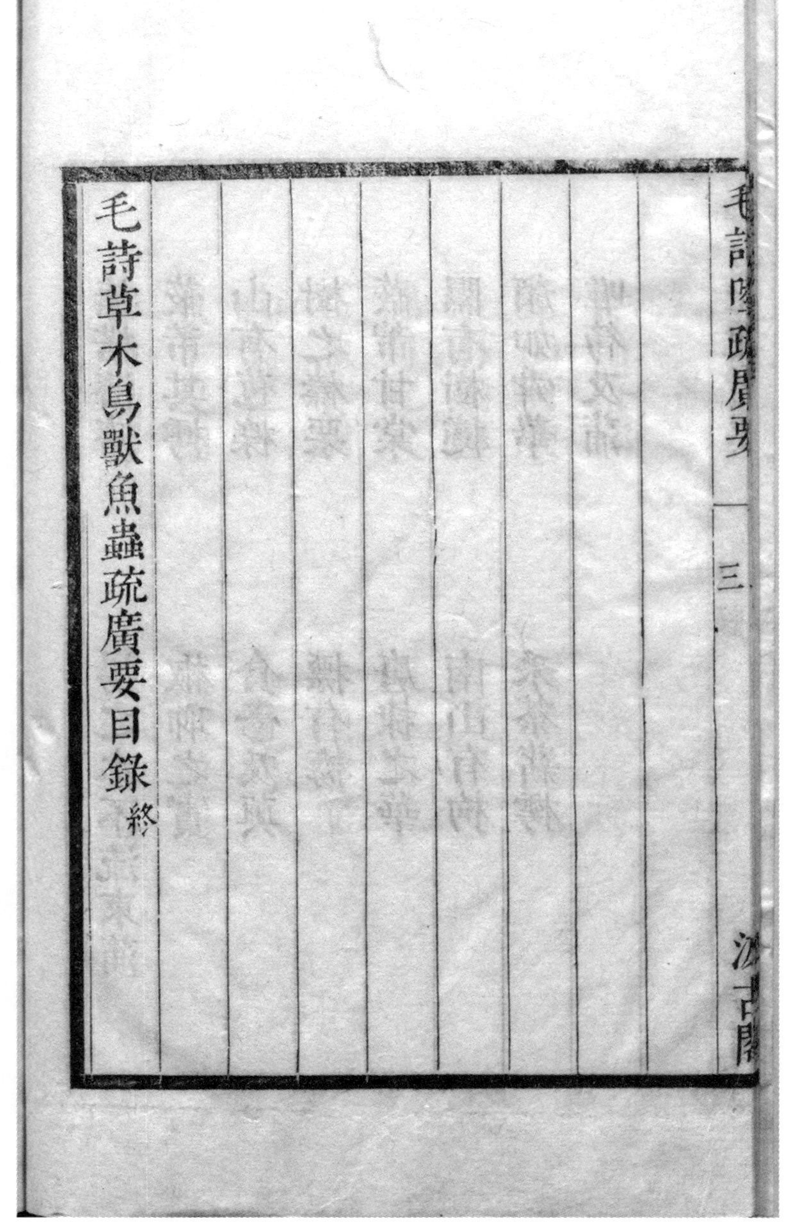

毛詩草木鳥獸蟲魚疏廣要目録終

毛詩草木鳥獸蟲魚疏廣要目錄

卷下之上

鳳皇于飛　鶴鳴于九皐

鸛鳴于垤　鴥彼晨風

鴥彼飛隼　有集維鷮

關關雎鳩　鳲鳩在桑

宛彼鳴鳩　翩翩者鵻

脊令在原　黃鳥于飛

鴟鴞鴟鴞　交交桑扈

毛詩草木鳥獸蟲魚疏廣要目録

卷下之上

81. 鳳皇于飛　　82. 鶴鳴于九皋
83. 鸛鳴于垤　　84. 鴥彼晨風
85. 鴥彼飛隼　　86. 有集維鷮
87. 關關雎鳩　　88. 鳲鳩在桑
89. 宛彼鳴鳩　　90. 翩翩者鵻
91. 脊令在原　　92. 黃鳥于飛
93. 鴟鴞鴟鴞　　94. 交交桑扈

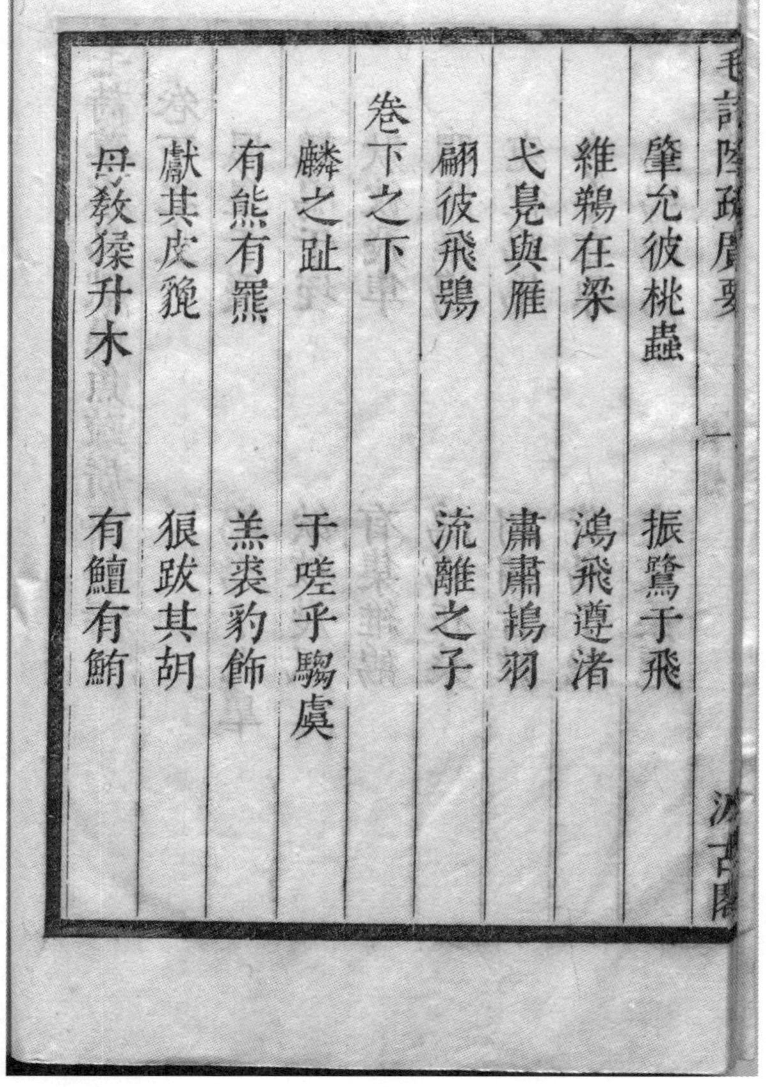

毛詩陸疏廣要 一 汲古閣

肇允彼桃蟲 振鷺于飛
維鶖在梁 鴻飛遵渚
弋鳧與雁 肅肅鴇羽
翩彼飛鴞 流離之子
卷下之下
麟之趾 于嗟乎騶虞
有熊有羆 羔裘豹飾
獻其皮貔 狼跋其胡
毋教猱升木 有鱣有鮪

95. 肇允彼桃蟲　96. 振鷺于飛[1]
97. 維鶖在梁　98. 鴻飛遵渚
99. 弋鳧與雁　100. 肅肅鴇羽
101. 翩彼飛鴞　102. 流離之子

卷下之下

103. 麟之趾　104. 于嗟乎騶虞
105. 有熊有羆　106. 羔裘豹飾
107. 獻其（皮）貔［皮］[2]　108. 狼跋其胡
109. 毋教猱升木　110. 有鱣有鮪

1 按：正文條目作"值其鷺羽"，下注云："坊刻'振鷺于飛'，誤。"

2"貔皮"，原作"皮貔"，誤倒，據正文條目改。

維魴及鱮　魚麗于罶魴鯉

九罭之魚鱒魴　魚麗于罶鱨魦

象弭魚服　鼉鼓逢逢

成是貝錦　螽斯

喓喓草蟲　趯趯阜螽

莎雞振羽　去其螟螣及其蟊賊

螟蛉有子　蟋蟀在堂

蜉蝣之羽　如蜩如螗

伊威在室　蠨蛸在戶

111. 維魴及鱮　112. 魚麗于罶魴鯉[1]
113. 九罭之魚鱒魴　114. 魚麗于罶鱨魦
115. 象弭魚服　116. 鼉鼓逢逢
117. 成是貝錦　118. 螽斯
119. 喓喓草蟲　120. 趯趯阜螽
121. 莎雞振羽[2]　122. 去其螟螣及其蟊賊
123. 螟蛉有子[3]　124. 蟋蟀在堂
125. 蜉蝣之羽　126. 如蜩如螗
127. 伊威在室　128. 蠨蛸在户

1 按："鯉"，正文條目作"鱧"，下注云："向刻'鯉'，誤。"

2 按：正文條目作"六月莎雞振羽"。

3 按：正文條目作"螟蛉有子蜾蠃負之"。

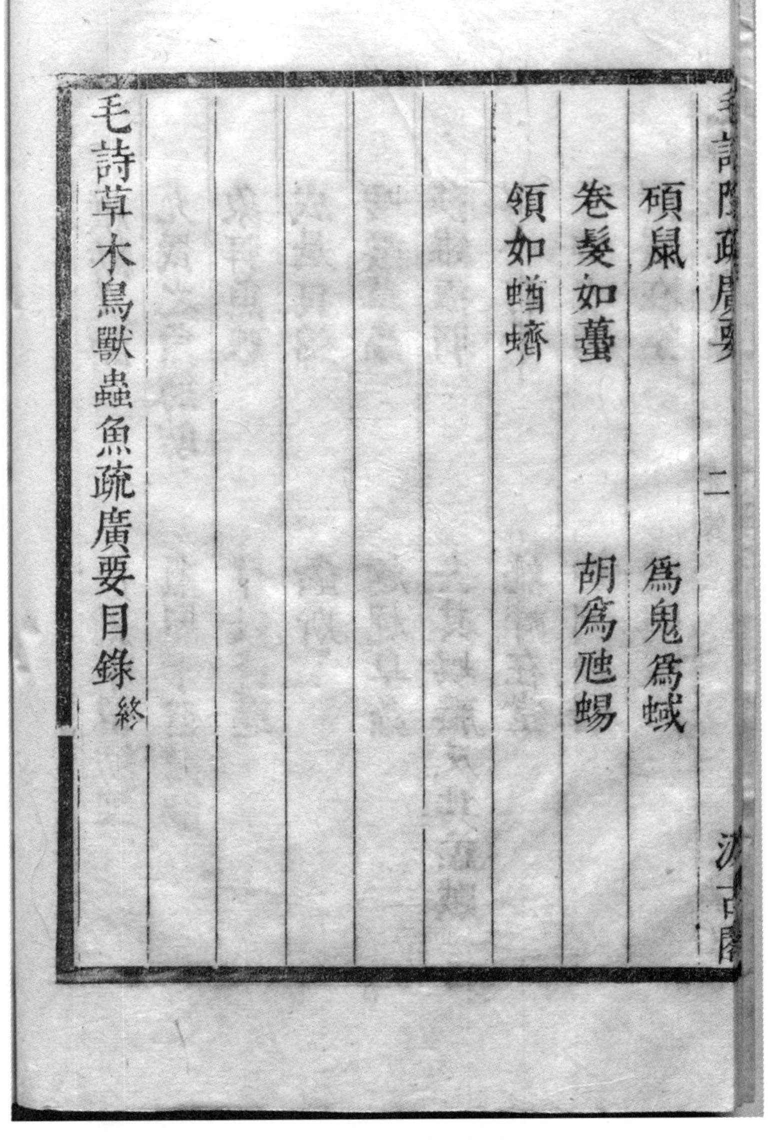

碩鼠 爲鬼爲蜮

卷髮如蠆 胡爲虺蜴

領如蝤蠐

毛詩草木鳥獸蟲魚疏廣要目錄終

129. 碩鼠 130. 爲鬼爲蜮

131. 卷髮如蠆 132. 胡爲虺蜴

133. 領如蝤蠐

毛詩草木鳥獸蟲魚疏廣要目録終

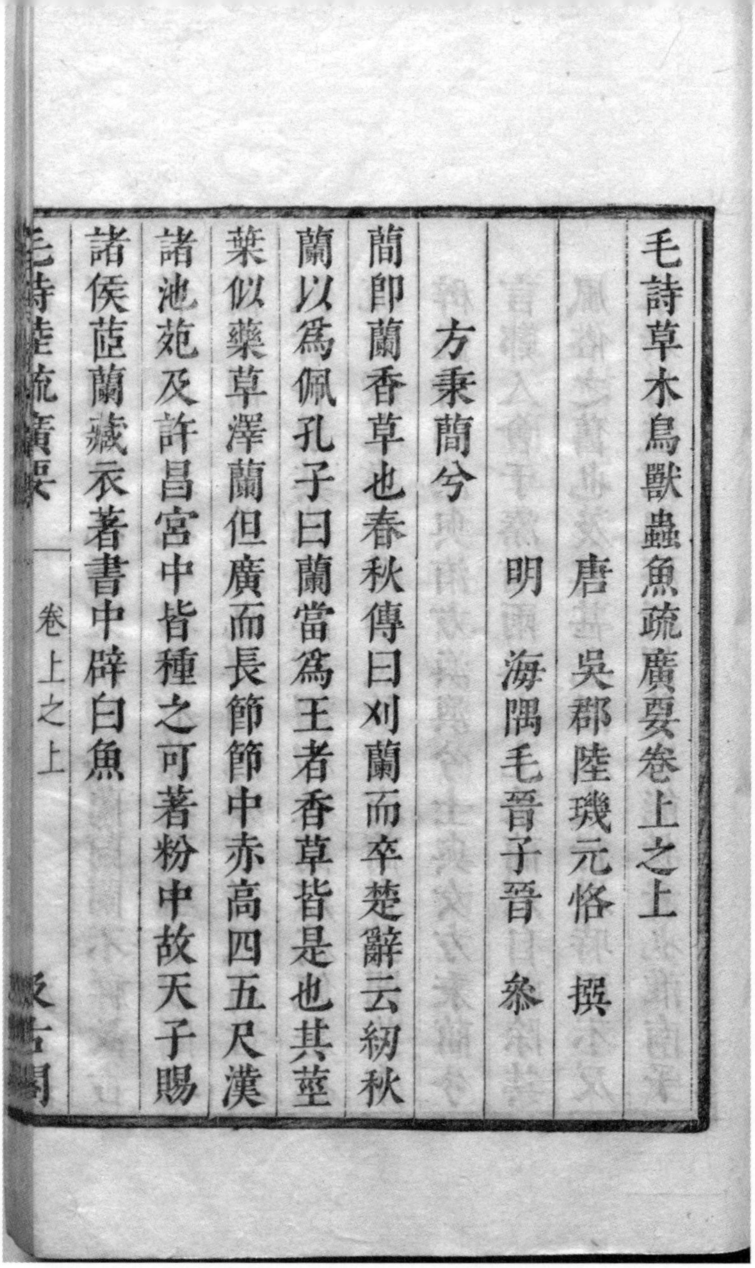

毛詩草木鳥獸蟲魚疏廣要卷上之上
唐　吳郡陸璣元恪　撰
明　海隅毛晉子晉　參
方秉蕑兮
蕑即蘭香草也春秋傳曰刈蘭而卒楚辭云紉秋
蘭以爲佩孔子曰蘭當爲王者香草皆是也其莖
葉似藥草澤蘭但廣而長節節中赤高四五尺漢
諸池苑及許昌宮中皆種之可著粉中故天子賜
諸侯茝蘭藏衣著書中辟白魚
毛詩陸疏廣要　卷上之上　汲古閣

毛詩草木鳥獸蟲魚疏廣要卷上之上

唐　吴郡陸璣元恪 撰

明　海隅毛晉子晉 参

1. 方秉蕑兮

〖疏〗蕑，即蘭，香草也。《春秋傳》曰："刈蘭而卒。"《楚辭》云："紉秋蘭以爲佩。" 孔子曰："蘭當爲王者香草。" 皆是也。其莖葉似藥草澤蘭，但廣而長節，節中赤，高四五尺，漢諸池苑及許昌宮中皆種之，可著粉中，故天子賜諸侯茝蘭。藏衣著書中，辟白魚。

毛詩陸疏廣要　卷一之上　汲古閣

埤雅蘭香草也而文闌艸爲蘭蘭闌不祥故古者爲防刈之也一名蕳有蒲與蕳葢蘭以闌之蕳以閒之其義一也傳曰德芬芳者佩蘭古之佩者各象其德楚辭所謂紉秋蘭以爲佩是也疏云藏之書中辟白魚故古有蘭省芸閣芸亦辟蠹詩曰溱與洧方渙渙兮士與女方秉蕳兮言鄭人會于溱洧兩水之上秉蕳以自祓除其風俗之舊也及其甚也淫風大行過時而不反來者日益以衆序所謂莫之能救者也淮南子

〖廣要〗《埤雅》:"蘭,香草也,而文'闌''艸'爲蘭。蘭,闌不祥,故古者爲防刈之也。一名蕳,'有蒲與蕳',蓋蘭以闌之,蕳以閒之,其義一也。傳曰:'德芬芳者佩蘭。'古之佩者各象其德,《楚辭》所謂'紉秋蘭以爲佩'是也。疏云'藏之書中辟白魚',故古有蘭省芸閣,芸亦辟蠹。《詩》曰:'溱與洧,方渙渙兮。士與女,方秉蕳兮。'言鄭人會于溱、洧兩水之上,秉蕳以自祓除,其風俗之舊也。及其甚也,淫風大行,過時而不反,來者日益以衆,《序》所謂'莫之能救'者也。《淮南子》

曰男子樹蘭美而不芳説者以爲蘭女類也故
男子樹之不芳夫草木之性蘭宜女子樹之本
草經云蘭草主殺蟲毒辟不祥久服輕身不老
一名水香生大吴池澤澤蘭生汝南諸大澤旁
圖經云澤蘭與蘭草相類但蘭草生水旁葉光
潤根小紫五六月盛澤蘭生水澤中及下溼地
葉尖微有毛不光潤方莖紫節七八月初採微
辛此爲異耳爾雅翼蕳今之蘭草都粱香也盛
弘之荆州記曰都粱縣有山山下有水清淺其

曰：‘男子樹蘭，美而不芳。’説者以爲蘭，女類也，故男子樹之不芳。夫草木之性，蘭宜女子樹之。”《本草經》云：“蘭草主殺蟲毒，辟不祥，久服輕身不老。一名水香，生大吴池澤。澤蘭，生汝南諸大澤旁。”《圖經》云：“澤蘭與蘭草相類，但蘭草生水旁，葉光潤，根小紫，五六月盛。澤蘭生水澤中及下溼地，葉尖微有毛，不光潤，方莖紫節，七八月初採，微辛。此爲異耳。”《爾雅翼》：“蕳，今之蘭草，都粱香也。盛弘之《荆州記》曰：‘都粱縣有山，山下有水清淺，其

中生蘭草因名都梁因山爲號其物可殺蟲毒
除不祥故鄭人方春之月於溱洧之上女士相
與秉蕑而祓除因以淫泆韓詩云今三月桃花
水下以招魂續魄祓除氛穢又周禮女巫歲時
祓除釁浴鄭氏云今三月上巳水上之類釁浴
以香藥薰草沐浴然則用蕑可知矣陸氏所說
皆是惟引以解左傳楚辭之蘭爲非矣又云蘭
是香草之最而古今沿習但以蘭草當之陸璣
解溱洧所秉之蕑以爲蘭耶劉次莊說樂府又

中生蘭草，因名都梁。’因山爲號，其物可殺蟲毒，除不祥。故鄭人方春之月，於溱、洧之上，女、士相與秉蕑而祓除，因以淫泆。《韓詩》云：‘今三月桃花水下，以招魂續魄，祓除氛穢。’又《周禮·女巫》‘歲時祓除釁浴’，鄭氏云：‘今三月上巳水上之類。釁浴，以香藥薰草沐浴。’然則用蕑可知矣。陸氏所説皆是，惟引以解《左傳》《楚辭》之蘭爲非矣。”又云：“蘭是香草之最，而古今沿習，但以蘭草當之。陸璣解《溱洧》所秉之蕑，以爲蘭（耶）[也][1]。劉次莊説《樂府》，又

1“也”，原作“耶”，今據《爾雅翼》改。

引離騷秋蘭兮青青綠葉兮紫莖以爲沅澧所
生花在春則黄在秋則紫春黄不若秋紫之芳
馥二家之說皆是蘭草一名都梁香一名水香
以之解秉蕑可也何關古之所謂蘭乎予生江
南所見甚熟蘭之葉如莎首春則茁其芽長五
六寸其杪作一花花甚芳香大抵生深林之中
微風過之其香藹然達於外故曰芝蘭生于深
林不以無人而不芳故稱幽蘭與蕙甚相類其
一幹一花而香有餘者蘭一幹五六花而香不

引《離騷》‘秋蘭兮青青，緑葉兮紫莖’，以爲沅澧所生，花在春則黄，在秋則紫，春黄不若秋紫之芳馥。二家之説，皆是蘭草，一名都梁香，一名水香，以之解‘秉蕑’可也，何關古之所謂蘭乎？予生江南，所見甚熟。蘭之葉如莎，首春則茁其芽，長五六寸，其杪作一花，花甚芳香。大抵生深林之中，微風過之，其香藹然達於外，故曰‘芝蘭生于深林，不以無人而不芳’，故稱幽蘭。與蕙甚相類，其一幹一花而香有餘者蘭，一幹五六花而香不

足者蕙今野人謂蘭爲幽蘭蕙爲蕙蘭其名不
變于古然江南蘭只在春芳荆楚及閩中者秋
復再芳故有春蘭秋蘭至其綠葉紫莖則如今
所見大抵林愈深而莖愈紫耳近世惟黄太史
豫章人說蘭蕙合此餘皆蘭草蘭草生水傍非
深林之物又稱紫莖而解以紫花皆非其理矣
左傳鄭文公妾名燕姞夢天與蘭且曰蘭有國
香人服媚之文公遂與之蘭而御之生子穆公
名蘭内則曰婦或賜之茝蘭則受而獻諸舅姑

足者蕙。今野人謂蘭爲幽蘭，蕙爲蕙蘭，其名不變于古。然江南蘭只在春芳，荆楚及閩中者，秋復再芳，故有春蘭秋蘭。至其緑葉紫莖，則如今所見，大抵林愈深而莖愈紫耳。近世惟黄太史豫章人，説蕙蘭合此，餘皆蘭草。蘭草生水傍，非深林之物，又稱紫莖而解以紫花，皆非其理矣。《左傳》鄭文公妾名燕姞，夢天與蘭，且曰‘蘭有國香，人服媚之’，文公遂與之蘭而御之，生子穆公，名蘭。《内則》曰：‘婦或賜之茝蘭，則受而獻諸舅姑。’

此蘭女事故一名女蘭夏小正云五月畜蘭爲
沐浴也陳藏器云蘭草婦人和油澤頭故曰澤
蘭凡蘭皆有一滴露珠在花蓝間謂之蘭膏不啻沉瀣李長吉云幽蘭露如啼眼無物結同心烟花不堪剪
按孔子云蘭爲王者香草江南人以蘭爲香祖
又云蘭無偶稱爲第一香但爾雅獨不載不解
何故蘭之種甚多如竹蘭石蘭伊蘭崇蘭風蘭
鳳尾蘭玉柱蘭珍珠蘭之類不可枚舉凡吳越
閩粵荆楚間皆有之或産于幽谷或産于深溪

此蘭女事，故一名女蘭。”《夏小正》云：“五月，畜蘭，爲沐浴也。”陳藏器云：“蘭草，婦人和油澤頭，故曰澤蘭。”凡蘭，皆有一滴露珠在花蓝間，謂之蘭膏，不啻沉瀣。李長吉云：“幽蘭露，如啼眼，無物結同心，烟花不堪剪。”

按：孔子云：“蘭爲王者香草。”江南人以蘭爲香祖，又云：“蘭無偶，稱爲第一香。”但《爾雅》獨不載，不解何故。蘭之種甚多，如竹蘭、石蘭、伊蘭、崇蘭、風蘭、鳳尾蘭、玉柱蘭、珍珠蘭之類，不可枚舉。凡吳越、閩粵、荆楚間皆有之，或産于幽谷，或産于深溪。

毛詩陸疏廣要　一　四　汲古閣

無論土人莫辨其品類卽陶隱居鄭漁仲輩亦未免指鹿爲馬矣羅氏以陸氏誤引左傳楚詞辨之似得其實第毛氏及張楫諸家俱云蕳蘭也羅氏以爲蘭草未知確否或又詳辨澤蘭與蕳是二物闢陸氏之誤且陸氏云似澤蘭何嘗認爲一種觀埤雅蘭以闌之蕳以閒之二語深得古人祓除之意當年鄭俗淫蕩焉知不因燕姞一夢士女爭相秉蕳耶　王氏詩攷異字異義作方秉菅兮不知何解

無論土人莫辨其品類，即陶隱居、鄭漁仲輩亦未免指鹿爲馬矣。羅氏以陸氏誤引《左傳》《楚詞》辨之，似得其實。第毛氏及張（楫）［揖］[1]諸家俱云："蕳，蘭也。"羅氏以爲蘭草，未知確否。或又詳辨澤蘭與蕳是二物，闢陸氏之誤。且陸氏云"似澤蘭"，何嘗認爲一種？觀《埤雅》"蘭以闌之""蕳以閒之"二語，深得古人祓除之意。當年鄭俗淫蕩，焉知不因燕姞一夢，士女争相秉蕳耶？〇王氏《詩攷・異字異義》作"方秉菅兮"，不知何解。

1 "揖"，原作"楫"，今據四庫本改。

采采芣苢
芣苢一名馬舄一名車前一名當道喜在牛跡中
生故曰車前當道也今藥中車前子是也幽州人
謂之牛舌草可鬻作茹大滑其子治婦人難産
爾雅郭注云今車前草大葉長穗好生道邊江
東呼爲蝦蟆衣邢疏云王肅引周書王會云芣
苢如李出于西戎王基駁云王會所記雜物奇
獸皆四夷遠國各齎土地異物以爲貢贄非周
南婦人所得采是芣苢爲馬舄之草非西戎之

毛詩陸疏廣要　卷上之上　汲古閣

2. 采采芣苢

〖疏〗芣苢，一名馬舄，一名車前，一名當道。喜在牛跡中生，故曰車前、當道也。今藥中車前子是也，幽州人謂之牛舌草。可鬻作茹，大滑。其子治婦人難産。

〖廣要〗《爾雅》郭注云:“今車前草，大葉長穗，好生道邊，江東呼爲蝦蟆衣。” 邢疏云:“王肅引《周書・王會》云: 芣苢如李，出於西戎。王基駁云:《王會》所記雜物奇獸，皆四夷遠國各齎土地異物以爲貢贄，非周南婦人所得采，是芣苢爲馬舄之草，非西戎之木也埤雅神仙服食法曰車前之實雷之精也善療孕婦難産及令人有子故詩序以爲婦人樂有子也列子曰若𪓰爲鶉得水爲䘕得水土之際則爲𪓰蠙之衣生于陵屯則爲陵舄陵舄車前也故或謂之蝦蟇衣韓詩傳曰直曰車前瞿曰芣苢蓋生于兩傍謂之瞿芣从艸从不苢从艸从㠯婦人樂有子或不或㠯按艸最易生然他草所在或無唯車前蒼耳所至有之故芣苢卷耳之詩正言此二物本草云車前養肺强

木也。"《埤雅》云："《神仙服食法》曰：車前之實，雷之精也。善療孕婦難産，及令人有子。故《詩序》以爲婦人樂有子也。《列子》曰：'若𪓰爲鶉，得水爲䘕，得水土之際則爲𪓰蠙之衣。生於陵屯，則爲陵舄。'陵舄，車前也。故或謂之蝦蟇衣。《韓詩傳》曰：'直曰車前，瞿曰芣苢。'蓋生于兩傍謂之瞿。芣，从艸从不。苢，从艸从㠯。婦人樂有子，或不或㠯。按：艸最易生，然他草所在或無，唯車前、蒼耳所至有之，故《芣苢》《卷耳》之詩正言此二物。"《本草》云："車前，養肺强

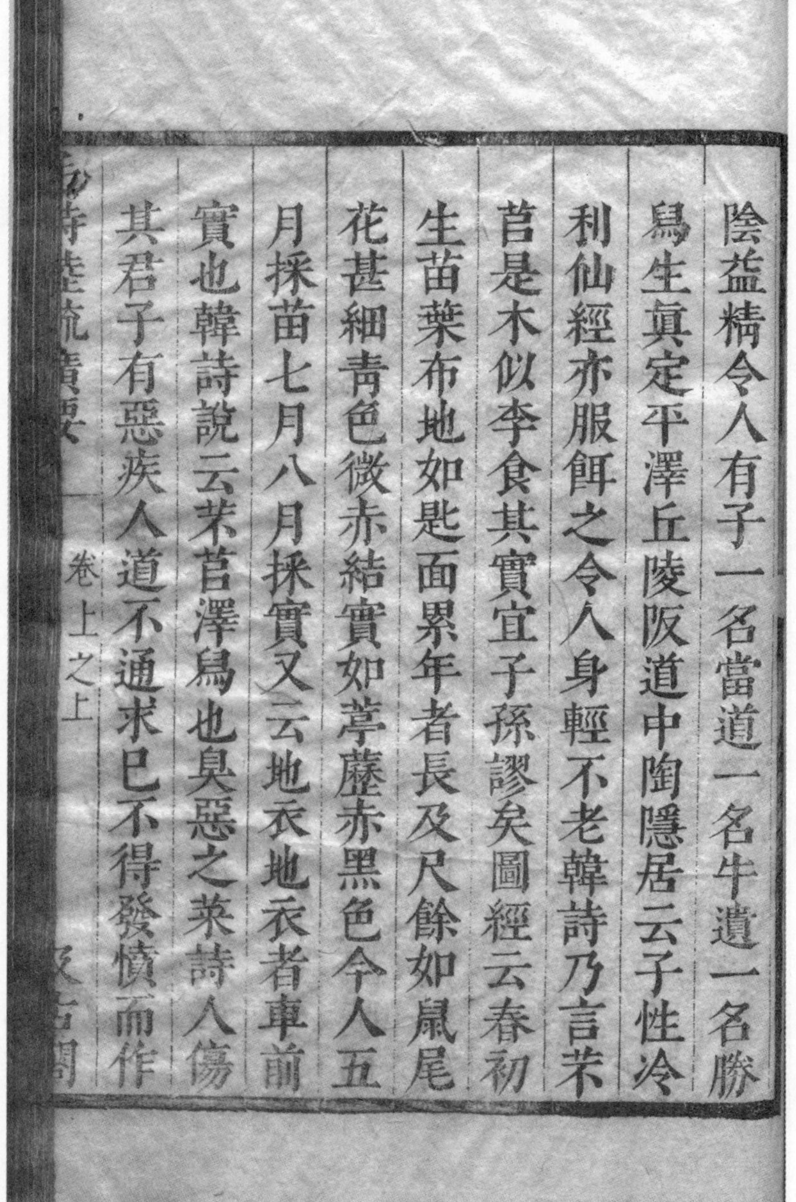

陰益精令人有子一名當道一名牛遺一名勝
舄生眞定平澤丘陵阪道中陶隱居云子性冷
利仙經亦服餌之令人身輕不老韓詩乃言芣
苢是木似李食其實宜子孫謬矣圖經云春初
生苗葉布地如匙面累年者長及尺餘如鼠尾
花甚細青色微赤結實如葶藶赤黑色今人五
月採苗七月八月採實又云地衣地衣者車前
實也韓詩說云芣苢澤舄也臭惡之菜詩人傷
其君子有惡疾人道不通求已不得發憤而作

卷上之上

陰益精，令人有子。一名當道，一名牛遺，一名勝舄。生真定平澤丘陵阪道中。” 陶隱居云：“子性冷利，《仙經》亦服餌之，令人身輕不老。《韓詩》乃言芣苢是木似李，食其實宜子孫，謬矣。”《圖經》云：“春初生苗葉，布地如匙面，累年者長及尺餘，如鼠尾。花甚細，青色微赤，結實如葶藶，赤黑色。今人五月採苗，七月、八月採實。” 又云：“地衣，地衣者車前實也。《韓詩》說云：‘芣苢，澤舄也，臭惡之菜。詩人傷其君子有惡疾，人道不通，求已不得，發憤而作，

以事興芣苢雖臭惡乎我猶採取而不已者以
興君子雖有惡疾我猶守而不離去也
按爾雅及圖經諸書芣苢與澤舄確是二種韓
氏之誤甚矣況既云是木似李又云澤舄何其
自相背戾耶
言采其蝱
蝱今藥草貝母也其葉如栝樓而細小其子在根
下如芋子正白四方連累相著有分解也
爾雅莔音萌貝母註云根如小貝圓而白華葉似

以事興芣苢，雖臭惡乎，我猶採取而不已者，以興君子雖有惡疾，我猶守而不離去也。'"

按：《爾雅》及《圖經》諸書，芣苢與澤舄確是二種，韓氏之誤甚矣。況既云"是木似李"，又云"澤舄"，何其自相背戾耶？

3. 言采其蝱

〖疏〗蝱，今藥草貝母也。其葉如栝樓而細小，其子在根下，如芋子，正白，四方連累相著，有分解也。

〖廣要〗《爾雅》："莔，音萌。貝母。"註云："根如小貝，圓而白華，葉似

韭疏云藥草貝母一名茵今常用之藥出近道
形似聚貝子故云貝母本草云一名空草一名
藥實一名苦花一名商草一名勤母能散人心
胸鬱結之氣殊有功詩云言采其蝱是也圖經
云根有瓣子黃白色二月生莖細青色葉亦青
似蕎麥葉隨苗出七月開花碧綠色形如鼓子
花八月採根晒乾又云四月蒜熟時採之良

中谷有蓷

蓷似萑方莖白華華生節間舊說及魏博士濟陰

韭。”疏云:“藥草貝母，一名茵。今常用之藥，出近道，形似聚貝子，故云貝母。”《本草》云:“一名空草，一名藥實，一名苦花，一名商草，一名勤母。能散人心胸鬱結之氣，殊有功。《詩》云‘言采其蝱’，是也。”《圖經》云:“根有瓣，子黃白色。二月生莖，細青色，葉亦青，似蕎麥葉，隨苗出。七月開花，碧綠色，形如鼓子花。八月採根，晒乾。”又云:“四月蒜熟時採之良。”

4. 中谷有蓷

〖疏〗蓷，似萑，方莖，白華，華生節間。舊説及魏博士、濟陰周元明皆云"菴蕳"，是也。《韓詩》及《三蒼》《説苑》云:"蓷，益母也。"故曾子見益母而感。按:《本草》云:"茺蔚，一名益母。"故劉歆曰:"蓷，臭穢，即茺蔚也。"

〖廣要〗《爾雅》云:"萑，蓷。"郭璞曰:"今茺蔚也。葉似荏，方莖白華，華生節間。"《廣雅》云:"又名益母。"《本草經》云:"茺蔚子，一名益母，一名益明，一名大札，一名貞蔚，生海濱池澤。"《圖經》云:"今園圃及田野見者極多，形色皆如郭説，而苗葉上節節生花，實似鷄冠子，黑色。莖作四方稜。"《衍義》云:"茺蔚子，葉至初春亦

可鬻作菜食凌冬不凋悴陳藏器云此草田野
間人呼爲鬱臭草外臺秘要云益母草一名負
澹子一名夏枯草三月採治産婦諸疾神妙故
曰益母埤雅曰茺蔚一名蔚臭一名蓷詩曰中
谷有蓷暵其乾矣旱乾曰暵蓷者能暵之草今
曰暵其乾矣則非一日之亢也故序以爲凶年
饑饉室家相棄李巡曰臭穢草也傳云蓷鵻也
名物疏云毛傳云蓷鵻大車傳云菼鵻考本草
諸書茺蔚子並無鵻名豈毛以蓷爲菼乎毛又

可鬻作菜食，凌冬不凋悴。”陳藏器云：“此草田野間人呼爲鬱臭草。”《外臺秘要》云：“益母草，一名負澹子，一名夏枯草，三月採，治産婦諸疾神妙，故曰益母。”《埤雅》曰：“茺蔚，一名蔚臭，一名蓷。《詩》曰：‘中谷有蓷，暵其乾矣。’旱乾曰暵，蓷者，能暵之草。今曰‘暵其乾矣’，則非一日之亢也，故《序》以爲凶年饑饉，室家相棄。李巡曰：‘臭穢草也。’傳云：‘蓷，鵻也。’”《名物疏》云：“毛傳云：‘蓷，鵻。’《大車》傳云：‘菼，鵻。’考《本草》諸書，茺蔚子並無鵻名，豈毛以蓷爲菼乎？毛又云陸草生谷中傷于水據本草茺蔚正生海濱池澤非陸草也魏博士等以爲菴藺本草菴藺生雍州川谷及上黨道邊春生苗葉如艾蒿高三二尺七月開花八月結實亦無萑名不知古人何以云爾

按萑鵻菴藺異種名物疏辨之甚核余意毛傳之誤爾雅萑字誤之也但据說文从艸从隹朱惟切草屬即此爾雅萑萑也从廾上又加卄者即八月萑葦之萑也从卝从隹者胡官切鴟屬也首旣不同因有三音今从俗混作一字朱注亦云鵻也又云葉似萑不惟傳

云：陸草生谷中，傷于水。據《本草》，茺蔚正生海濱池澤，非陸草也。魏博士等以爲菴藺，《本草》菴藺‘生雍州川谷及上黨道邊，春生苗，葉如艾蒿，高三二尺，七月開花，八月結實’，亦無萑名，不知古人何以云爾。”

按：萑、鵻、菴藺異種，《名物疏》辨之甚核。余意毛傳之誤，《爾雅》“萑”字誤之也。但据《說文》从艸从隹，朱惟切，草屬，即此。《爾雅》：“萑，蓷也。”从卄上又加卄者，即八月萑葦之萑也。从卝从隹者，胡官切，鴟屬也。首既不同，因有三音。今从俗混作一字。朱注亦云：“鵻也。”又云：“葉似萑。”不惟傳

訛且兩岐矣至如夏枯草一名鬱臭因入夏即
枯故名别是一種經中所不載陳藏器及外臺
秘要混以爲萑獨不見萑草夏間始著花何云
枯耶但花有紫白二種陳藏器以白花者爲是
孫思邈以紫花者爲是李時珍又云二色皆是
白花者主氣分紫花者主血分如牡丹芍藥有
紅白之類
集于苞杞
杞其樹如樗一名苦杞一名地骨春生作羹茹微

訛，且兩岐矣。至如夏枯草，一名鬱臭，因入夏即枯，故名。别是一種，經中所不載。陳藏器及《外臺秘要》混以爲萑，獨不見萑草夏間始著花，何云枯耶？但花有紫白二種，陳藏器以白花者爲是，孫思邈以紫花者爲是。李時珍又云："二色皆是。白花者主氣分，紫花者主血分，如牡丹、芍藥有紅、白之類。"

5. 集于苞杞

〖疏〗杞，其樹如樗，一名苦杞，一名地骨。春生作羹茹，微

苦其莖似莓子秋熟正赤莖葉及子服之輕身益氣

爾雅杞枸檵郭鄭注俱云枸杞也本草云枸杞味苦寒久服堅筋骨輕身不老一名杞根一名地骨一名枸忌一名地輔一名羊乳一名却暑一名仙人杖一名西王母杖生常山平澤及諸丘陵阪岸冬採根春夏採葉秋採莖實抱朴子云家菜一作柴一名托盧或名天精或名却老或名地骨日華子云地仙苗卽枸杞圖經云春生

苦，其莖似莓。子秋熟，正赤，莖葉及子服之，輕身益氣。

〖廣要〗《爾雅》:“杞，枸檵。”郭、鄭注俱云:“枸杞也。”《本草》云:“枸杞，味苦寒，久服堅筋骨，輕身不老。一名杞根，一名地骨，一名枸忌，一名地輔，一名羊乳，一名却暑，一名仙人杖，一名西王母杖。生常山平澤及諸丘陵阪岸，冬採根，春、夏採葉，秋採莖實。”《抱朴子》云:“家菜，一作“柴”。一名托盧，或名天精，或名却老，或名地骨。”《日華子》云:“地仙苗，即枸杞。”《圖經》云:“春生苗葉如石榴葉而軟薄堪食俗呼爲甜菜其莖幹高三五尺作叢六七月生小紅紫花隨結紅實形微長如棗核其根名地骨與枸棘相類其實形長而枝無刺者眞枸杞也圓而有刺者枸棘也世傳蓬萊縣南丘村多枸杞高者一二丈其根盤結甚固其鄉人多壽考亦飲食其水土之品使然耳潤州州寺大井傍生枸杞亦歲久故土人目爲枸杞井云飲其水甚益人又按枸杞一名仙人杖而陳藏器拾遺別有兩種仙人

苗，葉如石榴葉，而軟薄堪食，俗呼爲甜菜。其莖幹高三五尺，作叢，六七月生小紅紫花，隨結紅實，形微長，如棗核。其根名地骨，與枸棘相類。其實形長而枝無刺者，真枸杞也。圓而有刺者，枸棘也。世傳蓬萊縣南丘村多枸杞，高者一二丈，其根盤結甚固，其鄉人多壽考，亦飲食其水土之品使然耳。潤州州寺大井傍生枸杞亦歲久，故土人目爲枸杞井，云飲其水甚益人。又按：枸杞，一名仙人杖，而陳藏器《拾遺》別有兩種仙人杖一種是枯死竹竿之色黑者一種是菜類并此爲三物而同一名也陳子昻觀玉篇云余從補闕喬公北征次于張掖河洲惟仙人杖往往叢生戍人有薦嘉蔬者此物存焉因爲喬公言其功時王仲烈亦同旅喜而食之旬有五日有人自謂知藥者謂喬公曰此白棘也仲烈遂疑曰吾亦怪其味甘喬公信是言乃譏予予因作觀玉篇按此仙人杖作菜茹者葉似苦苣白棘木類何因相似而致疑或曰白棘當是枸棘然

杖。一種是枯死竹竿之色黑者，一種是菜類，并此爲三物而同一名也。陳子昻《觀玉篇》云：‘余從補闕喬公北征，次于張掖。河洲惟仙人杖往往叢生，成人有薦嘉蔬者，此物存焉。因爲喬公言其功，時王仲烈亦同旅，喜而食之。旬有五日，有人自謂知藥者，謂喬公曰：此白棘也。仲烈遂疑，曰：吾亦怪其味甘。喬公信是言，乃譏予，予因作《觀玉篇》。’按：此仙人杖作菜茹者，葉似苦苣，白棘木類，何因相似而致疑。或曰：白棘當是枸棘，然

本經枸棘又無白棘之別名況枸棘又非甘物
乃知草木之類多而難識使人惑于疑似之言
以眞爲僞宜子昻論著之詳也廣雅云地筋枸
杞衍義云凡杞未有無刺者雖大至有成架然
亦有刺但小則多刺大則少刺如酸棗及棘其
實一也後人分別枸棘强生名耳詩緝云詩有
三杞將仲子無折我樹杞柳屬也南山有臺南
山有杞湛露在彼杞棘山木也此詩集于苞杞
雅杕杜北山言采其杞四月隰有杞桋枸杞也

《本經》枸棘又無白棘之别名，況枸棘又非甘物。乃知草木之類，多而難識，使人惑于疑似之言，以真爲僞，宜子昻論著之詳也。”《廣雅》云:“地筋，枸杞。”《衍義》云:“凡杞未有無刺者，雖大至有成架，然亦有刺。但小則多刺，大則少刺，如酸棗及棘，其實一也。後人分别枸、棘，强生名耳。”《詩緝》云:“《詩》有三杞，《將仲子》‘無折我樹杞’，柳屬也。《南山有臺》‘南山有杞’，《湛露》‘在彼杞棘’，山木也。此詩‘集于苞杞’，《雅・杕杜》《北山》‘言采其杞’，《四月》‘隰有杞桋’，枸杞也。”

按嚴華谷詩緝云南山有杞之杞是山木與此
篇杞是二種確甚朱文公註南山之杞云樹如
樗極肖其形若陸氏疏此杞亦云樹如樗幾相
溷矣考本草枸杞固入木部但見有成架未見
有成林者惟沈存中云陝西極邊枸杞最大高
丈餘可作柱亦豈與山樗並蔽芾耶

言采其藚

藚今澤蕮也其葉如車前草大其味亦相似徐州
廣陵人食之

按：嚴華谷《詩緝》云“南山有杞”之杞是山木，與此篇杞是二種，確甚。朱文公註“南山之杞”云“樹如樗”，極肖其形。若陸氏疏，此杞亦云“樹如樗”，幾相溷矣。考《本草》，枸杞固入木部，但見有成架，未見有成林者。惟沈存中云“陝西極邊，枸杞最大，高丈餘，可作柱”，亦豈與山樗並蔽芾耶？

6. 言采其藚

〖疏〗藚，今澤蕮也。其葉如車前草大，其味亦相似。徐州廣陵人食之。

爾雅蕢牛脣郭註云毛詩傳曰水蕮也如蕢斷寸寸有節拔之可復邢疏云李巡曰別二名郭云如續斷璣以爲今澤蕮也郭氏所不取鄭註云狀似麻黄亦謂之續斷其節拔可復續生沙陂

按陸氏因毛傳水蕮誤爲澤蕮李巡已非之鄭氏因郭註如蕢斷直指爲續斷愈失其真矣又按爾雅云蕍蕮註云今澤蕮疏云即本草澤瀉也本草云澤瀉一名水瀉一名及瀉一名芒芋

〖廣要〗《爾雅》:“蕢，牛脣。”郭註云:“《毛詩傳》曰:‘水蕮也。’如蕢斷，寸寸有節，拔之可復。”邢疏云:“李巡曰:‘別二名。’郭云如續斷，璣以爲今澤蕮也，郭氏所不取。”鄭註云:“狀似麻黄，亦謂之續斷，其節拔可復續，生沙陂。”

按:陸氏因毛傳“水蕮”誤爲澤蕮，李巡已非之。鄭氏因郭註如蕢斷，直指爲續斷，愈失其真矣。又按:《爾雅》云:“蕍，蕮。”註云:“今澤蕮。”疏云:“即《本草》澤瀉也。”《本草》云:“澤瀉，一名水瀉，一名及瀉，一名芒芋，

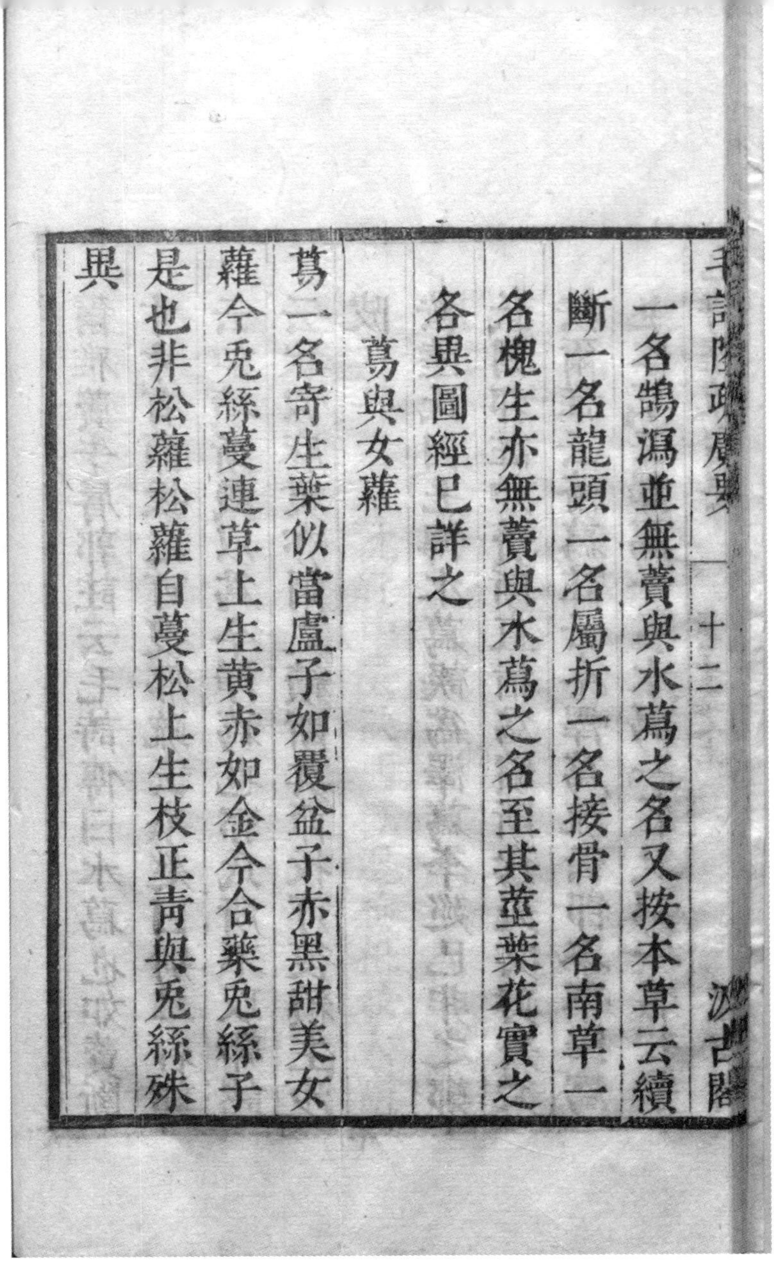
毛詩陸疏廣要 十二 汲古閣
一名鵠瀉並無蕢與水蕮之名又按本草云續
斷一名龍頭一名屬折一名接骨一名南草一
名槐生亦無蕢與水蕮之名至其莖葉花實之
各異圖經已詳之
蔦與女蘿
蔦一名寄生葉似當盧子如覆盆子赤黑甜美女
蘿今兎絲蔓連草上生黄赤如金今合藥兎絲子
是也非松蘿松蘿自蔓松上生枝正青與兎絲殊
異

一名鵠瀉。”並無蕢與水蕮之名。又按:《本草》云:“續斷，一名龍頭，一名屬折，一名接骨，一名南草，一名槐生。”亦無蕢與水蕮之名。至其莖葉花實之各異,《圖經》已詳之。

7. 蔦與女蘿

〖疏〗蔦，一名寄生，葉似當盧，子如覆盆子，赤黑甜美。女蘿，今兔絲，蔓連草上生，黄赤如金，今合藥兔絲子是也。非松蘿，松蘿自蔓松上生，枝正青，與兔絲殊異。

【蔦】爾雅云寓木宛童郭云寄生樹一名蔦鄭云樹上寄生木也有二種一種葉圓名蔦一種似麻黄名女蘿女蘿與蔦確是二物不知漁仲何以云然博雅云寄屏寄生也本草云桑上寄生一名寄屑一名蔦生弘農川谷桑樹上陶隱居云桑上者名桑寄生爾詩云施于松上方家亦用楊上楓上者各隨其樹名之形類猶是一般但根津所因處爲異生樹枝間寄根在皮節之内葉圓青赤厚澤易析旁自生節冬夏生四月花白五月實赤大如

毛詩陸疏廣要　卷上之上　汲古閣

〖廣要〗【蔦】:《爾雅》云:“寓木,宛童。”郭云:“寄生樹,一名蔦。”鄭云:“樹上寄生木也,有二種。一種葉圓,名蔦。一種似麻黄,名女蘿。”女蘿與蔦確是二物,不知漁仲何以云然。《博雅》云:“寄屏寄生也。”《本草》云:“桑上寄生,一名寄屑,一名蔦,生弘農川谷桑樹上。”陶隱居云:“桑上者,名桑寄生爾。《詩》云‘施于松上’,方家亦用楊上、楓上者,各隨其樹名之,形類猶是一般,但根津所因處爲異。生樹枝間,寄根在皮節之内,葉圓青赤,厚澤易析,旁自生節。冬夏生,四月花白,五月實赤,大如

毛詩陸疏廣要　十三　汲古閣

小豆圖經云桑寄生云是烏鳥食物子糞落枝
節間感氣而生葉似橘而厚軟莖似槐枝而肥
脃三四月間花黃白色六月結實黃色如小豆
槲櫸柳木楊楓等樹皆有惟桑上者堪用
【女蘿】爾雅云唐蒙女蘿女蘿兎絲註云別四名
詩云爰采唐矣疏云孫炎曰別三名郭云別四
名則唐與蒙或并或別故三四異也詩經直言
唐而傳云唐蒙也是以蒙解唐也則四名爲得
下又云蒙玉女郭云卽唐也女蘿別名是又名

小豆。"《圖經》云:"桑寄生，云是烏鳥食物子，糞落枝節間，感氣而生，葉似橘而厚軟，莖似槐枝而肥脃。三四月間花黃白色，六月結實黃色，如小豆。槲、櫸、柳、(木)[水][1]楊、楓等樹皆有，惟桑上者堪用。"

【女蘿】:《爾雅》云:"唐，蒙，女蘿。女蘿，兔絲。"註云:"別四名。《詩》云:'爰采唐矣。'"疏云:"孫炎曰'別三名'，郭云'別四名'，則唐與蒙，或并或別，故三四異也。《詩經》直言唐，而傳云'唐，蒙也'，是以蒙解唐也。則四名爲得。下又云'蒙，玉女。'郭云:'即唐也，女蘿別名。'是又名

1"水"，原作"木"，據《證類本草》改。

玉女鄭云卽女蘿也然則唐也蒙也女蘿也兎絲玉女也凡五名詩頍弁云蔦與女蘿也埤雅在木爲女蘿在草爲菟絲舊說上有菟絲下必有伏菟之根無此菟在下則絲不得生乎上然其實不屬也淮南子曰下有伏苓上有兎絲詩曰蔦與女蘿施于松栢言蔦之爲物寄生而女蘿浮蔓尚得施于松栢可以人而不如乎且姓同本而生族同支而出則與寄生浮蔓者異矣故詩以此駁王又曰菟絲無根而生蛇無足而

玉女。鄭云：‘即女蘿也。’然則唐也，蒙也，女蘿也，兔絲也，玉女也，凡五名。《詩·頍弁》云‘蔦與女蘿’也。”《埤雅》：“在木爲女蘿，在草爲菟絲。舊説，上有菟絲，下必有伏菟之根，無此菟在下，則絲不得生乎上。然其實不屬也。《淮南子》曰：‘下有伏苓，上有兔絲。’《詩》曰：‘蔦與女蘿，施于松柏。’言蔦之爲物寄生，而女蘿浮蔓尚得施于松柏，可以人而不如乎？且姓同本而生，族同支而出，則與寄生浮蔓者異矣。故《詩》以此駁王。”又曰：“菟絲無根而生，蛇無足而

行魚無耳而聽蟬無口而鳴皆自然者也爾雅
翼女蘿兔絲其實二物也然皆附木上廣雅云
女蘿松蘿也菟丘菟絲也則是兩物今女蘿正
青而細長無雜蔓故山鬼章云被薜荔兮帶女
蘿蘿青而長如帶也何與兔絲事然兩者皆附
木或當有時相蔓古樂府云南山幕幕兔絲花
北陵青青女蘿樹由來花樹同一根今日枝條
分兩處唐樂府亦云兔絲故無情隨風任顛倒
誰使女蘿枝而來強縈抱兩草猶一心人心不

行，魚無耳而聽，蟬無口而鳴，皆自然者也。”《爾雅翼》:“女蘿、兔絲，其實二物也，然皆附木上。《廣雅》云:‘女蘿，松蘿也。’‘菟丘，菟絲也。’則是兩物。今女蘿正青，而細長無雜蔓，故《山鬼章》云:‘被薜荔兮帶女蘿。’蘿青而長如帶也，何與兔絲事？然兩者皆附木，或當有時相蔓。古樂府云:‘南山幕幕兔絲花，北陵青青女蘿樹。由來花樹同一根，今日枝條分兩處。’唐樂府亦云:‘兔絲故無情，隨風任顛倒。誰使女蘿枝，而來强縈抱。兩草猶一心，人心不

如草則古今多知其爲二物者博物志魏文帝
所記諸物相似亂者女蘿寄生兎絲兎絲寄生
木上根不著地然則女蘿有寄生兎絲上者爾
雅女蘿兎絲或亦此義爾本草草部云菟絲子
一名菟蘆一名菟縷一名蓎蒙圖經云爾雅疏云唐也蒙也而本草并以蓎蒙爲一名似毛傳本此一名玉女一名赤網一名菟
纍生朝鮮川澤田野蔓延草木之上色黄而細
爲赤網色淺而大爲菟纍九月採實又木部云
松蘿一名女蘿生熊耳山川谷松樹上五月採

如草。’則古今多知其爲二物者。《博物志》魏文帝所記諸物相似亂者，女蘿寄生兔絲，兔絲寄生木上，根不著地，然則女蘿有寄生兔絲上者。《爾雅》:‘女蘿，兔絲。’或亦此義爾。”《本草·草部》云:“菟絲子，一名菟蘆，一名菟縷，一名蓎蒙，《圖經》云:“《爾雅疏》云‘唐也，蒙也’，而《本草》并以蓎蒙爲一名，似毛傳本此。”一名玉女，一名赤網，一名菟纍。生朝鮮川澤田野，蔓延草木之上，色黄而細爲赤網，色淺而大爲菟纍。九月採實。”又《木部》云:“松蘿，一名女蘿，生熊耳山川谷松樹上，五月採。”

按毛公傳云女蘿兎絲松蘿也李善因古詩云與君爲新昏兎絲附女蘿註云二者異草毛公誤合爲一此與張揖同見但合叅爾雅埤雅及郭鄭諸家俱以爲一物而異其名耳惟陸氏云女蘿非松蘿本草分菟絲入草部松蘿入木部似與陸氏合符然又云松蘿一名女蘿何耶此詩云蔦與女蘿施于松上應是松蘿松蘿與女蘿兎絲原非異種總是依附纏綿于他物而生長不能自植者在草則附于草在木則附于木

按：毛公傳云："女蘿，兔絲，松蘿也。" 李善因《古詩》云"與君爲新昏，兔絲附女蘿"，註云："二者異草，毛公誤合爲一。" 此與張揖同見。但合參《爾雅》《埤雅》及郭、鄭諸家，俱以爲一物而異其名耳，惟陸氏云"女蘿非松蘿"。《本草》分菟絲入《草部》，松蘿入《木部》似與陸氏合符。然又云"松蘿，一名女蘿"，何耶？此《詩》云："蔦與女蘿，施于松上。" 應是松蘿。松蘿與女蘿、兔絲，原非異種，總是依附纏綿于他物，而生長不能自植者。在草則附于草，在木則附于木。

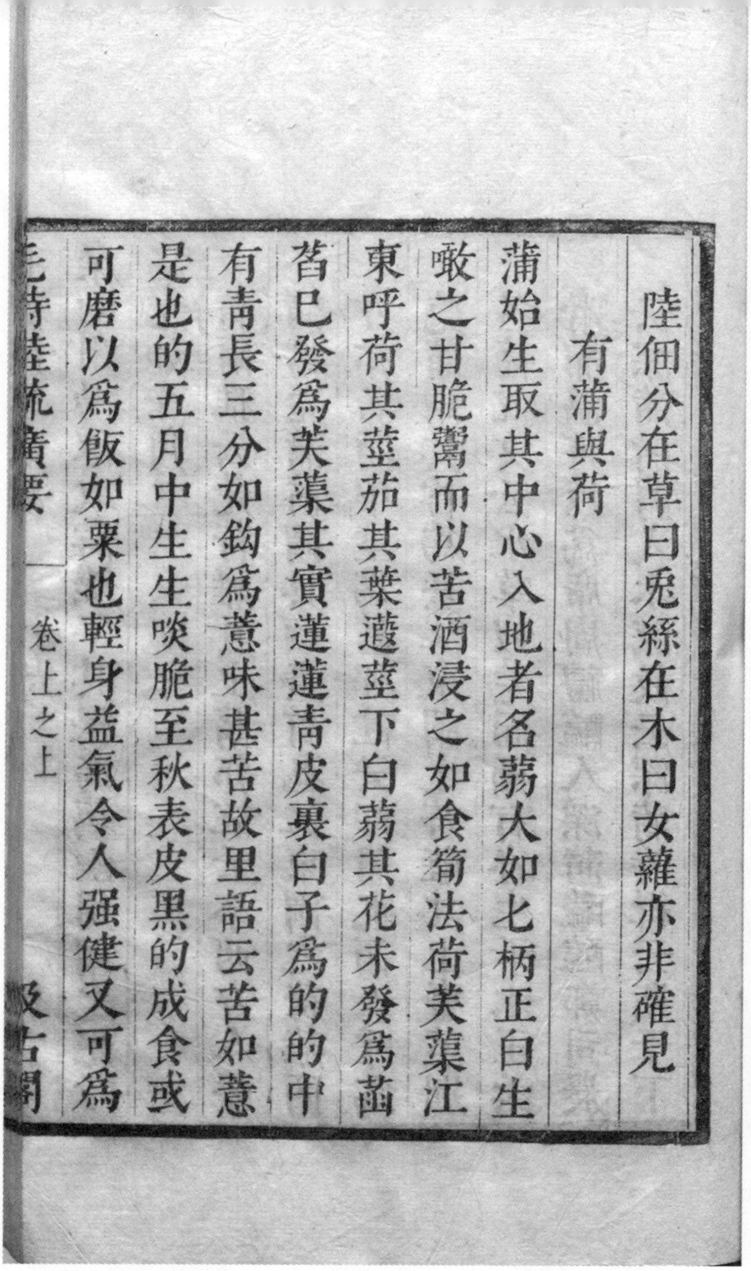

陸佃分在草曰兔絲在木曰女蘿亦非確見

有蒲與荷

蒲始生取其中心入地者名蒻大如匕柄正白生
噉之甘脆鬻而以苦酒浸之如食筍法荷芙蕖江
東呼荷其莖茄其葉蕸莖下白蒻其花未發爲菡
萏巳發爲芙蕖其實蓮蓮青皮裹白子爲的的中
有青長三分如鉤爲薏味甚苦故里語云苦如薏
是也的五月中生生啖脆至秋表皮黑的成食或
可磨以爲飯如粟也輕身益氣令人强健又可爲

毛詩陸疏廣要 卷上之上 汲古閣

陸佃分在草曰菟絲，在木曰女蘿，亦非確見。

8. 有蒲與荷

〖疏〗蒲始生，取其中心入地者，名蒻。大如匕柄，正白，生噉之，甘脆，鬻而以苦酒浸之，如食筍法。荷，芙蕖。江東呼荷，其莖茄，其葉蕸，莖下白蒻。其花未發爲菡萏，已發爲芙蕖。其實蓮，蓮青皮，裹白子爲的，的中有青長三分如鉤，爲薏，味甚苦。故里語云“苦如薏”，是也。的五月中生，生啖脆。至秋，表皮黑，的成食。或可磨以爲飯，如粟也，輕身益氣，令人强健。又可爲

麋幽州揚豫取備饑年其根爲藕幽州謂之光旁
爲光如斗角
【蒲】爾雅云莞苻離其上蒚郭註云今西方人呼
蒲爲莞蒲蒚謂其頭臺首也江東謂之苻離西
方亦名蒲中莖爲蒚鄭註云卽蒲也西人呼爲
莞蒲謂其首爲臺江東謂之苻離其上臺莖別
名蒚說文云水草似莞而褊有脊生于水厓柔
滑而温可以爲席周禮醢人深蒲醓醢鄭司農
云深蒲蒲蒻入水深故云深蒲詩緝云斯于下

麋，幽州、揚、豫取備饑年。其根爲藕，幽州謂之光旁，爲光如斗角。

〖廣要〗【蒲】:《爾雅》云:“莞，苻蘺，其上蒚。”郭註云:“今西方人呼蒲爲莞蒲，蒚謂其頭臺首也。江東謂之苻蘺，西方亦名蒲中莖爲蒚。”鄭註云:“即蒲也。西人呼爲莞蒲，謂其首爲臺。江東謂之苻蘺，其上臺莖別名蒚。”《説文》云: 水草。似莞而褊，有脊，生于水厓，柔滑而温，可以爲席[1]。《周禮・醢人》“深蒲醓醢”，鄭司農云:“深蒲，蒲蒻入水深，故云深蒲。”《詩緝》云:“《斯干》‘下

1 “水草”至“可以爲席”，見《埤雅》。

莞’，箋云‘小蒲’，則莞精蒲麤。”

【荷】:《爾雅》云:“芙蕖，其莖茄，其葉蕸，其本密，莖下白蒻在泥中者。其華菡萏，其實蓮，謂房也。其根藕，其中的，謂子也。的中薏。中苦心也。”李巡曰:“皆分别蓮莖、華、葉、實之名，芙蕖其總名也。”今江東人呼荷華爲芙蓉，北方人便以藕爲荷，亦以蓮爲荷。蜀人以藕爲茄，或用其母爲華名，或用根子爲母葉號。此皆名相錯，習俗傳誤，失其正體者也[1]。《埤雅》:“荷，總名。郭璞以爲芙蕖一名芙蓉。按:《説文》云:‘未發爲菡蕳，已

1“今江東人”至“失其正體者也”，見邢昺《爾雅疏》。

毛詩陸疏廣要 十七 汲古閣

發爲芙蓉芙蓉華之號也蓋亦通曰芙蕖毛詩傳云荷芙蕖也其華菡蕳許愼以爲其華曰芙蓉其秀曰菡蕳其實曰蓮蓮之茂者曰華今其的中有青爲薏皆倒生兩牙一成茇荷一蔤荷也又生一牙爲華蔤荷帖水生蔤者也茇荷無蔤卷荷也與華偶生出乎水上亭亭如纖者或謂之距荷蔤荷一本其支傍行爲蔤節生一華一葉詩曰有蒲與荷蓋荷善傾欹蒲無骨榦而柔從字說曰蔤藏于水其自處卑無所加焉其

發爲芙蓉。’芙蓉，華之號也。蓋亦通曰芙蕖。《毛詩傳》云：‘荷，芙蕖也，其華菡蕳。’許慎以爲其華曰芙蓉，其秀曰菡蕳，其實曰蓮，蓮之茂者曰華。今其的中有青爲薏，皆倒生兩牙，一成茇荷，一蔤荷也。又生一牙爲華。蔤荷，帖水生蔤者也。茇荷，無蔤卷荷也。與華偶生，出乎水上，亭亭如纖者，或謂之距荷。蔤荷一本，其支傍行爲蔤，節生一華一葉。《詩》曰‘有蒲與荷’，蓋荷善傾欹，蒲無骨榦而柔從。《字説》曰：蔤藏于水，其自處卑，無所加焉。其

所與汙潔白自若中有空焉不偶不生若此可
以偶物矣而無枝附泥不能汚水不能没挺出
而立若此可以加物矣蓮既有以自口又會而
屬焉若此可以連物矣菡萏實若臽隨昏昕闔
闢焉蘧假根以立而不如藕之有所偶假莖以
出而不如茄之有所加假華以生而不如蓮之
有所連菡萏之有菡也若此可謂退矣夫函物
者終于吐連物者終于散偶物者或析之加物
亦不可以爲常故退在此不在彼也蔤退藏于

所與汙，潔白自若。中有空焉，不偶不生，若此可以偶物矣。而無枝附，泥不能汚，水不能没，挺出而立，若此可以加物矣。蓮既有以自口[1]，又會而屬焉，若此可以連物矣。菡萏實若臽，隨昏昕闔闢焉。蘧假根以立，而不如藕之有所偶；假莖以出，而不如茄之有所加；假華以生，而不如蓮之有所連。菡萏之有菡也，若此可謂退矣。夫函物者終于吐，連物者終于散，偶物者或析之，加物亦不可以爲常，故退在此不在彼也。蔤退藏于

1 按：此處四庫本注云"闕"。《埤雅》明建文二年贛州府刻本作"曰"，明天啟六年郎奎金刻《五雅》本作"白"。

無用而可用可見者本焉若此可謂密矣合此衆美則可以何物可以爲夫可以爲渠故曰荷芙蕖也荷以何物爲義故通于負荷之字【菡萏】爾雅曰其華菡萏其實蓮蓋莟曰芙蓉秀曰菡萏暢茂曰華古今注曰芙蓉一名荷華華之最秀異者也大者華百葉然則華亦謂之芙蓉楚辭所謂搴芙蓉兮木末蓋言此也凡物皆先華而後實獨此華果齊生故西域之書多言此詩曰有蒲與荷有蒲與蕑有蒲菡萏荷言其質之

無用，而可用可見者本焉，若此可謂密矣。合此衆美，則可以何物，可以爲夫，可以爲渠，故曰：‘荷，芙蕖也。’荷以何物爲義，故通于負荷之字。【菡萏】:《爾雅》曰：‘其華菡萏，其實蓮。’蓋莟曰芙蓉，秀曰菡萏，暢茂曰華。《古今注》曰：‘芙蓉，一名荷華，華之最秀異者也。大者華百葉。’然則華亦謂之芙蓉，《楚辭》所謂‘搴芙蓉兮木末’，蓋言此也。凡物皆先華而後實，獨此華果齊生，故西域之書多言此。《詩》曰‘有蒲與荷’‘有蒲與蕑’‘有蒲菡萏’，荷言其質之

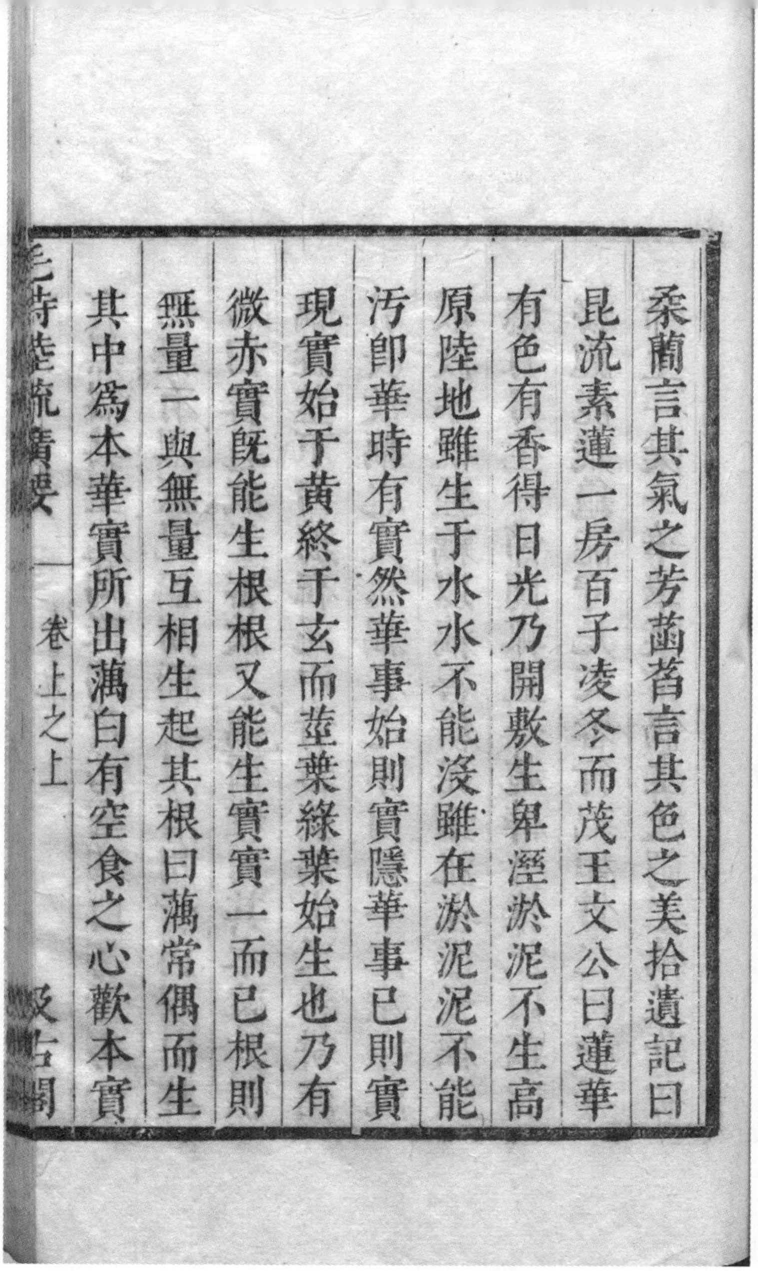
柔蕑言其氣之芳菡萏言其色之美拾遺記曰
昆流素蓮一房百子凌冬而茂王文公曰蓮華
有色有香得日光乃開敷生卑溼淤泥不生高
原陸地雖生于水水不能沒雖在淤泥泥不能
汚卽華時有實然華事始則實隱華事已則實
現實始于黃終于玄而莖葉綠葉始生也乃有
微赤實既能生根根又能生實實一而已根則
無量一與無量互相生起其根曰藕常偶而生
其中爲本華實所出藕白有空食之心歡本實
毛詩陸疏廣要　卷上之上　汲古閣

柔，蕑言其氣之芳，菡萏言其色之美。《拾遺記》曰：‘昆流素蓮，一房百子，凌冬而茂。’王文公曰：‘蓮華有色有香，得日光乃開敷。生卑溼淤泥，不生高原陸地。雖生于水，水不能没。雖在淤泥，泥不能污。即華時有實，然華事始，則實隱，華事已，則實現。實始于黄，終于玄，而莖葉緑葉始生也，乃有微赤實。既能生根，根又能生實，實一而已，根則無量，一與無量互相生起。其根曰藕，常偶而生，其中爲本，華實所出。藕白有空，食之心歡。本實有黑然其生起爲緑爲黄爲玄爲白爲青爲赤而無有黑無見無用而有見有用皆因以出其名曰蔤退藏于密故也【藕】爾雅曰其本蔤其根藕蓋莖下白蒻在泥中者蔤藕偶生又善耕泥引長故藕之文从耦名之亦曰藕今江左穿池取汲不欲種藕以藕善耕泥壞池也俗云藕生應月月生一節閏輒益一趙辟公雜記曰藕能移鯉能飛龜能守凡芙蓉行藕如竹之行鞭耳節生一葉一華華葉常偶生故謂之藕又華初

有黑，然其生起，爲緑爲黄，爲玄爲白，爲青爲赤，而無有黑。無見無用，而有見有用，皆因以出。其名曰蔤，退藏于密故也。【藕】:《爾雅》曰:‘其本蔤，其根藕。’蓋莖下白蒻在泥中者蔤。藕偶生，又善耕泥引長，故藕之文从耦，名之亦曰藕。今江左穿池取汲，不欲種藕，以藕善耕泥壞池也。俗云:藕生應月，月生一節，閏輒益一。趙辟公《雜記》曰:‘藕能移，鯉能飛，龜能守。’凡芙蓉行藕，如竹之行鞭耳。節生一葉一華，華葉常偶生，故謂之藕。又華初

著子首顧在下久之其房倒垂首更在上也爾
雅翼宋時太官作血峪音勘庖人削藕皮誤落血
中遂散不凝醫乃用藕療血多效葉可裹物漢
鄭敬爲新遷功曹與同郡鄧敬折芰爲坐以荷
爲肉齊師伐梁以糧運不繼調市人餽軍建康
令孔奂以麥屑爲飯用荷葉裹之一宿得數萬
裹古今注一名水芝一名澤芝一名水花管子
曰五沃之土生蓮援神契曰王者德至于地則
華莩感注云華莩並頭蓮也本草衍義云粉紅

毛詩草木疏廣要　卷上之上　汲古閣

著子，首顧在下，久之其房倒垂，首更在上也。”《爾雅翼》:“宋時太官作血峪，音勘。庖人削藕皮誤落血中，遂散不凝，醫乃用藕療血，多效。葉可裹物。漢鄭敬爲新遷功曹，與同郡鄧敬折芰爲坐，以荷爲肉。齊師伐梁，以糧運不繼，調市人餽軍。建康令孔奂以麥屑爲飯，用荷葉裹之，一宿得數萬裹。《古今注》:‘一名水芝，一名澤芝，一名水花。’《管子》曰:‘五沃之土生蓮。’”《援神契》曰:“王者德至于地，則華莩感。”注云:“華莩，並頭蓮也。”《本草衍義》云:“粉紅

千葉白千葉者皆不實其根惟白蓮爲佳今禁
中又生碧蓮
按蒲是水草與魚藻依于其蒲蒲字同埤雅謂
不流束蒲亦同是草與朱注相戾詳見揚之水
篇又按有蒲與蕳鄭氏謂蕳當作蓮芙蕖實也
韓氏溱洧秉蕳釋文云蕳蓮也豈古人蓮蕳通
用耶
參差荇菜
荇一名接余白莖葉紫赤色正圓徑寸餘浮在水

千葉、白千葉者，皆不實，其根惟白蓮爲佳。今禁中又生碧蓮。”

按：蒲是水草，與《魚藻》“依于其蒲”蒲字同。《埤雅》謂“不流束蒲”亦同是草，與朱注相戾，詳見《揚之水》篇。又按：“有蒲與蕳”，鄭氏謂“蕳”當作“蓮”，芙蕖實也。韓氏《溱洧》“秉蕳”，《釋文》云：“蕳，蓮也。”豈古人蓮、蕳通用耶？

9. 參差荇菜

〔疏〕荇，一名接余。白莖，葉紫赤色，正圓，徑寸餘。浮在水

上根在水底與水深淺等大如釵股上青下白鬻
其白莖以苦酒浸之脆美可案酒一作肥美
爾雅云莕接余其葉苻郭注叢生水中葉圓在
莖端長短隨水深淺江東食之亦呼莕鄭注今
水荇也蔓鋪水上毛傳云后妃供荇菜以事宗
廟埤雅曰參差荇菜左右流之三相參爲參兩
相差爲差參差言其出之無類左右言其求之
無方王文公曰萎餘詩雖以比淑女然后妃所
求皆同德者則萎餘惟后妃可比焉其德行如

上，根在水底，與水深淺等。大如釵股，上青下白，鬻其白莖，以苦酒浸之，脆美可案酒。一作“肥美”。

〖廣要〗《爾雅》云：“莕，接余，其葉苻。”郭注：“叢生水中，葉圓，在莖端，長短隨水深淺。江東食之，亦呼莕。”鄭注：“今水荇也，蔓鋪水上。”毛傳云：“后妃供荇菜，以事宗廟。”《埤雅》曰：“‘參差荇菜，左右流之。’三相參爲參，兩相差爲差，參差言其出之無類，左右言其求之無方。王文公曰：‘萎餘，《詩》雖以比淑女，然后妃所求皆同德者，則萎餘惟后妃可比焉。其德行如此可以妾餘草矣若蘩蘋藻所謂餘艸舊說藻華白荇華黃顏氏家訓云今荇菜是水悉有之黃華似蓴是也爾雅翼本草云鳧葵即莕菜也別本注駁之云荇菜生水中葉以蓴莖澁根極長江南人多食唐本云是猪蓴誤也猪蓴與絲蓴並一種以春夏細長肥滑爲絲蓴至冬短爲猪蓴亦呼龜蓴此與鳧葵殊不相似案荇菜今陂澤多有今人猶止謂之荇菜非難識也葉亦卷漸開雖圓而稍羡不若蓴之極圓也葉皆隨

此，可以妾餘草矣。若蘩、蘋、藻，所謂餘艸。舊説，藻華白，荇華黄。'《顔氏家訓》云'今荇菜，是水悉有之，黄華似蓴'，是也。"《爾雅翼》云:"《本草》云:'鳧葵，即莕菜也。'别本注駮之云:'荇菜生水中，葉似蓴，莖澁，根極長，江南人多食。'唐本云'是猪蓴'，誤也。猪蓴與絲蓴並一種，以春夏細長肥滑爲絲蓴，至冬短爲猪蓴，亦呼龜蓴，此與鳧葵殊不相似。案:荇菜，今陂澤多有，今人猶止謂之荇菜，非難識也。葉亦卷漸開，雖圓而稍羡，不若蓴之極圓也。葉皆隨

水高低平浮水上花則出水黃色六出今宛陵
中陂湖中彌覆頃畝日出照之如金俗名金蓮
子狀既似蓴又猪好食皆以小舟載取以飼猪
又可糞田或因是亦得猪蓴之名但非蓴菜耳
陸德明曰天官醢人陳四豆之實無荇菜者以
商禮詩詠時事故有之案風有采蘩采蘋又有
采藻采茆采芹之屬水草甚多而醢人所薦止
于昌本茆芹深蒲而已物之爲菹蓋自有所宜
餘或爲芼羹之用豈可四物之外便謂商禮耶

水高低，平浮水上，花則出水，黄色六出。今宛陵中陂湖中，彌覆頃畝，日出照之如金，俗名金蓮子。狀既似蓴，又猪好食，皆以小舟載取以飼猪，又可糞田。或因是亦得猪蓴之名，但非蓴菜耳。陸德明曰：'《天官》醢人陳四豆之實，無荇菜者，以商禮。《詩》詠時事，故有之。' 案：《風》有《采蘩》《采蘋》，又有《采藻》《采茆》《采芹》之屬，水草甚多而醢人所薦止于昌本、茆、芹、深蒲而已。物之爲菹，蓋自有所宜，餘或爲芼羹之用，豈可四物之外，便謂商禮耶？

毛詩陸疏廣要　二十二　汲古閣

顏之推云荇先儒解釋皆云水草江南俗亦呼爲蓴或呼爲荇菜而河北俗人多不識之博士皆以參差者是莧菜呼人莧爲人荇亦可笑矣嚴粲云參差訓不齊今池州人稱荇爲莕公鬚葢細荇亂生有若鬚然詩人之辭不苟矣

按詩人取興荇菜以其柔順芳潔可羞神明也還重左右無方不流以興寤寐無時不求意況是時洽陽渭涘尚未造舟親迎何得便說到后妃薦荇以供祭祀埤雅直云后妃采荇諸侯夫

顏之推云：‘荇，先儒解釋皆云水草，江南俗亦呼爲蓴，或呼爲荇菜，而河北俗人多不識之。博士皆以參差者是莧菜，呼人莧爲人荇，亦可笑矣。’” 嚴粲云：“參差，訓不齊，今池州人稱荇爲莕公鬚，蓋細荇亂生，有若鬚然，詩人之辭不苟矣。”

按：詩人取興荇菜，以其柔順芳潔，可羞神明也。還重左右，無方不流，以興寤寐無時不求意。況是時洽陽渭涘，尚未造舟親迎，何得便説到后妃薦荇以供祭祀？《埤雅》直云“后妃采荇，諸侯夫

人采蘩大夫妻采蘋藻固有次第尤爲可笑王
文公借接余舊名以爲妾餘草近于戲矣
于以采蘋
蘋今水上浮蓱是也其麤大者謂之蘋小者曰蓱
季春始生可糝蒸以爲茹又可用苦酒淹以就酒
爾雅云苹蓱其大者蘋郭璞云水中浮萍江東
謂之薸邢昺云舍人曰苹一名蓱大者名蘋鄭
樵云蓱浮萍也今謂之薸其大者蘋即萍類而
大者按萍屬不可食此必蕁類葉亦圜浮水上

人采蘩，大夫妻采蘋藻，固有次第”，尤爲可笑。王文公借接余舊名，以爲妾餘草，近于戲矣。

10. 于以采蘋

〖疏〗蘋，今水上浮蓱是也。其麤大者謂之蘋，小者曰蓱。季春始生，可糝蒸以爲茹，又可用苦酒淹以就酒。

〖廣要〗《爾雅》云:“苹，蓱，其大者蘋。”郭璞云:“水中浮萍，江東謂之薸。”邢昺云:“舍人曰:苹，一名蓱，大者名蘋。”鄭樵云:“蓱，浮萍也，今謂之薸。其大者蘋，即萍類而大者。按:萍屬不可食，此必蕁類，葉亦圜，浮水上

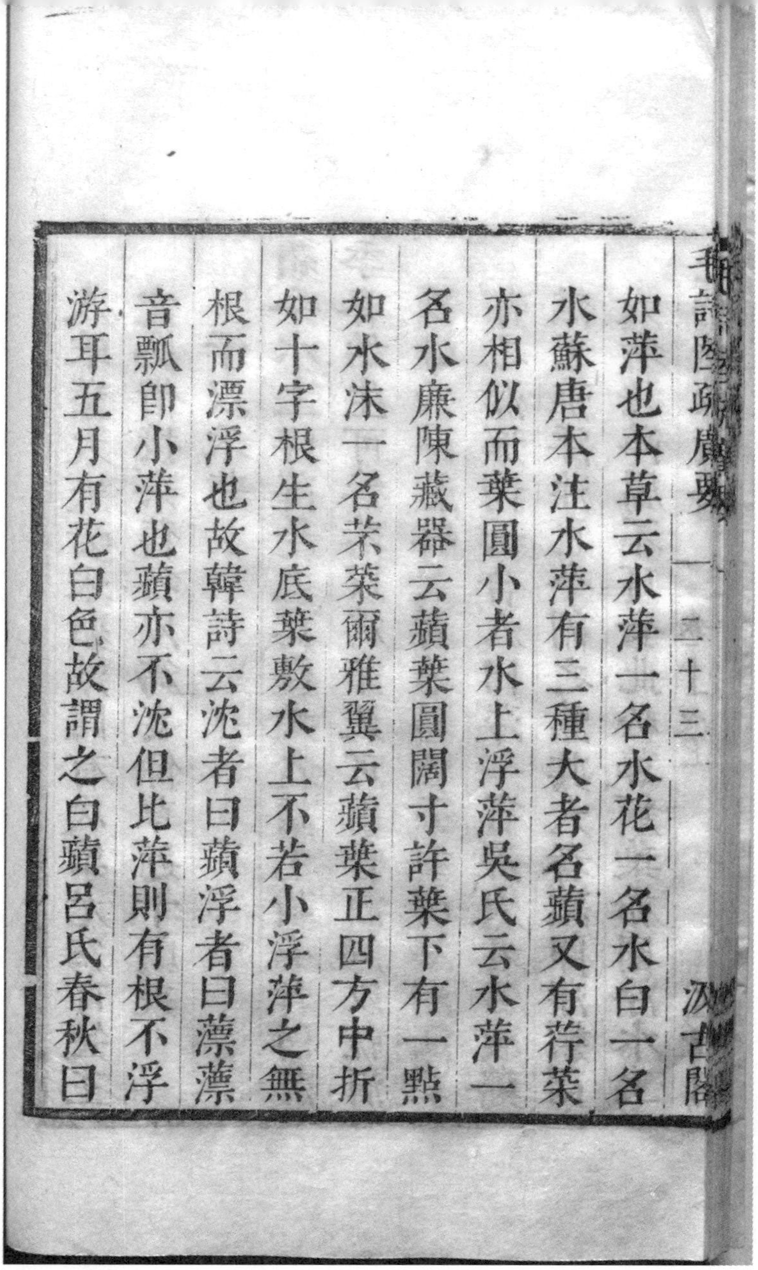
毛詩陸疏廣要　二十三　汲古閣
如萍也本草云水萍一名水花一名水白一名
水蘇唐本注水萍有三種大者名蘋又有荇菜
亦相似而葉圓小者水上浮萍吳氏云水萍一
名水廉陳藏器云蘋葉圓闊寸許葉下有一點
如水沫一名芣菜爾雅翼云蘋葉正四方中折
如十字根生水底葉敷水上不若小浮萍之無
根而漂浮也故韓詩云沈者曰蘋浮者曰薸薸
音瓢即小萍也蘋亦不沈但比萍則有根不浮
游耳五月有花白色故謂之白蘋呂氏春秋曰

如萍也。”《本草》云：“水萍，一名水花，一名水白，一名水蘇。”唐本注：“水萍有三種，大者名蘋，又有荇菜，亦相似。而葉圓小者，水上浮萍。”吴氏云：“水萍，一名水廉。”陳藏器云：“蘋，葉圓闊寸許，葉下有一點，如水沫。一名芣菜。”《爾雅翼》云：“蘋，葉正四方，中折如十字，根生水底，葉敷水上，不若小浮萍之無根而漂浮也。故《韓詩》云：‘沈者曰蘋，浮者曰薸。’薸音瓢，即小萍也。蘋亦不沈，但比萍則有根，不浮游耳。五月有花，白色，故謂之白蘋。《吕氏春秋》曰：

菜之美者崑崙之蘋萍焉蘋之極大者則有實
楚王渡江有物觸王舟其大如斗而赤食之而
甘孔子以童謠決之曰蘋實也雖皆萍之類然
實蘋也非無根者所能生也又天問曰靡萍九
衢言其枝葉分爲衢道猶今言花五出六出也
靡萍九衢異方之物故特奇偉今浮萍三衢蘋
雖大四衢而已九衢而大于蘋則亦大蘋非特
萍也又本草稱水萍亦謂此物陶隱居云非今
浮萍子此三事皆得萍名而實蘋也故詳著之

‘菜之美者，崑崙之蘋萍焉。’蘋之極大者則有實。楚王渡江，有物觸王舟，其大如斗，而赤食之而甘。孔子以童謠決之曰‘蘋實也’，雖皆萍之類，然實蘋也，非無根者所能生也。又《天問》曰‘靡萍九衢’，言其枝葉分爲衢道，猶今言花五出六出也。‘靡萍九衢’，異方之物，故特奇偉。今浮萍三衢，蘋雖大，四衢而已，九衢而大于蘋，則亦大蘋，非特萍也。又《本草》稱水萍，亦謂此物。陶隱居云:‘非今浮萍子，此三事皆得萍名而實蘋也。’故詳著之，

毛詩陸疏廣要　二十四　汲古閣

使覽者無惑焉詩緝云蘋可茹萍不可茹郭氏
以小萍爲大萍誤名物疏云按周處風土記萍
蘋芹菜之别名此說非是芹别一物矣蘋又有
水陸之異栁惲所謂汀洲采白蘋者水生而似
萍者也宋玉所謂起于青蘋之末者陸生而似
莎者也
按蘋可食萍不可食鄭樵疑之嚴粲駁之尚未
詳析其狀後人未免傳譌然陸疏云小者曰萍
原未嘗相溷埤雅釋蘋與藻互發反多模糊處

使覽者無惑焉。"《詩緝》云:"蘋可茹,萍不可茹。郭氏以小萍爲大(萍)[蘋][1],誤。"《名物疏》云:"按:周處《風土記》'萍、蘋,芹菜之別名',此説非是,芹別一物矣。蘋又有水陸之異,柳惲所謂'汀洲采白蘋'者,水生而似萍者也。宋玉所謂'起于青蘋之末'者,陸生而似莎者也。"

按:蘋可食,萍不可食,鄭樵疑之,嚴粲駁之,尚未詳析其狀,後人未免傳譌。然陸疏云"小者曰萍",原未嘗相溷。《埤雅》釋蘋,與藻互發,反多模糊處。

1 "蘋",原作"萍",據四庫本改。

又釋苹云無根而浮常與水平故曰苹也江東
謂之薸言無定性漂流隨風而巳周官萍氏掌
水禁鄭氏云以不沈溺取名蓋使之幾酒謹酒
也月令季春穀雨之日萍始生舊説萍善滋生
一夜七子一曰萍浮于流水則不生于止水則
一夕生九子故謂之九子萍也世説楊花入水
爲浮萍爾雅翼云水上小浮萍江東謂之薸高
誘曰蘋大萍水漂也字並同皆以漂蕩之漂音
箄瓢之瓢字似藻説者遂以相紊蓋非其類也

又釋苹云："無根而浮，常與水平，故曰苹也。江東謂之薸，言無定性，漂流隨風而已。《周官》萍氏掌水禁，鄭氏云：'以不沈溺取名。'蓋使之幾酒謹酒也。《月令》季春穀雨之日，萍始生。舊説，萍善滋生，一夜七子。一曰萍浮于流水，則不生，于止水則一夕生九子，故謂之九子萍也。世説楊花入水爲浮萍。"《爾雅翼》云："水上小浮萍，江東謂之薸。高誘曰'蘋，大萍，水漂也'，字並同，皆以漂蕩之漂，音箄瓢之瓢。字似藻。説者遂以相紊，蓋非其類也。

毛詩陸疏廣要 二十五 汲古閣

說文云萍無根浮水而生但有小鬚垂水中而

巳楚辭曰竊傷兮浮萍無根然淮南子云萍植

根于水木植根于地蓋萍以水爲地垂根于中

則所垂者乃是根今或反根于上爲日所暴卽

死是與失土同也二家釋萍極其詳明又與蘋

有别但俱謂食野之苹卽此物恐未必然名物

疏云蘋有水陸之異甚確但陸生者亦不可茹

鄭氏意蘋爲蕁類亦非

于以采藻

《説文》云:‘萍無根，浮水而生。’但有小鬚垂水中而已。《楚辭》曰:‘竊傷兮浮萍無根。’然《淮南子》云:‘萍植根于水，木植根于地。’蓋萍以水爲地，垂根于中，則所垂者乃是根，今或反根于上，爲日所暴即死，是與失土同也。”二家釋萍極其詳明，又與蘋有别，但俱謂“食野之苹”即此物，恐未必然。《名物疏》云“蘋有水陸之異”，甚確。但陸生者，亦不可茹。鄭氏意蘋爲蕁類，亦非。

11. 于以采藻

藻水草也生水底有二種其一種葉如雞蘇莖大如箸長四五尺其一種莖大如釵股葉如蓬蒿謂之聚藻扶風人謂之藻聚爲發聲也此二藻皆可食鬻熟挼去腥氣米麪糝蒸爲茹嘉美揚州饑荒可以當穀食也饑時蒸而食之

【莙】爾雅云牛藻郭云似藻葉大江東呼爲馬藻邢云以此草好聚生故言薀藻鄭云水藻之類而葉差大生水底博雅云麥菜藻也風俗通云殿堂宮室象東井形刻作荷菱水草以厭火埤雅云藻水草之有文者出

〖疏〗藻，水草也。生水底，有二種。其一種，葉如雞蘇，莖大如箸，長四五尺。其一種，莖大如釵股，葉如蓬蒿，謂之聚藻，扶風人謂之藻，聚爲發聲也。此二藻皆可食。鬻熟，挼去腥氣，米麪糝蒸爲茹，嘉美。揚州饑荒，可以當穀食也。饑時蒸而食之。

〖廣要〗【莙】:《爾雅》云“牛藻”，郭云:“似藻，葉大，江東呼爲馬藻。”邢云:“以此草好聚生，故言薀藻。”鄭云:“水藻之類，而葉差大，生水底。”《博雅》云:“麥菜，藻也。”《風俗通》云:“殿堂宮室象東井形，刻作荷菱水草以厭火。”《埤雅》云:“藻，水草之有文者，出乎水下而不能出水之上其字从澡言自潔如澡也又云藻萍類似槐葉而連生生道旁淺水中與萍雜至秋則紫俗謂之馬薸亦呼紫薸故曰于以采藻于彼行潦而傳云聚藻也爾雅翼藻生水底橫陳于水若自澡濯然流水之中隨波衍漾莖葉條暢尤爲可喜故采藻于行潦也有二種其一種葉如雞蘇莖大如箸長五六尺其一種莖大如釵股葉如蓬蒿謂之聚藻橫被水下有自然之文故古者象服有藻火之屬藻取

乎水下，而不能出水之上。其字从澡，言自潔如澡也。”又云：“藻，萍類，似槐葉而連生，生道旁淺水中，與萍雜。至秋則紫，俗謂之馬薸，亦呼紫薸。故曰‘于以采藻，于彼行潦’，而傳云‘聚藻也’。”《爾雅翼》：“藻生水底，橫陳于水，若自澡濯。然流水之中，隨波衍漾，莖葉條暢，尤爲可喜，故采藻于行潦也。有二種，其一種葉如雞蘇，莖大如箸，長五六尺。其一種莖大如釵股，葉如蓬蒿，謂之聚藻，橫被水下有自然之文，故古者象服有藻火之屬。藻取

其潔又畫于梲以爲飾亦以厭火山節藻梲雖取其文亦以禳火

今屋上覆橑謂之藻井亦曰綺井又曰覆海又曰愚項今皀雁屬亦樂于

藻故曰皀藻楚辭曰皀雁皆唼夫梁藻是也

按陸氏云藻出乎水下而不能出水之上羅氏

亦云横被水下則藻非浮者了然矣或因韓氏

云浮者爲薻誤刻作藻遂謂藻亦出乎水上謬

甚埤雅引呂覽云菜之美者崑崙之蘋藻又引

淮南子云容華生蔈蔈生萍藻萍藻生浮草遂

疑蘋卽所謂藻又云非蒲藻之藻又云萍藻之

毛詩陸疏廣要　卷上之上　汲古閣

其潔。又畫于梲以爲飾，亦以厭火。山節藻梲，雖取其文，亦以禳火。今屋上覆橑，謂之藻井，亦曰綺井，又曰覆海，又曰愚項。今皀雁屬亦樂于藻，故曰皀藻。《楚辭》曰‘皀雁皆唼夫梁藻’，是也。”

按：陸氏云“藻出乎水下，而不能出水之上”，羅氏亦云“横被水下”，則藻非浮者了然矣。或因韓氏云“浮者爲薻”，誤刻作“藻”，遂謂藻亦出乎水上，謬甚。《埤雅》引《吕覽》云“菜之美者，崑崙之蘋藻”，又引《淮南子》云“容華生蔈，蔈生萍藻，萍藻生浮草”，遂疑蘋即所謂藻。又云“非蒲藻之藻”，又云“萍藻之

藻浮蒲藻之藻沉總惑于浮沉之說遂誤認蘋
藻爲一物耳詩攷作于以采藻

言采其茆

茆與荇菜相似葉大如手赤圓有肥者著手中滑
不得停莖大如匕柄葉可以生食又可鬻滑美江
東人謂之蓴菜或謂之水葵諸陂澤水中皆有

說文博雅俱云茆鳧葵也毛傳朱注亦同杜子
春讀爲卯許慎以泮宮詩讀之作力久切周禮
醢人朝事之豆用茆菹注云茆鳧葵北人音柳

藻浮，蒲藻之藻沉”，總惑于浮沉之説，遂誤認蘋、藻爲一物耳。《詩攷》作“于以采藻”。

12. 言采其茆

〖疏〗茆與荇菜相似，葉大如手，赤圓，有肥者，著手中滑不得停。莖大如匕柄，葉可以生食，又可鬻，滑美。江東人謂之蓴菜，或謂之水葵，諸陂澤水中皆有。

〖廣要〗《説文》《博雅》俱云：“茆，鳧葵也。”毛傳、朱注亦同。杜子春讀爲卯，許慎以《泮宮》詩讀之作力久切。《周禮・醢人》：“朝事之豆，用茆菹。”注云：“茆，鳧葵。”北人音柳，鄭大夫又讀爲芽謂茆初生者此不過方音各別耳爾雅翼云今蓴小于荇陸璣所說則大于荇今蓴自三月至八月莖細如釵股黃赤色短長隨水深淺名爲絲蓴九月十月漸麤硬十一月萌在泥中麤短名塊蓴味苦澁取以爲羹猶勝雜菜吳人嗜蓴菜鱸魚葢魚之美者復因水菜以芼之兩物相宜獨爲珍味然以鱓鼊爲之更足生病陸德明云干寶曰今之鼀蹏草堪爲葅江東有之何承天曰此菜出東海堪爲葅醬

毛詩陸疏廣要　卷上之上　汲古閣

鄭大夫又讀爲（芽）［茅］[1]，謂茆初生者。此不過方音各別耳。《爾雅翼》云："今蓴小于荇，陸璣所説則大于荇。今蓴自三月至八月，莖細如釵股，黄赤色，短長隨水深淺，名爲絲蓴。九月十月漸麤硬，十一月萌在泥中，麤短名塊蓴。味苦澁，取以爲羹，猶勝雜菜。吴人嗜蓴菜鱸魚，蓋魚之美者，復因水菜以芼之，兩物相宜，獨爲珍味。然以鱓鼊爲之，更足生病。"陸德明云："干寶曰：'今之鼀蹏草堪爲葅，江東有之。'何承天曰：'此菜出東海，堪爲葅醬。

1 "茅"，原作"芽"，今據《周禮注疏》所引《釋文》改。

毛詩陸疏廣要 二十八 汲古閣

不可用鄭小同云江南人名之蓴菜生陂澤中
草木疏同或又名水戾一云今之浮菜即猪蓴
也本草有鳧葵陶弘景以入有名無用品解者
不同未詳其正
按諸說則茆爲鳧葵鳧葵爲蓴無疑矣但本草
以蓴又一物鳧葵即荇菜圖經又稱蓴葉似鳧
葵殆亦以鳧葵爲荇菜歟
蒹葭蒼蒼
【蒹】水草也堅實牛食之令牛肥强青徐州人謂之

不可用。’鄭小同云：‘江南人名之蓴菜，生陂澤中。’《草木疏》同。或又名水戾。一云：今之浮菜，即猪蓴也。《本草》有鳧葵，陶弘景以入有名無用品，解者不同，未詳其正。”

按諸說，則茆爲鳧葵，鳧葵爲蓴，無疑矣。但《本草》以蓴又一物，鳧葵即荇菜，《圖經》又稱蓴葉似鳧葵，殆亦以鳧葵爲荇菜歟？

13. 蒹葭蒼蒼

〖疏〗【蒹】：水草也，堅實，牛食之令牛肥强。青、徐州人謂之蒹兗州遼東通語也【葭】一名蘆菼一名薍薍或謂之荻至秋堅成則謂之萑其初生三月中其心挺出其下本大如箸上銳而細揚州人謂之馬尾以今語驗之則蘆薍别草也

按蒹葭二物相類而異種者也蒹小而中實凡曰萑曰薍曰菼曰騅曰薍曰蒹曰荻曰烏蓲一物九名皆蒹也葭大而中空凡曰葦曰蘆曰華曰芀曰馬尾一物六名皆葭也葢因其萌也同時其秀也同時其堅成也亦同時又同產河洲

蒹，兗州、遼東通語也。【葭】：一名蘆菼，一名薍，薍或謂之荻。至秋堅成，則謂之萑。其初生三月中，其心挺出，其下本大如箸，上銳而細。揚州人謂之馬尾，以今語驗之，則蘆薍别草也。

〖廣要〗按：蒹、葭二物相類而異種者也。蒹小而中實，凡曰萑，曰薍，曰菼，曰騅，曰薍，曰蒹，曰荻，曰烏蓲，一物九名，皆蒹也。葭大而中空，凡曰葦，曰蘆，曰華，曰芀，曰馬尾，一物六名，皆葭也。蓋因其萌也同時，其秀也同時，其堅成也亦同時，又同産河洲

毛詩陸疏廣要　二十九　汲古閣

江渚間故詩人往往並詠如葭菼揭揭八月萑葦及此篇三詠蒹葭是也陸疏原云蘆薍別草但李巡認爲一草朱子河廣注云葦蒹葭之屬毛公大車傳云菼蘆之始生偶爾相混後人遂不能分別耳因分疏于右以俟讀者採擇焉

【蒹】爾雅釋草云蒹薕 郭注云高數尺江東呼爲薕鄭注云荻也蘆屬而小可爲箔 菼薍 郭鄭俱云似葦而小實中江東呼爲烏蓲 又釋言云菼騅也菼薍也 郭注云菼草色如騅在青白之間 廣雅云薍萑也埤雅云萑即今之荻一名蒹蒹萑之未秀者也一

江渚間，故詩人往往並詠。如“葭菼揭揭”“八月萑葦”及此篇三詠“蒹葭”是也。陸疏原云“蘆薍别草”，但李巡認爲一草。朱子《河廣》注云：“葦，蒹葭之屬。”毛公《大車》傳云：“菼，蘆之始生。”偶爾相混，後人遂不能分别耳。因分疏于右，以俟讀者採擇焉。

【蒹】：《爾雅・釋草》云：“蒹，薕。”郭注云：“高數尺，江東呼爲薕。”鄭注云：“荻也，蘆屬而小，可爲箔。”“菼，薍。”郭、鄭俱云：“似葦而小，實中，江東呼爲烏蓲。”又《釋言》云：“菼，騅也。菼，薍也。”郭注云：“菼草，色如騅，在青白之間。《廣雅》云：“薍，萑也。”《埤雅》云：“萑，即今之荻，一名蒹，蒹，萑之未秀者也。一

名蒹高數尺今人以爲簾箔因此爲名至秋堅
成謂之萑說文曰萑之初生一曰薍一曰騅夏
小正云萑未秀爲菼大車曰毳衣如菼說文曰
⿰糹剡騅帛也引此毳衣如菼蓋青者如菼故謂之
⿰糹剡一曰菼玄色字說曰菼中赤始生未黑黑已
而赤故謂之菼其根旁行牽揉盤互其形無辨
矣而又强焉故謂之薍薍之始生常以無辨惟
其强焉乃能爲亂又鴟鴞云予所捋荼傳曰荼
萑苕今女匠亦以萑荼絮巢其色白故傳曰望

名蒹，高數尺，今人以爲簾箔，因此爲名。至秋堅成，謂之萑。《説文》曰：‘萑之初生，一曰薍，一曰騅。’《夏小正》云：‘萑未秀爲菼。’[1]《大車》曰：‘毳衣如菼。’《説文》曰‘⿰糹剡，騅帛也’，引此‘毳衣如菼’。蓋青者如菼，故謂之⿰糹剡。一曰：菼，玄色。《字説》曰：菼中赤，始生未黑，黑已而赤，故謂之菼。其根旁行，牽揉盤互，其形無辨矣，而又强焉，故謂之薍。薍之始生，常以無辨，惟其强焉，乃能爲亂。又《鴟鴞》云‘予所捋荼’，傳曰：‘荼，萑苕。’今女匠亦以萑荼絮巢，其色白。故傳曰：‘望

1 按：“夏小正云”至“爲菼”，不見《埤雅》，乃毛氏所添。

毛詩陸疏廣要　三十　汲古閣
而視之欲其荼白也
【葭】爾雅釋草云葭蘆郭注云葦也葭華郭云即今蘆也鄭云亦謂蘆花葦醜芀郭云其類皆有芀秀邢云葦即蘆之成者埤雅云葦即今之蘆一名葭葭葦之未秀者也一名華夏小正云葦未秀爲蘆先儒以爲萑如葦而細按禮曰土鼓蕢桴葦籥伊祁氏之樂也葦管中籥則萑小而葦大矣是故謂之偉其字从韋荀子曰柔從若蒲葦葦可緯爲簿席又云爾雅曰葦醜芀言其華皆有芀秀今風輒吹揚如雪其聚于地

而視之，欲其荼白也。'"

【葭】:《爾雅·釋草》云:"葭，蘆。"郭注云:"葦也。""葭，華。"郭云:"即今蘆也。"鄭云"亦謂蘆花。""葦醜，芀。"郭云:"其類皆有芀秀。"邢云:"葦即蘆之成者。"《埤雅》云:"葦，即今之蘆，一名葭。葭，葦之未秀者也。一名華。《夏小正》云:'葦未秀爲蘆。'[1]先儒以爲萑，如葦而細。按:《禮》曰:'土鼓、蕢桴、葦籥，伊祁氏之樂也。'葦管中籥，則萑小而葦大矣，是故謂之偉。其字从韋，《荀子》曰'柔從若蒲葦'，葦可緯爲簿席。"又云:"《爾雅》曰:'葦醜，芀。'言其華皆有芀秀。今風輒吹揚如雪，其聚于地

1 按:"夏小正云"至"爲蘆"，不見《埤雅》，乃毛氏所添。

如絮淮南子云季夏令滂人入材葦
又按夏小正博雅埤雅爾雅註疏郭璞孫炎輩
與陸疏甚合但李巡樊光及字說未免相戾毛
傳朱註稍有異同今合考之其始萌曰虇則蒹
葭同名其餘皆異名矣据夏小正云七月秀雈
葦未秀則不爲雈葦秀然後爲雈葦則曰雈曰
葦皆堅成後之名也鴟鴞云余所捋荼河廣云
一葦杭之是也曰薍曰蒹曰菼則雈未秀之名
也曰蘆則葦未秀之名曰華曰芀則葦吐花之

如絮。”《淮南子》云：“季夏令滂人入材葦。”

又按《夏小正》《博雅》《埤雅》《爾雅註疏》，郭璞、孫炎輩與陸疏甚合，但李巡、樊光及《字説》未免相戾，毛傳、朱註稍有異同。今合考之，其始萌曰虇，則蒹葭同名，其餘皆異名矣。据《夏小正》云：“七月，秀雈葦。未秀則不爲雈葦，秀然後爲雈葦。”則曰雈曰葦，皆堅成後之名也。《鴟鴞》云“余所捋荼”，《河廣》云“一葦杭之”，是也。曰薍，曰蒹，曰菼，則雈未秀之名也。曰蘆，則葦未秀之名。曰華，曰芀，則葦吐花之

名也曰菼曰雛曰薍曰烏蓲則萑始生之名王
風云毳衣如菼是也曰馬尾則葦始生之名召
南云彼茁者葭是也字說雖不足據其荻强而
葭弱荻高而葭下二語頗得其形似

菉竹猗猗

有草似竹高五六尺淇水側人謂之菉竹也菉竹
一草名其莖葉似竹青綠色高數尺今淇澳傍生
此人謂此爲綠竹淇澳二水名

【菉】爾雅云菉王芻郭云菉蓐也今呼鴟脚莎某

名也。曰菼，曰雛，曰薍，曰烏蓲，則萑始生之名。《王風》云“毳衣如菼”，是也。曰馬尾，則葦始生之名。《召南》云“彼茁者葭”，是也。《字説》雖不足據，其“荻强而葭弱”“荻高而葭下”二語頗得其形似。

14. 菉竹猗猗

〖疏〗有草似竹，高五六尺，淇水側人謂之菉竹也。菉竹，一草名，其莖葉似竹，青緑色，高數尺。今淇澳傍生此，人謂此爲緑竹。淇、澳，二水名。

〖廣要〗【菉】:《爾雅》云:“菉，王芻。”郭云:“菉，蓐也。今呼鴟脚莎。”某

氏云鹿蓐也鄭云藎草亦名菉蓐本草唐注云
藎草葉似竹而細薄莖亦圓小生平澤溪澗之
側荆襄人䰞以染黃色極鮮好洗瘡有効爾雅
所謂王芻爾雅翼云說文曰菉王芻也引詩曰
菉竹猗猗則綠與菉同本草名藎草俗亦呼淡
竹葉所謂終朝采綠不盈一匊者上林賦稱香
草云揜以綠蕙被以江蘺張揖亦以綠爲王芻
衛風引以爲首蓋必嘉草也而離騷云薋菉葹
以盈室兮判獨離而不服以三者皆惡草與衛

氏云:“鹿，蓐也。”鄭云:“藎草亦名菉蓐。”《本草》唐注云:“藎草，葉似竹而細薄，莖亦圓小，生平澤溪澗之側，荆襄人䰞以染黄色，極鮮好，洗瘡有効。《爾雅》所謂王芻。”《爾雅翼》云:“《説文》曰‘菉，王芻也’，引《詩》曰‘菉竹猗猗’，則緑與菉同。《本草》名藎草，俗亦呼淡竹葉，所謂‘終朝采緑，不盈一匊’者。《上林賦》稱香草云:‘揜以緑蕙，被以江蘺。’張揖亦以緑爲王芻。《衛風》引以爲首，蓋必嘉草也。而《離騷》云:‘薋菉葹以盈室兮，判獨離而不服。’以三者皆惡草，與《衛

毛詩陸疏廣要　三十二　汲古閣

風相反詩騷所取各有義耳
【竹】爾雅云竹萹蓄郭註似小藜赤莖節好生道
傍可食又殺蟲李廵曰一物二名也孫炎某氏
引詩衛風云菉竹猗猗案陶隱居本草註云處
處有布地而生節間白華葉細綠人謂之萹竹
鬻汁與小兒飲療蚘蟲鄭注卽萹竹也韓詩綠
薄猗猗薄萹筑也陸德明曰薄萹竹也石經同
萹竹亦作扁竹蜀本草云葉如竹莖有節細如
釵股生下溼地圖經云春中布地生道旁苗似

風》相反。《詩》《騷》所取各有義耳。”

【竹】:《爾雅》云:“竹，萹蓄。”郭註:“似小藜，赤莖節，好生道傍，可食，又殺蟲。”李廵曰:“一物二名也。”孫炎、某氏引《詩·衛風》云:“菉竹猗猗。”案:陶隱居《本草》註云:“處處有，布地而生，節間白華，葉細緑，人謂之萹竹。鬻汁與小兒飲，療蚘蟲。”鄭注:“即萹竹也。《韓詩》‘緑薄猗猗’，薄，萹筑也。”陸德明曰:“薄，萹竹也。《石經》同。萹竹亦作扁竹。”《蜀本草》云:“葉如竹，莖有節，細如釵股，生下溼地。”《圖經》云:“春中布地生道旁，苗似

瞿麥葉細綠如竹赤莖如釵股節間花出甚細
微青黄色根如蒿根爾雅翼云九章曰擥大薄
之芳茝兮搴長洲之宿莽惜吾不及古之上兮
吾誰與玩此芳草解萹蓄與雜菜兮備以爲交
佩王逸曰言已解折萹蓄雜以香菜合而佩之
脩飾彌盛也然萹蓄雜菜皆非芳草逸義非是
蓋言解去萹蓄與雜菜而佩芳茝宿莽爲交佩
爾然則竹又惡物與衛風相反耶又云萹蓄既
似竹則宜謂之竹爾按璣所說則又合綠與竹

瞿麥，葉細緑如竹，赤莖如釵股，節間花出甚細微，青黄色，根如蒿根。”《爾雅翼》云:“《九章》曰:‘擥大薄之芳茝兮，搴長洲之宿莽。惜吾不及古之上兮，吾誰與玩此芳草。解萹蓄與雜菜兮，備以爲交佩。’王逸曰:‘言已解折萹蓄，雜以香菜，合而佩之，脩飾彌盛也。’然萹蓄、雜菜，皆非芳草，逸義非是。蓋言解去萹蓄與雜菜，而佩芳茝、宿莽爲交佩爾，然則竹又惡物，與《衛風》相反耶？”又云:“萹蓄既似竹，則宜謂之竹爾。按璣所説，則又合緑與竹

爲一草未知其審然古今說者皆言淇水旁自
生竹箭故古人言伐竹淇衛又曰淇衛之箭如
此多矣葢淇水宜竹箭自古巳然然說文引詩
作菉竹韓詩作綠藩菉既非色而藩又非竹不
可合爲綠色之竹箭故析而解之云菉王芻藩
萹筑也然則淇奥自出竹箭不妨兼有菉竹二
草耶
【綠竹】朱傳云綠色也淇上多竹漢世猶然所謂
淇園之竹是也竹譜云淇園衛地殷紂竹箭園

爲一草，未知其審。然古今説者，皆言淇水旁自生竹箭，故古人言‘伐竹淇衛’，又曰‘淇衛之箭’，如此多矣。蓋淇水宜竹箭，自古已然。然《説文》引《詩》作菉竹，《韓詩》作緑藩，菉既非色，而藩又非竹，不可合爲緑色之竹箭，故（柝）[析][1]而解之云：‘菉，王芻。藩。萹筑也。’然則淇澳自出竹箭，不妨兼有菉、竹二草耶？”

【緑竹】：朱傳云：“緑，色也。淇上多竹，漢世猶然，所謂淇園之竹是也。”《竹譜》云：“淇園，衛地，殷紂竹箭園

1“析”，原作“柝”，今據《爾雅翼》改。

也淮南子曰烏號之弓貫淇衛之箭毛詩云緑竹猗猗是也又云植物之中有物曰竹不剛不柔非草非木或茂沙水或挺巖陸又云竹之别類六十有一又云竹六十年一易根輒結實而枯死其實落地復生六年遂成疃埤雅云竹物之有筋節者也故蒼史制字筋節皆從竹爾雅曰東南之美者有會稽之竹箭焉今竹性亦喜東南引生故古之種法云劚取東南引根于園角西北種之久之自當滿園語曰西家種竹東

也。《淮南子》曰‘烏號之弓，貫淇衛之箭’，《毛詩》云‘緑竹猗猗’，是也。”又云:“植物之中，有物曰竹。不剛不柔，非草非木，或茂沙水，或挺巖陸。”又云:“竹之别類，六十有一。”又云:“竹六十年一易根，輒結實而枯死，其實落地復生，六年遂成疃。”《埤雅》云:“竹，物之有筋節者也。故蒼史制字，筋、節皆從竹。《爾雅》曰:‘東南之美者，有會稽之竹箭焉。’今竹性亦喜東南引生，故古之種法云:‘劚取東南，引根于園角西北種之，久之自當滿園。’語曰‘西家種竹，東

家治地言其滋引而生來也易曰方以類聚竹
引東南則以卦推之巽爲竹矣震東方也故震
爲蒼筤竹而已蒼筤幼竹也傳曰淇衛箘簬又
曰淇衛之箭又曰下淇園之竹以爲楗伐淇園
之竹以爲矢蓋淇之産竹土地所宜故風人以
此美武公之德也詩云瞻彼淇奥綠竹猗猗瞻
彼淇奥綠竹青青竹之初生其色綠長則綠轉
而青矣卒章又曰如簀言盛也則又明其爲竹
矣說文竹冬生草也圓質虛中深根勁節其種

家治地’，言其滋引而生來也。《易》曰：‘方以類聚。’竹引東南，則以卦推之，巽爲竹矣。震，東方也，故震爲蒼筤竹而已。蒼筤，幼竹也。傳曰：‘淇衛箘簬。’又曰：‘淇衛之箭。’又曰：‘下淇園之竹以爲楗，伐淇園之竹以爲矢。’蓋淇之産竹，土地所宜，故風人以此美武公之德也。《詩》云：‘瞻彼淇奥，緑竹猗猗。瞻彼淇奥，緑竹青青。’竹之初生，其色緑，長則緑轉而青矣。卒章又曰‘如簀’，言盛也。則又明其爲竹矣。《説文》：‘竹，冬生草也。’圓質虛中，深根勁節。其種

大小不一字從倒草竹草也而冬不死故從倒
艸
按綠一作菉王芻也竹一作薄萹蓄也毛韓說
皆同而竹譜朱傳皆以爲卽漢書淇園之竹酈
道元云淇川無竹惟王芻萹草不異毛輿劉執
中云淇水之旁至今多美竹豈淇園之竹在後
魏無復遺種而至宋更滋茂乎然據兩漢書淇
奧有竹據水經注有王芻萹草毛韓朱三家各
自可通陸璣又以綠竹爲一草各古今並無從

毛詩陸疏廣要　卷上之上　汲古閣

大小不一。字從倒草。竹，草也，而冬不死，故從倒艸。”

按：“‘緑’一作‘菉’，王芻也。‘竹’一作‘薄’，萹蓄也。毛、韓説皆同，而《竹譜》、朱傳皆以爲即《漢書》淇園之竹。酈道元云：‘淇川無竹，惟王芻、萹草，不異毛輿。’劉執中云：‘淇水之旁，至今多美竹。’豈淇園之竹，在後魏無復遺種，而至宋更滋茂乎？然據兩《漢書》，淇奥有竹；據《水經注》，有王芻、萹草。毛、韓、朱三家各自可通，陸璣又以緑竹爲一草名，古今並無從

其說者今木賊艸醫方通用木工以治器但無
華葉寸寸有節與陸說有葉者稍殊未知即一
物否也爾雅釋簜莽等在草中然實非草類王
元美所云竹于草木如魚于鳥獸是也其類至
多山海經帝俊竹共谷竹鉤端竹尋竹禮斗威
儀篡竹吳越春秋晉竹述異記斑竹孤竹孝竹
呂覽嶰谷竹南都賦籦、籠、簟、篾、篠、簳、箛、箠吳都
賦篔簹林箊桂箭射筒柚梧篻簩竹譜單名者
籥篁棘單苦甘弓筋笻簹篩簟蓋狗蘆簹之屬

其説者。今木賊艸，醫方通用，木工以治器，但無華葉，寸寸有節，與陸説有葉者稍殊，未知即一物否也。《爾雅》釋簜、莽等在草中，然實非草類。王元美所云‘竹于草木，如魚于鳥獸’，是也。其類至多：《山海經》：帝俊竹、共谷竹、鉤端竹、尋竹。《禮・斗威儀》：篡竹。《吴越春秋》：晉竹。《述異記》：斑竹、孤竹、孝竹。《吕覽》：嶰谷竹。《南都賦》：籦、籠、簟、篾、篠、簳、箛、箠。《吴都賦》：篔簹、林箊、桂箭、射筒、柚梧、篻簩。《竹譜》：單名者：籥、篁、棘、單、苦、甘、弓、筋、笻、簹、篩、簟、蓋、狗、蘆、簹之屬；

雙名者，蘇麻、般腸、百葉、雞脛、篣篠之屬。《廣志》有雲母、欐篪、漢利之屬。《酉陽雜俎》有箘䈥之屬。《筍譜》至八十五種。《竹》《筍》及諸方志有疎節、人面、緜、貓、叢、溢、碧玉、電斑之屬。難以具載，然多出交廣荒外，非詩人所盡見也。竹田曰篁，竹胎曰筍，竹膚曰筤，竹皮曰箬，竹裏曰笨，竹枚曰箇，竹約曰節，剖竹未去節曰篣，竹死曰箹。竹有雌雄，雄者多筍。五月十三日謂之竹醉日，栽竹多茂盛。其性惡寒好溫，故曰：‘九河鮮育，五嶺實繁。’然處處

毛詩陸疏廣要　三十六　汲古閣

有之不似萹蓄但盛于淇川也上文皆馮嗣宗
辨證可謂詳明博雅矣但遍搜陸疏刻本並未
載木賊惟馮本多其草澁礪可以洗攪笏及盤
桃利于刀錯俗呼爲木賊數語因多木賊草一
辨然木賊産于秦隴間不聞産于淇衛未知昔
人何以云然

苕之華

苕一名陵時一名鼠尾似王芻生下溼水中七八
月中華紫似今紫草華可染皂鬻以沐髮卽黑葉

有之，不似萹蓄但盛于淇川也。”上文皆馮嗣宗辨證，可謂詳明博雅矣。但遍搜陸疏刻本，並未載木賊。惟馮本多“其草澁礪，可以洗攪笏及盤枕，利于刀錯，俗呼爲木賊”數語，因多木賊草一辨。然木賊産于秦隴間，不聞産于淇衛，未知昔人何以云然。

15. 苕之華

〖疏〗苕，一名陵時，一名鼠尾，似王芻，生下溼水中，七八月中華紫，似今紫草，花可染皂，鬻以沐髮即黑。葉

青如藍而多華
爾雅云苕陵苕黃華蔈白華茇郭注云一名陵
時舍人曰黃華名蔈白華名茇別花色之名也
鄭箋云陵苕之華紫赤而繁陸璣亦言其花紫
色而此云黃白者蓋就紫色之中有黃紫白紫
耳及其將落則全變爲黃故詩云芸其黃矣毛
傳云將落則黃是也鄭注云陵苕今謂之凌霄
花本草謂之紫葳蔓生依緣樹木皆黃花少見
有白華者愽雅云茈葳陵苕瞿麥也本草云紫

青如藍而多華。

《爾雅》云:“苕，陵苕。黃華，蔈。白華，茇。”郭注云:“一名陵時。”舍人曰:“黃華名蔈，白華名茇，別花色之名也。”鄭箋云:“陵苕之華，紫赤而繁。”陸璣亦言其花紫色，而此云黃白者，蓋就紫色之中有黃紫、白紫耳。及其將落，則全變爲黃。故《詩》云:“芸其黃矣。”毛傳云“將落則黃”，是也。鄭注云:“陵苕，今謂之凌霄花。《本草》謂之紫葳，蔓生，依緣樹木，皆黃花，少見有白華者。”《博雅》云:“茈葳，陵苕，瞿麥也。”《本草》云:“紫

葳一名陵苕一名茇華生西海川谷及山陽劉
禹錫云一名女葳圖經云陵苕陵霄花也多生
山中人家園圃亦或種蒔初作藤蔓生依大木
歲久延引至顛而有花其花黄赤夏中乃盛陶
隱居云詩有苕之華按爾雅苕陵苕郭云一名
陵時又據陸璣及孔穎達疏義亦云苕一名陵
時陵時乃是鼠尾草之别名本草紫葳無陵時
之名而鼠尾草有之乃知以陵時作陵霄耳又
陵霄非是草類益可明其誤矣衍義曰紫葳今

葳，一名陵苕，一名茇華，生西海川谷及山陽。”劉禹錫云:“一名女葳。”《圖經》云:“陵苕，陵霄花也。多生山中，人家園圃亦或種蒔。初作藤，蔓生，依大木，歲久延引至顛而有花。其花黄赤，夏中乃盛。陶隱居云:‘《詩》有《苕之華》。’按《爾雅》‘苕，陵苕’，郭云:‘一名陵時。’又據陸璣及孔穎達疏義，亦云:‘苕，一名陵時。’陵時乃是鼠尾草之别名,《本草》紫葳無陵時之名，而鼠尾草有之，乃知以陵時作陵霄耳。又陵霄非是草類，益可明其誤矣。”《衍義》曰:“紫葳，今

蔓延而生謂之爲草又木身謂之爲木又須物
而上然榦不逐冬斃亦得木之多也故分入木
部爲至當唐白樂天詩有木名凌霄擢秀非孤
標益知非草也本經又云莖葉味苦是與瞿麥
別一種甚明唐本注云且紫葳瞿麥皆本經所
載若用瞿麥根爲紫葳何得復用莖葉此說盡
矣然其花赭黃色本條雖不言其花又却言莖
葉味苦則紫葳爲花故可知矣爾雅翼苕今陵
霄花是也蔓生喬木極木所至開花其端詩云

蔓延而生，謂之爲草。又木身，謂之爲木。又須物而上，然榦不逐冬斃，亦得木之多也。故分入木部爲至當。唐白樂天詩：‘有木名凌霄，擢秀非孤標。’益知非草也。《本經》又云‘莖葉味苦’，是與瞿麥別一種甚明。唐本注云：‘且紫葳、瞿麥，皆《本經》所載，若用瞿麥根爲紫葳，何得復用莖葉？’此説盡矣。然其花赭黃色，本條雖不言其花，又却言莖葉味苦，則紫葳爲花，故可知矣。”《爾雅翼》：“苕，今陵霄花是也。蔓生喬木，極木所至，開花其端。《詩》云：

苕之華芸其黃矣鄭箋以爲陵苕之華紫赤而
繁華衰則黃葢非也是物雖名紫葳而花不紫
又或以瞿麥根爲紫葳瞿麥花紅亦非此類然
則芸其黃者正自花開之色耳此華亦彌絡石
壁盛夏視之如錦繡不可仰望露滴目中有失
明者名物疏云陵苕即陵霄也故本草云茇華
與爾雅合陸璣疏則以爲鼠尾爾雅云葝鼠尾
註云可以染皂本草經云鼠尾草有白華者赤
華者一名葝一名陵翹生平澤中四月採葉七

‘苕之華，芸其黃矣。’鄭箋以爲陵苕之華，紫赤而繁，華衰則黃，葢非也。是物雖名紫葳，而花不紫，又或以瞿麥根爲紫葳，瞿麥花紅，亦非此類。然則‘芸其黃’者，正自花開之色耳。此華亦彌絡石壁，盛夏視之，如錦繡不可仰望，露滴目中，有失明者。”《名物疏》云：“陵苕，即陵霄也。故《本草》云‘茇華’，與《爾雅》合，陸璣疏則以爲鼠尾。《爾雅》云：‘葝，鼠尾。’註云：‘可以染皂。’《本草經》云：‘鼠尾草，有白華者、赤華者，一名葝，一名陵翹。生平澤中，四月採葉，七

月採華陶隱居云田野甚多人採作滋染皂圖
經云苗如蒿夏生莖端作四五穗穗若車前與
陸說生下溼七月花可染皂者相似則陸誤以
陵苕爲鼠尾矣又或以紫葳爲瞿麥根瞿麥卽
爾雅所謂大菊蘧麥亦非也陵苕斷卽女葳陸
璣疏全謬不可從

隰有游龍

游龍一名馬蓼葉麤大而赤白色生水澤中高丈
餘

月採華。’陶隱居云：‘田野甚多，人採作滋染皂。’《圖經》云：‘苗如蒿，夏生莖，端作四五穗，穗若車前。’與陸説‘生下溼，七月花可染皂’者相似，則陸誤以陵苕爲鼠尾矣。又或以紫葳爲瞿麥根。瞿麥，即《爾雅》所謂‘大菊，蘧麥’，亦非也。陵苕斷即女葳，陸璣疏全謬，不可從。”

16. 隰有游龍

〖疏〗游龍，一名馬蓼，葉麤大而赤白色，生水澤中，高丈餘。

爾雅云紅龍古其大者蘬郭註俗呼紅草爲龍
鼓語轉耳毛云龍紅草也鄭註亦云紅草也似
蓼而高大多毛故謂之馬蓼本草經云葒草一
名鴻藹如馬蓼而大生水旁五月採實陶隱居
云此類極多今生下溼地極似馬蓼甚長大圖
經云葒草卽水紅下溼地皆有之葉大赤白色
高丈餘詩隰有游龍是也陸璣云一名馬蓼本
經云似馬蓼而大若然馬蓼自是一種埤雅龍
紅草也一名馬蓼莖大而赤生水澤中高丈餘

〖廣要〗《爾雅》云："紅，蘢古，其大者蘬。"郭註："俗呼紅草爲蘢鼓，語轉耳。"毛云："蘢，紅草也。"鄭註亦云："紅草也，似蓼而高大，多毛，故謂之馬蓼。"《本草經》云："葒草，一名鴻藹，如馬蓼而大，生水旁，五月採實。"陶隱居云："此類極多，今生下溼地，極似馬蓼，甚長大。"《圖經》云："葒草，即水紅，下溼地皆有之。葉大，赤白色，高丈餘。《詩》'隰有游龍'，是也。陸璣云'一名馬蓼'，《本經》云'似馬蓼而大'，若然，馬蓼自是一種。"《埤雅》："蘢，紅草也，一名馬蓼。莖大而赤，生水澤中，高丈餘。

詩曰隰有游龍游縱也以縱故謂之龍爾雅翼
龍紅草也一名馬蓼葉大而赤白色生水澤中
高丈餘今人猶謂之水紅草而爾雅又謂之蘢
古鄭詩隰有游龍云游龍者言枝葉放縱也
按本草衍義云水蓼與水紅相似則龍非蓼可
知但諸書未有詳其花色者惟陸佃釋蓼云又
一種木蓼一名天蓼蔓生葉如柘花黃白子皮
青滑其最大者名蘢已見別章蓋指此管子五
位曰其山之淺有龍與芹按五位之土上土也

毛詩陸疏廣要　卷上之上　汲古閣

《詩》曰‘隰有游龍’。游，縱也，以縱故謂之龍。”《爾雅翼》:“龍，紅草也，一名馬蓼。葉大而赤白色，生水澤中，高丈餘。今人猶謂之水紅草，而《爾雅》又謂之蘢古。《鄭詩》‘隰有游龍’云‘游龍’者，言枝葉放縱也。”

按:《本草衍義》云“水蓼與水紅相似”，則龍非蓼可知。但諸書未有詳其花色者，惟陸佃釋蓼云:“又一種木蓼，一名天蓼，蔓生，葉如柘，花黃白，子皮青滑，其最大者名蘢，已見別章。”[1] 蓋指此。《管子》“五位”曰:“其山之淺，有龍與芹。”按：五位之土，上土也，

1 按：此段文字原見羅願《爾雅翼》“蓼”條，非陸佃《埤雅》之言，當爲毛氏疏誤。

龍始生焉或不若諸蓼之下溼皆有歟

食野之苹

苹葉青白色莖似箸而輕脆一作肥始生香可生食

又可蒸食

爾雅云苹藾蕭郭註云今藾蒿也初生亦可食

詩小雅云呦呦鹿鳴食野之苹鄭註云苹蔞蒿

也盧氏雜說云唐文宗問宰臣苹是何草李珏

曰是藾蕭上曰朕看毛詩疏苹葉圓而花白叢

生野中似非藾蕭

龍始生焉，或不若諸蓼之下溼皆有歟？

17. 食野之苹

〖疏〗苹，葉青白色，莖似箸而輕脆。一作“肥”。始生香，可生食，又可蒸食。

〖廣要〗《爾雅》云:“苹，藾蕭。”郭註云:“今藾蒿也，初生亦可食。《詩・小雅》云:‘呦呦鹿鳴，食野之苹。’”鄭註云:“苹，蔞蒿也。”盧氏《雜説》云:“唐文宗問宰臣，苹是何草。李珏曰：是藾蕭。上曰：朕看《毛詩疏》，苹葉圓而花白，叢生野中，似非藾蕭。”

按毛傳云苹蓱也陸氏羅氏遂以爲水上小浮萍且云鹿飲且食也令人失笑鄭氏謂水萍非野所生非鹿所食易之曰藾蕭孔疏朱傳俱因之蔞蒿別是一種鄭漁仲何亦誤註豈附會唐文宗非藾蕭之說耶

于以采蘩

蘩皤蒿凡艾白色爲皤蒿今白蒿春始生及秋香美可生食又可蒸食一名游胡北海人謂之旁勃故大戴禮夏小正傳云蘩游胡游胡旁勃也

按：毛傳云："苹，蓱也。" 陸氏、羅氏遂以爲水上小浮萍，且云"鹿飲且食也"，令人失笑。鄭氏謂水萍，非野所生，非鹿所食，易之曰"藾蕭"，孔疏、朱傳俱因之。蔞蒿别是一種，鄭漁仲何亦誤註，豈附會唐文宗非藾蕭之説耶？

18. 于以采蘩

〖疏〗蘩，皤蒿，凡艾白色爲皤蒿。今白蒿春始生，及秋香美，可生食，又可蒸食。一名游胡，北海人謂之旁勃。故《大戴禮・夏小正》傳云："蘩，游胡。游胡，旁勃也。"

爾雅曰蘩皤蒿郭氏鄭氏俱云白蒿又曰蘩菟蒵又曰蘩由胡郭氏鄭氏俱云未詳疏云召南云于以采蘩毛傳云蘩皤蒿也郭氏云白蒿然則皤猶白也本草云白蒿唐本注云此蒿葉麤于青蒿從初生至枯白于衆蒿欲似艾者所在有之又云葉似艾葉上有白毛麤澁俗呼蓬蒿可以爲葅故詩箋云以豆薦蘩葅博雅云蘩母蒡葧也圖經曰白蒿蓬也生中山川澤今所在有之爾雅所謂蘩皤蒿是也唐孟詵亦云生挼

〖廣要〗《爾雅》曰“蘩，皤蒿”，郭氏、鄭氏俱云“白蒿”。又曰“蘩，菟蒵”，又曰“蘩，由胡”，郭氏、鄭氏俱云“未詳”。疏云:“《召南》云‘于以采蘩’，毛傳云‘蘩，皤蒿也’，郭氏云‘白蒿’，然則皤猶白也。”《本草》云:“白蒿。”唐本注云:“此蒿葉麤于青蒿，從初生至枯，白于衆蒿，欲似艾者，所在有之。”又云:“葉似艾葉，上有白毛麤澁，俗呼蓬蒿，可以爲葅。故《詩箋》云:‘以豆薦蘩葅。’”《博雅》云:“蘩母，蒡葧也。”《圖經》曰:“白蒿，蓬也，生中山川澤，今所在有之。《爾雅》所謂‘蘩，皤蒿’，是也。唐孟詵亦云‘生挼

酢食今人但食蔞蒿不復食此或疑此蒿即蔞
蒿而孟詵又別著蔞蒿條所說不同明是二物
又今階州以白蒿爲茵陳蒿苗葉亦相似然以
入藥恐不可用也埤雅蒿青而高蘩白而繁爾
雅曰蘩皤蒿一曰由胡廣雅云由胡白蒿也北
海謂之旁勃夏小正曰蘩由胡由胡旁勃也詩
曰于以采蘩于沼于沚蘩所以祭也傳曰夫人
執蘩菜以助祭神饗德與信不求備焉七月之
詩曰春日遲遲采蘩祁祁傳曰采蘩所以生蠶

酢食’，今人但食蔞蒿，不復食此。或疑此蒿即蔞蒿，而孟詵又別著蔞蒿條，所説不同，明是二物。又今階州以白蒿爲茵陳蒿，苗葉亦相似，然以入藥，恐不可用也。”《埤雅》:“蒿青而高，蘩白而繁。《爾雅》曰:‘蘩，皤蒿。’一曰由胡。《廣雅》云:由胡，白蒿也。北海謂之旁勃。《夏小正》曰:‘蘩，由胡。由胡，旁勃也。’《詩》曰:‘于以采蘩，于沼于沚。’蘩所以祭也。傳曰:‘夫人執蘩菜以助祭，神饗德與信，不求備焉。’《七月》之詩曰:‘春日遲遲，采蘩祁祁。’傳曰:‘采蘩所以生蠶

毛詩陸疏廣要 四十二 汲古閣

也今復蠶種尚用蒿云仙經曰白蒿白兎食之仙爾雅曰蘩菟蒵豈謂是歟爾雅翼云爾雅釋草曰蘩之醜秋爲蒿此大略之言也又曰蘩皤蒿此指一物之言也故予以水草之蘩爲莪而皤蒿則此別說之皤蒿蓋今之白蒿也比青蒿而麤從初生至枯白于衆蒿春始生及秋香美可生食又可蒸以爲菹甚益人故詩箋云以豆薦蘩菹然非水物故非召南所謂也春初此蒿前諸草生云可以生蠶蓋所以繁育庶物此物

也。’今復蠶種，尚用蒿云。《仙經》曰：白蒿，白兔食之仙。《爾雅》曰：‘蘩，菟蒵。’豈謂是歟？”《爾雅翼》云：“《爾雅·釋草》曰：‘蘩之醜，秋爲蒿。’此大略之言也。又曰：‘蘩，皤蒿。’此指一物之言也。故予以水草之蘩爲莪，而皤蒿則此別説之。皤蒿，蓋今之白蒿也，比青蒿而麤，從初生至枯，白于衆蒿。春始生，及秋香美，可生食，又可蒸以爲菹，甚益人。故《詩箋》云：‘以豆薦蘩菹。’然非水物，故非《召南》所謂也。春初此蒿前諸草生，云可以生蠶，蓋所以繁育庶物。此物

非惟生蠶又曰兔食之而仙又駏驉亦食菴蕳
子而仙駏驉馬類兔食蘩駏驉食菴蕳物各有
所宜本草又稱茵蔯蒿白兔食之仙蓋茵蔯似
青蒿而背白故説者誤以白蒿説之其苗細經
冬不死更因陳根而生故名茵蔯凡蘩之醜艾
可灸蓍可占蕭可燎蔞莪蒿蘩通可茹啖論者
别而論之

按左傳云澗溪沼沚之毛蘋蘩薀藻之菜可薦
于鬼神可羞于王公必用水草者取其芳潔也

毛詩陸疏廣要　卷上之上　汲古閣

非惟生蠶，又曰兔食之而仙，又駏驉亦食菴蕳子而仙。駏驉，馬類，兔食蘩，駏驉食菴蕳，物各有所宜。《本草》又稱‘茵蔯蒿，白兔食之仙’，蓋茵蔯似青蒿而背白，故説者誤以白蒿説之。其苗細經冬不死，更因陳根而生，故名茵蔯。凡蘩之醜，艾可灸，蓍可占，蕭可燎，蔞莪蒿蘩通可茹啖，論者别而論之。”

按:《左傳》云:“澗溪沼沚之毛，蘋蘩薀藻之菜，可薦于鬼神，可羞于王公。”必用水草者，取其芳潔也。

毛詩陸疏廣要 一 四十三 汲古閣

据爾雅本草蘩卽白蒿羅氏何云非水物余生
澤國習見水草繁茂于陸地者不少然恒在洲
渚滸涘間其根下滋于水故生耳嘗有荷花挺
出于曲沼芳隄之上者將亦謂之陸草耶

菁菁者莪

莪蒿也一名蘿蒿生澤田漸洳之處葉似邪蒿而
細科生三月中莖可生食又可蒸食香美味頗似
蔞蒿

爾雅云莪蘿郭註今莪蒿也亦曰䕡蒿鄭註莪

据《爾雅》《本草》，蘩即白蒿，羅氏何云非水物？余生澤國，習見水草繁茂于陸地者不少，然恒在洲渚滸涘間，其根下滋于水，故生耳。嘗有荷花挺出于曲沼芳隄之上者，將亦謂之陸草耶？

19. 菁菁者莪

〖疏〗莪，蒿也，一名蘿蒿。生澤田漸洳之處，葉似邪蒿而細科，生三月中，莖可生食，又可蒸食，香美，味頗似蔞蒿。

〖廣要〗《爾雅》云:“莪，蘿。”郭註:“今莪蒿也，亦曰䕡蒿。”鄭註:“莪，

蒿也本草謂之藁蒿似艾而細可食本草云角
蒿唐註云葉似白蒿花如瞿麥紅赤可愛子似
王不留行黑色作角七月八月采蜀本云葉似
蛇牀青蒿等子角似蔓青實黑細秋熟所在皆
有之陳藏器云藁蒿生高岡宿根先于百草一
名莪蒿衍義云角蒿莖葉如青蒿開淡紅紫花
花大約徑三四分花罷結子長二寸許微彎埤
雅莪亦曰藁蒿藁之爲言高也莪生澤國漸洳
之地葉似斜蒿而細科生可食宿根先于百草

蒿也。《本草》謂之藁蒿，似艾而細，可食。”《本草》云:“角蒿。”唐註云:“葉似白蒿，花如瞿麥，紅赤可愛，子似王不留行，黑色作角，七月八月采。”蜀本云:“葉似蛇牀、青蒿等，子角似蔓青，實黑細，秋熟，所在皆有之。”陳藏器云:“藁蒿生高岡，宿根先于百草，一名莪蒿。”《衍義》云:“角蒿莖葉如青蒿，開淡紅紫花，花大約徑三四分，花罷結子，長二寸許，微彎。”《埤雅》:“莪亦曰藁蒿，藁之爲言高也。莪生澤國漸洳之地，葉似斜蒿而細科，生可食，宿根先于百草。

毛詩陸疏廣要　四十四

一名蘿蒿一名角蒿詩曰菁菁者莪在彼中阿
阿大陵也莪微草也言君子之長育人材猶大
陵之長育微草也菁菁盛貌葢草之初生其色
玄盛則乃青霜死而後黃落故菁之文从青詩
曰何草不玄以言其生何草不黃以言其死也
爾雅釋蟲曰蛾羅也釋草又曰莪蘿也葢蛾所
以生蠶莪亦所以覆而出之此義亦謂之羅與
字說曰莪以科生而俄詩曰匪莪伊蒿匪莪伊
蔚莪俄而蒿直蔚䆉而莪細育村之詩正言莪

一名蘿蒿，一名角蒿。《詩》曰：‘菁菁者莪，在彼中阿。’阿，大陵也。莪，微草也。言君子之長育人材，猶大陵之長育微草也。菁菁，盛貌。蓋草之初生，其色玄，盛則乃青，霜死而後黃落，故菁之文从青。《詩》曰‘何草不玄’，以言其生，‘何草不黃’，以言其死也。《爾雅・釋蟲》曰：‘蛾，羅也。’《釋草》又曰：‘莪，蘿也。’蓋蛾所以生蠶，莪亦所以覆而出之，此義亦謂之羅與？《字說》曰：莪以科生而俄。《詩》曰‘匪莪伊蒿’‘匪莪伊蔚’，莪俄而蒿直，蔚䆉而莪細，育（村）［材］[1]之詩，正言莪

1 “材”，原作“村”，據四庫本改。

者以此爾雅翼莪蘿蒿也生于水澤詩云在彼
中阿在彼中沚在彼中陵葢莪水中所生陵阿
亦通有之
按蒿類甚多爾雅云蘩之醜秋爲蒿言春時各
有種名至秋老成通呼爲蒿也張揖謂白蒿爲
蘩母卽此意凡蒿皆入藥品此章菁菁者莪莪
爲莪蒿卽本草角蒿也采蘩云于以采蘩蘩爲
皤蒿卽本草白蒿也鹿鳴云食野之蒿蒿爲青
蒿卽本草草蒿也蓼莪云匪莪伊蔚蔚爲牡蒿

毛詩陸疏廣要 卷上之上 汲古閣

者以此。”《爾雅翼》:“莪，蘿蒿也。生于水澤。《詩》云‘在彼中阿’‘在彼中沚’‘在彼中陵’，蓋莪水中所生，陵阿亦通有之。”

按：蒿類甚多，《爾雅》云:“蘩之醜，秋爲蒿。”言春時各有種名，至秋老成，通呼爲蒿也。張揖謂白蒿爲蘩母，即此意。凡蒿皆入藥品，此章“菁菁者莪”，莪爲莪蒿，即《本草》角蒿也。《采蘩》云“于以采蘩”，蘩爲皤蒿，即《本草》白蒿也。《鹿鳴》云“食野之蒿”，蒿爲青蒿，即《本草》草蒿也。《蓼莪》云“匪莪伊蔚”，蔚爲牡蒿，

毛詩陸疏廣要　四十五　汲古閣

卽本草馬先蒿也

言刈其蔞

蔞蔞蒿也其葉似艾白色長數寸高丈餘好生水邊及澤中正月根芽生旁莖正白生食之香而脆美其葉又可蒸爲茹

爾雅云購蔏蔞郭鄭俱云蔞蒿也生下田初出可啖江東用羹魚埤雅蔏蔞一名購莖高丈餘蒿屬其葉似艾白色初生可啖江東采以羹魚

管子曰葉下于蘲音鬱蘲下于莧莧下于蒲蒲下

即《本草》馬先蒿也。

20. 言刈其蔞

〖疏〗蔞，蔞蒿也，其葉似艾，白色，長數寸，高丈餘，好生水邊及澤中。正月根芽生，旁莖正白，生食之，香而脆美，其葉又可蒸爲茹。

〖廣要〗《爾雅》云:“購，蔏蔞。”郭、鄭俱云:“蔞蒿也。生下田，初出可啖，江東用羹魚。”《埤雅》:“蔏蔞，一名購，莖高丈餘，蒿屬，其葉似艾，白色，初生可啖。江東采以羹魚。《管子》曰：‘葉下于蘲，音鬱。蘲下于莧，莧下于蒲，蒲下

于葦葦下于萑萑下于蔞蔞下于荓荓下于蕭
蕭下于薜薜下于萑萑下于茅凡彼草物有十
二衰爾雅翼蔞蔞蒿說文曰可以烹魚今古以
爲珍菜大招云吳酸蒿蔞不沾薄只王逸曰蒿
蘩草也蔞香草也蒿一作芼芼菜也言吳人善
爲羹其菜若蔞味無沾薄言其調也又曰沾多
汁也薄無味也言吳人工調鹹酸爚蒿蔞以爲
虀其味不濃不薄適其美也葢蔞多生于吳郭
氏亦云江東用羹魚則吳人猶能調和之如後

于葦，葦下于萑，萑下于蔞，蔞下于荓，荓下于蕭，蕭下于薜，薜下于萑，萑下于茅。凡彼草物，有十二衰。'"《爾雅翼》:"蔞，蔞蒿。《說文》曰:'可以烹魚。' 今古以爲珍菜。《大招》:'吳酸蒿蔞，不沾薄只。' 王逸曰:'蒿，蘩草也。蔞，香草也。蒿一作芼，芼，菜也。言吳人善爲羹，其菜若蔞，味無沾薄，言其調也。' 又曰:'沾，多汁也。薄，無味也。言吳人工調鹹酸，爚蒿蔞以爲虀，其味不濃不薄，適其美也。' 蓋蔞多生于吳。郭氏亦云:'江東用羹魚。' 則吳人猶能調和之，如後

毛詩陸疏廣要　四十六　汲古閣

世千里蓴羹未下鹽豉之北

食野之蒿

蒿青蒿也荆豫之間汝南汝陰皆云比也

爾雅云蒿菣郭云今人呼青蒿香中炙啖者爲菣詩小雅云食野之蒿孫炎云荆楚之間謂蒿爲菣鄭亦云青蒿也本草云草蒿一名青蒿一名方潰生華陰川澤唐本注云江東人呼爲犼蒿爲其臭似犼圖經云葉似茵蔯蒿而背不白春生苗葉極細嫩時人亦取雜諸香菜食之至

世千里蓴羹未下鹽豉之（北）[比][1]。”

21. 食野之蒿

〖疏〗蒿，青蒿也。荆豫之間，汝南、汝陰，皆云（比）[菣][2]也。

〖廣要〗《爾雅》云:“蒿，菣。”郭云:“今人呼青蒿香中炙啖者爲菣。”《詩・小雅》云:“食野之蒿。”孫炎云:“荆楚之間，謂蒿爲菣。”鄭亦云:“青蒿也。”《本草》云:“草蒿，一名青蒿，一名方潰，生華陰川澤。”唐本注云:“江東人呼爲犼蒿，爲其臭似犼。”《圖經》云:“葉似茵蔯蒿，而背不白，春生苗葉極細嫩，時人亦取，雜諸香菜食之。至

1“比”，原作“北”，今據四庫本改。

2“菣”，原作“比”，今據四庫本改。

夏高四五尺秋後開細淡黃花花下便結子如
粟米大衍義云草蒿即青蒿也得春最早人剔
以爲蔬根赤葉香埤雅晏子曰蒿草之高者也
又曰青蒿蒿背之不白者也說文耄从蒿省蓋
五十象艾六十象蓍七十象蒿艾治也蒿亂也
蒿之類至多如青蒿一類自有兩種有黃色者
有青色者本草謂之青蒿亦恐有別也陝西綏
銀之間有青蒿在蒿叢之間時有一兩株迥然
青色土人謂之香蒿莖葉與常蒿悉同但比常

夏高四五尺，秋後開細淡黄花，花下便結子如粟米大。”《衍義》云：“草蒿，即青蒿也。得春最早，人剔以爲蔬，根赤葉香。”《埤雅》：“晏子曰：‘蒿，草之高者也。’” 又曰：“青蒿，蒿背之不白者也。《説文》耄从蒿省，蓋五十象艾，六十象蓍，七十象蒿。艾，治也。蒿，亂也。蒿之類至多，如青蒿一類，自有兩種，有黄色者，有青色者。《本草》謂之青蒿，亦恐有别也。陝西綏、銀之間有青蒿，在蒿叢之間，時有一兩株，迥然青色，土人謂之香蒿，莖葉與常蒿悉同，但比常

蒿色青翠一如松檜之色至深秋餘蒿並黃此
蒿猶青氣稍芬香恐古人所用以此爲勝爾雅
翼蒿今之青蒿莊子稱今之君子蒿目而憂世
之患今蒿細弱而陰潤最易棲塵故以比蒿目
言世之君子眯眼塵中而憂世也明堂月令違
天時則藜莠蓬蒿並興然則蒿者蓋非農祥也
博物志曰周時德盛蒿大以爲宮柱名曰蒿宮

食野之芩

芩草莖如釵股葉如竹蔓生澤中下地鹹處爲草

蒿色青翠，一如松檜之色。至深秋，餘蒿並黃，此蒿猶青，氣稍芬香，恐古人所用，以此爲勝。”《爾雅翼》：“蒿，今之青蒿。《莊子》稱‘今之君子，蒿目而憂世之患’，今蒿細弱而陰潤，最易棲塵，故以比蒿目，言世之君子眯眼塵中而憂世也。《明堂月令》‘違天時，則藜莠蓬蒿並興’，然則蒿者，蓋非農祥也。《博物志》曰：‘周時德盛，蒿大以爲宮柱，名曰蒿宮。’”

22. 食野之芩

〚疏〛芩草，莖如釵股，葉如竹，蔓生澤中下地鹹處，爲草

眞實牛馬皆喜食之
爾雅翼曰鹿鳴所食三物一曰苹今藾蕭始生
香可食二曰蒿蒿甚香三曰芩芩亦香草葢草
木之臭味相同有同類食之之義
按芩草爾雅埤雅俱不載不知爲何物惟博雅
云黄文内虛芩也此卽本草黄芩一名經芩陶
隱居云圓者名子芩破者名宿芩及考圖經云
莖如箸葉從地四面作叢生似與陸疏不同種
采采卷耳

真實，牛馬皆喜食之。

〖廣要〗《爾雅翼》曰："《鹿鳴》所食三物：一曰苹，今藾蕭始生，香可食；二曰蒿，蒿甚香；三曰芩，芩亦香草。蓋草木之臭味相同，有同類食之之義。"

按：芩草，《爾雅》《埤雅》俱不載，不知爲何物？惟《博雅》云："黄文内虚，芩也。"此即《本草》"黄芩，一名經芩"。陶隱居云："圓者名子芩，破者名宿芩。"及考《圖經》云"莖如箸，葉從地四面作叢生"，似與陸疏不同種。

23. 采采卷耳

卷耳一名枲耳一名胡枲一名苓耳葉青白色似
胡荽白華細莖蔓生可鬻爲茹滑而少味四月中
生子如婦人耳中璫今或謂之耳璫草鄭康成謂
是白胡荽幽州人呼爵耳

爾雅云菤耳苓耳郭註廣雅云枲耳也亦云胡
枲江東呼爲常枲或云苓耳形似鼠耳叢生如
盤詩周南云采采卷耳鄭註舊說蒼耳非也此
即卷菜葉如錢細蔓被地本草曰枲耳一名胡
枲一名地葵一名葹一名常思生安陸川谷及

〖疏〗卷耳，一名枲耳，一名胡枲，一名苓耳。葉青白色，似胡荽，白華細莖，蔓生，可鬻爲茹，滑而少味。四月中生子，如婦人耳中璫，今或謂之耳璫草。鄭康成謂是白胡荽，幽州人呼爵耳。

〖廣要〗《爾雅》云:“菤耳，苓耳。”郭註:“《廣雅》云‘枲耳’也，亦云‘胡枲’。江東呼爲常枲。或云：苓耳形似鼠耳，叢生如盤。”《詩·周南》云“采采卷耳”。鄭註:“舊説蒼耳，非也。此即卷菜，葉如錢，細蔓被地。”《本草》曰:“枲耳，一名胡枲，一名地葵，一名葹，一名常思，生安陸川谷及六安田野實熟時採埤雅云爾雅曰卷耳苓耳廣雅曰卽枲耳也幽州人謂之爵耳或曰形似鼠耳故有耳之號或曰白華細莖子如婦人耳璫故名荆楚記曰卷耳一名璫草亦云蒼耳叢生如盤詩曰采采卷耳不盈頃筐嗟我懷人寘彼周行言后妃持是器采是物而不滿焉則以志在彼不在此也問者曰后妃貴矣今曰采卷耳何也曰是詩也非是之謂也詩人借此以寫后妃之志耳故曰說詩者不以文害辭不以詞

六安田野，實熟時採。”《埤雅》云：“《爾雅》曰：‘卷耳，苓耳。’《廣雅》曰：‘即枲耳也。’幽州人謂之爵耳。或曰：形似鼠耳，故有耳之號。或曰：白華細莖，子如婦人耳璫，故名。《荆楚記》曰：‘卷耳，一名璫草，亦云蒼耳，叢生如盤。’《詩》曰：‘采采卷耳，不盈頃筐。嗟我懷人，寘彼周行。’言后妃持是器，采是物，而不滿焉，則以志在彼，不在此也。問者曰：后妃貴矣，今曰采卷耳，何也？曰：是詩也，非是之謂也。詩人借此以寫后妃之志耳。故曰：說《詩》者不以文害辭，不以詞

毛詩陸疏廣要　四十九　汲古閣

害志以意逆志是爲得之爾雅翼云卷耳菜名也幽冀謂之檲菜雒下謂之胡枲江東呼爲常枲葉青白色似胡荽白華細莖可鬻爲茹滑而少味又謂之常思菜傖人皆食之又以其葉覆麴作黃衣崔寔四民月令曰伏後二十日爲麴至七月七日乾之覆以胡枲故古人采之卷耳之詩后妃志欲輔佐君子求賢審官知臣下之勤勞先儒多異說葢采采卷耳職之賤者淮南子稱瞽師庶女位賤尚葈權輕飛羽許叔仲曰

害志，以意逆志，是爲得之。”《爾雅翼》云：“卷耳，菜名也。幽冀謂之檲菜，雒下謂之胡枲，江東呼爲常枲。葉青白色，似胡荽，白華細莖，可鬻爲茹，滑而少味，又謂之常思菜，傖人皆食之。又以其葉覆麴作黃衣。崔寔《四民月令》曰：‘伏後二十日爲麴，至七月七日乾之，覆以胡枲。’故古人采之。《卷耳》之詩，后妃志欲輔佐君子，求賢審官，知臣下之勤勞，先儒多異説。蓋‘采采卷耳’，職之賤者。《淮南子》稱‘瞽師庶女，位賤尚葈，權輕飛羽’，許叔（仲）［重］[1]曰：

1“重”，原作“仲”，今據四庫本改。

尚主也葈者葈耳菜名也主是官者至微賤也
瞽師庶女復賤于主枲之官故曰權輕飛羽觀
此則主枲之官位之微者周禮顧不可考或成
周以前周南之官有之其實如蒼耳而蒼色上
多刺好著人衣今人通謂之蒼耳其一名葹離
騷以譬小人所謂薋菉葹以盈室是也一名羊
負來博物志曰洛中有人入蜀胡枲著羊毛蜀
人種之曰羊負來也陶隱居乃云昔中國無此
言從外國逐羊毛中來據此物既稱胡枲必是

‘尚，主也。葈者，葈耳，菜名也。主是官者，至微賤也。瞽師庶女，復賤于主枲之官，故曰權輕飛羽。’觀此，則主枲之官，位之微者，周禮顧不可考，或成周以前，周南之官有之。其實如蒼耳而蒼色，上多刺，好著人衣，今人通謂之蒼耳。其一名葹，《離騷》以譬小人，所謂‘薋菉葹以盈室’，是也。一名羊負來，《博物志》曰：‘洛中有人入蜀，胡枲著羊毛，蜀人種之，曰羊負來也。’陶隱居乃云：‘昔中國無此，言從外國逐羊毛中來。’據此物既稱胡枲，必是

毛詩陸疏廣要 五十 汲古閣

胡物但國風爾雅所載則其來已久而羊負來之名僅出後代則此名恐自洛入蜀者得之

按本草云卷耳一名葹離騷云薋菉葹以盈室兮王逸註曰葹枲耳也或又因爾雅卷施草謂卽是葹郭氏以爲宿莽引離騷夕搴中洲之宿莽句第宿莽遇冬不死枲耳至秋早彫確是二物又按詩云卷耳爾雅云蒼耳廣雅云枲耳皆以實得名第陸氏曰蔓生郭氏云叢生必當以郭氏爲正

胡物。但《國風》《爾雅》所載，則其來已久，而羊負來之名，僅出後代，則此名恐自洛入蜀者得之。”

按:《本草》云:“卷耳，一名葹。”《離騷》云“薋菉葹以盈室兮”，王逸註曰:“葹，枲耳也。”或又因《爾雅》“卷施草”，謂即是葹。郭氏以爲宿莽，引《離騷》“夕搴洲之宿莽”句。第宿莽遇冬不死，枲耳至秋早彫，確是二物。又按:《詩》云“卷耳”，《爾雅》云“蒼耳”，《廣雅》云“枲耳”，皆以實得名。第陸氏曰“蔓生”，郭氏云“叢生”，必當以郭氏爲正。

贈之以芍藥

芍藥今藥草芍藥無香氣非是也司馬相如賦云芍藥之和揚雄賦曰甘甜之和芍藥之美七十食之

廣雅云攣夷芍藥也本草云一名白木一名餘容一名犂食一名解倉一名鋌生中岳川谷及丘陵圖經云春生紅芽作叢莖上三枝五葉似牡丹而狹長高一二尺夏開花有紅白紫數種子似牡丹而小秋時採根根亦有赤白二色古

24. 贈之以勺藥

〖疏〗芍藥，今藥草芍藥無香氣，非是也。司馬相如賦云："芍藥之和。" 揚雄賦曰："甘甜之和，芍藥之美。" 七十食之。

〖廣要〗《廣雅》云："攣夷，芍藥也。"《本草》云："一名白木，一名餘容，一名犂食，一名解倉，一名鋌，生中岳川谷及丘陵。"《圖經》云："春生紅芽，作叢，莖上三枝五葉，似牡丹而狹長，高一二尺，夏開花，有紅白紫數種，子似牡丹而小。秋時採根，根亦有赤白二色。"《古

今註曰芍藥有二種有草芍藥木芍藥木者花
大而色深俗呼爲牡丹非也又牛亨問曰將離
別相贈以芍藥者何答曰芍藥一名可離故相
贈猶相招召贈以文無文無一名當歸也欲忘
人之憂則贈以丹棘丹棘一名忘思使人忘憂
也欲蠲人之忿則贈以青裳青裳一名歡合則
忘忿也山海經條谷之草多芍藥洞庭之上多
芍藥埤雅芍藥榮于仲春華于孟夏傳曰驚蟄
之節後二十有五日芍藥榮是也花有至千葉

今註》曰：“芍藥有二種，有草芍藥、木芍藥。木者花大而色深，俗呼爲牡丹，非也。又牛亨問曰：將離别，相贈以芍藥者何？答曰：芍藥一名可離，故相贈。猶相招召，贈以文無，文無一名當歸也。欲忘人之憂，則贈以丹棘，丹棘一名忘思，使人忘憂也。欲蠲人之忿，則贈以青裳，青裳一名歡合，則忘忿也。”《山海經》：“條谷之草多芍藥，洞庭之上多芍藥。”《埤雅》：“芍藥榮于仲春，華于孟夏。傳曰‘驚蟄之節，後二十有五日芍藥榮’，是也。花有至千葉

者俗呼小牡丹今羣芳中牡丹品第一芍藥第
二故世謂牡丹爲華王芍藥爲華相又或以爲
華王之副也爾雅翼芍藥華之盛者當春暮祓
除之時故鄭之士女取以相贈其根以和五臟
制食毒古有芍藥之醬合蘭桂五味以助諸食
因呼五味之和爲芍藥七發曰芍藥之醬子虛
賦曰芍藥之和具而後御之服虔文頴伏儼輩
解芍藥稱具美也或以爲芍藥調食或以爲五
味之和或以爲以蘭桂調食雖各得彷彿然未

者，俗呼小牡丹。今羣芳中，牡丹品第一，芍藥第二，故世謂牡丹爲華王，芍藥爲華相，又或以爲華王之副也。”《爾雅翼》:“芍藥，華之盛者，當春暮祓除之時，故鄭之士女取以相贈。其根以和五臟，制食毒，古有芍藥之醬，合蘭桂五味，以助諸食，因呼五味之和爲芍藥。《七發》曰:‘芍藥之醬。’《子虛賦》曰:‘芍藥之和具，而後御之。’服虔、文穎、伏儼輩解芍藥，稱具美也。或以爲芍藥調食，或以爲五味之和，或以爲以蘭桂調食，雖各得彷彿，然未

究名實之所起至韋昭又訓其讀勺丁削切藥
旅酌切則幷没此物之名實矣今人食馬肝馬
腸者猶合芍藥而鬻之古之遺法也毛萇云香
草陸璣云今藥草芍藥無香氣非是也孔穎達
曰未審今何草蓋醫方但用其根陸不識其華
故云無香氣孔又云何草今芍藥人家庭戶種
之翫其芳無不識者何云何草

按韓詩云勺藥離草也言將離別贈此草也不
過就溱洧說詩耳未必如萲草爲忘憂之説也

究名實之所起。至韋昭，又訓其讀勺，丁削切，藥，旅酌切，則并没此物之名實矣。今人食馬肝、馬腸者，猶合芍藥而鬻之，古之遺法也。毛萇云‘香草’，陸璣云‘今藥草芍藥無香氣’，非是也。孔穎達曰：‘未審今何草。’蓋醫方但用其根，陸不識其華，故云‘無香氣’。孔又云‘何草’，今芍藥人家庭户種之，翫其芳，無不識者，何云‘何草’？”

按：《韓詩》云：“芍藥，離草也。言將離別，贈此草也。”不過就《溱洧》説詩耳，未必如萲草爲忘憂之説也，

終未悉爲何草或云古人以牡丹爲木芍藥此
即牡丹誤矣牡丹之名經傳不載唯本草入草
部中品六一居士牡丹記云自唐則天已後始
盛于洛陽其先不過丹延已西及褒斜道中與
荆棘並多土人以爲薪耳未聞其爲鄭産也羅
氏雅翼極與陸疏相合不知爾雅何故不載張
揖以爲孿夷亦未詳何義
采葑采菲
葑蔓菁一作蕪青幽州人或謂之芥菲似葍莖麤

終未悉爲何草。或云：古人以牡丹爲木芍藥，此即牡丹，誤矣。牡丹之名，經傳不載，唯《本草》入草部中品。六一居士《牡丹記》云："自唐則天已後，始盛于洛陽。其先不過丹、延已西及褒斜道中，與荆棘並多[1]，土人以爲薪耳。"未聞其爲鄭産也。羅氏《雅翼》極與陸疏相合，不知《爾雅》何故不載。張揖以爲孿夷，亦未詳何義。

25. 采葑采菲

〖疏〗葑，蔓菁，一作"蕪青"。幽州人或謂之芥。菲，似葍，莖麤

1 按：四部叢刊影印元刻《歐陽文忠公文集》作"大抵丹、延已西及褒斜道中尤多，與荆棘無異"，此處毛氏引文似有譌誤。

葉厚而長有毛。三月中蒸鬻爲茹，甘美，可作羹。幽州人謂之芴，《爾雅》又謂之葸菜，今河内人謂之宿菜。

〖廣要〗【葑】《爾雅》云："須，葑蓯。"郭云："未詳。"鄭云："菰，葑也，積舊茭頭而成封者。"又云："須，薞蕪。"郭云："似羊蹄，葉細，味酢，可食。"鄭云："一名葑，即蔓菁也。"邢疏云："案《詩·谷風》云'采葑采菲'，毛傳云'葑，須也'，先儒即以'須，葑蓯'當之。孫炎云：'須，一名葑蓯。'今郭註上'葑蓯'云'未詳'，註此云'薞蕪似羊蹄，葉細，味酢，可食'，則郭意以毛云'葑須'者，謂此薞蕪也。《坊記》註云：'葑，

蔓菁也陳宋之間謂之葑方言云蘴蕘蕪菁也
陳楚謂之蘴齊魯謂之蕘關西謂之蕪菁趙魏
之部謂之大芥蘴與葑字雖異音實同則葑也
須也蕪菁也蔓菁也蕵蕪也蕘也芥也七者一
物也本草云蕪菁味苦圖經云蕪菁四時仍有
春食苗夏食心亦謂之薹子秋食莖冬食根河
朔尤多種可備饑歲常食之通中益氣令人肥
健南人取北種種之初年相類至二三歲則變
爲菘矣埤雅菘性陵冬不彫四時常見有松之

蔓菁也。陳宋之間謂之葑。'《方言》云:'蘴，蕘，蕪菁也。陳楚謂之蘴，齊魯謂之蕘，關西謂之蕪菁，趙魏之（部）[郊][1]謂之大芥。'蘴與葑，字雖異，音實同。則葑也，須也，蕪菁也，蔓菁也，蕵蕪也，蕘也，芥也，七者一物也。"《本草》云:"蕪菁味苦。"《圖經》云:"蕪菁，四時仍有。春食苗，夏食心，亦謂之薹子。秋食莖，冬食根。河朔尤多，種可備饑歲。常食之，通中益氣，令人肥健。南人取北種種之，初年相類，至二三歲則變爲菘矣。"《埤雅》:"菘性陵冬不彫，四時常見，有松之

1 "郊"，原作"部"，據四庫本改。

毛詩陸疏廣要　五十四　汲古閣

操故其字會意而本草以爲交耐霜雪也舊説以菘菜北種初年半爲蕪菁二年菘種都絶蕪菁南種亦然葢菘之不生北土猶橘柚之變于淮北矣蕪菁似菘而小有臺一名葑一名須爾雅須葑蓯也今俗謂之臺菜其紫華者謂之蘆菔一名萊菔所謂温菘是也萊菔言來麰之所服也爾雅翼云蔓菁南北通有之北土種之尤多菜中之最有益者塞北并汾河朔間燒食其根呼爲蕪根猶是蕪菁之號昔漢桓帝永興中

操，故其字會意，而《本草》以爲交耐霜雪也。舊説以菘菜北種，初年半爲蕪菁，二年菘種都絶，蕪菁南種亦然。葢菘之不生北土，猶橘柚之變于淮北矣。蕪菁似菘而小，有臺，一名葑，一名須，《爾雅》‘須，葑蓯’也。今俗謂之臺菜。其紫華者謂之蘆菔，一名萊菔，所謂温菘是也。萊菔，言來麰之所服也。”《爾雅翼》云:“蔓菁南北通有之，北土種之尤多，菜中之最有益者。塞北、并汾、河朔間，燒食其根，呼爲蕪根，猶是蕪菁之號。昔漢桓帝永興中，

令災傷郡國皆種蔓菁以助民食劉備歸曹公
公使覘之閉門將人種蔓菁而諸葛亮所止令
軍士獨種蔓菁者取其纔出甲可生啖一也葉
舒可鬻食二也久居則隨以滋長三也棄不令
惜四也回則易尋而采之五也冬有根可劚而
食六也三蜀江陵之人今呼爲諸葛菜蔓菁根
葉及子乃是菘類與蘆菔全別陶隱居言其子
與蘆菔相似兼言小菫故説者疑江表不産注
失其眞耳有人將菘菜北種初一年半爲蕪菁

令災傷郡國皆種蔓菁，以助民食。劉備歸曹公，公使覘之，閉門將人種蔓菁。而諸葛亮所止，令軍士獨種蔓菁者：取其纔出甲可生啖，一也；葉舒可鬻食，二也；久居則隨以滋長，三也；棄不令惜，四也；回則易尋而采之，五也；冬有根可劚而食，六也。三蜀、江陵之人，今呼爲諸葛菜。蔓菁，根葉及子乃是菘類，與蘆菔全別。陶隱居言其子與蘆菔相似，兼言小菫，故説者疑江表不産，注失其真耳。有人將菘菜北種，初一年半爲蕪菁，

毛詩陸疏廣要 五十五 汲古閣

二年菘種都絕將蕪菁子南種亦二年都變其
子亦隨色變大率菘子黑蔓菁子紫赤大小相
似蘆菔子黃赤而大又不圓也亦梗長葉瘦高
者爲菘葉闊厚短者爲蕪菁嚴氏云江南有菘
江北有蔓菁相似而異周禮醢人菁菹鹿臡註
菁蔓菁也急就章曰老菁蘘荷冬日藏按禹貢
荊州包匭菁茅孔子曰菁以爲菹呂氏春秋亦
曰菜之美者具區之菁則菁之見貴舊矣然說
者或以菁茅爲茅之名而言老菁冬藏者爲韭

二年菘種都絕。將蕪菁子南種，亦二年都變，其子亦隨色變。大率菘子黑，蔓菁子紫赤，大小相似，蘆菔子黄赤，而大又不圓也。亦梗長葉瘦高者爲菘，葉闊厚短者爲蕪菁。”嚴氏云:“江南有菘，江北有蔓菁，相似而異。”《周禮·醢人》“菁菹鹿臡”，註:“菁，蔓菁也。”《急就章》曰:“老菁蘘荷冬日藏。”按:《禹貢》荆州“包匭菁茅”，孔子曰“菁以爲菹”，《吕氏春秋》亦曰“菜之美者，具區之菁”，則菁之見貴，舊矣。然説者或以菁茅爲茅之名，而言老菁冬藏者爲韭

花云今蔓菁園中無蜘蛛是其所畏也南都賦
秋韭冬菁註曰韭其華謂之菁
【菲】爾雅云菲芴郭鄭俱云即土瓜也又云菲蒠菜郭云菲草生下溼地似蕪菁華紫赤色可食鄭云蒠菜即遂菜也邢疏云菲一名芴郭
云土瓜也孫炎曰葍類也詩谷風云采葑采菲
陸璣云菲似葍莖麤葉厚而長有毛三月中蒸
鬻爲茹甘美可作羹幽州人謂之芴爾雅又謂
之蒠菜今河內人謂之宿菜案今爾雅菲芴與
蒠菜異郭註似是別草如陸之言又是一物某

毛詩稽古編　卷上之上

花云。今蔓菁園中無蜘蛛，是其所畏也。《南都賦》“秋韭冬菁”，註曰：“韭，其華謂之菁。”[1]

【菲】《爾雅》云：“菲，芴。”郭、鄭俱云：“即土瓜也。”又云：“菲，蒠菜。”郭云：“菲草生下溼地，似蕪菁，華紫赤色，可食。”鄭云：“蒠菜，即遂菜也。”邢疏云：“菲，一名芴。郭云：‘土瓜也。’孫炎曰：‘葍類也。’《詩·谷風》云‘采葑采菲’，陸璣云：‘菲，似葍，莖麤葉厚而長有毛。三月中蒸鬻爲茹，甘美可作羹，幽州人謂之芴。《爾雅》又謂之蒠菜，今河內人謂之宿菜。’案：今《爾雅》‘菲，芴’與‘蒠菜’異，郭註似是別草，如陸之言，又是一物。某

1 按：“急就章”至“謂之菁”均見《爾雅翼》。

毛詩陸疏廣要　五十六　汲古閣

氏註爾雅二處皆引谷風詩卽菲也芴也葸菜也土瓜也宿菜也五者一物其狀似葍而非葍故云葍類也

按爾雅疏云葑也須也蕪菁也蔓菁也蕵蕪也蕘也芥也七者一物也考爾雅又云葑蓯方言又云蘴圖經云蔓子共得十名至若河朔呼爲蕪根塞北呼爲九英蜀呼爲諸葛菜隨俗異名不可勝記但菘與蔓菁南北互變實是一種蘆菔確是二物不知子雲何以云然

氏註《爾雅》，二處皆引《谷風》詩，即菲也，芴也，葸菜也，土瓜也，宿菜也，五者一物。其狀似葍，而非葍，故云葍類也。”

按:《爾雅疏》云:“葑也，須也，蕪菁也，蔓菁也，蕵蕪也，蕘也，芥也，七者一物也。”考《爾雅》又云“葑，蓯”,《方言》又云“蘴”,《圖經》云“蔓子”，共得十名。至若河朔呼爲蕪根，塞北呼爲九英，蜀呼爲諸葛菜，隨俗異名，不可勝記。但菘與蔓菁，南北互變，實是一種，蘆菔確是二物，不知子雲何以云然。

言采其蕨

蕨虌也山菜也周秦曰蕨齊魯曰虌初生似蒜莖紫黑色可食如葵

爾雅蕨虌郭云廣雅云紫綦非也初生無葉可食江西謂之虌邢疏云可食之菜也舍人曰蕨一名虌鄭云今蕨芽也所在山谷有之埤雅蕨狀如大雀拳足又如其足之蹷也故謂之蕨俗云初生亦類虌脚故曰虌爾雅翼蕨生如小兒拳紫色而肥詩及爾雅說文皆云蕨虌也郭氏

毛詩註疏續要　卷上之上　汲古閣

26. 言采其蕨

〖疏〗蕨，虌也，山菜也。周秦曰蕨，齊魯曰虌。初生似蒜，莖紫黑色，可食，如葵。

〖廣要〗《爾雅》:“蕨，虌。” 郭云:“《廣雅》云‘紫綦’，非也。初生無葉，可食，江西謂之虌。” 邢疏云:“可食之菜也。舍人曰：蕨，一名虌。” 鄭云:“今蕨芽也，所在山谷有之。”《埤雅》:“蕨，狀如大雀拳足，又如其足之蹷也，故謂之蕨。俗云：初生亦類虌脚，故曰虌。”《爾雅翼》:“蕨生如小兒拳，紫色而肥。《詩》及《爾雅》《說文》皆云:‘蕨，虌也。’郭氏

曰江西謂之虌草木疏云周秦曰蕨齊魯曰虌
召南陟彼南山先蕨而後薇蕨薇蓋賤者所食
爾今野人今歲焚山則來歲蕨菜繁生其舊生
蕨之處蕨葉老硬敷披人誌之謂之蕨基通志
云蕨一名虌莽芽也四皓食之而壽夷齊食之
而夭此物不可生食又有一種大蕨亦可食謂
之綦蕨爾雅云綦月爾陳藏器云今永康道江
居民多以醋淹而食之山谷詩云蕨芽初長小
兒拳酷似其狀

曰：‘江西謂之虌。’《草木疏》云：‘周秦曰蕨，齊魯曰虌。’《召南》‘陟彼南山’，先蕨而後薇，蕨、薇蓋賤者所食爾。今野人今歲焚山，則來歲蕨菜繁生，其舊生蕨之處，蕨葉老硬敷披，人誌之，謂之蕨基。”《通志》云：“蕨，一名虌，莽芽也。四皓食之而壽，夷齊食之而夭。此物不可生食。又有一種大蕨，亦可食，謂之綦蕨。《爾雅》云：‘綦，月爾。’”陳藏器云：“今永康道江居民，多以醋淹而食之。”山谷詩云“蕨芽初長小兒拳”，酷似其狀。

言采其薇

薇山菜也莖葉皆似小豆蔓生其味亦如小豆藿
可作羹亦可生食今官園種之以供宗廟祭祀
爾雅云薇垂水郭註生于水邊邢疏草生于水
濱而枝葉垂于水者曰薇鄭註薇菜生水邊埤
雅爾雅曰薇垂水好生水邊故曰垂水似藿菜
之微者也微者所食故詩以采薇言戍役之苦
而草蟲序于蕨後爾雅翼薇垂水言生于水邊
而召南之詩陟南山以采之故陸璣云山菜也

毛詩陸疏廣要　卷上之上　汲古閣

27. 言采其薇

〖疏〗薇，山菜也，莖葉皆似小豆，蔓生，其味亦如小豆。藿可作羹，亦可生食。今官園種之，以供宗廟祭祀。

〖廣要〗《爾雅》云:“薇，垂水。”郭註:“生于水邊。”邢疏:“草生于水濱，而枝葉垂于水者，曰薇。”鄭註:“薇菜生水邊。”《埤雅》:“《爾雅》曰‘薇，垂水’，好生水邊，故曰垂水，似藿菜之微者也。微者所食，故《詩》以《采薇》言戍役之苦，而《草蟲》序于蕨後。”《爾雅翼》:“‘薇，垂水’，言生于水邊，而《召南》之詩，陟南山以采之，故陸璣云:‘山菜也。’

又詩稱山有蕨薇而伯夷采薇于首陽山其歌曰登彼西山兮采其薇矣其後說者以爲普天之下莫非王土食其土之所出卽爲之臣于是不食而死通志云白薇曰白幕曰薇草曰春草曰骨美又云薇生水旁葉如萍然詩云采薇者金櫻芽也胡明仲云荆楚之間有草叢生脩條四時發穎春夏之交花亦繁麗條之腴者大如巨擘剥而食之甘美野人呼爲迷陽疑莊子所謂迷陽迷陽無傷吾行卽此名物疏云按本草

又《詩》稱‘山有蕨薇’，而伯夷采薇于首陽山，其歌曰：‘登彼西山兮，采其薇矣。’其後説者，以爲普天之下，莫非王土，食其土之所出，即爲之臣，于是不食而死。”《通志》云：“白薇，曰白幕，曰薇草，曰春草，曰骨美。”又云：“薇生水旁，葉如萍。然《詩》云采薇者，金櫻芽也。”胡明仲云：“荆楚之間有草，叢生脩條，四時發穎，春夏之交，花亦繁麗。條之腴者，大如巨擘，剥而食之甘美。野人呼爲迷陽，疑《莊子》所謂‘迷陽迷陽，無傷吾行’，即此。”《名物疏》云：“按《本草》

薇有二種生平原川谷似柳葉者白薇也生水旁葉似苹者薇也詩云陟山采薇又云山有蕨薇則是山菜非爾雅所云垂水者也埤雅混而一之誤矣然陸璣稱莖葉如小豆蔓生璣親見官園所種所言必審復非似柳之白薇鄭漁仲謂是金櫻芽不知何據朱子胡氏皆以爲迷陽而一云味苦一云甘美又自不同惟項安世以爲今之野豌豆蜀人謂之巢菜有合陸璣之疏

言采其蕌

薇有二種，生平原川谷似柳葉者，白薇也。生水旁葉似萍者，薇也。《詩》云‘陟山采薇’，又云‘山有蕨薇’，則是山菜，非《爾雅》所云垂水者也。《埤雅》混而一之，誤矣。然陸璣稱莖葉“如小豆，蔓生”，璣親見官園所種，所言必審，復非似柳之白薇。鄭漁仲謂是金櫻芽，不知何據？朱子、胡氏皆以爲迷陽，而一云味苦，一云甘美，又自不同。惟項安世以爲今之野豌豆，蜀人謂之巢菜，有合陸璣之疏。”

28. 言采其蕌

葍一名蕾河內謂之蓘幽州人謂之燕葍其根正白可著熱灰中温噉之饑荒之歲可蒸以禦饑漢祭甘泉或用之其草有兩種葉細而花赤有臭氣也一本作花葉有兩種一種葉細而花赤一種葉大而花白復香

爾雅云葍蕾郭云大葉白華根如指正白可啖鄭云即商陸也爾雅又云葍藑茅郭云葍華有赤者爲藑藑葍一種耳亦猶蔆苕華黄白異名鄭云商陸有二種赤者爲藑茅毛傳云葍惡菜也鄭箋云葍亦仲春時生可采也博雅云烏䓤

〖疏〗葍，一名蕾，河内謂之蓘，幽州人謂之燕葍。其根正白，可著熱灰中温噉之，饑荒之歲，可蒸以禦饑。漢祭甘泉或用之。其草有兩種，葉細而花赤，有臭氣也。一本作“花葉有兩種，一種葉細而花赤，一種葉大而花白，復香”。

〖廣要〗《爾雅》云:“葍，蕾。”郭云:“大葉，白華，根如指，正白，可啖。”鄭云:“即商陸也。”《爾雅》又云:“葍，藑茅。”郭云:“葍，華有赤者爲藑，藑、葍一種耳，亦猶蔆苕華黄白異名。”鄭云:“商陸有二種，赤者爲藑茅。”毛傳云:“葍，惡菜也。”鄭箋云:“葍，亦仲春時生，可采也。”《博雅》云:“烏䓤，

葍也邢氏云葍一名蕾與藑茅一草也華白者
即名葍華赤者别名藑茅故郭云亦猶淩苕華
黄白異名也
薄言采芑
芑菜似苦菜也莖青白色摘其葉有白汁出脆可
生食亦可蒸爲茹青州謂之芑西河鴈門尤美胡
人戀之不出塞
朱傳云即今苦藚菜宜馬食軍行采之人馬皆
可食也本草云野苦藚五六回拗後味甘滑于

葍也。”邢氏云：“葍，一名蕾，與藑茅一草也。華白者，即名葍華，赤者别名藑茅，故郭云：‘亦猶淩苕華黄白異名也。’”

29. 薄言采芑

〖疏〗芑菜似苦菜也，莖青白色，摘其葉，有白汁出，脆可生食，亦可蒸爲茹。青州謂之芑，西河、鴈門尤美，胡人戀之不出塞。

〖廣要〗朱傳云：“即今苦藚菜，宜馬食，軍行采之，人馬皆可食也。”《本草》云：“野苦藚五六回拗後，味甘滑于

家苦蕢
按朱晦菴云苦菜也陸元恪又云似苦菜則又
一種矣顏氏家訓云江南別有苦菜葉似酸漿
其花或紫或白子大如珠熟時或赤或黑此菜
可以釋勞案郭景純註爾雅云此乃蘵黃除也
今河北謂之龍葵梁世講禮者以此當苦菜既
無宿根至春子方生耳亦大誤也据云此菜可
以釋勞宜乎人馬皆食又云至春方生似合軍
行之時或青州鴈門以爲芑江南無其名耳

家苦蕢。

按：朱晦菴云“苦菜”也，陸元恪又云“似苦菜”，則又一種矣。《顔氏家訓》云：“江南别有苦菜，葉似酸漿，其花或紫或白，子大如珠，熟時或赤或黑，此菜可以釋勞。案：郭景純註《爾雅》云：此乃蘵黄除也。今河北謂之龍葵。梁世講禮者以此當苦菜，既無宿根，至春子方生耳，亦大誤也。”据云“此菜可以釋勞”，宜乎人馬皆食；又云“至春方生”，似合軍行之時。或青州、鴈門以爲芑，江南無其名耳。

誰謂荼苦

荼苦菜生山田及澤中得霜甜脃而美所謂菫荼如飴內則云濡豚包苦用苦菜是也

爾雅云荼苦菜郭註云詩曰誰謂荼苦苦菜可食鄭註云生山谷味苦今人呼苦益邢疏云此味苦可食之菜一名荼一名苦菜本草一名荼草一名選一名游冬案易緯通卦驗玄圖云苦草生于寒秋經冬歷春乃成月令孟夏苦菜秀是也葉似苦苣而細斷之有白汁花黃似菊堪

30. 誰謂荼苦

〖疏〗荼，苦菜。生山田及澤中，得霜甜脃而美，所謂“菫荼如飴”。《內則》云“濡豚包苦”，用苦菜是也。

〖廣要〗《爾雅》云:“荼，苦菜。”郭註云:“《詩》曰‘誰謂荼苦’，苦菜可食。”鄭註云:“生山谷，味苦，今人呼苦益。”邢疏云:“此味苦可食之菜，一名荼，一名苦菜。《本草》:‘一名荼草，一名選，一名游冬。’案:《易緯·通卦驗玄圖》云‘苦草生于寒秋，經冬歷春乃成’,《月令》‘孟夏苦菜秀’，是也。葉似苦苣而細，斷之有白汁。花黃似菊，堪

毛詩陸疏廣要　六十一　汲古閣

食但苦耳慱雅云游冬苦菜也埤雅云荼苦菜
此草凌冬不彫故一名游冬時訓解云小滿之
日苦菜秀苦菜不秀賢人潛伏儀禮云鉶芼羊
苦蜀本圖經云春花夏實至秋復生花而不實
經冬不彫衍義云苦菜四方皆有在北道則冬
方凋斂在南方則冬夏常青葉如苦苣更狹其
綠色差淡味苦花與野菊似春夏秋皆旋開花
詩緝云經有三荼一曰苦菜二曰委葉三曰英
荼此詩誰謂荼苦及唐采苓云采苦采苦緜堇

食，但苦耳。”《博雅》云:“游冬，苦菜也。”《埤雅》云:“荼，苦菜。此草凌冬不彫，故一名游冬。”《時訓解》云:“小滿之日，苦菜秀。苦菜不秀，賢人潛伏。”《儀禮》云:“鉶芼羊苦。”蜀本《圖經》云:“春花夏實，至秋復生，花而不實，經冬不彫。”《衍義》云:“苦菜四方皆有。在北道則冬方凋斂，在南方則冬夏常青。葉如苦苣，更狹，其緑色差淡，味苦。花與野菊似，春、夏、秋皆旋開花。”《詩緝》云:“經有三荼:一曰苦菜，二曰委葉，三曰英荼。此詩‘誰謂荼苦’，及《唐·采苓》云‘采苦采苦’，《緜》‘堇

荼如飴之荼皆苦菜也良耜以薅荼蓼之荼委
葉也鄭出其東門有女如荼英荼也鴟鴞予所
捋荼傳云萑苕疏云藡之秀穗亦英荼之類
按朱傳云蓼屬謂此荼與良耜以薅荼蓼之荼
同似不可從嚴華谷辨之甚詳但以捋荼爲英
荼之類恐未必然
匏有苦葉
匏葉少時可爲羹又可淹鬻極美揚州人恒食之
至八月葉卽苦故曰匏有苦葉

荼如飴’之荼，皆苦菜也。《良耜》‘以薅荼蓼’之荼，委葉也。《鄭·出其東門》‘有女如荼’，英荼也。《鴟鴞》‘予所捋荼’，傳云‘萑苕’，疏云‘藡之秀穗’，亦英荼之類。”

按：朱傳云“蓼屬”，謂此荼與《良耜》“以薅荼蓼”之荼同，似不可從。嚴華谷辨之甚詳，但以“捋荼”爲英荼之類，恐未必然。

31. 匏有苦葉

〖疏〗匏葉少時可爲羹，又可淹鬻，極美，揚州人恒食之。至八月，葉即苦，故曰“匏有苦葉”。

郊特牲曰器用陶匏以象天地之性陶匏蓋取
其質說文曰匏瓠也从包从夸聲包取其可包
藏物也博雅匏瓠也埤雅長而瘦上曰瓠短頭
大腹曰匏傳曰匏謂之瓠誤矣蓋匏苦瓠甘復
有長短之殊定非一物也鶡冠子曰中流失舡
一壺千金壺即匏也其性浮得之可以免沉溺
故當失船之時其直千金也此亦如天竺涉水
帶浮囊之類爾雅翼河汾之寶有曲沃之懸匏
焉良工取以爲笙崔豹古今註曰匏瓠也壺盧

〖廣要〗《郊特牲》曰："器用陶匏，以象天地之性。"陶匏，蓋取其質。《説文》曰："匏，瓠也。从包，从夸，聲包，取其可包藏物也。"《博雅》："匏，瓠也。"《埤雅》："長而瘦上曰瓠，短（頭）[頸][1]大腹曰匏。傳曰'匏謂之瓠'，誤矣。蓋匏苦瓠甘，復有長短之殊，定非一物也。"《鶡冠子》曰："中流失舡，一壺千金。"壺，即匏也，其性浮，得之可以免沉溺，故當失船之時，其直千金也。此亦如天竺涉水帶浮囊之類。[2]《爾雅翼》："河汾之寶，有曲沃之懸匏焉。良工取以爲笙。崔豹《古今註》曰：'匏，瓠也。壺盧，

1 "頸"，原作"頭"，據四庫本改。

2 "鶡冠子"至"浮囊之類"，見《爾雅翼》。

匏之無柄者也瓠有柄曰懸瓠可爲笙曲沃者
尤善秋乃可用用則漆其裏匏在八音之一通
典曰今之笙竿以木代匏而漆殊愈于匏荊梁
之南尚存古制南蠻笙則是匏其聲甚劣則後
世笙竽不復用匏矣匏既爲樂器又以爲飲器
詩酌之用匏孔子稱繫而不食者良以待其堅
而爲用故也近世洪氏説以爲天之匏瓜星天
官星占曰匏瓜一名天雞在河鼓東匏瓜繫而
不食猶南箕不可以簸揚北斗不可以挹酒漿

匏之無柄者也。瓠有柄曰懸瓠，可爲笙，曲沃者尤善，秋乃可用，用則漆其裏。’匏在八音之一。《通典》曰：‘今之笙（竿）[竽][1]，以木代匏而漆，殊愈于匏，荊梁之南尚存古制。南蠻笙，則是匏，其聲甚劣。’則後世笙竽不復用匏矣。匏既爲樂器，又以爲飲器。《詩》‘酌之用匏’，孔子稱繫而不食者，良以待其堅而爲用故也。近世洪氏説，以爲天之匏瓜星。《天官星占》曰：‘匏瓜，一名天雞，在河鼓東。’匏瓜繫而不食，猶‘南箕不可以簸揚，北斗不可以挹酒漿’

1 “竽”，原作“竿”，今據四庫本改。

毛詩陸疏廣要 六十三 汲古閣

也按楚辭王褒九懷稱援瓟瓜兮接糧曹植洛
神賦曰歎匏瓜之無正兮詠牽牛之獨處阮瑀
止慾賦曰傷匏瓜之無偶悲織女之獨勤則古
稱匏瓜皆謂星爾詩緝云匏經霜其葉枯落然
後乾之腰以渡水名物疏云按廣雅說文古今
註通云匏瓠也惟陸農師云長而瘦上曰瓠短
頸大腹曰匏其兩形之别出于農師創見考諸
書惟瓠甘匏苦爲可明耳然本草有苦瓠唐本
註謂之苦瓠瓤復非瓠中之苦者瓠中之苦者

也。按:《楚辭》王褒《九懷》稱‘援瓟瓜兮接糧’，曹植《洛神賦》曰‘歎匏瓜之無（正）[匹][1]兮,詠牽牛之獨處’，阮瑀《止慾賦》曰‘傷匏瓜之無偶，悲織女之獨勤’則古稱匏瓜，皆謂星爾。”《詩緝》云:“匏經霜其葉枯落，然後乾之，腰以渡水。”《名物疏》云:“按《廣雅》《說文》《古今註》通云:‘匏，瓠也。’惟陸農師云:‘長而瘦上曰瓠，短頸大腹曰匏。’其兩形之别，出于農師創見，考諸書，惟瓠甘匏苦爲可明耳。然《本草》有苦瓠，唐本註謂之苦瓠瓤，復非瓠中之苦者。瓠中之苦者，

1“匹”，原作“正”，今據四庫本改。

疑是匏矣陸疏似以甘瓠爲匏非也葢瓠爲總
名甘者可食嘉魚稱甘瓠纍之是也苦者佩以
渡水此詩匏有苦葉是也入藥者名苦瓠瓠夏
末始實秋中方熟取以爲器經霜乃堪無柄者
名壺盧七月稱八月斷壺是也有柄者懸瓠潘
岳云河汾之寶是也小者名瓢食之勝瓠陶貞
白所言是也細腰者名蒲盧淮南子云百人抗
浮是也

卬有旨苕

疑是匏矣。陸疏似以甘瓠爲匏，非也。蓋瓠爲總名：甘者可食，《嘉魚》稱‘甘瓠纍之’是也；苦者，佩以渡水，此詩‘匏有苦葉’是也；入藥者名苦瓠瓠，夏末始實，秋中方熟，取以爲器，經霜乃堪；無柄者名壺盧，《七月》稱‘八月斷壺’是也；有柄者懸瓠，潘岳云‘河汾之寶’是也；小者名瓢，食之勝瓠，陶貞白所言是也；細腰者名蒲盧，《淮南子》云‘百人抗浮’是也。”

32. 卬有旨苕

苕苕饒也幽州人謂之翹饒蔓生莖如勞豆而細
葉似蒺藜而青其莖葉綠色可生食如小豆藿也
正義曰苕之華傳云苕陵苕此直云苕草彼陵
苕之草好生下溼此則生于高丘與彼異也詩
緝云此旨苕苕饒也非小雅苕之華所謂陵苕
也
按孔氏以爲好生下溼亦因陸疏誤認鼠尾爲
陵苕矣不知陵苕乃凌霄亦好生高阜者但二
種俱不可食與此旨苕異耳

〖疏〗苕，苕饒也。幽州人謂之翹饒。蔓生，莖如勞豆而細，葉似蒺藜而青。其莖葉緑色，可生食，如小豆藿也。

〖廣要〗《正義》曰:"'苕之華'，傳云'苕，陵苕'，此直云'苕，草'。彼陵苕之草，好生下溼，此則生于高丘，與彼異也。"《詩緝》云:"此'旨苕'，苕饒也，非《小雅·苕之華》所謂陵苕也。"

按:孔氏以爲好生下溼，亦因陸疏誤認鼠尾爲陵苕矣。不知陵苕乃凌霄，亦好生高阜者。但二種俱不可食，與此"旨苕"異耳。

言采其莫

莫莖大如箸赤節節一葉似柳葉厚而長有毛刺今人繅以取繭緒其味酢而滑始生可以爲羹又可生食五方通謂之酸迷冀州人謂之乾絳河汾之間謂之莫

陸佃云河汾之間謂之莫其子如楮實而紅冀人謂之乾絳蓋以此也今吳越之俗呼爲茂子汾沮洳之詩一章曰言采其莫二章曰言采其桑言其君儉以能勤始于侵繅事而采莫終于

33. 言采其莫

〖疏〗莫，莖大如箸，赤節，節一葉，似柳，葉厚而長，有毛刺。今人繅以取繭緒，其味酢而滑，始生可以爲羹，又可生食。五方通謂之酸迷，冀州人謂之乾絳，河汾之間謂之莫。

〖廣要〗陸佃云："河汾之間謂之莫，其子如楮實而紅，冀人謂之乾絳，蓋以此也。今吳越之俗呼爲茂子。《汾沮洳》之詩，一章曰'言采其莫'，二章曰'言采其桑'，言其君儉以能勤，始于侵繅事而采莫，終于

侵蠶事而采桑也

莫莫葛藟

藟一名巨苽似燕薁亦延蔓生葉如艾白色其子赤可食酢而不美幽州謂之推藟

爾雅云諸慮山櫐郭註云今江東呼櫐爲藤似葛而麤大鄭註云諸慮山藤也詩稱葛藟本草千歲櫐櫐皆謂藤本草云千歲櫐一名蘽蕪陶隱居云樹如葡萄葉如鬼桃陳藏器云似葛蔓葉小白子赤條中有白汁圖經云蘽生泰山川

侵蠶事而采桑也。”

34. 莫莫葛藟

〖疏〗藟，一名巨苽，似燕薁，亦延蔓生。葉如艾，白色，其子赤，可食，酢而不美，幽州謂之推藟。

〖廣要〗《爾雅》云:“諸慮，山櫐。”郭註云:“今江東呼櫐爲藤，似葛而麤大。”鄭註云:“諸慮，山藤也。《詩》稱‘葛藟’,《本草》‘千歲櫐’，櫐皆謂藤。”《本草》云:“千歲櫐，一名蘽蕪。”陶隱居云:“樹如葡萄，葉如鬼桃。”陳藏器云:“似葛蔓，葉小白，子赤，條中有白汁。”《圖經》云:“蘽生泰山川

谷作藤蔓延木上葉如葡萄而小四月摘其莖
汁白而甘五月開花七月結實八月採子青黑
微赤冬惟凋葉此卽詩云葛虆者也蘇恭謂是
蘡薁藤深爲謬妄左傳云葛虆猶能庇其本根
按經中藟必與葛同詠如葛藟虆之綿綿葛藟
諸什是也疑是草屬爾雅入釋木後人多以木
類解之但葛覃采葛葛生詠葛者甚多陸氏疏
不載因附補遺于卷末
視爾如荍

谷，作藤蔓延木上，葉如葡萄而小。四月摘其莖，汁白而甘。五月開花，七月結實，八月採子，青黑微赤，冬惟凋葉。此即《詩》云‘葛虆’者也。蘇恭謂是蘡薁藤，深爲謬妄。《左傳》云：‘葛虆猶能庇其本根。’”

按：經中藟必與葛同詠，如“葛藟虆之”“綿綿葛藟”諸什是也，疑是草屬。《爾雅》入《釋木》，後人多以木類解之。但《葛覃》《采葛》《葛生》詠葛者甚多，陸氏疏不載，因附補遺于卷末。

35. 視爾如荍

荍一名芘芣一名荊葵似蕪菁華紫綠色可食微
苦
爾雅云荍蚍衃郭註云今荊葵也似葵紫色謝
氏云小草多華少葉葉又翹起舍人云荍一名
蚍衃陳風云視爾如荍毛傳云芘芣也鄭註云
荍蜀葵也爾雅翼荍荊葵也葢戎葵之類比戎
葵葉俱小故謝氏曰荍小草多花少葉葉又翹
起也花似五銖錢大色粉紅有紫紋縷之一名
錦葵大抵似蘆菔華故陸氏云似蕪菁花紫綠

〖疏〗荍，一名芘芣，一名荊葵。似蕪菁，華紫緑色，可食，微苦。

〖廣要〗《爾雅》云："荍，蚍衃。" 郭註云："今荊葵也，似葵，紫色。謝氏云：'小草，多華少葉，葉又翹起。'" 舍人云："荍，一名蚍衃。"《陳風》云 "視爾如荍"，毛傳云："芘芣也。" 鄭註云："荍，蜀葵也。"《爾雅翼》："荍，荊葵也。蓋戎葵之類，比戎葵葉俱小，故謝氏曰 '荍，小草，多花少葉，葉又翹起' 也。花似五銖錢大，色粉紅，有紫紋縷之。一名錦葵。大抵似蘆菔華，故陸氏云 '似蕪菁，花紫緑色可食微苦是也亦其文采相錯故陳風男子悅女比之曰視爾如荍言如戎葵之花小而可愛也此與戎葵異類故釋草云菺戎葵郭氏曰今蜀葵也似葵華如木槿又曰荍芘芣郭氏曰今荊葵也似葵紫色則戎葵與蜀葵荍與荊葵其所來各不同本草蜀葵中云小花者名錦葵一名戎葵功用更強則是以此雜之蜀葵中而又反得戎葵之名矣崔豹古今註又云荊葵一名戎葵一名芘芣似木槿而光色奪目有紅有

色，可食，微苦’，是也。亦其文采相錯，故《陳風》男子悅女，比之曰‘視爾如荍’，言如戎葵之花，小而可愛也。此與戎葵異類，故《釋草》云‘菺，戎葵’，郭氏曰：‘今蜀葵也，似葵，華如木槿’；又曰‘荍，芘芣’，郭氏曰：‘今荊葵也，似葵，紫色。’則戎葵與蜀葵，荍與荊葵，其所來各不同。《本草》‘蜀葵’中云：‘小花者名錦葵，一名戎葵，功用更強。’則是以此雜之蜀葵中，而又反得戎葵之名矣。崔豹《古今註》又云：‘荊葵，一名戎葵，一名芘芣。似木槿而光色奪目，有紅，有

毛詩陸疏廣要　六十七　汲古閣

紫有青有白有黄莖葉不殊但色有異耳一曰蜀葵其説戎葵蜀葵之狀可也混荆葵芘芣之名于内者非也然今人亦通呼此爲錦蜀葵則從其類比附之爾又今有一種葉纖長而多缺如鋸花如錦葵而極紅每以夜半開至午則連房脱落謂之川蜀葵亦云朝開暮落花濮氏曰芘芣紫荆春時開花葉未生花紫色自根及榦而上連接甚密有類蟣窠故爾雅名蚍衃俗曰火蟣

紫，有青，有白，有黄。莖葉不殊，但色有異耳。一曰蜀葵。’其説戎葵、蜀葵之狀，可也；混荆葵、芘芣之名于内者，非也。然今人亦通呼此爲錦蜀葵，則從其類比附之爾。又今有一種，葉纖長而多缺如鋸，花如錦葵而極紅，每以夜半開，至午則連房脱落，謂之川蜀葵，亦云朝開暮落花。”濮氏曰:“芘芣，紫荆。春時開花，葉未生。花紫色，自根及榦而上，連接甚密，有類蟣窠。故《爾雅》名‘蚍衃’，俗曰‘火蟣’。”

按荍爲荆葵菺爲蜀葵郭景純別之甚明鄭漁
仲註荍亦曰蜀葵誤矣濮氏直以爲紫荆不知
何見
北山有萊
萊草名其葉可食今兖州人蒸以爲茹謂之萊蒸
說文云萊蔓華也从艸來聲洛哀切黄直翁云
詩北山有萊通作釐爾雅釐草與萊同韻吳才
老云萊夫須也陸璣草木疏云萊藜也爾雅作
釐郭璞遊仙詩云朱門何足榮未若托蓬萊臨

毛詩陸疏廣要 卷上之上 汲古閣

按：荍爲荆葵，菺爲蜀葵，郭景純别之甚明。鄭漁仲註“荍”亦曰‘蜀葵’，誤矣。濮氏直以爲紫荆，不知何見。

36. 北山有萊

〚疏〛萊，草名，其葉可食。今兖州人蒸以爲茹，謂之萊蒸。

〚廣要〛《説文》云：“萊，蔓華也。从艸，來聲。洛哀切。”黄直翁云：“《詩》‘北山有萊’，通作釐。《爾雅》‘釐草’，與萊同韻。”吳才老云：“萊，夫須也。陸璣《草木疏》云‘萊，藜也’，《爾雅》作釐。郭璞《遊仙詩》云：‘朱門何足榮，未若托蓬萊。臨

毛詩陸疏廣要　六十八　汲古閣

源挹清波陵岡掇丹荑
按爾雅云釐蔓華說文云萊蔓華則萊卽釐無
疑矣韵補韵會諸書俱云萊釐同韵范石湖吳
郡志云來釐吳音並用小雅南山章與臺田飴反、
基期同叶則二字同音又無疑矣但諸韵書俱
引草木疏云萊藜也今疏本文不載可見陸疏
逸去者甚多如夫須卽南山有臺之薹草不知
才老何以云然又藜草似蓬一名洛帚大可爲
杖杜子美云清風獨杖藜疑與萊異種據景純

源挹清波，陵岡掇丹荑。'"

按：《爾雅》云"釐，蔓華"，《説文》云"萊，蔓華"，則萊即釐無疑矣。《韵補》《韵會》諸書俱云"萊、釐同韵"，范石湖《吴郡志》云"來、釐吴音並用"，《小雅・南山章》與臺、田飴反。基、期同叶，則二字同音又無疑矣。但諸韵書俱引《草木疏》云"萊，藜也"，今疏本文不載，可見陸疏逸去者甚多。如"夫須"，即《南山有臺》之薹草，不知才老何以云然。又藜草似蓬，一名洛帚，大可爲杖，杜子美云"清風獨杖藜"，疑與萊異種。據景純、

漁仲註藿一名蒙華未詳其狀何似

取蕭祭脂

蕭荻今人所謂荻蒿者是也或云牛尾蒿似白蒿白葉莖麤科一作斜非生多者數十莖可作燭有香氣故祭祀以脂爇之爲香許慎以爲艾蒿非也郊特牲云旣奠然後爇蕭合馨香是也

爾雅云蕭荻郭註云卽蒿鄭註云蕭萩音秋卽青蒿也或云牛尾蒿今藥家謂之青箱子埤雅蕭可以祭故其字从肅亦秋風之過蕭意象肅然

漁仲註，藿一名蒙華，未詳其狀何似。

37. 取蕭祭脂

〖疏〗蕭，荻，今人所謂荻蒿者是也。或云牛尾蒿。似白蒿，白葉，莖麤，科一作“斜”，非。生，多者數十莖。可作燭，有香氣，故祭祀以脂爇之爲香。許慎以爲艾蒿，非也。《郊特牲》云“既奠，然後爇蕭合馨香”，是也。

〖廣要〗《爾雅》云:“蕭，荻。”郭註云:“即蒿。”鄭註云:“蕭，萩，音秋。即青蒿也。或云牛尾蒿。今藥家謂之青箱子。”《埤雅》:“蕭可以祭，故其字从肅，亦秋風之過蕭，意象肅然。

詩曰取蕭祭脂凡祭灌鬯求諸陰焫蕭求諸陽
奏樂求諸陰陽之間故禮曰聲音之號所以告
詔于天地之間也又曰見以蕭光以報氣也加
以鬱鬯以報魄也凡祭周人先求諸陰故先灌
鬯焫蕭在後商人先求諸陽故先焫蕭灌鬯在
後也詩曰洌彼下泉浸彼苞蕭民者上之所恃
以事宗廟社稷蕭之象也又曰蓼彼蕭斯零露
湑兮蕭微物也而其香能上達故詩亦以況四
海之諸侯爾雅翼蕭今人所謂荻蕭者是也生

《詩》曰：‘取蕭祭脂。’凡祭，灌鬯求諸陰，焫蕭求諸陽，奏樂求諸陰陽之間。故《禮》曰：‘聲音之號，所以告詔于天地之間也。’又曰：‘見以蕭光，以報氣也。加以鬱鬯，以報魄也。’凡祭，周人先求諸陰，故先灌鬯，焫蕭在後；商人先求諸陽，故先焫蕭，灌鬯在後也。《詩》曰：‘洌彼下泉，浸彼苞蕭。’民者，上之所恃，以事宗廟社稷，蕭之象也。又曰：‘蓼彼蕭斯，零露湑兮。’蕭，微物也，而其香能上達，故《詩》亦以況四海之諸侯。”《爾雅翼》：“蕭，今人所謂荻蕭者是也。《生

民詩云取蕭祭脂后稷之祭也葢宗廟之祭薦
熟之時堂上事尸竟延入戶內更從熟始于薦
熟時祝先酌奠于鉶羹之內訖尸未入乃取蕭
染以牲腸間脂合黍稷燒之于宮中后稷之祀
乃郊雖非宗廟然將郊爲軷道之祭其用亦同
爇之于行神之位故曰取羝以軷祭脂者卽此
羝之脂也葢自后稷之時已如此故周宗廟用
之昔有虞氏尚氣血腥爓祭用氣商人尚聲以
聲音之號詔告天地之間周人尚臭以鬱合鬯

毛詩□疏□要　卷上之上

民》詩云‘取蕭祭脂’，后稷之祭也。蓋宗廟之祭，薦熟之時，堂上事尸竟，延入户内，更從孰始。于薦熟時，祝先酌，奠于鉶羹之（内）［南］[1]，訖，尸未入，乃取蕭染以牲腸間脂，合黍稷燒之于宫中。后稷之祀乃郊，雖非宗廟，然將郊爲軷道之祭，其用亦同。爇之于行神之位，故曰‘取羝以軷’。祭脂者，即此羝之脂也。蓋自后稷之時已如此，故周宗廟用之。昔有虞氏尚氣，血腥爓祭用氣。商人尚聲，以聲音之號，詔告天地之間。周人尚臭，以鬱合鬯，

1“南”，原作“内”，今據《爾雅翼》改。

毛詩陸疏廣要　七十　汲古閣
灌以圭璋而使臭陰達于淵泉既奠然後焫蕭
合黍稷羶薌爇之而使臭陽達于墻屋臭陰以
水而報魄臭陽以火而報氣古人以神之道微
不可摶執故求萬物之理以爲同聲相應同氣
相求水流溼火就燥故用百物之英華庶幾麗
而留之此蕭之氣遶于墻屋則墻内乃爇蕭之
地故孔子曰吾恐季孫之憂不在顓史而在蕭
墻之内也其蕭蓋甸師所供周禮甸師祭祀共
蕭茅先鄭以爲蕭或用茜但作縮茅解之杜子

灌以圭璋，而使臭陰達于淵泉；既奠然後焫蕭，合黍稷，羶薌爇之，而使臭陽達于墻屋。臭陰以水而報魄，臭陽以火而報氣。古人以神之道微，不可摶執，故求萬物之理。以爲同聲相應，同氣相求，水流溼，火就燥，故用百物之英華，庶幾麗而留之。此蕭之氣遶于墻屋，則墻内乃爇蕭之地，故孔子曰：‘吾恐季孫之憂，不在顓（史）［臾］[1]，而在蕭墻之内也。’其蕭蓋甸師所供，《周禮·甸師》‘祭祀共蕭茅’。先鄭以爲蕭或用（茜）［莤］[2]，但作縮茅解之。杜子

1“臾”，原作“史”，據四庫本改。

2“莤”，原作“茜”，據四庫本改。

春始讀爲蕭詩緝云蒿者總名蕭蒿之香者也

白茅包之

白茅包之茅之白者古用包裹禮物以充祭祀縮酒用

爾雅云遬牡茅郭鄭俱云白茅屬遬音速邢云茅之不實者也一名遬一名牡茅周易云拔茅茹以其彙征吉陸佃云茅之爲物拔其根而牽茹者君子以類出處之象又云藉用白茅无咎象曰藉用白茅柔在下也孔子曰茅之爲物薄而

毛詩草疏廣要　卷上之上　汲古閣

春始讀爲蕭。"《詩緝》云:"蒿者，總名。蕭，蒿之香者也。"

38. 白茅包之

〖疏〗白茅包之，茅之白者，古用包裹禮物，以充祭祀縮酒用。

〖廣要〗《爾雅》云:"遬，牡茅。"郭、鄭俱云:"白茅屬。"遬音速。邢云:"茅之不實者也。一名遬，一名牡茅。"《周易》云:"拔茅茹，以其彙，征吉。"陸佃云:"茅之爲物，拔其根而牽茹者，君子以類出處之象。"又云:"藉用白茅，无咎。"《象》曰:"藉用白茅，柔在下也。"孔子曰:"茅之爲物薄，而

毛詩陸疏廣要　七十一　汲古閣

用可重也禹貢云荊州厥貢苞匭菁茅吳錄地理志曰桂陽郴縣有青茅可染零陵泉陵有香茅古貢之縮酒合璧事類云茅叢生荒野間野人刈以覆屋江淮間生者一莖三脊曰菁茅

可以漚紵

紵亦麻也科生數十莖宿根在地中至春自生不歲種也荊揚之間一歲三收一作刈今官園種之歲再割割便生剝之以鐵若竹刮其表厚皮自脫但得其裏韌如筋者鬻之用緝謂之徽紵今南越紵

用可重也。"《禹貢》云:"荊州，厥貢苞匭菁茅。"《吴録·地理志》曰:"桂陽郴縣有青茅，可染。零陵泉陵有香茅，古貢之縮酒。"《合璧事類》云:"茅叢生荒野間，野人刈以覆屋。江淮間生者，一莖三脊，曰菁茅。"

39. 可以漚紵

〖疏〗紵，亦麻也。科生，數十莖，宿根在地中，至春自生，不歲種也。荆揚之間，一歲三收。一作"刈"。今官園種之，歲再割，割便生剥之。以鐵若竹刮其表，厚皮自脱，但得其裏韌如筋者，鬻之用緝，謂之徽紵。今南越紵

布皆用此麻

周禮典枲掌布絲縷紵之麻艸之物陸德明曰紵字又作苧張揖云苧三稜也說文云草也可以爲繩

卭有旨鷊

鷊五色作綬文故曰綬草

爾雅云虉綬郭註云小草有雜色似綬虉音逆邢疏云虉者雜色如綬文之草也鄭漁仲云疑卽赤孫施草也埤雅小草五色似綬故名綬草詩

毛詩陸疏廣要 卷上之上 汲古閣

布皆用此麻。

〖廣要〗《周禮·典枲》:“掌布絲縷紵之麻艸之物。”陸德明曰:“紵字又作苧。”張揖云:“苧，三稜也。”《説文》云:“草也，可以爲繩。”

40. 卭有旨鷊

〖疏〗鷊，五色，作綬文，故曰“綬草”。

〖廣要〗《爾雅》云:“虉，綬。”郭註云:“小草有雜色似綬。”虉音逆。邢疏云:“虉者，雜色如綬文之草也。”鄭漁仲云:“疑即赤孫施草也。”《埤雅》:“小草，五色，似綬，故名綬草。《詩》

毛詩陸疏廣要　七十二　汲古閣

曰卭有旨鷊言欲有文采具備以成條理之臣
如虉者不戕賊之而後得焉或曰虉綬鳥也故
虉有雜色似綬其字从鷊綬鳥大如鸜鴿頭頰
似雉有時吐物長數寸食必蓄嗉臆前大如斗
古今註云吐綬鳥一名功曹今俗謂之錦囊一
名辟株行必遠草木慮觸其嗉劉公瑾云鷊本
鳥名亦名綬鳥咽下有囊如小綬具五色鷊草
之名豈因其似鷊鳥而取義乎

南山有臺

曰‘卭有旨鷊’，言欲有文采具備，以成條理之臣，如虉者，不戕賊之而後得焉。或曰：虉，綬鳥也。故虉有雜色似綬，其字从鷊。綬鳥大如鸜鴿，頭頰似雉。有時吐物，長數寸。食必蓄嗉，臆前大如斗。”《古今註》云：“吐綬鳥，一名功曹，今俗謂之錦囊。一名辟株。行必遠草木，慮觸其嗉。”劉公瑾云：“鷊本鳥名，亦名綬鳥，咽下有囊，如小綬，具五色。鷊草之名，豈因其似鷊鳥而取義乎？”

41. 南山有臺

臺夫須舊說夫須莎草也可爲蓑笠都人士云臺
笠緇撮或云臺草有皮堅細滑緻可爲簦笠以禦
雨是也南山多有
爾雅云臺夫須郭景純曰鄭箋云臺可以爲禦
雨笠舍人云臺一名夫須詩小雅云南山有臺
都人士云臺笠緇撮箋云都人之士以臺皮爲
笠也鄭漁仲云臺卽雲臺菜舊說以爲莎草埤
雅臺夫須夫須莎草也可以爲笠又可以爲蓑
疏而無溫故莎从沙與內司服所謂同沙同意

〖疏〗臺，夫須。舊説：夫須，莎草也，可爲蓑笠。《都人士》云："臺笠緇撮。" 或云：臺草有皮，堅細滑緻，可爲簦笠以禦雨，是也。南山多有。

〖廣要〗《爾雅》云："臺，夫須。" 郭景純曰："鄭箋云：臺可以爲禦雨笠。" 舍人云："臺，一名夫須。"《詩・小雅》云："南山有臺。"《都人士》云"臺笠緇撮"，箋云："都人之士，以臺皮爲笠也。" 鄭漁仲云："臺，即雲臺菜。舊説以爲莎草。"《埤雅》："臺，夫須；夫須，莎草也。可以爲笠，又可以爲蓑。疏而無温，故莎从沙，與《内司服》所謂（同）[1]'沙' 同意。"

1 "同"，四庫本作"素"。按：《埤雅》原無"同"字，知爲衍文，今據之以删。

爾雅翼臺者沙草可爲衣以禦雨今人謂之蓑衣毛氏云臺所以禦暑笠所以禦雨箋云臺夫須也以臺皮爲笠毛氏知臺笠爲二物但獨言笠禦雨未當鄭氏則言臺皮爲笠夫臺但可以爲衣不可以爲笠古稱臺笠蓑笠自謂臺與笠爾不必以臺笠緇撮之語必欲合爲一物也齊語曰今夫農時雨既至脱衣就功首戴茅蒲身衣襏襫韋昭曰茅蒲簦笠也茅或作萌萌竹萌之皮所以爲笠則笠不用臺爲可知又曰襏襫

《爾雅翼》:“臺者沙草，可爲衣以禦雨，今人謂之蓑衣。毛氏云:‘臺所以禦暑，笠所以禦雨。’箋云:‘臺，夫須也。以臺皮爲笠。’毛氏知臺、笠爲二物，但獨言笠禦雨，未當。鄭氏則言臺皮爲笠。夫臺但可以爲衣，不可以爲笠，古稱臺笠、蓑笠，自謂臺與笠爾，不必以‘臺笠緇撮’之語，必欲合爲一物也。《齊語》曰:‘今夫農，時雨既至，脱衣就功，首戴茅蒲，身衣襏襫。’韋昭曰:‘茅蒲，簦笠也。茅或作萌，萌，竹萌之皮，所以爲笠。’則笠不用臺爲可知。又曰:‘襏襫，

蓑薜衣也則襏襫以沙草爲之今人作笠亦多
編筍皮及箬葉爲之其臺爲衣編之若甲毿毿
而垂故雨順注而下然或藉而卧則不能隔雨
山海經曰三危之山有獸其豪如被蓑郭氏亦
云蓑被雨草衣則蓑但可爲衣不可爲笠明矣
臺一名曰夫須蓋匹夫所須纂文曰臺一名山
莎本草香附子即莎草根生田野二月八月採
圖經云香附子交州者大如棗近道者如杏仁
苗莖葉都似三稜根若附子周匝多毛今近道

蓑薜衣也。’則襏襫以沙草爲之。今人作笠，亦多編筍皮及箬葉爲之。其臺爲衣，編之若甲，毿毿而垂，故雨順注而下。然或藉而卧，則不能隔雨。《山海經》曰：‘三危之山有獸，其豪如被蓑。’郭氏亦云：‘蓑，被雨草衣。’則蓑但可爲衣，不可爲笠明矣。臺一名曰夫須，蓋匹夫所須。”《纂文》曰：“臺，一名山莎。”《本草》：“香附子即莎草根，生田野，二月八月採。”《圖經》云：“香附子，交州者大如棗，近道者如杏仁。苗、莖、葉都似三稜，根若附子，周匝多毛。今近道

毛詩陸疏廣要　卷上之上　七十四　汲古閣

生者苗葉如蓷而瘦根如箸頭大

茹藘其阪

茹藘茅蒐蒨草也一名地血齊人謂之茜徐州人謂之牛蔓今圃人或作畦種蒔故貨殖傳云卮茜千石亦比千乘之家

爾雅云茹藘茅蒐郭鄭俱云今之蒨也可以染絳本草茜根可以染絳一名地血一名茅蒐一名蒨蜀本圖經云染緋草葉似棗葉頭尖下闊莖葉俱澁四五葉對生節間蔓延草木上根紫

生者，苗葉如蓷而瘦，根如箸頭大。”

42. 茹藘在阪

〖疏〗茹藘，茅蒐，蒨草也。一名地血。齊人謂之茜，徐州人謂之牛蔓。今圃人或作畦種蒔，故《貨殖傳》云：“卮茜千石，亦比千乘之家。”

〖廣要〗《爾雅》云：“茹藘，茅蒐。”郭、鄭俱云：“今之蒨也，可以染絳。”《本草》：“茜根可以染絳，一名地血，一名茅蒐，一名蒨。”蜀本《圖經》云：“染緋草，葉似棗葉，頭尖下闊，莖葉俱澁，四五葉對生節間。蔓延草木上，根紫

赤色今所在有八月採根陳藏器云周禮庶氏
掌除蠱毒以嘉草攻之嘉草蘘荷與茜主蠱爲
最爾雅翼云説文曰茹藘人血所生故一名地
血茅蒐染韋一入爲韎詩曰韎韐有奭左傳韎
韋之跗註是也其女子之染則毛氏云茹藘茅
蒐之染女服也鄭箋云茅蒐染巾也則縞衣茹
藘爲婦人服矣齊人謂之蒨蒨或作茜漢書千
畝巵茜其人與千戶侯等是也今人染蒨者乃
假蘇方木非古所用

赤色。今所在有，八月採根。”陳藏器云：“《周禮·庶氏》：‘掌除蠱毒，以嘉草攻之。’嘉草，蘘荷與茜，主蠱爲最。”《爾雅翼》云：“《説文》曰‘茹藘，人血所生’，故一名地血。‘茅蒐染韋，一入爲韎’，《詩》曰‘韎韐有奭’，《左傳》‘韎韋之跗（註）[注][1]’，是也。其女子之染，則毛氏云‘茹藘，茅蒐之染女服也’，鄭箋云‘茅蒐，染巾也’，則‘縞衣茹藘’爲婦人服矣。齊人謂之蒨，蒨或作茜。《漢書》‘千畝巵茜，其人與千户侯等’，是也。今人染蒨者，乃假蘇方木，非古所用。

1“注”，原作“註”，今據四庫本改。

毛詩陸疏廣要　一　七十五　汲古閣

白華菅兮
菅似茅而滑澤無毛根下五寸中有白粉者柔韌
宜爲索漚乃尤善矣
爾雅云白華野菅舍人云白華一名野菅郭云
茅屬此白華亦是茅之類也漚之柔韌異其名
謂之爲菅因謂在野未漚者爲野菅耳詩小雅
云白華菅兮是也鄭氏云今亦謂之菅似茅而
高大孔疏曰鄭箋云人刈白華于野已漚之名
之爲菅然則菅者已漚之名未漚則但名爲茅

43. 白華菅兮

〚疏〛菅似茅而滑澤，無毛。根下五寸中有白粉者，柔韌，宜爲索，漚乃尤善矣。

〚廣要〛《爾雅》云:“白華，野菅。”舍人云:“白華，一名野菅。”郭云“茅屬”，此白華亦是茅之類也。漚之柔韌，異其名，謂之爲菅，因謂在野未漚者爲野菅耳。《詩·小雅》云“白華菅兮”，是也。[1]鄭氏云:“今亦謂之菅，似茅而高大。”孔疏曰:“鄭箋云:‘人刈白華于野，已漚之，名之爲菅。’然則菅者，已漚之名，未漚則但名爲茅

1 按:“郭云”至“是也”，見邢昺《爾雅疏》。

也陸農師云爾雅曰白華野菅傳曰已漚爲菅
未霑人功故謂之野菅菅茅屬也而其華白故
一曰白華詩不曰白華孝子之潔白也南陔孝
子相戒以養也陔戒也故曰相戒以養逸詩曰
雖有姬姜無棄憔悴雖有絲枲無棄菅蒯菅蒯
猶所謂糟糠也范氏曰菅以爲屨濮氏曰左傳
云雖有絲麻無棄菅蒯蒯與菅皆謂茗也黃花
者俗名黃芒卽蒯也白華者俗名白芒卽菅也
異物志云香菅似茅而葉長大于茅不生洿下

也。”陸農師云：“《爾雅》曰：‘白華，野菅。’傳曰：‘已漚爲菅。’未霑人功，故謂之野菅。菅，茅屬也，而其華白，故一曰白華。《詩（不）［序］[1]》曰：‘《白華》，孝子之潔白也。《南陔》，孝子相戒以養也。’陔，戒也，故曰‘相戒以養’。逸《詩》曰：‘雖有姬姜，無棄憔悴。雖有絲枲，無棄菅蒯。’菅蒯，猶所謂糟糠也。”范氏曰：“菅以爲屨。”濮氏曰：“《左傳》云‘雖有絲麻，無棄菅蒯’，蒯與菅，皆謂茗也。黃花者，俗名黃芒，即蒯也；白華者，俗名白芒，即菅也。”《異物志》云：“香菅似茅，而葉長大于茅，不生洿下

1“序”，原作“不”，據四庫本改。

之地凡所烝享必得此菅包褁助調五味

按郭景純云菅茅屬而陸疏鄭註朱傳俱云似茅確是二物下章云露彼菅茅猶逸詩云無棄菅蒯也茅乃散材菅爲女作纖微所不棄者故東門之池與麻紵同詠也孔氏以爲已漚爲菅未漚爲茅恐未必然惟邢氏云未漚爲野菅斯得耳濮氏以爲苕想誤認爲蓡蓧之醜矣若異物志所載香菅又是一種想成王時會人獻以菅卽此類也

之地。凡所烝享，必得此菅包裹，助調五味。”

按：郭景純云“菅，茅屬”，而陸疏、鄭註、朱傳俱云“似茅”，確是二物。下章云“露彼菅茅”，猶逸《詩》云“無棄菅蒯”也。茅乃散材，菅爲女作，纖微所不棄者，故《東門之池》與麻、紵同詠也。孔氏以爲“已漚爲菅，未漚爲茅”，恐未必然。惟邢氏云“未漚爲野菅”，斯得耳。濮氏以爲苕，想誤認爲蓡、蓧之醜矣。若《異物志》所載“香菅”，又是一種，想成王時會人獻以菅，即此類也。

蘞蔓于野

蘞似栝樓葉盛而細其子正黑如燕薁不可食也

幽人謂之烏服其莖葉鬻以哺牛除熱

按本草蘞有赤白黑三種疑此是黑蘞也圖經

云蔓生莖端五葉花青白色俗呼爲五葉苺葉

有五掗子黑一名烏蘞草即烏蘞苺是也又云

二月生苗多在林中作蔓蜀本註云或生人家

籬墻間俗呼爲籠草

匪莪伊蔚

44. 蘞蔓于野

〖疏〗蘞似栝樓，葉盛而細，其子正黑如燕薁，不可食也。幽州人謂之烏服，其莖葉鬻以哺牛，除熱。

〖廣要〗按:《本草》蘞有赤、白、黑三種，疑此是黑蘞也。《圖經》云:"蔓生，莖端五葉，花青白色，俗呼爲五葉苺。葉有五(掗)[椏][1]，子黑，一名烏蘞草，即烏蘞苺是也。"又云:"二月生苗，多在林中作蔓。"蜀本註云:"或生人家籬墻間，俗呼爲籠草。"

45. 匪莪伊蔚

1"椏"，原作"掗"，據四庫本改。

蔚牡蒿也三月始生七月華華似胡麻華而紫赤
八月爲角角似小豆角銳而長一名馬薪蒿
爾雅云蔚牡菣郭鄭註俱云蔚卽蒿之雄無子
者故云牡菣本草云馬先蒿生南陽川澤葉如
益母草花紅白八九月有實俗謂之虎林亦名
馬新蒿詩所謂匪莪伊蔚是也但郭註云牡菣
無子者而陸云有子二說小異今當用有子者
爲正陶隱居云一名爛石草爾雅翼蔚蒿菣郭
氏曰今人呼青蒿香中炙啖者爲菣又曰蔚牡

〖疏〗蔚，牡蒿也。三月始生，七月華，華似胡麻華而紫赤。八月爲角，角似小豆角，銳而長。一名馬薪蒿。

〖廣要〗《爾雅》云："蔚，牡菣。"郭、鄭註俱云："蔚，即蒿之雄，無子者，故云牡菣。"《本草》云："馬先蒿，生南陽川澤，葉如益母草，花紅白，八九月有實。俗謂之虎林[1]，亦名馬新蒿，《詩》所謂'匪莪伊蔚'是也。但郭註云'牡菣無子者'，而陸云'有子'，二說小異，今當用有子者爲正。"陶隱居云："一名爛石草。"《爾雅翼》："蔚：蒿，菣。郭氏曰：'今人呼青蒿，香中炙啖者爲菣。'又曰：'蔚，牡

1 按："虎林"，《證類本草》"白蒿"條下所引《圖經》作"虎麻"，當是。

菣郭曰無子者詩曰蓼蓼者莪匪莪伊蒿哀哀
父母生我劬勞又曰蓼蓼者莪匪莪伊蔚哀哀
父母生我勞瘁蒿生子以喻母牡蒿以喻父凡
人之情念其父母則因物而感一說曰匪莪伊
蒿蒿猶有子者匪莪伊蔚蔚則無子以見父母
得我之難也今皆無報矣則有我之不如無也
且蔚又治無子亦寓其意焉
隰有萇楚
萇楚今羊桃是也葉長而狹華紫赤色其枝莖弱

菣。’郭曰：‘無子者。’《詩》曰：‘蓼蓼者莪，匪莪伊蒿。哀哀父母，生我劬勞。’又曰：‘蓼蓼者莪，匪莪伊蔚。哀哀父母，生我勞瘁。’蒿生子以喻母，牡蒿以喻父。凡人之情，念其父母，則因物而感。一說曰：‘匪莪伊蒿’，蒿猶有子者；‘匪莪伊蔚’，蔚則無子，以見父母得我之難也。今皆無報矣，則有我之不如無也。且蔚又治無子，亦寓其意焉。”

46. 隰有萇楚

〖疏〗萇楚，今羊桃是也。葉長而狹，華紫赤色，其枝莖弱，

1 “桱”，原作“挳”，據四庫本改。

過一尺引蔓于草上今人以爲汲灌重而善没不
如楊柳也近下根刀切其皮著熱灰中脱之可韜
筆管
爾雅云萇楚銚芅郭云今羊桃也或曰鬼桃葉
似桃華白子如小麥亦似桃鄭亦云長楚羊桃
也藤生子赤狀如鼠糞故亦名鼠矢兒童食之
本草羊桃一名羊腸一名御弋生山林川谷及
田野陶隱居云山野多有甚似家桃又非山桃
子細小苦不堪噉花甚赤蜀本圖經云葉花似

過一尺引蔓于草上。今人以爲汲灌，重而善没，不如楊柳也。近下根刀切其皮，著熱灰中脱之，可韜筆管。

〖廣要〗《爾雅》云："萇楚，銚芅。"郭云："今羊桃也，或曰鬼桃。葉似桃，華白，子如小麥，亦似桃。"鄭亦云："長楚，羊桃也。藤生，子赤，狀如鼠糞，故亦名鼠矢。兒童食之。"《本草》："羊桃，一名羊腸，一名御弋。生山林川谷及田野。"陶隱居云："山野多有，甚似家桃，又非山桃。子細小，苦不堪噉，花甚赤。"蜀本《圖經》云："葉、花似

桃子細如棗核苗長弱即蔓生不能爲樹多生
溪澗今人呼爲細子根似牡丹鄭箋云銚弋之
性始生正直及其長大則其枝猗儺而柔順不
妄尋蔓草木陸佃云長楚今羊桃也白華子如
小麥其葉與實皆似桃故有桃之號也一曰有
兩羊桃一種華實皆連理故詩以刺淫恣
按長楚莖弱不能爲樹牽弱于草木又何揀擇
康成乃云不妄尋蔓耶或曲體毛序疾恣之說
而取興耳但草木疏云花紫赤色圖經亦云花

桃，子細如棗核。苗長弱，即蔓生，不能爲樹。多生溪澗，今人呼爲細子根，似牡丹。”鄭箋云:“銚弋之性，始生正直，及其長大，則其枝猗儺而柔順，不妄尋蔓草木。”陸佃云:“長楚，今羊桃也。白華，子如小麥，其葉與實皆似桃，故有桃之號也。一曰:有兩羊桃。一種華實皆連理，故《詩》以刺淫恣。”

按:萇楚莖弱，不能爲樹，牽弱于草木，又何揀擇，康成乃云“不妄尋蔓”耶？或曲體《毛序》疾恣之說，而取興耳。但《草木疏》云“花紫赤色”,《圖經》亦云“花

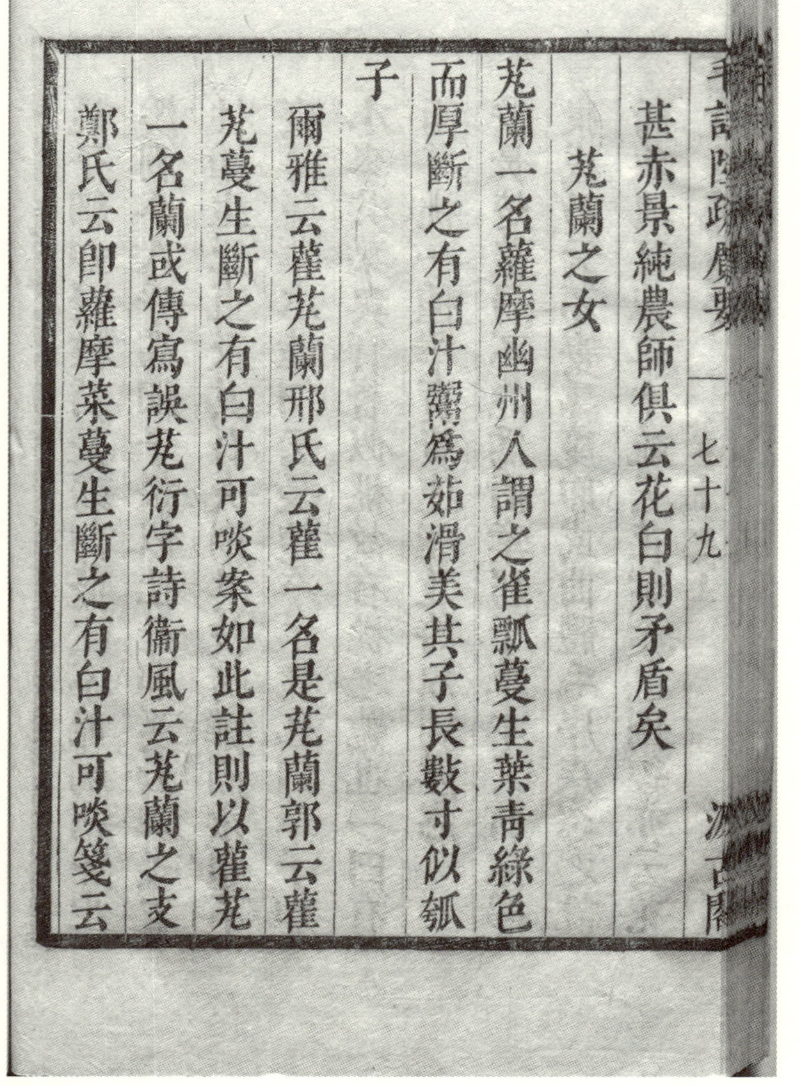
毛詩陸疏廣要　七十九　汲古閣

甚赤景純農師俱云花白則矛盾矣

芄蘭之女

芄蘭一名蘿摩幽州人謂之雀瓢蔓生葉青綠色而厚斷之有白汁鬻爲茹滑美其子長數寸似瓠子

爾雅云雚芄蘭邢氏云雚一名是芄蘭郭云雚芄蔓生斷之有白汁可啖案如此註則以雚芄一名蘭或傳寫誤芄衍字詩衛風云芄蘭之支鄭氏云卽蘿摩菜蔓生斷之有白汁可啖箋云

甚赤”，景純、農師俱云“花白”，則矛盾矣。

47. 芄蘭之（女）[支][1]

〖疏〗芄蘭，一名蘿摩，幽州人謂之雀瓢。蔓生，葉青緑色而厚，斷之有白汁。鬻爲茹，滑美。其子長數寸，似瓠子。

〖廣要〗《爾雅》云：“雚，芄蘭。”邢氏云：“雚，一名是芄蘭。郭云：‘雚芄，蔓生，斷之有白汁，可啖。’案：如此註，則以雚芄一名蘭，或傳寫誤芄衍字。《詩·衛風》云：‘芄蘭之支。’”鄭氏云：“即蘿摩菜。蔓生，斷之有白汁，可啖。”箋云：

1“支”，原作“女”，《目録》作“支”，不誤，今據之以改。

芄蘭柔弱恒蔓于地有所依緣則起沈括曰芄蘭之支支莢也芄蘭生莢支出于葉間垂之如觿狀其葉如佩韘之狀

按說文說苑石經俱作芄蘭之枝許慎云枝木別生枝條也

浸彼苞稂

稂童粱禾秀爲穗而不成則嶷然謂之童粱今人謂之宿田翁或謂守田也甫田云不稂不莠外傳曰馬不過稂莠皆是也

"芄蘭柔弱，恒蔓于地，有所依緣則起。" 沈括曰："'芄蘭之支'，支，莢也。芄蘭生莢支，出于葉間，垂之如觿狀，其葉如佩韘之狀。"

按：《說文》《説苑》《石經》俱作"芄蘭之枝"，許慎云："枝，木別生枝條也。"

48. 浸彼苞稂

〖疏〗稂，童粱。禾秀爲穗而不成則嶷然，謂之童粱。今人謂之宿田翁，或謂守田也。《甫田》云"不稂不莠"，《外傳》曰"馬不過稂莠"，皆是也。

爾雅云稂童粱郭云莠類也鄭註云稂童粱守田也俗呼鬼稻云米之所産一穗之間得一二穀而已傳云稂非溉草得水而病也箋云稂當作涼涼草蕭蓍之屬孔子疏鄭以芭稂則是童粱爲禾中别物作者當言浸禾不應獨舉浸稂且下章蕭蓍皆是野草此不宜獨爲禾中之草故易傳以爲稂當作涼涼草蕭蓍之屬釋草不見草名凉者未知鄭何所據爾雅翼稂惡草也與禾相雜故詩人惡之古者以飼馬魯仲孫它

〖廣要〗《爾雅》云：“稂，童粱。”郭云：“莠類也。”鄭註云：“稂，童粱，守田也。俗呼鬼稻，云米之所産，一穗之間得一二穀而已。”傳云：“稂非溉草，得水而病也。”箋云：“稂，當作涼。涼草，蕭、蓍之屬。”孔（子）［氏］[1]疏：“鄭以芭稂則是童粱，爲禾中别物，作者當言浸禾，不應獨舉浸稂。且下章‘蕭’‘蓍’皆是野草，此不宜獨爲禾中之草。故易傳，以爲稂當作涼，涼草，蕭、蓍之屬。《釋草》不見草名凉者，未知鄭何所據。”《爾雅翼》：“稂，惡草也。與禾相雜，故詩人惡之。古者以飼馬，魯仲孫它

1 “氏”，原作“子”，據四庫本改。

馬餼不過稂莠謂此也釋草稂童粱郭璞以爲
莠類說文云禾粟爲穗而不成則嶷然謂之童
粱今人謂之宿田翁或謂之守田也按詩稱稼
之茂美繼之以不稂不莠去其螟螣及其蟊賊
則稂莠以下皆是害稼者孔氏正義云稂莠苗
既似禾實以類粟鋤禾除非類莠既別是一物
則稂亦當是一物故郭璞云莠類葢未能的知
其物故稱其類耳而許叔重陸璣以爲禾之不
成者則是亦禾而已何至與莠並稱乎按本草

‘馬餼不過稂莠’，謂此也。《釋草》‘稂，童粱’，郭璞以爲莠類。《説文》云：禾粟爲穗而不成則嶷然，謂之童粱。今人謂之宿田翁，或謂之守田也。[1] 按《詩》稱稼之茂美，繼之以‘不稂不莠，去其螟螣，及其蟊賊’，則稂、莠以下，皆是害稼者。孔氏《正義》云：‘稂、莠苗既似禾，實亦類粟，鋤禾除非類。’莠既別是一物，則稂亦當是一物，故郭璞云‘莠類’。蓋未能的知其物，故稱其類耳。而許叔重、陸璣以爲禾之不成者，則是亦禾而已，何至與莠並稱乎？按《本草》

1 按：《爾雅翼》“稂”條云：“《説文》云：‘禾粟之采生而不成者，謂之董蓈，或從禾從良。’而陸璣亦云：‘禾秀爲穗而不成則嶷然，……或謂之守田也。”蓋毛氏引《爾雅翼》，誤將“陸璣”所云竄入《説文》引文之中。

有狼尾草子作黍食之令人不饑似茅作穗生
澤地廣志曰可作黍引爾雅孟狼尾今人呼爲
狼茅子然則此物似是稂爾稂既有實如黍故
能亂苗又莠今謂之狗尾草稂名狼尾則亦相
類爾雅疏解孟狼尾亦云草似茅者今人亦以
覆屋說文曰禾粟之生而不成者謂之蕫蓈蓈
或从禾作稂

言采其蓫

蓫牛蘈揚州人謂之羊蹄似蘆菔而莖赤可瀹爲

有狼尾草，‘子作黍食之，令人不饑。似茅，作穗，生澤地’。《廣志》曰‘可作黍’，引《爾雅》‘孟，狼尾’，‘今人呼爲狼茅子’。然則此物似是稂爾。稂既有實如黍，故能亂苗。又莠，今謂之狗尾草，稂名狼尾，則亦相類。《爾雅疏》解‘孟，狼尾’，亦云：‘草似茅者，今人亦以覆屋。’”《説文》曰：“禾粟之生而不成者，謂之蕫蓈。蓈，或从禾，作稂。”

49. 言采其蓫

〖疏〗蓫，牛蘈，揚州人謂之羊蹄。似蘆菔而莖赤，可瀹爲

茹滑而美也多啖令人下氣幽州人謂之蓫
爾雅云蕢牛蘈邢氏云蕢一名牛蘈詩小雅云
言采其蓫鄭箋云蓫牛蘈郭云今江東呼草爲
牛蘈者高尺餘許方莖葉長而鋭有穗穗間有
華華紫縹色可淋以爲飲者字林云縹青白色淋以水沃也鄭
樵註云蕢卽羊蹄菜張揖云堇羊蹏也本草云
羊蹄一名東方宿一名連蟲陸一名鬼目一名
蓄陶隱居云今人呼秃菜卽是蓄音之誤詩云
言采其蓄圖經云羊蹄秃菜也生下溼地春生

毛詩陸疏廣要 卷上之上 汲古閣

茹，滑而美也。多啖令人下氣。幽州人謂之蓫。

〖廣要〗《爾雅》云："蕢，牛蘈。" 邢氏云："蕢，一名牛蘈。《詩・小雅》云'言采其蓫'，鄭箋云：'蓫，牛蘈。' 郭云：'今江東呼草爲牛蘈者，高尺餘許，方莖，葉長而鋭，有穗。穗間有華，華紫縹色，可淋以爲飲者。"《字林》云："縹，青白色。淋，以水沃也。" 鄭樵註云："蕢，即羊蹄菜。" 張揖云："堇，羊蹏也。"《本草》云："羊蹄，一名東方宿，一名連蟲陸，一名鬼目，一名蓄。" 陶隱居云："今人呼秃菜，即是蓄音之誤。《詩》云：'言采其蓄。'"《圖經》云："羊蹄，秃菜也。生下溼地，春生苗，高三四尺，葉狹長，頗似萵苣而色深。莖節間紫赤，花青白，成穗，子三稜，有若茺蔚，夏中即枯。根似牛蒡而堅實。《詩·小雅》云‘言采其蓫’，或作蓄。又有一種極相類，而葉黄味酢，名酸摸。《爾雅》所謂‘須，薞蕪’，郭璞云‘似羊蹄，葉細味酢，可食，一名蓨’[1]，是也。”《衍義》云:“葉如菜中菠薐，但無岐而色差青白，葉厚，花與子亦相似。”

按:傳云“蓫，惡菜”，與《本草》羊蹄“俗呼秃菜”者相似，陸元恪又稱其美可多啖，何也？郭璞註《爾雅》“牛

1“蓨”,《證類本草》“羊蹄”條下所引《圖經》作“蓚”。

薞未嘗明指爲蓫宜乎孔穎達云釋草無文矣
僅見邢疏引詩句以鄭箋蓫牛薞爲証亦無確
見至圖經雖亦引詩句其形色與陸疏不堪合
又見釋草有云蓫者圖經又相類因附載以備
參考○爾雅云蓫薚馬尾邢氏云藥草蔏陸也
一名蓫薚一名馬尾郭註云廣雅曰馬尾蔏陸
本草云別名薚今關西呼爲薚江東爲當陸按
本草蔏陸一名葛根一名夜呼不同者所見本
異也今註云一名白昌一名當陸是也鄭註亦

薞”，未嘗明指爲蓫，宜乎孔穎達云“《釋草》無文矣”。僅見邢疏引《詩》句，以鄭箋“蓫，牛薞”爲証，亦無確見。至《圖經》雖亦引《詩》句，其形色與陸疏不（堪）[甚][1]合，又見《釋草》有云蓫者，《圖經》又相類，因附載以備參考。○《爾雅》云“蓫薚，馬尾”，邢氏云:“藥草蔏陸也。一名蓫薚，一名馬尾。郭註云:‘《廣雅》曰:馬尾，蔏陸。《本草》云:別名薚。今關西呼爲薚，江東爲當陸。’按:《本草》‘蔏陸，一名葛根，一名夜呼’，不同者，所見本異也。今註云‘一名白昌，一名當陸’，是也。”鄭註亦

1“甚”，原作“堪”，據四庫本改。

云卽商陸廣雅云常蓼馬尾商陸也圖經云商
陸俗名章柳根生咸陽山谷今處處有之多生
于人家園圃中春生苗高三四尺葉青如牛舌
而長莖青赤至柔脆夏秋間紅紫花作朶根如
蘆菔而長如人形者有神爾雅謂之蓫廣雅謂
之馬尾易謂之莧陸皆謂此商陸也然有赤白
二種花赤者根赤花白者根白易曰莧陸夬夬
莧與陸皆陰類也或曰此一物卽名章陸今俗
名章柳根又一名夜呼莫知其義據荆楚歲時

云："即商陸。"《廣雅》云："常蓼，馬尾，商陸也。"《圖經》云："商陸，俗名章柳根，生咸陽山谷，今處處有之，多生于人家園圃中。春生苗，高三四尺，葉青如牛舌，而長莖青赤，至柔脆。夏秋間，紅紫花作朵。根如蘆菔而長。如人形者有神。《爾雅》謂之蓫，《廣雅》謂之馬尾，《易》謂之莧陸，皆謂此商陸也。然有赤白二種，花赤者根赤，花白者根白。"《易》曰"莧陸夬夬"，莧與陸皆陰類也。或曰：此一物，即名章陸，今俗名章柳根，又一名夜呼。莫知其義。據《荆楚歲時

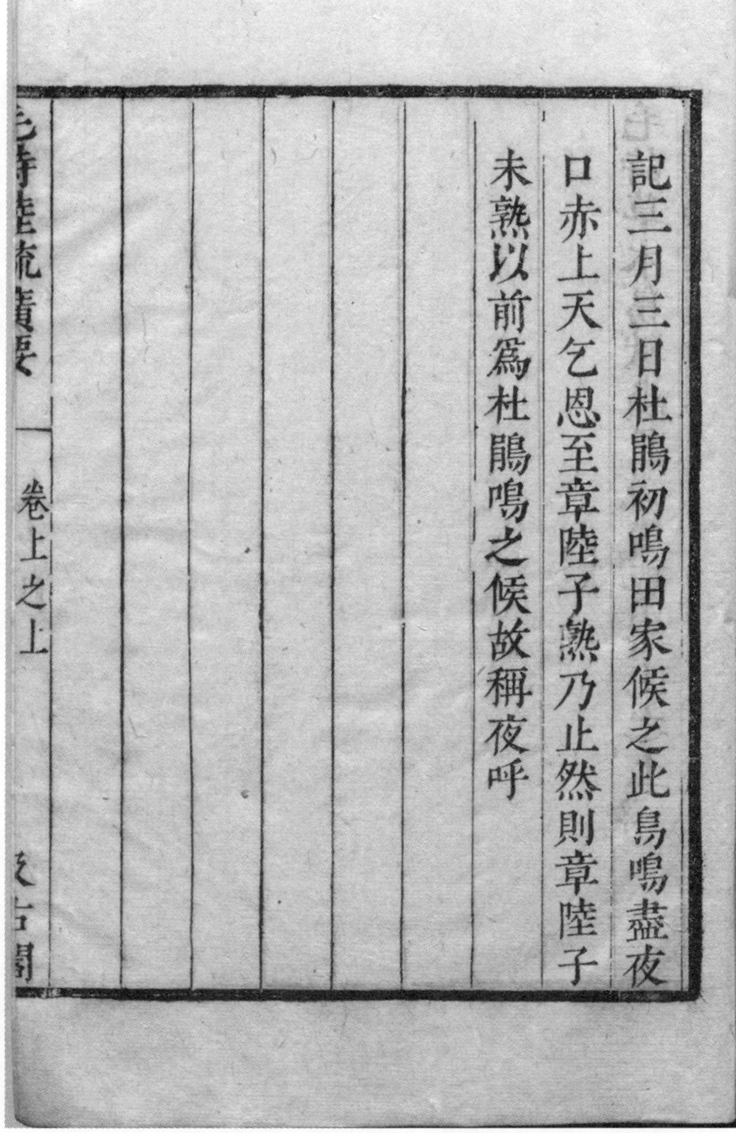
記三月三日杜鵑初鳴田家候之此鳥鳴盡夜
口赤上天乞恩至章陸子熟乃止然則章陸子
未熟以前爲杜鵑鳴之候故稱夜呼

毛詩陸疏廣要　卷上之上　汲古閣

記》，三月三日，杜鵑初鳴，田家候之，此鳥鳴盡夜[1]口赤，上天乞恩，至章陸子熟乃止。然則章陸子未熟以前，爲杜鵑鳴之候，故稱夜呼[2]。

1 “盡夜”，《爾雅翼》作“晝夜”。

2 按：“易曰”至“故稱夜呼”，見《爾雅翼》“蒻”條。

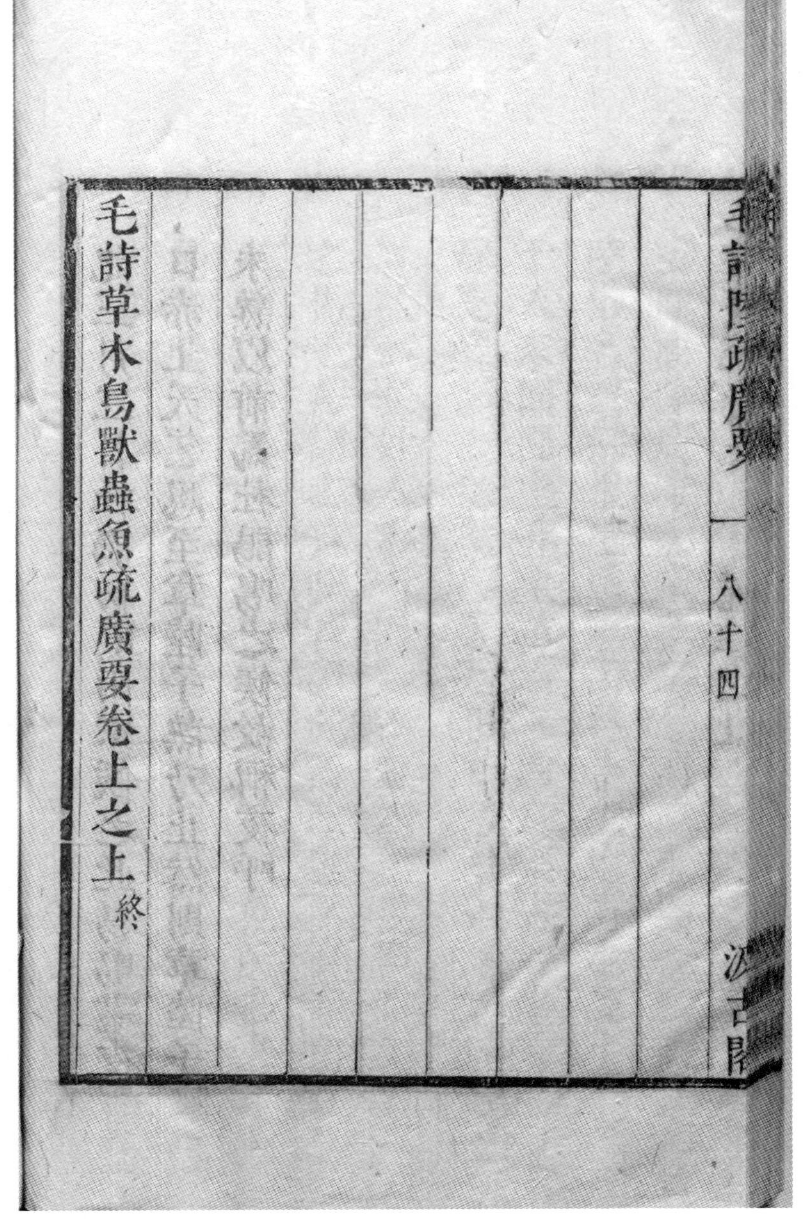

毛詩草木鳥獸蟲魚疏廣要卷上之上終

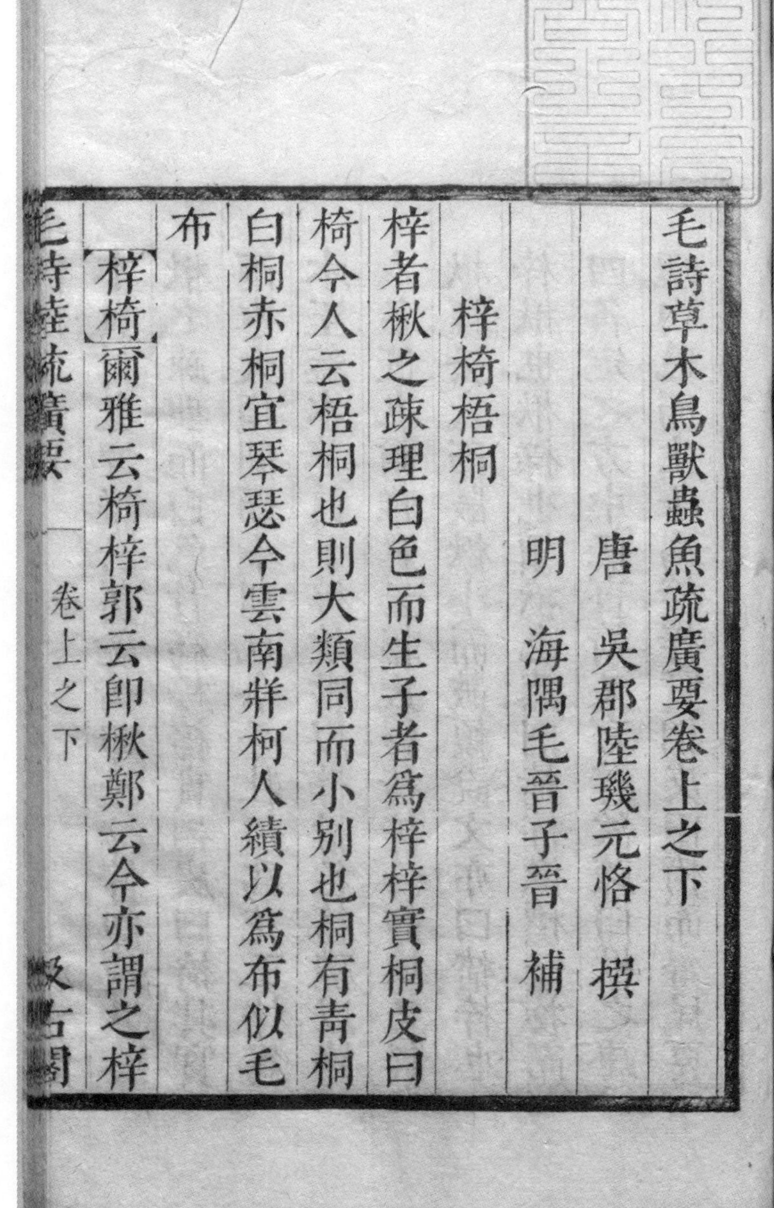
毛詩草木鳥獸蟲魚疏廣要卷上之下
唐　吳郡陸璣元恪　撰
明　海隅毛晉子晉　補
梓椅梧桐
梓者楸之疎理白色而生子者爲梓梓實桐皮曰椅今人云梧桐也則大類同而小別也桐有青桐白桐赤桐宜琴瑟今雲南牂柯人績以爲布似毛布
【梓椅】爾雅云椅梓郭云卽楸鄭云今亦謂之梓
毛詩陸疏廣要　卷上之下　汲古閣

毛詩草木鳥獸蟲魚疏廣要卷上之下

唐　吴郡陸璣元恪　撰

明　海隅毛晉子晉　補

50. 梓椅梧桐

〖疏〗梓者，楸之疎理白色而生子者爲梓。梓實桐皮曰椅。今人云梧桐也。則大類同而小别也。桐有青桐、白桐、赤桐，宜琴瑟。今雲南牂柯人績以爲布，似毛布。

〖廣要〗【梓椅】《爾雅》云："椅，梓。"郭云："即楸。"鄭云："今亦謂之梓

木良材也埤雅云舊說椅卽是梓梓卽是楸蓋
楸之疎理而白色者爲梓梓實桐皮曰椅其實
兩木大類同而小別也今呼牡丹爲花王梓爲
木王葢木莫良于梓故書以梓材名篇禮以梓
人名匠也爾雅翼云郭氏解椅梓云卽楸又解
楸榎云大而皵楸小而皵榎說文亦曰椅梓也
梓楸也楸梓也檟楸也然則椅梓楸檟一物而
四名定之方中既言椅又言梓故疏曰楸之疎
理白色而生子爲梓梓實桐皮曰椅而齊民要

木，良材也。”《埤雅》云：“舊説椅即是梓，梓即是楸。蓋楸之疎理而白色者爲梓，梓實桐皮曰椅。其實兩木大類同而小别也。今呼牡丹爲花王，梓爲木王。蓋木莫良于梓，故《書》以梓材名篇，《禮》以梓人名匠也。”《爾雅翼》云：“郭氏解‘椅梓’云‘即楸’，又解‘楸榎’云‘大而皵，楸；小而皵，榎’。《説文》亦曰：‘椅，梓也。梓，楸也。楸，梓也。檟，楸也。’然則椅、梓、楸、檟一物而四名。《定之方中》既言椅，又言梓，故疏曰：‘楸之疎理白色而生子爲梓，梓實桐皮曰椅。’而《齊民要

術稱白色有角者爲梓或名角楸又名子楸黃
色無子者爲柳楸世呼荊黃楸云然則是數者
又以有子爲辨耳梓爲百木長室屋之間有此
木則餘材皆不復震其莢細如箸其長僅尺冬
後葉落而莢猶在樹總總然其實一名豫章古
今註云棘實曰棗梓實曰豫章桑實曰椹柘實
曰佳昔者伯禽康叔見周公三見而三笞遂見
商子商子使觀于南山之陽見橋木高而仰又
使之觀乎北山之陰見梓焉晉然實而俯商子

術》稱‘白色有角者爲梓，或名角楸，又名子楸，黄色無子者爲柳楸，世呼荆黄楸’云。然則是數者，又以有子爲辨耳。梓爲百木長，室屋之間有此木，則餘材皆不復震。其莢細如箸，其長僅尺，冬後葉落，而莢猶在樹總總然，其實一名豫章。《古今註》云：‘棘實曰棗，梓實曰豫章，桑實曰椹，柘實曰佳。’昔者伯禽、康叔見周公，三見而三笞，遂見商子。商子使觀于南山之陽，見橋木高而仰；又使之觀乎北山之陰，見梓焉，晉然實而俯。商子

毛詩陸疏廣要　　二　　汲古閣

曰橋者父道也梓者子道也于是二子再見乎周公入門而趨登堂而跪周公拂其首勞而食之則以能子道焉耳雜五行書曰舍西種梓楸五令子孫順孝蓋亦此義日華子云椅樹皮有數般惟楸梓佳蕭炳云梓似桐而葉小花紫禮斗威儀云君乘火而王其政和平楸梓爲長生通志略云梓與楸相似爾雅以爲一物誤矣齊民要術云白色有角者爲梓無子爲楸是皆不辨楸梓也梓與楸自異生子不生角

曰:‘橋者，父道也；梓者，子道也。’于是二子再見乎周公，入門而趨，登堂而跪。周公拂其首，勞而食之，則以能子道焉耳。《雜五行書》曰:‘舍西種梓楸五，令子孫順孝。’蓋亦此義。”《日華子》云:“椅樹皮有數般，惟楸梓佳。”蕭炳云:“梓似桐，而葉小花紫。”《禮・斗威儀》云:“君乘火而王，其政和平，楸梓爲長生。”《通志略》云:“梓與楸相似，《爾雅》以爲一物，誤矣。《齊民要術》云‘白色有角者爲梓，無子爲楸’，是皆不辨楸梓也。梓與楸自異，生子不生角。”

【梧桐】爾雅云櫬梧郭云今梧桐鄭云以其可爲
棺櫬故曰櫬又云榮桐木郭鄭俱云即梧桐埤
雅云梧一名櫬即梧桐也今以其皮青號曰青
桐華淨妍雅極爲可愛故齋閣多種之櫜鄂皆
五焉其子似乳綴其櫜多或五六少或二三故
飛鳥喜巢其中莊子所謂空閱來風桐乳致巢
是也又云白桐華而不實冬結似子者乃是明
年之花房爾雅云榮桐木是也謂之華桐陶氏
云桐有四種青桐葉皮青似梧而無子梧桐色

【梧桐】《爾雅》云："櫬，梧。"郭云："今梧桐。"鄭云："以其可爲棺櫬，故曰櫬。"又云："榮，桐木。"郭、鄭俱云："即梧桐。"《埤雅》云："梧，一名櫬，即梧桐也。今以其皮青，號曰青桐。華淨妍雅，極爲可愛，故齋閣多種之。櫜鄂皆五焉，其子似乳，綴其櫜，多或五六，少或二三，故飛鳥喜巢其中。《莊子》所謂'空閱來風，桐乳致巢'，是也。"又云："白桐華而不實，冬結似子者，乃是明年之花房。《爾雅》云'榮，桐木'，是也。謂之華桐。陶氏云：'桐有四種：青桐葉皮青，似梧而無子；梧桐色

白葉似青桐而有子白桐與岡桐無異唯有華
子爾岡桐無子材中琴瑟者皆不足據按青桐
即今梧桐白桐又與岡梧全異白桐無子材中
琴瑟岡桐子大有油與陶氏之說正反爾雅翼
云桐植物之多陰最可玩者青皮而白骨其生
莢如箕子相對綴箕上成材之後可得實一石
食之味如茨此木易生鳥銜墜者輒隨生歲可
高一丈蓋有青赤白而青桐又有有實無實之
辨本草衍義云桐有四種白桐可斲琴者葉三

白，葉似青桐而有子；白桐與岡桐無異，唯有華子爾；岡桐無子，材中琴瑟者。' 皆不足據。按：青桐，即今梧桐。白桐又與岡（梧）［桐］[1]全異，白桐無子，材中琴瑟，岡桐子大有油，與陶氏之說正反。"《爾雅翼》云："桐，植物之多陰，最可玩者。青皮而白骨，其生莢如箕子相對，綴箕上，成材之後可得實一石，食之味如茨。此木易生，鳥銜墜者，輒隨生。歲可高一丈。蓋有青、赤、白，而青桐又有有實、無實之辨。"《本草衍義》云："桐有四種：白桐，可斲琴者，葉三

1 "桐"，原作"梧"，據《埤雅》改。

杈開白花不結子荏桐早春先開淡紅花狀如
鼓子花成筩子子作桐油梧桐四月開淡黃小
花一如棗花枝頭出絲墮地成油霑漬衣履五
六月結子今人取炒爲果此是月令清明之日
桐始華者岡桐無花不中作琴體重圖經云桐
生桐柏山谷今處處有之其類有四種青桐梧
桐白桐岡桐是也白桐一名椅桐又名黃桐岡
桐似白桐惟無子或云今南人作油者此桐亦
有子頗大于梧子耳通志云桐之類亦多陶隱

杈，開白花，不結子。荏桐，早春先開淡紅花，狀如鼓子花，成筩子，子作桐油。梧桐，四月開淡黃小花，一如棗花，枝頭出絲，墮地成油，霑漬衣履。五六月結子，今人取炒爲果。此是《月令》‘清明之日，桐始華’者。岡桐，無花，不中作琴，體重。”《圖經》云：“桐生桐柏山谷，今處處有之。其類有四種：青桐、梧桐、白桐、岡桐，是也。白桐，一名椅桐，又名黃桐。岡桐似白桐，惟無子。或云：今南人作油者。此桐亦有子，頗大于梧子耳。”《通志》云：“桐之類亦多。陶隱

居云白桐岡桐俱堪作琴瑟據此說則白桐者
梧桐也其材最大可爲棺槨左傳云桐棺三寸
爾雅云櫬是也註疏家不能別椅是岡桐桐是
梧桐梓似楸別是一物爾雅謂之椅梓誤矣又
有一種赬桐夏月繁花其紅如火又有紫桐花
如百合又有刺桐其花側敷如掌枝幹有刺花
色深紅又有一種實如罌子粟可作油陳藏器
所謂罌子桐也賈思勰曰桐有三輩青白之外
復有岡桐卽油桐也生于高岡葢梧性便溼不

居云：‘白桐、岡桐俱堪作琴瑟。’據此説，則白桐者，梧桐也，其材最大，可爲棺槨。《左傳》云‘桐棺三寸’，《爾雅》云‘櫬’，是也。註疏家不能别。椅是岡桐，桐是梧桐，梓似楸，别是一物，《爾雅》謂之‘椅，梓’，誤矣。又有一種赬桐，夏月繁花，其紅如火。又有紫桐，花如百合。又有刺桐，其花側敷如掌，枝幹有刺，花色深紅。又有一種，實如罌子粟，可作油，陳藏器所謂罌子桐也。”賈思勰曰：“桐有三輩，青、白之外復有岡桐，即油桐也，生于高岡。蓋梧性便溼，不

生于岡故此桐有岡之號遁甲曰梧桐不生則
九州異名之曰桐似本于此舊說梧桐以知日
月正閏生十二葉一邊有六葉從下數一葉爲
一月有閏則生十三葉視葉小者則知閏何月
論衡云楓桐速長故其皮肌不能堅桐譜云桐
體溼則愈重乾則愈輕生時以斧斫之甚易乾
乃軟而拒斧花木考云凡木本實而末虛惟桐
反之試取小枝削皆實堅其本皆中虛世所以
貴孫枝者貴其實也實故絲中有木聲也嚴坦

生于岡，故此桐有岡之號。"[1]《遁甲》曰："梧桐不生，則九州異。"名之曰桐，似本于此。舊説梧桐以知日月，正閏生十二葉，一邊有六葉，從下數，一葉爲一月，有閏則生十三葉，視葉小者則知閏何月。[2]《論衡》云："楓桐速長，故其皮肌不能堅。"《桐譜》云："桐體溼則愈重，乾則愈輕。生時以斧斫之甚易，乾乃軟而拒斧。"《花木考》云："凡木本實而末虛，惟桐反之。試取小枝削，皆實堅，其本皆中虛。世所以貴孫枝者，貴其實也。實，故絲中有木聲也。"嚴坦

1 按："賈思勰"至"不能堅"，見《埤雅》"桐"條。而"賈思勰"所云實爲陸佃之言，蓋毛氏不明《埤雅》引用起止，誤爲闌入。

2 按："遁甲"至"知閏何月"，見《埤雅》"桐"條。

叔云五　汲古閣

叔云陸璣言有青桐白桐赤桐此中琴瑟者白桐也椅桐梓漆之桐爲白桐梧桐生矣之桐爲青桐羅願云桐之中有數種有其子可以取油者葢即詩所謂其桐其椅其實離離者也有華而不實堪作琴瑟者若生石間其聲則鳴書嶧陽孤桐是也雲南牂柯人績以爲布其葉飼豕肥大三倍至秋後亦用以飼魚鄉人養魚者每春以草養之頓能肥大秋後食以葉以封魚腹則不復食亦不復瘦以待春復食也齊地記曰

叔云："陸璣言有'青桐、白桐、赤桐'，此中琴瑟者，白桐也。'椅桐梓漆'之桐爲白桐，'梧桐生矣'之桐爲青桐。"羅願云："桐之中有數種。有其子可以取油者，蓋即《詩》所謂'其桐其椅，其實離離'者也。有華而不實，堪作琴瑟者，若生石間，其聲則鳴，《書》'嶧陽孤桐'是也。雲南牂柯人績以爲布。其葉飼豕，肥大三倍，至秋後亦用以飼魚。鄉人養魚者，每春以草養之，頓能肥大。秋後食以葉，以封魚腹，則不復食，亦不復瘦，以待春復食也。《齊地記》曰：

城北十五里有桐臺即梧宮賈誼新書懸弧之
禮東方之弧以梧梧者東方之草春木也南方
之弧以柳柳者南方之草夏木也中央之弧以
桑桑者中央之木也西方之弧以棘棘者西方
之草秋木也北方之弧以棗棗者北方之草冬
木也周書曰清明之日桐始華桐不華歲有大
寒晉武帝時嘗得一石鼓擊之無聲張華取蜀
桐材刻魚形叩之音聞數里董仲舒請雨以桐
魚九枚莫曉其義王逸子曰木有扶桑梧桐松

‘城北十五里有桐臺，即梧宮。’賈誼《新書》:‘懸弧之禮，東方之弧以梧，梧者，東方之草，春木也；南方之弧以柳，柳者，南方之草，夏木也；中央之弧以桑，桑者，中央之木也；西方之弧以棘，棘者，西方之草，秋木也；北方之弧以棗，棗者，北方之草，冬木也。’《周書》曰:‘清明之日，桐始華。’‘桐不華，歲有大寒。’晉武帝時嘗得一石鼓，擊之無聲。張華取蜀桐材，刻魚形，叩之，音聞數里。董仲舒請雨，以桐魚九枚，莫曉其義。王逸子曰:‘木有扶桑、梧桐、松

柏皆受氣淳矣異于羣類者松柏冬茂陰木也
梧桐春榮陽木也扶桑日所出陰陽之中也漢
西域鄯善國有胡桐亦似桐蟲食其木則沫出
其下流者俗名爲胡桐淚言如目中淚也可以
汗金銀俗語訛呼淚爲律
按椅桐梓確是三種所謂大同而小別也但梧
桐是一物爾雅雖兩釋實無異也蓋謂種類太
多如青桐白桐赤桐岡桐赬桐紫桐茌桐刺桐
胡桐蜀桐罌子桐之類不可枚舉其實各各不

柏，皆受氣淳矣，異于羣類者。松柏冬茂，陰木也；梧桐春榮，陽木也；扶桑日所出，陰陽之中也。’漢西域鄯善國有胡桐，亦似桐，蟲食其木則沫出。其下流者，俗名爲胡桐淚，言如目中淚也，可以汗金銀。俗語訛呼淚爲律。”

按：椅、桐、梓確是三種，所謂大同而小別也。但梧、桐是一物，《爾雅》雖兩釋，實無異也。蓋謂種類太多，如青桐、白桐、赤桐、岡桐、赬桐、紫桐、茌桐、刺桐、胡桐、蜀桐、罌子桐之類，不可枚舉。其實各各不

同諸家紛紛致辨轉轉惑人至若陶氏謂白桐
是罔桐鄭氏謂罔桐是椅桐益可笑矣
有條有梅
條稻也今山楸也亦如下田楸耳皮葉白色亦白
材理好宜爲車板能溼又可爲棺木宜陽共北山
多有之梅樹皮葉似豫章豫章葉大如牛耳一頭
尖赤心花赤黄子青不可食柟葉大可三四葉一
蘗木理細緻于豫章子赤者材堅子白者材脆荊
州人曰梅終南及新城上庸皆多樟柟終南與上

同，諸家紛紛致辨，轉轉惑人。至若陶氏謂白桐是罔桐，鄭氏謂罔桐是椅桐，益可笑矣。

51. 有條有梅

〖疏〗條，稻也。今山楸也，亦如下田楸耳。皮葉白色，亦白材理好，宜爲車板，能溼，又可爲棺木。宜陽共北山多有之。梅樹皮葉似豫章，豫章葉大如牛耳，一頭尖，赤心，花赤黄，子青不可食。柟葉大，可三四葉一蘗，木理細緻于豫章。子赤者材堅，子白者材脆。荊州人曰梅。終南及新城、上庸皆多樟柟，終南與上

庸新城通故亦有柟也
【條】爾雅云槄山榎李巡曰山榎一名槄郭云今
之山楸秦風云終南何有有條有梅是也鄭云
山楸也其材有文緻中車板樂器盤合用爾雅
又云柚條郭註云似橙實酢生江南邢疏云禹
貢揚州云厥苞橘柚孔安國云小曰橘大曰柚
呂氏春秋云果之美者有雲夢之柚本草唐本
註云柚皮厚味甘不如橘皮味辛而苦其肉亦
如橘有甘有酸酸者名胡甘今俗人或謂橙爲

庸、新城通，故亦有柟也。

〖廣要〗【條】《爾雅》云:“槄，山榎。”李巡曰:“山榎，一名槄。”郭云:“今之山楸。”《秦風》云“終南何有，有條有梅”，是也。鄭云:“山楸也。其材有文緻，中車板、樂器、盤合用。”《爾雅》又云:“柚，條。”郭註云:“似橙，實酢，生江南。”邢疏云:“《禹貢》揚州云‘厥苞橘柚’，孔安國云:‘小曰橘，大曰柚。’《吕氏春秋》云:‘果之美者，有雲夢之柚。’《本草》唐本註云:‘柚皮厚味甘，不如橘皮味辛而苦。其肉亦如橘，有甘有酸，酸者名胡甘。今俗人或謂橙爲

柚非也鄭註云條今謂之柚似橘而大皮瓤厚
埤雅云柚似橙而大于橘一名條秦風所謂有
條者是也碧幹丹實出于江南列子曰吳楚之
國有大木焉其名爲櫾食其皮汁已憤厥之疾
度淮而北化爲枳焉故曰橘柚凋于北徙若榴
鬱于東移也
【梅】爾雅云梅柟郭云似杏實酢孫炎云荊州曰
梅揚州曰柟詩秦風云有條有梅是也埤雅云
梅至北方多變而成杏故人有不識梅者地氣

柚，非也。'" 鄭註云："條，今謂之柚，似橘而大，皮瓤厚。"《埤雅》云："柚，似橙而大于橘，一名條，《秦風》所謂'有條'者是也。碧幹丹實，出于江南。《列子》曰：'吳楚之國，有大木焉，其名爲櫾。食其皮汁，已憤厥之疾。度淮而北，化爲枳焉。' 故曰：橘柚凋于北徙，若榴鬱于東移也。"

【梅】《爾雅》云："梅，柟。" 郭云："似杏，實酢。" 孫炎云："荊州曰梅，揚州曰柟。"《詩·秦風》云"有條有梅"，是也。《埤雅》云："梅至北方多變而成杏，故人有不識梅者，地氣

使然也詩曰終南何有有條有梅君子至止錦
衣狐裘條柚也蓋柚渡淮而爲枳梅變而成杏
今終南之所生有條有梅而材實成焉以譬人
君之道化也爾雅翼云柟大木也可以爲舟又
可以爲棺故古稱楩楠豫樟以爲良木之類任
昉云黄金山有柟木一年東邊榮西邊枯一年
西邊榮東邊枯張華云交讓木宋子京云讓木
即柟也其木直上柯葉不相妨蜀人號讓木名
物疏云按陸璣所釋梅自是柟木似豫樟者豫

使然也。《詩》曰：‘終南何有，有條有梅。君子至止，錦衣狐裘。’條，柚也。蓋柚渡淮而爲枳，梅變而成杏。今終南之所生，有條有梅而材實成焉，以譬人君之道化也。”《爾雅翼》云：“柟，大木也，可以爲舟，又可以爲棺，故古稱楩楠豫樟，以爲良木之類。任昉云：‘黄金山有柟木，一年東邊榮西邊枯，一年西邊榮東邊枯。’張華云：‘交讓木。’宋子京云：‘讓木，即柟也。其木直上，柯葉不相妨，蜀人號讓木。’”《名物疏》云：“按：陸璣所釋梅，自是柟木似豫樟者。豫

章大樹所謂生七年而可知可以爲棺舟者也
陳文帝嘗出柟材造戰艦即此柟也若今之所
謂梅乃古和羹之梅籩實之乾䕩郭璞云似杏
實酢者也若爾雅之梅柟乃陸云似豫章者景
純不當以似杏實酢解之草木同名異種者甚
多如山榎名條柚亦名條豈可以上文之條爲
柚耶朱傳于摽有梅旣具釋此章不復云似合
二梅爲一矣
按條是槄梅是柟爾雅與陸疏甚合此篇乃秦

章大樹，所謂生七年而可知，可以爲棺、舟者也。陳文帝嘗出柟材造戰艦，即此柟也。若今之所謂梅，乃古和羹之梅，籩實之乾䕩，郭璞云‘似杏，實酢’者也。若《爾雅》之‘梅，柟’，乃陸云‘似豫章’者，景純不當以‘似杏，實酢’解之。草木同名異種者甚多，如山榎名條，柚亦名條，豈可以上文之條爲柚耶！朱傳于‘摽有梅’既具釋，此章不復云，似合二梅爲一矣。”

按：條是槄，梅是柟，《爾雅》與陸疏甚合。此篇乃秦

人詩美其君之詞借巨材以起興若陸師農指條爲柚指梅爲杏取渡淮變化之義益無謂矣今併錄之以見其誤釋梅一條已詳標有梅篇中

北山有楰

楰楸屬其樹葉木理如楸山楸之異者今人謂之苦楸溼時脆燥時堅今永昌又謂鼠梓漢人謂之楰

爾雅云楰鼠梓郭云楸屬也今江東有虎梓鄭

人詩美其君之詞，借巨材以起興。若陸師農指條爲柚，指梅爲杏，取渡淮變化之義，益無謂矣。今併録之，以見其誤。釋梅一條，已詳《(標)[摽][1]有梅》篇中。

52. 北山有楰

〖疏〗楰，楸屬。其樹葉木理如楸，山楸之異者。今人謂之苦楸。溼時脆，燥時堅。今永昌又謂鼠梓，漢人謂之楰。

〖廣要〗《爾雅》云："楰，鼠梓。"郭云："楸屬也，今江東有虎梓。"鄭

1 "摽"，原作"標"，據四庫本改。

云苦楸也圖經云鼠梓一名楰亦楸之屬也詩
小雅云北山有楰是也鼠李一名鼠梓或云卽
此也然鼠梓花實都不相類恐别一物而名同
也曹氏云宫室之良材通志略云鼠李曰牛李
曰鼠梓曰椑曰山李曰楰曰苦楸卽烏巢子也

常棣

常棣許慎曰白棣樹也如李而小如櫻桃正白今
官園種之又有赤棣樹亦似白棣葉如刺榆葉而
微圓子正赤如郁李而小五月始熟自關西天水

云:“苦楸也。”《圖經》云:“鼠梓，一名楰，亦楸之屬也。《詩·小雅》云‘北山有楰’，是也。鼠李，一名鼠梓，或云即此也。然鼠梓花、實都不相類，恐别一物而名同也。”曹氏云:“宫室之良材。”《通志略》云:“鼠李，曰牛李，曰鼠梓，曰椑，曰山李，曰楰，曰苦楸，即烏巢子也。”

53. 常棣

〖疏〗常棣，許慎曰:“白棣樹也。”如李而小，如櫻桃，正白，今官園種之。又有赤棣樹，亦似白棣，葉如刺榆葉而微圓，子正赤，如郁李而小，五月始熟。自關西天水、

隴西多有之
爾雅云常棣棣郭註今關西有棣樹子如櫻桃
可食鄭註郁李也埤雅常棣如李而小子如櫻
桃正白華蕚上承下覆甚相親爾采薇所謂彼
爾維何維常之華是也唐棣之華反而後合詩
以譬權則此華上承下覆甚相親爾者常而已
矣故曰常棣也栘从移棣从隶隶言華蕚相承
輝榮相隶也隶仁也移義也兄弟尚親親親仁
也故常棣以燕兄弟傳曰聞常棣之言爲今也

隴西多有之。

〖廣要〗《爾雅》云:“常棣，棣。”郭註:“今關西有棣樹，子如櫻桃，可食。”鄭註:“郁李也。”《埤雅》:“常棣如李而小，子如櫻桃，正白。華蕚上承下覆，甚相親爾。《采薇》所謂‘彼爾維何，維常之華’，是也。唐棣之華，反而後合，《詩》以譬權，則此華上承下覆，甚相親爾者，常而已矣，故曰‘常棣’也。栘从移，棣从隶，隶言華蕚相承，輝榮相隶也。隶，仁也。移，義也。兄弟尚親，親親，仁也，故《常棣》以燕兄弟。傳曰:‘聞《常棣》之言，爲今也。

聞常棣之言爲今則管蔡之所以失道者以不
聞乎此而已故序曰閔管蔡之失道故作常棣
焉左傳曰周公弔二叔之不咸糾合宗族于成
周而作詩曰常棣蓁子曰作人當如常棣灼然
光發程子曰今玉李也華蕚相承甚力

爰有樹檀

檀木皮正青滑澤與繫迷相似又似駮馬駮馬梓
梗其樹皮青白駮犖遙視似馬故謂之駮馬故里
語曰斫檀不諦得繫迷繫迷尚可得駮馬繫迷一

聞《常棣》之言爲今，則管、蔡之所以失道者，以不聞乎此而已。故《序》曰：‘閔管、蔡之失道，故作《常棣》焉。’《左傳》曰：‘周公弔二叔之不咸，糾合宗族于成周，而作詩曰《常棣》。’蓁子曰：‘作人當如常棣，灼然光發。’”程子曰：“今玉李也，華蕚相承甚力。”

54. 爰有樹檀

〖疏〗檀木，皮正青，滑澤，與繫迷相似，又似駮馬。駮馬，梓梗。其樹皮青白駮犖，遙視似馬，故謂之駮馬。故里語曰：“斫檀不諦得繫迷，繫迷尚可得駮馬。”繫迷，一

名挈榼故齊人諺曰上山斫檀挈榼先殫下章云山有枹棣隰有樹檖皆山隰之木相配不宜謂獸

傳曰檀彊韌之木論衡曰楓桐之樹生而速長故其皮肌不能堅剛樹檀以五月生葉後彼春榮之木其材強勁車以爲軸淮南子十月檀檀陰木也爾雅云魄榽榼郭註魄大木細葉似檀今河東多有之齊人諺曰上山斫檀榽榼音系醯先殫鄭註按此俗呼朴樹其木如檀子大如梧桐子而黄

名挈榼，故齊人諺曰："上山斫檀，挈榼先殫。"下章云"山有枹棣，隰有樹檖"，皆山隰之木相配，不宜謂獸。

〖廣要〗傳曰："檀，彊韌之木。"《論衡》曰："楓桐之樹，生而速長，故其皮肌不能堅剛。樹檀以五月生葉，後彼春榮之木，其材强勁，車以爲軸。"《淮南子》："十月檀。檀，陰木也。"《爾雅》云："魄，榽榼。"郭註："魄，大木細葉，似檀，今河東多有之。齊人諺曰：上山斫檀，榽榼音系醯。先殫。"鄭註："按：此俗呼朴樹，其木如檀，子大如梧桐子而黄。"

按朱註檀木已詳盡矣陸疏特辨其似而非者耳今併載爾雅郭鄭二家註以備隰有六駁叅考但挈榼爾雅作榽榼

柞棫拔矣

柞棫王蒼說棫卽柞也其材理全白無赤心者爲白桵直理易破可爲犢車軸一作犢車輻又可爲矛戟鍛一作矜

爾雅云棫白桵郭註小木叢生有刺實如耳璫紫赤可啖鄭註卽山柘也爾雅翼柞生南方葉

按：朱註檀木已詳盡矣，陸疏特辨其似而非者耳。今併載《爾雅》郭、鄭二家註，以備“隰有六駁”參考。但“挈榼”,《爾雅》作“榽榼”。

55. 柞棫拔矣

〖疏〗柞棫,《(王)[三][1]蒼説》:“棫，即柞也。”其材理全白，無赤心者，爲白桵。直理易破，可爲犢車軸，一作“犢車輻”。又可爲矛戟鍛。一作“矜”。

〖廣要〗《爾雅》云:“棫，白桵。”郭註:“小木叢生有刺，實如耳璫，紫赤，可啖。”鄭註:“即山柘也。”《爾雅翼》:“柞生南方，葉

1“三”，原作“王”，據四庫本改。

毛詩陸疏廣要　一　十二　汲古閣

細而密今人爲梳用之詩雅道柞爲尤多方周
之興大姒夢商之庭産棘小子發取周庭之梓
植之于闕間梓化爲松柏柞棫覺驚以告文王
文王曰勿言冬日之陽夏日之陰不召而物自
來以爲宗周興王之兆故詩曰帝省其山柞棫
斯拔松柏斯兑帝作邦作對自太伯王季未必
不謂此也又述文王之事曰柞棫拔矣山木多
矣而獨言柞棫葢柞民之所燎且至于聳拔則
其餘可知也齊民要術稱柞斫去尋生料理還

細而密，今人爲梳用之。《詩雅》道柞爲尤多。方周之興，大姒夢商之庭産棘，小子發取周庭之梓植之于闕間，梓化爲松柏柞棫。覺，驚以告文王。文王曰：‘勿言。冬日之陽，夏日之陰，不召而物自來。’以爲宗周興王之兆。故《詩》曰‘帝省其山，柞棫斯拔，松柏斯兑。帝作邦作對，自太伯、王季’，未必不謂此也。又述文王之事曰‘柞棫拔矣，山木多矣’，而獨言柞棫，蓋柞，民之所燎，且至于聳拔，則其餘可知也。《齊民要術》稱柞，‘斫去尋生，料理還

復蓋良木之易成者然亦非人力料理有不可
復此以見太王之勤也又言柞宜種于山阜之
曲十年中椽二十年中屋樽柴在外然則爲利
亦博矣通志柞木曰棫曰栩曰杼爾雅云栩杼
詩析其柞薪又曰柞棫斯拔陸璣云三蒼云棫
卽柞也其葉繁茂其木堅韌有刺今人以爲梳
亦可以爲車軸嚴粲云柞櫟也卽唐風鴇羽所
謂栩也
據陸氏釋柞棫與唐風集于苞栩之栩秦風山

復’，蓋良木之易成者。然亦非人力料理，有不可復，此以見太王之勤也。又言：‘柞宜種于山阜之曲，十年中椽，二十年中屋（樽）［榑］[1]，柴在外[2]。’然則爲利亦博矣。”《通志》：“柞木曰棫，曰栩，曰杼。《爾雅》云：‘栩，杼。’《詩》‘析其柞薪’，又曰‘柞棫斯拔’。陸璣云：《三蒼》云：‘棫即柞也。’其葉繁茂，其木堅韌有刺，今人以爲梳，亦可以爲車軸。”嚴粲云：“柞，櫟也，即《唐風·鴇羽》所謂栩也。”

據陸氏釋“柞棫”，與《唐風》“集于苞栩”之“栩”，《秦風》“山

1“榑”，原作“樽”，據《爾雅翼》改。

2 按：《爾雅翼》“柞”條云：“二十年中屋榑，薪樵不在此數”，原無“柴在外”三字。四部叢刊影印明鈔本《齊民要術》云：“二十歲，中屋榑，柴在外。”蓋毛氏據《齊民要術》所添。

有苞櫟之櫟一物也秦人謂柞爲櫟徐州人謂櫟爲栩不過方言或異耳嚴華谷亦云然但鄭漁仲謂栩杼爲柞謂櫟爲槲別是一種本草又以槲櫟稍有差別朱子解柞云枝長葉盛叢生有刺却與櫟葉如栗葉者不同況柞十年中椽二十年中屋而朱子解棫云小木叢生有刺何相去之遠耶可見棫是小木所謂無赤心實如耳璫者是也柞栩櫟是大木所謂栗屬樹大蔽牛者是也但鄭氏認棫是山柘恐未必然

有苞櫟”之“櫟”，一物也。秦人謂柞爲櫟，徐州人謂櫟爲栩，不過方言或異耳，嚴華谷亦云然。但鄭漁仲謂栩杼爲柞，謂櫟爲槲，别是一種。《本草》又以槲、櫟稍有差别。朱子解柞云“枝長葉盛，叢生有刺”，却與櫟葉如栗葉者不同。況柞十年中椽，二十年中屋，而朱子解棫云“小木叢生有刺”，何相去之遠耶？可見棫是小木，所謂“無赤心，實如耳璫”者是也；柞、栩、櫟是大木，所謂栗屬，樹大蔽牛者是也。但鄭氏認棫是山柘，恐未必然。

隰有杞桋

楝葉如柞皮厚而白其木理赤者爲赤楝一名桋白者爲楝其木皆堅韌今人以爲車轂

爾雅云桋赤楝白者楝郭云樹葉細而岐鋭皮理錯戾好叢生山中中爲車輞白楝葉圓而岐爲大木邢云楝赤者名桋白者卽名楝某氏曰其色雖異爲名卽同鄭云桋赤楝白者楝俗呼斥木叢生可作籓籬大者任車輞楝山厄反江河閒楝可作鞍

56. 隰有杞桋

〖疏〗楝，葉如柞，皮厚而白，其木理赤者爲赤楝，一名桋，白者爲楝。其木皆堅韌，今人以爲車轂。

〖廣要〗《爾雅》云："桋，赤楝，白者楝。"郭云："樹葉細而岐鋭，皮理錯戾，好叢生山中，中爲車輞。白楝，葉圓而岐，爲大木。"邢云："楝，赤者名桋，白者即名楝。某氏曰：'其色雖異，爲名即同。'"鄭云："'桋，赤楝，白者楝。'俗呼斥木，叢生，可作籓籬。大者任車輞，楝，山厄反。江河間楝可作鞍。

毛詩陸疏廣要 一 十四 汲古閣

隰有杻 舊刻山有杻非

杻檍也葉似杏而尖白色皮正赤爲木多曲少直枝葉茂好二月中葉疏花如楝而細蕋正白蓋樹今官園種之正名曰萬歲既取名于億萬其葉又好故種之共汲山下人或謂之牛筋或謂之檍材可爲弓弩榦也

爾雅云杻檍郭氏註云似棣細葉葉新生可飼牛材中車輞關西呼杻子一名土橿鄭氏註云俗呼牛筋木其材堅韌中車輞及弓弩

57. 隰有杻舊刻“山有杻”，非。

〖疏〗杻，檍也。葉似杏而尖，白色，皮正赤。爲木多曲少直，枝葉茂好。二月中，葉疏，花如楝而細，蕋正白，蓋樹。今官園種之，正名曰萬歲，既取名于億萬，其葉又好，故種之。共汲山下人或謂之牛筋，或謂之檍材，可爲弓弩榦也。

〖廣要〗《爾雅》云：“杻，檍。”郭氏註云：“似棣，細葉，葉新生可飼牛，材中車輞。關西呼杻子，一名土橿。”鄭氏註云：“俗呼牛筋木，其材堅韌，中車輞及弓弩。”

其灌其栵

栵栭葉如楡也木理堅韌而赤可爲車轅

爾雅云栵栭郭註樹似槲樕而庳小子如細栗一作粟可食今江東亦呼爲栭栗一作粟鄭註栵栭音例而茅栗也內則云芝栭蔆椇鄭氏云人君燕食所加庶羞也通志云橡實之類極多有似㮚而小者大小有三四種爾雅所謂栵栭是也註云子如細㮚江東人亦呼爲栭㮚今俗謂之爲茅㮚猴㮚柯㮚皆其類也

58. 其灌其栵

〖疏〗栵，栭，葉如楡也。木理堅韌而赤，可爲車轅。

〖廣要〗《爾雅》云:“栵，栭。”郭註:“樹似槲樕而庳小，子如細栗，一作“粟”。可食。今江東亦呼爲栭栗。”一作“粟”。鄭註:“‘栵，栭’，音例而。茅栗也。”《內則》云“芝、栭、蔆、椇”，鄭氏云:“人君燕食所加庶羞也。”《通志》云:“橡實之類極多，有似㮚而小者，大小有三四種。《爾雅》所謂‘栵，栭’是也。註云:‘子如細㮚，江東人亦呼爲栭㮚。’今俗謂之爲茅㮚、猴㮚、柯㮚，皆其類也。

按栭亦栗屬故可作人君庶羞必當以漁仲之說爲正向坊刻爾雅云子如細栗江東呼爲栭栗俱从米不從木誤矣

其檉其椐

檉河柳生水旁皮正赤如絳一名雨師枝葉似松椐樻節中腫可作杖以扶老今靈壽是也今人以爲馬鞭及杖弘農共北山甚有之

檉爾雅云檉河柳郭註今河旁赤莖小楊鄭註殷檉也生水畔其葉經冬變紅爾雅翼檉葉細

按：栭亦栗屬，故可作人君庶羞，必當以漁仲之説爲正。向坊刻《爾雅》云“子如細栗”“江東呼爲栭栗”，俱从米，不從木，誤矣。

59. 其檉其椐

〖疏〗檉，河柳，生水旁，皮正赤如絳，一名雨師，枝葉似松。椐，樻，節中腫，可作杖以扶老，今靈壽是也。今人以爲馬鞭及杖，弘農共北山甚有之。

〖廣要〗【檉】《爾雅》云：“檉，河柳。”郭註：“今河旁赤莖小楊。”鄭註：“殷檉也，生水畔，其葉經冬變紅。”《爾雅翼》：“檉葉細

如絲婀娜可愛天之將雨檉先起氣以應之故
一名雨師而字從聖字說曰知雨而應與于天
道木性雖仁聖矣猶未離夫木也小木既聖矣
仁不足以名之音頳則赤之貞也神降而爲赤
云檉非獨能知雨亦能負霜雪大寒不彫有異
餘柳詩皇矣云作之屏之其菑其翳修之平之
其灌其栵啓之辟之其檉其椐攘之剔之其檿
其柘蓋文王之養材于山林日就繁茂故其始
而屏除之也始于已死之菑翳而及于麗雜之

如絲，婀娜可愛。天之將雨，檉先起氣以應之，故一名雨師，而字從聖。《字說》曰：知雨而應，與于天道。木性雖仁聖矣，猶未離夫木也。小木既聖矣，仁不足以名之。音頳，則赤之貞也，神降而爲赤云。檉非獨能知雨，亦能負霜雪，大寒不彫，有異餘柳。《詩·皇矣》云：'作之屏之，其菑其翳。修之平之，其灌其栵。啓之辟之，其檉其椐。攘之剔之，其檿其柘。'蓋文王之養材于山林，日就繁茂，故其始而屏除之也。始于已死之菑翳，而及于龐雜之灌栵又及于檉椐之小材又不得已而及于檿柘之良木以明草木逾茂則始之所愛者不能竝育以漸去焉故其卒至于柞棫斯拔松柏斯兑也然則檉亦良木矣漢書鄯善國多檉柳段成式云赤白檉出涼州大者爲炭復入灰汁可以煮銅南都賦註檉似柏而香今檉中有脂號檉乳本草衍義云人謂三春柳以其一年三秀也花肉紅色成細穗河西者戎人取滑枝爲鞭通志云檉曰河柳曰雨師曰春柳本草謂之赤

灌栵，又及于檉椐之小材，又不得已而及于檿柘之良木，以明草木逾茂，則始之所愛者，不能竝育，以漸去焉。故其卒至于‘柞棫斯拔，松柏斯兑’也。然則檉亦良木矣。《漢書》:‘鄯善國多檉柳。’段成式云:‘赤白檉出涼州，大者爲炭，復入灰汁，可以煮銅。’《南都賦》註:‘檉，似柏而香。’今檉中有脂，號檉乳。”《本草衍義》云:“人謂三春柳，以其一年三秀也。花肉紅色，成細穗。河西者，戎人取滑枝爲鞭。”《通志》云:“檉，曰河柳，曰雨師，曰春柳，《本草》謂之赤

檉木以其材赤故也大槩松杉之類而意態似
柳故謂之檉柳其材可卷爲盤合又曰樓落郭
云可以爲栝器素此赤檉也又有一種名赤楊
又名水楊與此相似而植之水邊其葉經秋盡
紅人多植于門巷杜詩頳檉曉夜希卽此也
【椐】爾雅云椐樻郭註腫節可以爲杖鄭註按此
木似藤節目相對今人以爲杖甚奇爾雅翼云
椐櫃也草木疏云節腫似扶老卽今靈壽是也
今人以爲馬鞭漢書孔光傳賜靈壽杖孟康曰

檉木，以其材赤故也。大槩松杉之類，而意態似柳，故謂之檉柳。其材可卷爲盤合。又曰：'樓，落。' 郭云：'可以爲栝器素。' 此赤檉也。又有一種名赤楊，又名水楊，與此相似，而植之水邊。其葉經秋盡紅，人多植于門巷。杜詩 '頳檉曉夜希'，即此也。"

【椐】《爾雅》云："椐，樻。" 郭註："腫節可以爲杖。" 鄭註："按：此木似藤，節目相對，今人以爲杖，甚奇。"《爾雅翼》云："椐，(櫃)[樻][1] 也。《草木疏》云：'節腫，似扶老，即今靈壽是也。今人以爲馬鞭。'《漢書・孔光傳》：'賜靈壽杖。' 孟康曰：

1 "樻"，原作"櫃"，據四庫本改。

扶老杖師古曰木似竹有枝節長不過八九尺
圍三四寸自然有合杖制不須削治也山海經
云廣都之野靈壽實華王粲頌云寄榦堅正不
待矯揉陳藏器云生劒南山谷圓長皮紫作杖
令人延年益壽

山有樞

樞其鍼刺如柘其葉如榆瀹爲茹美滑于白榆榆
之類有十種葉皆相似皮及木理異爾
爾雅云藲茎藲音歐茎大結反邢疏云別二名

'扶老杖。' 師古曰：'木似竹，有枝節，長不過八九尺，圍三四寸，自然有合杖制，不須削治也。'"《山海經》云："廣都之野，靈壽實華。" 王粲《頌》云："寄榦堅正，不待矯揉。" 陳藏器云："生劍南山谷，圓長皮紫，作杖令人延年益壽。"

60. 山有樞

〖疏〗樞，其鍼刺如柘，其葉如榆，瀹爲茹，美滑于白榆。榆之類有十種，葉皆相似，皮及木理異爾。

〖廣要〗《爾雅》云："藲，茎。" 藲音歐；茎，大結反。邢疏云："別二名也。郭云：'今之刺榆。'《詩·唐風》云'山有樞'，是也。"鄭註云："刺榆也。有鍼刺如柘，其葉如榆，汋爲蔬，美滑于白榆。"《爾雅翼》："《詩》：'山有樞，隰有榆。'樞，荎，蓋榆之類，今之刺榆也。《爾雅疏》：'榆之類有十種，葉皆相似，皮及木理異耳。'而刺榆有鍼刺如柘，其葉如榆，瀹爲蔬，美滑于白榆。《内則》曰：'堇、荁、枌、榆、免、薧、滫、瀡以滑之。'蓋榆之類皆滑。免讀若問，孫愐《唐（類）［韻］[1]》"菟新生草"，則薧乃是久者。以上四物，新舊之名，皆滑利之名也。嵇康謂'榆令人瞑'。《齊民要術》

1 "韻"，原作"類"，今據《爾雅翼》改。

稱梜榆凡榆三種色別種之勿雜以爲梜榆莢
葉味苦凡榆莢味甘甘者春時將煑賣是以須
別也廣志曰有姑榆有郎榆郎榆無莢管子五
粟五沃之土其榆條直以長按陳藏器云江南
有刺榆無大榆盇大榆北方有之秦漢故塞其
地皆榆塞榆北方之木也淮南子曰槐榆與橘
柚合而爲兄弟有茴與三危通而爲一家言槐
榆北方橘柚南方也是以江南無榆但言樞耳
若晉風則山隰兼有之然而有材不能用則不

稱‘梜榆、[刺榆][1]、凡榆三種，色別種之，勿雜’，以爲‘梜榆，莢葉味苦；凡榆，莢味甘。甘者春時將煮賣，是以須別也。’《廣志》曰：‘有姑榆，有郎榆，郎榆無莢。’《管子》‘五粟、五沃之土，其榆條直以長。’按：陳藏器云‘江南有刺榆，無大榆’，蓋大榆北方有之。秦漢故塞，其地皆榆塞，榆，北方之木也。《淮南子》曰：‘槐榆與橘柚合而爲兄弟，有苗與三危通而爲一家。’言槐榆北方，橘柚南方也。是以江南無榆，但言樞耳。若《晉風》，則山隰兼有之，然而有材不能用，則不

1“刺榆”二字原脱，今據《爾雅翼》補。

如其亡也汜勝之書曰三月榆莢南時高皆強
土可種木漢鑄莢錢如榆莢也又豐有枌榆社
崔寔四民月令曰榆莢成者收乾以爲旨蓄色
變白將落收爲醬河平元年旱傷麥民食榆皮
萬畢術曰八月榆檽令人不飢廣雅云柘榆梗
榆也陳藏器云江南有刺榆無大榆刺榆秋實

山有栲

栲葉似櫟木皮厚數寸可爲車輻或謂之栲櫟許
慎正以栲讀爲穀今人言栲失其聲耳

如其亡也。《汜勝之書》曰：‘三月榆莢（南）[雨][1]時，高（皆）[地][2]强土可種木。漢鑄莢錢，如榆莢也。又豐有枌榆社。’崔寔《四民月令》曰：‘榆莢成者，收乾以爲旨蓄。色變白將落，收爲醬。河平元年，旱傷麥，民食榆皮。’《萬畢術》曰：‘八月榆檽，令人不飢。’”《廣雅》云：“柘榆，梗榆也。”陳藏器云：“江南有刺榆，無大榆。刺榆秋實。”

61. 山有栲

〖疏〗栲，葉似櫟木，皮厚數寸，可爲車輻，或謂之栲櫟。許慎正以栲讀爲穀，今人言栲，失其聲耳。

1“雨”，原作“南”，今據《爾雅翼》改。

2“地”，原作“皆”，今據《爾雅翼》改。

爾雅云栲山樗邢疏云舍人曰栲名山樗郭云栲似樗色小白生山中因名云亦類漆樹俗語曰櫄樗栲漆相似如一詩唐風云山有樗陸璣疏語云山樗與下田樗略無異葉似差狹耳吳人以其葉爲茗方俗無名此爲栲者誤也今所云爲栲者葉如櫟木皮厚數寸可爲車輻謂之栲櫟許慎正以栲讀爲糗今人言栲失其聲矣鄭註云山樗似樗而葉差狹樗木葉似椿江東呼爲虎目葉脫處有痕如樗蒲子又如眼目

〖廣要〗《爾雅》云："栲，山樗。"邢疏云："舍人曰：'栲名山樗。'郭云：'栲似樗，色小白，生山中，因名云。亦類漆樹。'俗語曰：'櫄樗栲漆，相似如一。'《詩·唐風》云：'山有樗。'陸璣疏語云：'山樗與下田樗略無異，葉似差狹耳。吳人以其葉爲茗，方俗無名此爲栲者，誤也。今所云爲栲者，葉如櫟木，皮厚數寸，可爲車輻，謂之栲櫟。許慎正以栲讀爲糗，今人言栲，失其聲矣。'"鄭註云："山樗似樗，而葉差狹。樗木葉似椿，江東呼爲虎目，葉脱處有痕，如樗蒲子，又如眼目。"

按疏云許慎讀栲爲稂應作穥讀丘上聲故與
杻叶南山有臺亦與杻叶
集于苞栩
栩今柞櫟也徐州人謂櫟爲杼或謂之爲栩其子
爲阜或言阜斗其殼爲汁可以染阜今京洛及河
内多言杼斗或云橡斗謂櫟爲杼五方通語也
爾雅云栩杼郭註柞樹鄭註栩柞木今人以爲
梳本草云橡實堪染用一名杼斗槲櫟皆有斗
以櫟爲勝所在山谷中皆有圖經云木高二三

按：疏云"許慎讀栲爲稂"，應作"穥"，讀丘上聲，故與"杻"叶，《南山有臺》亦與"杻"叶。

62. 集于苞栩

〖疏〗栩，今柞櫟也。徐州人謂櫟爲杼，或謂之爲栩。其子爲阜，或言阜斗，其殼爲汁，可以染阜。今京洛及河内多言杼斗，或云橡斗。謂櫟爲杼，五方通語也。

〖廣要〗《爾雅》云："栩，杼。"郭註："柞樹。"鄭註："栩，柞木，今人以爲梳。"《本草》云："橡實，堪染用，一名杼斗。槲、櫟皆有斗，以櫟爲勝，所在山谷中皆有。"《圖經》云："木高二三

丈三四月開黄花八九月結實柞櫟也杼也栩
也皆橡櫟之通名枕中記曰橡子非果非穀最
益人服食無氣而受氣無味而受味消食止痢
令人强健本草衍義云櫟葉如栗葉堅而不堪
充材風土記云吳越之間名柞爲櫪古今註云
杼實曰橡東海及徐州謂之木蓮其葉始生食
之味辛其梂子八月中成摶以爲燭明如胡麻
燭研以爲羹肥如胡麻羹

無浸穫薪舊刻穫非

丈，三四月開黄花，八九月結實。柞櫟也，杼也，栩也，皆橡櫟之通名。”《枕中記》曰：“橡子非果非穀，最益人服食。無氣而受氣，無味而受味，消食止痢，令人强健。”《本草衍義》云：“櫟葉如栗葉堅，而不堪充材。”《風土記》云：“吳越之間名柞爲櫪。”《古今註》云：“杼實曰橡。”東海及徐州謂之木蓮。其葉始生，食之味辛。其梂子，八月中成。摶以爲燭，明如胡麻燭；研以爲羹，肥如胡麻羹。[1]

63. **無浸穫薪**舊刻“穫”，非。

1 按：“東海及徐州”至“胡麻羹”，原見《詩緝》所引陸疏，非《古今註》語。

檴今椰榆也其葉如榆其皮堅韌剥之長數尺可爲絙索又可爲氈帶其材可爲杯器

爾雅云檴落邢疏云檴一名落某氏曰可作杯圈皮韌繞物不解郭云可以爲杯器素素謂樸也小雅大東云無浸檴薪鄭箋云檴木名鄭註云郭云可以爲杯器據此則今樫杉

按鄭漁仲通志略曰檴郭云可以爲杯器素此赤樫也但樫是柳屬檴是榆屬恐非一類　又按大東篇檴字从禾與八月其穫穫字同故毛

〖疏〗檴，今椰榆也。其葉如榆，其皮堅韌，剥之長數尺，可爲絙索，又可爲氈帶。其材可爲杯器。

〖廣要〗《爾雅》云:“檴，落。”邢疏云:“檴，一名落。某氏曰:‘可作杯圈，皮韌，繞物不解。’郭云:‘可以爲杯器素。’素，謂樸也。《小雅·大東》云:‘無浸檴薪。’鄭箋云:‘檴，木名。’”鄭註云:“郭云:‘可以爲杯器。’據此，則今樫杉。”

按:鄭漁仲《通志略》曰:“檴，郭云‘可以爲杯器素’，此赤樫也。”但樫是柳屬，檴是榆屬，恐非一類。〇又按:《大東》篇檴字从禾，與“八月其穫”穫字同，故毛、

朱傳及呂嚴諸家俱云刈也今爾雅陸疏俱釋
木名从木確與本章無涉
無折我樹杞舊刻集于苞杞非
杞柳屬也生水傍樹如柳葉麄而白色木理微赤
故今人以爲車轂今共北淇水傍魯國泰山汶水
邊純杞也
爾雅云旄澤柳邢疏柳生澤中者别名旄鄭註
杞柳也生澤中如蘆荻可編爲棬箱通志略云
杞柳亦曰澤柳可爲桮棬者本草圖經云今人

朱傳及呂、嚴諸家俱云“刈也”。今《爾雅》、陸疏俱釋木名，从木，確與本章無涉。

64. 無折我樹杞舊刻“集于苞杞”，非。

〖疏〗杞，柳屬也。生水傍，樹如柳，葉麄而白色，木理微赤，故今人以爲車轂。今共北淇水傍，魯國泰山汶水邊純杞也。

〖廣要〗《爾雅》云：“旄，澤柳。”邢疏：“柳生澤中者，别名旄。”鄭註：“杞柳也。生澤中，如蘆荻，可編爲棬箱。”《通志略》云：“杞柳，亦曰澤柳，可爲桮棬者。”《本草圖經》云：“今人

取其細條火逼令柔韌屈作箱篋河朔猶多
其下維穀
穀幽州人謂之穀桑或曰楮桑荆揚交廣謂之穀
中州人謂之楮殷中宗時桑穀共生是也今江南
人績其皮以爲布又擣以爲紙謂之穀皮紙長數
丈潔白光輝其裏甚好其葉初生可以爲茹
博雅云穀楮也稗雅穀惡木也而取名于穀者
穀善也惡木謂之穀則甘草謂之大苦之類也
本草曰楮一名穀陶氏云卽今構木誤矣先賢

取其細條，火逼令柔韌，屈作箱篋，河朔猶多。”

65. 其下維穀

〖疏〗穀，幽州人謂之穀桑，或曰楮桑。荆、揚、交、廣謂之穀，中州人謂之楮。殷中宗時，桑穀共生，是也。今江南人績其皮以爲布，又擣以爲紙，謂之穀皮紙。長數丈，潔白光輝，其裏甚好。其葉初生，可以爲茹。

〖廣要〗《博雅》云："穀，楮也。"《(稗)[埤][1]雅》:"穀，惡木也。而取名于穀者，穀，善也。惡木謂之穀，則甘草謂之大苦之類也。《本草》曰:'楮，一名穀。'陶氏云:'卽今構木。'誤矣。先賢

1 "埤"，原作"稗"，其下所引均見《埤雅》，蓋形近而譌，今徑爲之改。

毛詩陸疏廣要 二十二 汲古閣

以爲皮斑者是楮皮白者是穀有瓣者曰楮無瓣者曰構按此非一種物類相感志云其膠可以團丹砂語曰構膠爲金石之漆是也列子曰宋人有爲其君以玉爲楮葉者三年而成亂之楮葉中不可別也遂以巧食宋國列子聞之曰使天地之生物三年而成一葉則物之有葉者寡矣故聖人恃道化而不恃知巧爾雅翼穀易生之物一說穀田久廢則生穀其實正赤如楊梅而無核伊陟相太戊亳有祥桑穀共生于朝

以爲皮斑者是楮，皮白者是穀，有瓣者曰楮，無瓣者曰構。按：此非一種。《物類相感志》云‘其膠可以團丹砂，語曰：構膠爲金石之漆’，是也。《列子》曰：‘宋人有爲其君，以玉爲楮葉者，三年而成。亂之楮葉中，不可別也。遂以巧食宋國。列子聞之曰：使天地之生物，三年而成一葉，則物之有葉者寡矣。故聖人恃道化而不恃知巧。’”《爾雅翼》:“穀，易生之物。一説穀田久廢則生穀。其實正赤，如楊梅而無核。伊陟相太戊，亳有祥，桑穀共生于朝。

傳曰俱生于朝七日而大拱伊陟戒以修德而木枯劉向以爲桑喪也榖猶生也殺生之柄失而在下則是以桑榖爲二物也而陸璣以爲榖幽州人謂之榖桑或曰楮桑然則葢一物也廣州記曰蠻夷取榖皮熟搥爲揭裹布鋪以擬氈南山經曰招摇之山有木焉其狀如榖而黑裹其華四照其名曰迷榖佩之不迷本草圖經云楮有二種一種皮有斑花文謂之斑榖今人用爲冠一種皮無花但葉似葡萄作瓣而有子者

《傳》曰："俱生于朝，七日而大拱。'伊陟戒以修德而木枯。劉向以爲桑，喪也。榖，猶生也。殺生之柄，失而在下，則是以桑榖爲二物也。而陸璣以爲榖，幽州人謂之榖桑，或曰楮桑，然則蓋一物也。《廣州記》曰：'蠻夷取榖皮，熟搥爲揭裹布，鋪以擬氈。'《南山經》曰：'招摇之山有木焉，其狀如榖而黑裹，其華四照，其名曰迷榖，佩之不迷。'"《本草圖經》云："楮有二種，一種皮有斑花文，謂之斑榖，今人用爲冠。一種皮無花，但葉似葡萄，作瓣而有子者

毛詩陸疏廣要　二十三　汲古閣

爲佳其實初夏生如彈丸青綠色至六七月漸
深紅色乃成熟八月九月採抱朴子云柠實赤
者餌之一年老者還少通志云楮亦謂之穀其
實入藥其皮造紙濟世之用也桑穀共生者即
此
榛楛濟濟
楛其形一作莖似荊而赤莖一作葉似蓍上黨人
織一作蔑以爲斗筥箱器又揉一作屈以爲釵故
上黨人調問婦人欲買赭否曰竈下自有黃土問

爲佳。其實初夏生，如彈丸，青緑色，至六七月漸深，紅色乃成熟，八月、九月採。"《抱朴子》云："柠實赤者，餌之一年，老者還少。"《通志》云："楮亦謂之穀，其實入藥，其皮造紙，濟世之用也。桑穀共生者，即此。"

66. 榛楛濟濟

〖疏〗楛，其形一作"莖"。似荊，而赤莖一作"葉"。似蓍，上黨人織一作"蔑"。以爲斗筥箱器，又揉一作"屈"。以爲釵。故上黨人調問婦人："欲買赭否？"曰："竈下自有黃土"；問：

買釵否曰山中自有楛
禹貢云荊州貢楛註云中矢幹出雲夢之澤爾
雅翼楛堪爲矢其莖似荊而赤其葉如蓍古者
楛矢則石爲之砮說者以榛可爲贄爲文事楛
可爲矢爲武事是葢不然夫榛楛皆用之武事
說文榛木也一曰菆也菆葢矢之善者春秋傳
所謂致師者左射以菆是也若楛則爲矢甚明
周世修后稷公劉之業而申以百福干祿皆文
事也然不可無武備故瑟彼玉瓚以下述文治

"買釵否？" 曰："山中自有楛。"

〖廣要〗《禹貢》云"荊州貢楛"，註云："中矢幹，出雲夢之澤。"《爾雅翼》："楛堪爲矢，其莖似荊而赤，其葉如蓍。古者楛矢，則石爲之（弩）[砮][1]。說者以榛可爲贄，爲文事；楛可爲矢，爲武事：是蓋不然，夫榛、楛皆用之武事。《說文》：'榛，木也。一曰菆也。'菆，蓋矢之善者，《春秋傳》所謂'致師者左射以菆'，是也。若楛，則爲矢甚明。周世修后稷、公劉之業，而申以百福干祿，皆文事也，然不可無武備。故'瑟彼玉瓚'以下，述文治

1 "砮"，原作"弩"，形近而誤，今據四庫本改。下"石砮"、"礪砥砮丹"同。

之美，而首章言武備也。《周語》曰：'夫旱麓之榛楛殖，故君子得以易樂干禄焉。若夫山林匱竭，林鹿散亡，藪澤肆竭，民力凋盡，田疇荒蕪，資用乏匱，君子將險哀之不暇，而何易樂之有？' 是先有險哀之備，而後可以及易樂也。顔監曰：'楛木堪爲箭笴，今豳以北皆用之。土俗呼其木爲楛子。' 有隼集于陳庭而死，楛矢貫之，石（砮）[砮]，其長尺有咫。問諸仲尼，仲尼曰：'隼來遠矣，此肅慎氏之矢也。昔武王伐商，封異姓以遠方之職貢，使無忘

服故以楛矢封陳矢求諸故府果得之夏書荆
州之貢礪砥砮丹惟箘簵楛則夫楛矢石砮者
中州職貢之常也今仲尼獨以遠方之貢爲驗
豈三代之際職貢不同或者不妨中國自有之
特其長有咫者爲肅慎之物歟

揚之水不流束蒲

蒲柳有兩種皮正青者曰小楊其一種皮紅正白
者曰大楊其葉皆長廣似柳葉皆可以爲箭幹故
春秋傳曰董澤之蒲可勝既乎今人又以爲箕鑵

服，故以楛矢封陳。’（矢）［使］[1]求諸故府，果得之。《夏書》荆州之貢，‘礪砥（砮）［砮］丹，惟箘簵楛’，則夫楛矢石（砮）［砮］者，中州職貢之常也。今仲尼獨以遠方之貢爲驗，豈三代之際，職貢不同；或者不妨中國自有之，特其長有咫者，爲肅慎之物歟？”

67. 揚之水不流束蒲

〖疏〗蒲柳有兩種。皮正青者曰小楊，其一種皮紅正白者曰大楊。其葉皆長廣，似柳葉，皆可以爲箭幹。故《春秋傳》曰：“董澤之蒲，可勝既乎。”今人又以爲箕鑵

1“使”，原作“矢”，涉上“楛矢”而誤，今據四庫本改。

之楊也
爾雅云楊蒲柳邢疏楊一名蒲柳生澤中可爲
箭笴左傳所謂董澤之蒲者杜註云董澤之蒲
河東聞縣東北有董池鄭註楊蒲柳水楊也可
爲箭幹葉圓濶樹與柳相似故名楊柳采薇所
謂楊柳依依左傳所謂董澤之蒲即此也埤雅
蒲柳今有黃白青赤四種白楊葉圓青楊葉長
赤楊霜降則葉赤材理亦赤黃楊木性堅緻難
長俗云歲長一寸閏年倒長一寸重黃楊以其

之楊也。

〖廣要〗《爾雅》云:“楊，蒲柳。”邢疏:“楊，一名蒲柳。生澤中，可爲箭笴,《左傳》所謂‘董澤之蒲’者。杜註云:‘董澤之蒲，河東聞［喜］[1]縣東北有董池。’”鄭註:“楊，蒲柳，水楊也。可爲箭幹，葉圓闊，樹與柳相似，故名楊柳。《采薇》所謂‘楊柳依依’,《左傳》所謂‘董澤之蒲’，即此也。”《埤雅》:“蒲柳，今有黃、白、青、赤四種。白楊葉圓；青楊葉長；赤楊霜降則葉赤，材理亦赤；黃楊木性堅緻難長，俗云：歲長一寸，閏年倒長一寸。重黃楊，以其

1“喜”字原脱，今據四庫本補。

無火或曰以水試之則無火取此木必于陰晦
夜無一星則伐之爲枕不裂楊之孚甲早于衆
木昏姻失時則曾木之不如也故詩曰東門之
楊其葉牂牂牂牂盛也東門之楊其葉肺肺肺
肺衰也以言嫁娶之莫如此莊子曰大聲不入
于里耳折楊皇華則嗑然而笑折楊逸詩皇華
即詩所謂皇皇者華是也易曰枯楊生華枯楊
生稊蓋楊性堅勁雖生棟不撓齊民要術曰白
楊性勁直堪爲屋材寧折終不曲撓楡性儒軟

無火。或曰：以水試之，［沈］[1]則無火。取此木，必于陰晦夜，無一星，則伐之，爲枕不裂。楊之孚甲，早于衆木，昏姻失時，則曾木之不如也。故《詩》曰：'東門之楊，其葉牂牂。'牂牂，盛也。'東門之楊，其葉肺肺。'肺肺，衰也。以言嫁娶之莫如此。《莊子》曰：'大聲不入于里耳，《折楊》《皇華》，則嗑然而笑。'《折楊》，逸詩;《皇華》，即《詩》所謂'皇皇者華'是也。《易》曰'枯楊生華''枯楊生稊'，蓋楊性堅勁，雖生，棟不撓。《齊民要術》曰：'白楊性勁直，堪爲屋材，寧折終不曲撓。楡性儒軟，

1"沈"字原脱，今據《埤雅》補。

久無不曲比之白楊不如遠矣毛傳云蒲草也
本草圖經云蒲柳其枝勁韌可爲箭笴又謂之
萑蒲卽水楊也本草註云水楊葉圓濶而赤枝
條短硬多生水傍古今註云蒲柳生水邊葉似
青楊一名蒲柳枝勁細任矢用國策云夫楊樹
之則生倒樹之亦生折而樹之又生世說顧悅
云蒲柳之姿望秋而落詩緝云楊可爲舟又可
爲屋材詩曰揚之水不流束蒲言激之水宜能
浮泛而蒲又輕揚善泛今反不流如此則以水

久無不曲，比之白楊，不如遠矣。'" 毛傳云:"蒲，草也。"《本草圖經》云:"蒲柳，其枝勁韌，可爲箭笴。又謂之萑蒲，即水楊也。"《本草》註云:"水楊，葉圓闊而赤，枝條短硬，多生水傍。"《古今註》云:"蒲柳，生水邊，葉似青楊，一名蒲（柳）[楊][1]。枝勁細，任矢用。"《國策》云:"夫楊，樹之則生，倒樹之亦生，折而樹之又生。"《世説》顧悦云:"蒲柳之姿，望秋而落。"《詩緝》云:"楊可爲舟，又可爲屋材。"《詩》曰:"揚之水，不流束蒲。" 言激[揚][2]之水宜能浮泛，而蒲又輕揚善泛，今反不流如此，則以水

1 "楊"，原作"柳"。按:"毛傳云蒲草"至"又可爲屋材"，均見《六家詩名物疏》，彼引《古今註》云"一名蒲楊"，知此"柳"爲"楊"之誤，今據之以改。

2 "揚"字原脱，按:"詩曰揚之水"至"故妨草哉"見《埤雅》"蒲"條，彼"激"字下有"揚"字，今據之以補。

力更微而不勝故也列子曰虛則夢揚實則夢
溺之反也說者以爲上章言薪言楚則蒲亦木
名不宜爲草誤矣夫芻亦草也而綢繆之詩乃
曰束薪束芻束楚則豈以言木故妨草哉
蔽芾其樗
山樗與下田樗略無異葉似差狹耳吳人以其葉
爲茗
李氏曰樗者不材之木也莊子云吾有大樹人
謂之樗其大枝擁腫不中繩墨其小枝卷曲不

力更微而不勝故也。《列子》曰："虛則夢揚，實則夢溺。"［揚，溺］[1]之反也。說者以爲上章言薪言楚，則蒲亦木名，不宜爲草，誤矣。夫芻亦草也，而《綢繆》之詩乃曰"束薪""束芻""束楚"，則豈以言木，故妨草哉！

68. 蔽芾其樗

〖疏〗山樗與下田樗略無異，葉似差狹耳。吳人以其葉爲茗。

〖廣要〗李氏曰："樗者，不材之木也。"《莊子》云："吾有大樹，人謂之樗。其大枝擁腫，不中繩墨；其小枝卷曲，不

1 "揚溺"二字原脱，今據《埤雅》補。

毛詩陸疏廣要 二十七 汲古閣

中規矩

按樗似栲似椿陸疏辨之甚明樗又有山樗下田樗稍别此章與采茶薪樗皆下田一種所謂不中繩墨規矩者也詳見七月篇

椒聊之實

椒聊聊語助也椒樹似茱萸有鍼刺莖葉堅而滑澤蜀人作茶吳人作茗皆合煑其葉以爲香今成臯諸山間有椒謂之竹葉椒其樹亦如蜀椒少毒熱不中合藥也可著飲食中又用蒸雞豚最佳香

中規矩。”

按：樗，似栲似椿，陸疏辨之甚明。樗又有山樗、下田樗，稍别，此章與“采荼薪樗”皆下田一種，所謂不中繩墨規矩者也。詳見《七月》篇。

69. 椒聊之實

〖疏〗椒聊，聊，語助也。椒樹，似茱萸，有鍼刺，莖葉堅而滑澤。蜀人作茶，吴人作茗，皆合煮其葉以爲香。今成皋諸山間有椒，謂之竹葉椒。其樹亦如蜀椒，少毒熱，不中合藥也。可著飲食中，又用蒸雞豚最佳香。

一作者東海諸島上亦有椒樹枝葉皆相似子長而不圓甚一作其香其味似橘皮島上麞鹿食此椒葉其肉自然作椒橘香也
爾雅云檓大椒邢疏云檓者大椒之别也郭云今椒樹叢生實大者名爲檓詩唐風云椒聊且鄭註云檓大椒秦椒也與蜀椒相似稍大而香氣減焉俗呼欓子爾雅又云椒欓醜莍疏云椒欓之類實皆有莍彙自裹李巡曰椒茱萸皆有房故曰莍莍實也郭云莍萸子聚生成房貌今

一作“者”。東海諸島上亦有椒樹，枝葉皆相似，子長而不圓，甚一作“其”。香，其味似橘皮。島上麞鹿食此椒葉，其肉自然作椒橘香也。

〖廣要〗《爾雅》云：“檓，大椒。”邢疏云：“檓者，大椒之别也。郭云：‘今椒樹叢生實大者名爲檓。’《詩·唐風》云：‘椒聊且。’”鄭註云：“檓，大椒，秦椒也。與蜀椒相似，稍大而香氣減焉。俗呼欓子。”《爾雅》又云：“椒欓醜，莍。”疏云：“椒欓之類，實皆有莍彙自裹。李巡曰：‘椒、茱萸皆有房，故曰莍。莍，實也。’郭云：‘莍，萸子聚生成房貌，今江東亦呼莍椒似茱萸而小赤色鄭云此類結子成毬朶埤雅椒似茱萸而小赤色内含黑子如點今謂椒目木有鍼刺葉堅而滑澤爾雅曰椒樧醜莍桃李醜核言桃李屬皆内核椒樧屬皆外莍也酉陽雜俎曰椒可以來水銀茱萸氣好上椒氣好下葢椒氣性不上達故詩以譬沃也言沃盛强能修其政然其馨香下達而已詩曰椒聊之實蕃衍盈升椒聊之實蕃衍盈匊沃以支子受邑其後遂將盛大則猶之椒也其實

江東亦呼莍。椒，似茱萸而小，赤色。'" 鄭云："此類結子成毬朵。"《埤雅》："椒似茱萸而小，赤色，内含黑子如點，今謂椒目。木有鍼刺，葉堅而滑澤。《爾雅》曰：'椒樧醜，莍；桃李醜，核。' 言桃李屬皆内核，椒樧屬皆外莍也。《酉陽雜俎》曰：'椒可以來水銀。茱萸氣好上，椒氣好下。' 蓋椒氣性不上達，故《詩》以譬沃也。言沃盛强，能修其政，然其馨香下達而已。《詩》曰：'椒聊之實，蕃衍盈升。''椒聊之實，蕃衍盈匊。' 沃以支子受邑，其後遂將盛大，則猶之椒也，其實蕃衍而至於盈升盈匊也莊子曰韋以哀椒雖踰絺綌然久則臭故天下之理有初雖若佳後更爲害不可不察也爾雅翼椒實多而香故唐詩以椒聊喻曲沃之蕃衍盛大聊語助也陳詩貽我握椒周頌有椒其馨離騷云雜申椒與菌桂懷椒糈而要之九歌云奠桂酒兮椒漿播芳椒兮成堂漢世皇后稱椒房取其實曼延盈升以椒塗屋亦取其溫暖故長樂宮有椒房殿其後董賢女弟爲昭儀居舍與后相擬風及晉世

蕃衍而至於盈升、盈匊也。《莊子》曰：‘韋以哀椒，雖踰絺綌，然久則臭。’故天下之理，有初雖若佳，後更爲害，不可不察也。”《爾雅翼》：“椒，實多而香，故《唐詩》以椒聊喻曲沃之蕃衍盛大。聊，語助也。《陳詩》‘貽我握椒’，《周頌》‘有椒其馨’，《離騷》云‘雜申椒與菌桂’‘懷椒糈而要之’，《九歌》云‘奠桂酒兮椒漿’‘播芳椒兮成堂’。漢世皇后稱椒房，取其實曼延盈升；以椒塗屋，亦取其溫暖，故長樂宮有椒房殿。其後董賢女弟爲昭儀，居舍與后相擬，[號曰椒][1]風。及晉世，

1“號曰椒”三字原脱，今據《爾雅翼》補。

毛詩陸疏廣要　二十九　汲古閣

石崇王愷之徒相矜以富於是崇以椒爲泥泥
其屋而愷以赤石脂泥其壁云荆楚之俗正月
一日長幼悉正衣冠以次拜賀進椒酒崔寔月
令云過臘一日謂之小歲拜賀君親進椒酒從
小起成公綏椒花銘云肇惟歲首月正元日是
知小歲則用之漢朝元正則行之後世率以正
月一日以盤進椒飲酒則撮寘酒中號椒盤焉
然椒亦能殺人故漢李咸欲爭竇后配成帝擣
椒自隨而齊建武中欲併誅高武子孫令太醫

石崇、王愷之徒，相矜以富。於是崇以椒爲泥，泥其屋，而愷以赤石脂泥其壁云。荆楚之俗，正月一日，長幼悉正衣冠，以次拜賀，進椒酒。崔寔《月令》云:‘過臘一日，謂之小歲，拜賀君親，進椒酒，從小起。’成公綏《椒花銘》云‘肇惟歲首，月正元日’，是知小歲則用之漢朝，元正則行之後世。率以正月一日，以盤進椒，飲酒則撮寘酒中，號椒盤焉。然椒亦能殺人，故漢李咸欲爭竇后配（成）[桓][1]帝，擣椒自隨；而齊建武中，欲併誅高武子孫，令太醫

1“桓”，原作“成”，今據四庫本改。

煮二斛椒熟則一時賜死此其事春秋運斗樞曰玉衡星散爲椒山海經曰琴鼓之山其木多椒孝經援神契曰椒薑禦溼昌蒲益聰蜀都賦丹椒爾雅以檓爲大椒謂叢生實大者又曰椒椴醜莍莍萸子聚生成房貌今江東亦呼莍云樹有鍼刺葉堅而滑澤每葉中亦有刺蜀人作茶吳人作茗皆煑其葉以爲香又東海諸島上有椒子長而不圓其味如橘皮島上麞鹿食此葉者其肉自然作椒橘香范子計然曰蜀椒出

煮二斛椒熟，則一時賜死，此其事。《春秋運斗樞》曰：‘玉衡星散爲椒。’《山海經》曰：‘琴鼓之山，其木多椒。’《孝經援神契》曰：‘椒薑禦溼，昌蒲益聰。’《蜀都賦》‘丹椒’。《爾雅》以檓爲大椒，謂叢生實大者。又曰：‘椒椴醜，莍。’莍，萸子聚生成房貌，今江東亦呼莍云。樹有鍼刺，葉堅而滑澤，每葉中亦有刺。蜀人作茶，吳人作茗，皆煮其葉以爲香。又東海諸島上有椒，子長而不圓，其味如橘皮。島上麞鹿食此葉者，其肉自然作椒橘香。范子《計然》曰：‘蜀椒出

毛詩陸疏廣要　三十　汲古閣

武都赤色者善秦椒出天水隴西細者善通志
椒曰蓎藙曰陸檓曰南椒生于漢中者曰漢椒
蜀中者曰蜀椒巴中者曰巴椒
按爾雅云朻者聊郭氏鄭氏雖俱云未詳然聊
爲木無疑矣或者木之糾曲者名聊烏知椒聊
之聊非卽朻者聊耶但向來諸家俱作助語辭
不敢妄解
山有苞櫟
苞櫟秦人謂柞爲櫟河內人謂木蓼爲櫟椒樧之

武都，赤色者善；秦椒出天水、隴西，細者善。'"《通志》:"椒，曰蓎藙，曰陸檓，曰南椒。生于漢中者曰漢椒，蜀中者曰蜀椒，巴中者曰巴椒。"

按:《爾雅》云"朻者聊"，郭氏、鄭氏雖俱云"未詳"，然聊爲木無疑矣。或者，木之糾曲者名聊，烏知椒聊之聊，非即"朻者聊"耶？但向來諸家，俱作助語辭，不敢妄解。

70. 山有苞櫟

〖疏〗苞櫟，秦人謂柞爲櫟，河內人謂木蓼爲櫟，椒樧之

屬也其子房生爲梂木蓼子亦房生
爾雅云櫟其實梂郭云有梂彚自裹疏云櫟似
樗之木也梂盛實之房也孫炎曰櫟實橡也璣
疏云秦人謂柞爲櫟故說者或曰柞櫟或曰木
蓼璣以爲此秦詩也宜從其方土之言柞櫟是
也鄭註亦謂之橡一名皁斗其實作梂似栗實
而小爾雅翼管子五粟之土其柘其櫟條直以
長淮南時則訓十二月之木正月其木楊楊蒲
柳也楊木春先二月其木杏有竅在中象陰布

屬也。其子房生爲梂，木蓼子亦房生。

〖廣要〗《爾雅》云："櫟，其實梂。" 郭云："有梂彚自裹。" 疏云："櫟，似樗之木也。梂，盛實之房也。孫炎曰：'櫟，實橡也。' 璣疏云：'秦人謂柞爲櫟，故説者或曰柞櫟，或曰木蓼。璣以爲此《秦詩》也，宜從其方土之言，柞櫟是也。'" 鄭註："亦謂之橡，一名皁斗，其實作梂，似栗實而小。"《爾雅翼》："《管子》：'五粟之土，其柘其櫟，條直以長。'《淮南·時則訓》十二月之木：正月，其木楊。楊，蒲柳也，楊木春先。二月，其木杏。有竅在中，象陰布

散在上三月其木李李亦有核李後杏熟故主
三月四月其木桃說與杏同桃後李熟故主四
月五月其木楡六月其木梓說未聞七月其木
楝楝實鳳凰所食今雒城旁有樹楝實秋熟八
月其木柘未聞九月其木槐槐懷也可以懷來
遠人十月其木檀檀陰木也十一月其木棗取
其赤心也十二月其木櫟櫟可以爲車轂木不
出火唯櫟爲然亦應陰氣也莊子匠石見櫟社
樹其大蔽牛絜之百圍上林賦註應劭曰櫟采

散在上。三月，其木李。李亦有核，李後杏熟，故主三月。四月，其木桃。説與杏同，桃後李熟，故主四月。五月，其木楡。六月，其木梓。説未聞。七月，其木楝。楝實，鳳凰所食，今雒城旁有樹楝，實秋熟。八月，其木柘。未聞。九月，其木槐。槐，懷也，可以懷來遠人。十月，其木檀。檀，陰木也。十一月，其木棗。取其赤心也。十二月，其木櫟。櫟可以爲車轂。木不出火，唯櫟爲然，亦應陰氣也。《莊子》：匠石見櫟社樹，其大蔽牛，絜之百圍。《上林賦》註：‘應劭曰：櫟，采

木也顔師古以爲木蓼葉辛初生可食通志櫟
曰橡亦曰槲其實作梂曰皁斗曰橡斗然有二
種南土多槲北土多櫟爾雅釋木云櫟其實梂
詩秦風云山有苞櫟竝此也其釋木云栩杼與
唐風云集于苞栩竝是柞木而陸璣誤謂是此
耳橡實之類極多大體皆㮚屬也可食有似栗
而圓者大小有三四種周禮籩人所謂榛實是
也二三實作一梂正似㮚而小者大小有三四
種爾雅所謂栵栭是也註云子如細㮚江東人

木也。’顔師古以爲‘木蓼葉辛，初生可食’。”《通志》:“櫟，曰橡，亦曰槲。其實作梂，曰皁斗，曰橡斗。然有二種：南土多槲，北土多櫟。《爾雅·釋木》云‘櫟，其實梂’，《詩·秦風》云‘山有苞櫟’，竝此也。其《釋木》云‘栩，杼’，與《唐風》云‘集于苞栩’，竝是柞木，而陸璣誤謂是此耳。橡實之類極多，大體皆㮚屬也，可食。有似栗而圓者，大小有三四種，《周禮·籩人》所謂‘榛實’是也；二三實作一梂，正似㮚而小者，大小有三四種，《爾雅》所謂‘栵，栭’是也。註云：‘子如細㮚，江東人

亦呼爲栭㮚今俗謂之爲芧㮚猴㮚柯㮚皆其類也或曰槲之實似櫟而小不可食

六月食鬱及薁舊刻缺六月二字

鬱其樹高五六尺其實大如李色正赤食之甘

毛詩云鬱棣屬薁蘡薁也孔疏云鬱是唐棣之類劉稹毛詩義問云其樹高五六尺其實大如李正赤食之甜與棣相類故云棣屬薁蘡者亦是鬱類而小別耳晉宮閣銘云華林園中有車下李三百一十四株薁李一株車下李卽鬱薁

亦呼爲栭㮚。’今俗謂之爲芧㮚、猴㮚、柯㮚，皆其類也。或曰：槲之實似櫟而小，不可食。”

71. 六月食鬱及薁舊刻缺“六月”二字。

〖疏〗鬱，其樹高五六尺，其實大如李，色正赤，食之甘。

〖廣要〗《毛詩》云：“鬱，棣屬。薁，蘡薁也。”孔疏云：“鬱是唐棣之類。劉稹《毛詩義問》云：‘其樹高五六尺，其實大如李，正赤，食之甜。’與棣相類，故云棣屬。薁蘡者，亦是鬱類而小別耳。《晉宮閣銘》云：‘華林園中，有車下李三百一十四株，薁李一株。’車下李，即鬱；薁

李卽薁二者相類而同時熟故言鬱薁也本草
圖經云郁李木高五六尺枝條葉花皆若李惟
子小若櫻桃赤色而味甘酸核隨子熟六月採
根并實取核中人用名物疏云薁一名郁李一
名薁李一名蘡李一名燕薁一名棣一名爵李
一名車下李廣雅謂之蘡舌與鬱俱棣屬也故
同得車下李之名陸璣以唐棣爲薁李非也而
以爲實大如李則得之本草圖經謂郁李子如
櫻桃則似說常棣非郁李也郁李雖棣屬然非

李，即薁。二者相類而同時熟，故言鬱薁也。”《本草圖經》云：“郁李，木高五六尺，枝條、葉、花皆若李，惟子小若櫻桃，赤色而味甘酸，核隨子熟。六月採根并實，取核中人用。”《名物疏》云：“薁，一名郁李，一名薁李，一名蘡李，一名燕薁，一名棣，一名爵李，一名車下李。《廣雅》謂之蘡舌，與鬱俱棣屬也，故同得車下李之名。陸璣以唐棣爲薁李，非也，而以爲實大如李則得之。《本草圖經》謂郁李子如櫻桃，則似説常棣，非郁李也。郁李雖棣屬，然非

爾雅所謂唐棣常棣也古之說者惟不知唐棣
爲扶移木而以爲薁又不知薁別是一種而以
爲常棣故本草注及詩緝諸說俱誤今由陸璣
崔豹鄭樵及本草諸說參詳之始知其別如此
魏王花木志云燕薁實如龍眼黑色說文謂之
蘡薁詩疏一名車鞅藤豳詩六月食薁者此也
廣志曰燕薁似黎早熟據此又非郁李而二說
亦相矛盾殆不足取證韓詩薁字又作藿是爾
雅所謂藿山韭者非毛詩之薁爾雅翼云山韭

《爾雅》所謂‘唐棣，常棣’也。古之説者，惟不知唐棣爲扶栘木，而以爲薁；又不知薁别是一種，而以爲常棣，故《本草》注及《詩緝》諸説俱誤。今由陸璣、崔豹、鄭樵及《本草》諸説參詳之，始知其别如此。《魏王花木志》云：燕薁，實如龍眼，黑色。《説文》謂之蘡薁，《詩疏》一名車鞅藤，《豳詩》六月食薁者此也。《廣志》曰：‘燕薁，似棃，早熟。’據此，又非郁李，而二説亦相矛盾，殆不足取證。《韓詩》薁字又作蓷，是《爾雅》所謂‘藿，山韭’者，非《毛詩》之薁。《爾雅翼》云：‘山韭，

形性與韭相類但根白葉如燈心苗
按陸疏題列二物止釋一物者如榛楛濟濟止
釋楛六月食鬱及薁止釋鬱之類是也豈以薁
即是唐棣故存而不論耶其實常棣與唐棣與
鬱與薁原是四種毛氏云鬱棣屬則非棣可知
孔氏云薁鬱類則非鬱可知馮嗣宗辨之甚詳
但燕薁蘡舌是草大槩與下文葵相似恐不應
與木類相混
樹之榛栗

形性與韭相類，但根白，葉如燈心苗。'"

按：陸疏題列二物，止釋一物者，如“榛楛濟濟”止釋楛，“六月食鬱及薁”止釋鬱之類是也。豈以薁即是唐棣，故存而不論耶！其實常棣與唐棣，與鬱，與薁，原是四種。毛氏云“鬱，棣屬”，則非棣可知；孔氏云“薁，鬱類”，則非鬱可知。馮嗣宗辨之甚詳，但燕薁、蘡舌是草，大槩與下文葵相似，恐不應與木類相混。

72. 樹之榛栗

榛栗屬有兩種其一種之皮葉皆如栗其子小形似杼子味亦如栗所謂樹之榛栗者也其一種枝葉如木蓼生高丈餘作胡桃味遼東上黨皆饒山有榛之榛枝葉似栗樹子似橡子味似栗枝莖可以爲燭五方皆有栗周秦吳揚特饒吳越被城表裏皆栗唯漁陽范陽栗甜美長味一作味長他方者悉不及也倭韓國諸島上栗大如雞子亦短味不美桂陽有莘栗藂生大如杼一作杏子中仁一作人皮子形色與栗無異也但差小耳又有奧栗

〖疏〗榛，栗屬。有兩種：其一種之皮、葉皆如栗，其子小，形似杼子，味亦如栗，所謂“樹之榛栗”者也；其一種枝葉如木蓼，生高丈餘，作胡桃味，遼東、上黨皆饒。“山有榛”之榛，枝葉似栗樹，子似橡子，味似栗，枝莖可以爲燭。五方皆有栗，周、秦、吳、揚特饒，吳越被城表裏皆栗，唯漁陽、范陽栗甜美長味，一作“味長”。他方者悉不及也。倭、韓國諸島上栗，大如雞子，亦短味不美。桂陽有莘栗，藂生，大如杼一作“杏”。子，中仁一作“人”。皮子形色，與栗無異也，但差小耳。又有奧栗，

皆與栗同子圓而細或云即莘也今此一本多色字惟江湖有之又有茅栗佳栗其實更小而木與栗不殊但春生夏花秋實冬枯爲異耳

【榛】周禮籩人云饋食之籩其實榛說文云亲果實如小栗榛木也曲禮云婦人之摯椇榛脯修棗栗埤雅榛似梓實如小栗栗屬也先王以爲女摯賦云榛栗鏬發江南有小栗謂之芧栗讀芧爲茅誤也莊子曰狙公賦芧朝三而暮四衆狙皆怒芧小栗也爾雅翼榛枝莖如木蓼葉如

皆與栗同，子圓而細，或云即莘也。今此一本多"色"字。惟江湖有之，又有茅栗、佳栗，其實更小，而木與栗不殊，但春生、夏花、秋實、冬枯爲異耳。

〖廣要〗【榛】《周禮·籩人》云："饋食之籩，其實榛。"《説文》云："亲，果實如小栗。榛，木也。"《曲禮》云："婦人之摯，椇、榛、脯、修、棗、栗。"《埤雅》："榛似梓，實如小栗，栗屬也。先王以爲女摯。賦云：'榛栗鏬發。'江南有小栗，謂之芧栗，讀芧爲茅，誤也。《莊子》曰：'狙公賦芧，朝三而暮四，衆狙皆怒。'芧，小栗也。"《爾雅翼》："榛，枝莖如木蓼，葉如

牛李色高丈餘子如小栗其核中悉如李生則
胡桃味膏燭又美亦可食噉漁陽遼代上黨皆
饒鄭注禮曰榛似栗而小關中鄜坊甚多然則
其字從秦葢此意也左傳曰女贄不過榛栗棗
修以告虔也稱告虔者榛有臻至之義栗有戰
栗之義棗有早作之義修有修飾之義皆以其
名告巳之虔恭也又一種大小枝葉皆如栗其
子形如杍子味亦如栗所謂樹之榛栗者其下
云爰伐琴瑟是大木非榛楛之榛至女贄則宜

牛李色，高丈餘，子如小栗，其核中悉如李，生則胡桃味，膏燭又美，亦可食噉。漁陽、遼、代、上黨皆饒。鄭注《禮》曰：‘榛似栗而小，關中鄜坊甚多。’然則其字從秦，蓋此意也。《左傳》曰：‘女贄不過榛、栗、棗、修，以告虔也。’稱告虔者，榛有臻至之義，栗有戰栗之義，棗有早作之義，修有修飭之義，皆以其名告己之虔恭也。又一種：大小枝葉皆如栗，其子形如杼子，味亦如栗，所謂‘樹之榛栗’者；其下云‘爰伐琴瑟’，是大木，非‘榛楛’之榛。至女贄則宜，兩者皆可用。”《通志》:“榛有三四種，桌類也，似桌而小，正圓。”

【栗】《大戴禮》云:“八月栗零。零也者，降也，零而後取之，故不言剥也。”《周禮·天官》云:“饋食之籩，其實栗。”《禮記·内則》云:“栗曰撰之。” 疏云:“栗，蟲好食。數數布陳，撰省視之。”《本草》註云:“栗作粉，勝于菱芡。” 蜀本云:“樹高二三丈，葉似櫟，花青黄色，似胡桃。”《圖經》云:“兖州、宣州者最勝。實有房，彙若拳，中子三五。小者若桃李，中子惟一二。將熟，則罅拆子出。凡栗之類甚多詩云樹之莘栗莘音臻栗房當心一子謂之栗楔治血尤効陳士良云栗有數種其性一類三顆一毬其中者栗榍也理筋骨風痛衍義曰湖北路有一種栗頂圓末尖謂之旋栗西京雜記上林苑有侯栗瑰栗魁栗榛栗嶧陽栗嶧陽都尉曹龍所獻大如拳埤雅云栗味鹹北方之果也有莍蝟自裹東觀書曰栗駭蓬轉蓋今栗房秋熟罅發其實驚躍如暴去根榦甚遠所謂栗駭也相法曰白如截肪黃如烝栗

栗之類甚多，《詩》云‘樹之莘栗’。莘音臻。栗房當心一子，謂之栗楔，治血尤効。”陳士良云：“栗有數種，其性一類，三顆一毬。其中者，栗榍也，理筋骨風痛。”《衍義》曰：“湖北路有一種栗，頂圓末尖，謂之旋栗。”《西京雜記》：“上林苑有侯栗、瑰栗、魁栗、榛栗、嶧陽栗。嶧陽都尉曹龍所獻，大如拳。”《埤雅》云：“栗，味鹹，北方之果也。有莍蝟自裹。《東觀書》曰‘栗駭蓬轉’，蓋今栗房秋熟罅發，其實驚躍如暴，去根榦甚遠，所謂栗駭也。《相法》曰：‘白如截肪，黃如烝栗。’

今黃玉謂之栗玉義葢取此爾雅翼栗其實下
垂故從卤卤者草木實垂卤卤然葢象形也古
文㮚從西從二卤徐巡說木至西方戰㮚言木
則凡木皆然而栗至罅發之時將墜不墜尤有
戰㮚之象故天子五社西社植栗而宰我對栗
社之義亦以爲使民戰栗也栗之生極謹密三
顆爲房其房爲蝟毛其中顆褊者號爲栗楔尤
益人大率栗味鹹性溫而宜於腎有患足弱者
坐栗木下多食之至能起行其質縝密故稱玉

今黃玉謂之栗玉，義蓋取此。”《爾雅翼》：“栗，其實下垂，故從卤。卤者，草木實垂卤卤然，蓋象形也。古文㮚從西，從二卤。徐巡說：‘木至西方戰㮚。’言木，則凡木皆然，而栗至罅發之時，將墜不墜，尤有戰㮚之象，故天子五社，西社植栗，而宰我對栗社之義，亦以爲使民戰栗也。栗之生極謹密，三顆爲房，其房爲蝟毛，其中顆褊者，號爲栗楔，尤益人。大率栗味鹹，性温而宜於腎。有患足弱者，坐栗木下，多食之，至能起行。其質縝密，故稱玉

質縝密以栗秦風阪有漆隰有栗燕秦千樹栗
是其出處也秦饑應侯請發五苑之果蔬橡棗
栗以活民昭王不許范子計然曰栗出三輔詩
又云山有嘉卉侯栗侯梅侯助辭也西京雜記
稱漢上林苑中有侯栗又有侯梅此吳均之語
不可取信廣要云有石栗其樹與栗同俱生於
山石罅中花開三年方結實其殼厚而肉少其
味似胡桃熟時或爲羣鸚鵡所啄故彼人極珍
貴之出日南又頻婆子者其實紅色大如肥皁

質縝密以栗。《秦風》‘阪有漆，隰有栗’，‘燕秦千樹栗’，是其出處也。秦饑，應侯請發五苑之果蔬、橡、棗、栗以活民，昭王不許。范子《計然》曰：‘栗出三輔。’《詩》又云：‘山有嘉卉，侯栗侯梅。’侯，助辭也。《西京雜記》稱漢上林苑中有侯栗，又有侯梅。此吳均之語，不可取信。”《廣要》云：“有石栗，其樹與栗同，俱生於山石罅中。花開三年方結實，其殼厚而肉少，其味似胡桃。熟時或爲羣鸚鵡所啄，故彼人極珍貴之。出日南。又頻婆子者，其實紅色，大如肥皁，

核如栗煨熟食之味與栗無異
按許愼以亲爲榛張揖又云辛桌也圖經陸疏
又以莘爲栗之一種可見草木形狀相似者其
名亦易相亂但亲字從辛從木責辛切音臻而
廣雅作辛失木字本草及元恪諸家作莘從艸
字至于陸佃云似梓直認爲梓字點畫間毫釐
千里誤人不小何六書之學累代莫問耶
摽有梅
梅杏類也樹及葉皆如杏而黑耳曝乾爲腊置羹

毛詩陸疏廣要　卷上之下　汲古閣

核如栗。煨熟食之，味與栗無異。”

按：許慎以亲爲榛，張揖又云“辛，桌也”，《圖經》、陸疏又以莘爲栗之一種，可見草木形狀相似者，其名亦易相亂。但亲字從辛，從木，責辛切，音臻。而《廣雅》作辛，失木字。《本草》及元恪諸家作莘，從艸字。至于陸佃云“似梓”，直認爲梓字。點畫間毫釐千里，誤人不小，何六書之學，累代莫問耶？

73. 摽有梅

〖疏〗梅，杏類也，樹及葉皆如杏而黑耳。曝乾爲腊，置羹

耀蠶中又可含以香口
夏小正云正月梅杏杝桃則華五月煑梅爲豆
實郭璞云似杏實酢陸佃云梅在果子華中尤
香俗云梅花優于香桃花優于色故天下之美
有不得而兼者多矣女失婚姻之時則感巳之
不如故詩人以摽有梅興焉又詩曰墓門有梅
有鴞萃止言墓門之隧既非梅之所宜生而鴞
食葚而甘非梅之所能養猶之陳佗無良師傅
養成其質以至于不義也今江湘二浙四五月

耀蠶中，又可含以香口。

〖廣要〗《夏小正》云："正月，梅、杏、杝桃則華。五月，煑梅爲豆實。"郭璞云："似杏，實酢。"陸佃云："梅在果子華中尤香，俗云：梅花優于香，桃花優于色。故天下之美，有不得而兼者多矣。女失婚姻之時，則感已之不如，故詩人以'摽有梅'興焉。又《詩》曰'墓門有梅，有鴞萃止'，言墓門之隧，既非梅之所宜生，而鴞食葚而甘，非梅之所能養。猶之陳佗無良師傅養成其質，以至于不義也。今江湘二浙，四五月

之間梅欲黃落則水潤土溽礎壁皆汗蒸鬱成
雨其霏如霧謂之梅雨沾衣服皆敗黦故自江
以南三月雨謂之迎梅五月雨謂之送梅傳曰
五月有落梅風江淮以爲信風亦花信風之類
賈思勰曰梅花早而白杏花晚而紅梅實小而
酸杏實大而甜梅可以調鼎杏則不任此用世
人或不能辨言梅杏爲一物此則北人不識梅
也書曰若作和羹爾惟鹽梅七命云燀以秋橙
酤以春梅正以春梅者實尚青味酢故也舊說

之間，梅欲黃落，則水潤土溽，礎壁皆汗，蒸鬱成雨，其霏如霧，謂之梅雨，沾衣服皆敗黦。故自江以南，三月雨謂之迎梅，五月雨謂之送梅。傳曰‘五月有落梅風，江淮以爲信風’，亦花信風之類。賈思勰曰：‘梅花早而白，杏花晚而紅；梅實小而酸，杏實大而甜；梅可以調鼎，杏則不任此用。世人或不能辨，言梅、杏爲一物，此則北人不識梅也。’《書》曰：‘若作和羹，爾惟鹽梅。’《七命》云：‘燀以秋橙，酤以春梅。’正以春梅者，實尚青，味酢故也。舊說

大庾嶺上梅南枝已落北枝始花羅願云梅先
春而花其實亦早古者以梅實荐饋食之籩所
謂乾橑是也蜀志曰蜀名梅爲橑大如雁子禮
記疏云橑爲乾梅說苑曰越使諸發執一枝梅
遺梁王魏文帝與軍士失道大渴而無水遂下
令曰前有梅林結子甘酸可以止渴西京雜記
云漢初修上林苑羣臣各獻名果有朱梅紫花
梅紫蔕梅同心梅丽枝梅燕梅侯梅范石湖云
梅天下尤物無問智賢愚不肖莫敢有異議

大庾嶺上梅，南枝已落，北枝始花。”羅願云：“梅，先春而花，其實亦早。古者以梅實荐饋食之籩，所謂‘乾橑’是也。《蜀志》曰：‘蜀名梅爲橑，大如雁子。’《禮記》疏云：‘橑爲乾梅。’[1]《説苑》曰：‘越使諸發執一枝梅遺梁王。’”魏文帝與軍士失道，大渴而無水，遂下令曰：“前有梅林，結子甘酸，可以止渴。”[2]《西京雜記》云：“漢初修上林苑，羣臣各獻名果。有朱梅、紫花梅、紫蔕梅、同心梅、麗枝梅、燕梅、侯梅。”范石湖云：“梅，天下尤物，無問智賢愚不肖，莫敢有異議。”

1 按：《爾雅翼》“梅”條云：“《籩人》八籩，而棗、栗、桃、乾橑、榛實僅五物，故鄭氏解引《内則》‘桃諸、梅諸’以爲證。疏者從而廣之曰：橑爲乾梅……”知《爾雅翼》所謂“疏者”蓋指賈公彦《周禮疏》，此所謂“《禮記》疏”云云，蓋爲毛氏誤讀。

2 按：“魏文帝”至“可以止渴”，原見《證類本草》“梅”條。

按爾雅凡三釋梅俱非吳下佳品一云梅枏葢交讓木也一云時英梅葢雀梅似梅而小者也一云杬繫梅葢杬樹狀如梅子似小柰者也銕脚道人和雪噍之寒香沁入肺腑者廼是摽有梅之梅爾雅獨未有釋文眞一欠事范文穆公譜中所列種類甚多不能具載但綠蕚梅紅梅蠟梅不可不辨至如梅龍盤園之奇古及重陽日錢塘江上折梅花觴詠有橫枝對菊開之句堪與廣平一賦竝傳

按:《爾雅》凡三釋梅，俱非吴下佳品。一云“梅，柟”，蓋交讓木也；一云“時，英梅”，蓋雀梅似梅而小者也；一云“杬，繫梅”，蓋杬樹狀如梅，子似小柰者也。銕脚道人和雪嚥之，寒香沁入肺腑者，迺是“摽有梅”之梅。《爾雅》獨未有釋文，真一欠事。范文穆公《譜》中所列種類甚多，不能具載。但緑蕚梅、紅梅、蠟梅不可不辨，至如梅龍、盤園之奇古，及重陽日錢塘江上折梅花，觴詠有“横枝對菊開”之句，堪與廣平一賦竝傳。

蔽芾甘棠

甘棠今棠棃一名杜棃赤棠也與白棠同耳但子有赤白美惡子白色爲白棠甘棠也少酢滑美赤棠子澁而酢無味俗語云澀如杜是也赤棠木理韧亦可以作弓幹

爾雅云杜赤棠白者棠郭云棠色異異其名樊光云赤者爲杜白者爲棠爾雅又云杜甘棠邢疏曰郭云今之杜棃舍人曰杜赤色名赤棠白者亦名棠然則其白者名棠其赤者爲杜棠爲

74. 蔽芾甘棠

〖疏〗甘棠，今棠棃，一名杜棃，赤棠也，與白棠同耳，但子有赤白美惡。子白色爲白棠，甘棠也，少酢，滑美。赤棠子，澁而酢，無味，俗語云“澀如杜”，是也。赤棠木理韧，亦可以作弓幹。

〖廣要〗《爾雅》云:“杜，赤棠；白者，棠。”郭云:“棠色異，異其名。”樊光云:“赤者爲杜，白者爲棠。”《爾雅》又云:“杜，甘棠。”邢疏曰:“郭云:‘今之杜棃。’舍人曰:‘杜，赤色，名赤棠。白者亦名棠。’然則其白者名棠，其赤者爲杜，棠爲

甘棠杜爲赤棠詩召南云蔽芾甘棠唐風云有
杕之杜傳云杜赤棠是也鄭註云北人謂之杜
梨南人謂之棠梨埤雅云字說詩言蔽芾甘棠
以杜之美言有杕之杜以棠之惡孔子曰吾于
甘棠見宗廟之敬也劉歆廟議以爲思其人尚
愛其木況宗其道而毀其廟乎爾雅翼云每梨
有十餘子唯一子生梨餘者生杜孫楚云梨有
用爲貴杜無用爲賤括地志召伯廟在洛州壽
安縣西北五里召伯聽訟甘棠之下周人思之

甘棠，杜爲赤棠。《詩・召南》云‘蔽芾甘棠’，《唐風》云‘有杕之杜’，傳云‘杜，赤棠’，是也。”鄭註云:“北人謂之杜梨，南人謂之棠梨。”《埤雅》云:“《字説》:‘《詩》言蔽芾甘棠，以杜之美；言有杕之杜，以棠之惡。’孔子曰:‘吾于《甘棠》，見宗廟之敬也。’劉歆《廟議》以爲:‘思其人尚愛其木，況宗其道而毁其廟乎？’”《爾雅翼》云:“每梨有十餘子，唯一子生梨，餘者生杜。”孫楚云:“梨有用爲貴，杜無用爲賤。”《括地志》:“召伯廟在洛州壽安縣西北五里。召伯聽訟甘棠之下，周人思之，

不伐其樹後人懷其德因立廟有棠在九曲城東阜上通志云梨之類多杜甘棠謂之棠梨其花謂之海棠花其實謂之海紅子

按樊光云白者爲棠赤者爲杜陸氏以爲白者甘赤者澀則確乎棠美而杜惡矣字說相反之極豈因爾雅杜甘棠之說誤之耶或棠杜其總名但以赤白爲美惡耳

唐棣之華

唐棣奥李也一名雀梅亦曰車下李所在山中皆

不伐其樹，後人懷其德，因立廟。有棠在九曲城東阜上。”《通志》云：“梨之類多。‘杜，甘棠’，謂之棠梨，其花謂之海棠花，其實謂之海紅子。”

按：樊光云“白者爲棠，赤者爲杜”，陸氏以爲白者甘，赤者澀，則確乎棠美而杜惡矣。《字説》相反之極，豈因《爾雅》“杜，甘棠”之説誤之耶？或棠、杜其總名，但以赤白爲美惡耳。

75. 唐棣之華

〖疏〗唐棣，奥李也，一名雀梅，亦曰車下李，所在山中皆

有其花或白或赤六月中熟一作成實大如李子
可食
爾雅云唐棣栘郭註似白楊江東呼夫栘栘音
移鄭註栘楊也亦名扶栘似白楊埤雅唐棣一
名栘其華反而後合詩曰唐棣之華偏其反而
豈不爾思室是遠而子曰未之思也夫何遠之
有此詩三百所以無此篇歟凡木之花皆先合
而後開惟此花先開而後合詩曰山有苞棣隰
有樹檖苞棣以況可與權之臣樹檖以況可與

有。其花或白或赤，六月中熟，一作“成實”。大如李子，可食。

〖廣要〗《爾雅》云：“唐棣，栘。”郭註：“似白楊，江東呼夫栘。栘音移。”鄭註：“栘，楊也，亦名扶栘，似白楊。”《埤雅》：“唐棣，一名栘，其華反而後合。《詩》曰：‘唐棣之華，偏其反而。豈不爾思，室是遠而。’子曰：‘未之思也，夫何遠之有！’此《詩》三百所以無此篇歟？凡木之花，皆先合而後開，惟此花先開而後合。《詩》曰：‘山有苞棣，隰有樹檖。’苞棣以況可與權之臣，樹檖以況可與

立之臣可與權者在上可與立者在下穆公之
業也又曰何彼襛矣唐棣之華何彼襛矣華如
桃李蓋棣華偏而後合桃李則皆有華之盛者
故詩以況王姬下嫁其衣之襛如此爾雅翼云
栘生江南山谷其大十數圍無風葉動華反而
後合所謂偏其反而者也又何彼襛矣之詩亦
言唐棣之華此詩以王姬車服不繫其夫築館
于外亦有反而後合之道至于執婦道以成肅
雝則若桃李之相輝蔽不終反而已也崔豹古

立之臣。可與權者在上，可與立者在下，穆公之業也。又曰:‘何彼襛矣，唐棣之華。’‘何彼襛矣，華如桃李。’蓋棣華偏而後合，桃李則皆有華之盛者，故詩以況王姬下嫁，其衣之襛如此。”《爾雅翼》云:“栘生江南山谷，其大十數圍，無風葉動，華反而後合，所謂‘偏其反而’者也。又《何彼襛矣》之詩，亦言‘唐棣之華’，此詩以王姬車服不繫其夫，築館于外，亦有反而後合之道。至于執婦道以成肅雝，則若桃李之相輝蔽，不終反而已也。崔豹《古

今註曰栘楊圓葉弱蔕微風大搖一名高飛一
名獨搖又曰栘楊一曰栘柳亦曰蒲栘而齊民
要術以高飛獨搖爲白楊之别名又本草白楊
註云取葉圓大蔕小無風自動者故說者云葉
無風自動此是栘楊非白楊也蓋白楊多悲風
又與此相類故相雜耳栘皮焚爲灰置酒中令
味正經時不敗本草云扶栘木皮味苦名物疏
云唐棣常棣是二種爾雅云唐棣栘本草謂之
扶栘木一名高飛一名獨搖爾雅又云常棣棣

今註》曰:‘移楊，圓葉弱蔕，微風大摇，一名高飛，一名獨摇。又曰:移楊，一曰移柳，亦曰蒲移。’而《齊民要術》以‘高飛’‘獨摇’爲白楊之别名，又《本草》‘白楊’註云:‘取葉圓大，蔕小，無風自動者。’故説者云:‘葉無風自動，此是移楊，非白楊也。’蓋白楊多悲風，又與此相類，故相雜耳。移皮焚爲灰，置酒中，令味正，經時不敗。”《本草》云:“扶移木，皮味苦。”《名物疏》云:“唐棣、常棣是二種。《爾雅》云‘唐棣，移’，《本草》謂之扶移木，一名高飛，一名獨摇。《爾雅》又云‘常棣，棣’，

小雅所謂常棣之華也又本草郁李仁一名棣
一名雀李一名車下李七月之所謂薁也陸璣
知唐棣常棣各一種却不當以名奧李車下李
五月成實者爲唐棣故孔仲達七月疏俱不明
了本草註于郁李仁下既引陸氏釋常棣之文
圖經又引釋唐棣之文而常唐二字俱作棠混
之甚矣唐棣自是楊類雖得棣名而實非棣也
惟鄭漁仲分析甚當朱子論語註云唐棣郁李
也亦陸璣誤之與

《小雅》所謂‘常棣之華’也。又《本草》郁李仁，一名棣，一名雀李，一名車下李，《七月》之所謂薁也。陸璣知唐棣、常棣各一種，却不當以名奧李、車下李五月成實者爲唐棣。故孔仲達《七月》疏俱不明了。《本草》註于‘郁李仁’下，既引陸氏釋常棣之文，《圖經》又引釋唐棣之文，而常、唐二字俱作棠，混之甚矣。唐棣自是楊類，雖得棣名，而實非棣也。惟鄭漁仲分析甚當。朱子《論語》註云：‘唐棣，郁李也。’亦陸璣誤之與？”

按鄭漁仲云郁李曰壽李曰車下李曰棣常棣
詩云常棣之花鄂不韡韡據此說則直認常棣
爲唐棣矣何云漁仲分析甚當

隰有樹檖

檖一名赤羅一作蘿一名山梨今人謂之楊檖其
實如梨但實甘小異耳一名鹿梨一名鼠梨齊郡
廣饒縣堯山魯國河內共北山中有今人亦種之
極有脃美者亦如梨之美者

爾雅云檖蘿郭註云今楊檖也實似梨而小酢

按：鄭漁仲云："郁李，曰壽李，曰車下李，曰棣。《常棣》詩云：'常棣之花，鄂不韡韡。'"據此説，則直認常棣爲唐棣矣，何云"漁仲分析甚當"？

76. 隰有樹檖

〖疏〗檖，一名赤羅，一作"蘿"。一名山梨，今人謂之楊檖。其實如梨，但實甘，小異耳。一名鹿梨，一名鼠梨。齊郡廣饒縣、堯山、魯國、河内共北山中有，今人亦種之，極有脃美者，亦如梨之美者。

〖廣要〗《爾雅》云："檖，蘿。"郭註云："今楊檖也，實似梨而小，酢

可食鄭註云山梨也埤雅云檖一名羅其文細
密如羅故曰羅也又有白者赤羅文棶白羅文
緌雖皆所謂文木然而赤羅爲上秦詩初曰晨
風卒曰樹檖者言人君所以用賢之道始於能
致之終於能立之棶謂之綾杉謂之紗檖謂之
羅羅亦有華者俗謂之羅錦羅錦猶言杉錦棶
綾也羅錦明杉錦暗今虜人有棶綾器其文如
綾綺狀又下於杉錦矣
南山有枸 南山舊刻北山

可食。”鄭註云：“山梨也。”《埤雅》云：“檖，一名羅，其文細密如羅，故曰羅也。又有白者。赤羅文棶，白羅文緌，雖皆所謂文木，然而赤羅爲上。《秦詩》初曰‘晨風’，卒曰‘樹檖’者，言人君所以用賢之道，始於能致之，終於能立之。棶謂之綾，杉謂之紗，檖謂之羅，羅亦有華者，俗謂之羅錦。羅錦，猶言杉錦棶綾也。羅錦明，杉錦暗，今虜人有棶綾器，其文如綾綺狀，又下於杉錦矣。”

77. 南山有枸 “南山”舊刻“北山”。

枸樹山木其狀如櫨一名枸骨高大如白楊所在
山中皆有理白可爲函板枝柯不直子著枝端大
如指長數寸噉之甘美如飴八九月熟江南特美
今官園種之謂之木蜜古語云枳枸來巢言其味
甘故飛鳥慕而巢之本從南方來能令酒味薄若
以爲屋柱則一屋之酒皆薄
宋玉賦曰枳枸來巢謂枸木多枝而曲所以來
巢也本草枳椇一名木蜜以木爲屋屋中酒則
味薄註云昔有南人修舍用此木悞有一片落

〖疏〗枸樹，山木，其狀如櫨，一名枸骨。高大如白楊，所在山中皆有，理白可爲函板。枝柯不直，子著枝端，大如指，長數寸，噉之甘美如飴。八九月熟，江南特美。今官園種之，謂之木蜜。古語云“枳枸來巢”，言其味甘，故飛鳥慕而巢之。本從南方來，能令酒味薄，若以爲屋柱，則一屋之酒皆薄。

〖廣要〗宋玉賦曰“枳枸來巢”，謂枸木多枝而曲，所以來巢也。[1]《本草》:“枳椇，一名木蜜。以木爲屋，屋中酒則味薄。”註云:“昔有南人修舍，用此木，悞有一片落

1 按:“宋玉賦”至“所以來巢也”一段，見《毛詩正義》。

毛詩陸疏廣要　卷上之下　四十五　汲古閣

在酒甕中其酒化爲水味唐本註云其樹徑尺木名白石葉如桑柘其子作房似珊瑚核在其端埤雅云椇木高大似白楊子依房生著枝端大如指長數寸噉之甘味如飴今俗謂之枅栱古今註一名樹蜜一名木錫實形卷曲核在實外一名白石白實木石木實爾雅翼古者人君燕食所加庶羞凡三十一物椇其一也又婦人之贄椇榛棗栗荆楚之俗亦鹽藏荷裹以爲冬儲今不以爲重賤者食之而已明堂位四代之

在酒甕中，其酒化爲水味。” 唐本註云：“其樹徑尺，木名白石，葉如桑柘，其子作房，似珊瑚核在其端。”《埤雅》云：“椇木高大，似白楊。子依房生，著枝端，大如指，長數寸，噉之甘味如飴。今俗謂之枅栱。”《古今註》：“一名樹蜜，一名木錫。實形卷曲，核在實外。一名白石、白實、木石、木實。”《爾雅翼》：“古者人君燕食，所加庶羞凡三十一物，椇其一也。又婦人之贄，椇、榛、棗、栗。荆楚之俗，亦鹽藏荷裹以爲冬儲。今不以爲重，賤者食之而已。《明堂位》四代之

俎商以椇蓋俎足橫木爲曲撓之形如椇枳之
枝也今人謂之枅枸又謂之蜜曲錄荀子枸木
必待檃括烝矯然後直廣志云葉似蒲柳子十
一月熟樹乾者益美或云果名一名白石李通
志枳椇蜀人謂之枸詩緝云疏引宋玉賦枳椇
來巢以證毛說然風賦字作枳句李善註云橘
踰淮爲枳句曲也句音溝非毛義也

顏如舜華

舜一名木槿一名櫬一名曰椵齊魯之間謂之王

俎，商以椇，蓋俎足橫木爲曲撓之形，如椇枳之枝也。今人謂之枅枸，又謂之蜜曲録。”《荀子》:“枸木必待檃括烝矯然後直。”《廣志》云:“葉似蒲柳子，十一月熟，樹乾者益美。” 或云：果名，一名白石李。《通志》:“枳椇，蜀人謂之枸。”《詩緝》云:“疏引宋玉賦‘枳椇來巢’以證毛説，然《風賦》字作‘枳句’，李善註云:‘橘踰淮爲枳。句，曲也。句音溝。’非毛義也。”

78. 顏如舜華

〖疏〗舜，一名木槿，一名櫬，一名曰椵，齊魯之間謂之王

蒸今朝生莫落者是也五月始花故月令仲夏木槿榮
爾雅釋草云椴木槿櫬木槿郭註云似李樹華朝生夕隕可食或呼日及一曰王蒸鄭註云卽朝生莫落花也今亦謂之木槿一名椴一名櫬一名王蒸一名舜華埤雅云華如葵朝生夕隕一名舜蓋瞬之義取諸此詩曰顏如舜華又曰顏如舜英言不可與久也蓋榮而不實者謂之英人物志曰草之精秀者爲英獸之將羣者爲

蒸，今朝生莫落者是也。五月始花，故《月令》仲夏“木槿榮”。

〖廣要〗《爾雅·釋草》云：“椴，木槿；櫬，木槿。”郭註云：“似李樹，華朝生夕隕，可食。或呼日及，一曰王蒸。”鄭註云：“卽朝生莫落花也，今亦謂之木槿，一名椴，一名櫬，一名王蒸，一名舜華。”《埤雅》云：“華如葵，朝生夕隕，一名舜，蓋瞬之義取諸此。《詩》曰‘顏如舜華’，又曰‘顏如舜英’，言不可與久也。蓋榮而不實者謂之英。《人物志》曰：‘草之精秀者爲英，獸之將羣者爲

雄張良是英韓信是雄篤論曰日給之華似柰
柰實而日給虛虛僞之與眞實相似也通志云
爾雅入草例者樊光云其花朝生莫落與草同
气故在草中今人謂之朝生莫落人多植庭院
間唐人詩云世事方看木槿榮言可愛易凋也
亦可作籬故謂之槿籬傅玄云蕣花麗木也或
謂之洽容或謂之愛老成公綏云日及華甚鮮
茂榮于孟夏訖于孟秋廣雅云一名朱槿一名
赤槿爾雅翼云抱朴子曰夫木槿楊柳斷植之

雄。張良是英，韓信是雄。’《篤論》曰：‘日給之華似柰，柰實而日給虛，虛僞之與真實相似也。’”《通志》云：“《爾雅》入草例者，樊光云：‘其花朝生莫落，與草同气，故在草中。’今人謂之朝生莫落，人多植庭院間。唐人詩云‘世事方看木槿榮’，言可愛易凋也。亦可作籬，故謂之槿籬。”傅玄云：“蕣花，麗木也。或謂之洽容，或謂之愛老。”成公綏云：“日及華甚鮮茂，榮于孟夏，訖于孟秋。”《廣雅》云：“一名朱槿，一名赤槿。”《爾雅翼》云：“《抱朴子》曰：‘夫木槿、楊柳，斷植之

更生倒之亦生橫之亦生生之易者莫過斯木
也仲夏應陰而榮月令取之以爲候其花朝開
莫落或呼爲日及陸機賦云如日及之在條常
雖及而不悞潘尼云朝菌者詩人以爲舜華莊
生以爲朝菌詩曰有女同車顏如舜華又曰顏
如舜英舜蓋華之茂者又枝葉相當有同車之
象亦如舜朝開日莫落少過時則後之矣太子
忽當有功于齊之時可以取齊女于是時而不
取則若日及之不可待矣木槿作飲令人得瞑

更生，倒之亦生，横之亦生，生之易者莫過斯木也。’仲夏應陰而榮，《月令》取之以爲候。其花朝開莫落，或呼爲日及。陸機賦云：‘如日及之在條，常雖及而不悞。’潘尼云：‘朝菌者，詩人以爲舜華，莊生以爲朝菌。’《詩》曰‘有女同車，顏如舜華’，又曰‘顏如舜英’。舜蓋華之茂者，又枝葉相當，有同車之象，亦如舜朝開日莫落，少過時則後之矣。太子忽當有功于齊之時，可以取齊女，于是時而不取，則若日及之不可待矣。木槿作飲，令人得瞑，

與楡同功其花用作湯代茗可以治風然茗令
人不睡木槿令人睡爲異爾本草衍義云木槿
如小葵花淡紅色五葉成一花朝開莫斂花與
枝兩用湖南北人家多植爲籬障傅咸賦云應
青春而敷蘂逮朱夏而誕英布夭夭之纖枝發
灼灼之殊榮紅葩紫蔕翠葉素莖含暉吐曜爛
若列星

采荼薪樗

樗樹及皮皆似漆青色耳其葉臭

毛詩陸疏廣要　卷上之下　汲古閣

與楡同功。其花用作湯代茗，可以治風，然茗令人不睡，木槿令人睡爲異爾。”《本草衍義》云：“木槿如小葵花，淡紅色，五葉成一花，朝開莫斂，花與枝兩用。湖南北人家多植爲籬障。”傅咸賦云：“應青春而敷蘂，逮朱夏而誕英。布夭夭之纖枝，發灼灼之殊榮。紅葩紫蔕，翠葉素莖。含暉吐曜，爛若列星。”

79. 采荼薪樗

〖疏〗樗樹及皮皆似漆，青色耳，其葉臭。

本草樗木根葉尤良唐本註云二樹形相似樗木疎椿木實爲别也蕭炳云樗俗呼爲虎眼樹本經椿木殊不相似圖經云椿樗二木形榦大抵相類但椿實而葉香可啖樗木疎而氣臭膳夫亦能熬去其氣北人呼樗爲山椿江東人呼爲鬼目葉脱處有痕如樗蒲子又如眼目故得此名其木最爲無用莊子所謂吾有大木人謂之樗其本擁腫不中繩墨小枝曲拳不中規矩立于途匠者不顧是也俗語云樗樗栲漆相似

〖廣要〗《本草》:"樗木根葉尤良。" 唐本註云:"二樹形相似,樗木疎,椿木實,爲别也。" 蕭炳云:"樗,俗呼爲虎眼樹,《本經》椿木殊不相似。"《圖經》云:"椿、樗二木形榦大抵相類,但椿實而葉香可啖,樗木疎而氣臭,膳夫亦能熬去其氣。北人呼樗爲山椿,江東人呼爲鬼目葉脱處有痕,如樗蒲子,又如眼目,故得此名。其木最爲無用,《莊子》所謂'吾有大木,人謂之樗,其本擁腫不中繩墨,小枝曲拳,不中規矩,立于途,匠者不顧',是也。俗語云:'㯹、樗、栲、漆,相似

如一衍義云世以無花不實木身大其榦端直
者爲椿椿用木葉其有花而莢木身小榦多迂
曲者爲樗樗用根葉莢故曰未見椿上有莢者
又有樗雞故知古人命名曰不言椿雞而言樗
雞者以顯有雞者爲樗無雞者爲椿

唯筍及蒲

筍竹萌也皆四月生唯巴竹筍八月九月生始出
地長數寸鬻以苦酒豉汁浸之可以就酒及食

爾雅云筍竹萌邢疏云孫炎曰竹初萌生謂之

如一。’”《衍義》云：“世以無花不實，木身大，其榦端直者，爲椿；椿用木葉。其有花而莢，木身小，榦多迂曲者，爲樗；樗用根、葉、莢。故曰‘未見椿上有莢者’。又有樗雞，故知古人命名，曰不言椿雞而言樗雞者，以顯有雞者爲樗，無雞者爲椿。”

80. 唯筍及蒲

〖疏〗筍，竹萌也，皆四月生，唯巴竹筍八月九月生。始出地，長數寸，鬻以苦酒，豉汁浸之，可以就酒及食。

〖廣要〗《爾雅》云：“筍，竹萌。”邢疏云：“孫炎曰：‘竹初萌生謂之

筍凡草木初生謂之萌筍則竹之初生者可以
爲菜殽詩大雅韓奕云其蔌維何維筍及蒲是
也爾雅又云篙箭萌郭註云萌筍屬也鄭註云
箭竹筍也通志云凡筍類惟箭筍爲美故會稽
竹箭有聞焉周禮天官醢人云箈菹鴈醢筍菹
魚醢呂覽云和之美者越駱之菌註越駱山名
菌竹筍也筍譜云竹初種根食土而下求乎母
也及擢筍冒土而上愛乎子也筍大約不過青
綠色本草木性甲乙氣蘇子瞻云竹之始生一

筍。’凡草木初生謂之萌，筍則竹之初生者，可以爲菜殽。《詩・大雅・韓奕》云‘其蔌維何，維筍及蒲’，是也。”《爾雅》又云：“篙，箭萌。”郭註云：“萌，筍屬也。”鄭註云：“箭，竹筍也。”《通志》云：“凡筍類，惟箭筍爲美，故會稽竹箭有聞焉。”《周禮・天官・醢人》云：“箈菹鴈醢，筍菹魚醢。”《吕覽》云：“和之美者，越駱之菌。”註：“越駱，山名。菌，竹筍也。”《筍譜》云：“竹初種，根食土而下，求乎母也；及擢，筍冒土而上，愛乎子也。筍大約不過青綠色。《本草》：‘木性，甲乙氣。’”蘇子瞻云：“竹之始生，一

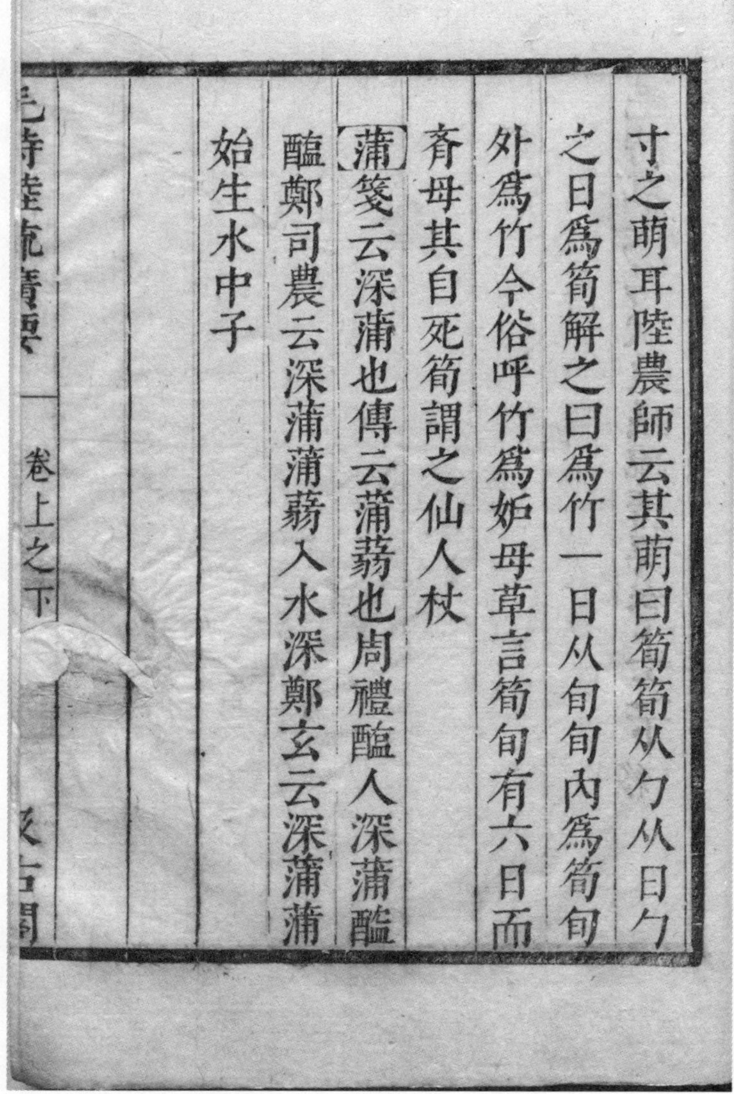

寸之萌耳陸農師云其萌曰筍筍从勹从日勹之日爲筍解之曰爲竹一曰从旬旬內爲筍旬外爲竹今俗呼竹爲妒母草言筍旬有六日而齊母其自死筍謂之仙人杖

【蒲】箋云深蒲也傳云蒲蒻也周禮醢人深蒲醢醢鄭司農云深蒲蒲蒻入水深鄭玄云深蒲蒲始生水中子

毛詩陸疏廣要　卷上之下　汲古閣

寸之萌耳。”陸農師云：“其萌曰筍，筍从勹从日，勹之日爲筍，解之日爲竹。一曰：从旬，旬内爲筍，旬外爲竹。今俗呼竹爲妒母草，言筍旬有六日而齊母。”其自死筍謂之仙人杖。[1]

【蒲】箋云：“深蒲也。”傳云：“蒲，蒻也。”《周禮·醢人》：“深蒲醢醢。”鄭司農云：“深蒲，蒲蒻入水深。”鄭玄云：“深蒲，蒲始生水中子。”

1 按：“其自死筍謂之仙人仗”句，原見《通志》。

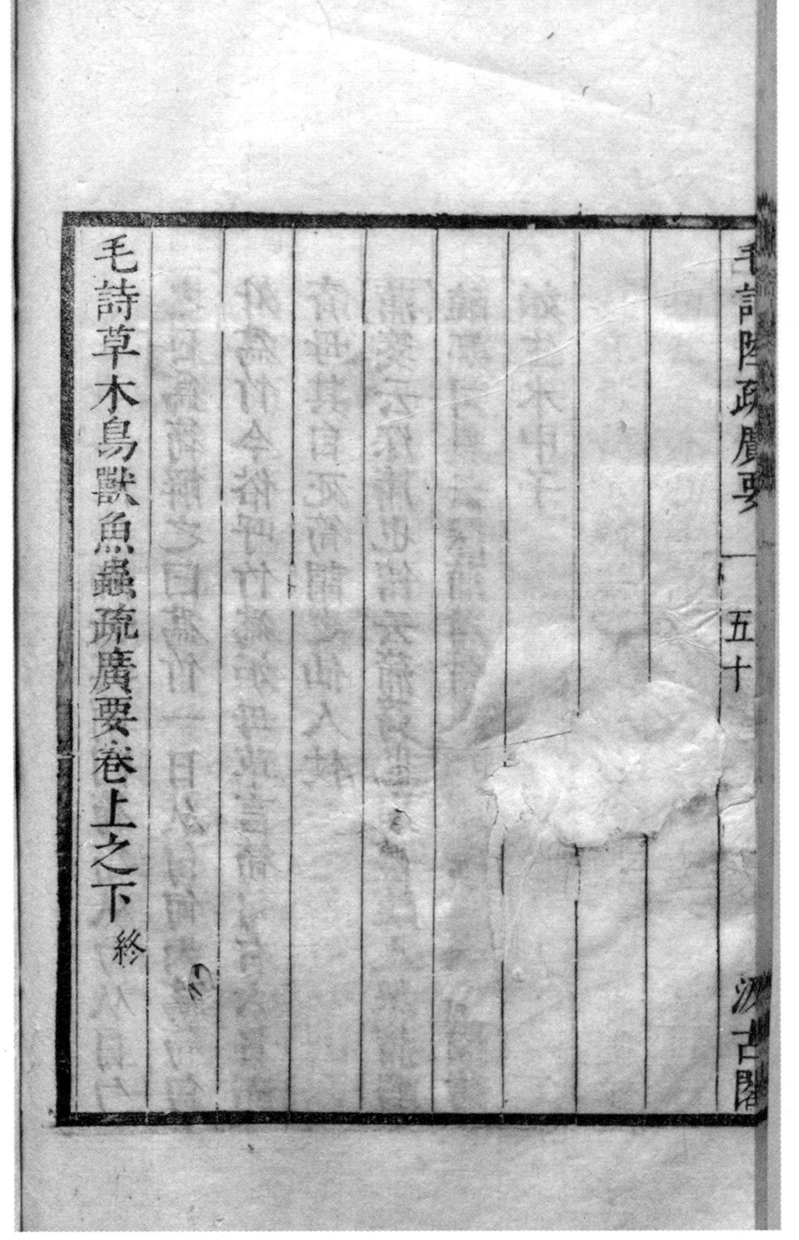

毛詩草木鳥獸[蟲]魚(蟲)[1]疏廣要卷上之下終

1"蟲魚",原作"魚蟲",前後互乙,今依全書體例改。

毛詩草木鳥獸蟲魚疏廣要卷下之上
唐　吳郡陸璣元恪　撰
明　海隅毛晉子晉　補
鳳皇于飛
鳳雄曰鳳雌曰皇其雛爲鸑鷟或曰鳳皇一名鶠
非梧桐不棲非竹實不食非醴泉不飲
大戴禮云羽蟲三百六十鳳皇爲之長禽經云
鳳雄凰雌亦曰瑞鶠亦曰鸑鷟羽族之君長也
爾雅云鶠鳳其雌皇邢疏郭云瑞應鳥雞頭蛇
毛詩陸疏廣要　卷下之上　汲古閣

毛詩草木鳥獸蟲魚疏廣要卷下之上

唐　吴郡陸璣元恪　撰

明　海隅毛晉子晉　補

81. 鳳皇于飛

〖疏〗鳳，雄曰鳳，雌曰皇，其雛爲鸑鷟。或曰：鳳皇，一名鶠。非梧桐不棲，非竹實不食，非醴泉不飲。

〖廣要〗《大戴禮》云："羽蟲三百六十，鳳皇爲之長。"《禽經》云："鳳雄凰雌，亦曰瑞鶠，亦曰鸑鷟，羽族之君長也。"《爾雅》云："鶠，鳳，其雌皇。" 邢疏："郭云：'瑞應鳥。雞頭，蛇

頸燕頷龜背魚尾五彩色高六尺許說文云神
鳥也字從鳥凡聲鳳飛則羣鳥從以萬數故鳳
古作朋字山海經曰丹穴之山有鳥焉其狀如
鶴五彩而文名曰鳳首文曰德翼文曰順背文
曰義膺文曰仁腹文曰信飲食自歌自舞京房
易傳曰鳳凰高丈二廣雅云鳳皇雄鳴曰即即
雌鳴曰足足昏鳴曰固常晨鳴曰發明晝鳴曰
保長舉鳴曰上翔集鳴曰歸昌翳鳥鸑鳥鷫鷞
鸑鷟鴰音古活切鶇音動鵕鷬昌鶡明鳳皇屬

頸，燕頷，龜背，魚尾，五彩色，高六尺許。'《説文》云：'神鳥也。字從鳥，凡聲。鳳飛則羣鳥從以萬數，故鳳古作朋字。'《山海經》曰：'丹穴之山有鳥焉，其狀如鶴，五彩而文，名曰鳳。首文曰德，翼文曰順，背文曰義，膺文曰仁，腹文曰信。飲食自歌自舞。'《京房易傳》曰：'鳳凰高丈二。'"《廣雅》云："鳳皇，雄鳴曰即即，雌鳴曰足足，昏鳴曰固常，晨鳴曰發明，晝鳴曰保長，舉鳴曰上翔，集鳴曰歸昌。翳鳥、鸑鳥、鷫鷞、鸑鷟、鴰音古活切。鶇、音動。鵕鷬、[廣][1]昌、鶡明，鳳皇屬

1"廣"字原脱，今據四庫本補。

也埤雅云鳳神鳥俗呼鳥王王文公曰鳳鳥有
文河圖有畫非人爲也舊云鳳皇其翼若干其
聲若簫不啄生蟲不折生草不羣居不旅行不
罹羅網一說乾皐斷舌則坐歌孔雀拍尾則立
舞人勝之也鸞入夜而歌鳳入朝而舞天勝之
也爾雅曰鶠鳳其雌皇鳳鳥之美者能君其類
雌則美而不大故其雌皇又龍乘雲鳳乘風故
謂之鶠鶠偃也衆鳥偃服焉爾雅翼云韓詩外
傳曰黃帝即位宇内和平惟思鳳象召天老而

也。”《埤雅》云：“鳳，神鳥，俗呼鳥王。王文公曰：‘鳳鳥有文，河圖有畫，非人爲也。’舊云：鳳皇其翼若干，其聲若簫，不啄生蟲，不折生草，不羣居，不旅行，不罹羅網。一説：乾皐斷舌則坐歌，孔雀拍尾則立舞，人勝之也；鸞入夜而歌，鳳入朝而舞，天勝之也。《爾雅》曰：‘鶠，鳳，其雌皇。’鳳鳥之美者，能君其類，雌則美而不大，故其雌皇。又龍乘雲，鳳乘風，故謂之鶠。鶠，偃也，衆鳥偃服焉。”《爾雅翼》云：“《韓詩外傳》曰：‘黃帝即位，宇内和平，惟思鳳象，召天老而

毛詩陸疏廣要　卷下之一　二　汲古閣

問之天老對曰夫鳳象鴻前而麐後蛇頸而魚尾鸛顙而鴛思龍文而龜背燕頷而雞喙五彩具揚出東方君子之國翱翔四海之外過崑崙飲底柱濯羽弱水莫宿丹穴見則天下大安寧又有六象九苞之說鴻前者軒也麐後者豐也蛇頸者宛也魚尾者岐也鸛顙者椎也鴛思者張也龍文者緻也龜背者隆也燕頷者方也雞喙者鈎也六像頭像天者圓也目像日者明也背像月者偃也翼像風者舒也足像地者方也

問之。天老對曰：夫鳳象，鴻前而麐後，蛇頸而魚尾，鸛顙而鴛思，龍文而龜背，燕頷而雞啄。'五彩具揚，出東方君子之國，翱翔四海之外，過崑崙，飲底柱，濯羽弱水，莫宿丹穴，見則天下大安寧。又有六象、九苞之説。鴻前者，軒也；麐後者，豐也；蛇頸者，宛也；魚尾者，岐也；鸛顙者，椎也；鴛思者，張也；龍文者，緻也；龜背者，隆也；燕頷者，方也；雞喙者，鈎也。六像：頭像天者，圓也；目像日者，明也；背像月者，偃也；翼像風者，舒也；足像地者，方也；

尾像緯者五色具也九苞口包命者不妄鳴也心合度者進退精也耳聽達者居高明也舌詘伸者能變聲也彩色光者文彩呈也冠矩朱者南方行也距鋭鈎者武可稱也音激揚者聲遠聞也腹文戶者不妄納也行鳴曰歸嬉止鳴曰提扶夜鳴曰善哉晨鳴曰賀世飛鳴曰郎都知我者唯黃持竹實來譯其音而附之聲也黃帝使泠綸制十二篇聽鳳鳴其雄鳴爲六雌鳴亦六比黃鍾之宮而皆可以生之是爲律本少皞

尾像緯者，五色具也。九苞：口包命者，不妄鳴也；心合度者，進退精也；耳聽達者，居高明也；舌詘伸者，能變聲也；彩色光者，文彩呈也；冠矩朱者，南方行也；距鋭鈎者，武可稱也；音激揚者，聲遠聞也；腹文户者，不妄納也。行鳴曰歸嬉，止鳴曰提扶，夜鳴曰善哉，晨鳴曰賀世，飛鳴曰郎都。知我者唯黃，持竹實來，譯其音而附之聲也。黃帝使泠綸制十二篇聽鳳鳴，其雄鳴爲六，雌鳴亦六，比黃鍾之宮，而皆可以生之，是爲律本。少皞

氏以其鳴合十二律故設鳳鳥氏之官以爲歷
正及帝舜之世作簫以象之故簫韶九成鳳凰
來儀禽經曰翟以鳴鳴鳳鳳以儀儀翟儀匹也
如衛詩實維我儀是也南思州北甘山壁立千
仞有瀑水飛下猿狖不能至鳳皇巢其上彼人
呼爲鳳皇山所食亦蟲魚遇大風雨或飄墮其
雛小者猶如鶴而足差短南人截取其觜謂之
鳳皇杯蔡衡對光武凡鳳有五多赤色者乃鳳
多黃色者鵷雛多青色者鸞多紫色者鸑鷟多

氏以其鳴合十二律，故設鳳鳥氏之官，以爲歷正。及帝舜之世，作簫以象之，故‘簫韶九成，鳳凰來儀’。《禽經》曰：‘翟以鳴鳴鳳，鳳以儀儀翟。’儀，匹也，如《衛詩》‘實維我儀’是也。南思州北甘山，壁立千仞，有瀑水飛下，猿狖不能至，鳳皇巢其上，彼人呼爲鳳皇山。所食亦蟲魚，遇大風雨或飄墮。其雛小者猶如鶴，而足差短。南人截取其觜，謂之鳳皇杯。蔡衡對光武：凡鳳有五，多赤色者乃鳳，多黃色者鵷雛，多青色者鸞，多紫色者鸑鷟，多

毛詩陸疏廣要　卷下之上　汲古閣

白色者鵠禽經亦曰青鳳謂之鶡赤鳳謂之鶉
黃鳳謂之鸞白鳳謂之鷫紫鳳謂之鷟說文亦
曰五方神鳥東方曰發明南方曰焦明西方曰
鷫鷞北方曰幽昌中央曰鳳皇則此五者皆鳳
類使不足道不至爲怪祥矣而樂協圖徵說五
鳳皆五色爲瑞者一爲孽者四鷫鷞疫之感發
明喪之感焦明水之感幽昌旱之感且既稱爲
鳳首翼背膺腹文皆合五常豈應爲孽蓋漢儒
既夸大其辭推鳳爲希世之瑞夸而無驗極而

白色者鵠。《禽經》亦曰：'青鳳謂之鶡，赤鳳謂之鶉，黃鳳謂之鸞，白鳳謂之鷫，紫鳳謂之鷟。'《說文》亦曰：'五方神鳥：東方曰發明，南方曰焦明，西方曰鷫鷞，北方曰幽昌，中央曰鳳皇。'則此五者皆鳳類，使不足道，不至爲怪祥矣。而《樂協圖徵》說五鳳皆五色，爲瑞者一，爲孽者四。鷫鷞，疫之感；發明，喪之感；焦明，水之感；幽昌，旱之感。且既稱爲鳳，首、翼、背、膺、腹文皆合五常，豈應爲孽？蓋漢儒既夸大其辭，推鳳爲希世之瑞，夸而無驗，極而

毛詩陸疏廣要　一　四　汲古閣

必反則又推之以爲孽反覆無所據皆不足取也至若漢書云凡五色大鳥似鳳者多羽蟲之孽是則異鳥之不知名者也遽可鳳之耶淮南子曰三皇鳳至於庭三代鳳至於澤德彌澆所至彌遠德彌精所至彌近左傳云鳳鳥氏司曆杜預云鳳知時故以名曆官禮運云鳳以爲畜故鳥不獝元命包云火離爲鳳運斗樞云天樞得則鳳皇翔斗威儀曰君乘土而王其政太平鳳皇集于林苑樂叶圖徵云五音克諧各得其

必反，則又推之以爲孽。反覆無所據，皆不足取也。至若《漢書》云‘凡五色大鳥似鳳者，多羽蟲之孽’，是則異鳥之不知名者也，遽可鳳之耶？《淮南子》曰：‘三皇鳳至於庭，三代鳳至於澤。德彌澆，所至彌遠；德彌精，所至彌近。’”《左傳》云：“鳳鳥氏司曆。”杜預云：“鳳知時，故以名曆官。”《禮運》云：“鳳以爲畜，故鳥不獝。”《元命包》云：“火離爲鳳。”《運斗樞》云：“天樞得則鳳皇翔。”《斗威儀》曰：“君乘土而王，其政太平，鳳皇集于林苑。”《樂叶圖徵》云：“五音克諧，各得其

倫則鳳皇至動聲儀云鎮星不逆行則鳳皇至
帝王世紀云國安其主好文則鳳皇翔莊子云
鳳帶聖攖仁左智右賢瑞應圖云鳳皇仁鳥王
者不刳胎剖卵則至

鶴鳴于九皋

鶴形狀大如鵝長脚青黑高三尺餘赤頂赤目喙
長四寸餘多純白亦有蒼色蒼色者人謂之赤頰
常夜半鳴淮南子亦云雞知將旦鶴知夜半其鳴
高亮聞八九里雌者聲差下今吳人園囿中及士

倫，則鳳皇至。”《動聲儀》云：“鎮星不逆行則鳳皇至。”《帝王世紀》云：“國安，其主好文，則鳳皇翔。”《莊子》云：“鳳帶聖攖仁，左智右賢。”《瑞應圖》云：“鳳皇，仁鳥，王者不刳胎剖卵則至。”

82. 鶴鳴于九皋

〖疏〗鶴，形狀大如鵝，長脚青黑，高三尺餘，赤頂赤目，喙長四寸餘。多純白，亦有蒼色。蒼色者，人謂之赤頰，常夜半鳴。《淮南子》亦云：“雞知將旦，鶴知夜半。”其鳴高亮，聞八九里，雌者聲差下。今吳人園囿中及士

大夫家皆養之雞鳴時亦鳴
浮丘伯相鶴經云鶴者陽鳥也而遊於陰因金
氣依火精以自養金數九火數七故稟其純陽
也生二年子毛落而黑毛易三年頂赤爲羽翮
其七年小變而飛薄雲漢復七年聲應節而晝
夜十二時鳴鳴則中律百六十年大變而不食
生物故大毛落而茸毛生乃潔白如雪故泥水
不能汚或即純黑而緇盡成膏矣復百六十年
變止而雌雄相視目睛不轉則有孕千六百年

大夫家皆養之，雞鳴時亦鳴。

〖廣要〗浮丘伯《相鶴經》云："鶴者，陽鳥也，而遊於陰。因金氣依火精以自養，金數九，火數七，故稟其純陽也。生二年，子毛落而黑毛易。三年，頂赤，爲羽翮。其七年，小變而飛薄雲漢。復七年，聲應節而晝夜十二時鳴，鳴則中律。百六十年，大變而不食生物，故大毛落而茸毛生，乃潔白如雪，故泥水不能污，或即純黑而緇，盡成膏矣。復百六十年，變止，而雌雄相視，目睛不轉，則有孕。千六百年，

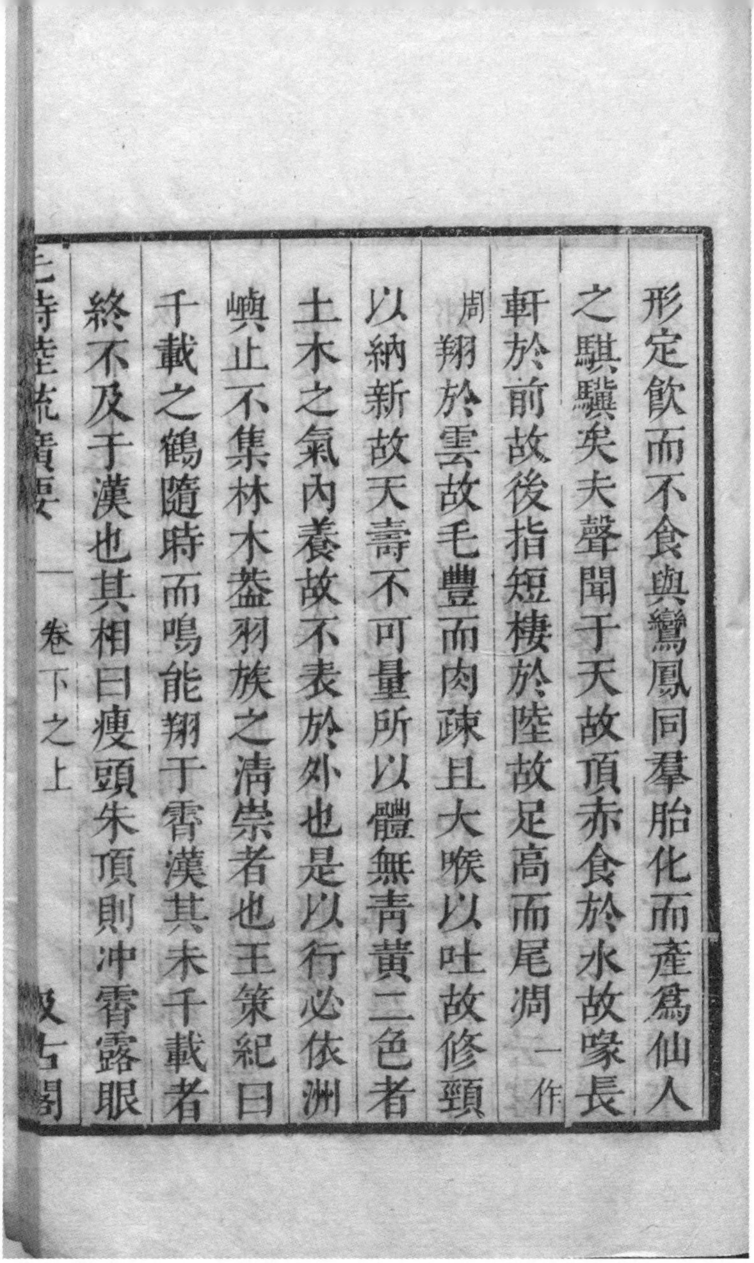

形定飲而不食與鸞鳳同羣胎化而產爲仙人之騏驥矣夫聲聞于天故頂赤食於水故喙長軒於前故後指短棲於陸故足高而尾凋一作周翔於雲故毛豐而肉踈且大喉以吐故修頸以納新故天壽不可量所以體無青黃二色者土木之氣內養故不表於外也是以行必依洲嶼止不集林木葢羽族之清崇者也王策紀曰千載之鶴隨時而鳴能翔于霄漢其未千載者終不及于漢也其相曰瘦頭朱頂則沖霄露眼

形定，飲而不食，與鸞鳳同羣，胎化而產，爲仙人之騏驥矣。夫聲聞于天，故頂赤；食於水，故喙長；軒於前，故後指短；棲於陸，故足高而尾凋；一作“周”。翔於雲，故毛豐而肉踈。且大喉以吐，故修頸以納新，故天壽不可量。所以體無青黃二色者，土木之氣內養，故不表於外也。是以行必依洲嶼，止不集林木，蓋羽族之清崇者也。《（王）［玉］[1]策紀》曰：‘千載之鶴，隨時而鳴，能翔于霄漢。其未千載者，終不及于漢也。’其相曰：瘦頭朱頂，則沖霄。露眼

1“玉”，原作“王”，今據四庫本改。

黑睛，則遠視。隆鼻短喙，一作"啄"。則少瞑。䴕故解反，又音譜。頩䴕得宅反。耳，則知時。長頸竦身，則能鳴。鴻翅鴿膺，則體輕。鳳翼雀尾，則善飛。龜背鼈腹，則伏産。軒前垂後，則會舞。高脛麤節，則足力。洪髀纖指，則好翹。聖人在位，則與鳳皇翔于郊甸。"《周易》曰："鳴鶴在陰，其子和之。"《禽經》："鶴以聲交而孕。"張註："雄鳴上風，雌承下風，則孕。" 又云："露翥則露。" 張華註云："露禽，鶴也。《古今註》：'鶴千載變蒼，又千載變黑，所謂玄鶴也。' 子野鼓琴，玄鶴來

舞露下則鶴鳴也鶴之馴養于家庭者飲露則
飛去埤雅鶴性警至八月白露降流于草上點
滴有聲因即高鳴相警移徙所宿處慮有變害
也蓋鶴體潔白舉則高至鳴則遠聞性又善警
行必依洲嶼止必集林木故詩易以爲君子言
行之象禽經曰鶴以怨望鴟以貪顧雞以嗔睨
鴨以怒瞋雀以猜瞿燕以狂眄視也鶯以喜轉
烏以悲啼鳶以飢鳴鶴以潔唳梟以凶叫鴟以
愁嘯鳴也今鶴雌雄相隨如道士步斗履其跡

舞露下，則鶴鳴也。鶴之馴養于家庭者，飲露則飛去。”《埤雅》：“鶴，性警。至八月白露降，流于草上，點滴有聲，因即高鳴相警，移徙所宿處，慮有變害也。蓋鶴體潔白，舉則高至，鳴則遠聞，性又善警，行必依洲嶼，止必[1]集林木，故《詩》《易》以爲君子言行之象。《禽經》曰：‘鶴以怨望，鴟以貪顧，雞以嗔睨，鴨以怒瞋，雀以猜瞿，燕以狂眄，視也；鶯以喜轉，烏以悲啼，鳶以飢鳴，鶴以潔唳，梟以凶叫，鴟以愁嘯，鳴也。’今鶴雌雄相隨，如道士步斗，履其跡

1 “必”，四庫本改作“不”。

而孕內典曰鶴影生禽經曰鶴愛陰而惡陽雁
愛陽而惡陰爾雅翼云鶴一起千里古謂之仙
禽以其於物爲壽淮南曰鶴壽千歲以極其遊
繁露曰鶴知夜半鶴水鳥也夜半水位感其生
氣則喜而鳴所以壽者無死氣於中也性好在
陰故謂其羽爲陰羽周書曰陰羽鳬旌解者曰
鶴鳬羽爲旌也禽經又曰鶴老則聲下而不能
高近而不能寮書又言鶴體無青黃二色者木
土之氣內養故不表於外然本草云鶴有玄有

而孕。《内典》曰：‘鶴，影生。’《禽經》曰：‘鶴愛陰而惡陽，雁愛陽而惡陰。’”《爾雅翼》云：“鶴，一起千里，古謂之仙禽，以其於物爲壽。《淮南》曰：‘鶴壽千歲，以極其遊。’《繁露》曰：‘鶴知夜半。’鶴，水鳥也。夜半水位，感其生氣，則喜而鳴。所以壽者，無死氣於中也。性好在陰，故謂其羽爲陰羽。《周書》曰‘陰羽鳬旌’，解者曰：‘鶴鳬羽爲旌也。’《禽經》又曰：‘鶴老則聲下而不能高，近而不能寮。’書又言‘鶴體無青黄二色者，木土之氣内養，故不表於外’，然《本草》云‘鶴有玄，有

黃有白有蒼玄則鶴之老者百六十年則有純
白純黑若黃鶴古人常言之又多言鵠鵠卽是
鶴音之轉後人以鵠名頗著謂鶴之外別有所
謂鵠故埤雅既釋鶴又釋鵠漢昭時黃鵠下建
章宮太液池而歌則名黃鶴神異經鶴國有海
鵠衛懿公好鶴齊王使獻鵠于楚如蕙帳空兮
夜鶴怨楚辭黃鶴一舉及田饒說魯哀公言黃
鵠或爲鶴或爲鵠者甚多以此知鶴之外無別
有所謂鵠也古以鶴爲祥故立之華表說文桓

黃，有白，有蒼’。玄則鶴之老者，百六十年則有純白、純黑。若黃鶴，古人常言之，又多言鵠。鵠，即是鶴音之轉。後人以鵠名頗著，謂鶴之外別有所謂鵠，故《埤雅》既釋鶴，又釋鵠。漢昭時，黃鵠下建章宮太液池，而歌則名《黃鶴》。《神異經》:‘鶴國有海鵠。’衛懿公好鶴，齊王使獻鵠于楚。如‘蕙帳空兮夜鶴怨’，《楚辭》‘黃鶴一舉’，及田饒説魯哀公言黃鵠，或爲鶴或爲鵠者甚多，以此知鶴之外，無別有所謂鵠也。古以鶴爲祥，故立之華表。《説文》:‘桓，

亭郵表也一說漢法亭部四角建大木貫以方
表名曰恒表又鶴之膝特隆故吳矛骹大者名
鶴膝又作詩者以中字平爲雀膝通卦驗云立
夏清風至而鶴鳴玉策記云千歲之鶴隨時而
鳴能登木色純白腦盡成骨其未千歲者終不
集于林也本草云穆天子傳曰天子至巨蒐二
氏獻白鶴之血以飲天子血主益氣力
余遊焦山遍訪瘞鶴銘杳不可得及過三詔
洞之右遇一僧叩之笑指岩下頑石曰在江

亭郵表也。’一說：漢法亭部四角建大木，貫以方表，名曰（恒）［桓］[1]表。又鶴之膝特隆，故吳矛骹大者，名鶴膝。又作詩者，以中字平爲雀膝。”《通卦驗》云：“立夏清風至而鶴鳴。”《玉策記》云：“千歲之鶴，隨時而鳴。能登木，色純白，腦盡成骨。其未千歲者，終不集于林也。”《本草》云：“《穆天子傳》曰：‘天子至巨蒐，二氏獻白鶴之血，以飲天子。’血主益氣力。”

余遊焦山，遍訪《瘞鶴銘》，杳不可得。及過三詔洞之右，遇一僧，叩之，笑指岩下頑石曰：“在江

1“桓”，原作“恒”，形近而訛，今據四庫本改。

之涘久爲雷神所擊山中人但云霹靂石誰
識瘞鶴銘耶因與余猿臂而下幸是時水落
石出得盤旋縱觀亂石嵯峨字句分裂不可
讀張子厚所謂僅存百三十餘言者今不能
留其半矣然其筆法之妙華陽之名具在擬
紀其事以析千古之疑而南村田叟先獲我
心因附錄鶴疏之後以備叅考○瘞鶴銘華
陽眞逸譔上皇山樵鶴壽不知其紀也壬辰
歲得於華亭甲午歲化於朱方天其未遂吾

之涘，久爲雷神所擊，山中人但云霹靂石，誰識《瘞鶴銘》耶！”因與余猿臂而下。幸是時水落石出，得盤旋縱觀。亂石嵯峨，字句分裂，不可讀。張子厚所謂僅存百三十餘言者，今不能留其半矣。然其筆法之妙，華陽之名具在。擬紀其事，以析千古之疑。而南村田叟先獲我心，因附録鶴疏之後，以備參考。○“瘞鶴銘，華陽真逸譔，上皇山樵。鶴壽不知其紀也。壬辰歲得於華亭，甲午歲化於朱方。天其未遂吾

翔廖廓耶奚奪之遽也廼裹以玄黃之幣藏
茲山之下仙家無隱我故立石旌事篆銘不
朽詞曰相此胎禽浮丘著經乃徵前事我傳
爾銘余欲無言爾其藏靈雷門去鼓華表留
形義惟彷彿事亦微冥爾將何之解化惟寧
後蕩洪流前固重扃右割荊門歷下華亭奚
集眞侶瘞爾作銘丹陽外仙尉江陰眞宰右
刻在鎮江焦山下頑石上潮落方可模相傳
爲晉王右軍書惟宋黃睿東觀餘論云爲陶

翔廖廓耶，奚奪之遽也！廼裹以玄黃之幣，藏茲山之下。仙家無隱，我故立石旌事，篆銘不朽。詞曰：相此胎禽，浮丘著經。乃徵前事，我傳爾銘。余欲無言，爾其藏靈。雷門去鼓，華表留形。義惟彷彿，事亦微冥。爾將何之，解化惟寧。後蕩洪流，前固重扃。右割荊門，歷下華亭。奚集真侶，瘞爾作銘。丹陽外仙尉，江陰真宰。”右刻在鎮江焦山下頑石上，潮落方可模。相傳爲晉王右軍書，惟宋黃睿《東觀餘論》云爲陶隱居書，良是。其曰："今審定文格，字法殊類陶弘景。弘景自號華陽隱居，今號真逸者，豈其别號歟？又其著《真誥》，但云己卯歲而不著年名，其他書亦爾。今此銘'壬辰歲''甲午歲'亦不書年名，此又可證。云壬辰歲，梁天監十一年也；甲午者，十三年也。按：隱居天監七年東游海嶽，權駐會稽、永嘉。十一年乙未歲[1]，始還茅山，其弟子周子良仙去，爲之作傳，即十一年、十三年正在華陽矣。後又有題'丹陽尉''江陰

1 按：天監十一年爲壬辰，非乙未。《東觀餘論》原云："十一年，始還茅山。十四年乙未歲，其弟子周子良仙去……"蓋毛氏所據《南村輟耕録》本，誤將"乙未歲"竄入"十一年"之後，《廣要》沿之而未察其誤。

宰數字當是效陶書故題於石側也王逸少
以晉惠帝大安二年癸亥歲年五十九至穆
帝升平五年辛酉歲卒則成帝咸和九年甲
午歲逸少方年二十三至永和七年辛亥歲
年三十八始去會稽閒居不應二十三歲已
自稱眞逸也又未官于朝及閒居時不在華
陽以是考之決非王右軍書也審矣歐陽文
忠公以爲不類王右軍法而類顏魯公又疑
是顧況云道號同又疑王瓚皆非睿字長孺

宰’數字，當是效陶書，故題於石側也。王逸少以晉惠帝大安二年癸亥歲[1]，年五十九，至穆帝升平五年辛酉歲卒。則成帝咸和九年甲午歲，逸少方年二十三。至永和七年辛亥歲，年三十八，始去會稽閒居，不應二十三歲已自稱真逸也。又未官于朝，及閒居時不在華陽，以是考之，決非王右軍書也，審矣。歐陽文忠公以爲不類王右軍法，而類顏魯公，又疑是顧況，云道號同，又疑王瓚，皆非。”睿字長孺，

1《東觀餘論》“歲”後有“生”字。

號雲林子邵武人又董逌書跋第六卷載南
陽張舉子厚所記云瘞鶴銘今存于焦山凡
文章句讀之可識及點畫之僅存者百三十
餘言而所亡失幾五十字計其完書葢九行
行之全者二十五字而首尾不預焉熙寧三
年春余索其逸遺于焦山之陰偶得十二字
於亂石間石甚迫隘偃臥其下然後可讀故
昔人未之見而世不傳其後又有丹陽外仙
江陰眞宰八字與華陽眞逸上皇山樵爲似

號雲林子，邵武人。又《董逌書跋》第六卷載南陽張舉子厚所記云：“《瘞鶴銘》，今存于焦山。凡文章句讀之可識，及點畫之僅存者，百三十餘言。而所亡失，幾五十字。計其完書，葢九行，行之全者二十五字，而首尾不預焉。熙寧三年春，余索其逸遺于焦山之陰，偶得十二字於亂石間。石甚迫隘，偃卧其下，然後可讀。故昔人未之見，而世不傳。其後又有‘丹陽外仙江陰真宰’八字，與‘華陽真逸’‘上皇山樵’，爲似是眞侶之號今取其可考者次序之如此又董君自書其後云文忠集古錄謂得六百字今以石按之爲行凡十八爲字二十五安得字至六百疑書之誤也余于崖上又得唐人詩詩在貞觀中巳列銘後則銘之刻非顧況時可知集古錄豈又并詩繫之耶君字彥遠號廣川東平人又國朝鄭构衍極第二卷論瘞鶴銘而劉有定釋云潤州圖經以爲王羲之書或曰華陽眞逸顧況號也蔡君謨曰瘞

是真侶之號。今取其可考者，次序之如此。”又董君自書其後云：“文忠《集古録》謂得六百字，今以石校之，爲行凡十八，爲字二十五，安得字至六百？疑書之誤也。余于崖上，又得唐人詩，詩在貞觀中，已列銘後，則銘之刻非顧況時可知。《集古録》豈又并詩繫之耶？”君字彦遠，號廣川，東平人。又國朝鄭杓《衍極》第二卷論《瘞鶴銘》，而劉有定釋云：“《潤州圖經》以爲王羲之書。或曰：華陽真逸，顧況號也。蔡君謨曰：‘《瘞

鶴文非逸少字東漢末多善書惟隸最盛至
於晉魏之分南北差異鍾王楷法爲世所尚
元魏間盡習隸法自隋平陳中國多以楷隸
相參瘞鶴文有隸筆當是隋代書曹士冕曰
焦山瘞鶴銘筆法之妙爲書家冠冕前輩慕
其字而不知其人最後雲林子以爲華陽隱
居爲陶弘景及以句曲所刻隱居朱陽館帖
叅校然後衆疑釋然其鑒賞可謂精矣以余
考之一本山樵下有書字眞宰下有立石二

鶴文》非逸少字。東漢末多善書，惟隸最盛。至於晉魏之分，南北差異，鍾、王楷法爲世所尚，元魏間盡習隸法。自隋平陳，中國多以楷、隸相參。《瘞鶴文》有隸筆，當是隋代書。’曹士冕曰：‘焦山《瘞鶴銘》，筆法之妙，爲書家冠冕。前輩慕其字而不知其人，最後雲林子以爲華陽隱居爲陶弘景，及以句曲所刻隱居《朱陽館帖》參校，然後衆疑釋然，其鑒賞可謂精矣。’”以余考之，一本“山樵”下有“書”字，“真宰”下有“立石”二字一本我傳爾銘作出於上眞爾其藏靈作紀爾歲辰張舉本作丹陽外仙邵亢本作丹陽仙尉又有作丹陽外仙尉者且中間詞句亦多先後不同尚俟挐舟過楊子手自模印以稽其得失之一二可也

鸛鳴于垤

鸛鸛雀也似鴻而大長頸赤喙白身黑尾翅樹上作巢大如車輪卵如三升杯望見人按其子令伏徑舍去一名負釜一名黑尻一名背竈一名皂裙

字。一本“我傳爾銘”作“出於上真”，“爾其藏靈”作“紀爾歲辰”。張舉本作“丹陽外仙”，邵亢本作“丹陽仙尉”，又有作“丹陽外仙尉”者。且中間詞句，亦多先後不同，尚俟拏舟過楊子，手自模印，以稽其得失之一二可也。

83. 鸛鳴于垤

〖疏〗鸛，鸛雀也。似鴻而大，長頸，赤喙，白身，黑尾翅。樹上作巢，大如車輪，卵如三升杯。望見人，按其子令伏，徑舍去。一名負釜，一名黑尻，一名背竈，一名皂裙。

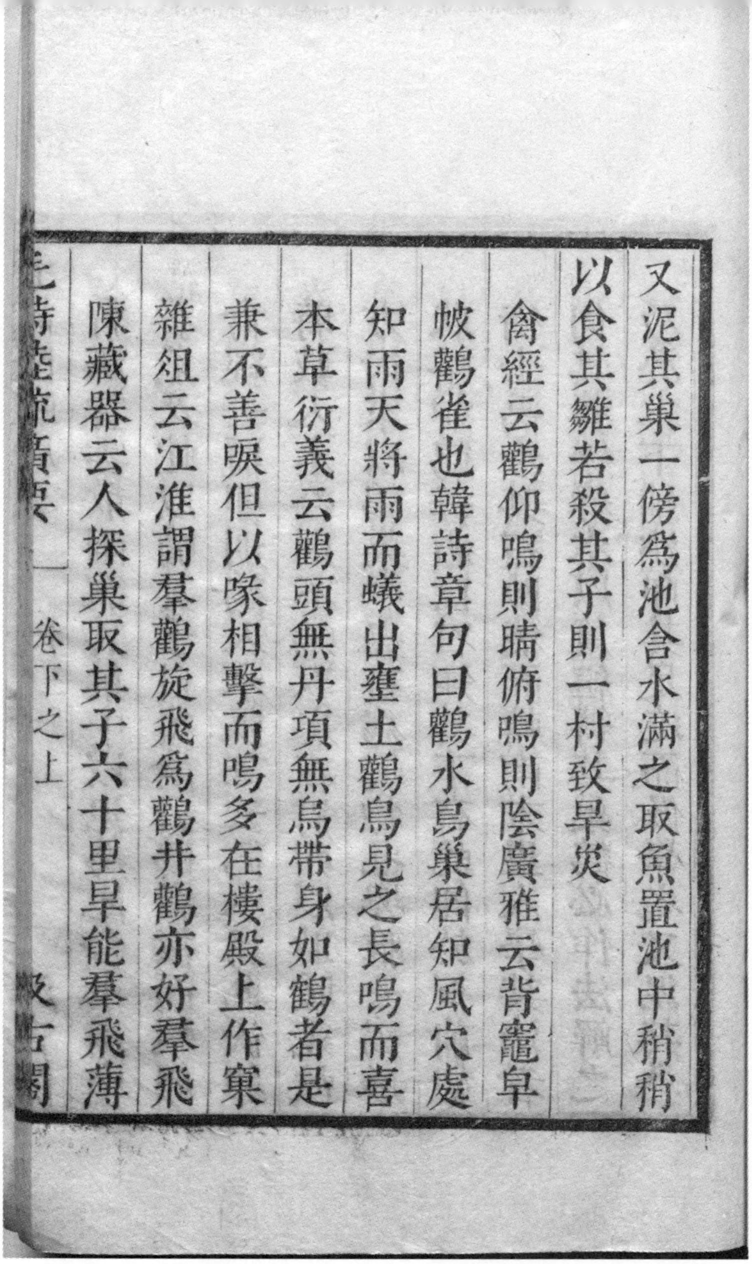
又泥其巢一傍爲池含水滿之取魚置池中稍稍
以食其雛若殺其子則一村致旱災
禽經云鸛仰鳴則晴俯鳴則陰廣雅云背竈阜
帔鸛雀也韓詩章句曰鸛水鳥巢居知風穴處
知雨天將雨而蟻出壅土鸛鳥見之長鳴而喜
本草衍義云鸛頭無丹項無烏帶身如鶴者是
兼不善唳但以喙相擊而鳴多在樓殿上作窠
雜俎云江淮謂羣鸛旋飛爲鸛井鸛亦好羣飛
陳藏器云人探巢取其子六十里旱能羣飛薄
毛詩陸疏廣要　卷下之上　汲古閣

又泥其巢一傍爲池，含水滿之，取魚置池中，稍稍以食其雛。若殺其子，則一村致旱災。

〖廣要〗《禽經》云:“鸛仰鳴則晴，俯鳴則陰。”《廣雅》云:“背竈，阜帔，鸛雀也。”《韓詩章句》曰:“鸛，水鳥。巢居知風，穴處知雨。天將雨而蟻出壅土，鸛鳥見之，長鳴而喜。”《本草衍義》云:“鸛，頭無丹，項無烏帶，身如鶴者是。兼不善唳，但以喙相擊而鳴。多在樓殿上作窠。”《雜俎》云:“江淮謂羣鸛旋飛爲鸛井，鸛亦好羣飛。” 陳藏器云:“人探巢取其子，六十里旱。能羣飛，薄

毛詩陸疏廣要　十三　汲古閣

霄激雲雲散雨歇其巢中以泥爲池含水滿中
養魚及蛇以哺其子自然論云鸛影接而懷卵
禽經云覆卵則鸛入水張註云鸛水鳥也伏卵
時數入水冷則不鷇取礜石周卵以助暖氣故
方術家以鸛巢中礜石爲眞物也埤雅云鸛形
狀略如鶴每遇巨石知其下有蛇卽於石前如
術士禹步其石防然而轉南方里人學其法者
伺其養雛緣木以蔑絙縛其巢鸛必作法解之
乃於木下鋪沙印其足迹而倣學之又泥其巢

霄激雲，雲散雨歇。其巢中以泥爲池，含水滿中，養魚及蛇，以哺其子。”《自然論》云：“鸛影接而懷卵。”《禽經》云：“覆卵則鸛入水。”張註云：“鸛，水鳥也。伏卵時，數入水冷則不鷇，取礜石周卵以助暖氣。故方術家，以鸛巢中礜石爲真物也。”《埤雅》云：“鸛，形狀略如鶴。每遇巨石，知其下有蛇，即於石前如術士禹步，其石防然而轉。南方里人學其法者，伺其養雛，緣木以蔑絙縛其巢，鸛必作法解之。乃於木下鋪沙印其足迹，而倣學之。又泥其巢

一傍爲池以石宿水今人謂之鸛石飛則將之
取魚置池中稍稍以飼其雛俗說鵲梁蔽形鸛
石歸酒又曰礜石温鸛石涼故能卵不毈水不
臭腐也拾遺記曰鸛能聚水巢上故人多聚鸛
鳥以攘却火災爾雅翼云鸛生三子一爲鶴鳩
生三子一爲鶚言萬物之相變也易之中孚九
二鳴鶴在陰上九翰音登于天說者以爲鸛者
別於鶴也震爲鶴陽鳥也巽爲鸛陰鳥也鶴感
於陽故知夜半鸛感於陰故知風雨鸛生鶴者

毛詩陸疏廣要　卷下之上　汲古閣

一傍爲池，以石宿水，今人謂之鸛石，飛則將之。取魚置池中，稍稍以飼其雛。俗説：鵲梁蔽形，鸛石歸酒。又曰：礜石温，鸛石涼，故能卵不毈，水不臭腐也。《拾遺記》曰：'鸛能聚水巢上，故人多聚鸛鳥以攘却火災。'"《爾雅翼》云："鸛生三子，一爲鶴；鳩生三子，一爲鶚。言萬物之相變也。《易》之《中孚》，'九二鳴鶴在陰''上九翰音登于天'，説者以爲鸛者，别於鶴也。震爲鶴，陽鳥也；巽爲鸛，陰鳥也。鶴感於陽，故知夜半；鸛感於陰，故知風雨。鸛生鶴者，

巺極成震極陰生陽之謂也今人通呼鸛爲鸛
鶴
按詩攷異字云雚鳴于垤說文云小爵也想卽
爾雅所謂鸛鷒鶝鶔也郭圖讚云鸛鷒之鴹一
名墮羿應弦銜鏑矢不著地逢蒙縮手養由不
睨此鳥捷勁異常與本章意義不合不知伯厚
何據
鴥彼晨風
晨風一名鸇似鷂青黃色燕含鉤喙嚮風搖翅乃

巽極成震，極陰生陽之謂也。今人通呼鸛爲鸛鶴。”

按：《詩攷・異字》云：“雚鳴于垤。《説文》云：小爵也。”想即《爾雅》所謂“鸛鷒，鶝鶔”也。郭《圖讚》云：“鸛鷒之鴹，一名墮羿，應弦銜鏑，矢不著地。逢蒙縮手，養由不睨。”此鳥捷勁異常，與本章意義不合，不知伯厚何據？

84. 鴥彼晨風

〖疏〗晨風，一名鸇，似鷂，青黃色，燕含鉤喙。嚮風摇翅，乃

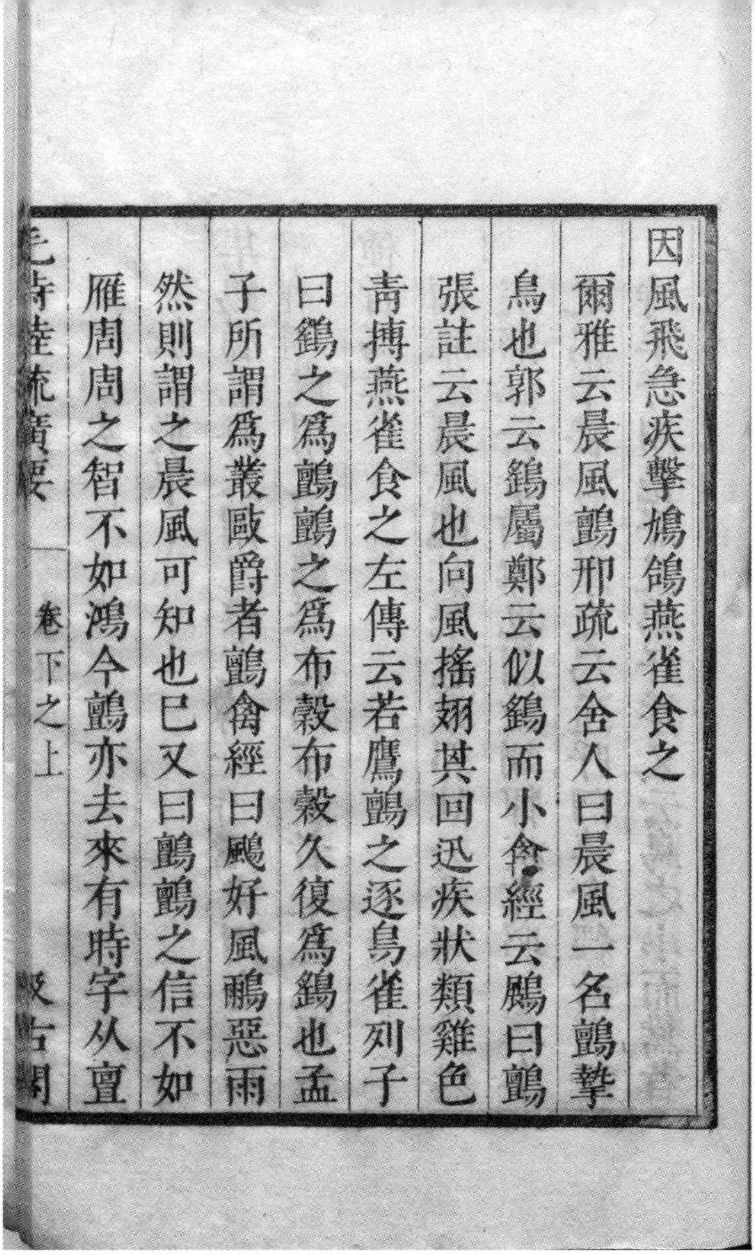
因風飛急疾擊鳩鴿燕雀食之
爾雅云晨風鸇邢疏云舍人曰晨風一名鸇摯
鳥也郭云鷂屬鄭云似鷂而小禽經云鸇曰鸇
張註云晨風也向風搖翄其回迅疾狀類雞色
青搏燕雀食之左傳云若鷹鸇之逐鳥雀列子
曰鷂之爲鸇鸇之爲布穀布穀久復爲鷂也孟
子所謂爲叢敺爵者鸇禽經曰鷂好風鸍惡雨
然則謂之晨風可知也已又曰鸇鸇之信不如
雁周周之智不如鴻今鸇亦去來有時字从亶
毛詩陸疏廣要　卷下之上　汲古閣

因風飛急疾，擊鳩鴿燕雀食之。

〖廣要〗《爾雅》云："晨風，鸇。" 邢疏云："舍人曰：'晨風，一名鸇，摯鳥也。' 郭云：'鷂屬。'" 鄭云："似鷂而小。"《禽經》云："鸇曰鸇。" 張註云："晨風也。向風摇翅，其回迅疾，狀類雞，色青，搏燕雀食之。《左傳》云：'若鷹鸇之逐鳥雀。'"《列子》曰："鷂之爲鸇，鸇之爲布穀，布穀久復爲鷂也。"《孟子》所謂"爲叢敺爵者鸇"。《禽經》曰"鷂好風，鸍惡雨"，然則謂之晨風，可知也已。又曰："鸇鸇之信不如雁，周周之智不如鴻。" 今鸇亦去來有時，字从亶，

毛詩陸疏廣要 十五 汲古閣

又可知矣

鴥彼飛隼

隼鷂屬也齊人謂之擊征擊一作鷙或謂之題肩一作眉或謂之雀鷹春化爲布穀者是也此屬數種皆爲隼

爾雅云鷹隼醜其飛也翬郭註云鼓翅翬翬然疾鄭註云翬猶揮也謂鼓翅揮疾韋昭云隼今之鶚李善云鷙擊之鳥通呼曰隼禽經云鷹好峙隼好翔鳧好没鷗好浮又云鳥之小而鷙者

又可知矣。[1]

85. 鴥彼飛隼

〖疏〗隼，鷂屬也。齊人謂之擊征，擊，一作“鷙”。或謂之題肩，一作“眉”。或謂之雀鷹，春化爲布穀者是也。此屬數種皆爲隼。

〖廣要〗《爾雅》云:“鷹隼醜，其飛也翬。”郭註云:“鼓翅翬翬然疾。”鄭註云:“翬，猶揮也。謂鼓翅揮疾。”韋昭云:“隼，今之鶚。”李善云:“鷙擊之鳥，通呼曰隼。”《禽經》云:“鷹好峙，隼好翔，鳧好没，鷗好浮。”又云:“鳥之小而鷙者

1 按：自“列子曰”至“又可知矣”，原見《埤雅》。

皆曰隼大而鷙者皆曰鳩又云鷹以膺之鶻以
猾之隼以尹之埤雅云鷹之搏噬不能無失獨
隼爲有準故于文從水從隼司常曰鳥隼爲旟
葢鳥鳳也画鳳以象其德画隼以象其威化書
曰烏反哺仁也隼憫胎義也葢隼之擊物遇懷
胎者輒釋不戮也考異郵云陰陽氣貪故題肩
擊宋均云題肩有爪芒爲陰中陽故擊殺之
按月令仲春之節鷹化爲鳩仲秋之節鳩復化
爲鷹列子云鷂之爲鸇鸇之爲布穀布穀久復

皆曰隼，大而鷙者皆曰鳩。”又云：“鷹以膺之，鶻以猾之，隼以尹之。”《埤雅》云：“鷹之搏噬，不能無失，獨隼爲有準，故于文從水從隼。《司常》曰：‘鳥隼爲旟。’蓋鳥，鳳也，画鳳以象其德，画隼以象其威。《化書》曰：‘烏反哺仁也，隼憫胎義也。’蓋隼之擊物，遇懷胎者，輒釋不戮也。”《考異郵》云：“陰陽氣貪，故題肩擊。”宋均云：“題肩有爪芒，爲陰中陽，故擊殺之。”

按：《月令》仲春之節，鷹化爲鳩；仲秋之節，鳩復化爲鷹。《列子》云：“鷂之爲鸇，鸇之爲布穀，布穀久復

毛詩陸疏廣要　十六　汲古閣

爲鴽淮南子曰鶉化爲鸇鸇化爲布穀布穀復
爲鴽據此疏又云隼化爲布穀可見鷹隼鶉鸇
鳩鴽布穀晨風諸鳥總順節令以變形故爾雅
曰屬曰醜
有集維鷮
鷮微小于翟也走而且鳴曰鷮鷮其尾長肉甚美
故林慮山下人語曰四足之美有麃兩足之美有
鷮麃者似鹿而小
爾雅云鷮雉邢疏云鷮雉者郭云卽鷮雞也長

爲鴽。”《淮南子》曰：“鶉化爲鸇，鸇化爲布穀，布穀復爲鴽。”據此疏又云“隼化爲布穀”，可見鷹、隼、鶉、鸇、鳩、鴽、布穀、晨風諸鳥，總順節令以變形，故《爾雅》曰屬曰醜。

86. 有集維鷮

〖疏〗鷮，微小于翟也，走而且鳴，曰鷮鷮。其尾長，肉甚美，故林慮山下人語曰：“四足之美有麃，兩足之美有鷮。”麃者，似鹿而小。

〖廣要〗《爾雅》云：“鷮，雉。”邢疏云：“鷮雉者，郭云：‘即鷮雞也，長

尾走且鳴說文云長尾雉走鳴乘轝以尾爲防
釳著馬頭上山海經女几山其鳥多白鷮埤雅
云薛綜曰雉之健者爲鷮尾長六尺字說曰從
喬尾長而走且鳴則其首尾喬如也禽經云火
爲鷮亢爲鶴鄭漁仲云鷂雉即鷮雉也青質而
有五采者
按雉之類甚多故爾雅列舉其名但首列鷂雉
鷮雉鳪雉鷩雉郭景純認爲四物鄭漁仲認爲
二物大相矛盾陸農師從郭氏之說亦釋鷂又

尾，走且鳴。’《説文》云：長尾雉，走鳴。乘轝以尾爲防釳，著馬頭上。’《山海經》：‘女几山，其鳥多白鷮。’”《埤雅》云：“薛綜曰：‘雉之健者爲鷮，尾長六尺。’《字説》曰‘從喬，尾長而走且鳴’，則其首尾喬如也。《禽經》云：‘火爲鷮，亢爲鶴。’” 鄭漁仲云：“鷂雉，即鷮雉也。青質而有五采者。”

按：雉之類甚多，故《爾雅》列舉其名，但首列“鷂雉”“鷮雉”“鳪雉”“鷩雉”，郭景純認爲四物，鄭漁仲認爲二物，大相矛盾。陸農師從郭氏之説，亦釋鷂，又

釋鷮然味下文秩秩海雉鸐山雉似當以鄭説爲正

又按嚴氏詩緝引陸疏詳略不同豈宋本與今本相傳之誤耶因兩存以備參考　鷮是雉中之別名陸璣曰微小於翟走而且鳴音鷮鷮然其色如雌雉尾如雉尾而長其頭上有肉冠冠上蘩毛長數寸如雄雉尾角也其肉甚美故林麓山下人語曰四足之美有麃兩足之美有鷮麃者似鹿而小也

釋鷮。然味下文“秩秩海雉”“鸐山雉”，似當以鄭説爲正。

又按嚴氏《詩緝》引陸疏詳略不同，豈宋本與今本相傳之誤耶？因兩存以備參考。〇鷮是雉中之别名。陸璣曰：“微小於翟，走而且鳴，音鷮鷮。然其色如雌雉，尾如雉尾而長，其頭上有肉冠，冠上蘩毛長數寸，如雄雉尾角也。其肉甚美，故林慮山下人語曰：四足之美有麃，兩足之美有鷮。麃者，似鹿而小也。”

關關雎鳩

雎鳩大小如鳩一作鴟誤深目目上骨露出幽州人謂之鷲

禽經云王雎雎鳩魚鷹也亦曰白鷺亦曰白鷹張華註云毛詩曰王雎摯而有別多子江表人呼以爲魚鷹雌雄相愛不同居處詩之國風始關雎也爾雅云雎鳩王雎郭璞註曰鶚類今江東呼之爲鶚好在江渚山邊食魚韓詩說雎雄貞潔愼匹以聲相求隱蔽乎無人之處徐鉉蟲

87. 關關雎鳩

〖疏〗雎鳩，大小如鳩，一作“鴟”，誤。深目，目上骨露出。幽州人謂之鷲。

〖廣要〗《禽經》云：“王雎，雎鳩，魚鷹也。亦曰白鷺，亦曰白鷹。”張華註云：“《毛詩》曰：‘王雎，摯而有别。’多子，江表人呼以爲魚鷹。雌雄相愛，不同居處，《詩》之《國風》始《關雎》也。”《爾雅》云：“雎鳩，王雎。”郭璞註曰：“鶚類，今江東呼之爲鶚，好在江渚山邊食魚。”《韓詩説》：“雎雄貞潔愼匹，以聲相求，隱蔽乎無人之處。”徐鉉《蟲

魚圖云雎鳩常在河洲之上爲儔偶更不移處
俗云雎鳩交則雙翔别則立而異處朱子語録
狀如鳩差小而長常是雌雄兩兩相隨不相失
然亦不曾相近須隔丈來地陰陽自然變化論
雎鳩不再匹淮南子關雎興于鳥君子美之爲
其雌雄之不乖居也鹿鳴興于獸君子大之取
其見食而相呼也埤雅云通習水又善捕魚風
土記云或説雎鳩爲白鷢白鷢鶚屬于義無取
蓋蒼鶡大如白鷢而色蒼其鳴戞和順又游于

魚圖》云："雎鳩，常在河洲之上爲儔偶，更不移處。" 俗云："雎鳩交則雙翔，别則立而異處。"[1]《朱子語録》："狀如鳩，差小而長，常是雌雄兩兩相隨，不相失，然亦不曾相近，須隔丈來地。"《陰陽自然變化論》："雎鳩不再匹。"《淮南子》："《關雎》興于鳥，君子美之，爲其雌雄之不乖居也；《鹿鳴》興于獸，君子大之，取其見食而相呼也。"《埤雅》云："通習水，又善捕魚。"《風土記》云："或説雎鳩爲白鷢。白鷢鶚屬，于義無取。蓋蒼鶡大如白鷢而色蒼，其鳴戞和順，又游于

1 按："俗云" 至 "異處" 一條，見《埤雅》。

水而息于洲常隻不雙鄭漁仲云睢鳩王睢鳧類多在水邊尾有一點白故揚雄云白鷢舊說雕類誤矣嚴華谷云左傳郯子五鳩備見詩經睢鳩氏司馬此詩是也祝鳩氏司徒鵓鳩也四牡嘉魚之雛是也鳲鳩氏司空布穀也曹風之鳲鳩是也爽鳩氏司寇大明之鷹是也鶻鳩氏司事鷽鳩也非斑鳩小宛之鳴鳩與氓食桑葚之鳩是也

按爾雅釋鳥又云揚鳥白鷢是與睢鳩同類而

水而息于洲，常隻不雙。”鄭漁仲云：“睢鳩，王睢，鳧類。多在水邊，尾有一點白，故揚雄云白鷢。舊説雕類，誤矣。”嚴華谷云：“《左傳》郯子‘五鳩’，備見《詩經》。睢鳩氏司馬，此詩是也。祝鳩氏司徒，鵓鳩也，《四牡》《嘉魚》之雛是也。鳲鳩氏司空，布穀也，《曹風》之鳲鳩是也。爽鳩氏司寇，《大明》之鷹是也。鶻鳩氏司事，鷽鳩也，非斑鳩，《小宛》之鳴鳩與《氓》食桑葚之鳩是也。

按：《爾雅・釋鳥》又云“揚鳥，白鷢”，是與睢鳩同類而

毛詩陸疏廣要 十九 汲古閣
異種者也不知揚雄許慎何皆曰白鷺范鄭諸家辨之甚詳或謂王雎雎鳩是二鳥則與經傳相乖余未敢遽信
鳲鳩在桑
鳲鳩鴶鵴今梁宋之間謂布穀爲鴶鵴一名擊穀一名桑鳩按鳲鳩有均一之德飼其子旦從上而下莫從下而上平均如一
禽經云鳲鳩戴勝布穀也亦曰鴶鵴亦曰穫穀春耕候也張華註揚雄曰鳲鳩戴勝生樹穴中

異種者也，不知揚雄、許慎何皆曰白鷺？范、鄭諸家辨之甚詳。或謂王雎、雎鳩是二鳥，則與經傳相乖，余未敢遽信。

88. 鳲鳩在桑

〖疏〗鳲鳩，鴶鵴。今梁宋之間，謂布穀爲鴶鵴。一名擊穀，一名桑鳩。按：鳲鳩有均一之德，飼其子，旦從上而下，莫從下而上，平均如一。

〖廣要〗《禽經》云："鳲鳩，戴勝，布穀也。亦曰鴶鵴，亦曰穫穀，春耕候也。"張華註："揚雄曰：'鳲鳩，戴勝。'生樹穴中，

不巢生爾雅曰鵖鴔戴鵀鵀卽首上勝也頭上
尾起故曰戴勝而農事方起此鳥飛鳴于桑間
云五穀可布種也故曰布穀月令曰戴勝降于
桑一名桑鳩仲春鷹所化也此鳥鳴時耕事方
作農人以爲候爾雅云鳲鳩鴶鵴郭註云今之
布穀也江東呼爲穫穀邢疏云左傳鳲鳩氏司
空也詩召南維鵲有巢維鳩居之皆爲此也埤
蒼云鴶鵴方言云戴勝謝氏云布穀類也按戴
勝自生穴中不巢生而方言云戴勝非也鄭註

不巢生。《爾雅》曰：‘鵖鴔，戴鵀。’鵀，即首上勝也。頭上尾起，故曰戴勝。而農事方起，此鳥飛鳴于桑間，云五穀可布種也，故曰布穀。《月令》曰：‘戴勝降于桑。’一名桑鳩，仲春鷹所化也。此鳥鳴時，耕事方作，農人以爲候。”《爾雅》云：“鳲鳩，鴶鵴。”郭註云：“今之布穀也，江東呼爲穫穀。”邢疏云：“《左傳》‘鳲鳩氏，司空也’，《詩・召南》‘維鵲有巢，維鳩居之’，皆爲[1]此也。《埤蒼》云鴶鵴，《方言》云戴勝，謝氏云布穀類也。按：戴勝自生穴中，不巢生，而《方言》云戴勝，非也。”鄭註

1 “爲”，四庫本作“謂”。

云即布穀也一名桑鳩一名擊穀江東呼爲穫
穀禮記謂之鳴鳩埤雅云鳲鳩秸鞠一名搏黍
今之布穀江東呼爲郭公不自爲巢居鵲之成
巢周官羅氏中春獻鳩以養國老者鳩性不噎
食之且復助氣故也續禮儀志曰仲秋按户挍
年老者授之以杖其端刻鳩形鳩者不噎之鳥
也禽經一鳥曰隹二鳥曰雔三鳥曰朋四鳥曰
乘五鳥曰雇六鳥曰鵙七鳥曰鳦八鳥曰鸞九
鳥曰鳩十鳥曰鶉鳩字從九以此馮衍逐婦書

云："即布穀也。一名桑鳩，一名擊穀，江東呼爲穫穀，《禮記》謂之鳴鳩。"《埤雅》云："鳲鳩，秸鞠，一名搏黍，今之布穀，江東呼爲郭公。不自爲巢，居鵲之成巢。《周官·羅氏》'中春獻鳩以養國老'者，鳩性不噎，食之且復助氣故也。《續禮儀志》曰：'仲秋，按户校年老者，授之以杖，其端刻鳩形。鳩者，不噎之鳥也。'《禽經》：'一鳥曰隹，二鳥曰雔，三鳥曰朋，四鳥曰乘，五鳥曰雇，六鳥曰鵙，七鳥曰鳦，八鳥曰鸞，九鳥曰鳩，十鳥曰鶉。'鳩字從九以此。馮衍《逐婦書》

曰口如布穀言其多聲也爾雅翼云鳲鳩又呼
撥穀似鷂長尾牝牡飛鳴翼相摩拂月令云鳴
鳩拂其羽是也取其骨佩之宜夫婦夏小正云
正月鷹則爲鳩五月鳩爲鷹月令仲春鷹化爲
鳩其目猶如鷹許叔重曰鷹化爲鳩喙正直不
鷙搏也一說鳩蓋一巢而九鳥者詩曰鳲鳩在
桑其子七兮又曰鸛鷞布穀好鳴之鳥故謂之
鳴鳩月令所謂鳴鳩拂羽者今布穀爲然小宛
之詩曰宛彼鳴鳩翰飛戾天今鳩四時有子鴿

曰‘口如布穀’，言其多聲也。”《爾雅翼》云：“鳲鳩，又呼撥穀。似鷂，長尾。牝牡飛鳴，翼相摩拂，《月令》云‘鳴鳩拂其羽’，是也。取其骨佩之，宜夫婦。《夏小正》云‘正月，鷹則爲鳩。五月，鳩爲鷹。’《月令》：‘仲春，鷹化爲鳩。’其目猶如鷹。許叔重曰：‘鷹化爲鳩，喙正直，不鷙搏也。’一說：鳩蓋一巢而九鳥者，《詩》曰：‘鳲鳩在桑，其子七兮。’又曰鸛鷞。布穀，好鳴之鳥，故謂之鳴鳩。《月令》所謂‘鳴鳩拂羽’者，今布穀爲然。《小宛》之詩曰：‘宛彼鳴鳩，翰飛戾天。’今鳩四時有子，鴿

毛詩陸疏廣要　卷一　二十二　汲古閣

每月有子

按爾雅釋鳥又云鵖鴔戴鵀郭璞云今亦呼爲戴勝李巡云戴勝一名鵖鴔明乎戴勝非鳲鳩矣不知禽經何無分別邢昺辯之甚詳但邢氏謂與鵲巢之鳩同而歐陽氏又謂别是一種豈更有所據耶至李氏以爲鵓鴿嚴氏以爲擊正其謬甚矣

宛彼鳴鳩

鶻鳩一名班鳩似鶉鳩而大鶉鳩灰色無繡項陰

每月有子。”

按:《爾雅·釋鳥》又云:“鵖鴔,戴鵀。”郭璞云:“今亦呼爲戴勝。”李巡云:“戴勝,一名鵖鴔。”明乎戴勝非鳲鳩矣,不知《禽經》何無分別?邢昺辯之甚詳,但邢氏謂與鵲巢之鳩同,而歐陽氏又謂别是一種,豈更有所據耶?至李氏以爲鵓鴿,嚴氏以爲擊正,其謬甚矣。

89. 宛彼鳴鳩

〖疏〗鶻鳩,一名斑鳩,似鶉鳩而大。鶉鳩,灰色,無繡項,陰

則屏逐其匹晴則呼之語曰天將雨鳩逐婦是也
斑鳩項有繡文斑然今雲南鳥大如鳩而黃啼鳴
相呼不同集謂金鳥或云黃當爲鳩聲轉故名移
也又云鳴鳩一名爽又云是鷑
爾雅云鶌鳩鶻鵃邢疏云春秋左傳云鶻鳩氏
司事也杜註云鶻鳩鶻鵃也春來秋去故爲司
事卽此鶌鳩也舍人曰鶌鳩一名鶻鵃今之斑
鳩孫炎曰鶻鳩一名鳴鳩月令云鳴鳩拂其羽
郭云似山鵲而小短尾青黑色多聲今江東亦

則屏逐其匹，晴則呼之。語曰“天將雨，鳩逐婦”，是也。斑鳩，項有繡文斑然。今雲南鳥，大如鳩而黃啼，鳴相呼，不同集，謂金鳥。或云：黃當爲鳩，聲轉故名移也。又云：鳴鳩，一名爽。又云是鷑。

〖廣要〗《爾雅》云：“鶌鳩，鶻鵃。”邢疏云：“《春秋左傳》云：‘鶻鳩氏，司事也。’杜註云：‘鶻鳩，鶻鵃也。春來秋去，故爲司事。’即此鶌鳩也。舍人曰：‘鶌鳩，一名鶻鵃，今之斑鳩。’孫炎曰：‘鶻鳩，一名鳴鳩。’《月令》云：‘鳴鳩拂其羽。’郭云：‘似山鵲而小，短尾，青黑色，多聲。今江東亦

毛詩陸疏廣要 卷下之上 二十二 汲古閣

呼爲鶻鵃按舊說及廣雅皆云斑鳩非也鄭註
云鶻鵃音骨嘲今謂之鷵鴿廣雅謂爲斑鳩誤
矣班鳩鶉鳩也孔疏云毛傳鳴鳩鶻鵰陸德明
曰鶻音骨鵰涉交反字林作鵃云骨鵃小種鳩
也博雅云鶻鵃鵴鳩也本草鶻嘲其鳥南北總
有似鵲尾短黃色在深林間飛翔不遠北人名
鷵鶵爾雅云鳲鳩似鵲鶻鵃似鵲尾短多聲東
京賦云鶻嘲春鳴或呼爲骨鵰周書時訓云穀
雨又五日鳴鳩拂其羽鳴鳩不拂其羽國不治

呼爲鶻鵃。’按：舊説及《廣雅》皆云斑鳩，非也。”鄭註云：“鶻鵃音骨嘲，今謂之鷵鴿，《廣雅》謂爲斑鳩，誤矣。班鳩，鶉鳩也。”孔疏云[1]：毛傳：“鳴鳩，鶻鵰。”陸德明曰：“鶻音骨。鵰，涉[2]交反，《字林》作鵃，云：骨鵃，小種鳩也。”《博雅》云：“鶻鵃，鵴鳩也。”《本草》：“鶻嘲，其鳥南北總有，似鵲，尾短，黃色，在深林間，飛翔不遠。北人名鷵鶵。《爾雅》云：‘鳲鳩似鵲[3]。鶻鵃，似鵲，尾短，多聲。’《東京賦》云：‘鶻嘲春鳴。’或呼爲骨鵰。”《周書·時訓》云：“穀雨又五日，鳴鳩拂其羽。鳴鳩不拂其羽，國不治

1“孔疏云”以下俱非《毛詩正義》之語，三字疑衍。

2“涉”，《經典釋文》作“陟”。

3 按：“鳲鳩似鵲”四字不見《爾雅》正文及郭注。

兵埤雅云鳴鳩一名鷽鳩莊子所謂蜩與鷽鳩
笑之者是也蓋此似山鵲而小釋鳥曰鷽山鵲
也故此一名鷽鳩又其短尾青黑色多聲故此
一名鳴鳩也許慎云鳴鳩奮迅其羽直刺上飛
數千丈入雲中又鶻鳩性食桑葚然過則醉而
傷其性故詩云于嗟鳩兮無食桑葚陸璣云鶻
鳩一名斑鳩蓋斑鳩似鶉鳩而大鶉鳩灰色無
繡項陰則屏逐其匹晴則呼之語曰天將雨鳩
逐婦者是也斑鳩項有繡文斑然故曰斑鳩則

兵。”《埤雅》云:“鳴鳩，一名鷽鳩，《莊子》所謂‘蜩與鷽鳩笑之’者是也。蓋此‘似山鵲而小’，《釋鳥》曰‘鷽，山鵲’也，故此一名鷽鳩；又其‘短尾，青黑色，多聲’，故此一名鳴鳩也。許慎云:‘鳴鳩，奮迅其羽，直刺上飛數千丈，入雲中。’又鶻鳩，性食桑葚，然過則醉而傷其性，故《詩》云:‘于嗟鳩兮，無食桑葚。’陸璣云:‘鶻鳩，一名斑鳩。’蓋斑鳩似鶉鳩而大，鶉鳩灰色無繡項，陰則屏逐其匹，晴則呼之。語曰‘天將雨，鳩逐婦’者，是也。斑鳩，項有繡文斑然，故曰斑鳩。則與此鶹鳩全異，璣之言非。今此鳥喜朝鳴，故一曰鶹嘲也。凡鳥朝鳴曰嘲，夜鳴曰㖡。《禽經》曰：‘林鳥以朝嘲，水鳥以夜㖡。’今林棲多朝鳴，水宿多夜叫。”《爾雅翼》云：“鶌鳩，春來冬去，備四時之事，故少皥以爲司事之官。”《詩緝》曰：“鳴鳩，鶻鵰也。即《氓》詩食葚之鳩，剡子所謂鶻鳩氏司事，《莊子》所謂鷽鳩也。”

按：陸疏“今雲南”以下，文義支離不相屬，而《爾雅》《禽經》諸書從未有名爽者。若云是鸇，則向風搖

翅搏逐鳥雀絕非鳩類益明矣又按鳩拙而安
鸜鵒剔舌而語師曠辨之甚明而村童牧豎皆
能識之何鄭氏李氏認爲鸜鵒耶
翩翩者鵻
鵻其今小鳩也一名鵓鳩幽州人或謂之鵴鵖梁
宋之間謂之鵻揚州人亦然
爾雅云隹其鳺鴀邢疏云舍人曰鵻一名鳺鴀
李巡曰今楚鳩也某氏引春秋云祝鳩氏司徒
祝鳩即鵻其鳺鴀者故爲司徒也郭云今鵓鳩

翅，搏逐鳥雀，絶非鳩類益明矣。又按：鳩拙而安，鸜鵒剔舌而語，師曠辨之甚明，而村童牧豎皆能識之，何鄭氏、李氏認爲鸜鵒耶？

90. 翩翩者鵻

〖疏〗鵻，其今小鳩也。一名鵓鳩，幽州人或謂之鵴鵖，梁宋之間謂之鵻，揚州人亦然。

〖廣要〗《爾雅》云："隹其，鳺鴀。"邢疏云："舍人曰：'鵻，一名鳺鴀。'李巡曰：'今楚鳩也。'某氏引《春秋》云：'祝鳩氏司徒，祝鳩，即鵻其鳺鴀者，故爲司徒也。'郭云：'今鵓鳩。'

《詩》曰：'翩翩者鵻。' 又毛傳云：'鵻，夫不也，一宿之鳥。' 鄭箋云：'一宿者，一意于所宿之木。' 又云：'鳥之謹愨者，人皆愛之。' 此是謹愨孝順之鳥也。" 鄭註云："亦曰祝鳩，今所謂鵓鳩也，謹愿之鳥。其，指之之辭。鳥之短尾者，皆謂之隹。唯夫不專名焉，故指隹爲夫不也。"《廣雅》云："鵖鶌，鳩也。鶻鳩，鷑鳩，辟鶌，鷚鳩，鵧鳩也。"《埤雅》云："鵻，今鳺鳩。一名荆鳩，一名楚鳩，一名鶌鳩，一名乳鳩，一名鵧鳩，一名鶻鳩，一名鷑鳩。《方言》曰：'鳩，自關而西，秦漢之間，謂之

三四七

鴶鳩其大者謂之鳻鳩其小者謂之鶌鳩或謂之鵴鳩或謂之鵶鳩梁宋之間謂之鵖鷵鳩性慈孝慇謹故聽聲考詳篇曰雀聲慘毒鳩聲慈念一曰祝鳩或曰鵻與鳲鳩皆壹鳥也故有尸祝之號尸鳩性壹而慈祝鳩性壹而孝故一名尸一名祝今鵻類賦尾皆促故其字從隹說文曰隹鳥之短尾總名也禽經曰拙者莫如鳩巧者莫如鶻爾雅翼云隹鳩孝鳥故少皞氏以爲司徒一名祝鳩又名鵶鳩似斑鳩而臆無繡采

鴶鳩。其大者，謂之鳻鳩。其小者，謂之鶌鳩。或謂之鵴鳩，或謂之鵶鳩。梁宋之間謂之鵖鷵。’鳩性慈孝慇謹，故《聽聲考詳篇》曰：‘雀聲慘毒，鳩聲慈念。’一曰祝鳩。或曰：鵻與鳲鳩皆壹鳥也，故有尸祝之號。尸鳩性壹而慈，祝鳩性壹而孝，故一名尸，一名祝。今鵻類賦尾皆促，故其字從隹。《説文》曰：‘隹，鳥之短尾總名也。’《禽經》曰：‘拙者莫如鳩，巧者莫如鶻。’”《爾雅翼》云：“隹鳩，孝鳥，故少皞氏以爲司徒。一名祝鳩，又名鵶鳩。似斑鳩而臆無繡采，

毛詩陸疏廣要 二十五 汲古閣
又頭有贅物之拙者不能爲巢纔架數枝往往
破卵無巢不能居天將雨則逐其雌霽則呼而
反之今人辨其聲以爲無屋住云鶻旣孝鳥故
養老之杖倣之漢仲秋之月縣道皆按戶比民
年始七十者授之以玉杖杖長尺端以鳩鳥爲
飾王子年記少皡時事稱帝子與皇娥泛于海
上以桂枝爲表結薰茅爲旌刻玉爲鳩置于表
端則鳩枝之起亦遠矣琴操曰舜耕歷山思慕
父母見鳩與母俱飛鳴相哺食感思作歌今之

又頭有贅。物之拙者，不能爲巢，纔架數枝，往往破卵無巢不能居。天將雨，則逐其雌，霽則呼而反之。今人辨其聲，以爲無屋住云。鶻既孝鳥，故養老之杖倣之。漢仲秋之月，縣道皆按户比民，年始七十者，授之以玉杖。杖長尺，端以鳩鳥爲飾。王子年記少皡時事，稱帝子與皇娥泛于海上，以桂枝爲表，結薰茅爲旌，刻玉爲鳩，置于表端，則鳩（枝）［杖］[1]之起亦遠矣。《琴操》曰：‘舜耕歷山，思慕父母。見鳩與母俱飛，鳴相哺食，感思作歌，今之

1 “杖”，原作“枝”，據四庫本改。

青鶬禽經曰鶬上無尋鷚上無常言二鳥之起
不過尋丈歲時記稱四月有鳥如烏鴻先雞而
鳴聲云加格加格民候此鳥鳴則入田以爲催
人犂格也亦一引爾雅鳥鳴即鵯鳩并鷙虞槐
賦春宿教農之鳩鳩與扈異又以爲春扈曰鳻
鶥主五土宜于水者也則誤矣淮南亦云夏孟
之日以熟穀禾鳷鳩長鳴爲帝候歲蓋亦謂此
許叔重以爲鳷鳩布穀未知孰是詩緝曰鵻鶉
鳩也即剡子祝鳩氏司徒也鵻一鳥而十四名

《青鶬》。'《禽經》曰:'鶬上無尋,鷚上無常。'言二鳥之起,不過尋丈。《歲時記》稱:四月有鳥如烏鴻,先雞而鳴,聲云'加格加格',民候此鳥鳴則入田,以爲催人犂格也。亦一引《爾雅》'鳥鳴即鵯鳩',并(鷙)[摯][1]虞《槐賦》'春宿教農之鳩'。鳩與扈異,又以爲春扈曰鳻鶥,主五土宜于水者也,則誤矣。《淮南》亦云:'[孟]夏(孟)[2]之日,以熟穀禾,鳷鳩長鳴,爲帝候歲',蓋亦謂此。許叔重以爲'鳷鳩,布穀',未知孰是。"《詩緝》曰:"鵻,鶉鳩也,即剡子祝鳩氏司徒也。鵻一鳥而十四名:

1 "摯",原作"鷙",今據四庫本改。

2 "孟夏",原作"夏孟",前後互乙,今據四庫本改。

鵻也，隹其也，鶏鳩也，祝鳩也，鳺鴀也，（鶔）［鶏］[1]鳩也，𪄀鳩也，鴡鳩也，楚鳩也，鴮鳩也，荆鳩也，（鶏）［乳］[2]鳩也，鶔鳩也，鷄鳩也。”《左傳》杜預註曰：“祝鳩孝，故主於教民。”

按：鳩類甚多，其名亦紛紛不一。如鶏鳩、鷚鳩、鶬鳸、青鶬、鵴鶌、鸊鵴之類，不可枚舉，何嚴氏止云十四名耶！但張揖云“隹，鷱也”，惑人甚矣。若斑鳩，據張華《禽經》註云：“班，次序也。凡哺子，朝從上下，莫從下上，他鳥皆否。”其爲鳲鳩無疑矣。昔人但

1“鶏”，原作“鶔”，與後“鶔鳩”名重，顯誤。《詩緝》作“鶏鳩”，今據之以改。

2“乳”，原作“鶏”，今據《詩緝》改。

能辨鳴鳩非班鳩不能辨班鳩是鳲鳩皆泥斑
文之斑而不知班列之班也凡鳩皆好鳴故馮
衍逐婦書云口如布穀羅氏遂混鳲鳩鳴鳩爲
一鳥與陸氏分疏之意甚相矛盾

脊令在原

脊令大如鷃雀長脚長尾尖喙背上青灰色腹下
白頸下黑如連錢故杜陽人謂之連錢

禽經曰鶺鴒友悌張註雀屬也爾雅曰鶺鴒雝
渠毛詩曰水鳥也大雀高尺尖尾長喙頸黑青

能辨鳴鳩非班鳩，不能辨班鳩是鳲鳩，皆泥斑文之斑，而不知班列之班也。凡鳩皆好鳴，故馮衍《逐婦書》云“口如布穀”，羅氏遂混鳲鳩、鳴鳩爲一鳥，與陸氏分疏之意甚相矛盾。

91. 脊令在原

〖疏〗脊令大如鷃雀，長脚，長尾，尖喙。背上青灰色，腹下白，頸下黑，如連錢，故杜陽人謂之連錢。

〖廣要〗《禽經》曰:“鶺鴒，友悌。”張註:“雀屬也。《爾雅》曰:‘鶺鴒，雝渠。’《毛詩》曰:‘水鳥也。’大雀，高尺，尖尾，長喙，頸黑，青

灰色腹下正白飛則鳴行則搖又曰鶺鴒在原
兄弟急難鶺鴒共母者飛鳴不相離詩人取以
喻兄弟相友之道也博雅鶈鷞鳽音形也埤雅
云義訓曰鵰鴒錢母其頸如錢文其鳴自呼或
曰首尾相應飛且鳴者故謂之雝渠渠之言勤
也物類相感志曰俗呼雪姑其色蒼白似雪鳴
則天當大雪極爲驗矣爾雅翼鶺鴒水鳥唐明
皇時有鶺鴒數十集麟德殿廷木翔棲浹日魏
光乘作頌以爲天子友悌之祥詩緝云脊令飛

灰色，腹下正白。飛則鳴，行則搖。又曰：‘鶺鴒在原，兄弟急難。’鶺鴒，共母者，飛鳴不相離，詩人取以喻兄弟相友之道也。”《博雅》：“鶈鷞，鳽音形。也。”《埤雅》云：“《義訓》曰：‘鵰鴒，錢母，其頸如錢文。’其鳴自呼，或曰：‘首尾相應，飛且鳴者，故謂之雝渠。渠之言勤也。’《物類相感志》曰：‘俗呼雪姑，其色蒼白似雪，鳴則天當大雪，極爲驗矣。’”《爾雅翼》：“鶺鴒，水鳥。唐明皇時，有鶺鴒數十，集麟德殿廷木，翔棲浹日。魏光乘作頌，以爲天子友悌之祥。”《詩緝》云：“脊令飛則鳴行則搖在原者是其行時也非在原不見其行故以在原言之脊令行而在原則搖其身首尾相應如兄弟急難相救也世以手足喻兄弟亦謂如左右手之相救一體同氣天性自然至親至切之喻也小宛取義在於飛則鳴故曰題彼脊令載飛載鳴此詩取義在於行則搖故曰鶺鴒在原程子以爲脊令首尾相應是也鄭氏以爲水鳥宜在水中在原則失其常處故飛鳴以求其類非也今雪姑非水中之鳥若失其

則鳴，行則摇。在原者，是其行時也，非在原，不見其行，故以在原言之。脊令行而在原，則摇其身，首尾相應，如兄弟急難相救也。世以手足喻兄弟，亦謂如左右手之相救。一體同氣，天性自然，至親至切之喻也。《小宛》取義在於飛則鳴，故曰‘題彼脊令，載飛載鳴’。此詩取義在於行則摇，故曰‘鶺鴒在原’。程子以爲脊令首尾相應，是也。鄭氏以爲‘水鳥宜在水中，在原則失其常處，故飛鳴以求其類’，非也。今雪姑非水中之鳥，若失其

常處而飛鳴以求其類凡鳥皆然何獨脊令哉
按詩攷作鵬鴒在原惟石經作脊令今江南洲
渚間多有之其狀小如雀輕俊可愛張茂先云
高尺恐誤
黄鳥于飛
黄鳥黄鸝留也或謂之黄栗留幽州人謂之黄鸎
或謂之黄鳥一名倉庚一名商庚一名鵹黄一名
楚雀齊人謂之摶黍關西謂之黄鳥一作鸝黄當
葚熟時來在桑間故里語曰黄栗留看我麥黄葚

常處，而飛鳴以求其類，凡鳥皆然，何獨脊令哉！”

按:《詩攷》作“鵬鴒在原”，惟《石經》作“脊令”。今江南洲渚間多有之，其狀小如雀，輕俊可愛。張茂先云“高尺”，恐誤。

92. 黄鳥于飛

〖疏〗黄鳥，黄鸝留也，或謂之黄栗留。幽州人謂之黄鸎，或謂之黄鳥。一名倉庚，一名商庚，一名鵹黄，一名楚雀。齊人謂之摶黍，關西謂之黄鳥。一作“鸝黄”。當葚熟時，來在桑間，故里語曰:“黄栗留，看我麥黄葚

熟不亦是應節趨時之鳥也或謂之黃袍
爾雅皇黃鳥又云倉庚商庚又云鵹黃楚雀又
云倉庚鵹黃也郭註云俗呼黃離留亦名摶黍
其色鵹黑而黃因以名云鄭註云黃鸎也一名
倉庚一名商庚一名鵹黃一名楚雀一名摶黍
一名黃離留陸璣云常以葚熟時來故里語曰
黃栗留看我麥栗黃椹不故又名黃栗留禽經
倉鶊鵹黃黃鳥也亦曰楚雀亦曰商庚夏蠶候
也張註今謂之黃鶯黃鸝是也野民曰黃栗留

熟不。”亦是應節趨時之鳥也。或謂之黃袍。

〖廣要〗《爾雅》:“皇，黃鳥。”又云:“倉庚，商庚。”又云:“鵹黃，楚雀。”又云:“倉庚，鵹黃也。”郭註云:“俗呼黃離留，亦名摶黍。其色鵹黑而黃，因以名云。”鄭註云:“黃鸎也，一名倉庚，一名商庚，一名鵹黃，一名楚雀，一名摶黍，一名黃離留。陸璣云:‘常以葚熟時來，故里語曰:黃栗留，看我麥栗黃椹不。’故又名黃栗留。”《禽經》:“倉鶊，鵹黃，黃鳥也。亦曰楚雀，亦曰商庚，夏蠶候也。”張註:“今謂之黃鶯、黃鸝，是也。野民曰黃栗留，語聲轉耳其色鵹黑而黄故名鵹黄詩云黄鳥以色呼也北人呼爲楚雀此鳥鳴時蠶事方興蠶婦以爲候說文離黄倉庚也鳴則蠶生禮記曰仲春之月倉庚鳴格物總論云鸎黑尾嘴尖紅脚青遍身甘草黄色羽及尾有黑毛相間三四月鳴聲音圓滑埤雅倉庚鳴于仲春其羽之鮮明在夏韓子曰以鳥鳴春以蟲鳴秋以鳥鳴春若黄鳥之類其善鳴者也爾雅翼倉庚黄鳥而黑章齊人謂之摶黍秦人謂之黄流離幽冀

語聲轉耳。其色鵹黑而黄，故名鵹黄。《詩》云‘黄鳥’，以色呼也。北人呼爲楚雀。此鳥鳴時，蠶事方興，蠶婦以爲候。”《説文》:“離黄，倉庚也。鳴則蠶生。”《禮記》曰:“仲春之月，倉庚鳴。”《格物總論》云:“鸎，黑尾，嘴尖紅，脚青，遍身甘草黄色，羽及尾有黑毛相間。三四月鳴，聲音圓滑。”《埤雅》:“倉庚鳴于仲春，其羽之鮮明在夏。韓子曰:‘以鳥鳴春，以蟲鳴秋。’以鳥鳴春，若黄鳥之類，其善鳴者也。”《爾雅翼》:“倉庚，黄鳥而黑章。齊人謂之摶黍，秦人謂之黄流離，幽冀

謂之黃鳥一名黃鸝畱或謂之黃栗流一名黃
鸎二月而鳴夏小正云二月有鳴倉庚鶊者績
之候倉庚者蠶之候詩鳥鳴嚶嚶按禽經稱鸎
鳴嚶嚶則詩所言鳥殆謂此故後人皆以鸎名
之此鳥之性好雙飛故鸝字從麗又曰鸝必匹
飛鶊必單棲出谷遷喬之事未見其驗今荆州
每至冬月於田畝中得土堅圓如卵者輒取以
賣破之則鸎在其中無復毛羽蓋以土自裹伏
而土堅勁候春始生羽破土而出然則出谷遷

謂之黄鳥。一名黄鸝留，或謂之黄栗流，一名黄鸎。二月而鳴，《夏小正》云‘二月，有鳴倉庚’。鶊者，績之候；倉庚者，蠶之候。《詩》‘鳥鳴嚶嚶’，按:《禽經》稱‘鸎鳴嚶嚶’，則《詩》所言鳥殆謂此，故後人皆以鸎名之。此鳥之性，好雙飛，故鸝字從麗。又曰:‘鸝必匹飛，鶊必單棲。’出谷、遷喬之事，未見其驗。今荆州每至冬月，於田畝中得土堅圓如卵者，輒取以賣。破之則鸎在其中，無復毛羽。蓋以土自裹伏，而土堅勁，候春始生羽，破土而出。然則出谷、遷

毛詩陸疏廣要　三十　汲古閣

喬之事恐當似此矣

鴟鴞鴟鴞

鴟鴞似黃雀而小其喙尖如錐取茅莠爲巢以麻紩之如刺襪然縣著樹枝或一房或二房幽州人謂之鸋鴂或曰巧婦或曰女匠關東謂之工雀或謂之過羸關西謂之桑飛或謂之襪雀或曰巧女

爾雅鴟鴞鸋鴂邢疏舍人曰鴟鴞一名鸋鴂郭云鴟類詩豳風云鴟鴞毛傳云鴟鴞鸋鴂先儒皆以爲今之巧婦郭註此云鴟類又註方言云

喬之事，恐當似此矣。”

93. 鴟鴞鴟鴞

〖疏〗鴟鴞，似黃雀而小，其喙尖如錐，取茅莠爲巢，以麻紩之，如刺襪然。縣著樹枝，或一房，或二房。幽州人謂之鸋鴂，或曰巧婦，或曰女匠。關東謂之工雀，或謂之過羸。關西謂之桑飛，或謂之襪雀，或曰巧女。

〖廣要〗《爾雅》:“鴟鴞，鸋鴂。”邢疏:“舍人曰:‘鴟鴞，一名鸋鴂。’郭云:‘鴟類。’《詩・豳風》云‘鴟鴞’，毛傳云:‘鴟鴞，鸋鴂。’先儒皆以爲今之巧婦，郭註此云‘鴟類’，又註《方言》云

鶌鳩鴟鴞鴟屬非此小雀明矣是與先儒意異
也今爾雅以郭氏爲宗且依郭氏埤雅先儒以
爲鴟鴞卽今巧婦郭註爾雅獨云鴟類則璞與
先儒異意以詩與爾雅考之宜如璞義蓋爾雅
言鴟鴞鶌鳩繼云狂茅鴟怪鴟梟鴟則鴟鴞宜
亦鴟類賈誼所謂鸞鳳伏竄鴟鴞翱翔是也詩
曰鴟鴞鴟鴞既取我子無毀我室則其語似戒
鴟鴞之詞正如黃鳥之詩非鴟鴞自道也昔賢
云鴟鴞惜功愛子及室誤矣其二章曰迨天之

‘鶌鳩，鴟鴞，鴟屬’，非此小雀明矣，是與先儒意異也。今《爾雅》以郭氏爲宗，且依郭氏。”《埤雅》:“先儒以爲鴟鴞即今巧婦，郭註《爾雅》，獨云‘鴟類’，則璞與先儒異意。以《詩》與《爾雅》考之，宜如璞義。蓋《爾雅》言‘鴟鴞，鶌鳩’，繼云‘狂茅鴟、怪鴟、梟鴟’，則鴟鴞宜亦鴟類。賈誼所謂‘鸞鳳伏竄，鴟鴞翱翔’，是也。《詩》曰‘鴟鴞鴟鴞，既取我子，無毀我室’，則其語似戒鴟鴞之詞，正如《黃鳥》之詩，非鴟鴞自道也。昔賢云：鴟鴞惜功，愛子及室，誤矣。其二章曰:‘迨天之未陰雨徹彼桑土綢繆牖戶迨天之未陰雨及其閑暇之譬也徹彼桑土綢繆牖戶明其政刑之譬也孔子曰爲此詩者其知道乎及其國家閒暇明其政刑孰敢侮之爲是故也東萊呂氏曰鸋鴂鴟鴞之别名郭景純陸農師所解皆得之方言云自關而東謂桑飛曰鸋鴂此乃陸璣疏所謂巧婦似黄雀而小其名偶與鴟鴞之别名同與爾雅之所載實兩物也毛鄭誤指以解詩歐陽氏雖知其失乃併與爾雅非之葢未攷

未陰雨，徹彼桑土，綢繆牖户。'　'迨天之未陰雨'，及其閒暇之譬也。'徹彼桑土，綢繆牖户'，明其政刑之譬也。孔子曰：'爲此詩者，其知道乎！及其國家閒暇，明其政刑，孰敢侮之？'爲是故也。"東萊吕氏曰："鸋鴂，鴟鴞之别名。郭景純、陸農師所解皆得之。《方言》云：'自關而東，謂桑飛曰鸋鴂。'此乃陸璣疏所謂巧婦，似黄雀而小，其名偶與鴟鴞之别名同，與《爾雅》之所載，實兩物也。毛、鄭誤指以解《詩》，歐陽氏雖知其失，乃併與《爾雅》非之，蓋未攷

郭景純之註耳朱註云鴟鴞鵂鶹惡鳥攫鳥子
而食者也藍田呂氏曰惡聲之鷙鳥也有鴞萃
止翩彼飛鴞爲梟爲鴟蓋梟之類也華谷嚴氏
曰鴟鴞喜破鳥巢而食其子山陰陸氏曰鴟鵂
一名隻狐鴞服鬼車之類爾雅又云鵅鵋鶀註
今江東呼爲鵂鶹爲鵋欺亦謂之鴝鵅又云怪
鴟註卽鴟鵂也見廣雅今江東通呼此屬爲怪
鳥莊子云鵂鶹夜撮蚤察毫末晝出瞋目不見
丘山言殊性也博物志云鵂鶹一名鵋鵂晝日

郭景純之註耳。”朱註云：“鴟鴞，鵂鶹，惡鳥，攫鳥子而食者也。”藍田呂氏曰：“惡聲之鷙鳥也。‘有鴞萃止’‘翩彼飛鴞’‘爲梟爲鴟’，蓋梟之類也。”華谷嚴氏曰：“鴟鴞喜破鳥巢而食其子。”山陰陸氏曰：“鴟鵂，一名隻狐，鴞服、鬼車之類。”《爾雅》又云：“鵅，鵋鶀。”註：“今江東呼（爲）[1]鵂鶹爲鵋欺，亦謂之鴝鵅。”又云“怪鴟”，註：“即鴟鵂也，見《廣雅》，今江東通呼此屬爲怪鳥。”《莊子》云：“鵂鶹夜撮蚤，察毫末，晝出瞑目，不見丘山，言殊性也。”《博物志》云：“鵂鶹，一名鵋鵂。晝日

1 “呼爲”之“爲”衍，今據《爾雅注疏》删。

無見，夜則目至明。人截爪甲棄露地，此鳥夜至人家，拾取爪視之，則知吉凶。輒便鳴，其家有殃。"《本草》云:"鉤鵅入城城空，入宅宅空，怪鳥也。又有鵂鶹，亦是其類，微小而黄，夜能食[1]人手爪，知人吉凶。"《纂文》曰:"鵂鶹，夜能食蚤蝨。蚤、爪音相近，俗人云'拾人棄爪，相吉凶'，妄説也。"《淮南萬畢術》曰:"鵋鵙致鳥。取鵋鵙，折其大羽，絆其兩足，以爲媒。張羅其傍，則鳥聚矣。"歐陽氏云:"今鴞多攫鳥子而食。"《名物疏》云:"鴟鴞名鸋鴂，巧婦亦名鸋鴂，故

1"食"，《證類本草》引陳藏器語作"拾"。

先儒多誤以鴟鴞爲巧婦其實鴟鴞是鴞類耳衛風流離之子此土梟也陳風有鴞萃止此爾雅之梟鴟也竝非此鴟鴞朱傳以爲鵂鶹則又誤鵂鶹爾雅謂之鵅鵋鶀又云怪鴟不得爲鴟鴞也若巧婦乃周頌之桃蟲耳據本草則鵋鶀鵂鶹又是二物及鄭氏云鶹鷅生題肩與鴞亦無所出難以管見定其然否韓詩說云鴟鴞鸋鴂鳥名也鴟鴞所以愛養其子者適以病之愛憐養其子者謂堅固其窠巢病之者謂不知託

先儒多誤以鴟鴞爲巧婦。其實鴟鴞是鴞類耳。《衛風》'流離之子'，此土梟也;《陳風》'有鴞萃止'，此《爾雅》之梟鴟也，竝非此鴟鴞。朱傳以爲鵂鶹，則又誤鵂鶹。《爾雅》謂之'鵅，鵋鶀'，又云'怪鴟'，不得爲鴟鴞也。若巧婦，乃《周頌》之桃蟲耳。據《本草》，則鵋鶀、鵂鶹又是二物，及鄭氏云'鶹鷅生題肩與鴞'，亦無所出，難以管見定其然否。《韓詩説》云:'鴟鴞，鸋鴂，鳥名也。鴟鴞所以愛養其子者，適以病之。愛憐養其子者，謂堅固其窠巢。病之者，謂不知託

於大樹茂枝反敷之葦蔄風至蔄折有子則死
有卵則破是其病也與荀子所說蒙鳩同楊倞
荀子註云蒙鳩鷦鷯也是韓嬰亦以鴟鴞爲巧
婦也
按經云既取我子無毀我室雖云比擬之詞其
爲惡鳥無疑矣嚴華谷云喜破鳥巢而食其子
朱晦菴云攫鳥子而食極合風人之旨陸元恪
認爲巧婦釋文全非大凡說詩者鳥獸草木之
名固應詳覈亦必得顧母法方解人頤若夫流

於大樹茂枝，反敷之葦蔄。風至蔄折，有子則死，有卵則破，是其病也。’與《荀子》所説蒙鳩同。楊倞《荀子》註云：‘蒙鳩，鷦鷯也。’是韓嬰亦以鴟鴞爲巧婦也。”

按：《經》云“既取我子，無毀我室”，雖云比擬之詞，其爲惡鳥無疑矣。嚴華谷云“喜破鳥巢而食其子”，朱晦菴云“攫鳥子而食”，極合風人之旨。陸元恪認爲巧婦，釋文全非。大凡説《詩》者，鳥獸草木之名，固應詳覈，亦必得顧母法，方解人頤。若夫流

離之子顯然借惡鳥以斥衛人朱子云流離漂
散也謂之何哉
交交桑扈
桑扈青雀也好竊人脯肉脂及筩中膏故曰竊脂
爾雅桑鳸竊脂邢疏桑鳸一名竊脂郭註云俗
謂之青雀觜曲食肉好盜脂膏因名云鄭玄詩
箋云竊脂肉食陸璣諸儒說竊脂皆謂盜脂膏
即如下云竊玄竊黃者豈復盜竊玄黃乎按下
篇釋獸云虎竊毛謂之虥貓虦如小熊竊毛而

離之子，顯然借惡鳥以斥衛人。朱子云“流離，漂散也”，謂之何哉！

94. 交交桑扈

〖疏〗桑扈，青雀也。好竊人脯肉脂及筩中膏，故曰竊脂。

〖廣要〗《爾雅》：“桑鳸，竊脂。”邢疏：“桑鳸，一名竊脂。郭註云：‘俗謂之青雀，觜曲，食肉，好盜脂膏，因名云。’鄭玄《詩》箋云：‘竊脂，肉食。’陸璣諸儒說竊脂皆謂盜脂膏，即如下云‘竊玄’‘竊黃’者，豈復盜竊玄黃乎？按下篇《釋獸》云‘虎竊毛謂之虥貓’‘虦如小熊竊毛而

黃竊毛皆謂淺毛竊卽古之淺字但此鳥其色
不純竊玄淺黑也竊藍淺青也竊黃淺黃也竊
丹淺赤也四色皆具則竊脂爲淺白也而諸儒
必謂盜竊脂膏者以此經下別云桑扈與竊玄
竊黃等竝列則爲淺白者也春秋九扈是也此
是別一種青雀好竊脂肉目驗而然詩小雅交
交桑扈是也且鄭玄郭璞陸璣皆當世名儒無
容不知竊爲淺義脂爲白色而待後人駮正也
後人不達此旨妄說異端非也鄭註云按此鳥

黄'，竊毛皆謂淺毛，竊即古之淺字。但此鳥其色不純，竊玄，淺黑也；竊藍，淺青也；竊黄，淺黄也；竊丹，淺赤也；四色皆具，則竊脂爲淺白也。而諸儒必謂盜竊脂膏者，以此經下别云'桑扈'，與竊玄、竊黄等竝列，則爲淺白者也。《春秋》'九扈'，是也。此是别一種青雀，好竊脂肉，目驗而然。《詩·小雅》'交交桑扈'，是也。且鄭玄、郭璞、陸璣皆當世名儒，無容不知竊爲淺義，脂爲白色，而待後人駁正也。後人不達此旨，妄説異端，非也。"鄭註云:"按此鳥，

今謂之蠟觜性甚慧可教色微緑其觜似蠟言
淺有脂色此所謂其觜之色也爾雅又云老鳸
鴳春鳸鳻鶞夏鳸竊玄秋鳸竊藍冬鳸竊黄桑
鳸竊脂棘鳸竊丹行鳸唶唶宵鳸嘖嘖郭註云
老鳸今鴳雀諸鳸皆因其毛色音聲以爲名邢
疏李巡云諸鳸别春夏秋冬四時之名唶唶嘖
嘖鳥聲也按昭十七年左傳云九鳸爲九農正
以此八鳸并上老鳸鴳爲九賈逵註云春鳸鳻
鶞相五土之宜趣民耕種者也夏鳸竊玄趣民

今謂之蠟觜。性甚慧，可教。色微緑，其觜似蠟，言淺有脂色，此所謂其觜之色也。”《爾雅》又云：“老鳸，鴳。春鳸，鳻鶞。夏鳸，竊脂。秋鳸，竊藍。冬鳸，竊黄。桑鳸，竊脂。棘鳸，竊丹。行鳸，唶唶。宵鳸，嘖嘖。”郭註云：“老鳸，今鴳雀。諸鳸皆因其毛色音聲以爲名。”邢疏：“李巡云：‘諸鳸，别春夏秋冬四時之名。唶唶、嘖嘖，鳥聲也。’按昭十七年《左傳》云‘九鳸爲九農正’，以此八鳸并上‘老鳸，鴳’爲九。賈逵註云：‘春鳸，鳻鶞，相五土之宜，趣民耕種者也。夏鳸，竊玄，趣民

耘苗者也秋鳸竊藍趣民收斂者也冬鳸竊黃
趣民蓋藏者也棘鳸竊丹爲果驅鳥者也行鳸
唶唶晝爲民驅鳥者也宵鳸嘖嘖夜爲農驅獸
者也桑鳸竊脂爲蠶驅雀者也老鳸鴳鴳趣民
收麥令不得晏起者也舍人樊光註爾雅其言
亦與賈同其意皆謂以鳸爲官還令依此諸鳸
而動作也然則趣民耕耘及收斂蓋藏其事可
得召民使聚而總號令之其爲果驅鳥爲蠶驅
雀豈得多置官方使之就果樹入蠶室爲民驅

耘苗者也。秋鳸，竊藍，趣民收斂者也。冬鳸，竊黃，趣民蓋藏者也。棘鳸，竊丹，爲果驅鳥者也。行鳸，唶唶，晝爲民驅鳥者也。宵鳸，嘖嘖，夜爲農驅獸者也。桑鳸，竊脂，爲蠶驅雀者也。老鳸，鴳鴳，趣民收麥，令不得晏起者也。’舍人、樊光註《爾雅》，其言亦與賈同。其意皆謂以鳸爲官，還令依此諸鳸而動作也。然則趣民耕耘及收斂蓋藏，其事可得召民使聚而總號令之，其爲果驅鳥，爲蠶驅雀，豈得多置官方，使之就果樹，入蠶室，爲民驅

之哉又晝驅鳥夜驅獸不可竟日通宵常在田
野溥天之下何以可周且其言不經難可據信
也故郭氏及杜預皆不從也埤雅淮南子曰馬
不食脂桑鳸不啄粟非廉也桑扈蓋一名而二
種釋鳥云桑扈竊脂鳭鷯剖葦此桑扈之一種
也蓋對剖葦者言之則竊脂者所謂青質嘴曲
食肉好盜脂膏以其性言也對竊丹者言之則
竊脂者所謂素質其翃與領皆鶯然而有文章
以其色言也左傳曰九扈爲九農正賈逵樊光

毛詩陸疏廣要　卷下之上　汲古閣

之哉？又晝驅鳥，夜驅獸，不可竟日通宵，常在田野，溥天之下，何以可周？且其言不經，難可據信也。故郭氏及杜預皆不從也。"《埤雅》："《淮南子》曰：'馬不食脂，桑鳸不啄粟，非廉也。'桑扈，蓋一名而二種。《釋鳥》云：'桑扈，竊脂；鳭鷯，剖葦。'此桑扈之一種也。[1] 蓋對剖葦者言之，則竊脂者所謂'青質，嘴曲，食肉，好盜脂膏'，以其性言也。對竊丹者言之，則竊脂者，所謂'素質，其翃與領，皆鶯然而有文章'，以其色言也。《左傳》曰：'九扈爲九農正。'賈逵、樊光

1 按：《埤雅》此後原有"'桑扈，竊脂；棘扈，竊丹。'此桑扈之一種也"一句，引文有所簡省，致使文義有闕。

毛詩陸疏廣要　三十六　汲古閣

云云說者非之以爲入林爲果驅鳥入室爲蠶
驅雀晝驅鳥夜驅獸窮日通宵常在田野非先
王所以建官之意則亦以誤矣蓋九鳸農桑候
鳥故先王名官以主農桑之事取其意云耳非
謂依此諸扈使之動作也竊脂言淺白固其理
也且爾雅主詩言之而小雅桑扈所取者有兩
竊脂故爾雅亦兩解也猶之無羊云九十其犉
良耜云殺時犉牡爾雅有黑脣犉又有牛七尺
爲犉是也詩紀歐陽氏曰彼桑扈食肉之鳥今

云云。説者非之，以爲入林爲果驅鳥，入室爲蠶驅雀，晝驅鳥，夜驅獸，窮日通宵，常在田野，非先王所以建官之意，則亦以誤矣。蓋九鳸，農桑候鳥，故先王名官，以主農桑之事，取其意云耳，非謂依此諸扈使之動作也。竊脂言淺白，固其理也。且《爾雅》主《詩》言之，而《小雅》'桑扈'所取者，有兩竊脂，故《爾雅》亦兩解也。猶之《無羊》云'九十其犉'，《良耜》云'殺時犉牡'，《爾雅》有'黑脣，犉'，又有'牛七尺爲犉'，是也。"《詩紀》[1]："歐陽氏曰：'彼桑扈食肉之鳥，今

1 按：即《吕氏家塾讀詩記》。

無肉以食則相與羣飛雜亂循場而爭粟有如
國人失其常業而至於窮寡乃相與爭訟而入
于岸獄丘氏曰桑扈肉食者今循人之穀場而
食粟喻肉食之貪也
按鳥獸異類而同名者甚多拘儒泥而相駮殊
爲可笑如夏扈曰竊玄禽經云竊玄曰鶌乃是
搏擊之鳥又山海經云峿有鳥焉如鸮赤身白
首其名竊脂絶不相類邢氏謂竊脂爲淺白如
竊玄竊黃之例頗快人意但郭氏陸氏俱云青

無肉以食，則相與羣飛雜亂，循場而争粟，有如國人失其常業，而至於窮寡，乃相與争訟而入于岸獄。’丘氏曰：‘桑扈，肉食者，今循人之穀場而食粟，喻肉食之貪也。

按：鳥獸異類而同名者甚多，拘儒泥而相駮，殊爲可笑。如夏扈曰竊玄，《禽經》云“竊玄曰鶌”，乃是搏擊之鳥；又《山海經》云“峿有鳥焉，如鸮，赤身白首，其名竊脂”，絶不相類。邢氏謂竊脂爲淺白，如竊玄、竊黃之例，頗快人意。但郭氏、陸氏俱云“青

雀亦必因其毛色而名得毋與竊藍之秋鳸相混耶若鳭鷯一名剖葦江東人呼爲蘆虎農師亦認爲鳸類誤矣

肈允彼桃蟲

桃蟲今鷦鷯是也微小于黄雀其雛化而爲鵰故俗語鷦鷯生鵰

爾雅云桃蟲鷦其雌鴱邢疏舍人曰桃蟲名鷦其雌名鴱郭云鷦鸋桃雀也俗呼爲巧婦此鷦鸋小鳥而生鵰鶚者也詩周頌云肈允彼桃蟲

雀”，亦必因其毛色而名，得毋與竊藍之秋鳸相混耶？若鳭鷯一名剖葦，江東人呼爲蘆虎，農師亦認爲鳸類，誤矣。

95. 肈允彼桃蟲

〖疏〗桃蟲，今鷦鷯是也。微小于黄雀，其雛化而爲鵰，故俗語“鷦鷯生鵰”。

〖廣要〗《爾雅》云:“桃蟲鷦，其雌鴱。”邢疏:“舍人曰:‘桃蟲名鷦，其雌名鴱。’郭云:‘鷦鸋，桃雀也。俗呼爲巧婦。’此鷦鸋小鳥而生鵰鶚者也。《詩·周頌》云:‘肈允彼桃蟲。’”

鄭註云鴂一名鷦鷯一名鷦鷲一名桃雀俗呼
巧婦禽經云鷦巧而危張註鷦鷲桃雀也狀類
黃雀而小燕人謂之巧婦亦謂之女鷗關東人
呼曰巧雀亦謂之巧女喙尖取茅莠爲巢剡以
縑麻若紡績爲巢或一房或二房懸於蒲葦之
上枝折巢敗巧而不知所託孔疏云毛傳桃蟲
鷦也鳥之始小終大者箋又言鷦之所爲鳥題
肩或曰鴞皆惡聲之鳥定本集註皆云或曰鴟
惡鳥也按月令季冬云征鳥厲註云征鳥題肩

鄭註云："鴂，一名鷦鷯，一名鷦鷲，一名桃雀，俗呼巧婦。"《禽經》云："鷦巧而危。"張註："鷦鷲，桃雀也。狀類黃雀而小。燕人謂之巧婦，亦謂之女鷗；關東人呼曰巧雀，亦謂之巧女。喙尖，取茅莠爲巢，剡以縑麻，若紡績。爲巢，或一房，或二房，懸於蒲葦之上。枝折巢敗，巧而不知所託。"孔疏云："《毛傳》'桃蟲，鷦也，鳥之始小終大者'。箋又言'鷦之所爲鳥，題肩，或曰鴞，皆惡聲之鳥'。定本、《集註》皆云：'或曰鴟，惡鳥也。'按：《月令》季冬云'征鳥厲'，註云：'征鳥，題肩，

齊人謂之擊征或曰鷹然則題肩是鷹之別名
與鴞不類鴞自惡聲之鳥鷹非惡聲不得云皆
惡聲之鳥也說文云鳭鷯桃蟲也郭璞云桃蟲
巧婦也方言說巧婦之名自關而東謂之桑飛
或謂之工雀或謂之過鸁或謂之女匠自關而
西謂之桑飛或謂之韈雀郭璞註云即鳭鷯是
也諸儒皆以鳭爲巧婦與題肩又不類也今箋
以鳭與題肩及鴞三者爲一其義未詳且言鳭
之爲鳥題肩事亦不知所出博雅鳭鷯鸋鴂果

齊人謂之擊征，或曰鷹。’然則題肩是鷹之别名，與鴞不類。鴞自惡聲之鳥，鷹非惡聲，不得云‘皆惡聲之鳥’也。《説文》云：‘鳭鷯，桃蟲也。’郭璞云：‘桃蟲，巧婦也。’《方言》説巧婦之名：‘自關而東，謂之桑飛，或謂之工雀，或謂之過鸁，或謂之女匠。自關而西，謂之桑飛，或謂之韈雀。’郭璞註云：‘即鳭鷯是也。’諸儒皆以鳭爲巧婦，與題肩又不類也。今箋以鳭與題肩及鴞三者爲一，其義未詳。且言‘鳭之爲鳥題肩’，事亦不知所出。”《博雅》：“鳭鷯，鸋鴂，果

鸁桑飛女鴎工雀也埤雅說苑曰鷦鷯巢於葦
苕繫之以髮張華鷦鷯賦云翳薈蒙籠是焉游
集飛不飄揚翔不翕習巢林不過一枝每食不
過數粒
按陸疏鴟鴞一條與鷦鷯甚合故先儒援引多
及之馮氏名物疏已詳辨矣
值其鷺羽 坊刻振鷺于飛誤
鷺水鳥也好而潔白故汶陽謂之白鳥齊魯之間
謂之春鉏遼東樂浪吳揚人皆謂之白鷺大小如
毛詩陸疏廣要 卷下之上 汲古閣

鸁，桑飛，女鴎，工雀也。”《埤雅》:“《説苑》曰：鷦鷯巢於葦苕，繫之以髮。”張華《鷦鷯賦》云:“翳薈蒙籠，是焉游集。飛不飄揚，翔不翕習。巢林不過一枝，每食不過數粒。”

按：陸疏“鴟鴞”一條，與鷦鷯甚合，故先儒援引多及之，馮氏《名物疏》已詳辨矣。

96. 值其鷺羽坊刻“振鷺于飛”，誤。

〖疏〗鷺，水鳥也。好而潔白，故汶陽謂之白鳥，齊魯之間謂之春鉏，遼東、樂浪、吴揚人皆謂之白鷺。大小如鴟青脚高尺七八寸尾如鷹尾喙長三寸頭上有毛十數枚長尺餘毿毿然與衆毛異甚好將欲取魚時則弭之今吳人亦養焉好羣飛鳴楚威王時有朱鷺合沓飛翔而來舞則復有赤者舊鼓吹朱鷺曲是也然則鳥名白鷺赤者少耳此舞所持持其白羽也

爾雅鷺春鉏邢疏云鷺一名春鉏郭云白鷺也頭翅背上皆有長翰毛今江東人取以爲睫欏名之曰白鷺縗詩陳風云値其鷺羽鄭註云亦

鴟，青脚，高尺七八寸，尾如鷹尾，喙長三寸。頭上有毛十數枚，長尺餘，毿毿然與衆毛異，甚好，將欲取魚時則弭之。今吳人亦養焉。好羣飛鳴。楚威王時有朱鷺合沓飛翔而來舞，則復有赤者，舊鼓吹《朱鷺曲》是也。然則鳥名白鷺，赤者少耳。此舞所持，持其白羽也。

〖廣要〗《爾雅》:“鷺，春鉏。”邢疏云:“鷺，一名春鉏。郭云:‘白鷺也，頭、翅、背上，皆有長翰毛。今江東人取以爲睫欏，名之曰白鷺縗。’《詩·陳風》云‘値其鷺羽’。”鄭註云:“亦

曰鷺鷥禽經云鶬鷺之潔又云寀寮雝雝鴻儀
鷺序張註鷺白鷺也小不踰大飛有次序百官
縉紳之象詩以振鷺比百寮雍容喻朝美埤雅
鷺步于淺水好自低昂故曰舂鉏也鷺色雪白
頂上有絲毿毿然長尺餘欲取魚則弭之禽經
曰鷺啄則絲偃鷹捕則角弭藏殺機也青脚喜
翹高尺七八寸善翾捕魚又其翔集必舞而後
下每至水面數尺則必低曲少盤其埶與飛之
時徑起特異葢其天性舞而後下故詩於鷺于

曰鷺鷥。"《禽經》云"鶬鷺之潔"，又云"寀寮雝雝，鴻儀鷺序"。張註："鷺，白鷺也。小不踰大，飛有次序，百官縉紳之象。《詩》以振鷺比百寮雍容，喻朝美。"《埤雅》："鷺步于淺水，好自低昂，故曰舂鉏也。鷺色雪白，頂上有絲，毿毿然，長尺餘。欲取魚，則弭之。《禽經》曰'鷺啄則絲偃，鷹捕則角弭'，藏殺機也。青脚，喜翹，高尺七八寸，善翾捕魚。又其翔集，必舞而後下。每至水面數尺，則必低曲少盤其埶，與飛之時徑起特異。蓋其天性舞而後下，故《詩》於'鷺于

毛詩陸疏廣要　四十　汲古閣

下曰醉言舞鷺于飛曰醉言歸也禽經曰鸖好
霜鷺好露字從露省以此亦或謂之白露今人
畜之極有馴擾者每至白鷺降日則定飛揚而
去俗說雄雌相盼則產陰陽自然變化論曰鷺
目成而受胎鶴影接而懷卵鴛鴦交頸野鵲傳
枝物固有是哉鷺白鳥也故詩言白鳥翯翯以
美文王之德爾雅翼云鷺水鳥潔白而善爲容
江東人取毛爲接䍦名白鷺縗亦曰白鷺簑或
以紅鶴毛間之隋樂志云建鼓商世所作又棲

下’曰‘醉言舞’，‘鷺于飛’曰‘醉言歸’也。《禽經》曰‘鸖好霜，鷺好露’，字從露省以此，亦或謂之白露。今人畜之，極有馴擾者，每至白露降日，則定飛揚而去。俗説：雄雌相盼則産。《陰陽自然變化論》曰：‘鷺目成而受胎，鶴影接而懷卵，鴛鴦交頸，野鵲傳枝，物固有是哉！’鷺，白鳥也。故《詩》言‘白鳥翯翯’，以美文王之德。”《爾雅翼》云：“鷺，水鳥，潔白而善爲容。江東人取毛爲接䍦，名白鷺縗，亦曰白鷺簑，或以紅鶴毛間之。《隋・樂志》云：‘建鼓，商世所作。又棲

翔鷺于其上不知何代所加或曰鵠也取其聲
揚而遠聞或曰白鷺鼓精也或曰皆非也振振
鷺鷺于飛鼓咽咽醉言歸言古之君子悲周道
之衰頌聲之息飾鼓以鷺存其風流未知孰是
隋志之說云爾考按梓人之職臝者羽者鱗者
以爲筍簴蓋振古如此則所謂建鼓之鷺安知
非商世所有陳風亦曰坎其擊鼓宛丘之下無
冬無夏值其鷺羽坎其擊缶宛丘之道無冬無
夏值其鷺翿翿或爲纛羽爲翿皆筍簴之所懸

翔鷺于其上，不知何代所加。或曰：鵠也，取其聲揚而遠聞。或曰：白鷺，鼓精也。或曰：皆非也。振振鷺，鷺于飛。鼓咽咽，醉言歸。言古之君子，悲周道之衰，頌聲之息，飾鼓以鷺，存其風流。未知孰是。'《隋志》之説云爾。考按梓人之職：'臝者、羽者、鱗者，以爲筍簴。' 蓋振古如此，則所謂建鼓之鷺，安知非商世所有？《陳風》亦曰'坎其擊鼓，宛丘之下。無冬無夏，值其鷺羽。坎其擊缶，宛丘之道。無冬無夏，值其鷺翿。' 翿或爲纛，羽（爲）[與][1] 翿，皆筍簴之所懸，

1 "與"，原作"爲"，據《爾雅翼》改。

毛詩陸疏廣要 四十一 汲古閣

則鼓之上有鷺舊矣說詩者乃以鷺爲舞者之
翳而訓値爲持不知値者葢植立之義又曰振
鷺于飛于彼西雝大雅論鐘鼓必於辟雝之地
春秋傳則云西辟樂備是辟雝西辟西雝皆樂
器之所在也大射儀建鼓在阼階西南書亦云
大貝鼖鼓在西傍則西雝振鷺之飛爲鼓上之
鷺明矣鼓常在西振鷺在鼓之上有飛之象耳
又說者以鷺爲鼓精古今樂錄云吳王夫差時
有雙鷺飛出鼓中而大雲故有是名猶會稽雷

則鼓之上有鷺，舊矣。説《詩》者乃以鷺爲舞者之翳，而訓値爲持。不知値者，蓋植立之義。又曰：'振鷺于飛，于彼西雝。'《大雅》論鐘鼓，必於辟雝之地，《春秋傳》則云'西辟樂備'，是辟雝、西辟、西雝，皆樂器之所在也。《大射儀》：'建鼓在阼階西南。'《書》亦云：'大貝鼖鼓在西（傍）［房］[2]。'則西雝振鷺之飛，爲鼓上之鷺明矣。鼓常在西，振鷺在鼓之上，有飛之象耳。又説者，以鷺爲鼓精。《古今樂録》云'吴王夫差時，有雙鷺飛出鼓中而（大）［入］[1]雲'，故有是名。猶會稽雷

1"入"，原作"大"，據《爾雅翼》改。

2"房"，原作"傍"，今據四庫本改。

門之鼓相傳有鶴飛入其中鼓鳴聞洛陽後破鼓鶴遂飛去亦其類也後世有鼓吹曲亦以朱鷺爲首或言朱鷺是漢曲說樂府者亦以爲因餙鼓以鷺而爲曲之名此則非也餙鼓以鷺而不朱朱自因瑞耳禽經曰朱鳶不攫肉朱鷺不吞鯉

按鷺一名屬玉屬玉乃是水鳥漢武以之名觀云可以厭火恐亦非鷺姑存疑以俟博識者

維鵜在梁

門之鼓，相傳有鶴飛入其中，鼓鳴聞洛陽。後破鼓，鶴遂飛去。亦其類也。後世有鼓吹曲，亦以《朱鷺》爲首。或言《朱鷺》是漢曲，説樂府者，亦以爲因飾鼓以鷺，而爲曲之名，此則非也。飾鼓以鷺而不朱，朱自因瑞耳。《禽經》曰：‘朱鳶不攫肉，朱鷺不吞鯉。’”

按：鷺，一名屬玉。屬玉乃是水鳥，漢武以之名觀，云可以厭火，恐亦非鷺姑，存疑以俟博識者。

97. 維鵜在梁

鵜水鳥形如鶚而極大喙長尺餘直而廣口中正赤頷下胡大如數升囊好羣飛若小澤中有魚便羣共抒水滿其胡而棄之令水竭盡魚在陸地乃共食之故曰淘河

爾雅鵜鴮鸅郭註今之鵜鶘也好羣飛沉水食魚故名洿澤俗呼之爲淘河禽經曰淘河在岸則魚没沸河在岸則魚出又云鵜志在水鴷志在木張註鵜鶘水鳥也似鶚而大喙長尺餘頷下有胡如大囊受數升湖中取水以聚羣魚候

〖疏〗鵜，水鳥，形如鶚而極大。喙長尺餘，直而廣，口中正赤，頷下胡大如數升囊。好羣飛。若小澤中有魚，便羣共抒水，滿其胡而棄之，令水竭盡。魚在陸地，乃共食之。故曰淘河。

〖廣要〗《爾雅》“鵜，鴮鸅”，郭註：“今之鵜鶘也。好羣飛，沉水食魚，故名洿澤，俗呼之爲淘河。”《禽經》曰：“淘河在岸，則魚没；沸河在岸，則魚出。”又云：“鵜志在水，鴷志在木。”張註：“鵜鶘，水鳥也。似鶚而大，喙長尺餘，頷下有胡，如大囊，受數升。湖中取水，以聚羣魚，候其竭涸奄取食之一名淘河詩曰維鵜在梁志在水也本草鵜鶘鳥如蒼鵝頤下有皮袋容一二升物展縮由袋中盛水以養魚一名淘河身是水沫唯胸前有兩塊肉如拳云昔爲人竊肉入河化爲此鳥今猶有肉因名淘河鄭云鵜鴣味喙也言愛其觜埤雅淮南子云鵜鶘飲水數斗而不足鱣鮪入口若露而死蓋魚生水中而口不納水也莊子曰魚不畏網而畏鵜鶘言鵜以智力取魚故魚不畏網而畏之也詩曰維鵜

其竭涸，奄取食之。一名淘河。《詩》曰‘維鵜在梁’，志在水也。”《本草》:“鵜鶘鳥如蒼鵝，頤下有皮袋，容一二升物，展縮由袋，中盛水以養魚。一名淘河。身是水沫，唯胸前有兩塊肉如拳。云昔爲人竊肉，入河化爲此鳥，今猶有肉，因名淘河。鄭云：鵜鴣，味喙也。言愛其觜。”《埤雅》:“《淮南子》云：‘鵜鶘飲水數斗而不足，鱣鮪入口若露而死。’蓋魚生水中，而口不納水也。《莊子》曰：‘魚不畏網，而畏鵜鶘。’言鵜以智力取魚，故魚不畏網而畏之也。《詩》曰：‘維鵜

毛詩陸疏廣要 一 四十三 汲古閣

在梁不濡其翼維鵜在梁不濡其味蓋鵜性羣飛沉水食魚若遇小澤有魚便各以胡去水令水竭魚露乃共食之故號淘河洿澤則濡其味翼宜矣今反取飽于梁不濡其翼非特不濡其翼且又不濡其味故詩以刺小人不食其力無功而受祿也山海經云憲期之山多鵜鶘如鴛鴦而人足其鳴自呼前漢志鵜鶘集昌邑王殿下劉向以爲水鳥色青青祥也

鴻飛遵渚

在梁，不濡其翼。維鵜在梁，不濡其味。’蓋鵜性羣飛，沉水食魚，若遇小澤有魚，便各以胡去水，令水竭魚露，乃共食之，故號淘河。洿澤則濡其味、翼宜矣，今反取飽于梁，不濡其翼，非特不濡其翼，且又不濡其味。故《詩》以刺小人不食其力，無功而受禄也。”《山海經》云:“憲期之山，多鵜鶘，如鴛鴦而人足，其鳴自呼。”《前漢志》:“鵜鶘集昌邑王殿下。劉向以爲水鳥色青，青，祥也。”

98. 鴻飛遵渚

鴻鵠羽毛光澤純白似鶴而大長頸肉美如雁又
有小鴻大小如鳧色亦白今人直謂鴻也
易曰漸初六鴻漸于干六二鴻漸于磐九三鴻
漸于陸六四鴻漸于木九五鴻漸于陵上九鴻
漸于陸禮曰前有車騎則載飛鴻飛鴻則有行
列故也載謂合剝皮毛舉之竿首若所謂以鴻
脰韜杠者禽經鴻儀鷺序張註鴻雁屬大曰鴻
小曰雁飛有行列也聖人皆以鴻鷺之羣擬官
師也又云鴻雁愛力遇風迅舉孔雀愛毛遇雨

毛詩陸疏廣要　卷下之上　汲古閣

〖疏〗鴻鵠，羽毛光澤，純白，似鶴而大，長頸，肉美如雁。又有小鴻，大小如鳧，色亦白，今人直謂鴻也。

〖廣要〗《易》曰:“漸:初六，鴻漸于干。六二，鴻漸于磐。九三，鴻漸于陸。六四，鴻漸于木。九五，鴻漸于陵。上九，鴻漸于陸。”《禮》曰“前有車騎則載飛鴻”，飛鴻則有行列故也。“載”謂合剥皮毛，舉之竿首，若所謂以鴻脰韜杠者。[1]《禽經》“鴻儀鷺序”，張註:“鴻，雁屬。大曰鴻，小曰雁。飛有行列也。聖人皆以鴻鷺之羣擬官師也。”又云:“鴻雁愛力，遇風迅舉。孔雀愛毛，遇雨

1 按:“禮曰”至“韜杠者”，見《埤雅》“雁”條。

高止楊子云鴻飛冥冥弋人何篡焉尸子云鴻
鵠之鷇羽翼未合而有四海之心陳琳曰陸陷
蘂犀水截輕鴻輕鴻鴻毛也傳曰輕于鴻毛今
人試刀劍令髮浮轉於水以刃斷之觀其銛鈍
水截輕鴻殆類是也博物志曰鴻毛爲囊可以
渡江不漏又云鴻鵠千歲者皆胎産鴻雁大略
相類以中秋來賓一同也鳴如家鵞二同也進
有漸飛有序三同也雁色蒼而鴻色白一異也
雁多羣而鴻寡侶二異也毛有粗細形有大小

高止。”楊子云：“鴻飛冥冥，弋人何篡焉。”尸子云：“鴻鵠之鷇，羽翼未合，而有四海之心。”陳琳曰：“陸陷蘂犀，水截輕鴻。”輕鴻，鴻毛也。傳曰：“輕于鴻毛。”今人試刀劍，令髮浮轉於水，以刃斷之，觀其銛鈍，“水截輕鴻”，殆類是也。[1]《博物志》曰：“鴻毛爲囊，可以渡江不漏。”又云：“鴻鵠千歲者，皆胎産。鴻、雁大略相類：以中秋來賓，一同也；鳴如家鵞，二同也；進有漸，飛有序，三同也。雁色蒼而鴻色白，一異也；雁多羣而鴻寡侶，二異也；毛有粗細，形有大小。”

1 按：“陳琳曰”至“殆類是也”，見《埤雅》“雁”條。

埤雅詩曰鴻飛遵渚公歸無所於女信處鴻歸
遵陸公歸不復於女信宿葢鴻之爲物也其進
也有漸其飛有序又其羽可用爲儀君子之道
也故此以況周公易曰漸之進也公歸東都則
之進也然未至西都故爲不復易曰其羽可用
爲儀吉不可亂也鄭箋云鴻大鳥也不宜與鳧
鷖之屬飛而循渚以喻周公今與凡人處東都
之邑失其所也
按鵠小鳥也射者設之以命中鳥小而飛疾故

《埤雅》:“《詩》曰:‘鴻飛遵渚，公歸無所，於女信處。鴻飛遵陸，公歸不復，於女信宿。’蓋鴻之爲物也，其進也有漸，其飛有序，又其羽可用爲儀，君子之道也。故此以況周公。《易》曰:‘漸之進也。’公歸東都，則之進也。然未至西都，故爲不復。《易》曰:‘其羽可用爲儀，吉，不可亂也。’”鄭箋云:“鴻，大鳥也。不宜與鳧鷖之屬飛而循渚，以喻周公今與凡人處東都之邑，失其所也。”

按:鵠，小鳥也。射者設之以命中，鳥小而飛疾，故

毛詩疏廣要　四十五　汲古閣
射難中是以中之爲儁似非鴻類或云鵠即是
鶴意陸璣所見略同但云鴻肉美如雁似與雁
非一物
弋鳧與雁
鳧大小如鴨青色卑脚短喙水鳥之謹愿者也
[鳧]爾雅云鷉沈鳧郭註云似鴨而小長尾背上
有文今江東呼爲鷉鄭註云似鶩而小尾白俗
呼水鴉好没故曰沈鳧禽經曰鳧鶩之雜張註
鳧鶩鴨屬色不純正故曰雜矣埤雅云鳧雁常

射難中，是以中之爲儁，似非鴻類。或云：鵠即是鶴。意陸璣所見略同，但云“鴻肉美如雁”，似與雁非一物。

99. 弋鳧與雁

〖疏〗鳧，大小如鴨，青色，卑脚，短喙，水鳥之謹愿者也。

〖廣要〗【鳧】《爾雅》云：“鷉，沈鳧。”郭註云：“似鴨而小，長尾，背上有文。今江東呼爲鷉。”鄭註云：“似鶩而小，尾白，俗呼水鴉，好没，故曰沈鳧。”《禽經》曰“鳧鶩之雜”，張註：“鳧鶩，鴨屬，色不純正，故曰雜矣。”《埤雅》云：“鳧、雁常

以晨飛故雞鳴篇云弋鳧與鴈賦曰晨鳧旦至
此之謂也卜居云將泛泛若水中之鳧與波上
下偷以全吾軀乎蓋沉鳧善没而又容與與波
上下故昔之散人慕焉莊子曰鳧脛雖短續之
則憂鶴脛雖長斷之則悲博雅云鳧鶩䳓古鴨字
也爾雅翼云唐陸龜蒙稱冬十月視穫于甫
田夜間往往聞有聲類暴雨而疾至者一夕凡
數四明訊其甿曰鳧鷖也其曹蔽天而來蓋當
田之禾必竭其穗而後去江之南不能弋羅常

以晨飛，故《雞鳴》篇云‘弋鳧與雁’，賦曰‘晨鳧旦至’，此之謂也。《卜居》云：‘將泛泛若水中之鳧，與波上下，偷以全吾軀乎？’蓋沉鳧善没而又容與，與波上下，故昔之散人慕焉。”《莊子》曰：“鳧脛雖短，續之則憂；鶴脛雖長，斷之則悲。”《博雅》云：“鳧、鶩，䳓古鴨字。也。”《爾雅翼》云：“唐陸龜蒙稱，‘冬十月，視穫于甫田。夜間往往聞有聲，類暴雨而疾至者，一夕凡數四。明，訊其甿，曰：鳧鷖也。其曹蔽天而來，蓋當田之禾，必竭其穗而後去。江之南不能弋羅，常

毛詩陸疏廣要　四十六　汲古閣

藥而得之糯糲塗枝叢植于陂一中千萬膠而
不飛然則江東葢未嘗弋也然聞今江南大陂
湖中其誘鳧者亦皆以網植兩表於水相去甚
近中網焉以舟自前驅而逐之率一獲千百輩
則又與龜蒙說異矣鳧所在必賊粱食古之人
亦養之鄒穆公有令食鳧鴈必以粃無得以粟
於是倉無粃而求易於民二石粟而得一石粃
故郭氏解方言稱江東有小鳧其多無數俗謂
之冠鳧善飛王充論衡曰日月一日一夜行二

藥而得之。糯糲塗枝，叢植于陂，一中千萬，膠而不飛’。然則江東蓋未嘗弋也。然聞今江南大陂湖中，其誘鳧者，亦皆以網。植兩表於水，相去甚近，中網焉，以舟自前驅而逐之，率一獲千百輩。則又與龜蒙説異矣。鳧所在必賊粱食，古之人亦養之。鄒穆公有令，食鳧雁必以粃，無得以粟，於是倉無粃，而求易於民，二石粟而得一石粃。故郭氏解《方言》，稱‘江東有小鳧，其多無數，俗謂之冠鳧’。善飛，王充《論衡》曰:‘日月一日一夜行二

萬六千里與鳧飛相類故王喬以上方所賜舄
假形于鳧自葉朝京師焉吳地志曰石首魚至
秋化爲冠鳧鳧頭中有石也方言曰野鳧甚小
而好没水中者南楚之外謂之鸊鷉説苑魏文
侯嗜晨鳧南越志有松鳧棲息松間周書王會
鳧羽爲旌漢佽飛在上苑中結繒繳弋鳧雁歲
萬頭
【雁】夏小正云正月雁北鄉鄉者何也鄉其居也
九月遰鴻雁遰往也猶曰傳其驛舍云爾非其

萬六千里，與鳧飛相類。’故王喬以上方所賜舄，假形于鳧，自葉朝京師焉。《吴地志》曰：‘石首魚至秋化爲冠鳧，鳧頭中有石也。’《方言》曰：‘野鳧甚小，而好没水中者。南楚之外，謂之鸊鷉。’《説苑》‘魏文侯嗜晨鳧’。《南越志》有松鳧，棲息松間。《周書·王會》‘鳧羽爲旌’。漢佽飛在上苑中，結繒繳，弋鳧雁，歲萬頭。”

【雁】《夏小正》云：“正月，雁北鄉。”鄉者何也？鄉其居也。“九月，遰鴻雁。”遰，往也。猶曰傳其驛舍云爾，非其

居也禽經云雁一名翁雞一名鴻鶚一名鷹又
云鳽以水言自北而南鴈以山言自南而北張
華註云鳽音雁隨陽鳥也冬適南方集于江干
之上故字從干鴈亦音雁中春寒盡雁始北嚮
燕代尚寒猶集于山陸岸谷之間故字從斥博
雅云鳭音加一音哥鵝倉鳭鴈古雁字也方言
云自關而西謂之鳭鵝南楚之外謂之鵝或謂
之鶬鳭埤雅云周禮曰雁宜麥又六摯大夫執
雁以知保身又欲有去就之義而不失其常故

居也。[1]《禽經》云："雁，一名翁雞，一名鴻鶚，一名鷹。"又云："鳽以水言，自北而南。鴈以山言，自南而北。"張華註云："鳽音雁，隨陽鳥也。冬適南方，集于江干之上，故字從干。鴈亦音雁，中春寒盡，雁始北嚮，燕代尚寒，猶集于山陸岸谷之間，故字從斥。"《博雅》云："鳭音加，一音哥。鵝，倉鳭，鴈古雁字。也。"《方言》云："自關而西謂之鳭鵝，南楚之外謂之鵝，或謂之鶬鳭。"《埤雅》云："《周禮》曰'雁宜麥'，又'六摯''大夫執雁'，以知保身，又欲有去就之義，而不失其常，故

1 按："夏小正"至"非其居也"，見《埤雅》"雁"條。

執雁也雁夜泊洲渚令雁奴圍而警察飛則銜
蘆而翔以避繒繳有遠害之道非特取其有去
就之義而已雁行斜步側身故莊子謂士成綺
雁行避影而問老子一名朱鳥法言曰能來能
往者朱鳥之謂歟本草唐本註云雁爲陽鳥冬
則南翔夏則北徂時當春夏則孳育于北與燕
相反燕來則雁往燕往則雁來故禮云秋鴻雁
來春玄鳥至衍義曰雁人多不食者謂其知陰
陽之升降分長少之行序世或謂之天厭亦道

執雁也。雁夜泊洲渚，令雁奴圍而警察，飛則銜蘆而翔，以避繒繳，有遠害之道，非特取其有去就之義而已。雁行斜步側身，故《莊子》謂‘士成綺雁行避影，而問老子。’一名朱鳥。《法言》曰：‘能來能往者，朱鳥之謂歟？’”《本草》唐本註云：“雁爲陽鳥，冬則南翔，夏則北徂，時當春夏，則孳育于北，與燕相反。燕來則雁往，燕往則雁來。故《禮》云：‘秋鴻雁來，春玄鳥至。’”《衍義》曰：“雁，人多不食者，謂其知陰陽之升降，分長少之行序，世或謂之天厭，亦道

家之一說爾唐註云雁爲陽鳥其義未盡兹蓋
得中和之氣熱則卽北寒則卽南以就和氣所
以爲禮幣者一取其信一取其和昏禮云下達
納采用雁執雁請問名納吉用雁請期用雁又
云摯不用死故詩曰嗈嗈鳴雁言用生者也古
今註云雁自河北渡江瘦瘠能高飛不畏繒繳
江南饒沃每至還河北體肥不能高飛嘗銜蘆
長數寸以防護周書曰白露之日鴻雁來鴻雁
不來遠行背畔小寒之日雁北鄉雁不北鄉民

家之一説爾。唐註云‘雁爲陽鳥’，其義未盡。兹蓋得中和之氣，熱則即北，寒則即南，以就和氣。所以爲禮幣者，一取其信，一取其和。”《昏禮》云:“下達納采用雁。執雁請問名。納吉用雁。請期用雁。”又云“摯不用死”，故《詩》曰“嗈嗈鳴雁”，言用生者也。[1]《古今註》云:“雁自河北渡江，瘦瘠能高飛，不畏繒繳。江南饒沃，每至還河北，體肥不能高飛，嘗銜蘆長數寸以防護。”《周書》曰:“白露之日，鴻雁來。鴻雁不來，遠（行）［人］[2]背畔。小寒之日，雁北鄉。雁不北鄉，民

1 按:“又云摯不用死”至“用生者也”，見《埤雅》“雁”條。

2 “人”，原作“行”，今據四庫本改。

不懷至物類相感志云大曰鴻小曰雁夜宿洲
中鴻在內雁在外遂更驚避備狐與人之捕巳
山海經云雁門山雁出其間在高柳北舊說鴻
雁南翔不過衡山今衡山之旁有峰曰回雁蓋
南地極燠人罕識雪者故雁望衡山而止爾雅
翼雁鴻雁乃一物爾初無其別至詩註乃云大
曰鴻小曰雁雁曷爲有小者按淮南鴻烈云雁
乃兩來仲秋鴻雁來季秋候雁來候雁比于鴻
雁而小故說詩推雁爲鴻雁而別以此爲雁也

毛詩陸疏廣要　一　卷下之上　汲古閣

不懷至。”《物類相感志》云：“大曰鴻，小曰雁。夜宿洲中，鴻在內，雁在外，遂更驚避，備狐與人之捕己。”《山海經》云：“雁門山，雁出其間，在高柳北。”舊説：鴻雁南翔不過衡山。今衡山之旁，有峰曰回雁。蓋南地極燠，人罕識雪者，故雁望衡山而止。[1]《爾雅翼》：“雁、鴻雁，乃一物爾，初無其別。至《詩》註乃云‘大曰鴻，小曰雁’，雁曷爲有小者？按《淮南鴻烈》云：‘雁乃兩來，仲秋鴻雁來，季秋候雁來。’候雁比于鴻雁而小，故説《詩》推雁爲鴻雁，而別以此爲雁也。

1 按：“舊説”至“望衡山而止”，見《埤雅》“雁”條。

今北方有白雁似鴻而小色白秋深乃來來則
霜降河北爲之霜信蓋曰霜降五日而鴻雁來
寒露五日而候雁來候雁之來在霜降前十日
所以謂之霜信也古者執贄雖用鴻雁然當亦
通用此小者故春秋曹伯陽好田弋曹鄙人公
孫彊獲白雁獻之漢武帝太子昏得白雁于上
林以爲贄卽此物也今月令及周書乃不復有
鴻雁候雁之别月令則云八月鴻雁來九月鴻
雁來賓周書則曰白露之日鴻雁來寒露之日

今北方有白雁，似鴻而小，色白，秋深乃來。來則霜降，河北爲之霜信。蓋曰：霜降五日而鴻雁來，寒露五日而候雁來。候雁之來在霜降前十日，所以謂之霜信也。古者執贄，雖用鴻雁，然當亦通用此小者。故《春秋》曹伯陽好田弋，曹鄙人公孫彊獲白雁獻之。漢武帝太子昏得白雁于上林，以爲贄，即此物也。今《月令》及《周書》乃不復有鴻雁、候雁之别。《月令》則云‘八月鴻雁來，九月鴻雁來賓’，《周書》則曰‘白露之日鴻雁來，寒露之日

又來既是一種何得前後不齊如此似不應耳
許叔重註二鴈則以爲仲秋時候之鴈從北漢
中來過周雒南去至彭蠡季秋時候之鴈從北
漢中來南之彭蠡以爲八月來者其父母也是
月來者蓋其子也羽翼穉弱故在後耳而賓字
讀屬下句謂之賓雀不取來賓之義今淮南子
乃竝作候鴈此當有所據詩緝曹氏曰鴻鴈之
趾連蹄不能握木故易以鴻漸于木爲失所不
安之象書以彭蠡既瀦陽鳥攸居爲得其所爾

又來’。既是一種，何得前後不齊如此？似不應耳。許叔重註二雁，則以爲仲秋時候之雁，從北漢中來，過周雒，南去至彭蠡；季秋時候之雁，從北漢中來，南之彭蠡。以爲八月來者，其父母也；是月來者，蓋其子也。羽翼穉弱，故在後耳。而賓字讀屬下句，謂之賓雀，不取來賓之義。今《淮南子》乃竝作‘候雁’，此當有所據。”《詩緝》:“曹氏曰：鴻雁之趾，連蹄不能握木，故《易》以‘鴻漸于木’爲失所不安之象，《書》以‘彭蠡既豬，陽鳥攸居’爲得其所。”《爾

毛詩陸疏廣要 一 五十 汲古閣

雅云鳧雁醜其足蹼其踵企邢疏云鳧水鳥也
雁陽鳥也蹼猶蹼屬相著之謂也踵脚跟也鳧
雁之類脚指間有幕蹼屬相著飛則伸其脚跟
企直也埤雅云弱弓微矢乘風振之曰弋故楚
人好以弱弓微矢加之歸雁之上
按鴻雁非二物羅氏辯之甚悉元恪豈亦以爲
然故前篇釋鴻此篇止釋鳧不又釋雁耶但云
純白似鶴似别一種意郎所謂霜信杜子美詩
云故國霜前白雁來者是也若据今白露南翔

雅》云:"鳧，雁醜，其足蹼，其踵企。"邢疏云:"鳧，水鳥也。雁，陽鳥也。蹼猶蹼屬，相著之謂也。踵，脚跟也。鳧雁之類，脚指間有幕，蹼屬相著，飛則伸其脚跟企直也。"《埤雅》云:"弱弓微矢，乘風振之曰弋。故楚人好以弱弓微矢加之歸雁之上。"

按:鴻雁非二物，羅氏辯之甚悉，元恪豈亦以爲然？故前篇釋鴻，此篇止釋鳧，不又釋雁耶。但云"純白似鶴"，似别一種，意即所謂霜信。杜子美詩云"故國霜前白雁來"者，是也。若据今白露南翔

之雁其色俱竊玄竊黃與鵝相似從無白者攷
之諸儒傳疏頗合因詳錄以備考

肅肅鴇羽

鴇鳥似雁而虎文連蹄性不樹止樹止則爲苦故
以喻君子從征役爲危苦也

埤雅郭璞曰鴇似雁無後指毛有豹文一名獨
豹易林曰文山鴻豹肥腯多脂葢言此也閩諺
曰鴇無舌兔無脾段氏云鴇鴨亦齡爾雅翼鴇
者今之獨豹也以鴇爲豹聲之訛耳鴇亦水鳥

之雁，其色俱竊玄竊黃，與鵝相似，從無白者。攷之諸儒傳疏，頗合，因詳録以備考。

100. 肅肅鴇羽

〖疏〗鴇鳥，似雁而虎文。連蹄，性不樹止，樹止則爲苦。故以喻君子從征役爲危苦也。

〖廣要〗《埤雅》:“郭璞曰:‘鴇似雁，無後指，毛有豹文。’一名獨豹。《易林》曰:‘文山鴻豹，肥腯多脂。’蓋言此也。閩諺曰:‘鴇無舌，兔無脾。’段氏云:‘鴇鴨亦齡。’”《爾雅翼》:“鴇者，今之獨豹也，以鴇爲豹聲之訛耳。鴇亦水鳥，

似雁而無後指上林賦曰鴻鷫鵠鴇駕鵞屬玉
交精旋目煩鶩庸渠箴疵鵁盧羣浮乎其上是
也鴇羽之詩言君子下從征役不得養其父母
以喻鴇之集于苞栩苞棘苞桑葢水鳥而木棲
既失其常又無後指尤非托于木者可謂不得
其所矣段成式云鴇遇鷙鳥能激糞禦之糞著
毛悉脫今鶡之毛能落衆羽然其鷙烈足以服
羽族此類之可推者鴇乃水鳥不以執稱而鷙
鳥爲之落羽此類之不可推者朱子曰鴇似雁

似雁而無後指。《上林賦》曰‘鴻鷫鵠鴇，駕鵞屬玉，交精旋目，煩鶩庸渠，箴疵鵁盧，羣浮乎其上’，是也。《鴇羽》之詩，言君子下從征役，不得養其父母，以喻鴇之集于苞栩、苞棘、苞桑。蓋水鳥而木棲，既失其常，又無後指，尤非托于木者，可謂不得其所矣。段成式云:‘鴇遇鷙鳥，能激糞禦之，糞著毛悉脱。’今鶡之毛能落衆羽，然其鷙烈足以服羽族，此類之可推者。鴇乃水鳥，不以執稱，而鷙鳥爲之落羽，此類之不可推者。”朱子曰:“鴇似雁而大無後趾陳氏曰其羽急疾孔氏曰鴇羽連蹄樹立則爲苦禮曰雞肝雁腎鴇奥鹿胃鄭玄云奥脾也說文曰鴇相次也從匕從十葢鴇性羣居如雁自然有行列故從𠦒詩故曰鴇行

翩彼飛鴞

鴞大如斑鳩綠色惡聲之鳥也入人家凶賈誼所賦鵩鳥是也其肉甚美可爲羮臛又可爲炙漢供御物各隨其時唯鴞冬夏常施之以其美故也

爾雅梟鴟郭註土梟鄭註訓狐也日瞑而夜作

毛詩陸疏廣要 卷下之上 汲古閣

而大，無後趾。”陳氏曰：“其羽急疾。”孔氏曰：“鴇羽連蹄，樹立則爲苦。”《禮》曰：“雞肝，雁腎，鴇奥，鹿胃。”鄭玄云：“奥，脾也。”《説文》曰：“鴇[1]，相次也。從匕，從十。”蓋鴇性羣居，如雁自然有行列，故從𠦒，《詩》故曰“鴇行”[2]。

101. 翩彼飛鴞

〖疏〗鴞，大如斑鳩，緑色，惡聲之鳥也。入人家凶，賈誼所賦鵩鳥是也。其肉甚美，可爲羹臛，又可爲炙。漢供御物，各隨其時。唯鴞冬夏常施之，以其美故也。

〖廣要〗《爾雅》“梟，鴟”，郭註：“土梟。”鄭註：“訓狐也。日瞑而夜作，

1 按：《埤雅》引《説文》原謂“𠦒，相次也”，不誤，《廣要》誤將“𠦒”易作“鴇”。

2 按：“説文”至“鴇行”，見《埤雅》“鴇”條。

毛詩陸疏廣要　卷下之上　五十二　汲古閣

賈誼所賦鵩鳥是也其肉甚美可爲羹臛又可爲炙漢供御物説文云梟食母不孝之鳥故冬至捕梟磔之字從鳥首在木上或說卽今伯勞也食母酉陽雜俎云訓胡惡鳥也鳴則後竅應之禽經怪鵩塞耳張註一名休鶹廣雅云江東呼爲怪鳥聞之多禍人惡之掩塞耳矣埤雅鴞大如斑鳩綠色所鳴其民有禍證俗云鴞禍鳥也今謂之画鳥葢聲之誤也肉可爲炙故莊子曰見彈而求鴞炙也詩云翩彼飛鴞集於泮林

賈誼所賦鵩鳥是也。其肉甚美，可爲羹臛，又可爲炙，漢供御物。《説文》云:‘梟，食母不孝之鳥，故冬至捕梟磔之。字從鳥首在木上。’或説即今伯勞也，食母。”《酉陽雜俎》云:“訓胡，惡鳥也。鳴則後竅應之。”《禽經》“怪鵩塞耳”，張註:“一名休鶹。《廣雅》云:江東呼爲怪鳥，聞之多禍，人惡之，掩塞耳矣。”《埤雅》:“鴞，大如斑鳩，緑色，所鳴其民有禍。《證俗》云:鴞，禍鳥也。今謂之画鳥，蓋聲之誤也。肉可爲炙，故《莊子》曰‘見彈而求鴞炙’也。《詩》云‘翩彼飛鴞，集於泮林。

食吾桑黮懷我好音言鴞食桑黮則變而美其
色好其音北山錄曰黃鸝亦食桑黮而音美曹
氏曰傳云桑椹甘甜鴟鴞革響廣志曰鴞楚鳩
所生如驢巨虛種類不孳乳也舊說鶹生三子
一爲鴞博雅鷩鳥鴞也爾雅翼鵩似鴞不祥鳥
夜爲惡聲者也賈誼之遷長沙嘗集其舍自以
壽不長作賦自廣然終以不免按周官硩蔟氏
掌覆夭鳥之巢以方書十日十有二辰十有二
月十有二歲二十有八星之號縣其巢上則去

食我桑黮，懷我好音。’言鴞食桑黮則變，而美其色，好其音。《北山録》曰：‘黄鸝亦食桑黮而音美。’”曹氏曰：“《傳云》：桑椹甘甜，鴟鴞革響。”《廣志》曰：“鴞，楚鳩所生。如驢、巨虚種類，不孳乳也。”舊説：鶹生三子，一爲鴞。《博雅》：“鷩鳥，鴞也。”《爾雅翼》：“鵩似鴞，不祥鳥，夜爲惡聲者也。賈誼之遷長沙，嘗集其舍，自以壽不長，作賦自廣，然終以不免。按：《周官・硩蔟氏》：‘掌覆夭鳥之巢。以方書十日、十有二辰、十有二月、十有二歲、二十有八星之號，縣其巢上，則去之。’先儒以爲‘夭鳥，惡名[1]之鳥，若鴞鵩。日謂從甲至癸，辰謂從子至亥，月謂從陬至涂，歲謂從攝提格至赤奮若，星謂從角至軫’。蓋梟鳴鳥噪，則嘻嘻出出，類皆驚動人，爲國怪祥，故設官驅之，不使惑聽。‘書十日’以下，則未曉其理。豈歲、月、日、星、辰五紀者，夭鳥所畏避耶？《荆州記》曰：‘楚人謂之服。’”濮氏曰：“《漢書》云：霍山家鴞數鳴。《楚辭》註鴟、鴞二物，又鴟佀鴞[2]。《本草》云：其實一耳。”孔氏曰：“鴞，一名梟，一名鴟。《瞻卬》云‘爲梟爲鴟’。俗説以爲鴞即

1“名”，四庫本作“鳴”。

2 按：《詩傳大全》引濮氏謂“又云鵩似鴞”，《廣要》“鴟”當爲“鵩”之誤。

土鵙，非也。”《詩緝》：“鵙，怪鴟也，鵩也，鵂鶹也，即《瞻卬》之‘爲鴟’也。《内則》云‘鵠鴞胖’，古人尚之。胖音判。註云：‘謂脅側薄肉也。’”肅宗張皇后專權，每進酒，常寘鴟腦酒。鴟腦酒，令人久醉健忘[1]。《嶺表録異》云：“北方梟，人家以爲怪。南中晝夜飛鳴，與烏鵲無異。桂林人羅取生鬻之，家家養，使捕鼠，以爲勝貍。”《酉陽雜俎》云：“鴟不飲泉及井水，唯遇雨濡翮，方得水飲。”《名物疏》云：“《爾雅》‘梟，鴟’，即此惡聲之鳥也。梟、鵙音相近，故孔仲達云‘鵙，一名梟’。古書多

1 按：“肅宗”至“久醉健忘”，見《酉陽雜俎》。

稱梟鳴指此非土梟也土梟爾雅自稱之鸖鶔郭註梟鴟云土梟誤矣本草鴞目吞之令人夜中見物博物志云鵂鶹一名鵋鵂夜目至明今云吞鴞目而夜中見物似說鴟鴞非鴞矣鴟鵂即爾雅之怪鴟又云鵅鵋鵙者也本草又云賈誼云鵩似鴞其實一物考之異物志有鳥如小雞體有文色土俗因形名之曰服不能遠飛行不出域賈公彦曰鴞之與鵩二鳥俱夜爲惡鳴者是二鳥不可合爲一也

稱梟鳴，指此，非土梟也。土梟，《爾雅》自稱之‘鸖鶔’。郭註‘梟鴟’云‘土梟’，誤矣。《本草》‘鴞目吞之，令人夜中見物。’《博物志》云：‘鵂鶹，一名鵋鵂，夜目至明。’今云吞鴞目而夜中見物，似説鴟鴞，非鴞矣。鴟鵂，即《爾雅》之‘怪鴟’，又云‘鵅，鵋鵙’者也。《本草》又云：‘賈誼云鵩似鴞，其實一物。’考之《異物志》，有鳥如小雉，體有文色，土俗因形名之曰服。不能遠飛，行不出域。賈公彦曰‘鴞之與鵩，二鳥俱夜爲惡鳴者’，是二鳥不可合爲一也。”

流離之子

流離梟也自關而西謂梟爲流離其子適長大還
食其母故張奐云鶹鷅食母許愼云梟不孝鳥是
也

爾雅鳥少美長醜爲鶹鷅邢疏鳥之少爲子者
美長食母而醜其名爲鶹鷅郭云鶹鷅猶留離
謂之子者按詩邶風云瑣兮尾兮流離之子是
也流與鶹同詩攷亦作留離之子鄭註云鶹鷅
猶流離也禽經梟鴟害母張註梟在巢母哺之

102. 流離之子

〖疏〗流離，梟也。自關而西謂梟爲流離。其子適長大，還食其母，故張奐云“鶹鷅食母”，許慎云“梟，不孝鳥”，是也。

〖廣要〗《爾雅》:“鳥少美長醜爲鶹鷅。”邢疏:“鳥之少爲子者美，長食母而醜，其名爲鶹鷅。郭云:‘鶹鷅，猶留離。’謂之子者，按《詩·邶風》云‘瑣兮尾兮，流離之子’，是也。流與鶹同。”《詩攷》亦作“留離之子” 。鄭註云:“鶹鷅，猶流離也。”《禽經》“梟鴟害母”，張註:“梟在巢，母哺之；

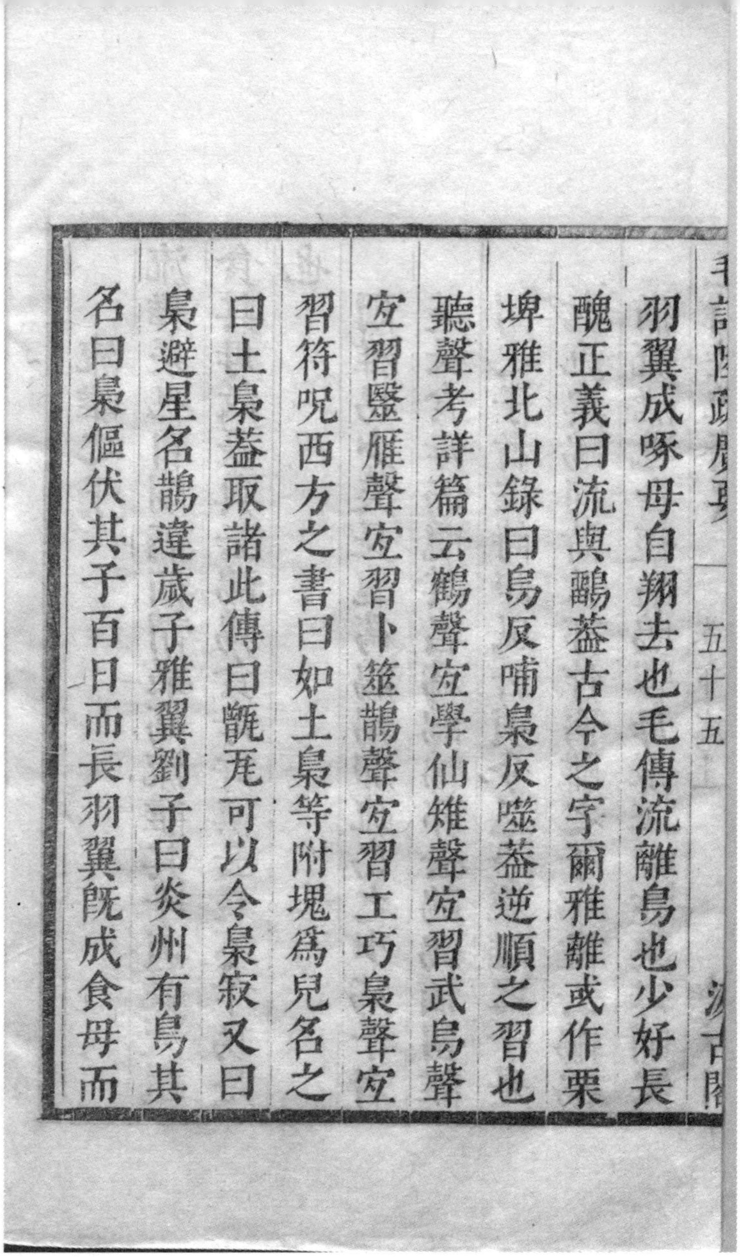

羽翼成，啄母自翔去也。”毛傳：“流離，鳥也。少好長醜。”《正義》曰：“‘流’與‘鶹’，蓋古今之字。《爾雅》‘離’或作‘栗’。”《埤雅》：“《北山録》曰：‘烏反哺，梟反噬，蓋逆順之習也。’《聽聲考詳篇》云：‘鶴聲宜學仙，雉聲宜習武，烏聲宜習醫，雁聲宜習卜筮，鵲聲宜習工巧，梟聲宜習符呪。’《西方之書》曰‘如土梟等附塊爲兒’，名之曰‘土梟’，蓋取諸此。傳曰：‘甂瓦可以令梟寂。’又曰：‘梟避星名，鵲違歲子。’”《雅翼》：“《劉子》曰：‘炎州有鳥，其名曰梟，傴伏其子，百日而長，羽翼既成，食母而

飛葢稍長從母索食母無以應於是而死古者
天子常以春解祠祠黃帝用梟破鏡梟不孝之
鳥破鏡食父之獸黃帝欲絕其類使百吏祠皆
用之至漢武時亦令祠官領之如其方而漢使
東郡送梟五月五日作梟羹以賜百官淮南子
鼓造辟兵壽盡五月之望許叔重曰鼓造葢謂
梟一曰蝦蟆今世人五月作梟羹亦作蝦蟆羹
是食梟之驗也博之采有梟者博兼行惡道故
以梟爲采亦梟得之儁故猛將謂之梟將也土

飛。’蓋稍長從母索食，母無以應，於是而死。古者天子常以春解祠，祠黃帝，用梟、破鏡。梟，不孝之鳥；破鏡，食父之獸。黃帝欲絶其類，使百吏祠皆用之。至漢武時，亦令祠官領之，如其方。而漢使東郡送梟，五月五日作梟羹以賜百官。《淮南子》：‘鼓造辟兵，壽盡五月之望。’許叔重曰：‘鼓造，蓋謂梟，一曰蝦蟆。今世人五月作梟羹，亦作蝦蟆羹。’是食梟之驗也。博之采有梟者，博兼行惡道，故以梟爲采，亦梟得之儁，故猛將謂之梟將也。土

毛詩陸疏廣要 五十六 汲古閣

梟穴土以居故曰土梟而荆楚歲時記稱鵂鶹
爲土梟說者乃因謂鸜鵒來巢者又云鸜鵒穴
居誤矣梟今人養以致鳥後漢五行志稱衆鳥
之性見非常斑駁好聚觀之至於小爵希見梟
者暴見尤聚

毛詩草木鳥獸蟲魚疏廣要卷下之上

梟穴土以居，故曰土梟。而《荆楚歲時記》稱鵂鶹爲土梟，説者乃因謂‘鸜鵒來巢’者，又云‘鸜鵒穴居’，誤矣。梟，今人養以致鳥。《後漢·五行志》稱‘衆鳥之性，見非常斑駁，好聚觀之。至於小爵希見梟者，暴見尤聚’。”

毛詩草木鳥獸蟲魚疏廣要卷下之上

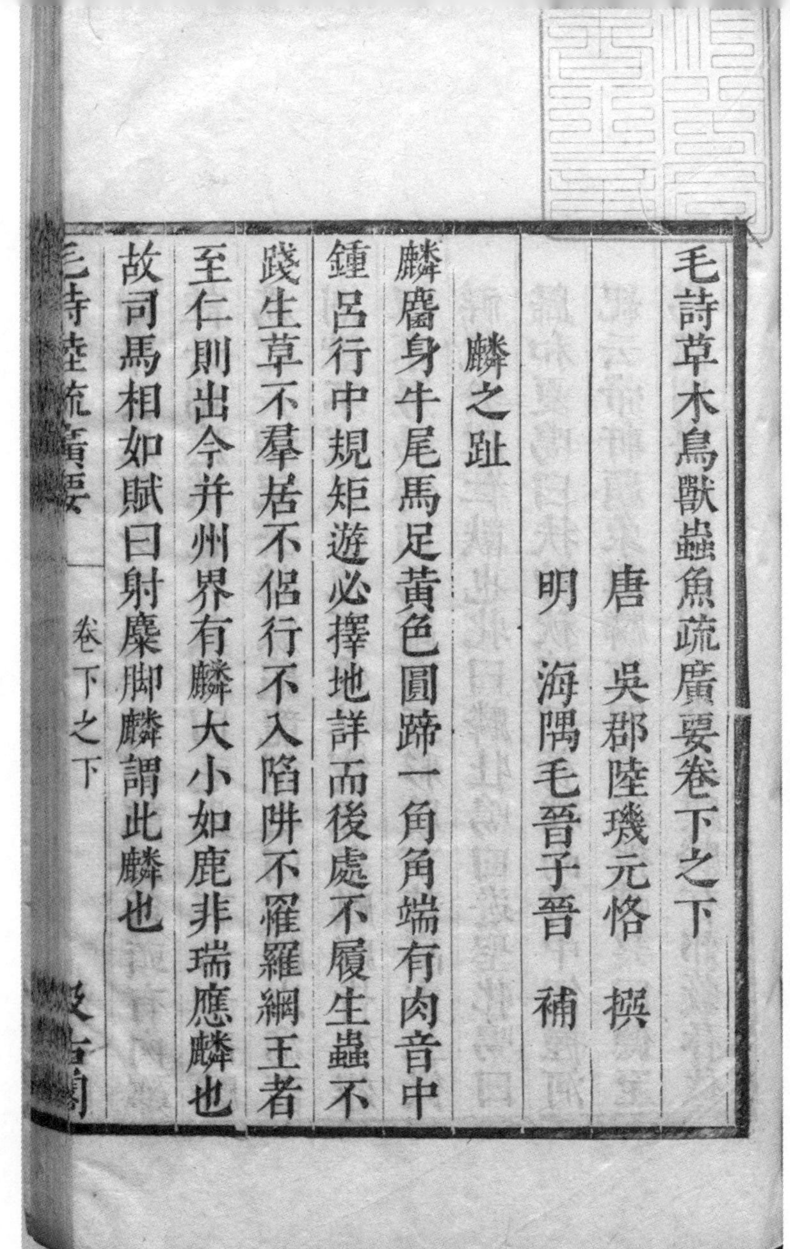
毛詩草木鳥獸蟲魚疏廣要卷下之下

唐　吳郡陸璣元恪　撰

明　海隅毛晉子晉　補

麟之趾

麟麕身牛尾馬足黃色圓蹄一角角端有肉音中鍾呂行中規矩遊必擇地詳而後處不履生蟲不踐生草不羣居不侶行不入陷阱不罹羅網王者至仁則出今并州界有麟大小如鹿非瑞應麟也故司馬相如賦曰射麋脚麟謂此麟也

毛詩陸疏廣要　卷下之下　汲古閣

毛詩草木鳥獸蟲魚疏廣要卷下之下

唐　吴郡陸璣元恪　撰

明　海隅毛晉子晉　補

103. 麟之趾

〖疏〗麟，麕身，牛尾，馬足，黄色，圓蹄，一角，角端有肉。音中鍾吕，行中規矩，遊必擇地，詳而後處。不履生蟲，不踐生草，不羣居，不侣行，不入陷阱，不罹羅網，王者至仁則出。今并州界有麟，大小如鹿，非瑞應麟也。故司馬相如賦曰“射麋脚麟”，謂此麟也。

爾雅云麐麕身牛尾一角郭註云角頭有肉鄭
註云瑞應獸也大戴禮曰毛蟲三百六十而麟
爲之長禮記云麟鳳龜龍謂之四靈麟以爲畜
則獸不狘又云地不愛其寶鳳皇麒麟皆在郊
棷京房易傳曰馬蹄有五彩腹下黃高丈二徵
祥記云麒仁獸也牝曰麟牡鳴曰遊聖牝鳴曰
歸和夏鳴曰扶幼秋鳴曰養綏尚書中候握河
紀云帝軒題象麒麟在囿孝經援神契曰德至
鳥獸則麒麟臻唐傳云堯時麒麟在郊藪春秋

〖廣要〗《爾雅》云："麐，麕身，牛尾，一角。"郭註云："角頭有肉。"鄭註云："瑞應獸也。"《大戴禮》曰："毛蟲三百六十，而麟爲之長。"《禮記》云："麟、鳳、龜、龍，謂之四靈。麟以爲畜，則獸不狘。"又云："地不愛其寶，鳳凰、麒麟皆在郊棷。"《京房易傳》曰："馬蹄有五彩，腹下黃，高丈二。"《徵祥記》云："麒，仁獸也。牝曰麟。牡鳴曰遊聖，牝鳴曰歸和。夏鳴曰扶幼，秋鳴曰養綏。"《尚書中候握河紀》云："帝軒題象，麒麟在囿。"《孝經援神契》曰："德至鳥獸，則麒麟臻。"《唐傳》云："堯時麒麟在郊藪。"《春秋

繁露曰恩及羽蟲則麒麟至鶡冠子曰麟者玄
枵之精德能致之其精必至蔡邕月令云天宮
五獸中有大角軒轅麒麟之信麟生于火遊于
土故修其母致其子五行之精也春秋運斗樞
曰機星得則麒麟生萬人壽春秋保乾圖云歲
星散爲麟感精符云麟一角明海內共一主也
王者不刳胎不剖卵則出于郊又云明王動則
有義靜則有容乃見孔演圖云蒼之滅也麟不
榮也麟木精也宋均註麟水精生水故曰陰水

繁露》曰："恩及羽蟲，則麒麟至。"《鶡冠子》曰："麟者，玄枵之精。德能致之，其精必至。"蔡邕《月令》云："天宮五獸，中有大角、軒轅，麒麟之信。麟生于火，遊于土，故修其母，致其子，五行之精也。"《春秋運斗樞》曰："機星得則麒麟生，萬人壽。"《春秋保乾圖》云："歲星散爲麟。"《感精符》云："麟，一角，明海内共一主也。王者不刳胎，不剖卵，則出于郊。"又云："明王動則有義，靜則有容，乃見。"《孔演圖》云："蒼之滅也，麟不榮也。麟，木精也。"宋均註："麟，水精，生水，故曰陰。水

氣好土土黃木靑故麟色靑黃不榮謂見絏也
禮斗威儀云君乘金而王其政平麒麟在郊瑞
應圖云麟者王者嘉祥食嘉禾之食飲珠玉之
英王隱晉書曰太始元年白麟見羣獸皆從博
雅麢麔狼題肉角含仁懷義音中鍾呂步行中
規折旋中矩遊必擇土詳而後處不履生蟲不
折生草不羣居不旅行不入陷阱不羅罘罳文
章彬彬也春秋哀十四年春西狩獲麟公羊傳
曰有以告者曰有麕而角者孔子曰孰爲來哉

氣好土，土黃，木青，故麟色青黄不榮，謂見絏也。”[1]《禮・斗威儀》云:“君乘金而王，其政平，麒麟在郊。”《瑞應圖》云:“麟者，王者嘉祥。食嘉禾之食，飲珠玉之英。” 王隱《晉書》曰:“太始元年，白麟見，羣獸皆從。”《博雅》:“麢麔，狼題肉角，含仁懷義，音中鍾吕，步行中規，折旋中矩，遊必擇土，詳而後處。不履生蟲，不折生草，不羣居，不旅行，不入陷阱，不羅罘罳，文章彬彬也。”《春秋》“哀十四年春，西狩獲麟。”《公羊傳》曰:“有以告者曰:‘有麕而角者。’ 孔子曰:‘孰爲来哉，

1 按:《初學記》引宋均注云“麟，木精，生水，故曰陰。木氣好土……”，當是。

孰爲来哉！’”《洪範》五事，一曰言于五方屬金。孔子時，周道衰，于是作《春秋》以見志，其言可從，故天應以金獸之瑞，是其義也。[1]《説文》曰“麒，仁獸也。麐，牝麒也。麟，大牝鹿也”，則字當作“麐”。[2]《埤雅》:“麐，土畜也。信而應禮，以足至者也。王者至仁則出，蓋太平之符也。不踐生草，不食生物，有愛吝之意，故麐從吝。牡麒牝麐，陰主吝嗇，故牝曰麐也。或曰:‘麟肉角，鳳肉味，皆示有武而不用也。’傳云:‘麒似麟而無角。’按:《爾雅》曰:‘驨，如馬，一角。不角者騏。’然

1 按:“洪範五事”至“是其義也”，見《毛詩正義》。

2 按:“説文曰麒”至“當作麐”，見《詩緝》所引“曹氏”説。

則麒從騏省不角故也爾雅翼曰麟性能避患
不妄集故其遊于郊藪也則以爲萬物得其性
太平之驗後世論麐者始云馬足黃色圓蹄五
角角端有肉有翼能飛紛紛不一又善鬬釋獸
載之蓋若麢麚麇鹿之屬無別之異也叔孫氏
之小子不涉于學不能多識故以爲不祥淮南
子曰麒麟鬬而日月蝕蓋歲星散爲麟歲失其
序則麟鬬麟鬬則日月蝕矣麒麟善走故良馬
因之亦名騏驎也毛傳云麟信而應禮以足至

則麒從騏省，不角故也。”《爾雅翼》曰：“麟，性能避患，不妄集，故其遊于郊藪也。則以爲萬物得其性，太平之驗。後世論麐者始云‘馬足，黃色，圓蹄，五角，角端有肉，有翼能飛’，紛紛不一。又善鬬，《釋獸》載之，蓋若麢麚麇鹿之屬，無別之異也。叔孫氏之小子，不涉于學，不能多識，故以爲不祥。《淮南子》曰‘麒麟鬬而日月蝕’，蓋歲星散爲麟，歲失其序則麟鬬，麟鬬則日月蝕矣。麒麟善走，故良馬因之，亦名騏驎也。”毛傳云：“麟信而應禮，以足至

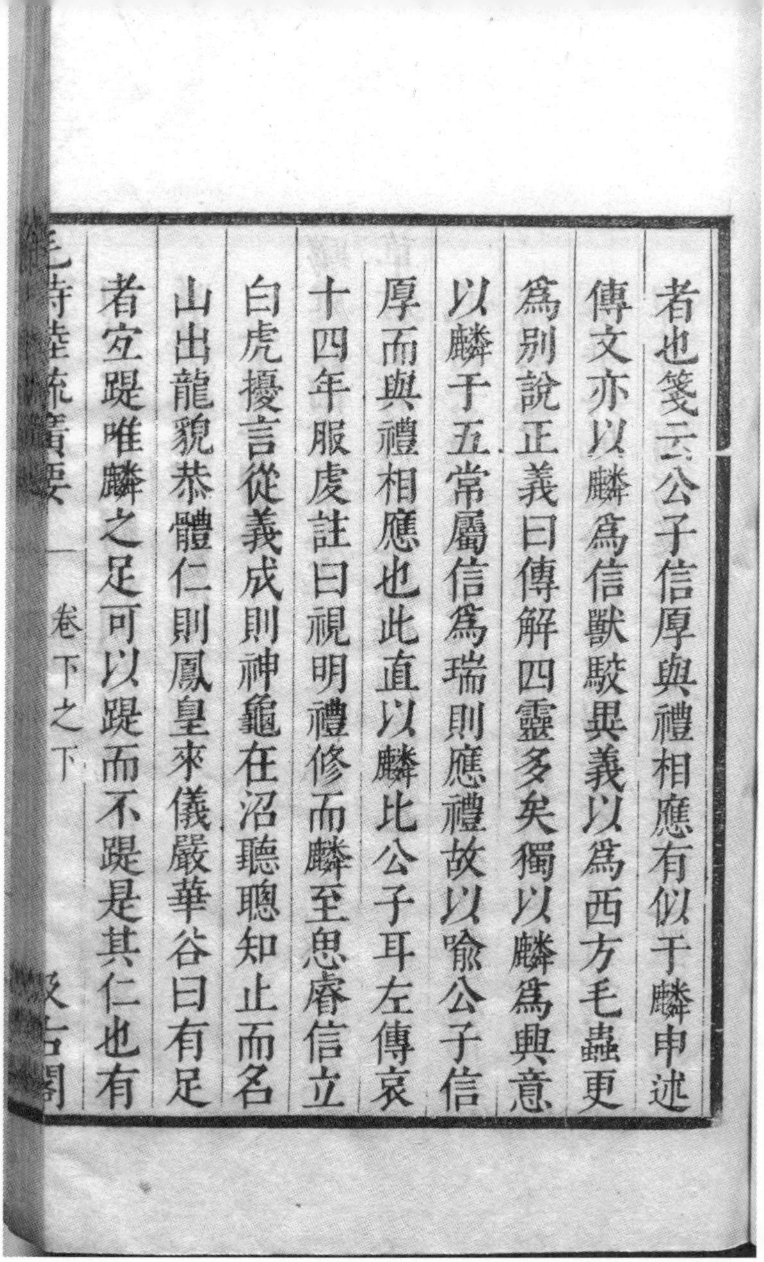
者也箋云公子信厚與禮相應有似于麟申述
傳文亦以麟爲信獸駁異義以爲西方毛蟲更
爲別說正義曰傳解四靈多矣獨以麟爲興意
以麟于五常屬信爲瑞則應禮故以喻公子信
厚而與禮相應也此直以麟比公子耳左傳哀
十四年服虔註曰視明禮修而麟至思睿信立
白虎擾言從義成則神龜在沼聽聰知止而名
山出龍貌恭體仁則鳳皇來儀嚴華谷曰有足
者宜踶唯麟之足可以踶而不踶是其仁也有
毛詩陸疏廣要　卷下之下　汲古閣

者也。”箋云:“公子信厚，與禮相應，有似于麟。”申述傳文，亦以麟爲信獸。《駁異義》以爲西方毛蟲，更爲別說。[1]《正義》曰:“傳解四靈多矣，獨以麟爲興，意以麟于五常屬信，爲瑞則應禮，故以喻公子信厚而與禮相應也。此直以麟比公子耳。《左傳》哀十四年服虔註曰:‘視明禮修而麟至，思睿信立白虎擾，言從義成則神龜在沼，聽聰知止而名山出龍，貌恭體仁則鳳皇来儀。’”嚴華谷曰:“有足者宜踶，唯麟之足可以踶而不踶，是其仁也；有

1 按:“申述傳文”至“更爲別説”，見《毛詩正義》。

額者宜抵唯麟之額可以抵而不抵有角宜觸
唯麟之角可以觸而不觸
于嗟乎騶虞
騶虞卽白虎也黑文尾長于軀不食生物不履生
草君王有德則見應德而至者也
毛傳云義獸也白虎黑文不食生物有至信之
德則應之山海經云林氏國有珍獸大若虎五
采畢具尾長於身名曰騶吾乘之日行千里封
禪書云囿騶虞之珍羣頌曰般般之獸樂我君

額者宜抵，唯麟之額可以抵而不抵；有角宜觸，唯麟之角可以觸而不觸。”

104. 于嗟乎騶虞

〖疏〗騶虞，即白虎也。黑文，尾長于軀，不食生物，不履生草。君王有德則見，應德而至者也。

〖廣要〗毛傳云：“義獸也。白虎黑文，不食生物，有至信之德則應之。”《山海經》云：“林氏國有珍獸，大若虎，五采畢具，尾長於身，名曰騶吾。乘之日行千里。”《封禪書》云：“囿騶虞之珍羣。”《頌》曰：“般般之獸，樂我君圉白質黑章其儀可喜旼旼穆穆君子之態晉郭璞贊曰怪獸五采尾參於身矯足千里儵忽若神是謂騶虞詩歎其仁吳薛綜頌曰婉婉白虎擾仁是崇飢不侵暴困不改容斂威揚德愷悌之風中興徵祥說云騶虞仁獸也其尾參倍狀如虎而白色嘯則風興縞身如雪而無雜者是也近代所謂白虎者皆斑而虎文爾雅所謂彪虎耳瑞應圖云白虎仁而不害王者不暴虐恩及行葦則見河圖括地象云令訾野中有玉

圉。白質黑章，其儀可喜。旼旼穆穆，君子之態。”晉郭璞《贊》曰：“怪獸五采，尾參於身。矯足千里，儵忽若神。是謂騶虞，《詩》歎其仁。”吴薛綜《頌》曰：“婉婉白虎，擾仁是崇。飢不侵暴，困不改容。斂威揚德，愷悌之風。”《中興徵祥説》云：“騶虞，仁獸也。其尾參倍，狀如虎而白色，嘯則風興，縞身如雪而無雜者是也。近代所謂白虎者，皆斑而虎文。《爾雅》所謂‘彪虎’[1]耳。”《瑞應圖》云：“白虎仁而不害，王者不暴虐，恩及行葦則見。”《河圖括地象》云：“令訾野中有玉

1 按：“彪虎”，《藝文類聚》引《中興徵祥説》作“虪虎”。

虎晨鳴雷聲聖人感期而興埤雅騶虞尾參于
身白虎黑文西方之獸也王者有至信之德則
應不踐生草食自死之肉傳曰白虎仁卽此是
也夫其色見于白其文見于黑又義獸也而名
之曰虎則宜正以殺爲事今反不履生草食自
死之肉蓋仁之至也故序詩者曰仁如騶虞則
王道成也爾雅翼劉芳詩義疏曰虞或作吾然
則騶吾則騶虞也今詩之騶虞解者類以爲此
獸歐陽公詩本義獨引賈生說以爲騶者文王

虎，晨鳴雷聲，聖人感期而興。”《埤雅》:“騶虞，尾參于身，白虎黑文，西方之獸也。王者有至信之德則應，不踐生草，食自死之肉。傳曰‘白虎仁’，即此是也。夫其色見于白，其文見于黑，又義獸也。而名之曰虎，則宜正以殺爲事，今反不履生草，食自死之肉，蓋仁之至也。故序《詩》者曰:‘仁如騶虞，則王道成也。’”《爾雅翼》:“劉芳《詩義疏》曰‘虞或作吾’，然則騶吾即騶虞也。今《詩》之騶虞，解者類以爲此獸。歐陽公《詩本義》獨引賈生説，以爲騶者文王

之囿虞其官也然騶虞從古以爲獸史之説有
得獸而莫知其名者東方朔識之曰此所謂騶
牙者也則漢武時嘗有獸號騶牙者矣古者音
聲之假借以牙爲吾故朔所謂騶牙則詩所謂
騶虞者爾豈可謂虞官也哉然以詩爲直指此
獸又大謬蓋此物獸之俊逸者以其俊逸故馬
之健者比之又西京賦云圍林氐之騶虞擾澤
馬與騰黄是亦以其似馬而稱之也淮南子曰
屈商拘文王于羑里散宜生乃以千金求天下

毛詩埜疏廣要　卷下之下

之囿，虞其官也。然騶虞從古以爲獸。史之説有得獸而莫知其名者，東方朔識之曰'此所謂騶牙者也'，則漢武時嘗有獸號騶牙者矣。古者音聲之假借，以牙爲吾，故朔所謂騶牙，則《詩》所謂騶虞者爾，豈可謂虞官也哉！然以《詩》爲直指此獸，又大謬，蓋此物獸之俊逸者，以其俊逸，故馬之健者比之。又《西[1]京賦》云：'(圍)[圍][2]林(氐)[氏][3]之騶虞，擾澤馬與騰黄。'是亦以其似馬而稱之也。《淮南子》曰：'屈商拘文王于羑里，散宜生乃以千金求天下

1"西"，《爾雅翼》同，四庫本作"東"，當是。

2"圍"，原作"圍"，據四庫本改。

3"氏"，原作"氐"，據四庫本改。

毛詩陸疏廣要　六　汲古閣

之珍怪得騶虞雞斯之乘以獻于紂則文王之
馬有名騶虞可見此是馬也文王必常駕習之
以從田其智足以知御者之情其才能左右赴
趣之意使其進退周旋莫不如欲夫五御以逐
禽爲難今其馬能與人相應使獲禽之多如此
葢可歎矣此所以申言之曰于嗟乎騶虞也夫
騶虞之馬工於逐禽如此詩言其仁何也葢一
發而得五則庶類蕃殖矣當葭蓬茁之時則蒐
田以時矣有以見文王於平時不妄殺如此此

之珍怪，得騶虞、雞斯之乘以獻于紂。'則文王之馬有名騶虞，可見此是馬也。文王必常駕習之以從田，其智足以知御者之情，其才能左右赴趣之意，使其進退周旋，莫不如欲。夫五御以逐禽爲難，今其馬能與人相應，使獲禽之多如此，蓋可歎矣。此所以申言之曰'于嗟乎騶虞'也。夫騶虞之馬，工於逐禽如此，《詩》言其仁何也？蓋一發而得五，則庶類蕃殖矣。當葭蓬茁之時，則蒐田以時矣。有以見文王於平時不妄殺如此。此

其一時之義仁如此詩則王道成矣不必指騶
虞二字求其說也且詩之言仁如騶虞猶禮記
言好賢如緇衣惡惡如巷伯皆取其一篇之義
後之學者不得其說乃以騶虞不踐生草又曰
義獸許叔重註淮南子亦云食自死之獸夫騶
虞虎也搏殺援噬之類又其修且碩如此安能
日得夫獸之自死者而食之且詩方於一發五
豵之敏而顧嗟美禽獸爲能不食生物是義安
所指此皆因詩之序不知其爲馬而增爲之說

其一時之義，仁如此詩，則王道成矣，不必指騶虞二字求其說也。且《詩》之言‘仁如騶虞’，猶《禮記》言‘好賢如《緇衣》，惡惡如《巷伯》’，皆取其一篇之義。後之學者，不得其說，乃以騶虞不踐生草，又曰‘義獸’，許叔重註《淮南子》亦云‘食自死之肉’。夫騶虞，虎也，搏殺援噬之類，又其修且碩如此，安能日得夫獸之自死者而食之？且《詩》方於‘一發五豵’之敏而顧嗟，美禽獸爲能不食生物，是義安所指？此皆因《詩》之《序》，不知其爲馬，而增爲之說

也許又云白虎黑文日行千里與五彩畢具者
異故并著之雞斯云神馬也詩攷詩曰古有梁
騶天子獵之田也韓詩曰騶虞天子掌鳥獸官
賈誼新書騶者天子之囿也虞者囿之司獸者
也虞人翼五豝以待一發所以復中也又引墨
子云成王因先王之樂名曰騶虞詩緝曰騶虞
者騶御及虞人也作詩者呼騶虞之官而嗟歎
之言有盡而意無窮葢三歎國君之仁心而知
其爲文王之化也月令季秋天子乃教於田獵

也。許又云‘白虎黑文，日行千里’，與‘五彩畢具’者異，故并著之。雞斯，云神馬也。”《詩攷》:“《詩》曰[1]:‘古有梁騶，天子獵之田也。’《韓詩》曰:‘騶虞，天子掌鳥獸官。’賈誼《新書》:‘騶者，天子之囿也。虞者，囿之司獸者也。虞人翼五豝以待一發，所以復中也。’”又引《墨子》云:“成王因先王之樂名曰騶虞。”《詩緝》曰:“騶虞者，騶御及虞人也。作詩者，呼騶虞之官而嗟歎之，言有盡而意無窮。蓋三歎國君之仁心，而知其爲文王之化也。《月令》‘季秋，天子乃教於田獵，

1 按:“詩曰”，《詩攷》原作“魯詩傳曰”。

命僕及七騶咸駕鄭氏云七騶謂趣馬主爲諸
官駕說者也是騶爲騶虞也孟子齊景公田則
招虞人是虞爲虞人也禮記射義云天子以騶
虞爲節樂官備也謂騶御虞人皆不乏人則官
備可知毛氏以騶虞爲義獸白虎黑文不食生
物陸璣山陰陸氏皆和之司馬封禪文云囿騶
虞於珍羣且謂般般之獸白質黑章晉張華又
謂騶虞具五采乘之日行千里皆祖毛氏也今
不從漢武帝時建章宮後有異物出焉其狀如

命僕及七騶咸駕’，鄭氏云：‘七騶，謂趣馬，主爲諸官駕説者也。’是騶爲騶虞也。《孟子》齊景公田則招虞人，是虞爲虞人也。《禮記·射義》云：‘天子以騶虞爲節，樂官備也。’謂騶御、虞人皆不乏人，則官備可知。毛氏以騶虞爲義獸，白虎黑文，不食生物，陸璣、山陰陸氏皆和之。司馬《封禪文》云‘囿騶虞於珍羣’，且謂‘般般之獸’‘白質黑章’。晉張華又謂騶虞具五采，乘之日行千里。皆祖毛氏也，今不從。漢武帝時，建章宮後有異物出焉，其狀如

毛詩陸疏廣要　八　汲古閣

麋東方朔云此騶牙也或附會此騶虞卽騶牙
也爾雅無騶虞名物疏辯云按禮射義云天子
騶虞爲節樂官備也異義韓詩說云騶虞天子
掌鳥獸官魯詩傳云古有梁騶者天子之田也
賈誼新書曰騶者天子之囿也虞者囿之司獸
者也以騶爲囿名及以梁騶爲田名僅見於魯
詩賈子月令教田獵命僕及七騶咸駕左傳晉
悼公使程鄭爲御六騶屬焉則騶者馬御也舜
典益作朕虞周有山虞澤虞大田獵萊山澤之

麋。東方朔云‘此騶牙也’，或附會此騶虞即騶牙也。《爾雅》無‘騶虞’。”《名物疏》辯云：“按:《禮・射義》云:‘天子騶虞爲節，樂官備也。’異義:《韓詩説》云:‘騶虞，天子掌鳥獸官。’《魯詩傳》云:‘古有梁騶者，天子之田也。’賈誼《新書》曰:‘騶者，天子之囿也。虞者，囿之司獸者也。’以騶爲囿名及以梁騶爲田名，僅見於《魯詩》、賈子。《月令》‘教田獵，命僕及七騶咸駕’，《左傳》晉悼公使程鄭爲御，六騶屬焉，則騶者馬御也。《舜典》益作朕虞，周有山虞、澤虞，‘大田獵，萊山澤之

野則虞者虞人也韓詩說云掌鳥獸官意蓋近
之小序云天下純被文王之化庶類繁殖蒐田
以時仁如騶虞焦弱侯云騶人不失馳驅之法
則物不過傷虞人厲山澤之禁故物性能遂因
歎美歸功於二官以此解序未爲不可而與射
義所謂樂官備者亦可通矣但山海經及緯候
之書俱以爲義獸說其形者或以爲五采畢具
或以爲白虎黑文或以爲縞身無雜又各不同
羅願則據淮南子文王囚羑里散宜生得騶虞

野'。則虞者，虞人也，《韓詩説》云'掌鳥獸官'，意蓋近之。《小序》云:'天下純被文王之化，庶類繁殖，蒐田以時，仁如騶虞。'焦弱侯云:'騶人不失馳驅之法，則物不過傷。虞人厲山澤之禁，故物性能遂，因歎美歸功於二官。'以此解《序》，未爲不可，而與《射義》所謂樂官備者，亦可通矣。但《山海經》及緯候之書，俱以爲義獸。説其形者，或以爲五采畢具，或以爲白虎黑文，或以爲縞身無雜，又各不同。羅願則據《淮南子》'文王囚羑里，散宜生得騶虞、

雞斯之乘以獻於紂謂文王之馬有名騶虞者
以其如林氏騶虞之俊逸而名之文王必嘗駕
以從田能與人相應致獲禽之多故申而歎之
此又一說也

有熊有羆

熊能攀緣上高樹見人則顛倒自投地而冬多入
穴而蟄始春而出脂謂之熊白羆有黃羆有赤羆
大於熊其脂如熊白而麄理不如熊白美也

【熊】爾雅熊虎醜其子狗絕有力麙郭註律曰捕

雞斯之乘以獻於紂’，謂文王之馬有名騶虞者，以其如林（氏）［氏］[1]騶虞之俊逸而名之。文王必嘗駕以從田，能與人相應，致獲禽之多，故申而歎之。此又一說也。”

105. 有熊有羆

〖疏〗熊能攀緣上高樹，見人則顛倒自投地，而冬多入穴而蟄，始春而出。脂謂之熊白。羆，有黃羆，有赤羆，大於熊，其脂如熊白，而麄理不如熊白美也。

〖廣要〗【熊】《爾雅》:“熊，虎醜。其子狗。絶有力，麙。”郭註:“律曰：捕

1 “氏”，原作“氏”，今據四庫本改。

虎一購錢三千其狗半之邢疏醜類也熊虎之
類其子名狗絕有力名麙郭云捕虎一購錢三
千其狗半之此當時之律也引之以證虎子名
狗之義也祖冲之述異記曰東土呼熊爲子路
劉敬叔異苑曰以物擊樹云子路可起於是便
下不呼則不動也援神契云赤熊見則姦宄自
遠淮南子註云熊食鹽而死抱朴子云熊壽五
百歲能化爲狐狸異苑云熊藏山穴穴裏不得
見穢及傷殘見則舍穴自死埤雅熊似豕堅中

虎一，購錢三千，其狗半之。”邢疏：“醜，類也，熊虎之類。其子名狗，絶有力，名麙。郭云：‘捕虎一，購錢三千，其狗半之。’此當時之律也，引之以證虎子名狗之義也。”祖冲之《述異記》曰：“東土呼熊爲子路。”劉敬叔《異苑》曰：“以物擊樹，云‘子路可起’，於是便下，不呼則不動也。”《援神契》云：“赤熊見則姦宄自遠。”《淮南子》註云：“熊食鹽而死。”《抱朴子》云：“熊壽五百歲，能化爲狐狸。”《異苑》云：“熊藏山穴，穴裏不得見穢及傷殘，見則舍穴自死。”《埤雅》：“熊似豕，堅中，

山居冬蟄當心有白脂如玉味甚美俗呼熊白
其膽春在首夏在腹秋在左足冬在右足好舉
木而引氣謂之熊經莊子所謂熊經鳥伸是也
冬蟄不食飢則自舐其掌故其美在掌而孟子
曰熊掌亦我所欲也周官大射諸侯則共熊侯
豹侯蓋諸侯服猛下王德一等故其所射共熊
豹之侯而已又曰田役則設熊席則以蒞衆尚
毅故也亦以其溫傳曰君居則狐裘坐則熊席
考工記曰龍旂九斿以象大火也鳥旟七斿以

山居，冬蟄。當心有白脂如玉，味甚美，俗呼熊白。其膽，春在首，夏在腹，秋在左足，冬在右足。好舉木而引氣，謂之熊經，《莊子》所謂‘熊經鳥伸’是也。冬蟄不食，飢則自舐其掌，故其美在掌，而《孟子》曰‘熊掌亦我所欲也’。《周官》‘大射，諸侯則共熊侯、豹侯’。蓋諸侯服猛，下王德一等，故其所射共熊、豹之侯而已。又曰‘田役則設熊席’，則以蒞衆尚毅故也，亦以其温。傳曰：‘君居則狐裘，坐則熊席。’《考工記》曰：‘龍旂九斿，以象大火也。鳥旟七斿，以

象鶉火也熊旗六斿以象伐也龜蛇四斿以象
營室也説者曰龍旂東方也故象蒼龍宿之數
其斿九熊旗西方也故象白虎宿之數其斿六
鳥旟正南方之物也故象朱鳥宿之數其斿七
龜旐正北方之物也故象玄武宿之數其斿四
許慎曰熊旗五斿以象伐按熊旗五斿則考工
所記六斿誤矣鬼谷子曰分威法服熊説者以
爲熊之擊搏先伏而後動字説曰熊强毅有所
堪能而可以其物火之羆亦熊類而又强焉然

象鶉火也。熊旗六斿，以象伐也。龜蛇四斿，以象營室也。’説者曰:‘龍旂，東方也，故象蒼龍宿之數，其斿九。熊旗，西方也，故象白虎宿之數，其斿六。鳥旟，正南方之物也，故象朱鳥宿之數，其斿七。龜旐，正北方之物也，故象玄武宿之數，其斿四。’許慎曰:‘熊旗五斿，以象伐。’按:‘熊旗五斿’，則《考工》所記‘六斿’誤矣。《鬼谷子》曰‘分威法服熊’，説者以爲熊之擊搏，先伏而後動。《字説》曰:‘熊强毅，有所堪能，而可以其物火之。羆亦熊類，而又强焉，然

毛詩陸疏廣要　十一　汲古閣

可罔也爾雅翼熊類犬人足黑色春出冬蟄輕
捷好緣高木見人自投而下亦以革厚而筋駑
用此自快養熊者亦日捶之以爲不捶則有病
獵者刺其革不可得入隨即有膏膜之古稱熊
白此膏之在背也寒月則有暑月即無淮南子
曰無角者膏而無前有角者脂而無後無角者
犬豕之屬肥從前起者也有角者犛羊之屬肥
從後起者也又方冬唯自舐其掌故其掌特美
烹之難熟晉靈公殺宰夫之胹熊蹯不熟者而

可罔也。'"《爾雅翼》:"熊類犬，人足，黑色。春出冬蟄，輕捷好緣高木，見人自投而下。亦以革厚而筋駑，用此自快。養熊者，亦日捶之，以爲不捶則有病。獵者刺其革，不可得入，隨即有膏膜之，古稱熊白。此膏之在背也，寒月則有，暑月即無。《淮南子》曰：'無角者膏而無前，有角者脂而無後。'無角者，犬豕之屬，肥從前起者也。有角者，犛羊之屬，肥從後起者也。又方冬，唯自舐其掌，故其掌特美，烹之難熟。晉靈公殺宰夫之胹熊蹯不熟者。而

楚成見圍請食熊蹯而死以其難熟冀於外救
也古以熊配虎爲旗又皆以王射之矦又以皮
爲冠執罼者冠之謂之旄頭乘輿之出則前旄
頭而後豹尾蓋乘輿黄旄肉羽伏斑弓前左罼
右罕執罼者冠熊皮冠謂之旄頭而豹尾者則
取象于豹之尾也必取熊豹者蓋熊于山中行
數十里悉有跧伏之所必在山嵓枯木中山民
謂之熊館唯虎出一百里之外則迷所出道路
熊出而不迷故開道者首熊以出焉豹之爲物

楚成見圍，請食熊蹯而死，以其難熟，冀於外救也。古以熊配虎爲旗，又皆以王射之侯，又以皮爲冠，執罼者冠之，謂之旄頭。乘輿之出，則前旄頭而後豹尾。蓋乘輿黄（旄）［旄］（肉）［内］[1]，羽（伏）［仗］（斑）［班］弓前[2]，左罼右罕，執罼者冠熊皮冠，謂之旄頭。而豹尾者，則取象于豹之尾也。必取熊、豹者，蓋熊于山中行數十里，悉有跧伏之所，必在山嵓枯木中，山民謂之熊館。唯虎出一百里之外，則迷所出道路；熊出而不迷，故開道者，首熊以出焉。豹之爲物，

1“旄内”，原作“旄肉”，今據《爾雅翼》改。
2“羽仗班弓”，原作“羽伏斑弓”，今據《爾雅翼》改。

毛詩陸疏廣要　一　十二　汲古閣

往而能反故曰狐死首丘豹死首山豹往而能
反故殿後者豹尾以入焉說文然熊屬足似鹿
能性堅中故稱賢能而强壯稱能傑也
[羆]爾雅云羆如熊黃白文郭註似熊而長頭高
脚猛憨多力能拔樹木關西呼曰貑羆埤雅云
羆似熊而大爲獸亦堅中長首高脚從目能緣
能立遇人則擘而攫之俗云熊羆眼直惡人橫
目淮南子曰熊羆之動以攫搏兕牛之動以觝
觸是也其白生于心之下肓之上亦如熊白而

往而能反，故曰‘狐死首丘，豹死首山’。豹往而能反，故殿後者豹尾以入焉。《説文》:‘(然)[能][1]，熊屬，足似鹿。能性堅中，故稱賢能；而强壯，稱能傑也。’”

【羆】《爾雅》云:“羆如熊，黄白文。”郭註:“似熊而長頭高脚，猛憨多力，能拔樹木。關西呼曰貑羆。”《埤雅》云:“羆似熊而大，爲獸亦堅中，長首，高脚，從目，能緣能立，遇人則擘而攫之。俗云:‘熊羆眼直，惡人横目。’《淮南子》曰‘熊羆之動以攫搏，兕牛之動以觝觸’，是也。其白生于心之下，肓之上，亦如熊白而

1“能”，原作“然”，今據四庫本改。

麤秋冬則有春夏則亡猛憨多力能拔大木故
書曰以有熊羆之士不二心之臣熊羆之士以
力言也俗說熊羆富脂至春膔癢卽登高木自
墜謂之撲膔舊說師子虎見之而伏豹見之而
瞑羆見之而躍爾雅翼云羆乃熊類古言熊者
率與羆連言之如稱如熊如羆維熊維羆非熊
非羆趙襄子射熊羆是也今獵者熊有兩種猪
熊其形如猪馬熊其形如馬各有牝牡問以羆
則云熊是其雄羆則熊之雌者羆力尤猛或曰

麤。秋冬則有，春夏則亡。猛憨多力，能拔大木，故《書》曰:‘以有熊羆之士，不二心之臣。’熊羆之士，以力言也。俗説:‘熊羆富脂，至春，膔癢即登高木自墜，謂之撲膔。’舊説:‘師子、虎見之而伏，豹見之而瞑，羆見之而躍。’”《爾雅翼》云:“羆乃熊類，古言熊者，率與羆連言之。如稱‘如熊如羆’‘維熊維羆’‘非熊非羆’，趙襄子射熊羆，是也。今獵者［云］[1]:熊有兩種，猪熊其形如猪，馬熊其形如馬，各有牝牡。問以羆則云:熊是其雄，羆則熊之雌者，羆力尤猛。或曰:

1“云”字原脱，今據四庫本補。

羆大於熊爲羆之雄而稱雄猶羖爲羭之牯而
稱羖兕爲犀之牸而稱兕也葢皆相類而爲牝
牡猶麋與鹿交鱮與魚游然其脂如熊白而麤
理不如熊白美也柳宗元羆說稱鹿畏貙貙畏
虎虎畏羆羆之狀被髮人立絶有力而甚害人
則羆之力非熊比矣韓奕稱韓土樂稱有熊有
羆有鱮有虎敘所多有者耳而終章曰獻其貔
皮赤豹黄羆又謂之白羆又云羆有黄羆有赤
羆禹貢梁州貢熊羆狐貍是中國常貢北追貊

羆大於熊，爲羆之雄而稱（雄）[熊][1]，猶羖爲羭之牯而稱羖，兕爲犀之牸而稱兕也。蓋皆相類而爲牝牡，猶麋與鹿交，鱮與魚游。然其脂如熊白而麤理，不如熊白美也。柳宗元《羆説》稱‘鹿畏貙，貙畏虎，虎畏羆。羆之狀，被髮人立，絶有力而甚害人’，則羆之力非熊比矣。《韓奕》稱韓土樂，稱‘有熊有羆，有（鱮）[貓][2]有虎’，叙所多有者耳。而終章曰‘獻其貔皮，赤豹黄羆’。又謂之白羆，又云‘羆有黄羆，有赤羆’。《禹貢》梁州貢熊羆狐狸，是中國常貢。北追貊

1“熊”，原作“雄”，同音而誤，今據《爾雅翼》改。

2“貓”，原作“鱮”，據四庫本改。

之國，自以所有而獻，所謂各以其所貢寶爲贄，如犬戎氏以白狼、白鹿獻穆王也。《王會》篇‘東（湖）[胡][1]黄羆’，成王[時][2]獻此獸。《周禮·穴氏》‘掌攻蟄獸，各以其物火之’，謂熊羆之屬冬藏者，燒其所食之物於其穴外，以誘出之。”《禹貢》之梁州“厥貢熊羆狐狸織皮”。《山海經》云：“嶓冢之山，其獸多羆。”朱註：“羆似熊，而長頭高脚，猛憨多力，能拔樹。”又云：“熊羆，陽物在山，强力壯毅，男子之祥也。”

按：熊、羆確是二物，若云“熊是其雄，羆則熊之雌”

1“胡”，原作“湖”，今據《爾雅翼》改。

2“時”字原脱，今據四庫本補。

者獵人不能辨姑妄言之也又釋獸云魋如小
熊竊毛而黄郭註云今建平山中有此獸狀如
熊而小毛麆淺赤黄色俗呼爲赤熊酉陽雜俎
高宗時伽毘葉國獻天鐵熊擒白象獅子此又
熊羆之異種也
羔裘豹飾
豹赤豹毛赤而文黑謂之赤豹毛白而文黑謂之
白豹
易云君子豹變其文蔚也本草圖經云豹皮人

者，獵人不能辨，姑妄言之也。又《釋獸》云："魋如小熊，竊毛而黄。"郭註云："今建平山中有此獸，狀如熊而小，毛麆淺赤黄色，俗呼爲赤熊。"《酉陽雜俎》："高宗時，伽毘葉國獻天鐵熊，擒白象、獅子。"此又熊、羆之異種也。

106. 羔裘豹飾

〖疏〗豹，赤豹，毛赤而文黑，謂之赤豹；毛白而文黑，謂之白豹。

〖廣要〗《易》云："君子豹變，其文蔚也。"《本草圖經》云："豹皮，人

寢可以驅溼癘今黔蜀中時有貘象鼻犀目牛
尾虎足土人鼎釜多爲所食其齒以刀斧錐鍛
銕皆碎落火亦不能燒人得之詐爲佛牙佛骨
以誑俚俗衍義云豹毛赤黃其文黑如錢而中
空比比相次此獸猛捷過虎故能安五臟補絕
傷輕身又有土豹毛更無文色亦不赤其形小
此各有種非能變爲虎也王會篇云屠州有黑
豹白豹別名貘今出建寧郡毛黑白臆似熊而
小能食蛇以食舐銕可頓進數十斤溺能消鐵
毛詩陸疏廣要 卷下之下 汲古閣

寢可以驅溼癘。今黔蜀中，時有貘，象鼻犀目，牛尾虎足。土人鼎釜，多爲所食。其齒，以刀斧錐鍛，銕皆碎落，火亦不能燒，人得之詐爲佛牙、佛骨以誑俚俗。"《衍義》云："豹，毛赤黄，其文黑，如錢而中空，比比相次。此獸猛捷過虎，故能安五臟，補絶傷，輕身。又有土豹，毛更無文，色亦不赤，其形小。此各有種，非能變爲虎也。"《王會》篇云："屠州有黑豹。" 白豹，别名貘，今出建寧郡。毛黑白臆，似熊而小，能食蛇，以（食）［舌］[1] 舐銕，可頓進數十斤，溺能消鐵

1 "舌"，原作"食"，據四庫本改。

爲水列女傳陶谷子妻云南山有玄豹霧雨七
日不下食者何也欲以澤其衣毛而成其文章
故藏以遠害洞冥記青豹出浪坂之山狀如虎
色如翠禮書云豹取其武而有文埤雅豹花如
錢黑而小於虎文晉人刺在位不恤其民其詩
一章曰羔裘豹袪自我人居居二章曰羔裘豹
褎自我人究究言大夫體柔以剛文之而已今
其用暴如此則非所以稱其服也居居以言不
通究究以言不恕豹袪下大夫也豹褎上大夫

爲水。[1]《列女傳》:“陶（谷）[荅][2]子妻云：南山有玄豹，霧雨七日，不下食者，何也？欲以澤其衣毛，而成其文章，故藏以遠害。”《洞冥記》:“青豹出浪坂之山，狀如虎，色如翠。”《禮書》云:“豹取其武而有文。”《埤雅》:“豹花如錢，黑而小於虎文，晉人刺在位不恤其民。其詩一章曰:‘羔裘豹袪，自我人居居。’二章曰:‘羔裘豹褎，自我人究究。’言大夫體柔，以剛文之而已。今其用暴如此，則非所以稱其服也。‘居居’以言不通，‘究究’以言不恕。豹袪，下大夫也；豹褎，上大夫

1 按:“王會篇云”至“消鐵爲水”，見《六家詩名物疏》所引《爾雅翼》，原出《爾雅翼》卷一八“貘”、卷一九“豹”兩條。

2 “荅”，原作“谷”，四庫本作“荅”，《四庫全全書考證》作“荅”。“荅”爲確，今據之以改。

也詩曰羔裘豹飾又言國君體柔而文之以剛
其義上達也玉藻曰狐青裘豹褎玄綃衣以裼
之羔裘豹飾緇衣以裼之則豹飾明非褎矣毛
詩傳曰飾爲緣以豹皮則緣蓋言領人君之服
也管子曰上大夫豹飾列大夫豹幨此齊一時
之數非古也古云虎豹之駒未成文已有食牛
之氣及長退毛然後疎朗渙散蓋亦養而成之
傳曰文豹隱霧十日不食欲以澤其衣毛成其
文彩殆謂是也語曰豹死留皮人死畱名故君

也。《詩》曰‘羔裘豹飾’，又言國君體柔，而文之以剛，其義上達也。《玉藻》曰:‘狐青裘豹褎，玄綃衣以裼之。’‘羔裘豹飾，緇衣以裼之。’則豹飾明非褎矣。《毛詩傳》曰:‘飾爲[1]緣以豹皮。’則緣蓋言領，人君之服也。《管子》曰:‘上大夫豹飾，列大夫豹幨。’此齊一時之數，非古也。古云虎豹之駒，未成文已有食牛之氣，及長退毛，然後疎朗渙散，蓋亦養而成之。傳曰:‘文豹隱霧，十日不食，欲以澤其衣毛，成其文彩。’殆謂是也。語曰:‘豹死留皮，人死留名。’故君

1“爲”,《埤雅》作“謂”。

子疾沒世而名不稱焉豹一名程列子曰程生
馬古詩曰餓狼食不足飢豹食有餘言狼貪豹
廉有所程度而食其字從勺豹之勺猶虎之擬
也字說曰虎豹貍皆能勺物而取焉博物志云
豹死守窟言不忘本也淮南子曰蝟使虎申蛇
令豹止物各有所制也爾雅翼豹似虎而圜文
有數種有赤豹山海經云幽都之山有玄虎有
玄豹王會篇云屠州有黑豹有白豹別名貘淮
南曰軍正執虎豹皮以正其衆豹尾車周制也

子疾没世而名不稱焉。豹，一名程，《列子》曰‘程生馬’。古詩曰：‘餓狼食不足，飢豹食有餘。’言狼貪豹廉，有所程度而食。其字從勺，豹之勺猶虎之擬也。《字說》曰：‘虎、豹、貍皆能勺物而取焉。’《博物志》云‘豹死守窟’，言不忘本也。《淮南子》曰：‘蝟使虎申，蛇令豹止。’物各有所制也。”《爾雅翼》：“豹，似虎而圜文，有數種。有赤豹，《山海經》云：‘幽都之山，有玄虎，有玄豹。’《王會》篇云：‘屠州有黑豹。’有白豹，別名貘。《淮南》曰：‘軍正執虎豹皮以正其衆。’豹尾車，周制也，

象君子豹變以其尾言謙也古者軍正建之漢
大駕屬車八十一乘作三行尚書御史乘之最
後一乘縣豹尾豹尾以前皆爲省中周禮云射
以皮飾侯詩云羔裘豹飾瑣語云范獻子獵遺
其豹冠爾雅云貘獸似熊象鼻犀目師首豺髮
小頭庳脚黑白駮能舐食銅鐵及竹鋭髻骨實
無髓皮辟溼以爲坐毯臥褥則消膜外之氣字
從膜省葢以此也蜀都賦云戟食鐵之獸卽貘
是也劉子曰飛鼯甘烟走貘美鐵所居隔絶嗜

象君子豹變，以其尾言，謙也。古者軍正建之，漢大駕屬車八十一乘，作三行，尚書御史乘之。最後一乘縣豹尾，豹尾以前，皆爲省中。《周禮》云：‘射以皮飾侯。’《詩》云：‘羔裘豹飾。’《瑣語》云：‘范獻子獵，遺其豹冠。’”《(爾)[埤][1]雅》云：“貘獸似熊，象鼻犀目，師首豺髮，小頭痺脚，黑白駮，能舐食銅鐵及竹，鋭髻，骨實無髓。皮辟溼，以爲坐毯卧褥，則消膜外之氣。字從膜省，蓋以此也。《蜀都賦》云‘戟食鐵之獸’，即貘是也。《劉子》曰：‘飛鼯甘烟，走貘美鐵。所居隔絶，嗜

1“埤雅”，原作“爾雅”，按：“爾雅云”至段末“可以切玉”，均見《埤雅》“貘”條，知“爾雅”當爲“埤雅”之誤，故爲校改。

好不同未足怪也舊云貘糞爲兵可以切玉
按箋傳諸家所載豹有赤豹白豹黑豹青豹土豹玄豹凡六種未見黃色者惟本草衍義云毛赤黃耳毛詩韓奕篇祇載赤豹若豹飾豹褎豹祛之類竝未詳何色或因裘色不同而裼之各異耶爾雅所載貘白豹不過一種
獻其貔皮
貔似虎或曰似熊一名執夷一名白狐其子爲豰遼東人謂之白羆

好不同，未足怪也。’舊云：貘糞爲兵，可以切玉。”

按：箋、傳諸家，所載豹有赤豹、白豹、黑豹、青豹、土豹、玄豹凡六種，未見黃色者。惟《本草衍義》云“毛赤黃”耳。《毛詩·韓奕》篇祇載赤豹，若豹飾、豹褎、豹祛之類，竝未詳何色。或因裘色不同，而裼之各異耶？《爾雅》所載“貘，白豹”，不過一種。

107. 獻其貔皮

〖疏〗貔似虎，或曰似熊，一名執夷，一名白狐。其子爲豰。遼東人謂之白羆。

爾雅云貔白狐其子豰邢疏字林云貔豹屬一
名白狐其子名豰郭云一名執夷虎豹之屬詩
大雅云獻其貔皮爾雅翼貔豹屬猛獸出貉國
曲禮云前有鷙獸則載貔貅陸德明云貔本亦
作豼卽白狐也書云如虎如貔于商郊莊子曰
豐狐文羆搏于山林伏于巖穴夜行晝居求食
江河之上

狼跋其胡

狼牡名獾牝名狼其子名獥有力者名迅其鳴能

毛詩陸疏廣要 卷下之下 汲古閣

〖廣要〗《爾雅》云："貔，白狐。其子豰。"邢疏："《字林》云：'貔，豹屬。一名白狐，其子名豰。'郭云：'一名執夷，虎豹之屬。'《詩·大雅》云："獻其貔皮。"《爾雅翼》："貔，豹屬，猛獸，出貉國。《曲禮》云：'前有鷙[1]獸，則載貔貅。'"陸德明云："貔，本亦作豼，即白狐也。"《書》云："如虎如貔，于商郊。"《莊子》曰："豐狐文羆，搏于山林，伏于巖穴，夜行晝居，求食江河之上。"

108. 狼跋其胡

〖疏〗狼，牡名；獾，牝名。狼其子名獥，有力者名迅。其鳴能

1"鷙"，《爾雅翼》引《曲禮》作"摯"。

小能大善爲小兒啼聲以誘人去數十步止其猛
捷者人不能制雖善用兵者亦不能免也其膏可
煎和其皮可爲裘
爾雅狼牡貛牝狼其子獥絶有力迅邢疏此辨
狼之種類也孫炎云迅疾也詩齊風云竝驅從
兩狼兮故禮記狼臅膏又曰君之右虎裘厥左
狼裘是也朱註狼似犬鋭頭白頰高前廣後毛
傳老狼有胡進則躐其胡退則跲其尾進退有
難然而不失其猛博雅云㹝狼也酉陽雜俎狼

小能大，善爲小兒啼聲，以誘人去數十步止。其猛捷者，人不能制，雖善用兵者亦不能免也。其膏可煎和，其皮可爲裘。

〖廣要〗《爾雅》:“狼，牡貛，牝狼，其子獥；絶有力，迅。”邢疏:“此辨狼之種類也。孫炎云:‘迅，疾也。’《詩・齊風》云:‘竝驅從兩狼兮。’故《禮記》‘狼臅膏’，又曰‘君之右虎裘，厥左狼裘’，是也。”朱註:“狼似犬，鋭頭白頰，高前廣後。”毛傳:“老狼有胡，進則躐其胡，退則跲其尾。進退有難，然而不失其猛。”《博雅》云:“㹝，狼也。”《酉陽雜俎》:“狼

大如狗蒼色作聲諸竅皆沸脞中筋大如鴨卵
有犯盜者熏之當令手攣縮或言狼筋如織絡
小囊蟲所作也或言狼狽是兩物狽前足絕短
每行常駕於狼腿上狽失狼則不能動故世言
事乖者稱狼狽臨濟郡西有狼塚近世曾有人
獨行于野遇狼數十頭其人窘急遂登草積上
有兩狼乃入穴中負出一老狼老狼至以口拔
數莖草羣狼遂競拔之積將崩遇獵者救之而
免其人相率掘此塚得狼百餘頭殺之疑老狼

大如狗，蒼色。作聲，諸竅皆沸。脞中筋大如鴨卵，有犯盜者，熏之，當令手攣縮。或言狼筋如織絡小囊，蟲所作也。或言狼狽是兩物，狽前足絕短，每行常駕於狼腿上，狽失狼則不能動。故世言事乖者，稱狼狽。臨濟郡西有狼塚。近世曾有人獨行于野，遇狼數十頭，其人窘急，遂登草積上。有兩狼乃入穴中，負出一老狼，老狼至，以口拔數莖草，羣狼遂競拔之。積將崩，遇獵者救之而免。其人相率掘此塚，得狼百餘頭，殺之。疑老狼即狽也埤雅狼青色作聲諸竅皆沸蓋今訓狐鳴則亦後竅應之豺祭狼卜又善逐獸皆獸之有才智者故豺從才狼從良也里語曰狼卜食狼將遠逐食必先倒立以卜所向故今獵師遇狼輒喜蓋狼之所嚮獸之所在也其靈智如此故古之作式者不用槐癭棗瘤而以狼牙爲柱取其靈智也詩美周公不失其聖正言狼者虎善擬其前狼善顧其後而又其靈智有才故雖跋胡疐尾而能不失其猛此周大夫之所以譬

即狽也。”《埤雅》:“狼，青色。作聲，諸竅皆沸，蓋今訓狐鳴則亦後竅應之。豺祭狼卜，又善逐獸，皆獸之有才智者，故豺從才，狼從良也。里語曰：狼卜食。狼將遠逐食，必先倒立以卜所向，故今獵師遇狼輒喜，蓋狼之所嚮，獸之所在也。其靈智如此。故古之作式者，不用槐癭、棗瘤，而以狼牙爲柱，取其靈智也。《詩》美周公不失其聖，正言狼者。虎善擬其前，狼善顧其後，而又其靈智有才，故雖跋胡疐尾，而能不失其猛，此周大夫之所以譬周公也古之烽火用狼糞取其糞直而聚雖風吹之不斜或曰狼駢脅腸直其糞烟直爲是故也内則曰狼去腸豈以此歟孟子曰養其一指而失其肩背則爲狼疾人也狼性貪暴争食以養口體而常以害其身者管子曰舉龍章則水行舉虎章則林行舉鳥章則陂行舉蛇章則澤行舉鶻章則陸行舉狼章則山行詩曰織文鳥章舉鳥章則陂行陂易野也易野以車爲主元戎十乘以先啓行所謂以車爲主也爾雅曰鄭

周公也。古之烽火用狼糞，取其糞[1]直而聚，雖風吹之不斜。或曰：狼駢脅腸直，其糞烟直，爲是故也。《内則》曰‘狼去腸’，豈以此歟?《孟子》曰:‘養其一指而失其肩背，則爲狼疾人也。’狼性貪暴，争食以養口體，而常以害其身者。《管子》曰:‘舉龍章則水行，舉虎章則林行，舉鳥章則陂行，舉蛇章則澤行，舉鶻章則陸行，舉狼章則山行。’《詩》曰:‘織文鳥章。’‘舉鳥章則陂行’，陂，易野也。易野以車爲主，元戎十乘以先啓行，所謂以車爲主也。《爾雅》曰‘鄭

1 “糞”，《埤雅》作 “煙”。

有甫田周有焦護皆易野也毛詩草蟲經云老狼項下有袋求食滿腹向前行乃觸之退後又自踐踏上疐其尾進退有患故詩以況跋前疐後爾雅翼狼貪獸之猛聚物不整故稱狼藉又稱粒米狼戾周禮王及五等諸侯之出皆有扶鞭趨避者號條狼氏條滌也謂滌除狼扈道上者狼好積聚也故楚語曰令尹問蓄聚積實如餓豺狼然是也狼猛而敏給能自顧其後淮南子曰鴟視而狼顧賈誼曰失時而雨民且狼顧

有甫田，周有焦護’，皆易野也。《毛詩草蟲經》云：老狼項下有袋，求食滿腹，向前行乃觸之，退後又自踐踏，上疐其尾，進退有患。故《詩》以況跋前疐後。”《爾雅翼》：“狼，貪獸之猛，聚物不整，故稱狼藉。又稱粒米狼戾。《周禮》：王及五等諸侯之出，皆有扶鞭趨避者，號條狼氏。條，滌也，謂滌除狼扈道上者，狼好積聚也。故《楚語》曰：‘令尹問蓄聚積實，如餓豺狼然’，是也。狼猛而敏給，能自顧其後。《淮南子》曰：‘鴟視而狼顧。’賈誼曰：‘失時而[1]雨，民且狼顧。’

1 “而”，四庫本作“不”，當是。

周公之東遠則四國流言近則王不知而不失
其聖故以狼跋胡疐尾比之股中有筋大如雞
子又筋滿身如織絡之狀盜不可辨者爇狼筋
以示之則爲盜者變慄無所容或曰狼筋者菌
之類非此獸之筋也華谷嚴氏曰老狼以貪欲
之故陷于機阱其在機穽之時欲進則跋躐其
胡欲退則疐跆其尾求脫不能喻人有貪欲則
陷于患難進退失措也瑞應圖曰白狼王者仁
德明哲則見一云王者進退動准法度則見又

周公之東，遠則四國流言，近則王不知而不失其聖，故以狼跋胡疐尾比之。股中有筋，大如雞子，又筋滿身，如織絡之狀。盜不可辨者，爇狼筋以示之，則爲盜者變慄無所容。或曰：狼筋者，菌之類，非此獸之筋也。”華谷嚴氏曰：“老狼以貪欲之故，陷于機阱。其在機穽之時，欲進則跋躐其胡，欲退則疐跆其尾，求脱不能。喻人有貪欲，則陷于患難，進退失措也。”《瑞應圖》曰：“白狼，王者仁德明哲則見。”一云：“王者進退動准法度則見。”又

釋文云狼藉草而臥去則穢亂爲狼藉也

毋教猱升木

猱獼猴也楚人謂之沐猴老者爲玃長臂者爲猨猨之白腰者爲獑胡獑胡猨駿捷于獼猴其鳴噭噭而悲

爾雅猱蝯善援邢疏猱一名蝯善攀援樹枝郭云便攀援者便謂便捷也博雅猱狙獼猴也毛傳猱猨屬正義曰猱則猨之輩屬非猨也其類大同故樂記註云猨獼猴也是其類同也埤雅

《釋文》云:“狼藉草而卧，去則穢亂，爲狼藉也。”

109. 毋教猱升木

〖疏〗猱，獼猴也。楚人謂之沐猴，老者爲玃，長臂者爲猨，猨之白腰者爲獑胡。獑胡、猨，駿捷于獼猴，其鳴噭噭而悲。

〖廣要〗《爾雅》:“猱，蝯，善援。”邢疏:“猱，一名蝯，善攀援樹枝。郭云‘便攀援’者，便謂便捷也。”《博雅》:“猱，狙，獼猴也。”毛傳:“猱，猨屬。”《正義》曰:“猱則猨之輩屬，非猨也。其類大同。故《樂記》註云:‘猨，獼猴也。’是其類同也。”《埤雅》:

猨臂通肩刻之可以爲笛聲圓于竹猨猴屬長臂善嘯便攀援故其字從援省而爾雅云猱蝯善援玃父善顧也淮南子曰虎豹之文來射猨狖之捷來措置之于檻曰措家語曰五九四十五五爲音音主猨故猨五月而生四九三十六六爲律律主鹿故鹿六月而生或曰猴性躁急猨性靜緩故猨從爰爰緩也論衡曰鹿制于犬猨伏于鼠今人取鼠以繫猨頭猨不復動管子曰墜岸三仞人之所大難也而猱猨飲焉今猨

“猨臂通肩，刻之可以爲笛，聲圓于竹。猨，猴屬，長臂善嘯，便攀援，故其字從援省。而《爾雅》云‘猱蝯善援，玃父善顧’也。《淮南子》曰:‘虎豹之文来射，猨狖之捷来措。’置之于檻曰措。《家語》曰:‘五九四十五,五爲音，音主猨，故猨五月而生；四九三十六,六爲律，律主鹿，故鹿六月而生。’或曰:猴性躁急，猨性靜緩。故猨從爰，爰，緩也。《論衡》曰:‘鹿制于犬，猨伏于鼠。’今人取鼠以繫猨頭，猨不復動。《管子》曰:‘墜岸三仞，人之所大難也，而猱猨飲焉。’今猨不復踐土好上茂木渴則接臂而飲類從曰獨一呌而猨散鼉一鳴而龜伏或曰鼉鳴夜獨鳴曉獨猨類也似猨而大食猨今俗謂之獨猨蓋猨性羣獨性特猨鳴三獨鳴一是以爲之獨也相法曰手如雞足者褊急手如猨掌者勤勞舊說猨鳴而獺候之故東晳發蒙記曰獺以猨爲婦也莊子曰猨猵狙以爲雌猵蓋言獺爾雅翼猨與沐猴相類靜躁不同耳柳子憎王孫文云惡者王孫兮善者猨猨性仁不貪食多羣雄者

不復踐土，好上茂木，渴則接臂而飲。《類從》曰：‘獨一叫而猨散，鼉一鳴而龜伏。’或曰：鼉鳴夜，獨鳴曉。獨，猨類也，似猨而大，食猨，今俗謂之獨猨。蓋猨性羣，獨性特，猨鳴三，獨鳴一，是以謂之獨也。《相法》曰：‘手如雞足者褊急，手如猨掌者勤勞。’舊說：猨鳴而獺候之。故東（晳）[晳][2]《發蒙記》曰：‘獺以猨爲婦也。’《莊子》曰：‘猨，猵狙以爲雌。’猵，蓋言獺。”《爾雅翼》：“猨與沐猴相類，靜躁不同耳。柳子《憎王孫文》云：‘惡者王孫兮，善者猨。’猨性仁不貪，食多羣[1]。雄者

1《爾雅翼》“羣”下有“行”字。

2“晳”，原作“晳”，形近而訛，今爲校改。

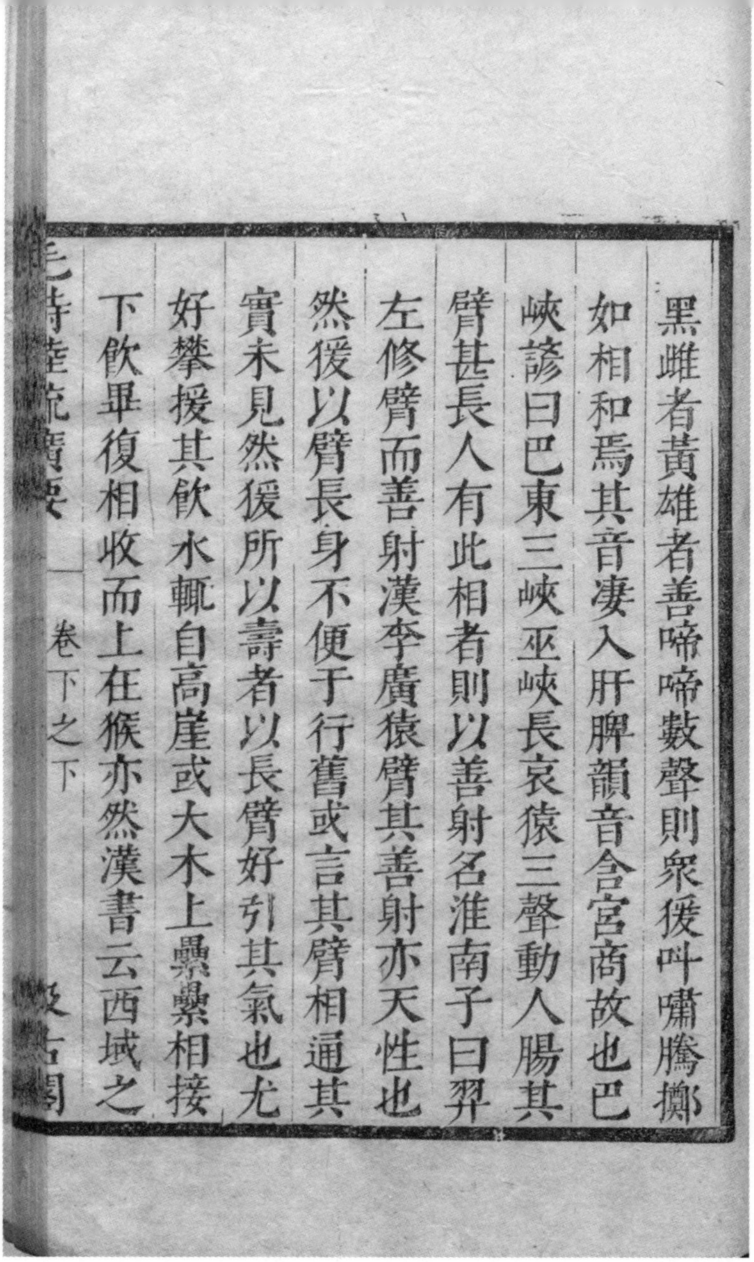

黑雌者黃雄者善啼啼數聲則衆猨叫嘯騰擲
如相和焉其音淒入肝脾韻音含宮商故也巴
峽諺曰巴東三峽巫峽長哀猿三聲動人腸其
臂甚長人有此相者則以善射名淮南子曰羿
左修臂而善射漢李廣猿臂其善射亦天性也
然猨以臂長身不便于行舊或言其臂相通其
實未見然猨所以壽者以長臂好引其氣也尤
好攀援其飲水輒自高崖或大木上纍纍相接
下飲畢復相收而上在猴亦然漢書云西域之

黑，雌者黃。雄者善啼，啼數聲，則衆猨叫嘯騰擲，如相和焉。其音淒入肝脾，韻音含宮商故也。巴峽諺曰：'巴東三峽巫峽長，哀猿三聲動人腸。' 其臂甚長，人有此相者，則以善射名。《淮南子》曰：'羿左修臂而善射。' 漢李廣猿臂，其善射亦天性也。然猨以臂長，身不便于行。舊或言其臂相通，其實未見。然猨所以壽者，以長臂好引其氣也。尤好攀援，其飲水輒自高崖或大木上，纍纍相接下飲，畢復相收而上，在猴亦然。《漢書》云：'西域之

國有烏秏者山居累石爲室民接手飲説者以
爲高山下溪澗中飲水故接連其手如猴之爲
是亦異矣舊説其色多青白玄黄段公路北户
録言有鯡猿絶大越處子論劍術乃有老翁試
之相與周旋以竹林刺之騰上爲猨故劍號曰
猿翁朱傳猱獼猴也性善升木不待教而能也
爾雅又云玃父善顧註云玃父貑玃也似獼猴
而大色蒼黑能攫持人好顧盻説文云夒貪獸
也一曰母猴似人顔師古云獿善拂拭相如賦

國有烏秏者，山居，累石爲室，民接手飲。’説者以爲高山下溪澗中飲水，故接連其手，如猴[1]之爲，是亦異矣。舊説：其色多青白玄黄。段公路《北户録》言‘有鯡猿，絶大’。越處子論劍術，乃有老翁試之，相與周旋，以（竹）林［竹］[2]刺之，騰上爲猨，故劍號曰猿翁。”朱傳：“猱，獼猴也。性善升木，不待教而能也。”《爾雅》又云：“玃父善顧。”註云：“玃父，貑玃也。似獼猴而大，色蒼黑，能攫持人，好顧盻。”《説文》云：“夒，貪獸也。一曰：母猴，似人。”顔師古云：“獿善拂拭。”相如賦

1“猴”,《爾雅翼》作“猿”。
2“林竹”，原作“竹林”，誤倒，今據《爾雅翼》改。

蛭蝟玃猱顏註今狨皮爲鞍褥者非獮猴也陸
佃云狨葢猨狖之屬輕捷善緣木大小類猨長
尾尾作金色俗謂之金線狨生川峽深山中人
以藥矢射殺之取其尾爲臥褥鞍被坐毯中矢
毒卽自齧斷其尾以擲之狨一名猱顏氏以爲
其尾柔可藉故其制字從柔元康地記云猨與
獮猴不共山宿臨旦相呼王延壽王孫賦云儲
糧食于兩頰稍委輸于胃脾緣百仞之高木扳
窈裊之長枝柳子厚云猨王孫居異山德異性

"蛭蝟玃猱"，顏註："今狨皮，爲鞍褥者，非獮猴也。"陸佃云："狨，蓋猨狖之屬，輕捷善緣木，大小類猨，長尾，尾作金色，俗謂之金線狨。生川峽深山中，人以藥矢射殺之，取其尾爲卧褥、鞍被、坐毯。中矢毒，即自齧斷其尾以擲之。狨，一名猱。顏氏以爲其尾柔可藉，故其制字從柔。"《元康地記》云："猨與獮猴，不共山宿，臨旦相呼。"王延壽《王孫賦》云："儲糧食于兩頰，稍委輸于胃脾。緣百仞之高木，扳窈裊之長枝。"柳子厚云："猨、王孫，居異山，德異性，

毛詩陸疏廣要　二十四　汲古閣

不能相容猨之德静以恒王孫之德躁以囂勃
諍號呶雖羣不相善也食相噬齧行無列領無
序乖離而不思有難推其柔弱者以免好踐稼
蔬所遇狼藉披攘禾實未熟輒齕齩投注山之
水草木必凌挫折撓江乘地記云攝山有山猱
赤足鳥獸考云猴詩謂之猱性躁而多智
按爾雅云猱蝯善援玃父善顧明是二種陸疏
云老者爲玃則混爲一矣其類甚多曰猱曰蝯
曰狚曰玃曰猨曰猴曰狖曰獨曰狨曰獮猴曰

不能相容。猨之德静以恒，王孫之德躁以囂。勃諍號呶，雖羣不相善也。食相噬齧，行無列，領無序，乖離而不思，有難，推其柔弱者以免。好踐稼蔬，所遇狼藉披攘。禾實未熟，輒齕齩投注。山之（水）[小][1]草木，必凌挫折撓。”江乘《地記》云:“攝山有山猱，赤足。”《鳥獸考》云:“猴，《詩》謂之猱，性躁而多智。”

按:《爾雅》云:“猱蝯善援，玃父善顧。”明是二種。陸疏云“老者爲玃”，則混爲一矣。其類甚多，曰猱，曰蝯，曰狚，曰玃，曰猨，曰猴，曰狖，曰獨，曰狨，曰獮猴，曰

1“小”，原作“水”，此段“柳子厚”云云蓋襲取《六家詩名物疏》所引，今據之以改。

沐猴曰母猴曰獮胡曰貑玃曰胡孫曰王孫雖
因其形有大小臂有短長鳴有曉夜色有青白
玄黃性有緩急羣特故異其名亦方言各異耳
若猱字說文作夒或作獿又作猱蓋古今文不
同但段公路所謂䱂猿則大怪矣
有鱣有鮪
鱣出江海三月中從河下頭來上鱣身形似龍銳
頭口在頷下背上腹下皆有甲從廣四五尺今于
盟津東石磧上釣取之大者千餘觔可蒸爲臛又
毛詩陸疏廣要 卷下之下 汲古閣

沐猴，曰母猴，曰獮胡，曰貑玃，曰胡孫，曰王孫。雖因其形有大小，臂有短長，鳴有曉夜，色有青白玄黃，性有緩急羣特，故異其名，亦方言各異耳。若猱字，《説文》作夒，或作獿，又作猱，蓋古今文不同。但段公路所謂䱂猿，則大怪矣。

110. 有鱣有鮪

〖疏〗鱣，出江海，三月中從河下頭来上。鱣身形似龍，鋭頭，口在頷下，背上腹下皆有甲，從廣四五尺。今于盟津東石磧上釣取之，大者千餘觔，可蒸爲臛，又

毛詩陸疏廣要　二十五　汲古閣

可爲鮓子可爲醬鮪魚形似鱣而色青黑頭小而
尖似鐵兜鍪口亦在頷下其甲可以磨薑大者不
過七八尺益州人謂之鱣鮪大者爲王鮪小者爲
叔鮪一名鮥肉色白味不如鱣也今東萊遼東人
謂之尉魚或謂之仲明魚仲明者樂浪尉也溺死
海中化爲此魚又河南鞏縣東北崖上山腹有穴
舊說此穴與江湖通鮪從此穴而來北入河西上
龍門入漆沮故張衡賦云王鮪岫居山穴爲岫謂
此穴也

可爲鮓，子可爲醬。鮪魚形似鱣而色青黑，頭小而尖，似鐵兜鍪，口亦在頷下，其甲可以磨薑。大者不過七八尺。益州人謂之鱣鮪，大者爲王鮪，小者爲叔鮪，一名鮥肉，色白，味不如鱣也。今東萊、遼東人謂之尉魚，或謂之仲明魚。仲明者，樂浪尉也。溺死海中，化爲此魚。又河南鞏縣東北崖上，山腹有穴。舊説此穴與江湖通，鮪從此穴而来，北入河，西上龍門，入漆沮。故張衡賦云“王鮪岫居”，山穴爲岫，謂此穴也。

【鱣】爾雅云鱣郭註云鱣大魚似鱏而短鼻口在
頷下體有邪行甲無鱗肉黃大者長二三丈今
江東呼爲黃魚鄭註云黃鱏魚也大者重千餘
觔亦能化爲龍埤雅云鱣肉黃長鼻輭骨俗謂
之玉版古今註曰鯉之大者爲鱣非也毛傳曰
鱣鯉也陸德明曰鱣陟連反大魚江東呼黃魚
與鯉全異爾雅翼云鱣大如五斗奩長丈長鼻
軟骨常三月中從河上當于孟津捕之淮水亦
有之惟以作鮓而骨可啖葢鱔屬也鱣葢鮪之

〖廣要〗【鱣】《爾雅》云“鱣”，郭註云:“鱣，大魚，似鱏而短鼻，口在頷下，體有邪行甲，無鱗，肉黃。大者長二三丈。今江東呼爲黃魚。”鄭註云:“黃鱏魚也。大者重千餘觔，亦能化爲龍。”《埤雅》云:“鱣肉黃，長鼻，輭骨，俗謂之玉版。《古今註》曰‘鯉之大者爲鱣’[1]，非也。”毛傳曰:“鱣，鯉也。”陸德明曰:“鱣，陟連反。大魚，江東呼黃魚，與鯉全異。”《爾雅翼》云:“鱣，大如五斗奩，長丈，長鼻，軟骨。常三月中從河上，當于孟津捕之，淮水亦有之。惟以作鮓，而骨可啖，葢鱔屬也。鱣葢鮪之

1 按:《埤雅》引《古今注》云“鯉之大者爲鮪，鱧之大者爲鱣”，下“鮪”條毛晉按語所謂“崔豹云‘鯉之大者爲鮪’”即指此。知此“鯉之大者爲鱣”云云，當脱“鱧之大者爲鱣”一句。

類但鱣肉黄鮪肉白以此爲别今江東呼鱣大者曰王鱣孔子曰食水者善游而耐寒謂魚類也鱣鮪之屬雖食于水而不正食水淮南子曰鵜胡飲水數斗而不足鱣鮪入口若露而死故鱣鮪不善游冬乃岫居入河而眩浮亦其驗也酈道元水經注曰漢水東經西城縣胡城爲鱣湍洪波淼盪淵浪雲頽者舊言有鱣魚奮鬣望濤直上至此暴腮因以名湍焉詩緝云鱣鱑也大魚似鱘顔氏家訓云鱣魚純灰色無文

類，但鱣肉黄，鮪肉白，以此爲别。今江東呼鱣大者曰王鱣。孔子曰‘食水者善游而耐寒’，謂魚類也。鱣鮪之屬，雖食于水，而不正食水。《淮南子》曰：‘鵜胡飲水數斗而不足，鱣鮪入口若露而死。’故鱣鮪不善游。冬乃岫居，入河而眩浮，亦其驗也。酈道元《水經注》曰：‘漢水東經西城縣胡城爲鱣湍，洪波淼盪，淵浪雲頽。者舊言，有鱣魚奮鬣，望濤直上，至此暴腮，因以名湍焉。’”《詩緝》云：“鱣，鱑也。大魚，似鱘。”《顔氏家訓》云：“鱣魚，純灰色，無文。”

按鱣之非鯉猶鰋之非鮎也舍人孫炎誤人深矣郭孔陸羅諸家駁之甚當何毛公亦云鱣鯉也但郭鄭二氏俱云短鼻陸羅二氏俱云長鼻未知孰是

【鮪】爾雅云鮥鮪郭註云鮪鱣屬也大者名王鮪小者名鮥鮪今宜都郡自京門以上江東道出鱏鱣之魚有一魚狀似鱣而小建平人呼鮥子即此魚也鄭註云鮪似鱣而小亦似鮎毛傳云鮪鮥也埤雅鮪魚青黑長鼻體無鱗甲肉色白

按：鱣之非鯉，猶鰋之非鮎也。舍人、孫炎誤人深矣，郭、孔、陸、羅諸家駁之甚當，何毛公亦云“鱣鯉”也？但郭、鄭二氏俱云“短鼻”，陸、羅二氏俱云“長鼻”，未知孰是。

【鮪】《爾雅》云“鮥鮪”，郭註云：“鮪，鱣屬也。大者名王鮪，小者名鮥鮪。今宜都郡自京門以上江東道出鱏鱣之魚，有一魚狀似鱣而小，建平人呼鮥子，即此魚也。”鄭註云：“鮪似鱣而小，亦似鮎。”毛傳云：“鮪，鮥也。”《埤雅》：“鮪魚青黑，長鼻，體無鱗甲，肉色白，

毛詩陸疏廣要　二十七　汲古閣

味不如鱣大者長七八尺夏小正曰祭鮪祭不必記而記鮪何也鮪者魚之先至者也而其至有時禮曰龍以爲畜故魚鮪不淰而序詩者亦曰季冬薦魚春獻鮪則鮪别于魚其來尚矣故鮪仲春從河而上得過龍門便化爲龍否則點額而還尸子曰龍門魚之難也大行牛之難也蓋河津一名龍門兩傍有山魚莫能上大魚薄集龍門上則爲龍不得上輒暴腮水次故曰暴腮龍門垂耳轅下善爲魚者不求爲龍望禹門

味不如鱣，大者長七八尺。《夏小正》曰：‘祭鮪，祭不必記，而記鮪何也？鮪者，魚之先至者也，而其至有時。’《禮》曰：‘龍以爲畜，故魚鮪不淰。’而序《詩》者亦曰：‘季冬薦魚，春獻鮪。’則鮪别于魚，其来尚矣。故鮪仲春從河而[1]上，得過龍門便化爲龍，否則點額而還。《尸子》曰：‘龍門，魚之難也。大行，牛之難也。’蓋河津一名龍門，兩傍有山，魚莫能上。大魚薄集龍門，上則爲龍，不得上輒暴腮水次，故曰：暴腮龍門，垂耳轅下。善爲魚者，不求爲龍，望禹門

1“而”，《埤雅》作“西”。

輒逝是以無暴腮點額之患水經曰鮪出鞏穴
直穴有渚謂之鮪渚周禮春獻王鮪然非時及
他處則無故河自鮪穴已上又兼鮪稱爾雅翼
鮪以季春來周禮菲人春獻王鮪周頌季冬薦
魚春獻鮪月令季春薦鮪于寢廟皆特獻之者
以其及時可貴也東京賦稱王鮪岫居山有穴
曰岫其穴在河南小平山長老言王鮪之魚由
南方來出此穴中入河水見日目眩浮水上流
行七八十里釣人見之取以獻天子用祭或曰

輒逝，是以無暴腮點額之患。《水經》曰：‘鮪出鞏穴。直穴有渚謂之鮪渚。《周禮》春獻王鮪，然非時及他處則無。故河自鮪穴已上，又兼鮪稱。’”《爾雅翼》：“鮪以季春来，《周禮·(菲)[𠭯][1]人》‘春獻王鮪’，《周頌》‘季冬薦魚，春獻鮪’，《月令》‘季春薦鮪于寢廟’，皆特獻之者，以其及時可貴也。《東京賦》稱‘王鮪岫居’，山有穴曰岫，其穴在河南小平山。長老言：王鮪之魚，由南方来，出此穴中，入河水。見日目眩，浮水上，流行七八十里，釣人見之，取以獻天子用祭。或曰：

1“𠭯”，原作“菲”，據四庫本改。

鮪魚出海三月從河上來今鞏縣東洛度北崖上山腹穴舊說此穴與江河通鱣鮪從此穴而來入河或曰鮪魚三月遡河而上能度龍門之浪則得爲龍東萊遼東人謂之尉魚或謂之仲明仲明者樂浪尉溺死海中化爲此魚安尉葢鮪聲之訛仲明之說又相沿而生於萬物變化亦不可知也周洛曰鮪蜀曰䱹鱕唐韻尌山一名龍門山在封州大魚上化爲龍上不得點額流血水爲丹色也淮南子曰河魚不得明目穉

鮪魚出海，三月從河上来。今鞏縣東洛度北崖上山腹穴，舊説此穴與江河通，鱣鮪從此穴而来入河。或曰：鮪魚三月遡河而上，能度龍門之浪，則得爲龍。東萊、遼東人謂之尉魚，或謂之仲明。仲明者，樂浪尉，溺死海中，化爲此魚。（安）［按］[1]：‘尉’蓋‘鮪’聲之訛，仲明之説，又相沿而生。（於）［然］[2]萬物變化，亦不可知也。周洛曰鮪，蜀曰䱹鱕。《唐韻》：‘尌山，一名龍門山，在封州。大魚上，化爲龍；上不得，點額流血，水爲丹色也。’《淮南子》曰：‘河魚不得明目，穉

1“按”，原作“安”，今據四庫本改。
2“然”，原作“於”，今據《爾雅翼》改。

稼不得育時其所生者然也說文鮪觡也一曰水名鞏縣西北臨河有周武王武王伐紂使膠鬲禦鮪水上葢其處也相傳山下有穴通江穴有黃魚春則赴龍門故曰鮪岫今爲河所侵不知穴之所在集韻云交趾記交趾封谿縣有隄防龍門水深百尋大魚登此門化成龍不得過暴腮點額血流此水長如丹池

按陸氏音義云大者王鮪小者未鮪一作鮇鮪沈云江淮閒曰叔伊洛曰鮪海濱曰觡若崔豹

稼不得育時，其所生者然也。’《説文》:‘鮪，觡也。’一曰水名，鞏縣西北臨河有周武（王）[山][1]，武王伐紂，紂使膠鬲禦鮪水上，蓋其處也。相傳山下有穴通江，穴有黄魚，春則赴龍門，故曰鮪岫。今爲河所侵，不知穴之所在。《集韻》云:《交趾記》: 交趾封谿縣，有隄防龍門，水深百尋。大魚登此門，化成龍；不得過，暴腮點額，血流此水，長如丹池。”

按：陸氏《音義》云:“大者王鮪，小者未鮪，一作‘鮇鮪’。沈云：江淮間曰叔，伊洛曰鮪，海濱曰觡。”若崔豹

1“山”，原作“王”，今據《爾雅翼》改。

毛詩陸疏廣要　二十九　汲古閣

云鯉之大者爲鮪益謬矣

維魴及鱮

魴今伊洛濟潁魴魚也廣而薄肥恬而少力細鱗魚之美者漁陽泉州一本作漁陽泉㓚刀口及遼東梁水魴特肥而厚尤美于中國魴故其鄉語云居就糧梁水魴鱮似魴厚而頭大魚之不美者故里語曰網魚得鱮不如啗茹其頭尤大而肥者徐州人謂之鰱或謂之鱅幽州人謂之鴞鶚或謂之胡鱅

云“鯉之大者爲鮪”，益謬矣。

111. 維魴及鱮

〖疏〗魴，今伊、洛、濟、潁魴魚也。廣而薄肥，恬而少力，細鱗，魚之美者。漁陽泉州一本作“漁陽泉㓚刀口”。及遼東梁水魴特肥而厚，尤美于中國魴。故其鄉語云:“居就糧，梁水魴。”鱮似魴，厚而頭大，魚之不美者。故里語曰:“網魚得鱮，不如啗茹。”其頭尤大而肥者，徐州人謂之鰱，或謂之鱅，幽州人謂之鴞鶚，或謂之胡鱅。

爾雅魴魾郭註江東呼魴魚爲鯿一名魾鄭註
鯿魚也魾音毗本草魴魚調胃氣利五臟和芥
子醬食之助肺氣去胃家風消穀不化者作鱠
助食助脾氣令人能食患痏痢者不得食埤雅
魴一名魾比今之青鯿也郊居賦曰赤鯉青魴
細鱗縮項濶腹魚之美者蓋弱魚也其廣方其
厚褊故一曰魴魚一曰鯿魚魴方也鯿褊也蓋
魴魚雖等美而緣水之異則有優劣故里語曰
洛鯉伊魴貴于牛羊言洛以渾深宜鯉伊以清

〖廣要〗《爾雅》:“魴，魾。”郭註:“江東呼魴魚爲鯿，一名魾。”鄭註:“鯿魚也，魾音毗。”《本草》:“魴魚調胃氣，利五臟，和芥子醬食之，助肺氣，去胃家風。消穀不化者，作鱠助食，助脾氣，令人能食。患痏痢者不得食。”《埤雅》:“魴，一名魾，(比)[此][1]今之青鯿也,《郊居賦》曰‘赤鯉青魴’。細鱗，縮項，闊腹，魚之美者，蓋弱魚也。其廣方，其厚褊，故一曰魴魚，一曰鯿魚。魴，方也；鯿，褊也。蓋魴魚雖等美，而緣水之異，則有優劣。故里語曰:‘洛鯉伊魴，貴于牛羊。’言洛以渾深宜鯉，伊以清

1“此”，原作“比”，今據《爾雅翼》改。

淺宜魴也又曰居就糧梁水魴詩曰豈其食魚
必河之魴河性宜魚也列女傳曰傳弓以燕牛
之角纏弓以荆麋之筋糊弓以河魚之膠說者
以爲燕角善楚筋細河膠黏詩曰魴魚赬尾養
生經云魚勞則尾赤人勞則髮白爾雅翼魴縮
頭穹脊博腹色青白而味美今之鯿魚也漢水
中尤美常以槎斷水用禁人捕謂之槎頭鯿宋
張敬兒爲刺史獻齊高帝一千八百頭即此也
說苑陽晝曰夫投綸錯餌迎而吸之者陽橋也

淺宜魴也。又曰：‘居就糧，梁水魴。’《詩》曰：‘豈其食魚，必河之魴？’河性宜魚也。《列女傳》曰：‘傅弓以燕牛之角，纏弓以荆麋之筋，糊弓以河魚之膠。’説者以爲燕角善，楚筋細，河膠黏。《詩》曰：‘魴魚赬尾。’《養生經》云：‘魚勞則尾赤，人勞則髮白。’”《爾雅翼》：“魴，縮頭，穹脊，博腹，色青白而味美，今之鯿魚也。漢水中尤美，常以槎斷水，用禁人捕，謂之槎頭鯿。宋張敬兒爲刺史，獻齊高帝一千八百頭，即此也。《説苑》：‘陽晝曰：夫投綸錯餌，迎而吸之者，陽橋也。

其爲魚也薄而不美若亡若存若食若不食者魴也其爲魚也博而厚味今網罟者乃以魴爲易取若難于釣而易于網耶詩稱魴魚頳尾説者以爲魚勞則尾赤左傳曰如魚竀尾衡流而方羊鄭氏以爲魚肥則尾赤二説雖不同然魚肥則不耐勞不耐勞則尾易赤以魴言之其體博大而肥不能運其尾加之以衡流則其勞甚矣宜其尾之頳也

【鱮】廣雅云鰱鱮也埤雅鱮魚似魴而弱鱗其色

其爲魚也，薄而不美，若亡若存，若食若不食者，魴也。其爲魚也，博而厚味。’今網罟者，乃以魴爲易取，若難于釣而易于網耶？《詩》稱‘魴魚頳尾’，説者以爲魚勞則尾赤。《左傳》曰：‘如魚竀尾，衡流而方羊。’鄭氏以爲魚肥則尾赤，二説雖不同，然魚肥則不耐勞，不耐勞則尾易赤。以魴言之，其體博大而肥，不能運其尾，加之以衡流，則其勞甚矣，宜其尾之頳也。”

【鱮】《廣雅》云：“鰱，鱮也。”《埤雅》：“鱮魚似魴而弱鱗，其色

毛詩陸疏廣要　三十一　汲古閣

白北土皆呼白鱮西征賦曰華魴躍鱗素鱮揚鬐性亦旅行故其制字從與亦或謂之鰱也傳云連行魚屬若此之類是已失水即死弱魚也今吳越呼鱅鰱魚其頭尤大而肥者徐州人謂之鱅或謂之鰱六韜曰緡隆餌重則嘉魚食之緡調餌芳則庸魚食之鱅庸魚也故其字從庸蓋魚之不美者故里語曰網魚得鱮不如啖茹而鱅讀曰慵者則又以其性慵弱而不健故也爾雅翼鱮鱅鰱魚也大頭而細鱗魚之不美者蓋

白，北土皆呼白鱮。《西征賦》曰：‘華魴躍鱗，素鱮揚鬐。’性亦旅行，故其制字從與，亦或謂之鰱也。傳云‘連行魚屬’，若此之類是已。失水即死，弱魚也。今吴越呼鱅。鰱魚其頭尤大而肥者，徐州人謂之鱅，或謂之鰱。《六韜》曰：‘緡隆餌重，則嘉魚食之；緡調餌芳，則庸魚食之。’鱅，庸魚也，故其字從庸，蓋魚之不美者。故里語曰：‘網魚得鱮，不如啖茹。’而鱅讀曰慵者，則又以其性慵弱而不健故也。”《爾雅翼》：“鱮，鱅鰱魚也。大頭而細鱗，魚之不美者。蓋

魚雖一類而所食不同今鯇唯食草鱒食螺蚌
鱮乃食鯇矣宜其味之不美耳今人亦不珍此
族往往以爲鮑魚詩稱孔樂韓土魴鱮甫甫夫
鱮不美魚也而何足特稱以爲韓土之樂葢言
川澤之善者以其美惡之竝畜魴美而鱮不美
今皆甫甫然則其土之樂可知矣猶之稱周原
之膴膴者必以堇荼如飴言之也敝笱之詩曰
敝笱在梁其魚魴鰥又曰其魚魴鱮其魚唯唯
葢笱之守魚猶禮之守國也說文云池魚滿三

魚雖一類，而所食不同。今鯇唯食草，鱒食螺蚌，鱮乃食鯇（矣）［矢］[1]，宜其味之不美耳。今人亦不珍此族，往往以爲鮑魚。《詩》稱‘孔樂韓土，魴鱮甫甫’，夫鱮，不美魚也，而何足特稱以爲韓土之樂？蓋言川澤之善者，以其美惡之竝畜。魴美而鱮不美，今皆甫甫然，則其土之樂可知矣。猶之稱周原之膴膴者，必以堇荼如飴言之也。《敝笱》之詩曰：‘敝笱在梁，其魚魴鰥。’又曰：‘其魚魴鱮，其魚唯唯。’蓋笱之守魚，猶禮之守國也。《說文》云：‘池魚滿三

1 “矢”，原作“矣”，據四庫本改。

千六百蛟來爲之長能率魚飛置笱水中卽蛟
去夫蛟陰類難制之物欲率魚而去笱雖敝而
能制之使其在水者有魴鰥焉有魴鱮焉有唯
唯之衆焉不以蛟而徙也今魯桓公微弱無守
國之器使從文姜者如雲如雨如水而不能少
爲之制則曾敝笱之不若也郭璞曰鰼似鰱而
黑嚴氏曰今鱅鰱相似而小別鰱頭小鱅頭大
魚麗于罶魴鱧 向刻鯉誤
鱧鮦也似鯉頰狹而厚爾雅曰鱧鮦也許慎以爲

千六百，蛟来爲之長，能率魚飛。置笱水中，即蛟去。’夫蛟，陰類難制之物，欲率魚而去笱，雖敝而能制之。使其在水者，有魴鰥焉，有魴鱮焉，有唯唯之衆焉，不以蛟而徙也。今魯桓公微弱，無守國之器，使從文姜者，如雲，如雨，如水，而不能少爲之制，則曾敝笱之不若也。郭璞曰：‘鰼似鰱而黑。’” 嚴氏曰：“今鱅、鰱相似而小别，鰱頭小，鱅頭大。”

112. 魚麗于罶魴鱧向刻“鯉”，誤。

〖疏〗鱧，鮦也，似鯉頰狹而厚。《爾雅》曰“鱧”，鮦也。許慎以爲

鯉魚
爾雅云鱧郭注云鮦也邢疏云鱧今鱯魚也鮦
與鱯音義同詩小雅云魚麗于罶魴鱧是也鄭
註云今只謂之鱧多在泥水中服食家忌食爾
雅又云鯇郭註云今鯶魚似鱒而大舍人云鱧
一名鯇郭氏所不取也鄭註云鯇今鯶魚也其
性健急舍人以鯇爲鱧誤矣毛傳云鮦也朱傳
云鮦也又曰鯇也孔疏云釋魚云鱧鯇舍人曰
鱧名鯇郭璞曰鱧鮦編檢諸本或作鱧鮦或作

鯉魚。

〖廣要〗《爾雅》云“鱧”，郭注云“鮦也”。邢疏云:“鱧，今鱯魚也，鮦與鱯音義同。《詩・小雅》云‘魚麗于罶，魴鱧’，是也。”鄭註云:“今只謂之鱧，多在泥水中，服食家忌食。”《爾雅》又云“鯇”，郭註云:“今鯶魚似鱒而大。”舍人云“鱧一名鯇”，郭氏所不取也。[1] 鄭註云:“鯇，今鯶魚也。其性健急，舍人以鯇爲鱧，誤矣。”毛傳云:“鮦也。”朱傳云“鮦也”，又曰“鯇也”。孔疏云:“《釋魚》云:‘鱧，鯇。’舍人曰:‘鱧名鯇。’郭璞曰:‘鱧，鮦。’編檢諸本，或作鱧鮦，或作

1 按:“舍人”至“所不取也”，見邢昺《爾雅疏》。

鱧鯇若作鮦與郭璞正同若作鯇又與舍人無
異或有本作鱧鯉者定本鱧鮦本草蠡魚一名
鮦魚生九江池澤取無時圖經曰蠡通作鱧字
今處處有之廣雅云鱺鰑鮦也說文云鱧鑊也
鰥鱧也埤雅云鱧今玄鱧是也諸魚中惟此魚
膽甘可食有舌鱗細有花文一名文魚與蛇通
氣舊云鱧是公蠣蛇所化至難死猶有蛇性故
或謂之鰹也爾雅云鰹大鮦小者魭邢疏云卽
鱧也爾雅翼鱧魚圓長而斑點有七點作北斗

鱧鯇。若作鮦，與郭璞正同；若作鯇，又與舍人無異。或有本作鱧鰥者。定本鱧鮦。"《本草》:"蠡魚，一名鮦魚，生九江池澤，取無時。"《圖經》曰:"蠡，通作鱧字，今處處有之。"《廣雅》云:"鱺，鰑，鮦也。"《説文》云:"鱧，鑊也。鰥，鱧也。"《埤雅》云:"鱧，今玄鱧是也。諸魚中惟此魚膽甘可食，有舌，鱗細有花文，一名文魚。與蛇通氣。舊云：鱧是公蠣蛇所化，至難死，猶有蛇性，故或謂之鰹也。"《爾雅》云:"鰹，大鮦，小者魭[1]。"邢疏云:"即鱧也。"《爾雅翼》:"鱧魚圓長而斑點，有七點作北斗

1"魭",《爾雅》作"鮵"。

之象夜則仰首向北而拱焉有自然之禮故從
禮膽獨甘也故從醴今道家忌之以其首戴斗
也又指爲厭故有天厭鴈地厭犬水厭鱧之説
皆禁不食郭氏解釋魚稱爲鮦然今鮦又別一
種鱧比他魚爲最鮏詩緝毛氏以鱧爲鮦本草
云蠡一名鮦今黑鯉魚道家以爲厭者也郭璞
云鱧鮦山陰陸氏云鱧今玄鯉與蛇通氣是郭
璞陸氏皆同毛説以鯉爲今之烏鯉魚也今不
從舍人云鱧名鯇陸璣云鱧鯇也以鯉頰狹而

之象，夜則仰首向北而拱焉，有自然之禮，故從禮。膽獨甘也，故從醴。今道家忌之，以其首戴斗也。又指爲厭，故有‘天厭鴈，地厭犬，水厭鱧’之説。皆禁不食。郭氏解《釋魚》稱爲鮦，然今鮦又別一種。鱧比他魚爲最鮏。”《詩緝》:“毛氏以鱧爲鮦。《本草》云:‘蠡，一名鮦。今黑鯉魚，道家以爲厭者也。’郭璞云:‘鱧，鮦。’山陰陸氏云:‘鱧，今玄鯉，與蛇通氣。’是郭璞、陸氏，皆同毛説，以鱧爲今之烏鯉魚也，今不從。舍人云:‘鱧名鯇。’陸璣云:‘鱧，鯇也。(以)[似][1]鯉頰狹而

1“似”，原作“以”，今據四庫本改。

毛詩陸疏廣要 三十四 汲古閣

厚是舍人與陸璣皆以鱧爲今之鯇魚也今從之鯇今鯶魚似鱒而大

按釋魚篇首列鯉鱣鰋鮎鱧鯇六種俱無釋文鄭漁仲曰六者之名顯而易識故但載之而已不復重釋也可見鱧鯇是二種毛氏郭氏俱云鱧鮦也山陰陸氏從之確是定見元恪晦庵曰鯇又曰鮦則兩岐矣若許慎以爲鯉魚羅氏以爲鮦又别一種不解何故嚴華谷考據甚核乃以舍人之説爲然豈其然乎

厚。’是舍人與陸璣，皆以鱧爲今之鯇魚也，今從之。”鯇，今鯶魚，似鱒而大。[1]

按：《釋魚》篇首列鯉、鱣、鰋、鮎、鱧、鯇六種，俱無釋文。鄭漁仲曰：“六者之名，顯而易識，故但載之而已，不復重釋也。”可見鱧、鯇是二種。毛氏、郭氏俱云“鱧，鮦也”，山陰陸氏從之，確是定見。元恪、晦庵曰鯇又曰鮦，則兩岐矣。若許慎以爲鯉魚，羅氏以爲鮦又别一種，不解何故。嚴華谷考據甚核，乃以舍人之説爲然，豈其然乎！

1 按：“鯇”至“似鱒而大”，見《爾雅》郭璞注。

九罭之魚鱒魴
鱒似鯤魚而鱗細于鯤也赤眼多細文
爾雅鮅鱒郭註似鱓子赤眼鄭註似鱓而小眼
赤多生溪澗傅麗水底難網捕埤雅鱒似鱓魚
而鱗細於鱓赤眼詩云九罭之魚鱒魴我覯之
子袞衣繡裳蓋鱒魚圓魴魚方君子道以圓內
義以方外而周公之德具焉孫炎正義曰鱒好
獨行制字從尊殆以此也爾雅翼鱒魚目中赤
色一道橫貫瞳魚之美者今俗人謂之赤眼鱒

113. 九罭之魚鱒魴

〖疏〗鱒似鯤魚，而鱗細于鯤也。赤眼，多細文。

〖廣要〗《爾雅》:“鮅，鱒。”郭註:“似鱓子，赤眼。”鄭註:“似鱓而小，眼赤，多生溪澗，傅麗水底，難網捕。”《埤雅》:“鱒似鱓魚，而鱗細於鱓，赤眼。《詩》云:‘九罭之魚，鱒魴。我覯之子，袞衣繡裳。’蓋鱒魚圓，魴魚方，君子道以圓内，義以方外，而周公之德具焉。孫炎《正義》曰:‘鱒好獨行。’制字從尊，殆以此也。”《爾雅翼》:“鱒魚，目中赤色一道横貫瞳，魚之美者。今俗人謂之赤眼鱒，其音乃如蹲踞之蹲。食螺蚌，多秖[1]獨行，亦有兩三頭同行者。極難取，見網輒遁。”《詩緝》云：“鱒魴，毛以爲大魚。今赤眼鱒及鯿魚皆非大魚，亦常魚也。”

114. 魚麗于罶鱨鯊

〖疏〗鱨，一名揚，今黄頰魚。似燕頭魚，身形厚而長大，頰骨正黄，魚之大而有力解飛者。徐州人謂之揚；黄頰，通語也。今江東呼黄鱨魚，亦名黄頰魚。尾微黄，大者長尺七八寸許。鯊，吹沙也。似鯽魚，狹而小，體

1 “秖”，似即“祇”之訛。

圓而有黑點一名重脣籥鯊常張口吹沙

【鱨】毛傳鱨揚也孫炎云鱨揚者魚有二名釋魚無文埤雅今黃鱨魚是也性浮而善飛躍故一曰揚也一名黃揚舊說魚膽春夏近下秋冬近上

【鯊】爾雅鯊鮀郭註今吹沙小魚體圓而有點文陸德明云魦音沙亦作魦舍人曰魦石鮀也埤雅魦性善沉大如指狹圓而長有黑點文常沙中行亦于沙中乳子故張衡云縣淵沉之魦鰡也字指云鰡魦屬詩曰魚麗于罶鱨魦魴鱧鰋

圓而有黑點，一名重脣籥。鯊常張口吹沙。

〖廣要〗【鱨】毛傳:“鱨，揚也。”孫炎云:“鱨揚者，魚有二名，《釋魚》無文。”《埤雅》:“今黃鱨魚是也。性浮而善飛躍，故一曰揚也。一名黃揚。舊說:魚膽春夏近下，秋冬近上。”

【鯊】《爾雅》“鯊，鮀。”郭註:“今吹沙小魚，體圓而有點文。”陸德明云:“魦音沙，亦作魦。舍人曰:魦，石鮀也。”《埤雅》:“魦性善沉，大如指，狹圓而長，有黑點文。常沙中行，亦于沙中乳子，故張衡云‘縣淵沉之魦鰡’也。《字指》云:‘鰡，魦屬。’《詩》曰:‘魚麗于罶，鱨魦、魴鱧、鰋

鯉蓋鱨也鯉也其性浮鱧也鰋也其性沈而罶
則寡婦之笱其用功寡又以待魚之自至今魚
麗于罶鱨魦魴鱧鰋鯉沈浮小大美惡與其形
色之異具有則餘物盛多可知也俗云魦性沙
抱異物志曰吹沙長三寸許背上有刺螫人海
物異名記曰魦似鯽而狹小爾雅翼鯊嘗張口
吹沙故曰吹沙非特吹沙亦止食細沙其味甚
美大者不過二斤然不若小者之佳孔氏正義
乃曰此寡婦笱而得鱨魦之大魚是衆多也蓋

鯉。’蓋鱨也，鯉也，其性浮；鱧也，鰋也，其性沈[1]。而罶則寡婦之笱，其用功寡，又以待魚之自至。今魚麗于罶，鱨魦、魴鱧、鰋鯉，沈浮、小大、美惡與其形色之異具有，則餘物盛多可知也。俗云：魦性沙抱。《異物志》曰：‘吹沙長三寸許，背上有刺，螫人。’《海物異名記》曰：‘魦似鯽而狹小。’”《爾雅翼》：“鯊嘗張口吹沙，故曰吹沙，非特吹沙，亦止食細沙。其味甚美，大者不過二斤，然不若小者之佳。孔氏《正義》乃曰：‘此寡婦笱，而得鱨魦之大魚，是衆多也。’蓋

1 按：《埤雅》原云：“蓋鱨也，魴也，鯉也，其性浮；魦也，鱧也，鰋也，其性沈。”此似有脱漏。

鯊雖小魚在笱中爲大耳今人呼爲重脣脣厚
特甚有若黿鼉故以爲名今江南小谿中每春
鯊至甚多土人珍之夏則隨水下自是以後時
亦有之然亦罕矣春來復來大抵正月輒至魚
之最先至者其次則鯉至次則鱖至桃花水至
而鱖肥則三月矣此魚生流水之中非畜於人
又杜父魚色黑斑如吹沙而短濮氏曰鯊魚多
種極大者皮如沙可爲刀劍鞘吹沙小魚耳詩緝孔
氏以鱨魦皆爲大魚陸璣以鱨爲大魚魦爲小魚山

鯊雖小魚，在笱中爲大耳。今人呼爲重脣，脣厚特甚，有若黿鼉，故以爲名。今江南小谿中，每春鯊至甚多，土人珍之。夏則隨水下，自是以後，時亦有之，然亦罕矣，春来復来。大抵正月輒至，魚之最先至者。其次則鯉至，次則鱖至，桃花水至而鱖肥，則三月矣。此魚生流水之中，非畜於人。又杜父魚，色黑，斑如吹沙而短。" 濮氏曰："鯊魚多種，極大者皮如沙，可爲刀劍鞘。吹沙，小魚耳。"《詩緝》："孔氏以鱨魦皆爲大魚。陸璣以鱨爲大魚，魦爲小魚。山

毛詩陸疏廣要　卷下之一　　二十七　　汲古閣

陰陸氏以鱛魦皆爲小魚鱛魚黄魴魚青鱧魚玄鰋魚白鯉魚赤又云鱛魦小魚魴鱧中魚鰋鯉大魚又云鱛魦長魚魴鱧之魚則一方一圓鰋鯉之魚則一俯一仰又鱛魦魴其性浮鱧鰋鯉其性沉意謂五色之備而小大長短浮深之不同也寧波府志云皮上有沙故名其類甚多鳥獸攷云魦有二種魚麗之鯊葢閩廣江漢之常産海魦虎頭魦體黑文鼈足巨者餘二百斤常以春晦陟于海山之麓旬日化爲虎唯四足

陰陸氏以鱛魦皆爲小魚，鱛魚黄，魴魚青，鱧魚玄，鰋魚白，鯉魚赤。又云：鱛魦小魚，魴鱧中魚，鰋鯉大魚。又云：鱛魦長魚，魴鱧之魚則一方一圓，鰋鯉之魚則一俯一仰。又鱛、魦、魴，其性浮；鱧、鰋、鯉，其性沉。意謂五色之備，而小大長短浮（深）[沉][1]之不同也。"《寧波府志》云："皮上有沙，故名，其類甚多。"《鳥獸攷》云："魦有二種：魚麗之鯊，蓋閩廣、江漢之常産。海魦、虎頭魦，體黑文，鼈足，巨者餘二百斤。常以春晦陟于海山之麓，旬日化爲虎。唯四足

1"沉"，原作"深"，四庫本作"沈"，當是，今據之以改。

難化經月乃成矣
象弭魚服
魚服魚獸之皮也魚獸似猪東海有之一名魚貍
其皮背上斑文腹下純青今以爲弓鞬步乂者也
其皮雖乾燥以爲弓鞬矢服經年海水將潮及天
將雨其毛皆起水潮還及天晴其毛復如故雖在
數千里外可以知海水之潮氣自相感也
毛傳魚服魚皮也正義曰魚服以魚皮爲矢服
故云魚服魚皮左傳云歸夫人魚軒服虔云魚

毛詩陸疏廣要　卷下之下　汲古閣

難化，經月乃成矣。"

115. 象弭魚服

〖疏〗魚服，魚獸之皮也。魚獸似猪，東海有之，一名魚貍。其皮，背上斑文，腹下純青，今以爲弓鞬、步（乂）［叉］[1] 者也。其皮雖乾燥，以爲弓鞬、矢服經年，海水將潮及天將雨，其毛皆起水潮。還及天晴，其毛復如故。雖在數千里外，可以知海水之潮氣，自相感也。

〖廣要〗毛傳："魚服，魚皮也。"《正義》曰："魚服，以魚皮爲矢服，故云'魚服，魚皮'。《左傳》云：'歸夫人魚軒。'服虔云：'魚，

1 "叉"，原作"乂"，今據四庫本改。

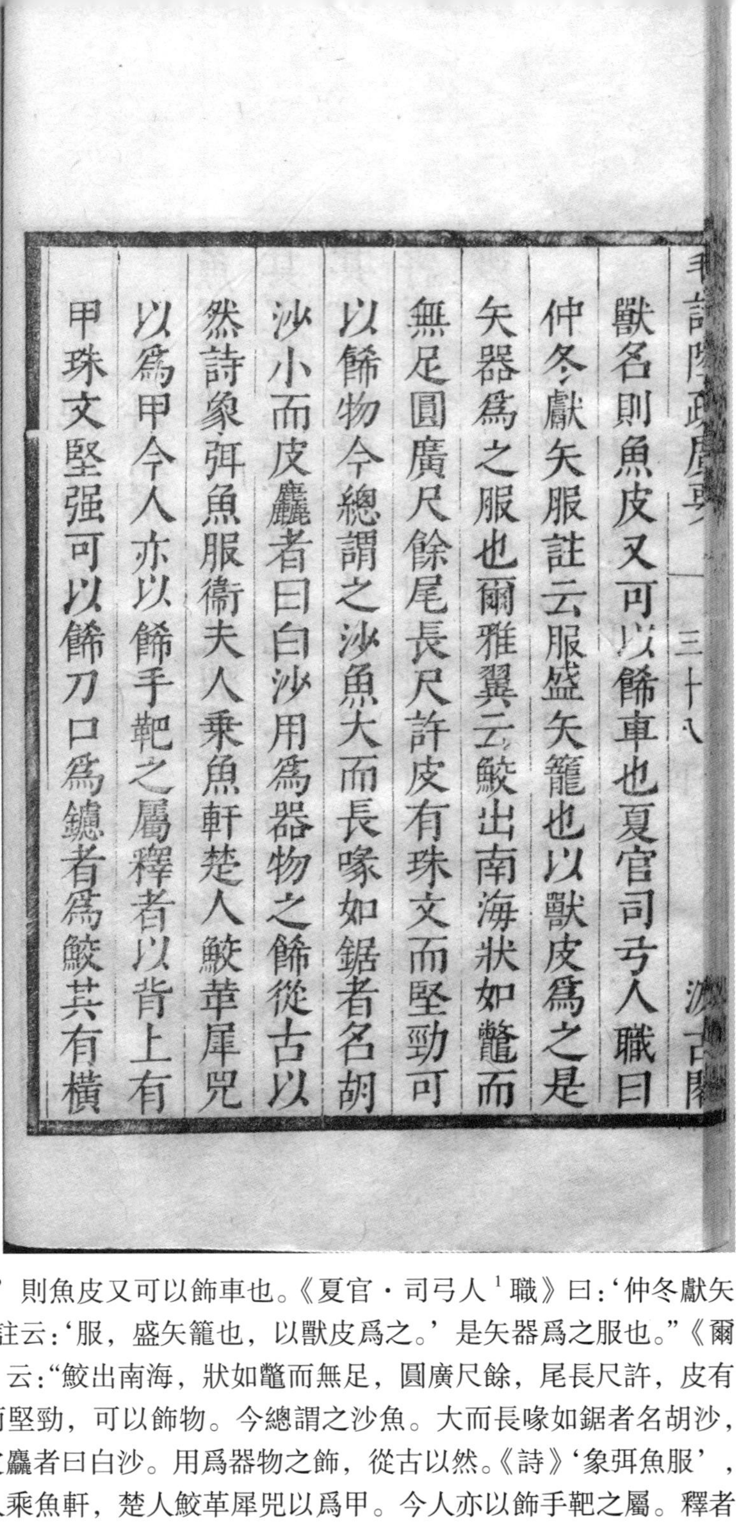

毛詩陸疏廣要　三十八　汲古閣

獸名則魚皮又可以餙車也夏官司弓人職曰仲冬獻矢服註云服盛矢籠也以獸皮爲之是矢器爲之服也爾雅翼云鮫出南海狀如鼈而無足圓廣尺餘尾長尺許皮有珠文而堅勁可以餙物今總謂之沙魚大而長喙如鋸者名胡沙小而皮麤者曰白沙用爲器物之餙從古以然詩象弭魚服衛夫人乘魚軒楚人鮫革犀兕以爲甲今人亦以餙手靶之屬釋者以背上有甲珠文堅强可以餙刀口爲鑢者爲鮫其有横

獸名。’則魚皮又可以飾車也。《夏官·司弓人[1]職》曰:‘仲冬獻矢服。’註云:‘服，盛矢籠也，以獸皮爲之。’是矢器爲之服也。”《爾雅翼》云:“鮫出南海，狀如鼈而無足，圓廣尺餘，尾長尺許，皮有珠文而堅勁，可以飾物。今總謂之沙魚。大而長喙如鋸者名胡沙，小而皮麤者曰白沙。用爲器物之飾，從古以然。《詩》‘象弭魚服’，衛夫人乘魚軒，楚人鮫革犀兕以爲甲。今人亦以飾手靶之屬。釋者以背上有甲珠文，堅强可以飾刀口爲鑢者爲鮫，其有横

1 按:“人”，四庫本作“矢”，當是。

骨在鼻前如斤者爲鱕鯌是胡沙也要是一類
又有隨母行驚則入母腹中尋復出腹中容四
子頰赤如金甚健網不能制俗呼河伯健兒鮫
既世所服用人多識者特其音與蛟龍之蛟同
解者或有差互凡皮有珠飾刀劍者是鮫鯌之
鮫滿二千斤爲魚之長是蛟龍之蛟
按沙魚皮有甲珠文可以飾物古今皆然但云
似鼊無足似與陸疏似猪者不同
鼉鼓逢逢

骨在鼻前如斤者爲鱕鯌。［鱕鯌］[1]是胡沙也，要是一類。又有隨母行，驚則入母腹中，尋復出。腹中容四子，頰赤如金，甚健，網不能制，俗呼河伯健兒。鮫既世所服用，人多識者，特其音與蛟龍之蛟同。解者或有差互。凡皮有珠，飾刀劍者，是鮫鯌之鮫。滿二千斤，爲魚之長，是蛟龍之蛟。"

按：沙魚皮有甲珠文，可以飾物，古今皆然。但云"似鼊無足"，似與陸疏"似猪"者不同。

116. 鼉鼓逢逢

1 "鱕鯌"兩字原闕，蓋涉上"鱕鯌"而脱，今據《爾雅翼》補。

鼉形似一本多水字蜥蜴四足長丈餘生卵大如鵝卵堅如鎧今合藥鼉魚甲是也其皮堅厚可以冒鼓

毛傳鼉魚屬正義曰月令季夏命漁師伐蛟取鼉書傳註云鼉如蜥蜴長六尺埤雅云鼉具十二少肉蛇肉最後在尾其枕瑩淨魚枕弗如皮中冒鼓夏小正曰剝鼉以爲鼓也今狏將風則踴鼉欲雨則鳴故里俗以狏識風以鼉識雨詩曰鼉鼓逢逢先儒以爲鼉皮堅厚取以冒鼓故

〖疏〗鼉形似一本多“水”字。蜥蜴，四足長丈餘，生卵大如鵝卵，堅如鎧，今合藥鼉魚甲是也。其皮堅厚，可以冒鼓。

〖廣要〗毛傳：“鼉，魚屬。”《正義》曰：“《月令》：‘季夏，命漁師伐蛟取鼉。’《書傳》註云：‘鼉如蜥蜴，長六尺。’”《埤雅》云：“鼉，具十二少肉，蛇肉最後，在尾。其枕瑩浄，魚枕弗如。皮中冒鼓，《夏小正》曰：‘剥鼉以爲鼓也。’今狏將風則踴，鼉欲雨則鳴，故里俗以狏識風，以鼉識雨。《詩》曰‘鼉鼓逢逢’，先儒以爲鼉皮堅厚，取以冒鼓，故曰鼉鼓葢鼉鼓非特有取于皮亦其鼓聲逢逢然象鼉之鳴故謂之鼉鼓也晉安海物記曰鼉鳴如桴鼓今江淮之間謂之鼉鼓亦或謂之鼉更今鼉象龍形一名䶫夜鳴應更吳越謂之䶫更葢如初更輒一鳴而止二即再鳴也一曰獨鳴早鼉鳴夜趙辟公雜說曰鼉聞鼓聲則鳴續博物志曰鼉長一丈一名土龍鱗甲黑色能橫飛不能上騰爾雅翼云鼉狀如守宮而大長一二丈灰五色背尾皆有鱗甲如鎧夜則出邊岸

曰鼉鼓。蓋鼉鼓非特有取于皮，亦其鼓聲逢逢然，象鼉之鳴，故謂之鼉鼓也。《晉安海物記》曰：鼉鳴如桴鼓。今江淮之間謂之鼉鼓，亦或謂之鼉更。今鼉象龍形，一名䶫，夜鳴應更，吴越謂之䶫更。蓋如初更輒一鳴而止，二即再鳴也。一曰：獨鳴早，鼉鳴夜。趙辟公《雜説》曰：‘鼉聞鼓聲則鳴。’《續博物志》曰：‘鼉長一丈，一名土龍。鱗甲黑色，能橫飛，不能上騰。’”《爾雅翼》云：“鼉狀如守宫而大，長一二丈，灰五色，背尾皆有鱗甲如鎧。夜則出，邊岸

毛詩陸疏廣要 卷一 四十 汲古閣

人甚畏之其老者多能爲魅梁周興嗣常食其肉後爲鼉所噴便爲惡瘡其肉云白如雞詩云鼉鼓逢逢李斯亦云樹靈鼉之鼓是周秦皆以冒鼓也鼉水族本草謂蛇魚是也周書王會曰會稽以鼉本草圖經云肉至美口內涎有毒長一丈者能吐氣成霧致雨力至猛能攻陷江岸性嗜睡但目閉形如龍大長者自嚙其尾極難死聲甚可畏人于穴掘之百人掘須百人牽一人掘須一人牽不然終不可出呂氏春秋云顓

人甚畏之。其老者多能爲魅。梁周興嗣常食其肉，後爲鼉所噴，便爲惡瘡。其肉云白如雞。《詩》云‘鼉鼓逢逢’，李斯亦云‘樹靈鼉之鼓’，是周秦皆以冒鼓也。鼉，水族，《本草》謂蛇魚，是也。《周書·王會》曰:‘會稽以鼉。’”《本草圖經》云:“肉至美，口内涎有毒。長一丈者，能吐氣成霧致雨。力至猛，能攻陷江岸。性嗜睡，但[1]目閉。形如龍，大長者自嚙其尾。極難死，聲甚可畏。人于穴掘之，百人掘須百人牽，一人掘須一人牽，不然終不可出。”《吕氏春秋》云:“顓

1“但”,《證類本草》作“恒”。

項令飛龍作效八風之音命之曰承雲乃今鱓
先爲樂倡鱓乃偃浸以其尾鼓其腹其音英馬
融廣成頌左挈夔龍右提蛟鼉本草作鮀生南
海池澤取無時陶隱居云鮀即今鼉也甲可療
疾皮可以冒鼓肉至補益於物難死沸湯沃以
入腹良久乃剥爾此等老者多能變化爲邪魅
自非急勿食之蜀本圖經云生湖畔土窟中形
似守宮而大長丈餘背尾俱有鱗甲今江東諸
州皆有之陳藏器云俗音鱓魚音善字或作鱓

項令飛龍作，效八風之音，命之曰承雲。乃（今）［令］[1]鱓先爲樂倡，鱓乃偃浸，以其尾鼓其腹，其音英。”馬融《廣成頌》：“左挈夔龍，右提蛟鼉。”《本草》作“鮀”：“生南海池澤，取無時。”陶隱居云：“鮀，即今鼉也。甲可療疾，皮可以冒鼓，肉至補益，於物難死。沸湯沃以入腹，良久乃剥爾。此等老者多能變化，爲邪魅，自非急，勿食之。”蜀本《圖經》云：“生湖畔土窟中，形似守宮而大，長丈餘，背尾俱有鱗甲，今江東諸州皆有之。”陳藏器云：“俗音鱓魚，音善，字或作鱓。

1 “令”，原作“今”，今據四庫本改。

諸書皆以鱣爲鱓本經以鱣爲鼉仍足魚字殊
爲誤也
按鱓字本音鮀與鼉同故埤雅云一名鱓吳越
人謂之鱓更與呂氏春秋所用皆以鱓爲鼉又
音上演切者乃圖經所載似鰻鱺魚而細長又
羅氏所云似蛇無鱗體有涎沫之魚卽俗所書
鱔字
成是貝錦
貝水中介蟲也龜鼈之屬大者爲蚢一作魧小者

諸書皆以鱣爲鱓，本經以鱣爲鼉，仍足魚字，殊爲誤也。”

按：鱓字本音鮀，與鼉同，故《埤雅》云“一名鱓”“吴越人謂之鱓更”，與《吕氏春秋》所用，皆以鱓爲鼉。又音上演切者，乃《圖經》所載“似鰻鱺魚而細長”。又羅氏所云“似蛇無鱗，體有涎沫之魚”，即俗所書鱔字。

117. 成是貝錦

〖疏〗貝，水中介蟲也。龜鼈之屬，大者爲蚢，一作“魧”。小者

爲鰿一作貝其文彩之異大小之殊甚衆古者貨
貝是也餘蚳一作貾黄爲質以白爲文餘泉白爲
質黄爲文又有紫貝其白質如玉紫點爲文皆行
列相當其大者常有徑一尺小者七八寸一作當
至一尺六七寸者今九眞交趾以爲杯盤實物也
爾雅云貝居陸贆在水者蜬郭注水陸異名也
貝中肉如科斗但有頭尾耳又云大者魧註書
大傳曰大貝如車渠車渠謂車輞卽魧屬又云
小者鰿註今細貝亦有紫色者出日南又云玄

爲鰿。一作“貝”。其文彩之異，大小之殊甚衆，古者貨貝是也。餘蚳，一作“貾”。黄爲質，以白爲文；餘泉，白爲質，黄爲文。又有紫貝，其白質如玉，紫點爲文，皆行列相當。其大者常有徑一尺，小者七八寸。一作“當至一尺六七寸者”。今九真、交趾以爲杯盤寶物也。

〖廣要〗《爾雅》云“貝，居陸贆，在水者蜬”，郭注：“水陸異名也。貝中肉如科斗，但有頭尾耳。”又云“大者魧”，註：“《書大傳》曰：‘大貝如車渠。’車渠，謂車輞，即魧屬。”又云“小者鰿”，註：“今細貝，亦有紫色者，出日南。”又云“玄

貝貽貝註黑色貝也又云餘貾黃白文註以黃
爲質白文爲點又云餘泉白黃文註以白爲質
黃爲文點今紫貝以紫爲質黑爲文點又云蚆
博而頯註頯者中央廣兩頭鋭又云蜠大而險
註險者謂污薄又云蟦小而橢註即上小貝橢
謂狹而長邢疏此辨貝居陸居水大小文彩不
同之名也書大傳云西伯旣戡黎紂囚之羑里
散宜生之江淮之滸取大貝大如大車之渠以
贖其臯李巡曰餘貾貝甲黃爲質白爲文彩餘

貝，貽貝”，註：“黑色貝也。”又云“餘貾，黃白文”，註：“以黃爲質，白爲文點。”又云“餘泉，白黃文”，註：“以白爲質，黃爲文點。今紫貝以紫爲質，黑爲文點。”又云“蚆，博而頯”，註：“頯者，中央廣，兩頭鋭。”又云“蜠，大而險”，註：“險者，謂污薄。”又云“蟦，小而橢”，註：“即上小貝，橢謂狹而長。”邢疏：“此辨貝居陸、居水、大小、文彩不同之名也。《書大傳》云：‘西伯既戡黎，紂囚之羑里。散宜生之江淮之浦，取大貝，大如大車之渠，以贖其臯。’李巡曰：‘餘貾，貝甲黃爲質，白爲文彩；餘

泉貝甲白爲質黃爲文彩陸疏爲然但解紫貝
與郭氏少異陸以白爲質紫爲文郭以紫爲質
黑爲文是其異也書云文貝仍几詩云成是貝
錦云橢謂狹而長者詩云墮山喬嶽楚詞云南
北順橢其橢幾何皆是橢爲狹長之名也鄭註
貝今曰瑇瑁蓋龜屬故說文云貝海介蟲也其
甲人之所寶古今以爲貨泉交易今盡出南蕃
海中凡貝皆帶黃白色而有黑紫點玄貝者多
黑文餘賍者黃色而微白餘泉者白色而微黃

泉，貝甲白爲質，黃爲文彩。’陸疏爲然，但解紫貝與郭氏少異。陸以白爲質，紫爲文；郭以紫爲質，黑爲文：是其異也。《書》云‘文貝仍几’，《詩》云‘成是貝錦’。云‘橢謂狹而長’者，《詩》云‘墮山喬嶽’，《楚詞》云‘南北順橢，其橢[1]幾何’，皆是橢爲狹長之名也。”鄭註：“貝，今曰瑇瑁，蓋龜屬。故《說文》云：‘貝，海介蟲也。’其甲人之所寶，古今以爲貨泉交易，今盡出南蕃海中。凡貝，皆帶黃白色而有黑紫點。玄貝者多黑文，餘賍者黃色而微白，餘泉者白色而微黃，

1“橢”，《爾雅疏》作“循”。

然皆有紫黑點舊説謂黃質而白文白質而黃
文誤矣貝無此也書云揚州厥篚織貝又顧命
云大貝鼖鼓在西方運斗樞云揺光得江吐大
貝山海經云陽山濁洛之水注于蕃之澤中多
文貝陰山漁水中多文貝邽山濛水多黃貝蒼
梧之野爰有文貝南州異物志云交趾北南海
中有大文貝質白而文紫天姿自然不假雕琢
磨瑩而光色煥爛本草唯載紫貝唐本注云形
似貝大二三寸出東海及南海上紫班而骨白

然皆有紫黑點。舊説謂黃質而白文，白質而黃文，誤矣，貝無此也。"《書》云："揚州厥篚織貝。" 又《顧命》云："大貝鼖鼓，在西（方）［房］[1]。"《運斗樞》云："揺光得江吐大貝。"《山海經》云："陽山濁洛之水，注于蕃之澤中，多文貝。陰山漁水中，多文貝。邽山濛水，多黃貝。蒼梧之野，爰有文貝。"《南州異物志》云："交趾北，南海中，有大文貝。質白而文紫，天姿自然，不假雕琢，磨瑩而光色煥爛。"《本草》唯載 "紫貝"，唐本注云："形似貝，大二三寸，出東海及南海上，紫班而骨白。"

1 "房"，原作 "方"，今據四庫本改。

圖經曰蘇恭注云紫貝即蚆螺也形似貝而圓
大二三寸儋振夷黎採以爲貨市北人惟畫家
用研物貝之類極多古人以爲寶貨而此紫貝
尤爲世所貴重漢文帝時南越王獻紫貝五百
是也又車螯之紫者海人亦謂之紫貝埤雅獸
二爲友貝二爲朋詩曰錫我百朋百云者言錫
貝之多也又曰萋兮獻兮成是貝錦錦文如貝
謂之貝錦言讒人因寺人之近嫌而成其罪猶
之因萋菲之形而文致之則成是貝錦也貝以

《圖經》曰:“蘇恭注云:‘紫貝，即蚆螺也。形似貝而圓，大二三寸，儋振夷黎採以爲貨市，北人惟畫家用研物。’貝之類極多，古人以爲寶貨，而此紫貝尤爲世所貴重。漢文帝時，南越王獻紫貝五百，是也。又車螯之紫者，海人亦謂之紫貝。”《埤雅》:“獸二爲友，貝二爲朋。《詩》曰‘錫我百朋’‘百云’者，言錫貝之多也。又曰‘萋兮（獻）[斐][1]斐兮，成是貝錦’，錦文如貝，謂之貝錦。言讒人因寺人之近嫌而成其罪，猶之因萋斐之形而文致之，則‘成是貝錦’也。貝，以

1“斐”，原作“獻”，今據四庫本改。

其背用故謂之貝貝背也貝之字從目從八言
貝目之所背也先王面朝後市以此古者相貝
有經其經曰朱仲受之于琴高琴高乘魚浮于
河海水産必究仲學仙于高而得其法又獻珠
于武帝去不知所之嚴助爲會稽太守仲又出
遺助以經尺之貝并致此文于助曰黄帝唐堯
夏禹三代之正瑞靈奇之秘寶其有次此者貝
盈尺狀如赤電黑雲謂之紫貝素質紅黑謂之
珠貝青地緑文謂之綬貝黑文黄畫謂之霞貝

其背用，故謂之貝。貝，背也，貝之字從目從八，言貝目之所背也。先王面朝後市以此。古者相貝有經，其經曰：‘朱仲受之于琴高，琴高乘魚浮于河海，水産必究。仲學仙于高而得其法，又獻珠于武帝，去不知所之。嚴助爲會稽太守，仲又出，遺助以（經）［徑］[1]尺之貝，并致此文于助曰：黄帝、唐堯、夏禹三代之正瑞，靈奇之秘寶。其有次此者，貝盈尺，狀如赤電黑雲，謂之紫貝；素質紅黑，謂之珠貝；青地緑文，謂之綬貝；黑文黄畫，謂之霞貝。

1“徑”，原作“經”，今據四庫本改。

紫愈疾珠明目綬消氣障霞服蛆蟲雖不延齡
增壽其禦害一也復有下此鷹喙蟬脊以逐溫
去水無奇功貝大者如輪文王請大秦貝徑半
尋穆王得其殼縣於昭觀秦穆以遺燕鼂可以
明目遠察宜玉宜金南海貝如珠礫白駮其性
寒其味甘止水毒浮貝使人寡無以近婦人黑
白各半是也濯貝使人善驚無以親童子黃脣
點齒有赤駮是也雖貝使人病瘧黑鼻無皮是
也蟰貝使胎消勿以示孕婦赤帶通脊是也惠

紫愈疾，珠明目，綬消氣障，霞服蛆蟲。雖不延齡增壽，其禦害一也。復有下此，鷹喙、蟬脊，以逐溫去水，無奇功。貝大者如輪，文王請大秦貝，徑半尋；穆王得其殼，縣於昭觀；秦穆以遺燕鼂。可以明目遠察，宜玉宜金。南海貝如珠礫，白駮，其性寒，其味甘，止水毒；浮貝使人寡，無以近婦人，黑白各半是也；濯貝使人善驚，無以親童子，黃脣點齒，有赤駮是也；雖貝使人病瘧，黑鼻無皮是也；蟰貝使胎消，勿以示孕婦，赤帶通脊是也；惠

貝使人善忘勿以近人赤熾肉殼赤絡是也𧶔
貝使童子愚女人淫有青唇赤鼻是也碧貝使
童子盜脊上有縷句唇是也雨則重霽則輕委
貝使人志强夜行伏迷鬼狼豹百獸赤中圓是
也雨則輕霽則重然則爾雅大者魧小者鰿餘
貾黃白文餘泉白黃文蜬大而險蟦小而橢亦
其略也鹽鐵論曰教與俗改敝與世易夏后以
玄貝周人以紫石爾雅翼古者貨貝而寶龜周
則有泉至秦廢貝而行錢故釋魚於貝之名色

貝使人善忘，勿以近人，赤熾肉[1]殼赤絡是也；𧶔貝使童子愚，女人淫，有青唇赤鼻是也；碧貝使童子盜，脊上有縷句唇是也，雨則重，霽則輕；委貝使人志强，夜行伏迷鬼、狼豹百獸，赤中圓是也，雨則輕，霽則重。’然則《爾雅》‘大者魧，小者鰿’‘餘貾黃白文，餘泉白黃文’‘蜬大而險，蟦小而橢’，亦其略也。《鹽鐵論》曰：‘教與俗改，敝與世易。夏后以玄貝，周人以紫石。’”《爾雅翼》：“古者貨貝而寶龜，周則有泉，至秦廢貝而行錢，故《釋魚》於貝之名色

1“肉”，《埤雅》作“内”。

尤詳而古者貨賂貢賦賞賜之屬于貨者字皆
從貝也至王莽反漢猶以貝四寸八分以上至
寸二分爲五品故有大貝壯貝么貝小貝之名
不盈六分不得爲貨今大貝出日南漲海中可
以爲酒杯蓋貝之在水者卽蠃之小者也今此
物等既不復爲貨晋宋間猶以飾軍容服物蓋
魯頌稱戎服之盛有貝冑朱綅則以貝爲飾舊
矣東方朔稱齒如編貝蓋用以爲飾必編之故
也今但髦頭家用以飾鏡帶耳大者爲珂黃黑

尤詳。而古者貨賂、貢賦、賞賜之屬于貨者，字皆從貝也。至王莽反漢，猶以貝四寸八分以上至寸二分爲五品，故有大貝、壯貝、么貝、小貝之名，不盈六分不得爲貨。今大貝出日南漲海中，可以爲酒杯。蓋貝之在水者，即蠃之小者也。今此物等，既不復爲貨，晉宋間猶以飾軍容服物，蓋《魯頌》稱戎服之盛，有‘貝冑朱綅’，則以貝爲飾舊矣。東方朔稱‘齒如編貝’，蓋用以爲飾，必編之故也。今但髦頭家用以飾鏡帶耳。大者爲珂，黃黑

毛詩陸疏廣要 四十六 汲古閣

色其骨白可以飾馬蓋此等飾非特取其容兼
取其聲故說文貨貝聲也荀子東海有紫紶漢
文時南越獻紫貝江賦曰紫蚢如渠朱註貝水
中介蟲也有文彩似錦

螽斯

爾雅曰螽蜙蝑也揚雄云春黍也幽州人謂之春
箕春箕卽春黍蝗類也長而青長角長股青色黑
斑其股似玳瑁文五月中以兩股相槎或作切作
聲聞數十步

色，其骨白，可以飾馬。蓋此等飾，非特取其容，兼取其聲，故《說文》'貨，貝聲也'。《荀子》:'東海有紫紶。'漢文時，南越獻紫貝。《江賦》曰:'紫蚢如渠。'" 朱註:"貝，水中介蟲也，有文彩似錦。"

118. 螽斯

〖疏〗《爾雅》曰:"螽，蜙蝑也。" 揚雄云:"春黍也。" 幽州人謂之春箕。春箕，即春黍，蝗類也。長而青，長角，長股，青色，黑斑，其股似玳瑁文。五月中，以兩股相槎或作"切"。作聲，聞數十步。

爾雅蜇螽蚣蝑邢疏蜇螽周南作螽斯七月作
斯螽雖字異文倒其實一也一名蚣蝑一名蚣
蜙一名名蝽蟍蜇音斯鄭註蚣蝑音嵩胥一名
蚣蜙即一種大青蚱蜢股長而鳴甚響毛傳螽
斯蚣蝑也郭璞方言云江東呼爲虴蜢埤雅螽
斯蟲之不妒忌一母百子者也故詩以爲子孫
衆多之況或曰似蝗而小詩曰五月斯螽動股
言螽斯股成而奮迅之也爾雅曰螽醜奮蓋于
時股成而奮迅之則方春尚弱也蔡邕月令曰

毛詩陸疏廣要　卷下之下　汲古閣

〖廣要〗《爾雅》:“蜇螽，蜙蝑。”邢疏:“蜇螽，《周南》作‘螽斯’,《七月》作‘斯螽’，雖字異文倒，其實一也。一名蜙蝑，一名蜙蜙，一名（名）[1]蝽蟍。”蜇音斯[2]。鄭註:“蜙蝑，音嵩胥，一名蜙蜙。即一種大青蚱蜢，股長而鳴甚響。”毛傳:“螽斯，蜙蝑也。”郭璞《方言》云:“江東呼爲虴蜢。”《埤雅》:“螽斯，蟲之不妒忌，一母百子者也，故《詩》以爲子孫衆多之況。或曰似蝗而小。《詩》曰‘五月斯螽動股’，言螽斯股成而奮迅之也。《爾雅》曰‘螽醜奮’，蓋于時股成而奮迅之，則方春尚弱也。蔡邕《月令》曰:

1“名”字誤重，今據四庫本删。
2 按:“蜇音斯”見《經典釋文》。

其類乳于土中深埋其卵江東謂之蚱蜢善害
田稺公羊曰蟓何以書記災也蜮何以書紀異
也字蓋從冬冬終也至冬而終故謂之螽魯十
月而有螽孔子曰火伏而後蟄者畢今火猶西
流再失閏也爾雅翼動股蝗屬也春秋書螽在
秋者四在八月者三在九月十月者一在十二
月者二惟十二月者乃失閏之過其餘八九十
月者蓋夏之六七八月也螽類羣盛故有兩螽
于宋言自上而下衆多之甚故以兩言之今蝗

‘其類乳于土中，深埋其卵。’江東謂之蚱蜢，善害田稺。《公羊》曰：‘蟓，何以書？記災也。蜮，何以書？紀異也。’字蓋從冬，冬，終也，至冬而終，故謂之螽。魯十月而有螽，孔子曰：火伏而後蟄者畢，今火猶西流，再失閏也。”《爾雅翼》：“動股，蝗屬也。《春秋》書‘螽’，在秋者四，在八月者三，在九月、十月者一，在十二月者二。惟十二月者，乃失閏之過。其餘八、九、十月者，蓋夏之六、七、八月也。螽類羣盛，故有‘（兩）［雨］[1]螽于宋’，言自上而下，衆多之甚，故以（兩）［雨］言之。今蝗

1“雨”，原作“兩”，今據四庫本改，下“以雨言之”同。

之盛或蔽天其過河皆相銜而過亹亹不絶説文蝗螽也考工記股鳴蚣蝑動股屬朱註螽斯蝗屬一生九十九子大全問螽即是春秋所書之螽切疑斯字只是語辭朱子曰詩中固有以斯爲語辭者如鹿斯之奔湛湛露斯之類是也然七月詩乃云斯螽動股則恐螽斯是名也詩紀蘇氏曰螽斯一生八十一子詩緝曰螽斯蝗也蠜也斯語助也即阜螽也非七月所謂斯螽也螽蝗生子最多信宿即羣飛因飛而見其多

之盛，或蔽天，其過河皆相銜而過，亹亹不絶。《説文》:‘蝗，螽也。’《考工記》‘股鳴’，蚣蝑動股屬。”朱註:“螽斯，蝗屬，一生九十九子。”《大全》:“問:螽即是《春秋》所書之螽，切疑斯字只是語辭。朱子曰:《詩》中固有以斯爲語辭者，如‘鹿斯之奔’‘湛湛露斯’之類是也。然《七月》詩乃云‘斯螽動股’，則恐螽斯是名也。”《詩紀》:“蘇氏曰:螽斯一生八十一子。”《詩緝》曰:“螽斯，蝗也，蠜也。斯，語助也，即阜螽也，非《七月》所謂斯螽也。螽、蝗生子最多，信宿即羣飛，因飛而見其多，

故以羽言之喻子孫之衆多也今攷爾雅云阜
螽蠜李氏陸璣許氏蔡邕之說阜螽即蝗也蠜
也䗩也同是一物爾雅又云蜇螽蜙蝑此別是一
物蝗之類也螽斯即阜螽非蜇螽也毛氏誤以
此螽斯爲蚣蝑孔氏因之遂以螽斯斯螽爲一
物斯語助猶鸒斯鹿斯也春秋書螽即蝗也蘇
氏謂螽斯一生八十一子朱氏云一生九十九
子今俗言蝗一生百子不必以定數言之但以
生子多者莫如蝗耳鄭箋云凡物有陰陽情慾

故以羽言之，喻子孫之衆多也。今攷《爾雅》云：'阜螽，蠜。' 李氏、陸璣、許氏、蔡邕之說，阜螽即蝗也，蠜也，䗩也，同是一物。《爾雅》又云：'蜇螽，蜙蝑。' 此別是一物，蝗之類也。螽斯即阜螽，非蜇螽也。毛氏誤以此螽斯爲蚣蝑，孔氏因之，遂以螽斯、斯螽爲一物。斯，語助，猶'鸒斯''鹿斯'也。《春秋》書'螽'，即蝗也。蘇氏謂'螽斯一生八十一子'，朱氏云'一生九十九子'，今俗言蝗一生百子，不必以定數言之，但以生子多者莫如蝗耳。" 鄭箋云："凡物有陰陽情慾

者無不妒忌惟蜙蝑否耳各得受氣而生子故
能詵詵然衆多玉堂閒話云螽斯蝗屬或曰魚
卵所化每歲生育或三或四每一生其卵盈百
自卵及翼凡一月而飛羽翼未成跳躍而行
按螽斯之族實煩爾雅竝列五種一曰蛗螽蠜
詩云趯趯阜螽者是也一曰草螽負蠜詩云喓
喓草蟲者是也一曰蜇螽蜙蝑詩云螽斯羽者
是也又有所謂蟿螽螟蚸者形似蜙蝑而細長
飛翅作聲者也又有所謂土螽蠰谿者今謂之

者，無不妒忌，惟蜙蝑否耳。各得受氣而生子，故能詵詵然衆多。”《玉堂閒話》云：“螽斯，蝗屬。或曰：魚卵所化，每歲生育，或三或四，每一生其卵盈百。自卵及翼，凡一月而飛；羽翼未成，跳躍而行。”

按：螽斯之族實煩。《爾雅》竝列五種：一曰“蛗螽，蠜”，《詩》云“趯趯阜螽”者是也。一曰“草螽，負蠜”，《詩》云“喓喓草蟲”者是也。一曰“蜇螽，蜙蝑”，《詩》云“螽斯羽”者是也。又有所謂“蟿螽，螟[1]蚸”者，形似蜙蝑而細長，飛翅作聲者也。又有所謂“土螽，蠰谿”者，今謂之

1“螟”，四庫本據《爾雅》易作“螇”，當是。

土蝶江南呼蚝蛨又名蚱蜢似蝗細小善跳者
也此二種經文不載爾雅又云螽醜奮蓋謂螽
蝗之類好奮迅作聲而飛者也又云强醜捋蓋
謂螽斯之類好以脚自摩捋者也分疏甚明不
知諸家何故相駁相溷總之螽蓋蝗屬曰屬則
似是而非者也必欲指爲介蟲之孼尤爲可怪
嘤嘤草蟲
草蟲常羊也大小長短如蝗也奇音青色好在茅
草中坊刻多今人謂蝗子爲螽子兖州人謂之螣誤今依舊本删去

土蝶，江南呼蚝蛨，又名蚱蜢，似蝗，細小善跳者也。此二種經文不載。《爾雅》又云“螽醜奮”，蓋謂螽蝗之類，好奮迅作聲而飛者也。又云“强醜捋”，蓋謂螽斯之類，好以脚自摩捋者也。分疏甚明，不知諸家何故相駁相溷？總之，螽蓋蝗屬，曰屬則似是而非者也。必欲指爲介蟲之孼，尤爲可怪。

119. 嘤嘤草蟲

〖疏〗草蟲，常羊也，大小長短如蝗也。奇音，青色，好在茅草中。坊刻多“今人謂蝗子爲螽子，兖州人謂之螣”，誤，今依舊本删去。

爾雅云草螽負蠜郭註詩云喓喓草蟲謂常羊
也鄭註云草螽草蟲也亦謂之蚱蜢正義曰出
車箋云草蟲鳴晚秋之時山陰陸氏曰草蟲鳴
阜螽躍而從之故負螽曰蠜草蟲謂之負蠜羅
氏曰說草蟲固多端按張衡云土螿鳴則阜螽
跳是則蚓爲草蟲也

趯趯阜螽

阜螽蝗子一名負蠜今人謂蝗子爲螽子兖州人
謂之螣

毛詩陸疏廣要 卷下之下 汲古閣

〖廣要〗《爾雅》云:“草螽,負蠜。”郭註:“《詩》云‘喓喓草蟲’,謂常羊也。”鄭註云:“草螽,草蟲也,亦謂之蚱蜢。”《正義》曰:“《出車》箋云:草蟲鳴晚秋之時。”山陰陸氏曰:“草蟲鳴,阜螽躍而從之,故負螽曰蠜,草蟲謂之負蠜。”羅氏曰:“説草蟲固多端。按張衡云‘土螿鳴則阜螽跳’,是則蚓爲草蟲也。”

120. 趯趯阜螽

〖疏〗阜螽,蝗子,一名負蠜。今人謂蝗子爲螽子,兖州人謂之螣。

爾雅云蝗螽蠜郭註詩曰趯趯阜螽邢疏云蝗螽之族厥類實煩蝗螽一名蠜李巡曰蝗子也許慎云蝗螽也蔡邕云螽蝗也明是一物鄭註阜螽蝗也本草云阜螽蚯蚓二物異類同穴爲雄雌令人相愛五月五日收取夫妻帶之螶螽如蝗蟲東人呼爲舴艋有毒有黑斑者候交時取之埤雅阜螽今謂蚱蜢亦跳亦飛飛不能遠青色一曰蚯蚓即蝗螽也亦以離應草蟲鳴于上風負螽鳴于下風而風化博物志曰蜾蠃亦

〖廣要〗《爾雅》云:“蝗螽，蠜。”郭註:“《詩》曰:趯趯阜螽。”邢疏云:“蝗螽之族，厥類實煩。蝗螽，一名蠜。李巡曰:‘蝗子也。’許慎云:‘蝗，螽也。’蔡邕云:‘螽，蝗也。’明是一物。”鄭註:“阜螽，蝗也。”《本草》云:“阜螽、蚯蚓，二物異類同穴爲雄雌，令人相愛。五月五日收取，夫妻帶之。螶螽如蝗蟲，東人呼爲舴艋。有毒，有黑斑者，候交時取之。”《埤雅》:“阜螽，今謂蚱蜢，亦跳亦飛，飛不能遠，青色。一曰蚯蚓即蝗螽也。亦以離應，草蟲鳴于上風，負螽鳴于下風而風化。《博物志》曰:‘蜾蠃亦

取臯螽子咒而成已子爾雅翼食葉曰蟦蟦之
字又作螣其種類不一故曰百螣時起許氏以
爲百螣動股蝗屬也時起害稼動股則臯螽臯
螽則今蝩蟲也劉向以爲介蟲之孼蚓雖微物
其啓閉有時故月令孟夏螻蟈鳴後五日蚯蚓
出冬至之日蚯蚓結皆以紀候夏夜好鳴于草
底江東謂之歌女或曰鳴砌詩喓喓草蟲廣雅
云負蠜蟅也飛蟅飛蠊也左傳有蜚杜註云蜚
負蠜疏負蠜歲時常有非災蟲蜚一名負盤此

取臯螽子，咒而成己子。'"《爾雅翼》:"食葉曰蟦，蟦之字又作螣。其種類不一，故曰'百螣時起'。許氏以爲'百螣動股，蝗屬也，時起害稼'。動股，則臯螽，臯螽則今蝩蟲也。劉向以爲介蟲之孼。蚓雖微物，其啟閉有時。故《月令》孟夏'螻蟈鳴'，後五日'蚯蚓出'，冬至之日'蚯蚓結'，皆以紀候。夏夜好鳴于草底，江東謂之歌女。或曰鳴砌，《詩》'喓喓草蟲'。"《廣雅》云:"負蠜，蟅也。飛蟅，飛蠊也。"《左傳》"有蜚"，杜註云:"蜚，負蠜。"疏:"負蠜，歲時常有，非災蟲。蜚，一名負盤。此註相涉誤爲蠜耳陳藏器云飛廉一名負盤蜀人食之辛辣左傳蜚不爲災杜註云蜚負蠜也如蝗蟲又夜行一名負盤即竈盤蟲也名字及蟲相似終非一物也

按螽與草蟲與負螽確是三物嚴華谷以爲一物誤矣但爾雅謂草螽是負蠜陸璣謂阜螽是負蠜豈形狀相似故未精别也至左傳所載之蜚是臭蟲爾雅所謂蠦蜰本草所謂飛廉廣雅諸書所謂蟅飛蟅飛蠊香娘子竈盤蟲皆是物

註相涉誤爲蠜耳。”陳藏器云：“飛廉，一名負盤。蜀人食之辛辣。《左傳》‘蜚不爲災’，杜註云：‘蜚，負蠜也。’如蝗蟲。又夜行，一名負盤，即竈盤蟲也。名字及蟲相似，終非一物也。”

按：螽與草蟲，與負螽，確是三物。嚴華谷以爲一物，誤矣。但《爾雅》謂草螽是負蠜，陸璣謂阜螽是負蠜，豈形狀相似，故未精别也？至《左傳》所載之蜚，是臭蟲。《爾雅》所謂蠦蜰，《本草》所謂飛廉，《廣雅》諸書所謂蟅、飛蟅、飛蠊、香娘子、竈盤蟲皆是物也。應謂之負盤，不應謂之負蠜。因《漢書》及《左傳》註多作“負蠜”，後人之惑滋甚，遂有認負盤爲阜螽者。若陸佃謂阜螽爲蚯蚓，羅願謂草蟲爲蚯蚓，堪爲大噱。

121. 六月莎雞振羽[1]

〖疏〗莎雞，如蝗而斑色，毛翅數重，其翅正赤，或謂之天雞。六月中，飛而振羽，索索作聲。幽州謂之蒲錯。

〖廣要〗《爾雅》：“螒，天雞。”邢疏：“此黑身赤頭小蟲也。一名螒，一名天雞，一名莎雞，一名樗雞。李巡曰：‘一名酸

1 按：《目録》作“莎雞振羽”，無“六月”二字。

雞詩豳風七月云六月莎雞振羽鄭註翰音汗
莎雞也黑身赤頭似斑貓博雅樗鳩樗雞也圖
經曰樗雞生河內川谷樗木上今近都皆有之
形似寒螿而小蘇恭云五色具者爲雄良青黑
質白斑者是雌不入藥然今所謂莎雞者亦生
樗木上六月後出飛而振羽索索作聲人或畜
之樊中但頭方腹大翅羽外青内紅而身不黑
頭不赤此殊不類蓋别一種而同名也今在樗
木上者人呼爲紅娘子頭翅皆赤乃如舊說然

雞。'《詩·豳風·七月》云:'六月莎雞振羽。'" 鄭註:"翰音汗，莎雞也。黑身，赤頭，似斑貓。"《博雅》:"樗鳩，樗雞也。"《圖經》曰:"樗雞，生河内川谷樗木上，今近都皆有之，形似寒螿而小。蘇恭云:五色具者爲雄，良。青黑質，白斑者，是雌，不入藥。然今所謂莎雞者，亦生樗木上。六月後出飛而振羽，索索作聲。人或畜之樊中，但頭方腹大，翅羽外青内紅，而身不黑，頭不赤，此殊不類，蓋别一種而同名也。今在樗木上者，人呼爲紅娘子，頭、翅皆赤，乃如舊說，然

不名楟雞疑卽是此葢古今之稱不同耳衍義
云楟雞東西京都尤多形類蠶蛾但頭足微黑
翅兩重外重灰色下一重深紅五色皆具腹大
埤雅莎雞小蟲其鳴以時故有雞之號古今註
曰莎雞一名絡緯謂其鳴如紡緯也促織一名
投機謂其聲如急織也俗云絡緯雄鳴于上風
雌鳴于下風而風化爾雅翼莎雞振羽作聲其
狀頭小而羽大有青褐兩種率以六月振羽作
聲連夜札札不止其聲如紡絲之聲故一名梭

不名楟雞，疑即是此。蓋古今之稱不同耳。"《衍義》云："楟雞，東西京都尤多，形類蠶蛾，但頭足微黑。翅兩重，外重灰色，下一重深紅，五色皆具。腹大。"《埤雅》："莎雞，小蟲，其鳴以時，故有雞之號。《古今註》曰：'莎雞，一名絡緯，謂其鳴如紡緯也；促織，一名投機，謂其聲如急織也。' 俗云：絡緯，雄鳴于上風，雌鳴于下風而風化。"《爾雅翼》："莎雞，振羽作聲，其狀頭小而羽大。有青、褐兩種，率以六月振羽作聲，連夜札札不止。其聲如紡絲之聲，故一名梭

毛詩陸疏廣要 五十三 汲古閣

雞今俗人謂之絡絲娘蓋其鳴時又正當絡絲之候今小兒夜亦養之聽其聲能食瓜莧之屬古今註曰促織一名促機絡緯一名紡緯其言促織如急織絡緯是紡緯是矣但蟀蟋與促織是一物莎雞與絡緯是一物不當合而言之爾詩稱六月莎雞振羽以至九月在戶十月蟀蟋入我牀下一章而別言莎雞與蟋蟀可知其非一物也蓋二蟲皆以機杼之聲可以趣婦功故易以紊亂孫炎解翰天雞以爲小蟲黑身赤頭

雞。今俗人謂之絡絲娘，蓋其鳴時又正當絡絲之候。今小兒夜亦養之，聽其聲，能食瓜、莧之屬。《古今註》曰：‘促織一名促機，絡緯一名紡緯。’其言促織如急織，絡緯是紡緯，是矣。但蟋蟀與促織是一物，莎雞與絡緯是一物，不當合而言之爾。《詩》稱‘六月莎雞振羽’，以至‘九月在户，十月蟋蟀入我牀下’，一章而別言莎雞與蟋蟀，可知其非一物也。蓋二蟲皆似機杼之聲，可以趣婦功，故易以紊亂。孫炎解‘翰，天雞’，以爲小蟲，黑身，赤頭，

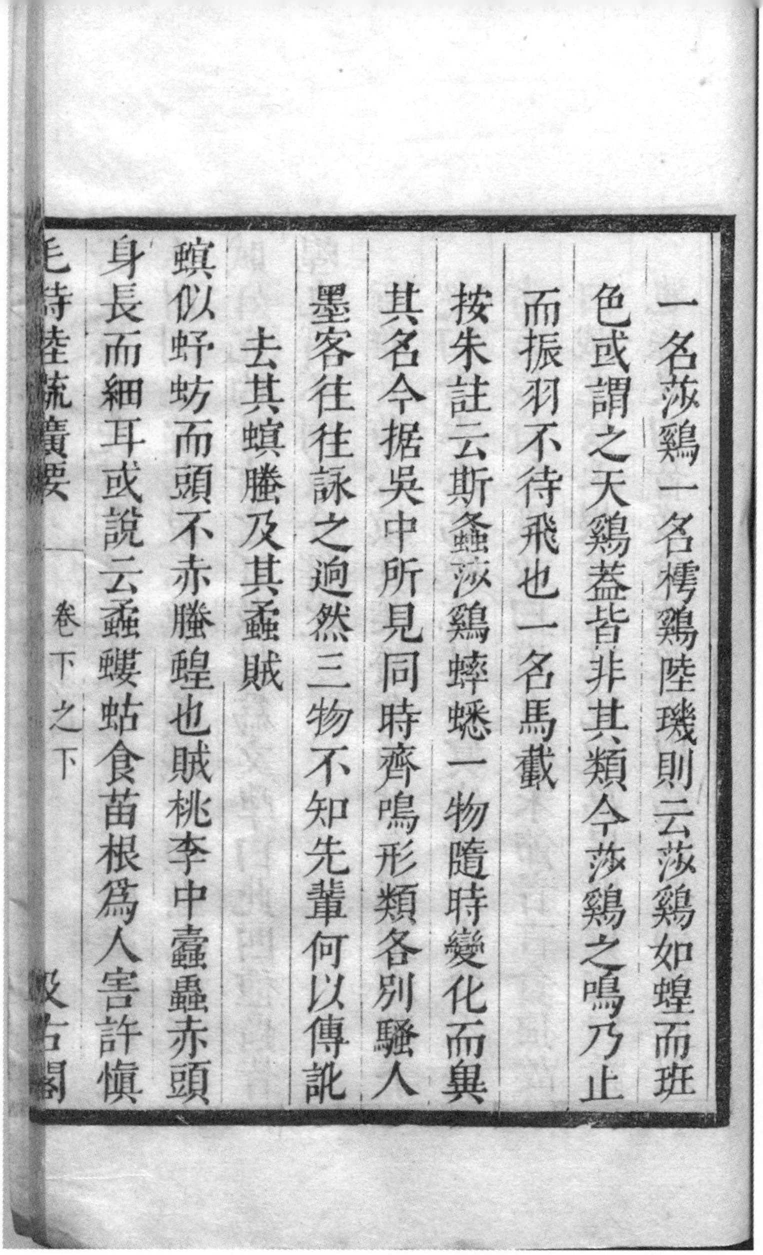

一名莎鷄一名樗鷄陸璣則云莎鷄如蝗而班
色或謂之天鷄蓋皆非其類今莎鷄之鳴乃止
而振羽不待飛也一名馬蠽
按朱註云斯螽莎鷄蟋蟀一物隨時變化而異
其名今据吳中所見同時齊鳴形類各别騷人
墨客往往詠之逈然三物不知先輩何以傳訛
去其螟螣及其蟊賊
螟似虸蚄而頭不赤螣蝗也賊桃李中蠹蟲赤頭
身長而細耳或說云蟊螻蛄食苗根爲人害許慎

一名莎鷄，一名樗鷄。陸璣則云：‘莎鷄如蝗而班色，或謂之天鷄。’蓋皆非其類。今莎鷄之鳴，乃止而振羽，不待飛也。一名馬蠽。”

按：朱註云：“斯螽、莎鷄、蟋蟀一物，隨時變化而異其名。”今据吳中所見，同時齊鳴，形類各别，騷人墨客，往往詠之，迥然三物，不知先輩何以傳訛。

122. 去其螟螣及其蟊賊

〖疏〗螟似虸蚄，而頭不赤。螣，蝗也。賊，桃李中蠹蟲，赤頭身長而細耳。或說云：蟊，螻蛄，食苗根爲人害。許慎云："吏冥冥犯法，即生螟；吏乞貸，則生蟘；吏（秖）［抵］[1]冒取人財，則生蝨。"舊説云：螟、蠽、蝨、賊，一種蟲也。如言寇賊奸宄，内外言之耳。故犍爲文學曰："此四種蟲，皆蝗也。"實不同，故分釋之。

〖廣要〗《爾雅》："食苗心，螟；食葉，蟘；食節，賊；食根，蝨。"邢疏："李巡曰：'食禾心爲螟，言其奸冥冥難知也；食禾葉者，言假貸無厭，故曰蟘也；食禾節者，言貪狼，故曰賊也；食禾根者，言其税取萬民財貨，故曰蝨也。'孫炎曰：'皆政貪所（政）［致］[2]，因以爲名也。'郭璞直以

1 "抵"，原作"秖"，今據四庫本改。

2 "致"，原作"政"，今據四庫本改。

蟲食所在爲名而李巡孫炎竝因託惡政則災
由政起小雅大田云去其螟螣及其蟊賊無害
我田稺是也鄭注螟極纖細在苗之心若木中
有蠹然今農家忌大小暑日降一種霏微者云
卽此蟲降也蟘詩作螣一種蟲似螟蛉食苗葉
而卷爲房蠈卽草蟲類雖亦食葉好食節蟊未
詳陸璣謂螻蛄據螻蛄雖穴土以居然亦取葉
于穴中而食之元不食根唯陸田有之毛傳朱
傳俱云食心曰螟食葉曰螣食根曰蟊食節曰

蟲食所在爲名，而李巡、孫炎竝因託惡政，則災由政起，《小雅·大田》云‘去其螟螣，及其蟊賊，無害我田稺’，是也。”鄭注：“螟極纖細，在苗之心，若木中有蠹然。今農家忌大小暑日，降一種霏微者，云即此蟲降也。蟘，《詩》作螣，一種蟲。似螟蛉，食苗葉而卷爲房。蠈，即草蟲類，雖亦食葉，好食節。蟊，未詳。陸璣謂螻蛄，據螻蛄雖穴土以居，然亦取葉于穴中而食之，元不食根，唯陸田有之。”毛傳、朱傳俱云：“食心曰螟，食葉曰螣，食根曰蟊，食節曰賊埤雅許愼說文以爲吏冥冥犯法即生螟乞貸則生蟘抵冒取民財則生蟊然則靈芝朱草秠秬之鍾其美與螟蟘之鍾其惡雖不同其繫王者之政一也淮南子曰枉法令即多蟲螟其以此乎蟘則蝗也蝗字從皇今其首腹皆有王字未燭厥理也或曰蝗即魚卵所化列子曰魚卵之爲蟲蓋謂是也俗云春魚遺子如粟埋于泥中明年水及故岸則皆化爲魚如遇旱乾水縮不及故岸則其子久閣爲日所暴乃生飛蝗

賊。"《埤雅》:"許慎《説文》以爲吏冥冥犯法即生螟，乞貸則生蟘，抵冒取民財則生蟊。然則靈芝、朱草、秠秬之鍾其美，與螟蟘之鍾其惡，雖不同，其繫王者之政一也。《淮南子》曰'枉法令，即多蟲螟'，其以此乎？蟘，則蝗也。蝗字從皇，今其首腹皆有王字，未燭厥理也。或曰：蝗即魚卵所化。《列子》曰'魚卵之爲蟲'，蓋謂是也。俗云：春魚遺子如粟，埋于泥中。明年水及故岸，則皆化爲魚；如遇旱乾水縮，不及故岸，則其子久閣爲日所暴，乃生飛蝗。

故詩曰衆維魚矣實維豐年説者以爲陰陽和
則魚衆多矣爾雅翼古者言螟螣蟊賊者乃未
始的言其狀唯五行傳稱視之不明時則有嬴
蟲之孽謂螟螣之類當死不死未當生而生或
多于故而爲災聽之不明時則有介蟲之孽蠭
蜚蝝之類或曰蝝螟之始生屬嬴蟲之孽然則
但知螟螣之爲嬴蟊蝝之爲介而已今食苗心
者乃無足小靑蟲既食其葉又以絲纏集衆葉
使穗不得展江東謂之蟥蟲音若横逆之横言

故《詩》曰：‘衆維魚矣，實維豐年。’説者以爲陰陽和則魚衆多矣。”《爾雅翼》：“古者言螟螣蟊賊者，乃未始的言其狀。唯《五行傳》稱‘視之不明，時則有嬴蟲之孽’，謂螟、螣之類，當死不死，未當生而生，或多于故而爲災；聽之不明，時則有介蟲之孽，（蠭）［蟊］[1]、蜚、蝝之類。或曰：‘蝝螟之始生，屬嬴蟲之孽。’然則但知螟、螣之爲嬴，蟊、蝝之爲介而已。今食苗心者，乃無足小青蟲。既食其葉，又以絲纏集衆葉，使穗不得展。江東謂之蟥蟲，音若横逆之横，言

1“蟊”，原作“蠭”，據四庫本改。

其横生又能爲横災也。然按蝗字，通有横音，以爲物雖不同，皆害稼之屬也。漢孔臧《蓼蟲賦》曰：‘爰有蠕蟲，厥狀似螟。’是螟爲無足蟲也。”

按：螟螣蟊賊，《爾雅註疏》合釋甚詳明，諸家亦無異説。但食心曰螟，食葉曰螣，《説文》又謂“食穀葉曰螟”“食苗葉曰蟘”，差不同耳。据陸氏謂蟊是螻蛄，《本草》云：“螻蛄，一名螅蛄，一名天螻。”《爾雅》云：“螜，天螻。”《月令》云“孟夏，螻蟈鳴”者，是也。豈在槁壤則爲螻蛄，在平疇則食苗根耶？但目擊螻蟈穴土

而居遇水即出豈能在水土中食苗根而爲人
患耶
螟蛉有子蜾蠃負之
螟蛉者揵爲文學曰桑上小青蟲也似步屈其色
青而細小或在草葉一作萊上蜾蠃土蜂也一名
蒲盧似蜂而小腰故許慎云細腰也取桑蟲負一
作附之于木空中或書簡筆筒中七日而化爲其
子里語曰咒云象我象我
爾雅果蠃蒲盧郭註即細腰蟲也俗呼爲蠮螉

而居，遇水即出，豈能在水土中食苗根而爲人患耶？

123. 螟蛉有子蜾蠃負之[1]

〖疏〗螟蛉者，揵爲文學曰：桑上小青蟲也。似步屈，其色青而細小，或在草葉一作"萊"。上。蜾蠃，土蜂也，一名蒲盧。似蜂而小腰，故許慎云"細腰"也。取桑蟲負一作"附"。之于木空中，或書簡、筆筒中，七日而化爲其子。里語曰：咒云："象我，象我。"

〖廣要〗《爾雅》："果蠃，蒲盧。"郭註："即細腰蟲也，俗呼爲蠮螉。"

1 按:《目録》作"螟蛉有子"，無"蜾蠃負之"四字。

又云螟蛉桑蟲郭註俗謂之桑蟃亦曰戎女邢
疏按詩小雅小宛云螟蛉有子果蠃負之果蠃
一名蒲盧即細腰蟲也俗呼爲蠮螉方言云蠭
燕趙之間謂之蠓螉其小者謂之蠮螉又云或
謂之蚴蜺鄭註中庸以蒲盧爲土蠭說文云細
腰土蠭也天地之性小腰純雄無子螟蛉一名
桑蟲一名桑蟃一名戎女法言曰螟蛉之子殪
而逢果蠃祝之曰類我類我久則肖之是也鄭
註蒲盧俗謂之蠮螉蓋蠭類螟蛉桑上青蟲也

又云："螟蛉，桑蟲。"郭註："俗謂之桑蟃，亦曰戎女。"邢疏："按《詩・小雅・小宛》云：'螟蛉有子，果蠃負之。'果蠃，一名蒲盧，即細腰蟲也，俗呼爲蠮螉。《方言》云：'蠭，燕趙之間謂之蠓螉，其小者謂之蠮螉。'又云：'或謂之蚴蜺。'[1] 鄭註《中庸》，以蒲盧爲土蠭。《說文》云：'細腰土蠭也。天地之性，小腰純雄無子。'螟蛉，一名桑蟲，一名桑蟃，一名戎女。《法言》曰'螟蛉之子，殪而逢果蠃，祝之曰：類我類我，久則肖之'，是也。"鄭註："蒲盧，俗謂之蠮螉，蓋蠭類。螟蛉，桑上青蟲也，

1 按："又云"至"蚴蜺"，不見邢昺《爾雅疏》，蓋毛氏據《方言》後補。

蠮螉取以爲子者鄭箋云蒲盧取桑蟲之子負持而去煦嫗養之以成其子廣雅云蚴蛻土蜂蠮螉也本草蠮螉一名土蜂生熊耳川谷及牂牁或人屋間陶隱居云此類甚多雖名土蜂不就土中爲窟謂摙土作房耳今一種黑色腰甚細銜泥于人室及器物邊作房如併竹管者是也其生子如粟米大置中乃捕取草上青蜘蛛十餘枚滿中仍塞口以擬其子大爲糧也其一種入蘆竹管中者亦取草上青蟲一名果蠃詩

蠮螉取以爲子者。”鄭箋云：“蒲盧取桑蟲之子，負持而去，煦嫗養之，以成其子。”《廣雅》云：“蚴蛻，土蜂，蠮螉也。”《本草》：“蠮螉，一名土蜂，生熊耳川谷及牂牁，或人屋間。”陶隱居云：“此類甚多，雖名土蜂，不就土中爲窟，謂摙土作房耳。今一種黑色，腰甚細，銜泥于人室及器物邊作房，如併竹管者是也。其生子如粟米大，置中，乃捕取草上青蜘蛛十餘枚滿中，仍塞口，以擬其子大爲糧也。其一種入蘆竹管中者，亦取草上青蟲。一名果蠃，詩

毛詩陸疏廣要　五十八　汲古閣

人云蜾蠃有子蜾蠃負之言細腰物無雌皆取青蟲教祝便變成巳子斯爲謬矣唐本註云土蜂土中爲窠大如烏蜂不傷人非蠮螉蠮螉不入土中爲窠雖一名土蠭非蠮螉也今按李含光音義云咒變成子近亦數有見者非虛言也劉禹錫謹按蜀本註云按爾雅果蠃蒲盧註云即細腰蜂也俗呼爲蠮螉詩云螟蛉有子蜾蠃負之註云螟蛉桑蟲也蜾蠃蒲盧也言蒲盧負持桑蟲以成其子乃知蠮螉即蒲盧也蒲盧即

人云：‘螟蛉有子，蜾蠃負之。’言細腰物無雌，皆取青蟲教祝，便變成己子，斯爲謬矣。”唐本註云：“土蜂，土中爲窠，大如烏蜂，不傷人，非蠮螉。蠮螉，不入土中爲窠。雖一名土蠭，非蠮螉也。今按李含光《音義》云：咒變成子，近亦數有見者，非虛言也。”劉禹錫謹按蜀本註云：“按《爾雅》‘果蠃，蒲盧’，註云：‘即細腰蜂也，俗呼爲蠮螉。’《詩》云：‘螟蛉有子，蜾蠃負之。’註云：‘螟蛉，桑蟲也。蜾蠃，蒲盧也。’言蒲盧負持桑蟲，以成其子，乃知蠮螉即蒲盧也。蒲盧，即

細腰蜂也據此不獨負持桑蟲以他蟲入穴摙
泥封之數日則成蜂飛去陶云是先生子如粟
在穴然捕他蟲以爲之食今人有候其封穴了
壞而看之果見有卵如粟在死蟲之上則如陶
說矣而詩人以爲喻者葢知其大而不知其細
也陶又說此蜂黑色腰甚細能摙泥在屋壁間
作房如竝竹管者是也亦有入竹管器物間作
穴者但以泥封其穴口而巳圖經云摙泥作窠
或雙或隻得處便作不拘土石竹木間今所在

細腰蜂也。據此，不獨負持桑蟲，以他蟲入穴，摙泥封之數日，則成蜂飛去。陶云是先生子如粟在穴，然捕他蟲以爲之食。今人有候其封穴了，壞而看之，果見有卵如粟，在死蟲之上，則如陶説矣。而詩人以爲喻者，蓋知其大而不知其細也。陶又説此蜂黑色，腰甚細，能摙泥在屋壁間作房，如竝竹管者，是也。亦有入竹管器物間作穴者，但以泥封其穴口而已。"《圖經》云："摙泥作窠，或雙或隻，得處便作，不拘土石竹木間，今所在

毛詩陸疏廣要 五十九 汲古閣

皆有之段成式云書齊中多蠮螉好作窠于書
卷或在筆管中咒聲可聽有時開卷視之悉是
小蜘蛛大如蠅虎旋以泥隔之乃知不獨負桑
蟲也數說不同人或疑之然物類變化固不可
度蚱蟬生于轉丸衣魚生于瓜子龜生于蛇蛤
生于雀白鵽之相視負蠜之相應其類非一若
桑蟲蜘咮之變爲蜂不爲異矣如陶所說卵如
粟者未必非祝蟲而成之也宋齊丘所謂蠮螉
之蟲孕螟蛉之子傳其情交其精混其氣和其

皆有之。段成式云：‘書齊中多蠮螉，好作窠于書卷，或在筆管中，咒聲可聽。有時開卷視之，悉是小蜘蛛，大如蠅虎，旋以泥隔之，乃知不獨負桑蟲也。’數説不同，人或疑之。然物類變化，固不可度。蚱蟬生于轉丸，衣魚生于瓜子，龜生于蛇，蛤生于雀，白鵽之相視，負蠜之相應，其類非一。若桑蟲、蜘（咮）［蛛］[1]之變爲蜂，不爲異矣。如陶所説，卵如粟者，未必非祝蟲而成之也。宋齊丘所謂‘蠮螉之蟲，孕螟蛉之子，傳其情，交其精，混其氣，和其

1“蛛”，原作“咮”，今據四庫本改。

神隨物大小俱得其眞蠢動無定情萬物無定
形斯言得之矣詩攷說文螟蠕有子蠣蠃負之
埤雅果蠃卽今細腰土蠭好禁蜘蛛今呼大蠭
啖子地中作房者亦曰土蠭非此細腰土蠭也
果蠃一名蠮螉一名蒲盧中庸曰夫政也者蒲
盧也博物志曰蜂無雌取桑蟲或阜螽子抱而
成巳子詩緝解頤新語曰說者攷之不精乃謂
果蠃取桑蟲負之七日化爲其子雖揚雄亦有
類我類我久則肖之之說近世詩人取蜾蠃之

神，隨物大小，俱得其真，蠢動無定情，萬物無定形’，斯言得之矣。”《詩攷》:“《説文》: 螟蠕有子，蠣蠃負之。”《埤雅》:“果蠃，即今細腰土蠭，好禁蜘蛛。今呼大蠭，啖子，地中作房者，亦曰土蠭，非此細腰土蠭也。果蠃，一名蠮螉，一名蒲盧。《中庸》曰：‘夫政也者，蒲盧也。’”《博物志》曰:“蜂無雌，取桑蟲或阜螽子抱而成己子。”《詩緝》:“《解頤新語》曰：説者攷之不精，乃謂果蠃取桑蟲負之七日，化爲其子。雖揚雄亦有‘類我類我，久則肖之’之説。近世詩人取蜾蠃之

巢毀而視之乃自有細卵如粟寄螟蛉之身以
養之其螟蛉不生不死蠢然在穴中久則螟蛉
盡枯其卵日益長大乃爲蜾蠃之形穴竅而出
蓋此物不獨取螟蛉亦取小蜘蛛置穴中寄卵
于蜘味腹脅之間其蜘蛛亦不生不死久之蜘
蛛盡枯其子乃成今人養晚蠶者蒼蠅亦寄卵
于蠶之身久之其卵化爲蠅穴繭而出殆物類
之相似者列子云純雌其名大腰純雄其名穉
蠭莊子云細腰者化說文云天地之性細腰純

巢，毀而視之，乃自有細卵如粟，寄螟蛉之身以養之。其螟蛉不生不死，蠢然在穴中，久則螟蛉盡枯，其卵日益長大，乃爲蜾蠃之形，穴竅而出。蓋此物不獨取螟蛉，亦取小蜘蛛置穴中，寄卵于蜘（味）［蛛］[1] 腹脅之間。其蜘蛛亦不生不死，久之蜘蛛盡枯，其子乃成。今人養晚蠶者，蒼蠅亦寄卵于蠶之身，久之其卵化爲蠅，穴繭而出，殆物類之相似者。《列子》云：'純雌，其名大腰；純雄，其名穉蠭。'《莊子》云：'細腰者化。'《説文》云：'天地之性，細腰純

1 "蛛"，原作"味"，今據四庫本改。

雄無子此皆信說詩者之言也古人名物多取
形似瓠之細腰者曰蒲盧故蠭之細腰者亦名
蒲盧正如綬草綬鳥皆名以鷊青黑之葵青黑
之鳩皆名以雖也

按爾雅另釋土蠭註云今江東大蠭在地中作
房者啖其子卽馬蠭今荊巴間呼爲蟺與果蠃
差別農師已辨之矣若細腰土蜂借他蟲咒爲
已子古今無異陶隱居異其說范處義附之不
知破窠見有卵如粟及死蟲蓋變與未變耳

雄無子。' 此皆信說《詩》者之言也。古人名物多取形似。瓠之細腰者曰蒲盧，故蠭之細腰者亦名蒲盧。正如綬草、綬鳥皆名以鷊，青黑之葵、青黑之鳩，皆名以雖也。"

按:《爾雅》另釋"土蠭"，註云:"今江東大蠭，在地中作房者，啖其子，即馬蠭。今荊、巴間呼爲蟺。"與果蠃差別，農師已辨之矣。若細腰土蜂，借他蟲咒爲已子，古今無異。陶隱居異其說，范處義附之，不知破窠見有卵如粟及死蟲，蓋變與未變耳。

蟋蟀在堂

蟋蟀似蝗而小正黑有光澤如漆有角翅一名蛬一名蜻蛚楚人謂之王孫幽州人謂之趣織督促之言也里語曰趨織鳴懶婦驚是也

爾雅蟋蟀蛬郭註今促織也亦名青蛚唐風云蟋蟀在堂鄭註今人亦謂之蟋蟀一名青蛚楚人謂之王孫幽州人謂之促織蛬音拱又音筇博雅蛬趄織蛀孫蜻蛚也埤雅蟋蟀陰陽率萬物以出入至于悉蟹帥之爲悉蟋蟹能帥陰陽

124. 蟋蟀在堂

〖疏〗蟋蟀似蝗而小，正黑，有光澤如漆，有角翅。一名蛬，一名蜻蛚，楚人謂之王孫，幽州人謂之趣織，督促之言也。里語曰“趨織鳴，懶婦驚”，是也。

〖廣要〗《爾雅》:“蟋蟀，蛬。”郭註:“今促織也，亦名青蛚。”《唐風》云:“蟋蟀在堂。”鄭註:“今人亦謂之蟋蟀，一名青蛚，楚人謂之王孫，幽州人謂之促織。蛬音拱，又音筇。”《博雅》:“蛬，趄織，蛀孫，蜻蛚也。”《埤雅》:“蟋蟀，陰陽率萬物以出入，至于悉蟹。帥之爲悉，蟋蟹，能帥陰陽之悉者也曹奢而苟唐儉以勤故詩一以蜉蝣一以蟋蟀刺之詩曰蟋蟀在堂九月之時也九月建戌於文禾千爲年步戌爲歳葢秊取禾之一熟而歳期兩稔故步戌至戌謂之歳也傳曰一名吟蛬秋初生得寒乃鳴詩義問曰蟋蟀食蠅而化爾雅翼蟋蟀以夏生秋始鳴周書小暑之日温風至又五日而蟋蟀居壁易通卦糸曰蟋蟀之蟲隨陰迎陽居壁向外趨婦女織績女工之象今失節不居壁似女事不成有淫泆之

之悉者也。曹奢而苟，唐儉以勤，故《詩》一以蜉蝣，一以蟋蟀刺之。《詩》曰‘蟋蟀在堂’，九月之時也，九月建戌。於文，禾、千爲年，步戌爲歳。葢秊取禾之一熟，而歳期兩稔，故步戌至戌，謂之歳也。傳曰：‘一名吟蛬，秋初生，得寒乃鳴。’《詩義問》曰：‘蟋蟀食蠅而化。’”《爾雅翼》：“蟋蟀，以夏生，秋始鳴。《周書》：‘小暑之日，温風至。又五日，而蟋蟀居壁。’《易・通卦系》曰：‘蟋蟀之蟲，隨陰迎陽，居壁向外，趨婦女織績，女工之象。今失節不居壁，似女事不成，有淫泆之行因夜爲姦故爲門戶夜開淮南則云蟋蟀居奥奥者西南隅也比寒則漸近人易通卦驗曰立秋蜻蛚鳴白露下蜻蛚上堂詩曰蟋蟀在堂歲聿其莫又曰七月在野八月在宇九月在戶十月蟋蟀入我牀下自七月至十月入牀下皆謂蟋蟀也言將寒有漸非卒來也而説者解蟋蟀居壁引詩七月在野以爲不合然今蟋蟀有生野中及生人家者至歲晚則同耳好吟于土石磚甓之下尤好鬭勝輒矜鳴其聲如急織故

行，因夜爲姦，故爲門户夜開。'《淮南》則云：'蟋蟀居奥。'奥者，西南隅也，比寒則漸近人。《易·通卦驗》曰：'立秋，蜻蛚鳴。白露下，蜻蛚上堂。'《詩》曰：'蟋蟀在堂，歲聿其莫。'又曰：'七月在野，八月在宇，九月在户，十月蟋蟀入我牀下。'自七月至十月入牀下，皆謂蟋蟀也，言將寒有漸，非卒来也。而説者解'蟋蟀居壁'，引《詩》'七月在野'以爲不合。然今蟋蟀有生野中及生人家者，至歲晚則同耳。好吟于土石磚甓之下，尤好鬭，勝輒矜鳴。其聲如急織，故幽州謂之促織又其鳴時正織之候故以戒婦功春秋説題辭曰趨織爲言趨織也織興事遽故趨織鳴女作兼崔豹云濟南人謂蟋蟀爲懶婦非也古稱螣蛇游霧而殆于卽且卽且蜈蚣耳許叔重謂蟋蟀爲卽且上蛇蛇不敢動亦非也梓人以注鳴者蜻蛚屬方言南楚之間或謂之王孫搜神記云朽葦爲蛬賈秋壑蟋蟀論云促織之爲物也煖則在郊寒則附人若有識其時者拂其首則尾應之拂其尾則首應之似有

幽州謂之促織。又其鳴時，正織之候，故以戒婦功。《春秋·説題辭》曰：趨織爲言趨織也。織興事遽，故趨織鳴，女作兼。崔豹云‘濟南人謂蟋蟀爲懶婦’，非也。古稱螣蛇游霧，而殆于即且。即且，蜈蚣耳。許叔重謂‘蟋蟀爲即且，上蛇蛇不敢動’，亦非也。《梓人》‘以注鳴者’，蜻蛚屬。《方言》：‘南楚之間，或謂之王孫。’”《搜神記》云：“朽葦爲蛬。”賈秋壑《蟋蟀論》云：“促織之爲物也，煖則在郊，寒則附人。若有識其時者，拂其首則尾應之，拂其尾則首應之，似有解人意者甚至合類頡頏以決勝負而英猛之態甚可觀也愚常論之天下有不容盡之物君子有獨好之理獨促織曰莎雞曰絡緯曰蛬曰蟋蟀曰寒蟲之不一其名或在壁或在戶或在宇或在牀下因時而有感夫一物之微而能察乎陰陽動靜之宜備乎戰鬬攻取之義是能超乎物者甚矣促織之可取也遠矣又嘗考其實矣每至秋冬生于草土壘石之內諸蟲變化隔年遺種于土中及其時至方生之時小能化大

解人意者。甚至合類頡頏，以決勝負，而英猛之態，甚可觀也。愚常論之，天下有不容盡之物，君子有獨好之理。獨促織曰莎雞、曰絡緯、曰蛬、曰蟋蟀、曰寒蟲之不一其名，或在壁，或在户，或在宇，或在牀下，因時而有感。夫一物之微，而能察乎陰陽動靜之宜，備乎戰鬬攻取之義，是能超乎物者甚矣，促織之可取也遠矣。又嘗考其實矣。每至秋冬，生于草土壘石之内，諸蟲變化，隔年遺種于土中。及其時至，方生之時，小能化大

也大亦能化小也若夫白露漸旺寒露漸絕出
于草土者其身則軟生於磚石者其體則剛生
于淺草瘠土磚石深坑向陽之地者其性必劣
赤黃其色也大抵物之可取者白不如黑黑不
如赤赤不如黃赤小黑大可當乎對敵之勇而
黃大白小難免夫侵淩之虧唯有四病若犯其
一切不可托之何也仰頭一也捲鬚二也練牙
三也踢腿四也若兩尾高低曾經有失兩尾垂
萎並是老朽者也其亡可立而待若有熱之倦

也，大亦能化小也。若夫白露漸旺，寒露漸絶，出于草土者，其身則軟；生於磚石者，其體則剛；生于淺草、瘠土、磚石、深坑、向陽之地者，其性必劣。赤黄其色也。大抵物之可取者，白不如黑，黑不如赤，赤不如黄。赤小黑大，可當乎對敵之勇；而黄大白小，難免夫侵凌之虧。唯有四病，若犯其一，切不可托之，何也？仰頭一也，捲鬚二也，練牙三也，踢腿四也。若兩尾高低，曾經有失；兩尾垂萎，並是老朽者也，其亡可立而待。若有熱之倦

怠與夫冷之傷惺者又且不可緩其調養之法
也又曰蟋蟀者秋蟲也名促織亦名孫旺虎丘
人曰趨織
蜉蝣之羽
蜉蝣方土語也通謂之渠略似甲蟲有角大如指
長三四寸甲下有翅能飛夏月陰雨時地中出今
人燒炙噉之美如蟬也樊光曰是糞中蝎蟲隨雨
而出朝生而夕死
爾雅蜉蝣渠略郭註似蛣蜣身狹而長有角黃

怠與夫冷之傷惺者，又且不可緩其調養之法也。”又曰：“蟋蟀者，秋蟲也。名促織，亦名孫旺，虎丘人曰趨織。”

125. 蜉蝣之羽

〖疏〗蜉蝣，方土語也，通謂之渠略。似甲蟲，有角，大如指，長三四寸。甲下有翅，能飛。夏月陰雨時，地中出。今人燒炙噉之，美如蟬也。樊光曰：是糞中蝎蟲，隨雨而出，朝生而夕死。

〖廣要〗《爾雅》：“蜉蝣，渠略。”郭註：“似蛣蜣，身狹而長，有角，黃

黑色叢生糞土中朝生暮死豬好啖之舍人曰
南陽以東曰蜉蝣梁宋之間曰渠畧夏小正曰
蜉蝣渠略也詩曹風云蜉蝣之羽鄭注似蛣蜣
而小者文彩多青黃色者埤雅蜉蝣蟲似天牛
而小有甲角翕然生覆水上尋死隨流叢生鬱
棲中朝生莫殞有浮游之義故曰蜉蝣也詩曰
蜉蝣掘閱掘閱言掘土使解閱也管子曰掘閱
得玉爾雅翼蓋蜉蝣者速死之物故以刺曹共
公之好奢言雖衣服楚楚安能久也淮南子曰

黑色。叢生糞土中，朝生暮死，豬好啖之。”舍人曰：“南陽以東曰蜉蝣，梁宋之間曰渠略。”《夏小正》曰：“蜉蝣，渠略也。”《詩·曹風》云：“蜉蝣之羽。”[1] 鄭注：“似蜣蜋而小者，文彩多青黃色者。”《埤雅》：“蜉蝣，蟲似天牛而小，有甲角。翕然生覆水上，尋死隨流。叢生鬱棲中，朝生莫殞，有浮游之義，故曰蜉蝣也。《詩》曰：‘蜉蝣掘閱。’掘閱，言掘土使解閱也。《管子》曰：‘掘閱得玉。’”《爾雅翼》：“蓋蜉蝣者速死之物，故以刺曹共公之好奢。言雖衣服楚楚，安能久也。《淮南子》曰：

1 按：“舍人曰”至“之羽”，見邢昺《爾雅疏》。

蠶食而不飲二十二日而化蟬飲而不食三十
日而蛻蜉蝣不食不飲三日而死又曰鶴壽千
歲以極其蝣蜉蝣朝生而暮死盡其樂蜉蝣出
有時故王褒頌聖主得賢臣云蟋蟀俟秋唫蜉
蝣出以陰言知時也又許叔重註淮南子言朝
菌者朝生莫死之蟲也生水上狀似蠶蛾一名
孳母海南謂之蟲邪則亦蜉蝣之類按今水上
有蟲羽甚整白露節後即羣浮水上隨水而去
以千百計宛陵人謂之白露蟲詩緝疏掘閱云

‘蠶食而不飲，二十二日而化；蟬飲而不食，三十日而蛻；蜉蝣不食不飲，三日而死。’又曰：‘鶴壽千歲，以極其（蝣）［游］[1]；蜉蝣朝生而暮死，盡其樂。’蜉蝣出有時，故王褒《頌聖主得賢臣》云：‘蟋蟀俟秋唫，蜉蝣出以陰。’言知時也。又許叔重註《淮南子》言：‘朝菌者，朝生莫死之蟲也。生水上，狀似蠶蛾。一名孳母，海南謂之蟲邪。’則亦蜉蝣之類。按：今水上有蟲，羽甚整。白露節後，即羣浮水上，隨水而去，以千百計，宛陵人謂之白露蟲。”《詩緝》：“疏‘掘閱’云：

1“游”，原作“蝣”，涉下“蜉蝣”而誤，今據四庫本改。

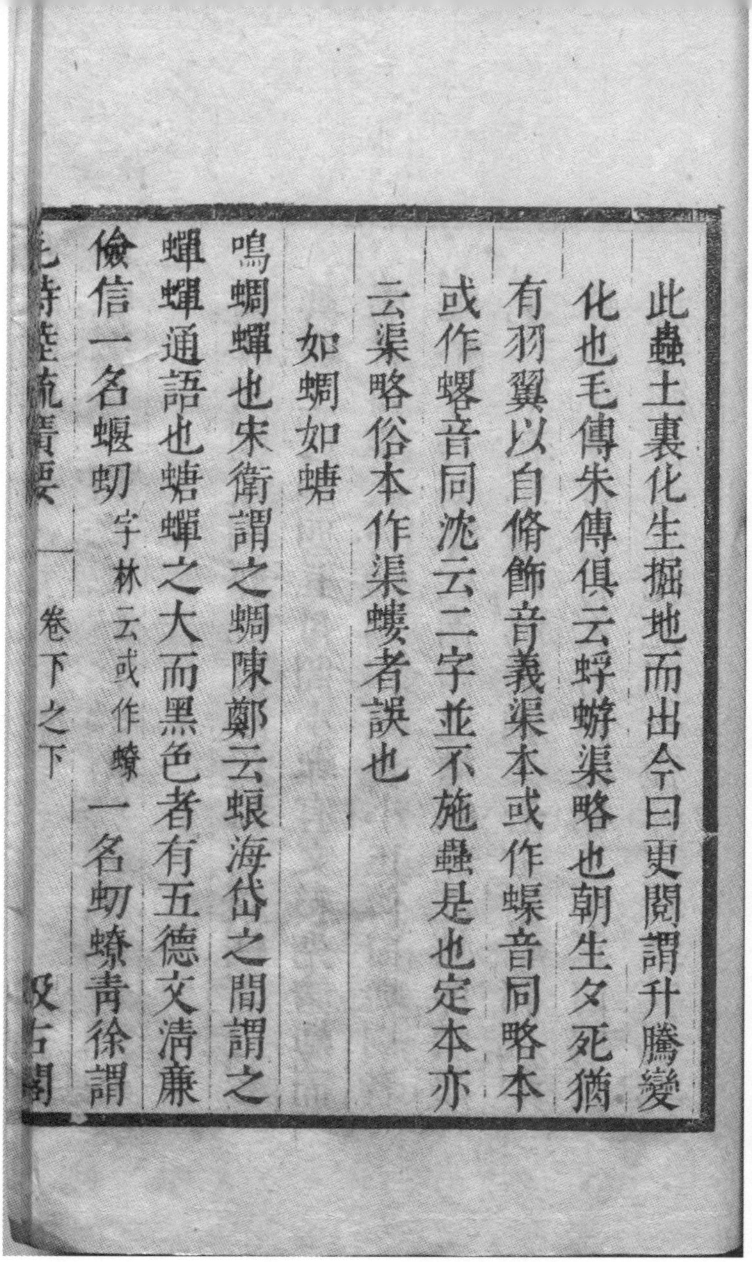

‘此蟲土裏化生，掘地而出。’今曰更閲，謂升騰變化也。”毛傳、朱傳俱云：“蜉蝣，渠略也，朝生夕死，猶有羽翼以自脩飾。”《音義》：“渠，本或作蟝，音同。略，本或作䗉，音同。沈云‘二字並不施蟲’，是也。”定本亦云渠略，俗本作渠蠖者，誤也[1]。

126. 如蜩如螗

〖疏〗鳴蜩，蟬也。宋、衛謂之蜩，陳、鄭云蜋，海岱之間謂之蟬，蟬，通語也。螗，蟬之大而黑色者，有五德：文、清、廉、儉、信。一名蝘虭，《字林》云：“或作蟟。”一名虭蟟，青、徐謂

1 按：“定本”至“誤也”，见《毛诗正義》。

之螇螰楚人謂之蟪蛄秦燕謂之蛥蚗或名之蜓
蚞
爾雅云蜩蜋蜩郭註夏小正傳曰蜋蜩者五彩
具鄭注此卽四五月間小蟬有文彩先諸蟬而
鳴者爾雅又云螗蜩郭註夏小正傳曰螗蜩者
蝘俗呼爲胡蟬江南謂之螗蛦鄭註螗卽螗蜋
也亦能在草叢中鳴爾雅又云蚻蜻蜻郭註如
蟬而小方言云有文者謂之蠽夏小正曰鳴蚻
虎懸鄭註蚻音扎此卽一種蟬似蜻蜓其鳴無

之螇螰，楚人謂之蟪蛄，秦、燕謂之蛥蚗，或名之蜓蚞。

〖廣要〗《爾雅》云："蜩，蜋蜩。"郭註："《夏小正》傳曰：蜋蜩者，五彩具。"鄭注："此即四五月間小蟬，有文彩，先諸蟬而鳴者。"《爾雅》又云"螗蜩"，郭註："《夏小正》傳曰：'螗蜩者，蝘。'俗呼爲胡蟬，江南謂之螗蛦。"鄭註："螗，即螗蜋也，亦能在草叢中鳴。"《爾雅》又云："蚻，蜻蜻。"郭註："如蟬而小。《方言》云：'有文者謂之蠽。'《夏小正》曰：'鳴蚻，虎懸。"鄭註"蚻音扎。此即一種蟬，似蜻蜓，其鳴無

韻但扎扎然爾雅又云蠽茅蜩郭註江東呼爲
茅截似蟬而小青色鄭註蠽音節茅蜩有青紅
二種只在茅菅中亦是五月時鳴爾雅又云蝒
馬蜩郭註蜩中最大者爲馬蟬鄭註蝒音緜馬
蜩最大其聲響震巖谷爾雅又云蜺寒蜩郭註
寒螿也似蟬而小青色月令曰寒蟬鳴鄭註寒
蜩卽寒螿也一名蟪蛄爾雅又云蜓蚞螇螰郭
註卽蝭蟧也一名蟪蛄齊人呼螇螰鄭註蜓蚞
音挺木邢疏此辨蟬之大小及方言不同之名

韻，但扎扎然。”《爾雅》又云：“蠽，茅蜩。”郭註：“江東呼爲茅截，似蟬而小，青色。”鄭註：“蠽音節。茅蜩有青、紅二種，只在茅菅中，亦是五月時鳴。”《爾雅》又云：“蝒，馬蜩。”郭註：“蜩中最大者爲馬蟬。”鄭註：“蝒音緜。馬蜩最大，其聲響震巖谷。”《爾雅》又云：“蜺，寒蜩。”郭註：“寒螿也，似蟬而小，青色。《月令》曰：‘寒蟬鳴。’”鄭註：“寒蜩，即寒螿也，一名蟪蛄。”《爾雅》又云：“蜓蚞，螇螰。”郭註：“即蝭蟧也，一名蟪蛄，齊人呼螇螰。”鄭註：“蜓蚞，音挺木。”邢疏：“此辨蟬之大小，及方言不同之名也云蜩者目諸蜩也蜋蜩五采具者也螗蜩俗呼曰蟬似蟬而小鳴聲清亮者也蚻一名蜻蜻如蟬而小有文者也蠽一名茅蜩似蟬而小青色者也蝒一名馬蜩蟬之最大者也蜺一名寒蜩又名寒螿似蟬而小青赤色者也關東謂蟪蛄爲蜓蚞齊謂之螇螰也螗蜩者蝘者舍人曰皆蟬也方語不同三輔以西爲蜩梁宋以東謂蜩爲蝘青徐人謂之螇螰然則螗蝘亦皆蟬也大雅蕩篇云如蜩如螗是也蚻舍人曰小蟬也

也。云‘蜩’者，目諸蜩也。蜋蜩，五采具者也。螗蜩，俗呼曰蟬，似蟬而小，鳴聲清亮者也。蚻，一名蜻蜻，如蟬而小，有文者也。蠽，一名茅蜩，似蟬而小，青色者也。蝒，一名馬蜩，蟬之最大者也。蜺，一名寒蜩，又名寒螿，似蟬而小，青赤色者也。關東謂蟪蛄爲蜓蚞，齊謂之螇螰也。‘螗蜩者蝘’者，舍人曰：‘皆蟬也，方語不同，三輔以西爲蜩，梁、宋以東謂蜩爲蝘，青、徐人謂之螇螰。’然則螗、蝘亦皆蟬也。《大雅·蕩》篇云‘如蜩如螗’，是也。蚻，舍人曰：‘小蟬也。’

蜻蜻者按方言云蟬楚謂之蜩宋衛之間謂之
螗蜩陳鄭之間謂之蜋蜩秦晉之間謂之蟬海
岱之間謂之蚑其小者謂之麥蚻有文者謂之
螓是也詩人碩人云螓首蛾眉鄭玄螓謂蜻蜻
此蟲額廣而且方故以比婦人之首者也某氏
解此云鳴蚻蚻者也彼云鳴蚻蚻者虎懸也鳴
而後知故先鳴而後蚻是也月令曰寒蟬鳴者
在七月鄭註云寒蟬寒蜩謂蜺是也方言云蛥
蚗齊謂之螇螰楚謂之蟪蛄楚辭云蟪蛄鳴兮

'蜻蜻'者，按《方言》云'蟬，楚謂之蜩，宋、衛之間謂之螗蜩，陳、鄭之間謂之蜋蜩，秦、晉之間謂之蟬，海岱之間謂之蚑，其小者謂之麥蚻，有文者謂之螓'，是也。《詩（人）[1]·碩人》云'螓首蛾眉'，鄭玄：'螓，謂蜻蜻。'此蟲額廣而且方，故以比婦人之首者也。某氏解此云：'鳴蚻蚻者也。'彼云'鳴蚻蚻者，虎懸也。鳴而後知，故先鳴而後蚻'，是也。《月令》曰'寒蟬鳴'者，在七月。鄭註云'寒蟬，寒蜩，謂蜺'，是也。《方言》云：'蛥蚗，齊謂之螇螰，楚謂之蟪蛄。'《楚辭》云'蟪蛄鳴兮

1"詩"下衍"人"字，今據邢昺《爾雅疏》刪。

啾啾是也或謂之蛉蛄秦謂之蛥蚗自關而東謂之虭蟧或謂之蝭蟧或謂之蜓蚞然則亦皆蟬之别耳廣雅云蚑蛄蟬也蛥蚗蚻也蟪蛄蛉蛄蝭蟧蛁蟟也夏小正云五月螗蜩鳴螗蜩鳴者匽也七月寒蟬鳴蟬也者蝭蠑也本草蚱蟬生楊柳上五月採蒸乾之陶隱居云蚱即是瘂蟬雌蟬也不能鳴者蟬類甚多莊子云蟪蛄不知春秋則是今四月五月小紫青色者而離騷云蟪蛄鳴兮啾啾歲莫兮不自聊此乃寒螿耳

啾啾’，是也。‘或謂之蛉蛄，秦謂之蛥蚗，自關而東謂之虭蟧，或謂之蝭蟧，或謂之蜓蚞。’然則亦皆蟬之别耳。”《廣雅》云：“蚑蛄，蟬也。蛥蚗，蚻也。蟪蛄，蛉蛄，蝭蟧，蛁蟟也。”《夏小正》云：“五月，螗蜩鳴。螗蜩鳴者，匽也。七月，寒蟬鳴。蟬也者，蝭蠑也。”《本草》：“蚱蟬生楊柳上，五月採，蒸乾之。”陶隱居云：“蚱即是瘂蟬，雌蟬也，不能鳴者。蟬類甚多，《莊子》云‘蟪蛄不知春秋’，則是今四月、五月，小紫青色者。而《離騷》云‘蟪蛄鳴兮啾啾，歲莫兮不自聊’，此乃寒螿耳。

九月十月中鳴甚凄急又二月中便鳴者名蟀
母似寒螿而小七月八月鳴者名蛁蟟色青今
此云生楊柳樹上是詩云鳴蜩嘒嘒者形大而
黑傴僂丈人掇此昔人噉之故禮有蜩范此蜩
五月便鳴俗云五月不鳴嬰兒多災蘇恭云蚱
蟬卽鳴蟬也易通卦驗云姤上九候蟬始鳴不
鳴國多妖言蟬應期鳴古語之象今失節不鳴
鳴則失時故多妖言援神契云蟬無力故不食
周書曰夏至又五日蜩始鳴不鳴貴臣放逸立

九月、十月中鳴甚凄急，又二月中便鳴者，名蟀母，似寒螿而小。七月、八月鳴者，名蛁蟟，色青。今此云生楊柳樹上，是《詩》云‘鳴蜩嘒嘒’者，形大而黑。傴僂丈人掇此，昔人噉之，故《禮》有‘蜩范’。此蜩五月便鳴，俗云：五月不鳴，嬰兒多災。”蘇恭云：“蚱蟬，即鳴蟬也。”《易·通卦驗》云：“姤，上九候，蟬始鳴。不鳴，國多妖。言蟬應期鳴，古語之象，今失節不鳴，鳴則失時，故多妖言。”《援神契》云：“蟬無力，故不食。”《周書》曰：“夏至又五日，蜩始鳴。不鳴，貴臣放逸。立

毛詩陸疏廣要　六十九　汲古閣

秋之日寒蜩鳴不鳴人臣不力爭埤雅按如蜩
如螗則蜩與螗實非一物蓋蜩亦蟬之一種形
大而黑昔人啖之禮有雀鷃蜩范是也一名蟬
爲其變蛻而禪故曰蟬舍卑穢趨高潔其禪足
道也舊說朽木化爲蟬壞裙化爲蝶腐菌化爲
蜂又曰蟬三十日而化段柯古云蟬未脫時名
復育相傳言蛣蜣所化韋翾嘗冬中掘樹根見
復育附于朽處怪之村人言蟬固朽木所化也
翾因剖視腹中猶實爛木爾雅翼蜩蜋蜩螗蜩

秋之日，寒蜩鳴。不鳴，人臣不力爭。"《埤雅》："按'如蜩如螗'，則蜩與螗，實非一物。蓋蜩亦蟬之一種，形大而黑。昔人啖之，《禮》有'雀鷃蜩范'，是也。一名蟬，爲其變蜕而禪，故曰蟬。舍卑穢，趨高潔，其禪足道也。舊説：朽木化爲蟬，壞裙化爲蝶，腐菌化爲蜂。又曰：蟬三十日而化。"段柯古云："蟬未脱時名復育，相傳言蛣蜣所化。韋翾嘗冬中掘樹根，見復育附于朽處，怪之。村人言，蟬固朽木所化也。翾因剖視腹中，猶實爛木。"《爾雅翼》："蜩，蜋蜩，螗蜩。

舍人云皆蟬方言楚謂蟬爲蜩宋衛謂之螗蜩
陳鄭謂之蜋蜩秦晉謂之蟬是蜩螗一物方俗
異名耳荀子耀蟬者務在明乎火振其樹而已
說者謂南方人照蟬取而食之古今註云一名
王女董仲舒曰齊王之后怨王而死變爲蟬故
名齊女詩緝毛氏於蕩篇云蜩蟬也螗蝘也其
說是矣於七月篇乃云蜩螗者葢舉其類以相
明非以蜩爲螗自爲異同也論衡云蟬生于復
育開背而出故爾雅云蒿醜鋝郭註剖母背而

舍人云‘皆蟬’。《方言》:‘楚謂蟬爲蜩，宋、衛謂之螗蜩，陳、鄭謂之蜋蜩，秦、晉謂之蟬。’是蜩螗一物，方俗異名耳。《荀子》:‘耀蟬者，務在明乎火，振其樹而已。’説者謂南方人照蟬，取而食之。”《古今註》云:“一名王女。”董仲舒曰:“齊王之后，怨王而死，變爲蟬，故名齊女。”《詩緝》:“毛氏於《蕩》篇云:‘蜩，蟬也。螗，蝘也。’其説是矣。於《七月》篇乃云‘蜩，螗’者，葢舉其類以相明，非以蜩爲螗，自爲異同也。”《論衡》云:“蟬生于復育，開背而出。”故《爾雅》云“蒿醜鋝”，郭註:“剖母背而

毛詩疏廣要　七十　汲古閣

出邢疏謂蟬屬禮冠飾附蟬徐廣車服雜註云侍臣加貂蟬者取其清高飲露而不食陸雲寒蟬賦云頭上有緌則其文也含氣飲露則其清也黍稷不享則其廉也處不巢居則其儉也應候守常則其信也加以冠冕取其容也

按爾雅所謂蜩卽吳俗所謂蟬其總名也詩所載凡四如七月篇五月鳴蜩雖是泛詠大約五月一陰生蜩感之而鳴惟蜋蜩茅蜩耳如小弁篇鳴蜩嘒嘒覽物起興猶鄒陽栁賦云蜩螗厲

出。”邢疏：“謂蟬屬。”禮，冠飾附蟬。徐廣《車服雜註》云：“侍臣加貂蟬者，取其清高，飲露而不食。”陸雲《寒蟬賦》云：“頭上有緌，則其文也；含氣飲露，則其清也；黍稷不享，則其廉也；處不巢居，則其儉也；應候守常，則其信也；加以冠冕，取其容也。”

按：《爾雅》所謂蜩，即吴俗所謂蟬，其總名也。《詩》所載凡四。如《七月》篇“五月鳴蜩”，雖是泛詠，大約五月一陰生，蜩感之而鳴，惟蜋蜩、茅蜩耳。如《小弁》篇“鳴蜩嘒嘒”，覽物起興，猶鄒陽《柳賦》云“蜩螗厲

響也本草謂蚱蟬生楊栁上卽是馬蜩引此詩
爲證誤矣如碩人篇螓首蛾眉卽爾雅所謂蚻
蜻蜻夏小正所謂虎懸揚雄所謂雌蜻之疋者
也若此詩如蜩如螗借以形容其喧譁猶下句
如沸如羹豈容析沸羹爲二乎毛傳陸䟽俱云
二種山陰陸氏附會其說宜羅氏闢其非矣至
于因地異名莫詳于邢疏隨時異種莫詳于月
令但蟪蛄有二種莊子稱不知春秋者夏蟲小
紫青色者也楚詞稱其鳴啾啾者爾雅所謂蜓

響”也。《本草》謂“蚱蟬生楊柳上”，即是馬蜩，引此詩爲證，誤矣。如《碩人》篇“螓首蛾眉”，即《爾雅》所謂“蚻，蜻蜻”，《夏小正》所謂“虎懸”，揚雄所謂“雌蜻之疋”者也。若此詩“如蜩如螗”，借以形容其喧譁，猶下句“如沸如羹”，豈容析沸羹爲二乎？毛傳、陸疏俱云二種，山陰陸氏附會其説，宜羅氏闢其非矣。至于因地異名，莫詳于邢疏；隨時異種，莫詳于《月令》。但蟪蛄有二種:《莊子》稱“不知春秋”者，夏蟲，小紫青色者也;《楚詞》稱其“鳴啾啾”者,《爾雅》所謂“蜓蛛，螇螰”也。陶貞白輩以蟪蛄即寒螿，非也。鄭漁仲云“蜺，寒蜩，即寒螿。《月令》‘七月，寒蟬鳴’”，是也。知寒蜩不瘖矣。《方言》云:“寒蟬者，瘖蜩也。”或以難子雲，不知寒蟬即瘖蟬，其初瘖，得寒露冷風乃鳴。《方言》原其始，故云瘖耳。

127. 伊威在室

〖疏〗伊威，一名委黍，一名鼠婦，在壁根下甕一本多一“器”字。底土中生，似白魚者是也。

〖廣要〗《爾雅》云:“蟠，鼠負。”郭註:“瓮器底蟲。”邢疏:“此與下‘蛜

威委黍是一故下註委黍云舊説鼠蟠别名則
此蟲一名蟠一名鼠負負或作蟠本草作婦一
名蛜威一名委黍也陶註本草云多在鼠坎中
鼠背負之然爲鼠蟠及鼠婦則似乖詩東山云
蛜威在室是也鄭註蟠音煩瓮底下白粉蟲也
爾雅又云蛜威委黍郭註舊説鼠婦别名然所
未詳鄭註卽鼠負也蛜音伊本草鼠婦一名負
蟠一名蛜蝛一名蝬蟋生魏郡平谷及人家地
上五月五日取禹錫按蜀本註云俗亦謂之鼠

威，委黍’是一，故下註‘委黍’云：‘舊説鼠蟠别名。’則此蟲一名蟠，一名鼠負。負或作蟠，《本草》作婦。一名蛜威，一名委黍也。陶註《本草》云：‘多在鼠坎中，鼠背負之。’然爲鼠蟠及鼠婦則似乖。《詩·東山》云‘蛜威在室’，是也。”鄭註：“蟠音煩。瓮底下白粉蟲也。”《爾雅》又云：“蛜威，委黍。”郭註：“舊説鼠婦别名，然所未詳。”鄭註：“即鼠負也。蛜音伊。”《本草》：“鼠婦，一名負蟠，一名蛜蝛，一名蝬蟋，生魏郡平谷及人家地上，五月五日取。”禹錫按蜀本註云：“俗亦謂之鼠

毛詩陸疏廣要 一 七十二 汲古閣

粘猶如菓耳名羊負來也衍義曰鼠婦此溼生蟲也多足其色如蚓皆有横紋蹙起大者長三四分在處有之甎甃及下溼處多用處絶少埤雅伊威形似白魚而大食之令人善淫術曰鼠婦淫婦是也葢鼠婦一名鼠姑亦或謂之鼠粘鼠婦猶鼠姑也鼠粘猶鼠負也因溼化生今俗謂之溼生劉氏曰伊威壁落間小蟲也無人埽則蟲行于室

蠨蛸在戶

粘，猶如菓耳名羊負来也。”《衍義》曰：“鼠婦，此溼生蟲也。多足，其色如蚓，皆有横紋蹙起，大者長三四分，在處有之。甎甃及下溼處多，用處絶少。”《埤雅》：“伊威，形似白魚而大。食之令人善淫術，曰‘鼠婦，淫婦’，是也。蓋鼠婦一名鼠姑，亦或謂之鼠粘，鼠婦猶鼠姑也，鼠粘猶鼠負也。因溼化生，今俗謂之溼生。”劉氏曰：“伊威，壁落間小蟲也，無人埽則蟲行于室。”

128. 蠨蛸在户

蠨蛸長踦亦名長脚荆州河内人謂之喜母此蟲
來著人衣當有親客至有喜也幽州人謂之親客
亦如蜘蛛爲網羅居之
爾雅蠨蛸長踦郭註小鼅鼄長脚者俗呼爲喜
子東山云蠨蛸在戶是也埤雅釋蟲云蠨蛸長
踦蕭梢長踦之貌因以名云亦如蜘蛛布網垂
絲著人衣當有親客至荆州河内之人謂之喜
母爾雅翼詩曰蠨蛸在戶言爲網于戶也陸賈
曰目瞤得酒食燈花得錢財乾鵲噪行人至蜘

〖疏〗蠨蛸，長踦，亦名長脚，荆州、河内人謂之喜母。此蟲来著人衣，當有親客至，有喜也。幽州人謂之親客。亦如蜘蛛爲網羅居之。

〖廣要〗《爾雅》:“蠨蛸，長踦。”郭註:“小鼅鼄長脚者，俗呼爲喜子。”《東山》云“蠨蛸在户”，是也。《埤雅》:“《釋蟲》云‘蠨蛸，長踦。’蕭梢，長踦之貌，因以名云。亦如蜘蛛布網，垂絲著人衣，當有親客至。荆州、河内之人謂之喜母。”《爾雅翼》:“《詩》曰‘蠨蛸在户’，言爲網于户也。陸賈曰:‘目瞤得酒食，燈花得錢財。乾鵲噪，行人至；蜘蛛集百事喜劉子曰今野人晝見蟢子者以爲有喜樂之瑞夜夢見雀者爵位之象然見蟢子者未必有喜夢雀者未必彈冠而人悅之者以其利人也今人以早見爲喜晚見爲常又云在頭則有喜事荊楚之俗七月七日設瓜果于庭以乞巧有喜子網于瓜上則以爲得巧陸氏曰蠨蛸名長踦小如蜘蛛而足長喜結網當戶人觸之則伸前後足如草使人不疑爲蟲故名長踦崔豹云蠨蛸身小足長詩緝傳曰蠨蛸長踦

蛛集，百事喜。’《劉子》曰：‘今野人晝見蟢子者，以爲有喜樂之瑞；夜夢見雀者，爵位之象。然見蟢子者，未必有喜；夢雀者，未必彈冠。而人悦之者，以其利人也。’今人以早見爲喜，晚見爲常。又云：‘在頭則有喜事。’荊楚之俗，七月七日設瓜果于庭，以乞巧。有喜子網于瓜上，則以爲得巧。”陸氏曰：“蠨蛸，名長踦，小如蜘蛛而足長，喜結網當户。人觸之，則伸前後足如草，使人不疑爲蟲，故名長踦。”崔豹云：“蠨蛸身小足長。”《詩緝》：“傳曰：‘蠨蛸，長踦

也踦音欺腳也

碩鼠

樊光謂卽爾雅鼫鼠也許慎云鼫鼠五伎鼠也今

河東有大鼠能人立交前兩腳于頸上跳舞善鳴

食人禾苗人逐則走入樹空中亦有五伎或謂之

雀鼠其形大故序云大鼠也魏今河東河北縣也

詩言其方物宜謂此鼠非今大鼠又不食禾苗本

艸又謂螻蛄爲石鼠亦五伎古今方土名蟲鳥物

異名同故異也

也。'踦音欺，脚也。"

129. 碩鼠

〖疏〗樊光謂即《爾雅》"鼫鼠"也。許慎云:"鼫鼠，五伎鼠也。"今河東有大鼠，能人立，交前兩脚于頸上，跳舞善鳴，食人禾苗。人逐，則走入樹空中。亦有五伎，或謂之雀鼠。其形大，故《序》云"大鼠"也。魏，今河東河北縣也。詩言其方物，宜謂此鼠，非今大鼠，又不食禾苗。《本艸》又謂螻蛄爲石鼠，亦五伎。古今方土名蟲鳥，物異名同，故異也。

爾雅鼫鼠郭注形大如鼠頭似兔尾有毛青黃色好在田中食粟豆關西呼爲鼩鼠見廣雅邢疏云鼫鼠者孫炎曰五伎鼠許愼云鼫鼠五伎能飛不能上屋能遊不能渡谷能緣不能窮木能走不能先人能穴不能覆身此之謂五伎蔡邕以此爲螻蛄䶉音瞿今本作鼩誤也案詩魏風云碩鼠碩鼠博雅䶆鼩鼫鼠埤雅鼫鼠害稼者一名雀鼠爾雅翼釋相鼠有禮云今河東有大鼠能人立交兩脚于頸上或謂之雀鼠韓退

〖廣要〗《爾雅》"鼫鼠"，郭注："形大如鼠，頭似兔，尾有毛，青黃色，好在田中食粟豆。關西呼爲鼩鼠。見《廣雅》。"邢疏云："鼫鼠者，孫炎曰：'五伎鼠。'許愼云：'鼫鼠，五伎。能飛不能上屋，能遊不能渡谷，能緣不能窮木，能走不能先人，能穴不能覆身。'此之謂五伎。蔡邕以此爲螻蛄。䶉音瞿，今本作'鼩'，誤也。案：《詩·魏風》云：'碩鼠碩鼠。'"《博雅》："䶆，鼩，鼫鼠。"《埤雅》："鼫鼠，害稼者，一名雀鼠。"《爾雅翼》釋"相鼠有體"云："今河東有大鼠，能人立，交兩脚于頸上，或謂之雀鼠。韓退之所謂禮鼠拱而立者也釋鼯鼠云鼯狀如小狐翼大率如服翼翅尾項脇毛紫赤色背色蒼艾腹下黃喙頷雜白脚短爪長尾三尺許好暗夜行飛且乳亦謂之飛生聲如人呼食火煙能從高赴下不能從下上高東吳諸郡皆有之又謂之梧鼠荀子曰梧鼠五技而竆謂能飛不能上屋能緣不能竆木能遊不能渡谷能穴不能掩身能走不能先人雖多技能皆有竆極也一名夷由一名鼯又名飛鼯又名鼯鼠雖同有五

毛詩陸疏廣要　卷下之下　汲古閣

之所謂‘禮鼠拱而立’者也。”釋“鼯鼠”云:“鼯，狀如小狐，翼大率如服翼，翅、尾、項、脇毛紫赤色，背色蒼艾，腹下黄喙，頷雜白，脚短爪長，尾三尺許。好暗夜行，飛且乳，亦謂之飛生。聲如人呼，食火煙，能從高赴下，不能從下上高。東吴諸郡皆有之，又謂之梧鼠。《荀子》曰:‘梧鼠五技而窮。’謂能飛不能上屋，能緣不能窮木，能遊不能渡谷，能穴不能掩身，能走不能先人。雖多技能，皆有窮極也。一名夷由，一名鼯，又名飛鼯，又名鼯鼠。”雖同有五

毛詩陸疏廣要 一 七十五 汲古閣

技恐非鼫鼠之類文子云聖人師拱鼠制禮錄異記云拱鼠形如常鼠行田野中見人卽拱手而立人近欲捕之卽跳躍而走去秦川有之古今注曰螻蛄一名碩鼠其五伎與鼫鼠同序云貪而畏人若大鼠然故知大鼠爲斥君亦是興喻之義也詩緝解頤新語曰蠶之食桑無時而厭食盡而後已喻重斂者莫切于此鼠食物且食且驚四顧不寧喻貪畏者莫切于此

按爾雅載鼠屬凡十三種鼫鼠與鼩鼠大小不

技，恐非鼫鼠之類。《文子》云:“聖人師拱鼠制禮。”《録異記》云:“拱鼠形如常鼠，行田野中，見人即拱手而立。人近欲捕之，即跳躍而走去。秦川有之。”《古今注》曰:“螻蛄，一名碩鼠，其五伎與鼫鼠同。”《序》云:“貪而畏人，若大鼠然。”故知大鼠爲斥君，亦是興喻之義也。[1]《詩緝》:“《解頤新語》曰:蠶之食桑，無時而厭，食盡而後已。喻重斂者，莫切于此。鼠食物，且食且驚，四顧不寧。喻貪畏者，莫切于此。”

按:《爾雅》載鼠屬凡十三種，鼫鼠與鼩鼠大小不

1 按:“序云”至“之義也”，見《毛詩正義》。

同，鼩鼠，一名鼱鼩，一名𪕨鼩[1]，不知景純何以相混。至若“相鼠有皮”之相鼠，或云相州所出之大鼠似，引拱鼠作證，與詩旨合。羅氏以爲即河東大鼠，恐未必然。据陸氏云“螻蛄爲石鼠，物異名同也”，或指此碩鼠爲螻蛄；且曰“蝨，螻蛄，食苗根”，故詩人戒之。然螻蛄未見有食黍、麥者，豈當年河汾之間獨爲祟耶？

130. 爲鬼爲（域）［蜮］[2] 坊刻“如鬼如（域）［蜮］”，非。

〖疏〗蜮，短狐也，一名射影。如黿，一作“鼈”。三足，江淮水濱

1 按：《爾雅》“鼩鼠”，郭注云：“小鼱鼩也，亦名䶄鼩。”“𪕨”似“䶄”之誤。

2“蜮”，原作“域”，形近而訛，《目録》作“蜮”，不誤。今據之以改，下“如鬼如蜮”同。

皆有之人在岸上影見水中投人影則殺之故曰
射影也南方人將入水先以瓦石投水中令水濁
然後入或曰含細沙射人入人肌其瘡一作創如
疥

廣雅射工短狐蜮也毛傳蜮短狐也陸氏云狀
如鼈三足一名射工俗呼之水弩在水中含沙
射人一云射人影正義曰洪範五行傳云蜮如
鼈三足生于南越南越婦人多淫故其地多蜮
淫女惑亂之氣所生也埤雅蜮含水射人一曰

皆有之。人在岸上，影見水中，投人影則殺之，故曰射影也。南方人將入水，先以瓦石投水中，令水濁，然後入。或曰：含細沙射人，入人肌，其瘡一作“創”。如疥。

〖廣要〗《廣雅》:“射工，短狐，蜮也。”毛傳:“蜮，短狐也。”陸氏云:“狀如鼈，三足，一名射工，俗呼之水弩。在水中含沙射人。一云射人影。”《正義》曰:“《洪範五行傳》云：蜮如鼈，三足，生于南越。南越婦人多淫，故其地多蜮，淫女惑亂之氣所生也。”《埤雅》:“蜮，含水射人。一曰

含沙射人之影嵇聖賦所謂蛷旋于影蜮射于
光是也一名射工一名溪毒有長角横在口前
如弩檐臨其角端曲如上弩以氣爲矢用水勢
以射人故俗呼水弩春秋曰秋有蜮卽此是也
然畏鵞鵞能食之禽經所謂鵞飛則蜮沉鵁鳴
則蛇結詩曰爲鬼爲蜮則不可得言鬼無形而
蜮性陰害射人之影則皆莫可究矣五行傳曰
南越淫惑之氣生蜮蜮之言惑也字說曰蜮不
可得也故或之今蛷螋溺人之影亦是類造化

含沙，射人之影。《嵇聖賦》所謂‘蛷旋于影，蜮射于光’，是也。一名射工，一名溪毒。有長角横在口前，如弩檐，臨其角端，曲如上弩，以氣爲矢，用水勢以射人，故俗呼水弩。《春秋》曰‘秋有蜮’，即此是也。然畏鵞，鵞能食之，《禽經》所謂‘鵞飛則蜮沈，鵁鳴則蛇結’。《詩》曰‘爲鬼爲蜮，則不可得’，言鬼無形而蜮性陰害，射人之影，則皆莫可究矣。《五行傳》曰：‘南越淫惑之氣生蜮。’蜮之言惑也，《字說》曰：‘蜮不可得也，故或之。’今蛷螋溺人之影，亦是類。《造化權輿曰短狐射氣蛷螋遺溺中影則疾人氣數感之故也爾雅翼蜮一名短弧一名射工一名溪毒生江南山溪水中甲蟲之類也長一二寸有翼能飛口中有橫物如角弩如聞人聲以氣爲矢激水以射人隨所著處發瘡中影者亦病而瘡不即發病如大傷寒不治殺人或曰見人則以氣射人去二三步即射所中什六七死冬月蟄澗谷間大雪時索之此蟲所在其雪不積氣起如蒸掘之不過入地一尺則得也詩曰爲

權輿》曰：‘短狐射氣，蛷螋遺溺，中影則疾，人氣數感之故也。’”《爾雅翼》：“蜮，一名短弧，一名射工，一名溪毒。生江南山溪水中，甲蟲之類也。長一二寸，有翼能飛。口中有橫物如角弩，如聞人聲，以氣爲矢，激水以射人，隨所著處發瘡。中影者亦病，而瘡不即發，病如大傷寒，不治殺人。或曰：見人則以氣射人，去二三步即射，所中什六七死。冬月蟄澗谷間，大雪時索之，此蟲所在，其雪不積，氣起如蒸，掘之，不過入地一尺則得也。《詩》曰：‘爲

鬼爲蜮則不可得以況陰中人者劉向以爲生
南越劉歆以爲蜮盛暑所生非自越來說者又
言水弩狀如蟯蜋尾長四寸卽弩也見人影則
射南越志云水弩四月一日上弩射人影至八
月卸弩此云弩在口彼云弩在尾差不同顔師
古以爲短弧卽射工亦呼水弩當是一物而說
文稱蜮似鼈三足以氣射害人孫愐亦稱蜮短
弧狀似鼈含沙射人陸璣詩疏亦云是三足鼈
鮌所化爲能者與甲蟲有異姑兩存之朱注蜮

鬼爲蜮，則不可得。’以況陰中人者。劉向以爲生南越。劉歆以爲蜮盛暑所生，非自越来。說者又言水弩狀如蟯蜋，尾長四寸，即弩也，見人影則射。《南越志》云：‘水弩，四月一日上弩射人影，至八月卸弩。’此云弩在口，彼云弩在尾，差不同。顔師古以爲短弧即射工，亦呼水弩，當是一物。而《説文》稱蜮‘似鼈，三足，以氣射害人’，孫愐亦稱‘蜮，短弧，狀似鼈，含沙射人’，陸璣《詩疏》亦云是。三足鼈，鮌所化爲能者，與甲蟲有異，姑兩存之。”朱注：“蜮，

毛詩陸疏廣要　七十八　汲古閣

短狐也江淮水皆有之能含沙以射水中人影其人輒病而不見其形也周禮壺涿氏掌除水蟲注狐蜮之屬韓詩外傳云短狐水神也抱朴子云蜮水蟲也狀似鳴蜩有翼能飛玄中記云水狐者視其形蟲也其氣乃鬼也長三四寸色墨廣寸許背上有甲厚三分許其頭有角去二三步則氣射人中十人六七人死鴛鴦鸑鷟蟾蛛悉食之東方朔傳人主之大蜮師古云魅也

按諸家之說不一惟玄中記云其形蟲也其氣

短狐也，江淮水皆有之。能含沙以射水中人影，其人輒病，而不見其形也。”《周禮·壺涿氏》“掌除水蟲”，注:“狐蜮之屬。”《韓詩外傳》云:“短狐，水神也。”《抱朴子》云:“蜮，水蟲也，狀如鳴蜩，有翼能飛。”《玄中記》云:“水狐者，視其形，蟲也；其氣，乃鬼也。長三四寸，色黑，廣寸許，背上有甲，厚三分許，其頭有角。去二三步，則氣射人，中十人，六七人死。鴛鴦、鸑鷟、蟾蛛悉食之。”《東方朔傳》“人主之大蜮”，師古云:“魅也。”

按：諸家之說不一，惟《玄中記》云“其形，蟲也；其氣，

乃鬼也二語盡之矣較之蟯蜋嗚蜩恐太不倫
彼有翼能飛者或又一種非師曠所云鷙飛則
沉者也

卷髮如蠆
蠆一名杜伯河内謂之蚑幽州謂之蠍
毛傳蠆螫蟲也尾末揵然似婦人髮末曲上卷
然釋文蠆敕邁反又敕界反蠚蟲也通俗文云
長尾爲蠆短尾爲蠍正義左傳曰其父死於路
已爲蠆尾言蠆尾有毒也廣雅杜伯蠚蠆蠍也

乃鬼也”，二語盡之矣。較之蟯蜋、嗚蜩，恐太不倫。彼有翼能飛者，或又一種，非師曠所云鷙飛則沉者也。

131. 卷髮如蠆

〖疏〗蠆，一名杜伯，河内謂之蚑，幽州謂之蠍。

〖廣要〗毛傳：“蠆，螫蟲也。尾末揵然，似婦人髮末曲上卷然。”《釋文》：“蠆，敕邁反，又敕界反，蠚蟲也。《通俗文》云：‘長尾爲蠆，短尾爲蠍。’”《正義》：“《左傳》曰：‘其父死於路，已爲蠆尾。’言蠆尾有毒也。”《廣雅》：“杜伯，蠚，蠆，蠍也。”

毛詩陸疏廣要 一 七十九 汲古閣

爾雅翼說文曰蠆毒蟲也象形蓋象其奮螯曳
尾之形今之蠍也說者以爲鼠負之大者多化
爲蠍葛洪方云蠍中國多此江南無也或云江
南舊無蠍開元初嘗有主簿盛過江至今江南
往往有之俗呼爲主簿蟲蜥易能食之故蜥蜴
一名蠍虎又爲蝸牛所食先以跡規之不復去
今人或爲蠍螫者以蝸牛涎塗之痛立止蠍前
謂之螫後謂之蠆晉語申生曰雖蠍譖焉避之
左傳曰蠭蠆有毒又曰已爲蠆尾以令于國莊

《爾雅翼》:“《説文》曰:‘蠆，毒蟲也。象形。’蓋象其奮螯曳尾之形，今之蠍也。説者以爲鼠負之大者，多化爲蠍。葛洪方云:‘蠍，中國多此，江南無也。’或云:江南舊無蠍。開元初，嘗有主簿盛過江，至今江南往往有之。俗呼爲主簿蟲。蜥易能食之，故蜥蜴一名蠍虎。又爲蝸牛所食，先以跡規之，不復去。今人或爲蠍螫者，以蝸牛涎塗之，痛立止。蠍前謂之螫，後謂之蠆。《晉語》:‘申生曰:雖蠍譖，焉避之?’《左傳》曰‘蠭蠆有毒’，又曰‘己爲蠆尾，以令于國’。《莊子曰其智憯于蠆蠍之尾然則爲害甚矣今醫家謂蠆尾爲蠍梢蒯通曰猛虎之猶與不如蠭蠆之致蠚稽含謂諺曰過滿百爲蠆所螫唐制三月上巳日賜侍臣柜栁棬云帶之免蠆毒索靖草書名蠆尾陶隱居云蠍有雌雄雄者螫人痛止在一處雌者痛牽諸處

胡爲虺蜴

虺蜴一名蠑螈水蜴也或謂之虢雌或謂之蛇醫如蜥蜴青緑色大如指形狀可惡

卷下之下

子》曰：‘其智憯于蠆蠍之尾。’然則爲害甚矣。今醫家謂蠆尾爲蠍梢。蒯通曰：‘猛虎之猶與，不如蠭蠆之致蠚。’嵇含謂諺曰：‘過滿百，爲蠆所螫。’唐制，三月上巳日賜侍臣柜柳棬，云帶之免蠆毒。索靖草書名蠆尾。”陶隱居云：“蠍有雌雄，雄者螫人，痛止在一處；雌者，痛牽諸處。”

132. 胡爲虺蜴

〖疏〗虺蜴，一名蠑螈，水蜴也。或謂之虢雌，或謂之蛇醫。如蜥蜴，青緑色，大如指，形狀可惡。

毛詩陸疏廣要 八十 汲古閣

爾雅蠑螈蜥蜴蜥蜴蝘蜓蝘蜓守宮也邢疏詩
小雅正月胡爲虺蜴謂此也蠑螈蜥蜴蝘蜓守
宮一物形狀相類而四名也字林云蠑螈蛇醫
也說文云在草曰蜥蜴在壁曰蝘蜓方言云秦
晉西夏謂之守宮或謂之蠦蝘或謂之蜥蜴南
陽呼蝘蜓其在澤中謂之蜥蜴南楚謂之蛇醫
或謂之蠑螈東齊海岱之間謂之螔螏北燕謂
之祝蜓案此諸文則在草澤者名蠑螈蜥蜴在
壁者名蝘蜓守宮也鄭注小而青者曰蜥蜴大

〖廣要〗《爾雅》:“蠑螈,蜥蜴;蜥蜴,蝘蜓;蝘蜓,守宮也。”邢疏:“《詩·小雅·正月》‘胡爲虺蜴’,謂此也。蠑螈、蜥蜴、蝘蜓、守宮,一物形狀相類,而四名也。《字林》云:‘蠑螈,蛇醫也。’《説文》云:‘在草曰蜥蜴,在壁曰蝘蜓。’《方言》云:‘秦、晉、西夏謂之守宮,或謂之蠦蝘,或謂之蜥蜴。南陽呼蝘蜓。其在澤中謂之蜥蜴。南楚謂之蛇醫,或謂之蠑螈。東齊、海岱之間謂之螔螏。北燕謂之祝蜓。’案此諸文,則在草澤者名蠑螈、蜥蜴,在壁者名蝘蜓、守宮也。”鄭注:“小而青者曰蜥蜴,大

而黃者曰蝘蜓最小在墻間砌下者曰守宮種
類既異而此釋爲一物恐亦未審也鄭箋虺蜴
之性見人則走本草石龍子一名蜤蜴一名山
龍子一名守宮一名石蜴生平陽川谷各荆山
石間陶隱居云其類有四種大形純黃色爲蛇
醫次似蛇醫小形長尾見人不動名龍子次有
小形五色尾青碧可愛名蜤蜴不螫人一種善
緣籬壁名蝘蜓形小而黑乃言螫人必死而未
常中人唐本注云蛇師生山谷頭大尾短小青

而黃者曰蝘蜓，最小，在墻間砌下者曰守宮。種類既異，而此釋爲一物，恐亦未審也。”鄭箋:“虺蜴之性，見人則走。”《本草》:“石龍子，一名蜤蜴，一名山龍子，一名守宮，一名石蜴。生平陽川谷，（各）[及][1]荆山石間。”陶隱居云:“其類有四種: 大形，純黃色爲蛇醫; 次似蛇醫，小形，長尾，見人不動，名龍子; 次有小形，五色，尾青碧可愛，名蜤蜴，不螫人; 一種善緣籬壁，名蝘蜓，形小而黑，乃言螫人必死，而未常中人。”唐本注云:“蛇師，生山谷，頭大，尾短小; 青

1 “及”，原作“各”，今據四庫本改。

黄或白斑者是蝘蜓似蛇師不生山谷在人家壁間名守宫又名蠍虎其名龍子及五色者蜤蜴耳形皆細長尾與身相類似蛇四足古今注云蝘蜓一曰守宫一曰龍子善于樹上捕蟬食之其長細五色者名蜤蜴其短大者名蠑螈一曰蛇醫大者長三尺色玄紺善魅人一曰玄螈一曰綠螈詩詁云守宫蜤蜴二物蜤蜴尾通于身如蛇而加足有黑色者有青綠色者常居草間守宫褐色四足有尾偃伏壁間故名蝘蜓亦

黄或白斑者，是蝘蜓；似蛇師，不生山谷，在人家壁間，名守宫，又名蠍虎；其名龍子及五色者，蜤蜴耳。形皆細長，尾與身相類，似蛇，四足。”《古今注》云:“蝘蜓，一曰守宫，一曰龍子，善于樹上捕蟬食之。其長細、五色者，名蜤蜴。其短大者，名蠑螈。一曰蛇醫。大者長三尺，色玄紺，善魅人。一曰玄螈，一曰緑螈。”《詩詁》云:“守宫、蜤蜴，二物。蜤蜴尾通于身，如蛇而加足，有黑色者，有青緑色者，常居草間。守宫，褐色，四足，有尾，偃伏壁間，故名蝘蜓，亦

謂守宮埤雅蜥蜴一名蜥易日十二時變色故
曰易也舊曰蜥易嘔雹葢龍善變蜥善易故乾
以龍況爻其書謂之易爻者言乎其變也象之
義出于象彖之義出于豕易之義出于易皆取
諸物也蜥易一名蛇醫舊說蛇體有傷此輒銜
草傅之故有醫之號也考工記注云脰鳴鼃黽
屬注鳴精列屬旁鳴蜩蜺屬翼鳴發皇屬股鳴
蚣蝑屬胸鳴榮原屬馬融周官作以胃鳴干寶
周官作以骨鳴說者以爲三字相近雖容有誤

毛詩陸疏廣要　卷下之下　汲古閣

謂守宮。”《埤雅》:“蜥蜴，一名蜥易，日十二時變色，故曰易也。舊曰蜥易嘔雹，蓋龍善變，蜥善易，故《乾》以龍況爻，其書謂之‘易爻’者，言乎其變也。《象》之義出于象;《彖》之義出于豕;《易》之義出于易：皆取諸物也。蜥易，一名蛇醫。舊説蛇體有傷，此輒銜草傅之，故有醫之號也。《考工記》注云:‘脰鳴，鼃黽屬。注鳴，精列屬。旁鳴，蜩蜺屬。翼鳴，發皇屬。股鳴，蚣蝑屬。胸鳴，榮原屬。’馬融《周官》作‘以胃鳴’，干寶《周官》作‘以骨鳴’，説者以爲三字相近，雖容有誤，

毛詩陸疏廣要　八十二　汲古閣

而馬鄭與干皆前世名儒或所授師說不同按說文蠵大龜也以胃鳴者則馬本作以胃鳴當謂蠵屬三教珠英云守宫鱗色如蛇而四足亦與魚合爾雅翼蝘蜓似蜥蜴灰褐色在人家屋壁間狀雖似龍人所玩習一名守宫又名壁宫東方朔射覆詞云臣以爲龍又無角謂之爲蛇又有足跂跂脉脉善緣壁是非守宫卽蜥易葢言此也博物志云以器養之食以眞朱體盡赤所食滿七斤擣萬杵以點女人體終身不滅偶

而馬、鄭與干，皆前世名儒，或所授師說不同。按：《説文》：‘蠵，大龜也，以胃鳴者。’則馬本作‘以胃鳴’，當謂蠵屬。《三教珠英》云：‘守宫，鱗色如蛇而四足，亦與魚合。’”《爾雅翼》：“蝘蜓，似蜥蜴，灰褐色。在人家屋壁間，狀雖似龍，人所玩習。一名守宫，又名壁宫。東方朔射覆詞云：‘臣以爲龍又無角，謂之爲蛇又有足，跂跂脉脉善緣壁，是非守宫即蜥易。’蓋言此也。《博物志》云：‘以器養之，食以真朱，體盡赤，所食滿七斤，擣萬杵，以點女人體，終身不滅，偶

則落故號守宮漢武嘗用之按說文蜥易之易
象形秘書說日月爲易象陰陽也則經陰陽一
交而變易似有此理然所謂守宮者亦以其常
在屋壁間有守之象如鳥有澤虞者常在田中
俗呼爲護田鳥之類不必塗血而後爲守也舊
說蛇醫龍子蜥易三者竝不螫人蝘蜓乃聞螫
人必死然未聞有中之者特善捕蝎俗號蠍虎
又一種色似此而能入水按毛詩正義名水蜥
蜴方言云桂林之中守宮大而能鳴謂之蛤解

則落，故號守宮。’[1] 漢武嘗用之。按《說文》蜥易之易：‘象形，秘書說：日月爲易，象陰陽也。’則經陰陽一交而變易，似有此理。然所謂守宮者，亦以其常在屋壁間，有守之象。如鳥有澤虞者，常在田中，俗呼爲護田鳥之類，不必塗血而後爲守也。舊說：蛇醫、龍子、蜥易三者，竝不螫人。蝘蜓乃聞螫人必死，然未聞有中之者，特善捕蝎，俗號蠍虎。又一種，色似此而能入水。按:《毛詩正義》名水蜥蜴。”《方言》云:“桂林之中，守宮大而能鳴，謂之蛤解。”

1 按:“博物志”至“守宮”，不見《爾雅翼》，乃毛氏所添。

注蜇蝪南陽呼蝘蜓螔蝬斯侯二音似蜇易大而有鱗今所在通言蛇醫蛤解似蛇醫而短身有鱗采江東呼蛤蚢

領如蝤蠐

蝤蠐生糞中爾雅曰蟦蠐螬也蝤蠐蝎也

爾雅蟦蠐螬又云蝤蠐蝎邢疏此辨蝎在土在木之異名也其在糞土中者名蟦蠐又名蠐螬其在木中者方言云關東謂之蝤蠐梁益之間謂之蝎上文蝎蛣蝠郭云木中蠹下文蝎桑蠹

注：蜇蝪，“南陽呼蝘蜓”；螔蝬，“斯侯二音。似蜇易，大而有鱗，今所在通言蛇醫”；蛤解，“似蛇醫而短，身有鱗采，江東呼蛤蚢”。

133. 領如蝤蠐

〖疏〗蝤蠐，生糞中。《爾雅》曰：“蟦，蠐螬也。蝤蠐，蝎也。”

〖廣要〗《爾雅》“蟦，蠐螬”，又云“蝤蠐，蝎”。邢疏：“此辨蝎在土、在木之異名也。其在糞土中者，名蟦蠐，又名蠐螬。其在木中者，《方言》云：‘關東謂之蝤蠐，梁、益之間謂之蝎。’上文‘蝎，蛣蝠’，郭云‘木中蠹’；下文‘蝎，桑蠹’，

郭云即蛣蝠然則蟦蠐也蠐螬也蝤蠐也蛣蝠
也桑蠹也蝎也一蟲而六名也以在木中者白
而長故詩人以比婦人之頸碩人云領如蝤蠐
是也埤雅舊說蝤蠐生于木中內外絜白符子
所謂石生金木生蝎是也蟦蠐在糞草中外黃
內黑亦或謂之蠐螬列子所謂烏足之根爲蠐
螬是也蠐螬大者如足大指以脚行乃駛于脚
造化權輿云蛇豸腹竄蠐螬背行今俗謂之蟦
螬方言曰蟦螬謂之蟦自關而東謂之蝤蠐舊

郭云‘即蛣蝠’。然則蟦蠐也，蠐螬也，蝤蠐也，蛣蝠也，桑蠹也，蝎也，一蟲而六名也。以在木中者，白而長，故詩人以比婦人之頸。《碩人》云‘領如蝤蠐’，是也。”《埤雅》:“舊説蝤蠐生于木中，内外潔白，《符子》所謂‘石生金，木生蝎’，是也。蟦蠐在糞草中，外黄内黑，亦或謂之蠐螬。《列子》所謂‘烏足之根爲蠐螬’，是也。蠐螬大者如足大指，以（脚）［背］[1]行，乃駛于脚。《造化權輿》云:‘蛇豸腹竄，蠐螬背行。’今俗謂之蟦螬。《方言》曰:‘蟦螬謂之蟦，自關而東謂之蝤蠐。’舊

1 “背”，原作“脚”，今據四庫本改。

云蠐螬化爲復育復育轉而爲蟬蓋蟬之去復
育龜之解甲蛇之脱皮可謂尸解矣爾雅翼蝤
蠐螬糞土中蟲又云蝤蠐蝎謂在木中者二物
大抵相似以所處爲異蝤蠐在腐柳中者内外
潔白故詩人以比碩人之領七辨云蝤蠐之領
阿那宜顧是也其所謂蝎非蠆尾之蝎也淮南
萬畢術曰黍成蠐螬言以秋冬穫黍置溝中即
生蠐螬也説者以爲齊人曹氏之子所化揚雄
方言乃云或謂之喧轂或謂之蝎或謂之蛭或

云：蠐螬化爲復育，復育轉而爲蟬。蓋蟬之去復育，龜之解甲，蛇之脱皮，可謂尸解矣。"《爾雅翼》："'(蝤)[蟦][1]，蠐螬'，糞土中蟲；又云'蝤蠐，蝎'，謂在木中者。二物大抵相似，以所處爲異。蝤蠐在腐柳中者，内外潔白，故詩人以比碩人之領。《七辨》云'蝤蠐之領，阿那宜顧'，是也[2]。其所謂蝎，非蠆尾之蝎也。《淮南萬畢術》曰'黍成蠐螬'，言以秋冬穫黍置溝中，即生蠐螬也。説者以爲齊人曹氏之子所化。揚雄《方言》乃云：'或謂之喧轂，或謂之蝎，或謂之蛭，或

1 "蟦"，原作"蝤"，今據《爾雅翼》改。

2 按："七辨"至"是也"，不見《爾雅翼》，乃毛氏所添。

謂之天螻此其爲物多矣非止一蠐螬也説文
作齋蠹毛傳蝤蠐蝎蟲陶隱居云一名蟦蠐雜
猪蹄作羹與乳母不能别陳藏器云蠐螬居糞
土中身短足長背有毛筋但從水入秋化爲蟬
蝎在朽木中食木心穿如錐刀一名蠹身長足
短口黑無毛節慢至春羽化爲天牛兩角狀如
水牛色黑形質又别蘇恭乃混其狀總名蠐螬
乃千慮一失矣此卽木中蠹蟲亦曰桑蠹故古
者譖從中起謂之蝎譖名物疏蟦蠐蝤蠐二物

謂之天螻。’此其爲物多矣，非止一蠐螬也。《説文》作‘齋蠹’”。毛傳：“蝤蠐，蝎蟲。”陶隱居云：“一名蟦蠐。雜猪蹄作羹，與乳母不能别。”陳藏器云：“蠐螬，居糞土中，身短足長，背有毛筋，但從水，入秋化爲蟬。蝎，在朽木中，食木心，穿如錐刀，一名蠹。身長足短，口黑無毛，節慢。至春羽化爲天牛，兩角狀如水牛，色黑，形質又别。蘇恭乃混其狀，總名蠐螬，乃千慮一失矣。”此即木中蠹蟲，亦曰桑蠹，故古者譖從中起，謂之蝎譖[1]。《名物疏》：“蟦蠐、蝤蠐，二物

1 按：“此即”至“蝎譖”，見《埤雅》。

毛詩陸疏廣要　卷一下　八十五　汲古閣

也蟦蠐一名螬亦名蠐螬一名蜸齊一名轂齊
莊子云烏足根所化淮南云黍成王充云化復
育轉爲蟬博物志云以背行駛便于用足者也
蝤蠐一名蝎一名蠹一名桑蠹一名蛣蝠生于
桑柳栢及構木中諸腐木根下亦多有之本是
二種陶隱居及蘇恭俱混爲一誤也蝎自蝤蠐
之異名非蠆尾之蠍也天螻爾雅云轂卽螻蛄
也揚子雲言蠐螬或謂之天螻然則亦異物同
名非爾雅之轂矣

也。蟦蠐，一名螬，亦名蠐螬，一名蜸齊，一名轂齊。《莊子》云‘烏足根所化’，《淮南》云‘黍成’，王充云‘化復育，轉爲蟬’，《博物志》云‘以背行駛，便于用足’者也。蝤蠐，一名蝎，一名蠹，一名桑蠹，一名蛣蝠。生于桑、柳、柏及構木中，諸腐木根下亦多有之。本是二種，陶隱居及蘇恭俱混爲一誤也。蝎自蝤蠐之異名，非蠆尾之蠍也。天螻，《爾雅》云‘轂’，即螻蛄也。揚子雲言蠐螬‘或謂之天螻’，然則亦異物同名，非《爾雅》之轂矣。”

魯詩

申公培魯人少事齊人浮丘伯受詩爲楚王太子
戊傅及戊立爲王胥靡申公申公媿之歸魯以詩
經爲訓以教無傳疑是爲魯詩于是蘭陵王臧代
趙綰皆從申公受學臧爲郎中令綰爲御史大夫
皆以明堂事自殺其他弟子如同郡臨淮太守孔
安國膠西內史周霸城陽內史夏寬東海太守碭
魯賜長沙內史蘭陵繆生膠西中尉徐偃膠東內
史鄒人闕門慶忌治官皆有廉節稱申公卒瑕丘

魯詩

〖疏〗申公培，魯人。少事齊人浮丘伯受《詩》，爲楚王太子戊傅。及戊立爲王，胥靡申公。申公媿之，歸魯以《詩經》爲訓以教，無傳疑，是爲魯詩。于是蘭陵王臧、代趙綰皆從申公受學。臧爲郎中令，綰爲御史大夫，皆以明堂事自殺。其他弟子，如同郡臨淮太守孔安國、膠西内史周霸、城陽内史夏寬、東海太守碭魯賜、長沙内史蘭陵繆生、膠西中尉徐偃、膠東内史鄒人闕門慶忌，治官皆有廉節稱。申公卒，瑕丘江公盡能傳之以授魯許生免中徐公而韋賢治詩事江公許生至丞相傳子玄成亦至丞相及兄子賞以詩授哀帝至大司馬由是魯詩有韋氏學而東平王式以事徐公許生爲昌邑王師其後山陽張長安東平唐長賓沛褚少孫亦先後事式爲博士由是又有張唐褚氏之學張生兄子游卿以詩授元帝爲諫大夫其門人琅琊王扶爲泗水中尉陳留許晏爲博士由是張家更有許氏學初薛廣德亦事王式以博士論石渠授龔舍廣德至御

江公盡能傳之，以授魯許生、免中徐公。而韋賢治《詩》，事江公、許生，至丞相。傳子玄成，亦至丞相。及兄子賞，以《詩》授哀帝，至大司馬。由是《魯詩》有韋氏學。而東平王式，以事徐公、許生爲昌邑王師。其後山陽張長安、東平唐長賓、沛褚少孫，亦先後事式爲博士。由是又有張、唐、褚氏之學。張生兄子游卿，以《詩》授元帝，爲諫大夫。其門人琅琊王扶爲泗水中尉，陳留許晏爲博士，由是張家更有許氏學。初，薛廣德亦事王式，以博士論石渠，授龔舍。廣德至御

史大夫舍至山陽太守時平原高嘉亦以詩授元
帝爲上谷太守傳子容少爲光祿大夫孫詡以父
任爲郎中以世傳魯詩知名王莽時逃去不仕又
有曲阿包咸師事博士右師細君習魯詩亦去歸
鄉里世祖即位徵詡爲博士至大司農咸舉孝廉
除郎中至大鴻臚永平初任城魏應亦以習魯詩
爲博士徵拜騎都尉卒于官
齊詩
轅固生齊人以治詩孝景時爲博士竇太后好老

史大夫，舍至山陽太守。時平原高嘉，亦以《詩》授元帝，爲上谷太守。傳子容，少爲光禄大夫。孫詡，以父任爲郎中，以世傳《魯詩》知名。王莽時逃去，不仕。又有曲阿包咸，師事博士右師細君，習《魯詩》，亦去歸鄉里。世祖即位，徵詡爲博士，至大司農。咸舉孝廉，除郎中，至大鴻臚。永平初，任城魏應亦以習《魯詩》爲博士，徵拜騎都尉，卒于官。

齊詩

〖疏〗轅固生，齊人。以治《詩》孝景時爲博士。竇太后好《老

子書召問固曰此家人言耳太后怒令固刺彘帝
憐之以利兵與固彘應手倒後帝以固廉直拜爲
清河王太傅固老罷歸已九十餘矣公孫弘亦事
固固授昌邑太傅夏侯始昌始昌授東海剡人后
蒼蒼爲博士至少府蒼授諫大夫翼奉前將軍蕭
望之丞相匡衡衡授大司空琅邪師丹高密太傅
伏理詹事頳川滿昌由是齊詩有翼匡師伏之學
滿昌又授九江張邯琅邪皮容皆至大官其後伏
黯傳理家學改定章句作解說九篇位至光祿勳

子》書，召問固，曰：“此家人言耳。”太后怒，令固刺彘。帝憐之，以利兵與固，彘應手倒。後帝以固廉直，拜爲清河王太傅。固老，罷歸，已九十餘矣。公孫弘亦事固，固授昌邑太傅夏侯始昌，始昌授東海剡人后蒼。蒼爲博士，至少府。蒼授諫大夫翼奉、前將軍蕭望之、丞相匡衡。衡授大司空琅邪師丹、高密太傅伏理、詹事潁川滿昌。由是《齊詩》有翼、匡、師、伏之學。滿昌又授九江張邯、琅邪皮容，皆至大官。其後伏黯傳理家學，改定章句，作《解說》九篇，位至光禄勳，

以授嗣子恭恭以黯任爲郎永平中拜司空恭删
黯章句定爲二十萬言年九十卒又蜀郡任末廣
漢景鸞皆以明習齊詩教授著述而卒

韓詩

韓嬰燕人景帝時爲常山太傅嬰推詩之意而作
內外傳其言頗與齊魯間殊淮南賁生受之燕趙
間言詩者由韓生河内趙子事嬰授同國蔡誼誼
至丞相誼授同國食子公與王吉爲昌邑王中尉
食生爲博士授泰山豐吉吉授淄川長孫順順爲

毛詩注疏簡要　卷下之下

以授嗣子恭。恭以黯任爲郎，永平中，拜司空。恭删黯章句，定爲二十萬言。年九十卒。又蜀郡任末、廣漢景鸞，皆以明習《齊詩》，教授著述而卒。

韓詩

〖疏〗韓嬰，燕人。景帝時爲常山太傅，嬰推《詩》之意而作内外傳，其言頗與齊、魯間殊。淮南賁生受之。燕、趙間言《詩》者由韓生。河内趙子事嬰，授同國蔡誼，誼至丞相。誼授同國食子公與王吉，爲昌邑王中尉[1]。食生爲博士，授泰山豐吉，吉授淄川長孫順[2]。順爲

1 按：《漢書・儒林傳》云："誼授同郡食子公與王吉。吉爲昌邑王中尉，自有傳。"

2 按：《漢書・儒林傳》云："食生爲博士，授泰山栗豐。吉授淄川長孫順。"

毛詩陸疏廣要　　八十八　　汲古閣

博士豐爲部刺史由是韓詩有王食長孫之學豐授山陽張順順授東海髮福皆至大官建武初博士淮陽薛漢傳父業尤善說災異讖緯受詔定圖讖當世言詩推爲長後爲千乘太守坐事下獄死弟子犍爲杜撫會稽澹臺敬伯鉅鹿韓伯高最知名撫定韓詩章句建初中爲公車令卒官其所作詩題約義通學者傳之曰杜君註撫授會稽趙曄曄舉有道時又有光祿勳九江召馴閬中令巴郡揚仁山陽張匡皆習韓詩匡爲作章句舉有道徵

博士，豐爲部刺史。由是《韓詩》有王、食、長孫之學。豐授山陽張順，順授東海髮福，皆至大官。建武初，博士，淮陽薛漢傳父業，尤善説災異讖緯，受詔定圖讖。當世言《詩》，推爲長。後爲千乘太守，坐事下獄死。弟子犍爲杜撫、會稽澹臺敬伯、鉅鹿韓伯高最知名。撫定《韓詩》章句，建初中，爲公車令，卒官。其所作《詩題約義通》，學者傳之，曰杜君註。撫授會稽趙曄，曄舉有道。時又有光禄勳九江召馴、閬中令巴郡揚仁、山陽張匡，皆習《韓詩》。匡爲作章句，舉有道，徵

博士不就

毛詩

孔子刪詩授卜商商爲之序以授魯人魯身授魏人李克克授魯人孟仲子仲子授振牟子振牟子授趙人荀卿荀卿授魯國毛亨亨作詁訓傳以授趙國毛萇時人謂亨爲大毛公萇爲小毛公以其所傳故名其詩曰毛詩萇爲河間獻王博士授同國貫長卿長卿授阿武令解延年延年授徐敖敖授九江陳俠爲新莽講學大夫由是言毛詩者本

博士，不就。

毛詩

〖疏〗孔子刪《詩》授卜商，商爲之《序》，以授魯人。魯身授魏人李克，克授魯人孟仲子，仲子授振牟子，振牟子授趙人荀卿，荀卿授魯國毛亨。亨作《詁訓傳》以授趙國毛萇，時人謂亨爲大毛公，萇爲小毛公，以其所傳，故名其《詩》曰“毛詩”。萇爲河間獻王博士，授同國貫長卿，長卿授阿武令解延年，延年授徐敖，敖授九江陳俠，爲新莽講學大夫。由是言《毛詩》者，本

之徐敖時九江謝曼卿亦善毛詩乃爲其訓東海
衞宏從曼卿受學因作毛詩序得風雅之旨世祖
以爲議郎濟南徐巡師事宏亦以儒顯其後鄭衆
賈逵傳毛詩馬融作毛詩傳鄭玄作毛詩箋然魯
齊韓詩三氏皆立博士惟毛詩不立博士耳
右毛詩疏二卷或曰吳太子中庶子烏程令陸
璣作也或曰唐吳郡陸璣作也陳氏辨之曰其
書引爾雅郭璞注則當在郭之後未必吳時人
也但諸書援引多誤作機案機字士衡晉人本

之徐敖。時九江謝曼卿亦善《毛詩》，乃爲其訓。東海衞宏，從曼卿受學，因作《毛詩序》，得風雅之旨，世祖以爲議郎。濟南徐巡師事宏，亦以儒顯。其後鄭衆、賈逵傳《毛詩》，馬融作《毛詩傳》，鄭玄作《毛詩箋》。然魯、齊、韓詩，三氏皆立博士，惟《毛詩》不立博士耳。

右《毛詩疏》二卷，或曰吴太子中庶子烏程令陸璣作也，或曰唐吴郡陸璣作也。陳氏辨之曰："其書引《爾雅》郭璞注，則當在郭之後，未必吴時人也。"但諸書援引多誤作機，案：機字士衡，晉人，本

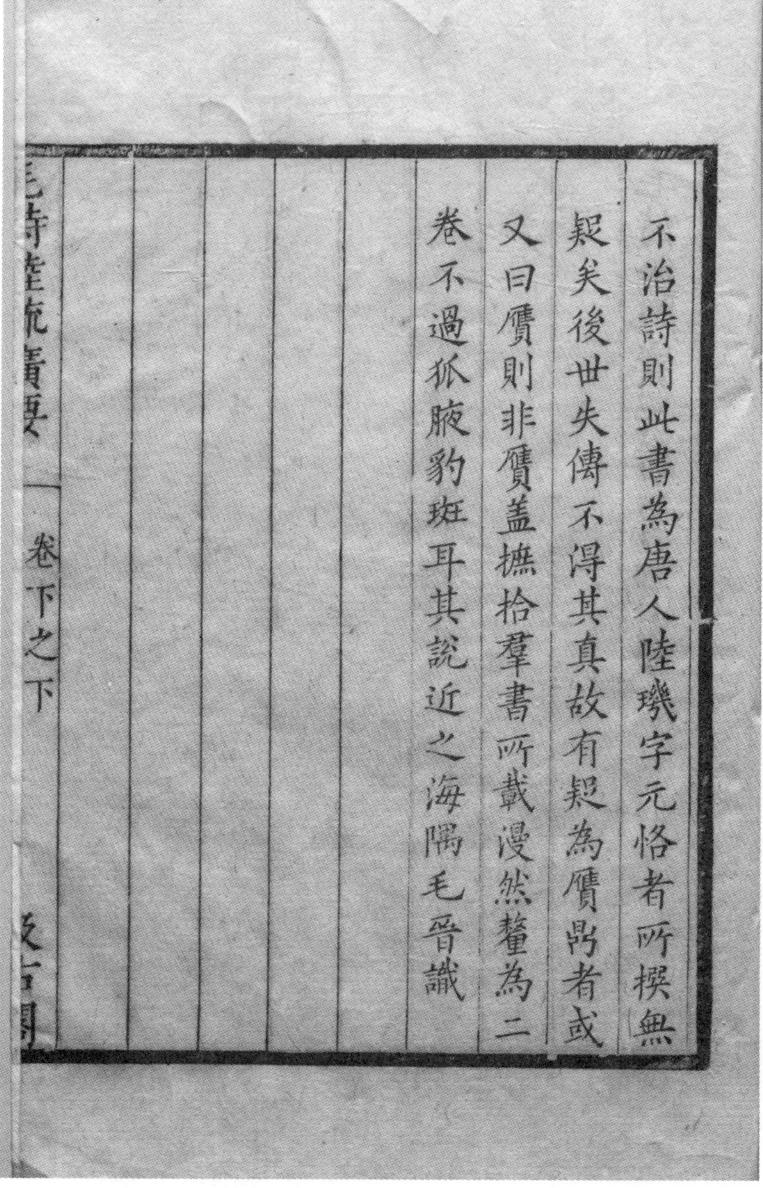
不治詩則此書為唐人陸璣字元恪者所撰無
疑矣後世失傳不得其真故有疑為贋鼎者或
又曰贋則非贋盖摭拾羣書所載漫然釐為二
卷不過狐腋豹斑耳其説近之海隅毛晉識

毛詩陸疏廣要　卷下之下　汲古閣

不治《詩》，則此書爲唐人陸璣字元恪者所撰，無疑矣。後世失傳，不得其真，故有疑爲贋鼎者。或又曰："贋則非贋，盖摭拾羣書所載，漫然釐爲二卷，不過狐腋豹斑耳。"其説近之。海隅毛晉識。

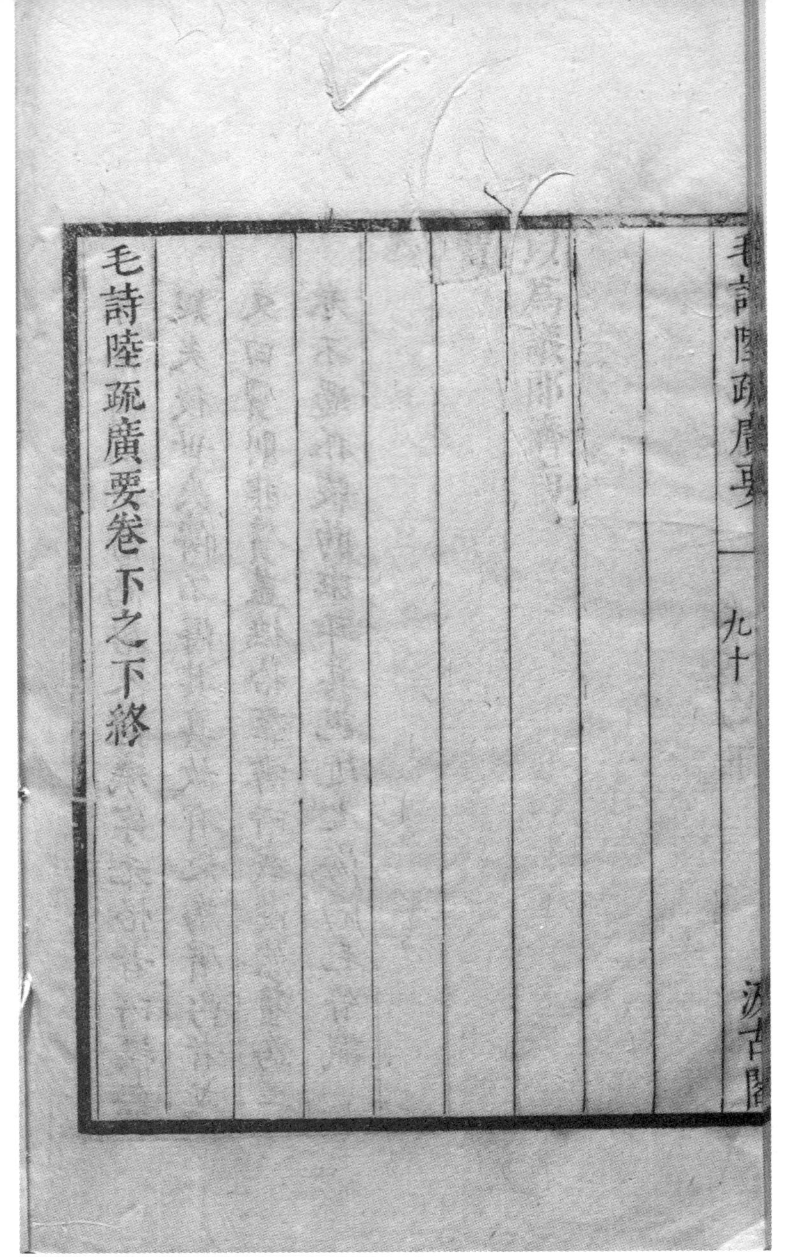

毛詩陸疏廣要卷下之下終

毛詩陸疏廣要　九十　汲古閣

毛詩陸疏廣要卷下之下終

附録一 《毛詩草木鳥獸蟲魚疏》《毛詩草木鳥獸蟲魚疏廣要》相關版本書影

刻毛詩草木鳥獸蟲魚疏卷之上

唐 吳郡陸 璣元恪撰

海鹽姚士麟叔祥

明 繡水沈啟先廱生 校

方秉蕳兮

蕳即蘭香草也春秋傳曰刈蘭而卒楚辭云紉秋蘭孔子曰蘭當爲王者香草皆是也其莖葉似藥草澤蘭但廣而長節節中赤高四五尺漢

草木鳥獸蟲魚疏卷之上 一

明泰昌元年（1620）序刊題陳繼儒輯《寶顔堂秘笈（普集）》本《刻毛詩草木鳥獸蟲魚疏》

（日本京都大學人文科學研究所藏）

毛詩草木鳥獸蟲魚卷上

唐吳郡陸璣撰　章斐然校閱

方秉蕑兮

蕑即蘭香草也春秋傳曰刈蘭而卒楚辭云紉秋蘭孔子曰蘭當爲王者香草皆是也其莖葉似藥草澤蘭但廣而長節節中赤高四五尺漢諸池苑及許昌宮中皆種之可著粉中故天子賜諸侯茝蘭藏衣著書中辟白魚也

采采芣苢

明天啟間（1621~1627）刻吴永輯《續百川學海》本
《毛詩草木鳥獸蟲魚疏》
（日本京都大學文學研究科圖書館藏）

陸元恪草木蟲魚疏上　　　　　　鹽邑志林第五帙

明黃岡樊維城彙編　　　　　鄭端胤

後學姚士粦訂閱

劉祖鐘

方秉蕑兮

蕑即蘭香草也春秋傳曰刈蘭而卒楚辭云紉秋蘭孔子曰蘭當爲王者香草皆是也其莖葉似藥草澤蘭但廣而長節節中赤高四五尺漢諸池苑及許昌宮中皆種之可著粉中故天子賜諸矦茝蘭藏衣著書中辟白魚也

鹽邑志林　卷之一五　　一　　草木虫魚上

明天啟三年（1623）序刊樊維城彙編《鹽邑志林》本

《陸元恪草木蟲魚疏》

（據民國二十六年上海商務印書館《景印元明善本叢書》本）

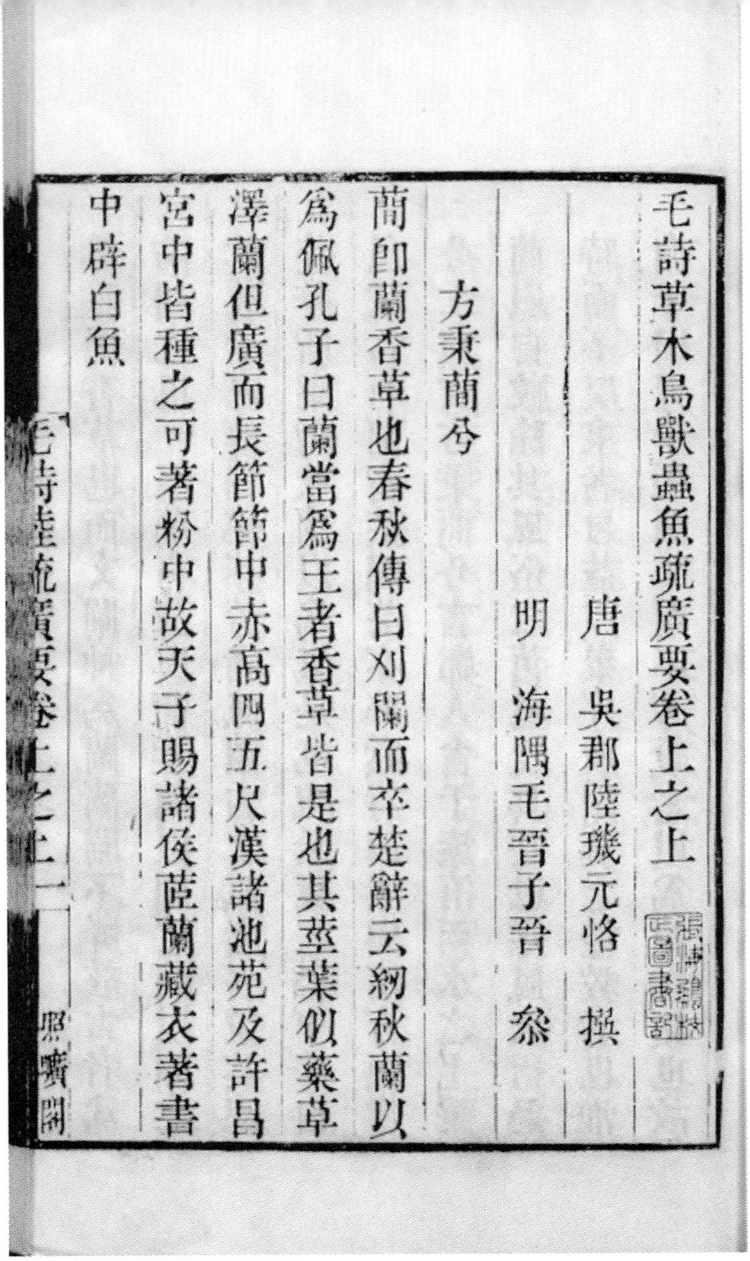

毛詩草木鳥獸蟲魚疏廣要卷上之上

唐　吳郡陸璣元恪　撰

明　海隅毛晉子晉　參

方秉蕑兮

蕑卽蘭香草也春秋傳曰刈蘭而卒楚辭云紉秋蘭以爲佩孔子曰蘭當爲王者香草皆是也其莖葉似藥草澤蘭但廣而長節節中赤高四五尺漢諸池苑及許昌宮中皆種之可著粉中故天子賜諸侯茝蘭藏衣著書中辟白魚

毛詩蟲疏廣要卷上之上　一　照曠閣

清嘉慶十一年（1806）序刊張海鵬輯《學津討原》本
《毛詩草木鳥獸蟲魚疏廣要》
（日本國立公文書館藏）

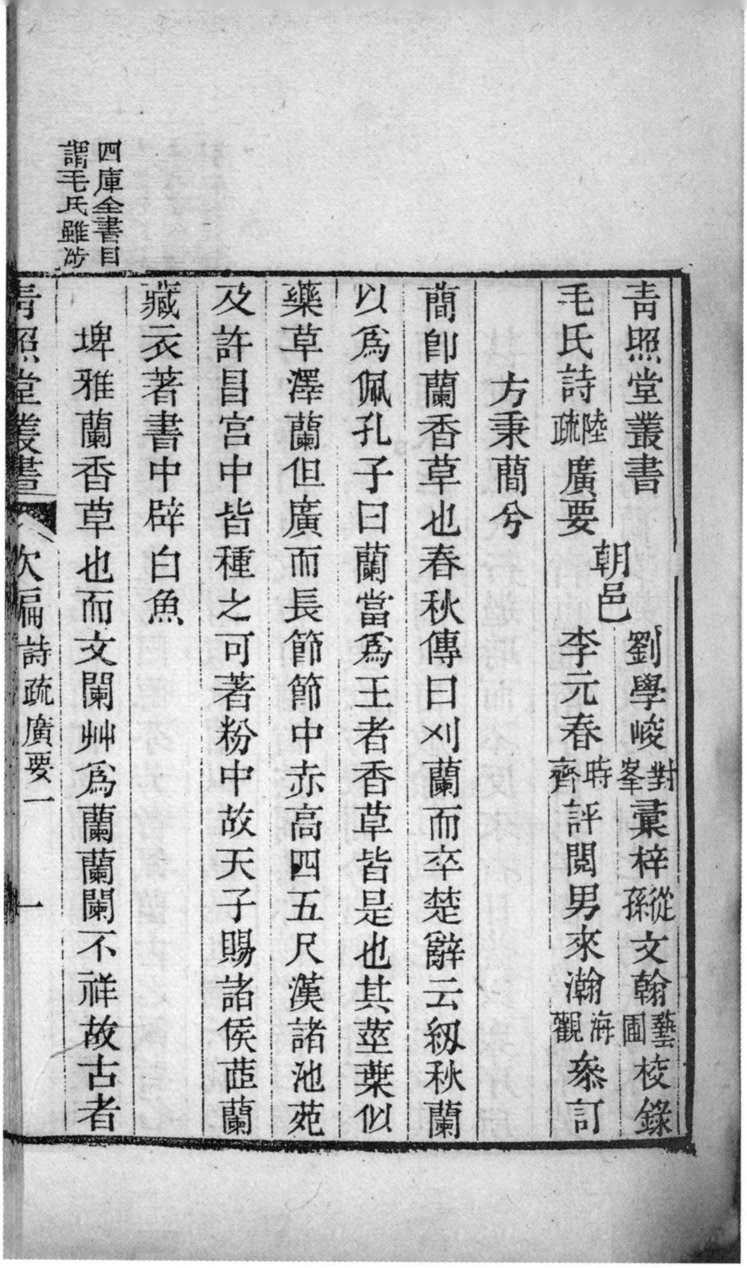

四庫全書目謂毛氏雖涉

青照堂叢書　劉學峻對峯彙梓　孫從文翰藝圃校錄

毛氏詩陸疏廣要　朝邑　李元春時齋評閱　男來瀚海觀參訂

方秉蕳兮

蕳即蘭香草也春秋傳曰刈蘭而卒楚辭云紉秋蘭以爲佩孔子曰蘭當爲王者香草皆是也其莖葉似藥草澤蘭但廣而長節節中赤高四五尺漢諸池苑及許昌宮中皆種之可著粉中故天子賜諸侯茝蘭藏衣著書中辟白魚

埤雅蘭香草也而文闌艸爲蘭蘭闌不祥故古者

青照堂叢書　次編詩疏廣要一　一

清道光十五年（1835）序刊李元春輯《青照堂叢書》本《毛氏詩陸疏廣要》

（美國哥倫比亞大學圖書館藏）

附録二　前人序跋提要輯録

毛晉《津逮秘書》跋

段柯古云：『經爲大羹，史爲鼎俎，子爲醯醢，種種有至味存焉。』然味不貴多而貴奇，書不貴廣而貴秘。今里巷之士，第求粗糲，尚一飽之無時，試嘗之以龍醬、蚳醢，犓腴、觽翠，有不驚喜以爲異美者耶？予故謂口之於味，有同嗜焉。得一秘本，輒嚴訂而梓之，以當授粲，而四方同志，亦各各不吝見投，數年來有若干卷矣。邇鹽官胡孝轅復以秘册二十餘函相屬，惜半燼於玉林辛酉之火。予爲之補亡，併合予舊刻，不啻百有餘種。皆玉珧、紫紶，非尋常菽粟也。因念宓羲以迄勝國，凡二十二代，三千七百餘年間，作者何限。其或人地隱顯，世代銷沉，可傳而終秘者，又復何限。予所津指，亦僅僅天厨一臠爾。然朝披一卷焉而秘，夕披一卷焉而秘，正如入招摇之山，粱有祝餘，復獲迷榖，既更不飢，且更不惑，齒牙腸胃間，俱津津焉。味外有異趣，趣外有異想，快哉！顧篇多吴落，本亦乖繆，棗梨易就，手眼難窮，先行數種，以供同嗜。客過而卒業，曰：『積書巖罕有津逮者，子其逮之耶？』予曰：『聊以此當問津云爾。』遂以名編。惟海内先生長者，有以教我。

崇禎庚午七夕後一日，海虞毛晉漫識。

胡震亨《津逮秘書》題辭

人得異書，私爲帳中，秘不示人，非真好書者。真好書者，如好飲然，獨飲不適也。肯挾一編自賞，不與人共賞耶？余友虞山子晉毛君，讀書成癖。其好以書行，令人得共讀，亦成癖。所鎸大典，册積如山，諸稗官小説言，亦不啻數百十種。懼購者零雜難舉，欲統爲一函。而余鄕所與亡友沈汝納氏刻諸雜書，未竟而殘于火者，近亦歸之。君因并合之，名《津逮秘書》以行。酈氏之《經》云：『積石之石室，有積卷焉，世士罕津逮者。』今而後，問津不遠，當不怪入其窟、披其簡者之爲唐迷矣。余嘗謂世上書雖不易盡，其存者亦自有數。我江南得如子晉數輩，廣搜異本，各稱物力，舉匠鍥工傳之，不數年遺藏盡發，四部可大備。愚公欲移山，人咸笑之，而公謂不難。

盡刻人間書故難，當不難移山也。使此津毋僅屬一家，津得渡自廣，第共濟者，偶乏同志爾。

友弟海鹽胡震亨識。

胡震亨《津逮秘書》小引

僕輩墳典之好，頗叶如蘭。至乃閲王充之肆，無慊典質；乞班嗣之本，屢逢譏答。癖誠有之，聚亦富焉。但經籍肇興，亟罹厄運，煨燼所餘，百不一二。若使僊洞藏書，同石髓以俱迸；荒陵斷簡，並玉魚而宛出。而汗竹猶青，蚪文未蝕，亦有美虛談，羌無事實者矣。所以擁書囊以自珍，撫舊録而割慕。抄書舊有百函，今刻其論序已定者，導夫先路，續而廣之，未見其止。書應分四部，而本少未須倫別，略以撰人年代爲次而已。中更轉寫，讎校乏功，雖巧悟間合，而闕疑居多。亦恃別風淮雨，武仲偏入鉅文；尋思誤書，子才更謂一適爾。

海鹽胡震亨題。

陳函煇《毛詩津逮》序

今世傳注之學大顯，通經博古之士，曲引旁通，彙爲腹笥，揚爲筆彩，千秋述作，俱以是日發揚著現，以佐成聖天子中和之治，亦一時經術之遭也。海虞毛子晉，以《毛詩津逮》見授，其書首列《序》，次綴《傳》，又次術説，而漢宋以來諸儒爲疏，爲考，爲宛委之學，爲輿地之志者，俱載焉。大舜有言：『詩言志，謌永言。』蓋自未有三百篇，而詩之大義已析矣。自周室東遷，樂師失職，孔子刪録於遺亡之後，但取其足以勸懲，用示儆戒。至其《詩》爲何人所作，爲何事而作，則不能强知之也。亦猶《春秋》折衷魯史所不書，則不能妄加筆削。故《春秋》之有左氏也，《詩》之有卜氏、衛氏也，其爲孔子之素臣則一也。《序》與《傳》不可信，而欲信之千百世之下，自爲傳授，自爲主盟，何怪乎霸儒之譏？即在日用誦習之際，而不忘有操戈入室之思哉！漢之言《詩》者四家，家異教，師亦異指。祇今韓嬰之書，僅存其《外傳》，而所爲《韓故》《内傳》及《詩説》諸部，俱不可得而見。他若薛漢之《章句》、侯苞之《翼要》、賈逵之《異同》、崔靈恩之《集注》，總付之老蟫粉蠹之腹。其他緯書之僅存者，亦寥寥墳索之内，良可痛也。

子晉表章《十三經》，鋟校行世，與日月並明，復加意四始之業，出其武庫所藏，公諸同好。而於陸元恪《廣要》一書，特加箋補，删訛辯異，有功後學滋大，固不但爲風雅之鼓吹而已。昔劉孝孫掊擊鄭玄不遺餘力，其所爲《正論》，專宗毛氏；王伯厚服膺紫陽，以爲閟意眇指，取途甚廣，而究竟以毛氏爲歸；程子亦言毛萇最得聖人之意。故九經各自爲經，而《毛詩》獨屈而從人之姓，非偶然也。孰知千百年後，裔孫鵲起，復能整齊殘缺，增補義類，於優游咏哦之下，復經師國史之業。即謂毛氏一家，世擅《詩》，系亦無不可。世有虞伯穌、歐陽永叔，其人諒必首肯於余言矣。

戊寅冬日小寒山陳函煇撰。

朱彝尊《經義考》

毛氏晉《毛詩草木蟲魚疏廣要》四卷，存。

晉《自序》略曰：「陸機《草木鳥獸蟲魚疏》相傳日久，愈失其真。予爲潤其簡略，正其淆謁，更有陸氏所未載，如葛、桃、燕、鵲之類，循本經之章次而補遺焉。命之曰《廣要》，雖不敢比於解頤、折角之論，亦僅效王景文十聞之一爾。」

錢謙益曰：「子晉初名鳳苞，晚更名晉。世居虞山東湖，以經史全書勘讐流布，其他訪逸典，搜秘文，用以裨輔其正學。於是縹囊緗帙，毛氏之書走天下。」

（卷一一八）

《四庫全書薈要總目》

卷一千一百九至卷一千一百十二，詩十七，《陸氏詩疏廣要》四卷。吴烏程令吴縣陸璣原本，明常熟毛晉廣要。今據内府所藏晉汲古閣刊本繕録。其編目次第改依經文，並以明陶宗儀本恭校。

《四庫全書薈要提要》

《陸氏詩疏廣要》

臣等謹案：《毛詩草木鳥獸蟲魚疏廣要》四卷，吴烏程令陸璣原本，而明毛晉所作《廣要》也。考《隋書·經籍志》：《毛詩草木鳥獸蟲魚疏》二卷，注云：「烏程令吴郡陸機撰。」而陸德明《經典釋文序録》：陸璣《毛詩草木鳥獸蟲魚疏》二卷，注云：「字元恪，吴郡人。吴太子中庶子，烏程令。」《唐書·藝文志》亦作「陸璣」，然則《隋志》作「機」，字之悮也。是書久佚，後人於孔穎達《五經正義》内采掇其詞，輯爲二卷。明毛晉因而注之，每卷又分爲上下。跋中疑此本非原書，其説良是。至援陳氏之説，謂其引《爾雅》郭璞注，則當在郭後，未必吴人，因而題曰「唐陸璣」，則考證殊屬疏舛。書中于《爾雅注》僅及漢犍爲文學樊光，實無一字涉郭璞，不知陳氏何以云然也。晉之《廣要》捃拾頗勤，亦俾附驥以傳，而所編條目與經文篇第錯亂，並加改訂，以從經次焉。乾隆四十一年六月恭校上。

《四庫全書總目》

《毛詩草木鳥獸蟲魚疏》二卷（通行本）

吴陸璣撰。明北監本《詩正義》全部所引，皆作『陸機』。考《隋書·經籍志》：《毛詩草木蟲魚疏》二卷注，云：『烏程令吴郡陸璣撰。』陸德明《經典釋文序録》：陸璣《毛詩草木鳥獸蟲魚疏》二卷，注云：『字元恪，吴郡人。吴太子中庶子烏程令。』《資暇集》亦辯璣字从玉，則監本爲誤。又毛晉《津逮秘書》所刻，援陳振孫之言，謂其書引《爾雅》郭璞注，當在郭後，未必吴人，因而題曰『唐陸璣』。夫唐代之書，《隋志》烏能著録？且書中所引《爾雅》注，僅及漢犍爲文學樊光，實無一字涉郭璞，不知陳氏何以云然。姚士粦《跋》已辨之，或晉未見士粦《跋》歟？

原本久佚，此本不知何人所輯，大抵從《詩正義》中録出。然正義《衛風·淇澳篇》引陸璣《疏》『淇澳二水名』，今本乃無此條，知由採摭未周，故有所漏，非璣之舊帙矣。又《衛風》『椅桐梓漆』一條，稱『今雲南牂牁人績以爲布』。考《漢書·地理志》，益州郡有雲南縣；《後漢書·郡國志》，永昌郡有雲南縣：皆一邑之名。《唐書·地理志》，姚州雲南郡，武德四年以漢雲南縣地置。蓋至是始升爲大郡，而袁滋《雲南記》、竇滂《雲南别録》諸書作焉。璣在三國，即以雲南配牂牁，似乎諸家傳寫，又有所竄亂，非盡原文。然勘驗諸書所引，一一符合，要非依託之本也。末附四家詩源流四篇，而《毛詩》特詳。考王柏《詩疑》已詆璣所敘與《經典釋文》不合，王應麟《困學紀聞》亦議其誤以『曾申』爲『申公』，則宋本已有之，非後人所附益矣。

蟲魚草木，今昔異名，年代迢遥，傳疑彌甚。璣去古未遠，所言猶不甚失真。《詩正義》全用其説，陳啟源作《毛詩稽古編》，其駁正諸家，亦多以璣説爲據。講多識之學者，固當以此爲最古焉。

（卷一五）

《毛詩陸疏廣要》二卷（内府藏本）

吴陸璣撰，明毛晉注。晉原名鳳苞，字子晉，常熟人。家富圖籍，世所傳影宋精本，多所藏收。又喜傳刻古書，汲古閣版至今流布天下。故在明季，以博雅好事名一時。嘗刻《津逮秘書》十五集，皆宋元以前舊帙，惟此書爲晉所自編。陸璣原書二卷，每卷又分二子卷。蓋儲藏本富，故徵引易繁，採摭既多，故異同滋甚，辨難考訂，其説不能不長也。其中如『南山有臺』一條，則引韻書證其佚脱；『有集維鷮』一條，則引《詩緝》證其同異：其考訂亦頗不苟。至於嗜異貪多，每傷支蔓。如『鶴鳴于九皋』一條，後附《焦山瘞鶴銘考》一篇，蔓延及於石刻，於經義渺無所關。核以詁經之古法，殊乖體例。然雖傷冗碎，究勝空疎。明季説《詩》之家，往往簸弄聰明，變聖經爲小品，晉獨言言徵實，固宜過而存之，是亦所謂論其世矣。

（同前）

《津逮秘書》（無卷數，内府藏本）

明毛晉編，晉有《毛詩陸疏廣義》，已著録。此爲所纂叢書，分十五集，凡一百三十九種。中《金石録》《墨池篇》，有録無書，實一百三十七種。卷首有胡震亨序。震亨初刻所藏古笈爲《秘册彙函》，未成而燬於火，因以殘版歸晉。晉增爲此編，凡版心書名在魚尾下，用宋本舊式者，皆震亨之舊。書名在魚尾上，而下刻「汲古閣」字者，皆晉所增也。晉家富藏書，又所與遊者多博雅之士，故較他家叢書，去取頗有條理。而所收近時僞本，如《詩傳》《詩説》《歲華紀麗》《瑯嬛記》《漢雜事秘辛》之類，尚有數種。又《經典釋文》，割裂《周易》一卷，尤不可解。其題跋二十家，皆鈔撮於全集之中，亦屬無謂。今仍分著於録，而存其總名於此，以不没其蒐輯刊刻之功焉。

（卷一三四）

耿文光《萬卷精華樓藏書記》

《毛詩草木鳥獸蟲魚疏廣要》三卷，吴陸璣撰，明毛晉廣要。

汲古閣本。前有崇禎己卯毛晉序。是書各標一句爲目，如「方秉蕳兮」之類。正文爲陸疏，降一格爲毛注。後有毛晉跋。《四庫全書考證》正毛本《廣要》之誤，凡二十七條。（後略）

（卷五）

［日］淵在寬《毛詩陸氏草木疏圖解》序

嘗聞有物而有名，未聞無物而有名矣。華夷有無之異也，東西語言之別也，欲隔萬里而通古昔之事物，豈不難乎？本邦之學者，於品物則或置而不論之也，弃而不取之也。而《詩》於禽獸草木也，不翅知名而使於四方而已也，無墻面誘而有能言益也。余朽木之質，寡聞孤陋，雖未精事實、物産，然畀之久也矣。竊取唐陸璣之《詩疏》而加焉，以明毛晉之説附焉，以諸《本草》注之，以圖畫、國字解之，聊爲童蒙塞求耳矣。安永戊戌之初秋日，淵在寬識。

附録三　毛晉生平資料

陳瑚《爲毛潛在隱居乞言小傳》

今海内皆知虞山有毛子晉先生云。毛氏居昆湖之濱，以孝弟力田世其家。祖心湖，父虚吾，皆有隱德。而虚吾强力耆事，尤精于九九之學，佐縣令楊忠烈隄水平賑，功在鄉里者也。子晉生而篤謹，好書籍。父母以一子，又危得之，愛之甚。而子晉手不釋卷，篝燈中夜，嘗不令二人知。蚤歲爲諸生，有聲邑庠，已而入太學，屢試南闈不得志，迺棄其進士業，一意爲古人之學。讀書治生之外，無他事事矣。

江南藏書之富，自玉峰菉竹堂、婁東萬卷樓後，近屈指海虞。然庚寅十月，絳雲不戒于火，而巋然獨存者，惟毛氏汲古閣。登其閣者，如入龍宫鮫肆，既怖急，又踴躍焉。其制上下三楹，始子訖亥，分十二架，中藏四庫書及釋、道兩藏，皆南北宋内府所遺，紙理縝滑，墨光騰剡。又有金、元人本，多好事家所未見。子晉日坐閣下，手繙諸部，讎其譌謬，次第行世。至滇南官長，萬里遺幣以購毛氏書。一時載籍之盛，近古未有也。

蓋自其垂髫時即好録書，有《屈》《陶》二集之刻。客有言於虚吾者曰：『公拮据半生以成厥家，今有子不事生産，日召梓工弄刀筆，不急是務，家殖將落。』母戈孺人解之曰：『即不幸以録書廢家，猶賢于摴蒲、六博也。』迺出槖中金助成之。書成，而雕鏤精工，字絶魯亥，四方之士，購者雲集。于是向之非且笑者，轉而歎羨之矣。其所録諸書，一據宋本。或戲謂子晉曰：『人但多讀書耳，何必宋本爲？』子晉輒舉唐詩『種松皆老作龍鱗』爲證，曰：『讀宋本然後知今本「老龍鱗」之爲誤也。』

子晉固有鉅才，家畜奴婢二千指，同釜而炊，均平如一。躬耕宅旁田二頃有奇，區別樹藝，農師以爲不逮。竹頭木屑，規畫處置，自具分寸。即米鹽瑣碎，時或有貽一詩，投一劄者，輒舉筆屬和，裁答如流。其治家也有法，旦望則率諸子拜家廟，以次謁見師長，月以爲常。以故一家之中，能文章，嫻禮義，彬彬如也。生平無疾言遽色，凝然不動，人不能窺其喜愠。及其應接賓朋，等殺井井。顧中庵嘗笑曰：『君胸中殆有一夾袋册耶？』

崇禎壬午、癸未間，偏搜《宋遺民》《忠義》二録，《西臺慟哭記》與《月泉吟社》《河汾》《谷音》諸詩，刻而廣之。未幾，遂有甲申、乙酉南北之事。每自歎人之精神意思所在，便有鬼物憑依其間，即予亦不知其何謂也。變革以後，杜門却掃，著書自娱。無矯矯之跡，而有淵明樂天之風。與耆儒故老、黄冠緇衲十數輩爲佳日社，又爲尚齒社，烹葵剪菊，朝夕唱和以爲樂。間或臨眺山水，當其得意處，則留連竟日。遇古碑文碣志，急呼童子，摩榻數紙，然後去。嘗雨後與予探烏目諸泉，窮日之力，予饑且疲矣，回顧子晉，方行步如飛，登頓險絶，樂而忘返。其興會如此。

居鄉黨，好行其德，篤于親戚故舊。其師若友，如施萬賴、王德操輩，或橐饘終其身，或葬而撫其子。建黄涇諸橋，一十八里無褰涉之苦。歲大饑，則賑穀代粥，周隣里之不火者。司李雷雨津嘗贈之詩曰：『行野樵漁皆拜賜，入門僮僕盡鈔書。』人謂之實録云。所著有《和古人詩》《和今人詩》《和友詩》《野外詩》若干卷，《題跋》若干卷，《虞鄉雜記》若干卷，《隱湖小識》若干卷。所輯有《方與勝覽》若干卷，《明詩紀事》若干卷，《國秀》《隱秀》《弘秀》《閨秀》等集，《海虞古文苑》《今文苑》若干卷。

予與子晉交閲數年矣，久而敬之如一日也。明年丁酉改歲之五日，爲其六十初度之辰，其子褒、表、扆，猶子天回、象謙、雲章，暨其倩陳錯、張溯顔、馮長武輩，請予一言介壽。予因作一小傳，以乞言於綴文之家，亦書予之所及知者而已。子晉初名鳳苞，字子九。後更名晉，字子晉。潛在，其别號也。

（《確庵文稿》卷一六）

錢謙益《隱湖毛君墓誌銘》

兵興以來，海内雄俊君子不與刦灰俱燼者，豫章蕭伯玉、徐巨源，德州盧德水，華州郭胤伯。浮囊片紙，異世相存，各以身在相慰藉。不及十年，寢門之外，赴哭踵至。余乃喟然歎曰：古之老于鄉者，杖屨來往，不在東阡，即在北陌。今諸君子雖往矣，江鄉百里，雞豚近局，南村河渚之間，尚有人焉，吾猶不患乎無徒也。少年間黄子子羽、毛子子晉相繼捐館舍，咸請余坐榻前，抗手訣别。嗟夫！陸平原年四十作《歎逝賦》，以塗暮意迮爲感。今余老耄殘軀，慣爲朋友送死，世咸指目以爲怪鳥惡物，而余亦不復敢以求友累人。所謂『託末契于後生』者，將安之乎？斯其可哀也已。

子晉初名鳳苞，晚更名晉，世居虞山東湖。父清，孝弟力田，爲鄉三老。而子晉奮起爲儒，通明好古，强記博覽，不屑儷花鬬葉，争妍削間。壯從余游，益深知學問之指。意謂經術之學，原本漢唐，儒者遠祖新安，近考餘姚，不復知古人先河後海之義。代各有史，史各有事有文，雖東萊、武進以鉅儒事鉤纂，要以歧枝割剥，使人不得見宇宙之大全。故于經史全書，勘讎流布，務使學者窮其源流，審其津涉。其他訪佚典，搜秘文，皆用以裨輔其正學。于是縹囊緗帙，毛氏之書走天下，而知其標準者或鮮矣。經史既竣，則有事于佛藏。軍持在户，貝多滥几，捐衣削食，終其身芒芒如也。蓋世之好學者有矣，其于内外二典，世出世間之法，兼營并力，如飢渴之求飲食，殆未有如子晉者也。余老歸空門，撥棄世間文字，每思以經史舊學，朱黃油素之緒言，悉委付于子晉。子晉晚思入道，觀余箋注《首楞》《般若》，則又思刊落枝葉，迴向文字因緣，以從事于余，而今皆不可得矣。悠悠人世，可爲興悲，豈但東阡北陌而已哉！

子晉爲人，孝友恭謹，遲重不洩。交知滿天下，平生最受知者，故令應山楊忠烈公，所莊事者，繆布衣仲淳、張冢宰金銘、蕭太常伯玉也。與人交，不翕翕熱。撫王德操之孤，卹吴去塵、沈璧甫之亡，皆有終始。著書滿家，多未削稿。其子皆鏃礪耆學，能弃而讀之，異時有聞焉。

子晉娶范氏、康氏，繼嚴氏。生五子：襄、褒、衮、表、扆。襄、衮皆先卒。女四人，孫男女十一人。生于己亥歲之正月五日，卒于己亥歲之七月二十七日，年六十有一。越三年，辛丑十一月朔，葬于戈莊之祖塋。銘曰：

君爲舉子，提筆如虹。丁卯鎖院，訊于掌夢。明遠麗譙，蟠龍正中。口銜珠書，山字冠空。兩旙旁列，史右經東。明年改元，歲集辰龍。高山崔巍，觀象在崇。爰刻經史，敬嗣辟雍。秦鏡漢囊，表應受終。魯詰既藏，竺墳攸崇。玉牒縹筆，昱耀龍宮。封塵浩然，噩夢衝衝。維兹吉夢，帝命克從。睪如墳如，有丘宛隆。文字海光，長賁柏松。

（《牧齋有學集》卷三一）

毛褒等《先府君行實》

毛氏之先，有周之苗，武王第八子，封於毛，子孫以國爲氏。至漢有大小毛公，傳子夏《詩》，代有聞人，見於史牒。末冑流移，散居吴中。府君家世居蘇州常熟縣昆湖之東。曾祖諱璽，祖諱聖，以力田起家。考諱清，號虚若，内行修謹，有幹識。首知於應山楊忠烈公。忠烈令常熟，以惠文彈治疲俗，人吏不敢欺。邑有大繇役興造，倚公而集事。應山廉介絶人。公殁，應山爲文祭之，稱公無欲。則應山之知公，非直以材，蓋其道合也。生府君，諱鳳苞，字子九，一名晉，字子晉，別號潛在，有異姿。外家戈氏，舅莊樂君名汕，僻古好琴書，爲一時高士。府君髫歲喜讀《離騷》，慕陶靖節之爲人，與舅氏相得。戈與魏中外，方伯仲雪名浣初，孝廉叔子名冲，一時名人。府君師事叔子先生。先生築室於虞山之趾，曰花溪，有水石之玩。聚徒教授，常數十人。先生常問諸徒曰：『讀《離騷》，痛飲酒，何以稱名士？』諸徒罔對。府君曰：『名士當觀其性情，但使哀樂過人，可已，材不足問也。讀《離騷》飲酒，故非俗人所知。』其自托如此。府君爲程試之文，□絶於人，叔子先生常稱之不去口。屢試不得意，□遭鼎革，乃隱湖上，與名輩爲詩文之會，號隱湖。春秋佳日，放舟湖山間，探尋古蹟，未嘗少倦，所至皆有題詠。賓客酬和，至累千篇，皆在《家集》。交游遍四海，緇素高人在門者，日常數十人。府君待之，賢否無失。其貧老者，歲時有粟帛之餽，或爲經理其家事，一時稱長者。購異書，嗜之如飢渴。四方名勝，争以所有郵致之，無虚日。多得宋版，及舊家故籍，築閣庋置之，扁曰『汲古』。閣中不事華飾，板扉壁素而已。裝潢卷帙，皆質素。每曰：『錦標牙軸，非儒家之玩也。』居家無裘馬聲色之好，樂施長厚，而不爲豪舉。動以前輩名人爲法，見者以爲似顧仲瑛、倪雲林，府君以此自喜。虛吾公歿後，口未嘗道家諱。年已帶白，有事必稟於戈孺人，朔望必率子弟拜家廟，以次謁師長。僮僕皆令寫書，字畫有法。録書數千卷，天下皆行毛氏汲古閣書。書板多，室中至不能容。賑貧乏，多方略，急公耆事，不替虛吾公之志。動止有度，無疾聲朱顔。家畜童婢千指，撫愛有方。誨諸子曰：『陶公有云「是亦人子也」，汝曹慎無刻薄寡恩。』平生多佳事可傳者，長老皆能道之。孤子褒、表、扆等不文，懼不足以稱德光耀來世，□次其十一，敢頓首假詞於立言大人君子，惟不棄而賜之言焉。

府君事二尊有至性，生事死葬，祭無違禮。居虛吾公喪，每慟輒絶。賓客有爲少年戲者，戈孺人怒，跽而戒之。終身不視蒱博、葉子諸戲具。虛吾公歿，曾祖考心湖公未葬。府君具營葬事，起域兆，樹松檟，所費不貲，同堂兄弟無所與。曰：『此吾先人之遺憾也。』聞之長者曰：『繆徵君仲淳，意氣嶷然，少所許可，於府君爲從舅祖。府君髫年，便相嘉歎。謂王父曰：「此子風氣日上，足散人懷，其善訓之。」』後執經錢太保牧齋先生之門，先生待之以游、夏，相與揚榷今古，三十餘年未嘗有閒。府君歿，先生哭之，有喪予之痛。四方交游甚盛，張大司農藐山、顧太學麐士、蕭太常伯玉、丁客部長孺、徐處士元歎、周文學仲榮、華山釋蒼雪徹公，尤爲莫逆。申酉之交，府君遊金陵，藐山、伯玉諸君子皆在位，相與日夕賦詩飲讌。一日，藐山、先君共飲於識舟亭，與先君執手曰：『子且歸，吾亦從此逝矣。』府君遂凄然解維。未幾，南都覆矣。確庵陳夫子隱於七十二潭，府君物色得之，定交於菰蘆釣艇之間，恨相見之晚。其平生之善於親仁也。

楊忠烈公遺府君書，如親子弟，勖以讀書寡欲，書中點此四字，府君終身誦之。忠烈中寺人之禍以卒，府君爲撰《忠烈實録》，率邑人重建祠堂以報之。唐解元伯虎墓，在吴門之横塘。府君泛舟經其下，叢薄翳然，披荆榛而拜之。問其主祀者，有農人言，僅一姪孫婦，老而孀居於桃花塢。感之凄然曰：『唐公歿無後，祝希哲誌之，王履吉書誌，袁胥臺撰集刻行，皆其友也。今遺風未沫，牛羊踐其墟墓，習聞其遺事，誦其詩若文，尚而友之，何必同時哉！此吾輩之責也。』爲立祠堂，採石爲碑，雷司李起劍文以記之。吴去塵，名拭。好游，旅食吴市。兵後被劫，八口裸身歸府君。府君掃室容之，給其廩食。無何，舉家病瘧。去塵且死，贈府君詩曰：『顧我願將妻子托，知君已定生死交。』比卒，府君爲經理其後事，如所言。王德操，名人鑑。耿介絶俗，與府君定交於杯酒間，俾其子潙出拜曰：『吾暮齒有子，今尚髫齔。桑榆之景，量難見其成立。公今之范巨卿也，願以相累。』府君悽然諾之。德操死，移其家於舍傍，延師訓迪，二十年如一日也。王凱度，名貴。家藏元末至洪武以後文集三百餘種。一見促膝兩日夜，論詩書不及雜語。死無子，露棺五年。府君爲出金祔於其墓，且爲文誌之。邑鮮好事，游客至虞，或窘無所得，皆以隱湖爲歸。林若撫，名雲鳳。沈璧南，名璜。詩人宿士，有詩萬篇。老而貧，府君常餽遺之。鄉里待以舉火者數十人。輯《亡友詩》一編，爲昔人詩存，懼其無傳也。始，楊忠烈發官帑賑荒，虛吾公肩其事，益以私廩。府君有心計，樂施與，酷似虛吾公。爲救荒四説，皆平直可行。自正月至三月，六月至八月，發單給穀，飢者賴之。邑人役不均，府君立議白於當事，富者不得規避。或靳之曰：『君獨不自爲計乎？』府君曰：『食天子水土，當率鄉里供賦役。自爲計，是何言耶！』邑苦水災，朝廷蠲賦，多爲胥猾所侵，邑令難之。府君爲設法，立册高下，皆井然可稽，吏無所容奸。家世居昆湖之曲，距城一十八里。水道蜿蜒，支流四方。萬曆戊申，湖水漲溢，橋梁飄蕩，虛吾公修之，民不病涉。至天啟甲子，復遇暴水，緑涇廬舍盡毁，木杠石梁皆没於清溪白浪間。府君采石於金山，求木於胥口，靡金鏹二百八十兩有奇，一十八里無揭厲之患，自爲文記之。

歲壬午，大水，里人飢儉。歲除，家人方聚讌。府君停杯惻然曰：『此夕不知幾人當病飢，我不忍獨歡笑也。』命載米遍給貧者。元旦，謝賑者盈門。雷司李贈府君詩曰：『行野田夫皆謝賑，入門僮僕盡鈔書。』實録也。

兵起時，道路劫剥，就府君避兵者數十家。府君與飲讌賦詩如平時，皆賴以濟。十餘年來，豪胥桀吏，以睚眦中人。猗頓之家，或化爲黔婁。繡衣使者按虞，以折簡召府君。友人楊子常錯愕曰：『是意不善，子晉且破家矣！』及見，但問書史，握手勞苦，不及他事。藏書好古，名稱遠聞，爲人所欽如此。府君年五十，賀客宴於陸氏之頤志堂，自言其事。友人馮定遠在座，詠馮瀛王詩曰：『但能方寸無諸惡，狼虎叢中也立身。』府君笑而頷之，以爲得其意也。嘗讀史見游俠之流，吏不窺門，曰：『是盜賊居民間者，終且敗矣，不足慕也。』見名德高人，潔身勵行，盜賊避之，曰：『吾師也。』身殁，家無餘財，盡於好事，惟有遺書滿室耳。

好古金石刻。嘗經焦山下，方冬月，水涸，北風栗然。求《瘞鶴銘》所在，泊舟旬日，盡拓得之，一點一畫，無所棄。施金修古妙清寺，柱礎下得片石，洗視之，梁貞明五年蕭章墓志也，字畫草草。府君曰：『古物不可棄。』拓數十本藏之。游破山寺，於空心亭故址下，得斷石埋没草中，蘚剥生金，洗而讀之，元人段天祐記也。府君感之，爲建亭，俾復其故。分常尉破山寺四十字爲韻，與同人唱和，以紀其事。家藏常自比歐、趙也。

天啟丁卯，府君在闈中，心禱曰：『辛苦場屋，所求一名。神理不遠，得否當有佳夢。』已而寐見明遠樓中，蟠一龍，口吐雙珠，皆隱隱有籀文，唯頂上一山字皎然。仰見兩楹，分懸紅牌，金書『十三經』『十七史』字。至第三場，又夢如初。鎩羽後，居邑城南。除夕，夢還隱湖，堂柱有此六字，焕然紅光照户。元旦以白戈孺人。孺人曰：『此教若盡讀經史耳。還湖南，掩關謝客讀書。』開曆擇佳日，忽悟曰：『今年歲在辰，龍也。崇禎改元，山字崇也。』遂鳩工開梨棗，分部校讎，數年而成。兵興多損失，復補完之。其費不啻倍蓰也。當洪武時，收書板入國子監，皆宋元舊板。歷朝補刻，稍改舊觀。至北雍重刻，古字矣盡。府君慨古本將不復見，所刻經史，皆得宋刻，補正文字，視兩官書爲善焉。府君讀《孔子家語》，謂經近代改竄，非復古本，今殆亡矣，誓必得之。一念經年，果從錫山酒家得宋版，乃開雕行之。欲刻《華嚴經》，無佳本。長跪吳中石像前，竟一日夕。寺僧怪之。聞僧言，有經質某所；欣然起問之，以二十金贖歸。皆若有神者命之也。昔智者設臺拜經，《楞嚴》後至震旦，府君殆似之也。

毛晉書行海内，或自累千里外購之。汰如明公講《華嚴》於華山，有異僧自雲南賚《華嚴懺法》至，麗江土司木生白之命也。此自書西夏一行禪師録出，惟雞足山崇聖寺有本，未行於中夏。木公遣使度嶺越江，詣吳中求刻布之。府君欣然不辭。越歲，木公又遣使致兼金、琥珀、薰陸諸品購府君書，捆載越海而去。自來書行之遠，乃爲夷裔所慕，未有如此者也。

府君屢躓於場屋。時闈中有以徑竇倖進者。府君謝卻曰：『士人進身之始，不當如此苟且也。』甲申之變，弘光立於留都，富人争入

金爲官。布衣之豪，得知於當事者，或崛起居清要。留都金紫照路，府君……（下缺）

（原載清初舊鈔本，據錢大成《毛子晉年譜稿》移録）

鄭德懋（滎陽悔道人）《毛子晉外傳》

毛晉，元名鳳苞，字子晉，常熟縣人。世居迎春門外之七星橋。父清，以孝弟力田起家。當楊忠愍公漣爲常熟令時，察知邑中有幹識者十人，遇有災荒、工務，倚以集事，清其首也。

晉少爲諸生，蕭太常伯玉特賞之，晚乃謝去。以字行，性嗜卷軸，榜於門曰：『有以宋槧至者，門内主人計葉酬錢，每葉出二百；有以舊抄本至者，門内主人計葉酬錢，葉出四十；有以時下善本至者，别家出一千，主人出一千二百。』於是湖州書舶，雲集於七星橋毛氏之門矣。邑中爲之諺曰：『三百六十行生意，不如鬻書於毛氏。』前後積至八萬四千册，構汲古閣、目耕樓（原注：目耕樓，亦子晉齋名）以庋之。子晉患經史子集，率漫漶無善本，乃刻《十三經》、《十七史》、古今百家及二氏書，至今學者寶之。方汲古閣之炳峙於七星橋也，南去十里爲唐市，楊彝鳳基樓在焉；東去二十里爲白茆市，某公紅豆莊在焉。是時海内勝流，至常熟者，無不以三處爲歸。江干車馬，時時不絶，而請謝賓客，如恐不及，汲古主人爲最。

尤好行善，水道橋梁，多獨力成之。歲飢，則連舟載米，分給附近貧家。雷司理贈詩云：『行野田夫皆謝賑，入門僮僕盡抄書。』蓋紀實也。子晉生於前明萬曆二十七年己亥歲之正月五日，至本朝順治十六年己亥歲七月二十七日卒，享年六十有一，葬於戈莊之祖塋。子五：襄、褒、衮、表、扆。扆字斧季，精於小學，最知名。

乾隆間，閣已毁矣。其戚陳君秉鑰爲輯《汲古閣所刻書目》一卷，余從友人處借歸抄録，因爲校正若干字，又作《補遺》一頁及《書板存亡考》一卷，附於其後。《考》中多詳及翻板者，蓋以汲古原板無譌字，欲使好書之士，購求毛刻者，辨之宜審，勿使魚目混珠云爾。

（陳秉鑰、鄭德懋輯《汲古閣所刻書目·叙録》）

附録四 《欽定四庫全書考證·陸氏詩疏廣要》

《陸氏詩疏廣要》（吴陸璣撰，明毛晉廣要）[一]

卷上之上

《釋草》

1.【23】「采采卷耳」條，「許叔重曰」。○刊本「重」訛「仲」，今改。

2.【10】「于以采蘋」條，「孔子以童謡決之曰蘋實」。○按：「蘋」，《家語》作「萍」。又「《詩緝》云：蘋可茹，萍不可茹。郭氏以小萍爲大蘋，誤」。○按：《爾雅》云「萍，蓱」，郭注：「水中浮萍，江東謂之薸。」又云「其大者蘋」，郭注：「《詩》曰：于以采蘋。」是萍小蘋大，郭注分别甚明。而此云「郭氏以小萍爲大蘋，誤」，盖未深考耳。

3.【14】「菉竹猗猗」條，「《毛詩》云緑竹猗猗，是也。又云：植物之中，有物曰竹。不剛不柔，非草非木。或茂沙水，或挺巖陸」。○按：「植物」以下六句，出戴凱之《竹譜》，毛氏不引書目，殊欠明晰。

4.【48】「浸彼苞（狼）[稂]」[二]條，「盂，狼尾，今人呼爲狼茅子」。○刊本「盂」訛「孟」，据《爾雅》改。

5.【41】「南山有臺」條，「與《内司服》所謂素沙同意」。○刊本「素」訛「同」，据《周禮》改。

6.【37】「取蕭祭脂」條，「先鄭以爲蕭，或作莤」。○刊本「作」訛「用」，「莤」訛「茜」，並据《周禮注疏》改。

[一] 據清内府抄本《欽定四庫全書考證》（書目文獻出版社，一九九〇年，影印本）卷六録入，並參校以文淵閣四庫全書本（文淵閣本）、武英殿本。録入時對原書形式略有改動，諸條前加序號。因四庫本《陸疏廣要》條目次序經館臣重編，與汲古閣原本不同，爲方便尋覽，又以【】標識原本序號。

[二]「稂」，原作「狼」，諸本同，涉下「狼尾」而誤，今據文淵閣本《陸疏廣要》條目改。

卷上之下

《釋木》

7【67】「不流束蒲」條，「河東聞喜縣，東北有董池」。○刊本脱「喜」字，据《左傳》注增。

8【78】「顔如舜華」條，「如日及之在條，常雖盡而不悟」。○刊本「盡」訛「及」，「悟」訛「悮」，並据《文選》改。

9【69】「椒聊之實」條，「漢李咸欲争竇后配桓帝，擣椒自隨」。○刊本「桓」訛「成」，据《後漢書》改。

10【66】「榛楛濟濟」條，「使求諸故府，果得之」。○刊本「使」訛「矢」，据《國語》改。

11【55】「柞棫拔矣」條，「《三蒼説》：棫即柞也」。○刊本「三」訛「王」，今改。

卷下之上

《釋鳥》

12【99】「弋鳧與雁」條，「鴻雁不來，遠人背畔」。○刊本「人」訛「行」，据《逸周書》改。

13【96】「值其鷺羽」條，「大貝鼖鼓在西房」。○刊本「房」訛「傍」，据《尚書》改。

14【90】「翩翩者鵻」條，「孟夏之日，以熟穀禾」。○刊本「孟夏」二字互倒，据《淮南子》改。

15【82】「鶴鳴于九皋」條，「行必依洲嶼，止不集林木」。○刊本「不」訛「必」，据《相鶴經》改。

16【81】「鳳凰于飛」條，「⿰石鳥筩、鵔鸃、廣昌、鷦明，鳳凰屬也」。○刊本脱「廣」字，据《廣雅》增。

17【101】「翩彼飛鴞」條，「《傳》云：桑椹甘甜，鴟鴞革響」。○按：二語出《晉・張天錫傳》，此引目未明。

卷下之下

《釋獸》

18【106】「羔裘豹飾」條，「陶荅子妻云南山有玄豹」。○刊本「荅」訛「谷」，据《列女傳》改。

19【105】「有熊有羆」條，「能，熊屬，足似鹿」。○刊本「能」訛「然」，据《説文》改。

《釋魚》

20【115】「象弭魚服」條，「《夏官・司弓矢職》曰：仲冬獻矢服」。○刊本「矢」訛「人」，據《周禮》改。

21【117】「成是貝錦」條，「以黄爲質，白爲文點」。○刊本「爲文」二字互倒，据下文改。

22【110】「有鱣有鮪」條，「周武王伐紂，紂使膠鬲禦鮪水上」。○刊本複衍「武王」二字，脱一「紂」字，今删增。

《釋蟲》

23【133】「領如蝤蠐」條，「蠐螬大者，如足大指，以背行，乃駛（子）〔于〕〔一〕脚」。○刊本「背」訛「（柳）〔脚〕」〔二〕，据《埤雅》改。

24【124】「蟋蟀在堂」條，「《易·通卦驗》曰：蟋蟀之蟲，隨陰迎陽」。○刊本「驗」訛「系」，今改。

25【123】「螟蛉有子」條，「劉禹錫謹案蜀本注」。○按：劉禹錫係唐詩人，未嘗注《本草》。又按：宋人掌禹錫曾著《本草注》，見《本草綱目》，此作「劉」，誤。

26「韓詩」條，「授泰山栗豐」。○刊本「栗豐」訛「豐吉」，据《漢書》改。

27「毛詩」條，「商爲之序以授魯人曾申」。○刊本「申」訛「身」，据《序録》改。

〔一〕「于」，原作「子」，形近而訛，據文淵閣本、武英殿本改。

〔二〕「脚」，原作「柳」，諸本同，汲古閣本《陸疏廣要》實作「脚」，今據之以改。

附録五 『詩義疏』『毛詩義疏』輯佚表

在中古時期的文獻中，有名爲『詩義疏』『毛詩義疏』的一類文獻，未署撰人名字。考其内容，多與《陸疏》相合，故毛晉《陸疏廣要》所收《陸疏》文本，不少即由『詩義疏』輯出。然而，『詩義疏』的部分文字實出於劉楨《毛詩義問》等注釋，並非《陸疏》，前人輯佚時有考辨未精之處。本表將《齊民要術》《藝文類聚》《初學記》《太平御覽》四書中所引『詩義疏』（或稱『詩疏義』『義疏』『詩疏』『疏』）『毛詩義疏』（或稱『毛詩疏義』）輯出，並與他書所引《陸疏》文字加以對比。其中，『詩義疏』或『毛詩義疏』的内容，他書徵引時明言『陸機（璣）』『陸疏』或『草木疏』者，則於備注中以○標示。另外，《太平御覽》中有標爲『陸機毛詩義疏』『陸氏毛詩疏義』的引文，因已明言『陸機』『陸氏』，故未輯入表中。

表 1:《齊民要術》引用“詩義疏”輯佚表

序號	卷數	《齊民要術》引文	他書引文對照	備注
1	2	《衛詩》曰:“匏有苦葉。”毛云:“匏，謂之瓠。”詩義疏云:“瓠葉少時可以爲羹，又可淹煮，極美。故云:‘瓠葉幡幡，采之亨之。’河東及揚州常食之。八月中，堅強不可食，故云‘苦葉’。”	陸機云:匏葉少時可爲羹，又可淹煮，極美。故《詩》曰:“幡幡瓠葉，采之烹之。”今河南及揚州人恒食之，八月中堅強不可食，故云“苦葉”。(《毛詩注疏》卷二)	○
2	3	詩義疏曰:“蘧，苦菜，青州謂之芑。”	陸機疏云:“采芑”，似苦菜也。莖青白色，摘其葉白汁出，肥可生食，亦可烝爲茹。青州人謂之芑，西河、雁門芑尤，美胡人戀之不出塞，是也。(《毛詩注疏》卷一○)	○
3	4	詩義疏云:“梅，杏類也，樹及葉皆如杏而黑耳。實赤於杏而醋，亦可生噉也。煮而曝乾爲蘇，置羹、臛、虀中。又可含以香口，亦蜜藏而食。”	陸璣《毛詩草木疏》曰:梅，杏類也。其子赤而酢，不可生噉，煮而曝乾爲蘇，可著羹、臛中。(《初學記》卷二六)	○
4		《衛詩》曰:“山有蓁。”詩義疏云:“蓁，栗屬，或從木。有兩種:其一種大小枝葉皆如栗，其子形似杼子，味亦如栗，所謂‘樹之榛栗’者。其一種枝莖如木蓼，葉如牛李色，生高丈餘，其核中悉如李，生作胡桃味，膏燭又美，亦可食噉。漁陽、遼、代、上黨皆饒。其枝莖，生樵、爇燭，明而無煙。”	《詩草木疏》曰:“有亲”，栗属也其字或爲木榛。有兩種:一種樹大小皮葉皆如栗，其子小，形如杼子，表皮黑，味亦如栗，所謂“樹之亲栗”，其謂此也。其一種枝莖如木蓼，葉如牛李，裹生高丈餘，其覈如李覈，中玉如李子玉，作胡桃味。膏熅蓋美，亦可含噉。漁陽、遼東、代郡、上黨皆饒。其枝莖可生爇，如爇燭明，而無燭者代之。(《玉燭寶典》卷十一)	○

續表

序號	卷數	《齊民要術》引文	他書引文對照	備注
5		《衛詩》曰:"投我以木瓜。"毛公曰:"楙也。"詩義疏曰:"楙，葉似柰葉，實如小瓠瓜，上黄，似著粉，香。欲啖者，截著熱灰中，令萎蔫，净洗，以苦酒、豉汁、蜜度之，可案酒食。蜜封藏百日乃食之，甚益人。"	毛詩衛淇澳木瓜曰:"投我以木瓜，報之以瓊琚。"毛云:"楙也。"詩義疏曰：楙，葉似榛，實如小瓟瓜，上黄，著中令蚡香。欲噉者，蜜封藏百日，食之也。(《太》7)	
6	5	《詩》曰:"蔽芾甘棠。"毛云:"甘棠，杜也。"詩義疏云:"今棠梨，一名杜梨，如梨而小，甜酢可食也。" 《唐詩》曰:"有杕之杜"毛云:"杜，赤棠也。""與白棠同，但有赤白美惡。子白色者爲白棠，甘棠也，酢滑而美。赤棠，子澁而酢，無味。俗語云：澁如杜。赤棠，木理赤，可作弓幹。"	《草木疏》云：今棠梨。(《經典釋文》卷五) 陸璣曰：小如指，酢味可食。(《詩緝》卷二) 陸機疏云：赤棠與白棠同耳。但子有赤白美惡。子白色爲白棠，甘棠也，少酢滑美。赤棠子澀而酢，無味。俗語云：澀如杜，是也。赤棠木理韌，亦可以作弓幹，是也。(《毛詩注疏》卷六)	○
7		詩義疏曰:"梓，楸之疎理色白而生子者爲梓。"	陸機云：梓者，楸之疏理白色而生子者爲梓。梓實桐皮曰椅。(《毛詩注疏》卷三)	○
8		詩義疏云:"筍皆四月生，唯巴竹筍，八月生，盡九月，成都有之。篃，冬夏生。始數寸，可煮，以苦酒浸之，可就酒及食。又可米藏及乾，以待冬月也。"	陸機疏云：筍，竹萌也。皆四月生，唯巴竹筍八月、九月生。始出地，長數寸，鬻以苦酒，豉汁浸之，可以就酒及食。(《毛詩注疏》卷一八)	○
9	6	《詩》云:"思樂泮水，言采其茆。"毛云:"茆，鳬葵也。"詩義疏云:"茆與葵相似，葉大如手，赤圓，有肥，斷著手中，滑不得停也，莖大如箸，皆可生食。又可汋，滑美，江南人謂之蓴菜，或謂之水葵。"	陸機疏云：茆與荇菜相似，葉大如手，赤圓，有肥者，著手中滑不得停。莖大如匕柄，葉可以生食，又可鬻，滑美。江南人謂之蓴菜，或謂之水葵。諸陂澤水中皆有。(《毛詩注疏》卷二〇)	○
10	9	詩義疏曰:"蒲，深蒲也。《周禮》以爲菹，謂菹始生，取其中心入地者蒻，大如匕柄，正白，生噉之甘脆。又煮以苦酒浸之，如食筍法，大美。今吴人以爲菹，又以爲鮓。"	陸機疏云：……蒲始生，取其中心入地蒻，大如匕柄，正白，生噉之甘脆，鬻而以苦酒浸之，如食筍法。(《毛詩注疏》卷一八)	○
11		《毛詩》曰:"薄言采芑。"毛云:"菜也。"詩義疏曰:"藘，似苦菜，莖青，摘去葉，白汁出。甘脆可食，亦可爲茹。青州謂之芑，西河、鴈門藘尤美，時人戀戀，不能出塞。"	(見《齊》2)	○
12		詩義疏曰:"蕨，山菜也。初生似蒜，莖紫黑色，二月中高八九寸，老有葉，瀹爲茹，滑美如葵。今隴西、天水人及此時而乾收，秋冬嘗之，又云以進御。三月中其端散爲三枝，枝有數葉，葉似青蒿，長麤堅強，不可食。周秦曰蕨，齊魯曰虌，亦謂蕨。"	陸機疏云：蕨，山菜也。初生似蒜，莖紫黑色，可食如葵，是也。(《爾雅注疏》卷八) 草木疏云：周秦曰蕨，齊魯曰虌。(《經典釋文》卷五)	○

續表

序號	卷數	《齊民要術》引文	他書引文對照	備注
13		《毛詩·周南國風》曰:"參差荇菜,左右流之。"毛注云:"接余也。"詩義疏曰:"接余,其葉白,莖紫赤,正圓,徑寸餘,浮在水上,根在水底,莖與水深淺等,大如釵股,上青下白,以苦酒浸之爲菹,脆美,可案酒,其華爲蒲黄色。"	陸機疏云:接余,白莖,葉紫赤色,正員,徑寸餘,浮在水上,根在水底,與水深淺等,大如釵股,上青下白。鬻其白莖,以苦酒浸之,肥美可案酒,是也。(《毛詩注疏》卷一)	○
14	10	豳詩義疏曰:其樹高五六尺,實大如李,正赤色,食之甜。《廣雅》曰:一名雀李,又名車下李,又名郁李,亦名棣,亦名薁李。《毛詩·七月》"食鬱及薁"。	劉楨《毛詩義問》云:其樹高五六尺,其實大如李,正赤,食之甜。(《毛詩注疏》卷八) 詩義疏曰:其樹高五六尺,其實大如李,正赤,食之甜。 《魏王花木志》曰:鬱薁,樹高五六尺,實大如李,赤色,食之甘。《廣雅》曰:一名雀李,又名車下李,又名郁李,亦名棣,亦名薁李子。《毛詩·七月》"食鬱及薁",即郁李也。一名棣也。(見《太》68)	
15		詩義疏曰:"櫻薁,實大如龍眼,黑色。今'車鞅藤'實是。《豳詩》曰:十月食薁。"	《魏王花木志》曰:燕薁,實大如龍眼,黑色。《説文》謂之嬰薁。《詩疏》一名車鞅藤。《詩·七月》"食鬱及薁",此名燕薁。(《太平御覽》卷九七四)	
16		蕨菜:虌也。《詩疏》曰:"秦國謂之蕨,齊魯謂之虌。"	(見《齊》12)	○
17		詩義疏曰:"山田苦菜甜,所謂'堇荼如飴'。"	陸機云:苦菜生山田及澤中,得霜,恬脆而美,所謂堇荼如飴。《内則》云"濡豚包苦",用苦菜,是也。(《毛詩注疏》卷六)	○
18		《召南詩》曰:"陟彼南山,言采其薇。"詩義疏云:"薇,山菜也。莖葉皆如小豆,藿可羹,亦可生食之。今官園種之,以供宗廟祭祀也。"	陸機云:山菜也。莖葉皆似小豆,蔓生,其味亦如小豆。藿可作羹,亦可生食。今官園種之,以供宗廟祭祀。(《毛詩注疏》卷一)	○
19		《周南》曰:"采采卷耳。"毛云:"苓耳也。"注云:"胡葈也。"詩義疏曰:"苓似胡荽,白花,細莖,蔓而生,可鬻爲茹,滑而少味。四月中生子,如婦人耳璫,或云耳璫草。幽州人謂之爵耳。"	陸機疏云:葉青白色,似胡荽,白華,細莖,蔓生,可煮爲茹,滑而少味。四月中生子,如婦人耳中璫。今或謂之耳璫,幽州人謂之爵耳,是也。(《毛詩注疏》卷一)	○
20		《詩》曰:"菁菁者莪。""莪,蘿蒿也。"義疏云:"莪,蒿。生澤田漸洳處,葉似斜蒿,細科。二月中生,莖葉可食又可蒸,香美,味頗似蔞蒿。"	陸機疏云:莪,蒿也。一名蘿蒿也。生澤田漸洳之處,葉似邪蒿而細科。生三月中,莖可生食,又可蒸,香美,味頗似蔞蒿,是也。(《毛詩注疏》卷十)	○
21		《詩》曰:"言采其葍。"毛云:"惡菜也。"義疏曰:"河東、關内謂之葍,幽、兖謂之燕葍,一名爵弁,一名蔓。根正白,著熱灰中,温噉之,飢荒可蒸以禦飢。漢祭甘泉或用之。其華有兩種,一種莖葉細而香,一種莖赤有臭氣。"	陸機疏云:葍,一名䔰,幽州人謂之燕䔰。其根正白,可著熱灰中,温敢之,飢荒之歲可蒸以禦飢。(《毛詩注疏》卷一一)	○

續表

序號	卷數	《齊民要術》引文	他書引文對照	備注
22		《詩》曰:“食野之苹。”詩疏云:“藾蕭，青白色，莖似蓍而輕脆，始生可食，又可蒸也。”	陸機疏云:葉青白色，莖似箸而輕脆，始生香，可生食，又可烝食，是也。(《毛詩注疏》卷九)	○
23		《衛詩》曰:“采葑采菲，無以下體。”毛云:“菲，芴也。”義疏云:“菲似葍，莖麤，葉厚而長，有毛。三月中，蒸爲茹，滑美，亦可作羹。《爾雅》謂之蒠菜。郭璞注云:‘菲草，生下濕地，似蕪菁，華紫赤色，可食。’今河内謂之宿菜。”	陸機云:菲似葍，莖麤，葉厚而長，有毛。三月中，烝鬻爲茹，滑美，可作羹。幽州人謂之芴，《爾雅》謂之蒠菜，今河内人謂之宿菜。(《毛詩注疏》卷二)	○
24		《陳詩》曰:“邛有旨苕。”詩義疏云:“苕饒也。幽州謂之翹饒，蔓生，莖如豋(力刀切)豆而細，葉似蒺蔾而青。其莖葉緑色，可生啖，味如小豆藿。”	陸機疏云:苕，苕饒也。幽州人謂之翹饒，蔓生，莖如勞豆而細，葉似蒺蔾而青。其莖葉緑色，可生食，如小豆藿也。(《毛詩注疏》卷七)	○
25		《詩》曰:“于以采藻。”注曰:“聚藻也。”詩義疏曰:“藻，水草也，生水底。有二種:其一種葉如雞蘇，莖大似箸，可長四五尺;一種莖大如釵股，葉如蓬，謂之聚藻。此二藻皆可食，煮熟挼去腥氣，米麵糝蒸爲茹，佳美，荆、揚人飢荒以當穀食。”	陸機疏云:生水底，有二種。其一種葉如雞蘇，莖大如著，長四五尺。其一種莖大如釵股，葉如蓬，謂之聚藻。又云:扶風人謂之藻聚，爲發聲也。此二藻皆可食，煮熟挼去腥氣，米麪糝蒸爲茹，嘉美。楊州人饑荒可以當穀食。(《春秋左傳注疏》卷三)	○
26		《詩》云:“言采其蓫。”毛云:“惡菜也。”詩義疏曰:“今羊蹄。似蘆菔，莖赤，煮爲茹，滑而不美，多噉令人下痢。幽、揚謂之蓫，一名蓨，亦食之。”	陸機疏云:今人謂之羊蹄。(《毛詩注疏》卷一一) 陸璣曰:今人謂之羊蹄，似蘆菔而葉長赤，鬻爲茹，滑美也。(《詩緝》卷一九) 陸機云:遂，今人謂之羊蹄，似蘆菔而莖赤，可汋爲茹，滑而美也。多啖令人下氣。幽州人謂之蓫。(《證類本草》卷一六)	○
27		詩義疏曰:“虆，苣荒也。似燕薁，連蔓生，葉白色，子赤可食，酢而不美，幽州謂之椎虆。”	陸機云:藟，一名巨荒。似燕薁，亦延蔓生，葉艾白色，其子赤，亦可食，酢而不美，是也。(《毛詩注疏》卷一)	○
28		《詩》云:“北山有萊。”義疏云:“萊，藜也。莖葉皆似‘菉，王芻’。今兖州人蒸以爲茹，謂之萊蒸。譙沛人謂雞蘇爲萊，故《三倉》云‘萊，茱萸’:此二草異而名同。”	陸機疏云:萊，草名，其葉可食。今兖州人烝以爲茹，謂之萊烝。(《毛詩注疏》卷十)	○
29		《詩》曰:“葭菼揭揭。”毛云:“葭，蘆。菼，薍。”義疏云:“薍，或謂之荻，至秋堅成即刈，謂之藋。三月中生，初生其心挺出，其下本大如箸，上鋭而細，有黄黑勃，著之汙人手。把取，正白，噉之甜脆。一名蓫薚。揚州謂之馬尾，故《爾雅》云:‘蓫薚，馬尾也。’幽州謂之旨苹。”	陸機云:薍或謂之荻，至秋堅成，則謂之萑。其初生三月中，其心挺出，其下本大如箸，上鋭而細。揚州人謂之馬尾。(《毛詩注疏》卷三)	○
30		《爾雅》曰:“荍，蚍衃。”郭璞曰:“似葵紫色。”詩義疏曰:一名芘芣，華紫緑色，可食，華似蕪菁，微苦。《陳詩》曰:視爾如荍。	陸機疏云:芘芣，一名荊葵，似蕪菁，華紫緑色，可食，微苦，是也。(《毛詩注疏》卷七)	○

續表

序號	卷數	《齊民要術》引文	他書引文對照	備注
31		《詩》曰:“棠棣之華,蕚不韡韡。”詩義疏云:“(承花者曰蕚。)其實似櫻桃、薁,麥時熟,食美,北方呼之相思也。”		
32		《詩》曰“顔如蕣華”,義疏曰:“一名木堇,一名王蒸。”	陸機疏云:舜,一名木槿,一名櫬,一名曰椵,齊魯之間謂之王蒸,今朝生暮落者是也。(《毛詩注疏》卷四)	○
33		《詩》曰:“南山有枸。”毛云:“柜也。”義疏曰:“樹高大似白楊,在山中,有子著枝端,大如指,長數寸,噉之甘美如飴。八九月熟。江南者特美,今官園種之,謂之木蜜。本從江南來,其木令酒薄,若以爲屋柱,則一屋酒皆薄。”	陸機疏云:枸樹高大似白楊。有子著枝端,大如指,長數寸,噉之甘美如飴。八月熟。今官園種之,謂之木蜜。(《毛詩注疏》卷十) 陸璣曰:枸樹高大似白楊。有子著枝端,大如指,長數寸,噉之甘美如飴。八九月熟。今官園種之,謂之木蜜。本從南方來,其木能令酒薄。若以爲屋柱,一室之内酒皆少味也。(《詩緝》卷一八)	○
34		《詩》云:“何彼穠矣,唐棣之華。”毛云:“唐棣,栘也。”疏云:“實大如小李,子正赤,有甜有酢,率多澀,少有美者。”	《詩草木疏》云:唐棣,馬季長云:奧李也。一名薁椹。今人或謂之薁。《豳詩》云“食薁及奧”。或謂之車下李。所在山澤皆有,其華有赤有白,高者不過四尺,子六月中熟,大如小李,正赤,有甜有酸,率多澀,少有美者。(《玉燭寶典》卷六)	○

表 2:《藝文類聚》引用“詩義疏”“毛詩義疏”輯佚表

序號	卷數	《藝文類聚》引文	他書引文對照	備注
1	82	毛詩義疏曰:的可磨以爲散,輕身益氣,令人强健。	其的,……陸機云:可磨爲豉,如米飯,輕身益氣,令人强健。(《證類本草》卷二三)	○
2		詩疏義曰:薍或謂之荻,至秋堅成,謂之萑也。	(見《齊》29)	○
3	84	《毛詩》曰:“萋兮斐兮,成是貝錦。” 毛詩義疏曰:貝,鼊龜屬,又有紫貝。其白質如玉,紫點爲文,皆行列相當。大者有徑一尺六寸。今九真、交阯以爲杯盤寶物也。	陸機疏云:貝,水介蟲也,龜鱉之屬。其文彩之異,大小之殊甚衆,古者貨貝是也。餘蚳,黄爲質,以白爲文;餘泉,白爲質,黄爲文;又有紫貝,其白質如玉,紫點爲文,皆行列相當。其貝大者,常有徑至一尺六七寸者,今九真、交趾以爲杯盤寶物也。(《毛詩注疏》卷一二)	○
4	87	《詩》曰:“隰有樹檖。”疏:赤羅,或名山梨,今謂楊檖。樹實如梨,但小耳。一名鹿梨,一名鼠梨。	陸機疏云:檖,一名赤羅,一名山梨,今人謂之楊檖。實如梨但小耳。一名鹿梨,一名鼠梨。今人亦種之,極有脆美者,亦如梨之美者。(《毛詩注疏》卷六)	○
5		《詩》曰:“南山有枸。”疏:枳椇。樹似白楊,子着枝端,謂之木蜜。能令人酒薄,以爲屋柱,酒皆薄。	(見《齊》33)	○

續表

序號	卷數	《齊民要術》引文	他書引文對照	備注
6	88	毛詩義疏曰：駮，駮馬，梓榆。駮犖，遥視似駮馬。	陸機疏云：駮馬，梓榆也。其樹皮青白駮犖，遥視似駮馬，故謂之駮馬。下章云"山有苞棣，隰有樹檖"，皆山隰之木相配，不宜云獸。(《毛詩注疏》卷六)	○
7		詩義疏曰：有青桐、赤桐、白桐。白桐宜琴瑟，今雲南、牂牱人績以爲布。陸璣曰：有青桐，有白桐，有赤桐。白桐宜爲琴瑟。今雲南、牂牁人績其皮而爲布，甚好。(《詩緝》卷五)	陸璣曰：有青桐，有白桐，有赤桐。白桐宜爲琴瑟。今雲南、牂牁人績其皮而爲布，甚好。(《詩緝》卷五)	○
8	89	毛詩義疏曰：蒲柳之木二種，一種皮正白，可爲箭竿。《傳》曰："董澤之蒲。"今人以爲其萑，可爲矢。 又曰：樹杞，杞柳也。生水旁，樹如柳，葉麤而白，木理微赤，今人以爲轂。	陸機疏云：蒲柳有兩種，皮正青者曰小楊，其一種皮紅者曰大楊。其葉皆長廣於柳葉，皆可以爲箭幹。故《春秋傳》曰："董澤之蒲，可勝既乎。"今又以爲箕罐之楊也。(《毛詩注疏》卷四) 陸機疏云：杞，柳屬也。生水傍，樹如柳，葉粗而白色，理微赤，故今人以爲車轂。(同上)	○
9		《詩》曰："陟彼高岡，析其柞薪，其葉湑兮。維柞之枝，其葉蓬蓬。"疏：栩，今柞殻爲斗，可以染阜。今俗及河内云杼斗，或橡斗。	陸機疏云：今柞櫟也。徐州人謂櫟爲杼，或謂之爲栩。其子爲皂，或言皂斗。其殻爲斗，可以染皂。今京洛及河内多言杼斗，謂櫟爲杼，五方通語也。(《毛詩注疏》卷六)	○
10		詩疏曰：周秦謂柞爲櫟，河南謂蓼爲櫟。《爾雅》曰："其實梂。"椒之屬，其子房生爲梂。	陸機疏云：秦人謂柞櫟爲櫟，河内人謂木蓼爲櫟。椒椴之屬也，其子房生爲梂。木蓼子亦房生。故説者或曰"柞櫟"或曰"木蓼"，機以爲此《秦詩》也，宜從其方土之言，柞櫟是也。(《毛詩注疏》卷六)	○
11		疏曰：上黨人篾以爲箱器，琢以爲釵。又上黨調問婦人："欲買赭，不竈中自有黄土。買釵，不山中自有楛矢。"	陸機云：楛，其形似荊而赤，莖似蓍。上黨人織以爲斗筥箱器，又屈以爲釵。故上黨人調曰："問婦人，欲買赭，不謂竈下自有黄土。問買釵，不謂山中自有楛。"(《毛詩注疏》卷一六)	○
12	91	詩義疏曰：隼，鷂也。齊人謂之題肩。或曰：雀鷹春化爲布穀。此屬數種皆爲隼。	陸機疏云：隼，鷂屬也。齊人謂之擊征，或謂之題肩，或謂之雀鷹，春化爲布穀者是也。(《毛詩注疏》卷一〇)	○
13	92	詩義疏曰：黄鳥，鸝鶹也。或謂黄栗留。幽州謂之黄鸎，或謂之黄鳥。一名倉庚，一名商庚，一名鵹黄，一名楚雀。齊人謂之搏黍，關西謂之黄鳥。當椹熟時，來在桑樹間。皆應節趣時之鳥。或謂之黄袍。	陸機疏云：黄鳥，黄鸝留也。或謂之黄栗留。幽州人謂之黄鸎。一名倉庚，一名商庚，一名鵹黄，一名楚雀。齊人謂之搏黍。當葚熟時，來在桑間。故里語曰："黄栗留，看我麥黄葚熟。"亦是應節趍時之鳥也。自此以下諸言黄鳥、倉庚皆是也。(《毛詩注疏》卷一)	○
14		詩疏義曰：鴟鴞似黄雀而小，啄刺如錐，取茅爲窠，以麻紩之，刺紩韈，懸著樹枝。幽州謂之鸋鴂，或曰巧婦，或曰女匠。關西謂之韈雀。	陸機疏云：鴟鴞，似黄雀而小，其喙尖如錐，取茅莠爲窠，以麻紩之，如刺韈然，縣著樹枝，或一房，或二房。幽州人謂之鸋鴂。或曰巧婦，或曰女匠。關東謂之工雀，或謂之過羸。關西謂之桑飛，或謂之韈雀。(《毛詩注疏》卷八)	○

續表

序號	卷數	《齊民要術》引文	他書引文對照	備注
15		詩義疏曰：鷺，水鳥也。好所絜白，謂之白鳥。齊魯謂之春鋤，遼東、樂浪、吴、揚謂之白鷺。楚成王時有朱鷺，合沓飛翔，復有赤色者。舊鼓吹音樂《朱鷺曲》是也。	陸機云：鷺，水鳥也。好而潔白，故謂之白鳥。齊魯之間謂之春鉏，遼東、樂浪、吴、楊人皆謂之白鷺。青腳，高尺七八寸。尾如鷹尾，喙長三寸。頭上有毛十數枚，長尺餘，毿毿然，與衆毛異好，欲取魚時則弭之。今吴人亦養焉。楚威王時有朱鷺合沓飛翔而來舞，則復有赤者。舊鼓吹《朱鷺曲》是也。(《毛詩注疏》卷七)	○
16	95	詩義疏曰：熊能攀緣上高樹，見人則顛倒投地而下。冬入穴而蟄，始春而出。	張云："熊，犬身人足，黑色。羆大於熊，黄白色。皆能攀沿上高樹。冬至入穴而蟄，始春而出也。"(《史記》卷一一七《正義》)(又見《太》8)	
17		詩義疏曰：樊光謂即《爾雅》鼫鼠也。許慎云：鼫鼠，五伎鼠也。今之河東有碩鼠，大能人立，前兩脚於頭上，跳舞善鳴。食人禾稼，逐則走入樹空中。亦有五伎。或謂雀鼠。其形大，故《叙》云"石鼠"也。魏，今河東河北縣也。詩言其方物，宜謂此鼠，非今大鼠，又不食禾苗。本草又謂螻蛄爲石鼠，亦五伎。古今方土名蟲鳥，物異名同，故記也。	陸機疏云：今河東有大鼠，能人立，交前兩脚於頸上，跳舞善鳴。食人禾苗，人逐則走入樹空中。亦有五技，或謂之雀鼠。其形大，故《序》云"大鼠"也。魏國，今河北縣是也。言其方物，宜謂此鼠，非鼫鼠也。(《毛詩注疏》卷五)	○
18	97	詩疏義曰：樊光云是糞中蟲，陰雨而爲之，朝生夕死。	陸機疏云：蜉蝣，方土語也。通謂之渠略，似甲蟲，有角，大如指，長三四寸。甲下有翅，能飛。夏月陰雨時，地中出。今人燒炙噉之，美如蟬也。樊光謂之糞中蝎蟲，隨陰雨時爲之，朝生而夕死。(《毛詩注疏》卷七)	○
19		詩義疏曰：蟋蟀似蝗而小，正黑，目有光澤如漆，有角翅。幽州人謂之趣織，督促之言也。里語：趣織鳴，嬾婦驚。	陸機疏云：蟋蟀似蝗而小，正黑，有光澤如漆，有角翅。一名蛬，一名蜻蛚。楚人謂之王孫。幽州人謂之趨織。里語曰："趨織鳴，嬾婦驚。"是也。(《毛詩注疏》卷六)	○
20	98	毛詩義疏曰：麟，麏身，馬足，牛尾，黄色，圓蹄，一角，角端有肉。音中鍾吕，王者至仁則出。	陸機疏：麟，麕身，牛尾，馬足，黄色，員蹄，一角，角端有肉。音中鍾呂，行中規矩，遊必擇地，詳而後處，不履生蟲，不踐生草，不羣居，不侶行，不入陷穽，不罹羅網。王者至仁則出。今并州界有麟，大小如鹿，非瑞應麟也。故司馬相如《賦》曰："射麋脚麟。"謂此麟也。(《毛詩注疏》卷一)	○
21	100	毛詩義疏曰：赤螣蝗也。許慎曰："使乞貸則生螣。"舊説：螟螣蟊賊一種蟲也。如言寇賊姦宄，内外言之耳。故犍爲文學曰："此四種蟲皆蝗也。"實不同，故分别釋之。 又曰：蝗也，今謂蝗子爲螽，一名蠶螽。兖州人謂之螣。	陸機疏云：螟，似子方，而頭不赤。螣，蝗也。賊，似桃李中蠹蟲，赤頭身長而細耳。或説云：蟊，螻蛄也。食苗根，爲人患。許慎云：吏犯法則生螟，乞貸則生螣。舊説：螟螣蟊賊一穗蟲也，如言寇賊姦宄，内外言之耳。故犍爲文學曰："此四種蟲皆蝗也。"實不同，故分别釋之。(《毛詩注疏》卷一四) 陸機云：今人謂蝗子爲螽子。兖州人謂之螣。許慎云："蝗，螽也。"蔡邕云："螽，蝗也。"明一物。(《毛詩注疏》卷一)	○

續表

序號	卷數	《齊民要術》引文	他書引文對照	備注
22		毛詩義疏曰：螽長而細。或説云：螽，螻蛄也。食苗根而爲人患。	陸機疏云：……賊似桃李中蠹蟲，赤頭，身長而細耳。或説云：螽，螻蛄也。食苗根，爲人患。(《毛詩注疏》卷一)	○

表 3:《初學記》引用"詩義疏""毛詩義疏"輯佚表

序號	卷數	《初學記》引文	他書引文對照	備注
1	27	詩義疏曰：的，五月中生，生噉脆，至秋表皮黑，的成可食，或可磨以爲飯，如粟飯，輕身益氣，令人强健，又可爲糜。	其的,……陸機云：可磨爲豉，如米飯，輕身益氣，令人强健。(《證類本草》卷二三)	○
2	28	《毛詩》曰："阪有漆，隰有栗。"詩義疏曰：栗，五方皆有，周、秦、吴、揚特饒，唯漁陽、范陽栗甜美長味，他方不及也。倭韓國上栗大如雞子，亦短味不美。桂陽有栗，叢生，大如杼。	陸機疏云：栗，五方皆有之。周、秦、吴、楊特饒，吴越被城表裏皆栗，惟濮陽及范陽栗甜美，甜美味長，他方者悉不及也。倭韓國諸島上栗大如鷄子，亦短味不美。桂陽有莘而叢生，實大如杏，子中仁皮子形色與栗無異也，但差小耳。(《證類本草》卷二三)	○
3		詩義疏曰：梅，杏類也。樹及葉皆如杏而黑耳。	陸璣《毛詩草木疏》曰：梅，杏類也。其子赤而酢，不可生噉，煮而曝乾爲蘇，可著羹、臛中。(《初學記》卷二六)	○
4		詩義疏曰：梅，曝乾爲腊，羹、臛、韲中，又可含以香口。	(見《初》3)	○
5		詩義疏曰：梓實桐皮曰椅。今人云梧桐也。有白桐，有青桐，有赤桐。雲南、牂牁人績爲布。	陸機《草木疏》曰：梓實桐皮曰椅，今人云梧桐是也。(劉昭注司馬彪《百官志》,《後漢書》卷一一七) 陸璣曰：有青桐，有白桐，有赤桐。白桐宜爲琴瑟。今雲南、牂牁人績其皮而爲布，甚好。(《詩緝》卷五)	○
6		詩義疏曰：蒲柳之木二種，一種皮正青，一種皮紅正白，葉皆長廣，可爲箭竿。 又曰：杞柳，生水旁，樹如柳，葉麤而白，木理微赤。今人以爲車轂。今淇水旁、魯國泰山汶水邊路，純杞柳也。	(見《藝》8)	○
7	29	毛詩義疏曰：麟，馬足，黄色，圓蹄，角端有肉，音中黄鍾，王者至仁則出。	(見《藝》20)	○
8		毛詩草蟲經曰：雄曰鳳，雌曰皇，其雛爲鸑鷟。或曰鳳皇，一名鸑鷟，一名鶠。 毛詩疏曰：鳳非梧桐不棲，非竹實不食。	《毛詩草木疏》云：雄曰鳳，雌曰皇，一名鶠，其雛名鸑鷟，或曰鳳，一名鸑鷟。其形鴻前鹿後，蛇頸魚尾，龍文龜身，燕頷雞喙，首戴德，頸揭義，背負仁，翼挾信，心抱忠，足履正，尾繫武，非梧桐不棲，非竹實不食……(《經典釋文》卷三〇)	○
9	30	詩義疏曰：鳳皇名鸑鷟，非梧桐不棲，非竹實不食。	(見《初》8)	○

續表

序號	卷數	《初學記》引文	他書引文對照	備注
10		詩義疏曰：鶴大如鵝，長三尺，脚青黑，高三尺餘，赤頰赤目，喙長四寸多。純白，亦有蒼色。蒼色者，今人謂之赤頰。常夜半鳴，其鳴高朗，聞八九里。唯老者乃聲下。今吴人園中及士大夫家皆養之，雞鳴時亦鳴。	陸機疏云：鶴形狀大如鵝，長腳，青翼，高三尺，喙長四寸餘。多純白，或有蒼色者。今人謂之赤頰。當夜半鳴，故《淮南子》云："雞知將旦，鶴知夜半。"其鳴高亮，聞八九里，雌者聲差下。今吴人園囿中及士大夫家皆養之。（《毛詩注疏》卷一一）	○
11		詩義疏曰：鶴，形如大鵝，丹頰赤目。	（見《初》10）	○
12		毛詩義疏曰："鮪魚出海，三月從河上來，今鞏縣東洛度北崖上山腹穴，舊説北穴與江湖通，鱣鮪從北穴而來入河。鮪似鱣而色青，黑頭小而尖，如鐵兜鍪，口在頷下，大者七八尺，益州人謂之鮪鱠。大者王鮪，小者叔鮪，一名鱛。肉色白，今東萊、遼東人謂之尉魚，或謂之神明者，樂浪尉溺死海中，化爲此魚。 鱮似魴而大頭，魚之不美者，故語曰：買魚得鱮，不如噉茹。徐州謂之鰱（里然反）。 魦，沙魚，吹沙也，似鯽魚，狹小，常張口吹沙也。一名重脣籥鯊。 鱨，嘗魚，一名揚合黄，頰骨正黄，魚之大而有力者。	陸機云：鱣鮪出江海，三月中從河下頭來上。……鮪魚形似鱣而青黑，頭小而尖，似鐵兜鍪，口亦在頷下，其甲可以摩薑。大者不過七八尺，益州人謂之鱣鮪。大者爲王鮪，小者爲鮛鮪。一名鮥。肉色白，味不如鱣也。今東萊、遼東人謂之尉魚，或謂之仲明。仲明者，樂浪尉也。溺死海中化爲此魚。（《毛詩注疏》卷三） 陸機疏云：鱮似魴厚而頭大，魚之不美者。故里語曰：網魚得鱮，不如啖茹。其頭尤大而肥者，徐州人謂之鰱，或謂之鱅。……（《毛詩注疏》卷五） 陸機疏云：魚狹而小常張口吹沙，故曰吹沙。（《毛詩注疏》卷九） 陸機疏云：鱨一名黄頰魚，是也。似燕頭魚，身形厚而長大，頰骨正黄，魚之大而有力解飛者。徐州人謂之楊黄頰，通語也。（同上）	○
13		毛詩義疏曰：鱣，身似龍，鋭頭，口在頷下，背上腹下有甲，大者千餘斤。	陸機云：鱣鮪出江海……鱣身形似龍，鋭頭，口在頷下，背上腹下皆有甲，縱廣四五尺。今於盟津東石磧上釣取之，大者千餘斤。（《毛詩注疏》卷三）	○

表 4:《太平御覽》引用"詩義疏""毛詩義疏"輯佚表

序號	卷數	《太平御覽》引文	他書對照	備注
1	145	毛詩義疏曰：女史彤管法如國史，主記后夫人之過。人君有柱下史，后有女史，外内各有官也。		
2	807	毛詩曰：萋兮棐兮，成是貝錦。 又義疏曰：貝，黿之屬，又有紫貝，其白質如玉，而紫點爲文，皆行列相當。大者有徑一尺六寸。今九真、交趾以爲杯盤寶物也。	（見《藝》3）	○
3	816	毛詩義疏曰：《楊之水》"素衣朱繡"，"繡"當爲"綃"。綃，綺也。		

續表

序號	卷數	《太平御覽》引文	他書對照	備注
4	856	毛詩義疏曰：蒲，《周禮》以爲菹。謂蒲始生，取其中心入地蒻，大如指，白，生噉之甘脆，又煮以苦酒，受之如食筍法，大美。今吴人以爲菹。	（見《齊》10）	○
5	861	詩義疏曰：鴞肉甚美，可以爲羹臛。	陸機疏云：鴞，大如班鳩，緑色，惡聲之鳥也。入人家凶，賈誼所賦鵩鳥是也。其肉甚美，可爲羹臛，又可爲炙。漢供御物，各隨其時，唯鴞冬夏常施之，以其美故也。（《毛詩注疏》卷七）	○
6	889	毛詩義疏曰：麟，馬足，黄色，圓蹄，角端有肉，音中黄鍾，王者至仁則出。	（見《藝》20、《初》29）	○
7		詩義疏曰：毛赤而文黑謂之赤豹，毛白而文黑謂之白豹也。	陸機疏云：……赤豹，毛赤而文黑謂之赤豹，毛白而文黑謂之白豹。（《毛詩注疏》卷一八）	○
8	908	詩義疏曰：熊能攀緣上高樹，見人則顛倒投地而下，冬入穴而蟄，始春而出。	（見《藝》16）	
9	911	詩義疏曰：《尒雅》鼫鼠，許慎云：五伎鼠也。今之河東有石鼠，大能人立，交前兩脚於頭上跳，善鳴，食人禾稼，逐則走入樹空中，亦有五伎。或謂雀鼠。其形大，故云“石鼠”也。《詩》言其方物，宜謂此鼠，非今之鼠也。又鼠不食禾苗，本又謂螻蛄爲碩鼠，亦有五技。古今土名虫鳥，物異名同，故記已。	（見《藝》17）	○
10	916	詩義疏曰：鶴大如鵝，長三尺，脚青黑，高三尺餘，赤頰赤目，喙長四寸。多純白，亦有蒼色者。今人謂之赤頰。常夜半鳴，高聞八九里，唯老者乃聲下。今吴人園中及士大夫家皆養之，鷄鳴時亦鳴。	（見《初》10）	○
11		毛詩義疏曰：鴻鵠，羽毛光澤，純白，似鶴而大，長頸，肉美如鴈。又有小鴻，大小如鳧，色亦白，今人直謂鴻也。	詩義疏曰：鴻鵠也。羽毛光澤，絶白色，似鴈而大，長頭，宍美如鴈。又有小鴻，大小如鳥，色赤，絶白，今人直謂……（P.2526，擬題《修文殿御覽》）	
12	917	毛詩義疏曰：林麃山下人語曰：四足之美有鹿，兩足之美有鷮。	陸機疏云：鷮，微小於翟也。走而且鳴曰鷮鷮。其尾長，肉甚美，故林麓山下人語曰：四足之美有麃，兩足之美有鷮。（《毛詩注疏》卷一四）	○
13	921	《詩》曰：“翩翩者鵻。”毛云：“夫不也。”詩義疏曰：今小鳩也，一名取夫，一名鵅鳩。幽州謂之隹，或謂雕，梁宋隹，陽謂之隹也。	陸機云：今小鳩也。一名鵓鳩。幽州人或謂之鴡鷍。梁宋之閒謂之隹。揚州人亦然。（《爾雅注疏》卷一〇）	○
14		又曰：“宛彼鳴鳩。”毛云：“鶻也。”詩義疏曰：班鳩也。《月令》“鳴鳩拂其羽”是也。（隹）[桂]陽人謂之班隹也。	《草木疏》云：鳴鳩，班鳩也。（《經典釋文》卷六）《毛詩草木疏》云：班鳩也。桂陽人謂之斑隹。（同上卷三十）	○

續表

序號	卷數	《太平御覽》引文	他書對照	備注
15		毛詩義疏曰：今江南鳥大如鳩而黄啼，鳴相呼而不同集，謂金鳥。或云：黄當爲鳩聲轉，故名移也。又云鳲鳩一名爽鳩。又云是鶻。		
16	923	詩義疏曰：黄麗留也。或謂黄栗留。幽州謂之黄鸎，或謂之黄鳥，一名倉庚，一名商庚，一名鶩黄，一名楚雀，齊人謂之摶黍，關西謂之黄鳥。常以椹熟時來在桑間。此乃應節趣時之鳥。或謂之黄袍。	（見《藝》13）	
17		又曰：交交桑扈，有鶯其羽。詩義疏曰：或説“有鶯其羽”，言雖小鳥，其鶯然有文章。		
18		《詩》曰：“肇允彼桃虫，翻飛惟鳥。”注：桃虫，鷦鷯是也。故《爾雅》曰：“桃虫，鷦也。”微小黄雀，其鷂化爲蜩，故俗語曰：鷦鷯生蜩雀。	陸機疏云：今鷦鷯是也。微小於黄雀，其雛化而爲雕。故俗語：鷦鷯生雕。（《毛詩注疏》卷一九）	○
19		詩義疏曰：鴟鴞似黄雀而小，啄刺如錐，取茅爲巢，以麻紩之，如刺紩靴，縣著樹，或一房，或二房。幽州謂之鸋鳩，或曰女匠。關東謂之土雀，關西謂之蔑雀，或謂巧女。	（見《藝》14）	○
20	925	毛詩義疏曰：鷺，水鳥，好白而潔，故謂之白鳥。齊魯之間謂之舂鋤，遼東、樂浪、吴、楊人皆云白鷺。大小如鷂，青脚，高尺七八寸，解指，尾如鷹尾，啄長三寸。頂上有毛十數枚，長尺餘，毿毿然，衆毛異，甚好，將欲取魚時弭之。今吴人亦養之，好羣飛行。楚成王時有朱鷺合沓飛舞，則復有赤色。舊鼓吹曲有《朱鷺》是也。	（見《藝》15）	○
21		《詩》曰：“鶺鴒在原，兄弟急難。”毛詩義疏曰：鶺鴒，水鳥，一名渠梁，大如鷃雀，脚長尾尖，背上青灰色，腹下白，頸下黑，如連錢。故桂陽謂之連錢。	陸機云：大如鷃雀，長腳，長尾，尖喙，背上青灰色，腹下白，頸下黑，如連錢。故杜陽人謂之 連錢，是也。（《毛詩注疏》卷九）	○
22		毛詩疏曰：唯鵜在梁。許慎曰：鵜鶘也。一名汙澤。陶河，水鳥，身形似鴂而極大，啄長尺餘，直而廣目，中赤，鴿下（故）[胡]大如數斗囊，若有小水魚便抑水滿其[湖]（胡）而棄之，令水竭盡，魚在陸地，乃共食之，故曰陶河。	陸機疏云：鵜，水鳥，形如鶚而極大。喙長尺餘，直而廣口，中正赤，頷下胡大如數升囊。若小澤中有魚，便羣共杼水滿其胡而棄之，令水竭盡，魚陸地，乃共食之，故曰淘河。（《毛詩注疏》卷七）	○
23		毛詩義疏曰：鸛，一名負釜，一名背竈，一名皂君。泥其巢一旁爲池，含水滿之，取魚置池中食其鶵。若殺其子，則一村致災旱。	陸機疏云：鸛，鸛雀也。似鴻而大，長頸，赤喙，白身，黑尾翅。樹上作巢，大如車輪，卵如三升杯。望見人，按其子令伏，徑舍去。一名負釜，一名黑尻，一名背竈，一名皁裙。又泥其巢一傍爲池，含水滿之，取魚置池中，稍稍以食其雛。若殺其子，則一村致旱災。（《毛詩注疏》卷八）	○

續表

序號	卷數	《太平御覽》引文	他書對照	備注
24	926	詩義疏曰：鷂也。齊人謂之擊正，或謂之題肩，或曰雀鷹春化爲布穀。此屬數種皆爲隼。	（見《藝》12）	○
25	927	又詩義疏曰：鴞大如鳩，緑色，惡聲鳥也。入人家凶。賈誼所賦是也。其肉甚美，可爲羹臛，又可炙。漢供御物各隨其時，唯鴞冬夏施，以美故也。	（見《太》5）	○
26	936	又詩義疏曰：鱣身似龍，鋭頭，口在頷下，背上腹下皆有甲，大者千餘斤。	（見《初》13）	○
27		毛詩義疏曰：鮪魚出海，三月從河上，形似鯉而色青，黑頭，小而尖，如鐵兆鍪，口在頷下。今東萊、遼東人謂之尉魚，或謂仲明魚。仲明者，樂浪尉溺死海中化爲此魚也。	（見《初》12）	○
29	937	毛詩義疏曰：鱮似魴而大頭，魚之不美者。故里語曰：買魚得鱮，不如啖茹。徐州謂之鰱（音連）或謂之鱅。	（見《初》12）	○
30		毛詩義疏曰：鱨，一名楊，今黄頰魚是。身形厚而長大，頰骨正黄。	（見《初》12）	○
31		毛詩疏義曰：鱒魴，鱒似鯇魚，鱗細於鯇也。赤眼，多細文。	陸機疏云：鱒似鯶而鱗細於鯶，赤眼。（《毛詩注疏》卷八）	○
32	941	又義疏曰：有紫貝，質白如玉，紫點爲文，皆行列相當。大者徑一尺七寸。今九真、交阯以爲杯盤實物也。	（見《藝》3）	○
33	944	毛詩疏義曰：鳴蜩，蟬也。宋、衛謂之唐蜩，陳、鄭云蜋，海岱之間謂之蟬，通語也。	《詩疏》引《方言》云："楚謂蟬爲蜩，宋謂之螗蜩，陳、鄭謂之蜋蜩，秦晉謂之蟬。"陸璣又云："蟬，通語也。一曰胡蟬，一名蝘。"如《方言》及陸璣之説則諸蟬皆一物也，無區別矣。（《詩緝》卷一六）	○

續表

序號	卷數	《太平御覽》引文	他書對照	備注
34	945	毛詩義疏曰：螟蛉似步屈，其色青，細小，或在草葉上。土蜂取之置木穴中，或書卷間、筆筒中，七日而成其子。里語曰：呪云象我象我。	陸機云：螟蛉者，桑上小青蟲也。似步屈，其色青而細小，或在草萊上。蜾蠃，土蜂也，似蜂而小腰，取桑蟲負之於木空中，七日而化爲其子。（《毛詩注疏》卷一二）	○
35	947	毛詩義疏曰：蠆，一名杜伯，河内謂之蚊，幽州謂之蠍。		
36	948	詩義疏曰：一名長脚，荆州、河内謂之喜子。云此蟲來着人，當有親客至，亦如蜘蛛爲罔羅居之。	陸機疏云：……蠨蛸，長踦，一名長脚。荊州、河内人謂之喜母。此蟲來著人衣，當有親客至，有喜也。幽州人謂之親客。亦如蜘蛛爲羅網居之，是也。（《毛詩注疏》卷八）	○
37	949	詩義疏曰：蝘（音偃），一名蚵（音刃）蟧（音勞），螗蛄也。	《草木疏》云：一名蚵蟟，青徐謂之螇螰，楚人名之螗蛄，秦、燕謂之蛥蚗，或名之蜓蚞。（《經典釋文》卷七）	○
38	956	毛詩義疏曰：駮馬，梓榆也。駮犖（吕角切）遥視似駮馬。	（見《藝》6）	○
39		詩義疏曰：梓實桐皮曰椅，今民云梧桐也。有青桐、白桐、赤桐，白桐宜琴瑟，今雲南、牂牁人績以爲布。	（見《藝》5）	○
40		毛詩疏義曰：《楊之水》"不流束蒲"，蒲柳之木二種，一種皮正青，一種皮紅白，可爲箭竿。 《左傳》曰"董澤之蒲"。今人以爲其萑，可爲矣。 又曰：樹杞，杞柳也。生水旁樹，如柳葉，麤而白，木理微赤，今人以爲車轂。今其水旁、魯國泰山汶水邊路，純杞柳也。	（見《藝》8、《初》6）	○
41	958	《毛詩·車舝》曰："陟彼高崗，析其柞薪。析其柞薪，其葉湑兮。"又曰："維柞之枝，其葉蓬蓬。"疏曰：栩，今柞殼爲斗，可以染皂。今俗及河内云杼斗或橡斗。	（見《藝》9）	○
42		《毛詩·將仲子》曰：將仲子兮，無伐我樹杞。（杞，木名。疏曰：狗骨也。）	陸璣曰：杞，一名狗骨，山材也。其樹如樗，理白而滑，可以爲函及檢板。其子爲木蝱，可合藥。（《詩緝》卷一八）	○
43	960	詩義疏曰：幽州謂之穀桑，或曰楮桑。荆、楊、交、廣謂之穀。今江南績其皮以爲布，又擣以爲紙，長數丈，潔白光澤甚好。葉初生可以爲茹。	陸機疏云：幽州人爲之穀桑，荊楊人謂之穀，中州人謂之楮。殷中宗時，桑穀共生，是也。今江南人績其皮以爲布，又擣以爲帋，謂之穀皮帋，絜白光澤，其裹甚好。其葉初生可以爲茹。（《毛詩注疏》卷一一）	○
44	961	毛詩義疏曰：繫迷，一名契，似檀。	陸機疏云：檀，木皮正青，滑澤與繫迷相似，又似駮馬。駮馬，梓榆。故里語曰："斫檀不諦得繫迷，繫迷尚可得駮馬。"繫迷，一名挈橀，故齊人諺曰："上山斫檀，挈橀先殫。"（《毛詩注疏》卷四）	○

續表

序號	卷數	《太平御覽》引文	他書對照	備注
45	964	毛詩疏義曰：五方皆有栗，周、秦、吴、楊特饒，唯漁陽、范陽栗甜美長味，倭韓國上栗大如雞子，亦短味不美。桂楊有栗，藂生大如杼子。	（見《初》2）	○
46	970	詩義疏曰：梅，杏類也，樹及葉皆如杏而黑。煮而乾爲蘇，置羹、臛、虀中，又可含以香口。	（見《齊》3、《初》3·4）	○
47	973	《毛詩·衛淇澳·木瓜》曰："投我以木瓜，報之以瓊琚。"（毛云：楙也。詩義疏曰：楙葉似榛，實如小瓟瓜，上黄著中，令蚡香。欲噉者，蜜封藏百日食之也。）	（見《齊》5）	
48		詩義疏曰：其樹高五六尺，其實大如李，正赤，食之甜。	（見《齊》10）	
49		《毛詩·鵲巢·甘棠》曰："蔽芾甘棠，勿剪勿伐，召伯所茇。"（毛云："甘棠，杜也。"詩義疏曰：今棠梨也。一名杜梨，如梨而小，有甜酢可噉也。）	（見《齊》6）	○
50		《毛詩·鄘栢舟·定之方中》曰："樹之榛栗，椅桐梓漆。" 詩義疏曰：榛，栗屬。有兩種，其一種大小皮葉皆如栗，其子小，形似杼子，味亦如栗，所謂樹之榛栗者也。其一種枝莖如木蓼，生高丈餘，作胡桃味，遼、代、上黨皆饒。	（見《齊》4）	○
51	974	《毛詩·嘉魚·南山有臺》曰："南山有枸，北山有楰。"（枸，枳枸。）詩義疏曰：枳枸，樹高大如白楊，所在皆有子著支端，支柯不直，噉之甘美如飴。八九月熟，江南特美。今官園種之，謂之木蜜，能令酒味薄，若以爲屋柱，則一屋酒可薄。	（見《齊》33、《藝》5）	○
52	990	《毛詩·溱洧》曰："唯士與女，伊其相謔，贈之以芍藥。"（《毛詩》："香草也。"詩義疏曰：今芍藥子無香氣，非是也，未審今何草。司馬相如賦云："芍藥之和。"（陽）[揚]（唯）[雄]賦曰："甘甜之和，芍藥之美。"然芍藥又入食也。）	陸機疏云：今藥草勺藥，無香氣，非是也，未審今何草。（《毛詩注疏》卷四）	○
53	992	又《唐蟋蟀·葛生》曰："蘞蔓于野。"詩義疏曰：蘞，栝樓。	陸機疏云：蘞，似栝樓，葉盛而細。其子正黑，如燕薁，不可食也。幽州人謂之烏服，其莖葉煮以哺牛，除熱。（《毛詩注疏》卷六）	○
54	994	《毛詩·宛丘·東門之枌》曰："視尔如荍。"詩義疏曰：荍，一名楚葵。	《正義》曰："荍，芘芣"，《釋草》文。……陸機疏云：芘芣，一名荊葵，似蕪菁，華紫緑色，可食，微苦，是也。（《毛詩注疏》卷七）（又見《齊》30）	○
55	995	詩義疏曰：虆，蔓也。似燕薁，連蔓生，蔓白色，子赤可食，酢而不美也。幽州謂之推藟也。	（見《齊》27）	○

續表

序號	卷數	《太平御覽》引文	他書對照	備注
56		詩義疏曰：楊州謂羊蹄爲蓫。	（見《齊》26）	○
57		詩義疏曰：芄蘭，摩羅也。幽州謂之爵瓢。	陸機疏云：一名蘿摩，幽州人謂之雀瓢。（《毛詩注疏》卷三）	○
58	996	毛詩疏曰：（若）［苕］饒也。幽州謂之翹饒，蔓生，莖如勞豆而細，葉似蒺蔾而青，其華細緑色，可生食，味如小豆藿。	（見《齊》24）	○
59	997	詩疏義曰：蒿，青蒿也。荆、豫、汝陰皆謂之莪。	陸機云：蒿，青蒿也。荊豫之間，汝南、汝陰皆云菣也。（《毛詩注疏》卷九）	○
60		詩義疏曰：莪，蒿也。生澤田漸洳處，葉似邪蒿，細科。二月中生，莖葉可食，又可蒸，香美頗似蔞蒿。	（見《齊》20）	○
61		詩義疏曰：蕭，今荻蒿也。或謂牛尾蒿。莖可作燭，有香氣，故祭祀脂爇之爲香也。許慎以爲艾蒿，非也。	陸機云：今人所謂荻蒿者是也，或云牛尾蒿。似白蒿，白葉，莖麤，科生，多者數十莖，可作燭。有香氣，故祭祀以脂爇之爲香。許慎以爲艾蒿，非也。（《毛詩注疏》卷四）	○
62	998	《毛詩·鴻鴈》曰："我行其野，言採其葍。"（《毛詩》云："惡來也。" 詩義疏曰：河内、關中謂葍爲葍，兖、幽州謂之燕葍，一名爵弁，一名蔓。根正白，著熟熱灰中、温灰中温啾，飢荒可蒸以禦飢。漢祭甘泉或用之。其華有兩種，葉細而行赤，有奥氣也。）	（見《齊》21）	○
63		《毛詩·鹿鳴》曰："呦呦鹿鳴，食野之苹。"（鄭玄云："藾蕭也。" 詩義疏云：藾蕭，葉青白色，莖似蓍而輕脆，始生者可食，亦可蒸也。）	（見《齊》22）	○
64		《毛詩·嘉魚》曰："南山有臺，北山有萊。" 詩義疏曰：萊，藜也。莖葉皆似生菊，今兖州蒸以爲茹，謂之萊。而譙、沛人謂鷄蘓爲來，故《三倉》云："萊，茱萸。" 此二草異而名同。	（見《齊》28）	○
65		《毛詩·關雎·卷耳》曰："採採卷耳，不盈頃筐。"（毛云："苓耳。"） 詩義疏曰：苓耳，葉青白，似胡荽，白華細葉，莖蔓生，可爲茹，滑而少味。四月中生子如婦人耳璫，謂之璫草，幽州謂之爵耳。	（見《齊》19）	○
66		詩義疏曰：禾粟秀爲穗，而成貞嶷如骨之童稂。	陸機疏云：禾秀爲穗而不成貞嶷然，謂之童粱。今人謂之宿田翁或謂宿田也。（《毛詩注疏》卷七）	○
67		毛詩義疏曰：鷊，五色作綬文，故曰綬草。	陸機疏云：鷊，五色作綬文，故曰綬草。（《毛詩注疏》卷七）	○

續表

序號	卷數	《太平御覽》引文	他書對照	備注
68		毛詩義曰：舊説莎草也可爲蓑笠，故曰"臺笠緇撮"。或云臺草有皮，堅細滑緻，可爲簦笠，南土多有。	陸機疏云：舊説夫須，莎草也，可爲蓑笠。《都人士》云"臺笠緇撮"，傳云"臺所以御雨"，是也。(《毛詩注疏》卷一〇)	○
69		《毛詩》曰："采葑采菲，無以下體。"(《毛詩》云："葑，須也。菲，芴也。"詩義疏云：菲似葍，莖麤葉厚而長有毛。三月中蒸爲茹，滑美，亦可作羹。幽州爲之遂，《尔雅》謂息菜，今河内爲之菜也。)	(見《齊》23)	○
70	999	毛詩義疏曰：芙蕖，莖爲荷，其華未發爲菡萏，已發爲芙蕖。其實蓮，蓮青皮，裹白子爲的。的有青長三分如鈎爲薏。語曰：苦如薏也。的五月中生，生啖脆，其秋表皮黑。的成食或可磨以爲飯，輕身益氣，令人強健。幽、荆、楊、豫取備飢年。其根爲藕，幽州人謂之光，爲光如牛角。	陸機疏云：蓮，青皮里白，子爲的，的中有青爲薏，味甚苦，故里語云：苦如薏，是也。(《毛詩注疏》卷七) 謹按《爾雅》及陸機疏：謂荷爲芙蕖，江東呼荷。其莖茄，其葉蕸（加、蕸二音，或作葭），其本蔤（士華切），莖下白蒻（音若），在泥中者。其華未發爲菡萏，已發爲芙蓉，其实蓮，蓮謂房也。其根藕，幽州人謂之光旁，至深，益大如人臂。其中的，蓮中子，謂青皮白子也。中有青長二分，爲薏，中心苦者是也。……(其的)陸機云：可磨爲豉，如米飯，輕身益氣，令人强健。(《證類本草》卷二三)(參見《藝》1、《初》1)	○
71		《毛詩・緇衣・山有扶蘇》曰："山有橋松，隰有遊龍。"(毛云："紅草也。") 毛詩義疏曰：紅草，一名馬蓼，葉麄大，赤白色，生外澤中。	陸機疏云：一名馬蓼，葉大而赤，白色，生水澤中，高丈餘。(《毛詩注疏》卷四)	○
72	1000	詩義疏曰：萍，麄大者爲蘋，季春生，可㷛蒸爲茹。	陸機毛詩義疏云：今水上浮蓱是也。其麤大者謂之蘋，小者曰蓱。季春始生，可糝蒸爲茹，又可苦酒淹以就酒。(《春秋左傳注疏》卷三)	○
73		詩義疏曰：苕饒也。幽州謂之翹饒。蔓生，莖如勞豆而細，葉似蒺蔾而青，其華細緑色，可食，味如小豆藿葉也	(見《齊》24、《太》58)	○
74		詩義疏曰：《本草》曰：陵苕。一名陵時，一名鼠毛，似玉芻，生下濕水。七月、八月華紫，似今紫草，可以染帛，煮沐頭髮即黑。葉青如藍而多華。	陸機疏云：一名鼠尾，生下濕水中，七八月中華紫，似今紫草。華可染皂，煮以沐髮即黑。(《毛詩注疏》卷一五)	○
75		毛詩義疏曰：薍，或謂之荻，至秋堅成，則謂之萑。	(見《齊》29、《藝》2)	○

後記

毛晉《毛詩草木鳥獸蟲魚疏廣要》的整理，始於二〇一四年末。當時我在北京大學中文系中國古典文獻學專業唸碩士二年級，與孫顯斌老師合作整理的《物理小識》，初期的校點工作業已完成過半，孫老師問我有無興趣再整理一部科技史相關的古籍。由於個人的研究興趣在於經學文獻，《毛詩草木鳥獸蟲魚疏》（《陸疏》）作爲早期的經學、科技史文獻，恰好符合這兩方面的需求。而在《陸疏》諸本之中，毛晉《陸疏廣要》於《陸疏》文本之外，還附有古今衆説，參考價值較高，故選定《陸疏廣要》作爲整理對象，與孫老師共同申報了項目。

在著手整理《陸疏廣要》的同時，我也把碩士論文的選題放在了《陸疏》。特别是關於今本《陸疏》的來歷，丁晏、羅振玉認爲其出自古本，而焦循則以其爲晚近僞作，學界一直未有定論。通過前期的初步調查，覺得焦循之説較爲合理，便想從文獻學的角度，尋找新的突破口。因爲獲得了一年去日本京都大學交换留學的機會，二〇一五年秋，便在出國之前，以《〈毛詩草木鳥獸蟲魚疏〉文獻學研究》這一題目，進行了碩士論文的開題。記得在開題的時候，高路明老師對我的選題頗有些擔心，畢竟要駁倒丁晏、羅振玉等考據學大家並不是件容易的事。

事實上也確實如此，研究伊始，首先面對的就是版本紛繁的晚明叢書本。由於坊本叢書大多没有明確的刊刻年代，加之書板輾轉多手，以不同的叢書名稱加以集印，只有通過對比各本印面的破損情況，才能確定印刷先後。幸運的是，留學的目的地京都大學，下屬的各圖書館古籍資源頗爲豐富，而且借閲也十分便利。像文學研究科圖書館所藏的明版《寶顔堂秘笈》《續百川學海》，不僅能在書庫翻閲，而且還允許外借歸家。通過一年間的交换留學，大體理清了《陸疏》的晚明叢書本的頭緒。與此同時，日本慶應大學斯道文庫的矢島明希子女士，發表了關於明清《陸疏》版本的文章。藉助矢島女士的扎實的研究，再加上自己在調查中的心得，最終鎖定了今本《陸疏》的祖本，即姚士粦所編的《寶顔堂秘笈》本。

盡管確定了今本《陸疏》的版本源頭，並且還有歷代書目及前人引用等證據，可以側面證明今本出現於萬曆之後，然而卻遲遲未能找到今本成書於晚明的直接證據。換言之，今本《陸疏》的刊刻雖然晚出，但不能排除其編纂於明代之前的可能。二〇一六年秋回到北大之後，這一問題一直縈繞在心。特別是到了二〇一七年，隨著碩士論文期限的日益臨近，心中更爲焦急。除了聽講之外，大多是困在宿舍裏寫論文，唯一的閑暇，便是在學五食堂吃完晚飯之後，繞著未名湖散心。

最後還是笨方法起了作用，我把今本《陸疏》的文字逐句輸入古籍庫中，覈查其出處，發現與他書不同，今本《陸疏》輯自《太平御覽》的句子，時有誤字，與宋本的文字不合。如『贈之以芍藥』條的『七十食』，宋本作『又入食』，今本《陸疏》顯爲譌誤。今本的編纂者，似乎未見宋本，使用了晚出之《御覽》，故因襲了其中的譌字。《御覽》版本系統較爲簡單，宋本之後，遲至明萬曆初年，方有倪炳刻本、周堂活字本出現。兩相對比，今本《陸疏》的誤字與萬曆初年倪、周二本完全相同，加之今本的文字大半出自《御覽》，那麽今本的成書年代必然在萬曆初年之後。有了這條關鍵證據，則今本《陸疏》出自明人輯佚、作僞的推測，最終得到了實證。

二〇一七年夏，我以《〈毛詩草木鳥獸蟲魚疏〉文獻學研究》通過答辯，取得了碩士學位。其後負笈東洋，在早先交换留學的京都大學攻讀博士學位。留學最初的一年半，由於經濟上比較緊張，週末不得不在外打工，《陸疏廣要》的校點和《陸疏》的研究因此耽擱了下來。二〇一八年夏，我修改了碩士論文中《陸疏》辨僞的部分，將其投給了《文史》雜志。雖然審稿過程頗爲曲折，但原先略顯稚拙的論文，則在反復修改中逐漸成熟，最終得到了采用。今年《今本〈毛詩草木鳥獸蟲魚疏〉辨僞》一文終於見刊，期待讀者對我的批評與指正。

另外，不得不提的是，在我論文刊出之前，李紳同學已有題爲《〈毛詩草木鳥獸蟲魚疏〉辨僞》（中國人民大學國學院，二〇一九年）的碩士論文。李同學通過其獨自的考察，同樣得出了今本《陸疏》爲僞的結論。雖然尚未得拜讀全文，但對於今本《陸疏》的辨僞工作，顯然也有李同學的一份功勞。

至於《陸疏廣要》的整理，二〇一九年得到獎學金資助，讓我從打工中解放出來，有了更多的研究時間。故一九年底將全書點完，提交了初稿。原本孫顯斌老師負責校點的把關與《導言》的撰寫，最後在孫老師的認可之下，全書的整理由我一人負責。如今歷經六年的整理工作終於告一段落，全書即將出版。

值此之際，首先要感謝叢書主編孫顯斌老師，數年來對本書的整理工作以及我個人的學術研究均支持有加，在此由衷地表達我的謝意。其次則要感謝本書的編輯楊林老師，從《物理小識》到《陸疏廣要》，靠的正是楊老師細心負責的編輯工作，方得以順利出版的。

在《陸疏廣要》的整理過程中，我的師妹黄芷欣同學，曾先後兩次審閲正文的校點，對全書的出版有很大的貢獻；廖明飛師兄審閲了《導言》部分，指正其中疏漏良多；早川太基師兄，代爲調查日本國立公文書館的《津逮秘書》的保存情況，爲選定影印底本提供了幫助。在此向三位表達誠摯的謝意。另外，日本國立公文書館提供了《陸疏廣要》的底本影像，京都大學人文科學研究所、京都大學文學研究科圖書館分别授權本書使用《寶顔堂秘笈》本、《續百川學海》本《陸疏》書影，在此亦表示感謝。

在《陸疏》的研究過程中，我的碩士導師劉萍老師，碩士四年間對我的研究指導頗多，感謝業師的厚愛。而參與我碩士論文開題、答辯的高路明老師、王麗萍老師、王嵐老師，以及擔任校外評閱人的沈中明老師，對論文中的具體問題多有指正，提供了寶貴的意見，在此謹致謝忱。同時，撰寫碩士論文過程中，得到了葉純芳老師、顧永新老師在圖書資料上的幫助，亦謹表謝意。而《今本〈毛詩草木鳥獸蟲魚疏〉辨僞》一文投稿時，《文史》的編輯老師能夠接納普通學生的意見，公平公正地編審我的文章，在此亦表達感謝。

圖書調查中，北京大學圖書館、京都大學人文科學研究所、京都大學文學研究科圖書館提供了專業周道的借閱服務，中國國家圖書館、日本國立國會圖書館、早稻田大學圖書館、美國哈佛大學哈佛燕京圖書館、哥倫比亞大學圖書館的在綫古籍影像數據庫爲研究提供了巨大便利，在此一併表示感謝。

感謝日本橋本循紀念會獎學金在二〇一九年四月至二〇二〇年三月一年間的資助，使我有了專心研究的時間。另外，在日期間得到加藤悠佳女士的幫助良多，在此亦表示感謝。

最後，感謝母親以一人之力承擔了我留學的全部費用，這是我研究工作最堅實的後盾。

王孫涵之

於日本相模川畔

二〇二〇年十二月十九日

圖書在版編目（CIP）數據

毛詩草木鳥獸蟲魚疏廣要 / [明]毛晉廣要,王孫涵之整理. — 長沙: 湖南科學技術出版社, 2021.2

中國科技典籍選刊. 第三輯

ISBN 978-7-5710-0542-9

Ⅰ. ①毛… Ⅱ. ①毛… ②王… Ⅲ. ①《詩經》– 詩歌研究 Ⅳ. ①I207.222

中國版本圖書館 CIP 數據核字(2020)第 052388 號

中國科技典籍選刊（第三輯）

MAOSHI CAOMU NIAOSHOU CHONGYU SHU GUANGYAO

毛詩草木鳥獸蟲魚疏廣要

廣　　要：[明] 毛　晉

整　　理：王孫涵之

責任編輯：楊　林

出版發行：湖南科學技術出版社

社　　址：長沙市湘雅路 276 號

http://www.hnstp.com

郵購聯係：本社直銷科 0731-84375808

印　　刷：長沙鴻和印務有限公司

（印裝質量問題請直接與本廠聯係）

廠　　址：長沙市望城區普瑞西路 858 號金榮企業公園 C10 棟

郵　　編：410200

版　　次：2021 年 2 月第 1 版第 1 次

印　　次：2021 年 2 月第 1 次印刷

開　　本：787mm × 1092mm　1/16

印　　張：40

字　　數：500 千字

書　　號：ISBN 978-7-5710-0542-9

定　　價：220.00 圓